Knaur.

Über die Autorin:
Carla Federico ist eine junge österreichische Autorin, die unter anderem Geschichte studiert hat. Sie lebt heute als Fernsehjournalistin in Deutschland. Ihre große Leidenschaft fürs Reisen hat sie in zahlreiche Länder geführt, bevor sie für einen längeren Aufenthalt in Chile »hängenblieb«, dem Land, in dem auch ihre Bücher spielen. Die ersten beiden Romane ihrer großen Chile-Trilogie waren großartige Erfolge.

Carla Federico

Im Schatten des Feuerbaums

Roman

Knaur Taschenbuch Verlag

Besuchen Sie uns im Internet:
www.knaur.de

FSC
www.fsc.org
MIX
Papier aus verantwortungsvollen Quellen
FSC® C083411

Originalausgabe April 2012
Knaur Taschenbuch

Redaktion: Kerstin von Dobschütz
Karte: Computerkartographie Carrle
Umschlaggestaltung: ZERO Werbeagentur, München
Umschlagabbildung: © Ocean/Corbis; FinePic®, München
Satz: Adobe InDesign im Verlag
Druck und Bindung: CPI – Clausen & Bosse, Leck
Printed in Germany
ISBN 978-3-426-50852-7

2 4 5 3 1

Chile
PERU
BOLIVIEN
Arica
Iquique
Atacamawüste
Antofagasta
Isla San Félix
Isla San Ambrosio
Nevado Ojos del Salado
Huasco
Coquimbo
CHILE
ARGENTINIEN
Valparaíso
San Antonio
Santiago
Rancagua
San Vicente
Archipélago Juan Fernández
Talcahuano
Concepción
Lebu
Temuco
ANDEN
Südpazifik
Puerto Montt
Südatlantik
Falklandinseln
N
Punta Arenas
Magellanstraße
0
500 km

Prolog

Patagonien 1920

Heulend machte der Wind Jagd auf die Wolken. Dick und weiß hatten sie sich am Himmel zusammengeballt und am Ende des Horizonts leicht bläulich verfärbt. Nun fuhr der Wind durch sie hindurch wie die Hütehunde durch die Schafherde und zerrte so lange an ihnen, bis strahlend blauer Himmel dahinter hervortrat, der nur dann und wann von der Ahnung eines Rostbrauns unterbrochen wurde. Auch als der Tag sich schließlich dem Ende zuneigte, war der Wind nicht bereit, der Nacht zu weichen.

Das Licht wurde trüber, aber Aurelia hörte nicht auf, zu malen. Sie achtete nicht auf ihre flatternde Kleidung, nicht auf Sand und Staub, die ihr ins Gesicht prasselten, nicht darauf, dass die Leinwand – aus gebleichter Guanakohaut gefertigt – vom Rahmen gezerrt zu werden drohte.

Ruhig trug sie Farbe um Farbe auf und malte, was sie sah: die braune Erde, den leuchtenden Feuerbaum, das rote Abendglühen, den sich verdunkelnden Himmel. Die Farbe für Letzteren war aus dem Saft der Calafaten gemacht, blauen Beeren, die süß schmeckten und all jene, die magere Kost gewohnt waren, zu einem Sprichwort verleitet hatten: Wer je diese Beeren gegessen hätte, sei Patagonien verfallen und käme immer wieder zurück.

Nicht nur die Farben der Beeren hatte sie der Natur entliehen, die hier karg, wild und widerstandsfähig war, auf einem

Fleckchen Erde, das die einen verwunschen und einsam nannten, das für andere aber – so wie sie – ein Sehnsuchtsland war. Auch die Erde schenkte viele Farben, denn nur für den ungeübten Betrachter verhieß sie eintöniges Braun. Für den Maler jedoch gab es in den Schichten des Bodens viele geheime Schätze zu entdecken, sämtliche Nuancen von Ocker, Grün, Grau, Braun und Rot.

Aurelia liebte die Farben und den Geruch, den sie verströmten, und sie liebte die Erde, auf der sie stand, ohne zu wanken. Nicht länger fürchtete sie, diese Erde würde an ihr kleben, würde die Fingernägel verdunkeln und würde für andere nicht Zeichen ihrer Heimatverbundenheit sein, sondern schlichtweg von Dreck und Armut künden. Diese Angst war von den letzten Jahren in Patagonien ebenso verscheucht worden wie die Wolken am Himmel vom Wind.

Nach diesem Himmel, nach dem struppigen Steppengras, nach den violett schimmernden Spitzen der Kordilleren, nach den rötlichen Hügeln und dem sumpfigen Teich in der Ferne malte sie zwei Menschen. Sie standen im Schatten eines Feuerbaums mit leuchtenden Blüten, unter deren Fülle sich die Äste bogen, und ledrig wirkenden, dunkelgrünen Blättern, die im Wind wogten. Da sie nur von hinten zu sehen waren, war nicht zu erahnen, ob sie alt oder jung waren, lächelten oder weinten, zu den Reichen oder zu den Armen gehörten. Einzig die Kleidung verriet, dass sie Mann und Frau waren.

Aurelia hatte viele ähnliche Bilder gefertigt, jüngstens erst hochgelobte Bilder, die manche in die Nähe der naiven Malerei rückten, andere als faszinierendes Beispiel für den Kolonialismus bezeichneten, wieder andere dem Naturalismus zuordneten. Nicht zuletzt wegen der Farben und der Guanakohaut der Leinwand galten sie als einzigartig: Material und Motiv schienen eins zu sein. Fast immer wählte sie das gleiche

Motiv – die Weite Patagoniens und zwei Menschen, die inmitten der Landschaft standen, winzig anmutend, weil in diesen Breitengraden die Natur um so viel mächtiger scheint als der Mensch. Die beiden waren ganz allein, aber nicht einsam, denn sie hatten einander, hielten sich an den Händen und liebten sich so sehr, dass sie – für die Dauer, da sie im Wind standen und der sinkenden Sonne zusahen – einander genug waren.

Aurelia trat zurück, nachdem sie das Bild vollendet hatte, und es traten Tränen in ihre Augen – Ausdruck von Schmerz, den diese Liebe in ihr Leben gebracht hatte, und Ausdruck von Dankbarkeit, weil sie diese Liebe erfahren hatte dürfen.

Das Bild verschwamm vor ihren Augen, sie hörte den Wind nicht länger stöhnen.

»Tiago«, murmelte sie. »Tiago ...«

Erst nach einer Weile klärte sich ihr Blick wieder, und sie konnte das Bild etwas nüchterner betrachten. Vielleicht war es das schönste, das sie je gemalt hatte. Ja, die Farben waren so kräftig, verhießen Weite und Wildheit, Liebe und Fruchtbarkeit, Einsamkeit und Freiheit, Luxus und Armut, Glück und Trauer, Gewinn und Verlust. All das hatte sie erfahren, vieles davon überreich, und so wurden aus den Farben des Bildes gleichsam die Farben ihres Lebens.

Erstes Buch

Die Farben der Freiheit

1909

1. Kapitel

Aurelia hatte keine Hand frei, um sich an der Reling festzuhalten. Mit der einen hielt sie ihre Reisetasche, in der sich neben frischer Kleidung ein wenig Geld und die Fahrkarte für die Rückfahrt befanden, mit der anderen die Mappe, die ihren kostbarsten Schatz barg. Der Wind zerrte daran, blähte obendrein ihr Kleid und drohte den Hut fortzuwehen, dessen Bänder sie am Kinn nur locker zusammengebunden hatte. Noch schlimmer als der Wind war das Gedränge. Sie fürchtete jeden Augenblick zu stolpern und zu fallen. Die Reise von Patagonien nach Valparaíso hatte zwar nur drei Wochen gedauert, doch die meisten Passagiere hatten es so eilig, an Land zu kommen, als wären es Monate gewesen. Aurelia konnte ihre Schritte nicht mehr selbst bestimmen, sondern nur ihren Besitz umklammern, sich irgendwie aufrecht halten und sich treiben lassen.
Zunächst war ihr Blick auf Valparaíso von den vielen Köpfen verstellt, doch nachdem immer mehr Menschen vom Schiff stürmten, wurde es etwas lichter, und sie sah die Stadt, die aus der Ferne betrachtet einem riesigen Amphitheater glich. Häuser schmiegten sich eng an die Bucht, schmale Straßen führten steile Berghänge hinauf, der Ascenso Peral, der Schrägaufzug, ratterte hinauf und hinunter. Aurelia war neugierig, wie es sich anfühlen würde, damit zu fahren. Die Kabine, die herabfuhr, so hieß es, zog mit ihrem Gewicht die andere hinauf, und falls einmal zu wenige Passagiere darin saßen, wurde sie einfach mit Wassertanks beladen.

Die Begeisterung für dieses Wunderwerk der Technik, das es im heimatlichen Patagonien natürlich nicht gab, schwand, als Aurelia die Spuren der Zerstörung sah, die das große Erdbeben von 1906 hinterlassen hatte. Obwohl das drei Jahre her war, lagen noch immer viele Häuser in Trümmern.

Dann hatte sie keine Zeit mehr, die Stadt zu betrachten, sondern musste sich – je näher sie der Rampe kam, die zum Hafen führte – ganz auf ihre nächsten Schritte konzentrieren. Ein Ellbogen rammte sich in ihren Leib, jemand trat ihr auf die Zehen.

»He!«, rief sie empört. Beinahe hätte sie vor Schreck ihre Mappe fallen gelassen und umklammerte sie darum umso heftiger. In der Mappe befanden sich ihre Zeichnungen – einige hatte sie aus Patagonien mitgebracht, andere während der Schiffsfahrt angefertigt, wo sie täglich neue Motive entdeckt hatte. Und wie viel es wohl erst hier in Valparaíso zu zeichnen gäbe!

Trotz des Gedränges überkam sie hitzige Vorfreude, bis sie sich wieder in Gedanken rief, dass eine traurige Pflicht sie hierherführte. Sie seufzte. Natürlich hatte sie großes Mitleid mit Victoria, und es würde nicht leicht sein, ihr Trost zu spenden, dennoch blieb die weite Reise das größte Abenteuer ihres Lebens. Vierundzwanzig Jahre währte dieses, und all die Zeit hatte sie in Patagonien gelebt, wo es nie so viele Menschen wie hier zu sehen gab, nicht dieses weiche, warme Licht, nicht diesen Reichtum an Farben. Der Wind war hier genauso lästig wie dort, und doch, als sie nun die Rampe betrat und auf den schmalen Holzbrettern das Schiff verließ, überkam sie ein Gefühl von Freiheit. Kurz verhießen die vielen drängenden Leiber nicht nur Lärm und Geschäftigkeit, sondern Lebendigkeit und einen neuen Anfang.

Als sie endlich auf festem Boden stand, bebten ihr die Knie. Sie sollte abgeholt werden, aber es war kein Treffpunkt vereinbart worden, und während sie stehen blieb und suchend um sich sah, fiel ihr Blick auf eine Familie. Drei Söhne scharten sich um ihre Eltern, wirkten nicht minder aufgeregt als sie selbst, starrten in sämtliche Richtungen und stellten wissbegierig Fragen zu der Stadt, die man die Perle des Pazifiks nannte. Obwohl sie noch viel kleiner waren, erinnerten die Buben Aurelia an ihre drei Brüder. Wie oft hatte sie sie gezeichnet, und wie gerne würde sie nun auch diese Familie festhalten!

Derart im Anblick der Fremden versunken, merkte sie nicht, dass sie einem Mann im Weg stand. Er versetzte ihr einen schmerzhaften Stoß, als er an ihr vorbeihastete, und anders als bisher konnte sie ihr Gleichgewicht nicht wahren. Sie stolperte, fiel auf die Knie und ließ für einen Augenblick die Tasche fallen. Als sie sich danach bückte, um sie wieder zu ergreifen, rutschte ihr der Hut vom Kopf, und es fielen ihr die langen Haare ins Gesicht – die glatten, schwarzen, glänzenden Haare, die sie von ihrer Mutter Rita, einer halben Mapuche, geerbt hatte. Obwohl sie nichts mehr erkennen konnte, bekam sie die Tasche dennoch zu fassen, aber in diesem Augenblick erfasste sie ein neuerlicher Windstoß und fegte ihr die Mappe mit den Zeichnungen aus der Hand.

»Verflucht!«, schrie sie.

Zart und klein wie ein Mädchen sei sie, spottete ihr Stiefvater Balthasar oft gutmütig, und so hübsch, dass man von ihrem Anblick blind zu werden drohte, aber fluchen könne sie so herzhaft wie ein Mann.

Aurelia schüttelte sich das Haar aus dem Gesicht und sah, dass die Mappe aufgerissen war und die Zeichnungen immer weiter von ihr fortgeweht wurden. Die drei Knaben, die sie beobachtet hatten, deuteten darauf und lachten. Geschwind flitzte sie den Bildern nach, bekam Papier um Papier zu fas-

sen – ein Porträt ihrer Mutter, ein Landschaftsbild von Patagonien, eine Skizze vom Deck des Schiffs. Der Wind schien sie zu necken, ließ sie ganz nahe an weitere Blätter herankommen und wirbelte sie im letzten Augenblick davon. Erst nach einiger Zeit schien ihm das Spiel zu langweilig zu werden, und er ließ von ihnen ab. Als Aurelia endlich alle Zeichnungen eingesammelt hatte, war sie schweißüberströmt. Sie setzte ihren Hut auf, blickte sich um – und erschrak.
Die Angst um ihre Bilder hatte sie so sehr vereinnahmt, dass sie nicht weiter auf ihre Tasche geachtet hatte, und diese lag nun nicht mehr auf dem staubigen Boden des Hafens. Ein Fremder hielt sie an sich gerafft und lief durch die Menge davon.

Wut gleißte wie eine Flamme in ihr auf. Sie achtete weder auf ihre offenen Haare noch den erneut verrutschten Hut, sondern hastete dem Mann hinterher, der sich offenbar sicher genug fühlte, um kurz stehen zu bleiben und die Tasche zu durchwühlen. Eines jener russischen Schimpfworte, die sie von Ana, einer Freundin ihrer Mutter, gelernt hatte, kam Aurelia über die Lippen, und obwohl es im Trubel des Hafens laut war, fühlte der Dieb sich angesprochen. Er hob den Kopf, blickte kurz entgeistert in ihr zornverzerrtes Gesicht und floh dann hastig, indem er sich grob an den Menschen vorbeidrängte, die ihm den Weg verstellten. Aurelia war nicht ganz so grob, aber dennoch so schnell wie er.
Sie wurde blind für die fremde Stadt, sah nur den Mann, ihre Tasche und den Boden unter ihren Füßen. Schon hatten sie den Hafen verlassen und die Planchada erreicht, die schlecht gepflasterte Hauptstraße, die von einer Staubschicht bedeckt war. Etwas weniger Menschen verstellten ihr hier den Weg, stattdessen hielten sie mehrere Fuhrwerke auf, die sie unter den Flüchen der Kutscher umrundete.

Endlich holte sie den Mann ein, umkrallte die Tasche und zog mit aller Macht an ihr. Leider war der Dieb dreister als erwartet. Anstatt sie prompt loszulassen, hielt er die Beute fest und versetzte ihr mit der freien Hand einen Stoß. Als seine Faust sie auf der Brust traf, stockte ihr der Atem. Eben noch war die Wut ihr stärkstes Gefühl gewesen, nun wich sie erst dem Schmerz, dann der Ohnmacht und schließlich einer unliebsamen Erinnerung – der Erinnerung daran, was ihr einst als kleines Mädchen zugestoßen war. Stark, unbesiegbar, selbstsicher hatte sie sich zuvor gefühlt – nach all den Ängsten, die sie dann aber hatte ausstehen müssen, war sie lange Zeit nur ein Schatten ihrer selbst geblieben. Wie gelähmt hatte sie sich damals gefühlt – wie auch in diesem Moment.

Ihr Griff lockerte sich, der Dieb entriss ihr mit einem Ruck die Tasche und rannte davon. Als er sich ein letztes Mal umdrehte, glaubte sie ihn grinsen zu sehen, doch obwohl die Wut nun zurückkehrte und sie drohend die Faust erhob, war sie unfähig, auch nur einen Schritt zu machen.

Der Triumph des Mannes währte allerdings nicht lange. Nach kaum fünf Schritten ragte wie aus dem Nichts eine Hand auf und packte ihn. Sie sah einen Mann, nicht sonderlich groß, aber breit, dann ein Gerangel, bei dem die beiden Körper zu verschmelzen schienen, schließlich eine Faust auf den Dieb eindreschen. Die Tasche entglitt ihm, ehe er zu Boden ging und sich stöhnend wälzte. Es gelang ihm zwar, sich aufzurappeln, aber er versuchte gar nicht erst, die Tasche noch einmal an sich zu bringen, sondern hastete stolpernd davon.

Erst als der fremde Retter in der Not auf sie zutrat, konnte sich Aurelia aus der Starre lösen. Sie war viel zu aufgeregt, um den Mann zu mustern, sondern griff nur hastig nach der Tasche, die er ihr reichte. Die Erinnerungen an das, was ihr als Kind widerfahren war, verblassten.

»Gott sei Dank …«, stammelte sie.
»Sie sollten besser auf sich achtgeben, Niña. Hier im Hafen gibt es viel übles Gesindel – nach dem großen Erdbeben noch mehr als früher. Ein hübsches Mädchen, ganz allein, gerät schnell in Gefahr …«
Er redete noch weiter, aber sie hörte ihm nicht mehr zu. Kaum hatte sie die Tasche an sich gepresst, ging ihr auf, dass sie erneut ihre Zeichnungen verloren hatte. Als sie dem Dieb nachgelaufen war, hatte sie die Mappe irgendwo fallen gelassen, und wahrscheinlich hatte der Wind sie abermals in sämtliche Himmelsrichtungen verstreut.
»O nein!«, rief sie entsetzt. Sofort lief sie, ohne sich zu bedanken, in Richtung Hafen los. Sie war noch nicht weit gekommen, als sie inmitten der Menschenmassen einen Mann über ihren Zeichnungen hocken sah. Er hatte sie nicht nur eingesammelt, sondern musterte sie konzentriert und sah auch dann nicht auf, als sie ihn keuchend erreichte.
»Gut … richtig gut …«, hörte sie ihn murmeln.
Erst jetzt hob er den Kopf, und ihre Blicke trafen sich. Wieder schien die Welt stillzustehen, diesmal nicht, weil böse Erinnerungen sie quälten und erstarren ließen, sondern weil ein schlichter Gedanke sie überwältigte:
Das ist der schönste Mann, den ich je gesehen habe.

Nicht nur sie stand reglos, auch der Fremde hatte sich erhoben und starrte sie an. Er hielt die Zeichnungen zwar fest umklammert, aber achtete nicht länger auf sie. Vorsichtig machte er einen Schritt auf sie zu und blieb stehen, als würde eine zu abrupte Bewegung die Magie dieses Augenblicks zerstören. Sie wusste, nein, fühlte plötzlich, dass er dasselbe dachte wie sie: Das ist das schönste Mädchen, das ich je gesehen habe. Wobei es nicht nur ihr beider Aussehen war, was sie für schön befanden, ihre zarte Gestalt und seine schlanke, ihre runden Wangen und seine hohe Stirn, ihr glänzendes, glattes Haar und sein braun gewelltes, ihre kohlschwarzen Augen und seine strahlend blauen. Nein, Schönheit meinte, dass sie noch nie so vollkommen im Anblick eines anderen versunken waren, dass sie das Gefühl hatten, sie wären ganz allein auf der Welt und wären sich selbst genug, um sich für immer geborgen und zu Hause zu fühlen.

Aurelia schluckte rauh, kehrte aber für ihr Gefühl viel zu rasch in die Wirklichkeit zurück, als sich ihr Retter neben ihr räusperte. »Geht es Ihnen gut, Niña? Sind Sie verletzt?«

Wie traumwandlerisch drehte sie sich um, um erstmals auch den anderen zu mustern, wenn auch ungleich oberflächlicher. Ob der schön war oder nicht, vermochte sie nicht zu sagen, nur dass er elegant gekleidet war. »Es ist …«, setzte sie bebend an.

Der andere war näher gekommen, und erst jetzt ging ihr auf, dass die beiden sich kannten und gemeinsam unterwegs gewesen waren. »Stell dir vor, Tiago«, rief ihr Retter, »dieser sittenlose Mann wollte doch einfach die Niña bestehlen und …«

Die restlichen Worte versanken in einem Rauschen.

Tiago.

Er hieß Tiago.

Ihre Lippen formten den Namen nach. Während ihr Retter prahlte, wie er den Dieb in die Flucht geschlagen hatte, überreichte Tiago ihr die Zeichnungen. Aurelia nahm sie mit schweißnassen, zitternden Händen entgegen.

»Hast du das gezeichnet?«

Er hatte sie unwillkürlich geduzt – keine Kränkung oder Anmaßung, wie ihr schien, eher eine tiefe Selbstverständlichkeit. Erneut wurde sie blind für die restliche Welt, versank in den Anblick seiner hellen Augen, des Lächelns um den fein geschwungenen Mund, der aristokratischen Nase. Sie musste

ihren Kopf in den Nacken legen, um ihm ins Gesicht zu sehen, denn er war um vieles größer als sie.
»Ja, das habe ich …«, stammelte sie.
Sie brach ab, nicht sicher, ob jemals wieder etwas Vernünftiges aus ihrem Mund kommen würde. »Aber das sind nur …«, versuchte sie es wieder und konnte den Satz abermals nicht zu Ende bringen.
»Das ist das Beste, was ich seit langem gesehen habe«, erklärte er, und seine Stimme klang – anders als ihre – fest. »Du hast eine genaue Beobachtungsgabe, aber verlierst dich nicht in unnütze Details. Und die Ölmalereien … die Art, den Pinsel zu führen, erinnert mich an die großen Impressionisten. Woher hast du nur diese Farben? Selten habe ich so viele Nuancen an Braun- und Gelbtönen wahrgenommen.«
Sie konnte nur lächeln und wäre wohl noch ewig stumm vor ihm stehen geblieben, wenn sich ihr Retter nicht erneut eingemischt hätte. »Tiago, wir müssen nun los. Unser Zug fährt schon in einer Stunde ab …«
Der Mann hatte ihn am Arm gepackt, um ihn sanft mit sich zu ziehen. Tiago merkte es gar nicht, sondern blieb stehen.
»Du solltest diese Bilder auf der Escuela de Bellas Artes zeigen«, sagte er.
Eben noch war ihr Geist wie ausgehöhlt gewesen. Der Klang dieses Wortes rührte jedoch an einen Traum, den Aurelia seit Jahren hegte. Die Escuela de Bellas Artes war die Kunsthochschule in Chiles Hauptstadt Santiago, dem dortigen Museum angeschlossen und aus der Academia de Pintura hervorgegangen. Ihr Stiefvater hatte ihr davon erzählt, und seit sie das erste Mal gehört hatte, dass es einen Ort gab, wo Menschen nichts anderes taten, als den lieben langen Tag die Malerei oder die Bildhauerei zu erlernen und zu verfeinern, war dies ihr heimlicher, wenn auch unerreichbar scheinender Sehnsuchtsort gewesen.

»Pedro Lira ist im Moment der Leiter«, fuhr Tiago fort, »ich kenne ihn gut, ich kann dafür sorgen, dass du ihm vorgestellt wirst.«

»Tiago … unser Zug!«

Immer noch ließ er sich von seinem Gefährten nicht zur Eile drängen, sondern blickte sie erwartungsvoll an.

Aurelia rang nach Worten, doch ehe sie etwas sagen konnte – dass sein Angebot sie ungemein freute, aber dass sie doch gewiss nicht gut genug malte, um einen Pedro Lira zu beeindrucken –, hörte sie, wie jemand laut ihren Namen rief. Die Welt – eben noch geschrumpft auf das Plätzchen, auf dem sie mit Tiago stand – wurde wieder groß und laut. Die Stimme klang kreischend.

»Aurelia? Aurelia Hoffmann?«

Ein Mann und eine Frau kamen auf sie zugelaufen – es war die Frau, die kreischte, während der Mann in ihrem Schlepptau ziemlich mürrisch dreinblickte. Das mussten Elvira und Ludwig Kreutz sein, ging Aurelia durch den Kopf. Die beiden führten nach den tragischen Todesfällen die Apotheke von Arthur Hoffmann in Valparaíso und kümmerten sich um Victoria. Aurelia blickte sich um, denn sie hatte erwartet, dass auch diese zum Hafen kommen würde, um sie abzuholen, doch weit und breit war nichts von einem sechzehnjährigen Mädchen zu sehen.

»Gott sei Dank!«, stieß Elvira mit ihrer kreischenden Stimme aus. »Endlich haben wir dich gefunden! Diese Menschenmassen sind ja nicht auszuhalten! Und wie siehst du nur aus, Kind?«

Aurelia begriff kurz nicht, was sie meinte, dann fuhren ihre Hände instinktiv zu dem Hut, der nach wie vor verrutscht war, und den offenen Haaren, die wild im Wind wehten.

Elvira packte sie an der Hand. »Komm schnell mit zur Kutsche.«

Drei Schritte folgte sie ihr willig, dann drehte sie sich um und

suchte Tiagos Blick. Auch der wurde von seinem ungeduldigen Freund mit sich gezogen. »Der Zug, Tiago, der Zug wartet nicht auf uns!«
Diesmal folgte er ihm, wenn auch widerstrebend, rief ihr jedoch aus der wachsenden Entfernung noch etwas zu: »Deine Bilder! Du solltest sie wirklich jemandem zeigen, der etwas davon versteht ... die Escuela de Bellas Artes ... ich bin selbst dort ...«
Seine Worte wurden vom Lärm übertönt, den Rufen von Lastenträgern, den quietschenden Rädern der Fuhrwerke, dem Rauschen des nahen Ozeans und wieder Elviras kreischender Stimme, als die beklagte, wie lange sie sie hätten suchen müssen. Die vielen Menschen verstellten ihr schließlich den Blick auf Tiagos hochgewachsene Gestalt.
»Warte!«, hätte Aurelia am liebsten gerufen, tat es jedoch nicht. Wie hätte sie dem Ehepaar Kreutz auch ihr Interesse an dem Fremden erklären können, wie den Wunsch, ihn noch so vieles zu fragen, wer er war, wie sein Nachname lautete, warum er etwas von ihren Zeichnungen verstand?
»Gottlob haben wir dich sofort erkannt«, kreischte ihr Elvira ins Ohr. »Nur wenige junge Frauen reisten auf dem Schiff. Ich hielt es ja für keine gute Idee, dass deine Eltern dich ganz allein herschicken, auf einer solch gefahrvollen Reise kann viel Unbill geschehen. Aber nun gut, jetzt bist du hier, und das ist nicht das Schlechteste. Wir machen uns große Sorgen um Victoria. Vielleicht kannst du sie ja endlich zur Vernunft bringen.«
Aurelia stolperte über die unebenen Pflastersteine. Ludwig Kreutz hatte ihr wortlos die Tasche abgenommen, die Mappe mit den Zeichnungen aber umklammerte sie selbst. Sie wurde taub für Elviras anstrengende Stimme, während sie wieder und wieder seinen Namen murmelte.
Tiago ...

Die Fahrt mit der Cerro-Kutsche, die sie zum Haus der Hoffmanns bringen sollte, geriet immer wieder ins Stocken. Im Stadtkern herrschte ähnliches Gewühl wie am Hafen, und während Ludwig Kreutz weiterhin missmutig schwieg, erklärte Elvira nunmehr nicht mit schrillem, sondern beleidigtem Tonfall, dass all jene Horden keine Einheimischen wären, sondern Besucher aus Santiago, die den Sommer am Strand verbracht hatten und nun in die Hauptstadt zurückkehrten. In Viña del Mar würde es dieser Tage hingegen wieder etwas ruhiger werden, die Hoffmanns hätten dort auch ein Chalet besessen, doch weder Emilia oder Arthur noch jetzt Victoria wollten dort leben.
Sie schüttelte Kopf: Offenbar war alles, was Victoria tat oder eben nicht, ein steter Quell von Ärgernis.
Aurelia musterte das Ehepaar Kreutz eingehender. Ludwig wirkte nicht nur missmutig, sondern mit dem pomadisierten Haar und der eng gebundenen Schleife um den Hals sehr penibel. Wahrscheinlich war er einst darum Apotheker geworden, weil man als solcher jedes noch so kleine Tröpfchen und Körnchen abzuwiegen hatte. Vage erinnerte sie sich daran, wie Victoria bei einem Besuch in Patagonien, der gewiss schon über sechs Jahre zurücklag, über das Ehepaar Kreutz gelästert hatte. »Er ist so steif, als habe er einen Stock geschluckt – und ihre Stimme klingt wie das Quietschen von Rädern, die man zu lange nicht geölt hat.«
Es muss schrecklich für Victoria sein, ihnen jetzt, nach dem Unglück, mit Haut und Haaren ausgeliefert zu sein, ging es Aurelia durch den Kopf.
»Du bist gewiss erschöpft von der langen Reise«, erklärte Elvira eben, doch bevor Aurelia etwas erwidern konnte, wiederholte sie schon die vorherige Beschwerde: dass es eigentlich einer Frau nicht anstünde, ohne Begleitung zu reisen.

»Ich weiß nicht, wie es sich in Patagonien verhält«, erklärte sie schnippisch, »aber hier gilt eine Frau, die allein ausgeht, vor allem bei Nacht, als sehr unehrenhaft.«

Aurelia hielt ihrem vorwurfsvollen Blick ungerührt stand: »Meine Eltern konnten nicht mitkommen. Sie sind schließlich mit der Schafschur beschäftigt.«

Elvira kniff die Lippen zusammen, und in ihren Augen glomm Verachtung auf. Als Apotheker gehörten sie zu Chiles Mittelklasse – Schafzüchter in Patagonien waren in ihren Augen wohl nur einfache Bauern, auf die sie herabsehen konnte. Immerhin überwand sie sich dazu einzugestehen: »Ich bin froh, dass du hier bist. Ich werde mit Victoria einfach nicht mehr fertig.«

Zum ersten Mal schwieg sie für längere Zeit, und Aurelia beschwor weitere Erinnerungen herauf. Ihre Mutter Rita und Victorias Mutter Emilia hatten sich einst so nahegestanden wie Schwestern. Jahrelang hatten sie die Estancia in Patagonien gemeinsam bewirtschaftet, ehe Emilia den deutschen Apotheker Arthur Hoffmann geheiratet – im Übrigen ein Vetter von Ritas Mann Balthasar – und immer mehr Zeit in Valparaíso verbracht hatte. Der Kontakt der beiden Frauen blieb eng – sie schrieben sich so oft wie möglich, aber zwischen ihren Töchtern hatte kein ähnlich festes Band entstehen können. Von dem letzten Besuch der Hoffmanns war Victoria Aurelia eher unangenehm in Erinnerung geblieben. Sie hatte ständig Fragen gestellt und alles aufmerksam beobachtet, aber über sich selbst so gut wie nichts preisgegeben. Aurelias drei jüngere Brüder Emilio, Arturo und Cornelio schienen ihr irgendwie lästig zu sein, und obwohl Aurelia sie selbst oft Quälgeister nannte, hatte sie Victorias schroffe Art ihnen gegenüber nicht gutgeheißen. Nun, vielleicht lag es daran, dass Victoria selbst keine Geschwister hatte und darum nicht wusste, wie man mit ihnen umgehen sollte. Und ganz gleich, ob sie sie damals gemocht hatte oder nicht – heute tat sie Aurelia vor allem leid. Sie war sofort bereit gewesen, auf Wunsch ihrer Eltern nach Valparaíso zu reisen und sich um Victoria zu kümmern, nachdem sie die traurige Nachricht erreicht hatte.

»Meine Mutter meint, dass Victoria fürs Erste mit mir kommen soll«, erklärte sie, »ich meine, nach Patagonien. Es wäre gewiss eine willkommene Abwechslung.«

Elvira schüttelte entrüstet den Kopf, und Aurelia glaubte schon, dass sie erneut ihre Verachtung für patagonische Schafzüchter bekunden würde. Aber ihr Ärger galt einem anderen Umstand: »Als ob Victoria jemals täte, was man ihr vorschlägt!«

»Es ist doch kein Wunder, wenn Victoria in dieser Zeit etwas ... durcheinander ist«, hielt Aurelia dagegen.

»Wenn es nur die Trauer wäre!«

»Was ist es denn noch?«

Elvira gab keine Antwort, sondern sah hinaus, und Aurelia folgte ihrem Blick.

Wie die meisten deutschen Familien wohnten auch die Hoffmanns in einem großen Haus am Paseo Atkinson, der auf dem Cerro Alegre lag – einem Berghang knapp einhundertfünfzig Meter über Valparaíso, wo die Luft deutlich besser war als in der Tiefebene. Der gegenüberliegende Cerro Concepción dagegen war vorwiegend von den Engländern besiedelt.

Aurelia überlegte schon, ob sie ihre Frage wiederholen sollte, als Elvira plötzlich auf ein Gebäude deutete und wütend ausstieß: »Erst letzten Monat ist sie dort rausgeflogen!«

Das Gebäude war offenbar eine Schule. Noch mehr als über den Rauswurf war Aurelia darüber überrascht, dass Victoria überhaupt eine besuchte. Immerhin war sie schon sechzehn, und Mädchen besuchten ihres Wissens niemals die Oberstufe.

»Warum ist sie rausgeflogen?«

»Sie hat es noch nie lange auf einer Schule ausgehalten, weder in der des Ursulinenkloster noch in der Privatschule von Doña Julia Cabezón. Nun bleibt nur noch die staatliche Mädchenschule in Viña del Mar. Aber da leben wir nun mal leider nicht. Ludwig, wir sollten uns wirklich überlegen ...«

Aurelia hörte Elvira nicht länger zu, als diese aufs Neue sämtliche Gründe aufzählte, warum es besser war, in Viña del Mar zu leben und nicht in Valparaíso. Sie selbst hatte nie eine Schule besucht, jedoch von ihrem Stiefvater Balthasar zeichnen und malen gelernt sowie zu schreiben, zu rechnen und wie man Schafe züchtete. In Punta Arenas gab es zwar eine Schule für die Kinder englischer Schafzüchter, aber die Strecke dorthin wäre zu weit gewesen, um sie täglich zurückzulegen. Manchmal hatte sie es bedauert, diese Schule nicht zu besuchen, denn es hieß, man würde dort auch singen und Klavier spielen lernen, und beides hätte sie zu gerne gekonnt. Allerdings war ihr nichts jemals annähernd so wichtig gewesen wie die Malerei, und der hatte sie sich immer hingeben können. Unwillkürlich drückte sie die Mappe mit ihren Bildern an die Brust.

Deine Bilder ... du solltest sie wirklich jemandem zeigen, der etwas davon versteht ... die Escuela de Bellas Artes ...

Sie hörte Tiagos Stimme ganz deutlich in ihrem Ohr, vor allem aber sah sie sein Lächeln vor sich, seine blauen Augen, seine ...

Der Wagen machte einen so abrupten Ruck, dass Aurelia fast nach vorne geschleudert wurde.

»So, wir sind da!«, verkündete Elvira. Noch ehe Aurelia das Haus der Hoffmanns mustern konnte, ja, noch ehe sie über-

haupt aus dem Gefährt stieg, kam ihnen eine Frau entgegengestürzt, der weißen Schürze und der adretten Haube nach zu urteilen ein Dienstmädchen oder gar die Haushälterin. Sie hatte ihre Hände über dem Kopf zusammengeschlagen.
»Sie ist schon wieder fort!«, schrie sie aufgeregt.
Elvira und Ludwig seufzten wie aus einem Mund.
Aurelia war sofort klar, dass von Victoria die Rede sein musste.
»Dieses Mädchen treibt mich in den Wahnsinn!«, rief Elvira, und zum ersten Mal sekundierte ihr Ludwig Kreutz: »Wir müssen jetzt andere Saiten aufziehen. Dieses Verhalten können wir uns nicht länger bieten lassen!«

Aurelia gab vor, dass sie müde war und keinen Hunger hatte, und entging so einem Abendessen, in dem Elvira weitere Klagereden führen würde. Stattdessen brachte das Dienstmädchen sie in das Zimmer, das für sie vorbereitet worden war. Sie sah nicht viel vom Haus, weder die Geschäftsräume, in denen sich die Apotheke befand, noch die Küche, das Speisezimmer und Wohnzimmer im Erdgeschoss, sondern nur ihr Schlafzimmer und den Salon im ersten Stock. Sie waren viel größer als die Räume der Estancia in Patagonien, viel eleganter eingerichtet – mit schweren Teppichen, Lüstern und Seidentapeten –, und wirkten dennoch kalt und verwaist.
Aurelia vernahm von unten ein Gemurmel; offenbar diskutierten Elvira und Ludwig darüber, wie sie mit Victorias neuerlichem Verschwinden umgehen sollten. Sie konnte sich aus den Wortfetzen keinen Reim machen, wo Victoria sich wohl gerade aufhielt, und schloss schließlich die Tür, um sich aufs Bett zu legen.
Die Stille, die sie umgab, setzte ihr bald zu. Sie hatte sich selten so einsam gefühlt wie in diesem Augenblick – nicht ein-

mal auf dem Schiff, wo sie zwar nur von Fremden umgeben, wo aber immer etwas los gewesen war. Wie musste sich Victoria in diesem Haus fühlen? So ganz ohne Geschwister! Und nachdem sie ihre Eltern fast gleichzeitig verloren hatte!

Ihr Vater, Arthur Hoffmann, war beim Erdbeben 1906 schwer verletzt worden und hatte sich seitdem nicht mehr erholt. Er konnte kaum laufen, hatte stets unter Schmerzen im Rücken zu leiden, die ihn über Wochen ins Bett zwangen, und erlag schließlich unerwartet einer Lungenentzündung. Nur wenige Wochen nach seinem Tod war Victorias Mutter Emilia an Typhus gestorben. Als der Brief aus Valparaíso eintraf, der die traurigen Nachrichten überbrachte, hatte Aurelia ihre Mutter Rita zum ersten Mal weinen gesehen – und das über Tage. Gleiche Trauer hatte sie eigentlich in diesem Haus erwartet, doch Elvira und Ludwig waren nur voller Ärger über Victoria, und Victoria selbst … wo war Victoria?

Jemand klopfte, und Aurelia fuhr auf. Doch es war nur das Hausmädchen, das etwas zu essen gebracht hatte, ein Stück Kuchen und ein Glas Portwein.

»Wohin genau ist Victoria eigentlich gegangen?«, fragte Aurelia.

Das Mädchen wich der Frage aus. »Wenn sie diesmal heimkommt, wird es gewiss eine ordentliche Strafe setzen«, erklärte sie nicht ohne Befriedigung.

Aurelia war noch verwirrter, aber geistesgegenwärtig genug, um das Mädchen zu fragen, welches der Zimmer das von Victoria sei. Die gab ihr freimütig Auskunft, wobei Aurelia nicht sicher war, warum. Weil sie sie für vertrauenswürdig hielt? Oder weil sie sich Victoria gegenüber nicht zu Verschwiegenheit verpflichtet fühlte?

Hastig aß Aurelia ihren Kuchen und nahm einen Schluck von dem Wein, der ihr heiß ins Gesicht stieg. Dann trat sie auf den

Gang, vernahm von unten immer noch Gemurmel und öffnete schließlich die Tür zu Victorias Zimmer. Auch dieser Raum war sehr elegant eingerichtet. Vor den großen, hohen Fenstern hingen schwere, purpurfarbene Vorhänge. Kunstvolle Schnitzereien schmückten das breite Himmelbett und ein Schränkchen daneben, auf dem Fotografien standen. Aurelia musterte sie neugierig, erkannte Arthur und Emilia, aber auch ihre Mutter Rita und ihren Stiefvater Balthasar.
Was ihre Aufmerksamkeit jedoch ungleich mehr anzog, waren die vielen Bücher im Zimmer. Sie standen nicht nur in Regalen, sondern lagen übereinandergestapelt auf dem Schreibtisch – und es waren mehr, als Aurelia je auf einem Fleck gesehen hatte. Auf der Estancia gab es Geschäftsbücher, einige englische Romane und die Missionarszeitschriften, mehr aber nicht.
Nicht nur wegen der vielen Bücher herrschte auf dem Schreibtisch Unordnung. Auch viele Briefe lagen durcheinander. Aurelia wollte nicht neugierig sein, aber las dennoch die Zeile von einem. »Sehr aufschlussreich, was man darin zum Krankheitsbild erfährt.«
Aurelia runzelte die Stirn, umso mehr, als sie den Namen der Absenderin sah: eine Nora van Sweeten aus Hamburg. Wer das wohl war? Und vor allem: Von welcher Krankheit war da die Rede?
Gleich neben dem Brief lag ein Buch mit schwerem, jedoch abgegriffenem Ledereinband. Es musste oft gelesen worden sein. Aurelia schlug es auf und las einen Absatz, den sie kaum verstand: »An die zuerst abgelagerte tuberculöse Materie schließt allmählich von außen mehr und mehr Tuberkelstoff an; der Tuberkel wächst durch Apposition von außen, und auf diese Weise entstehen aus Tuberkelmolekülen nach und nach größere, aus concentrisch aneinander gelegten Schichten bestehende Tuberkelmassen.«

Offenbar war es ein medizinisches Fachbuch, und in dieser Abhandlung ging es um eine gefürchtete Krankheit, die Lungenkrankheit oder Schwindsucht, an der so viele Menschen starben. Aber warum las Victoria so ein Buch? Ihre Mutter war doch an Typhus gestorben, nicht an Schwindsucht! War sie womöglich selber krank? Aber dann wären Elvira und Ludwig Kreutz doch nicht so böse auf sie!

Aurelia sah sich weitere Bücher an. Eines davon schien nicht das Geringste mit Krankheiten zu tun zu haben. Der Autor hieß John Stuart Mill, das Buch selbst trug den merkwürdigen Titel *Die Hörigkeit der Frau,* und übersetzt worden war es von einer gewissen Martina Barros. Ein weiterer Brief lag daneben – offenbar einer, den Victoria geschrieben, aber bis jetzt noch nicht fertiggestellt und abgesendet hatte: *Ich habe Mill nun endlich gelesen, und ich verstehe, warum sein Buch als die Bibel der Frauenbewegung gilt, denn …*

Aurelia zuckte zusammen und blickte hoch. Ein Luftzug hatte sie erfasst und wirbelte ihre Haare durcheinander. Sie hörte ein Knacksen der schweren Eichendielen, rechnete damit, von Elvira ertappt worden zu sein, und überlegte, wie sie sich dafür rechtfertigen sollte, dass sie heimlich in Victorias Sachen stöberte. Aber als sie zur Tür sah, stellte sie fest, dass diese verschlossen war und folglich niemand die Treppe hochgekommen war. Wer immer das Zimmer betreten hatte, hatte es durchs Fenster getan und stand nun hinter ihr. Ehe sie sich umdrehen konnte, legte sich eine Hand auf Aurelias Mund.

»Psst!«, ertönte es mahnend. »Keinen Mucks!«

2. Kapitel

Aurelia erstarrte. Der Schrecken überlief sie eisig kalt. Unwillkürlich fühlte sie sich an den Dieb erinnert, der heute ihre Tasche gestohlen und sie dabei unsanft zurückgestoßen hatte. Allerdings fiel dieser Griff nicht so brutal aus. Schon löste sich die fremde Hand von ihrem Mund.

Aurelia fuhr herum. »Bist du verrückt, mich so zu erschrecken?«, brach es aus ihr heraus.

»Pst«, machte Victoria wieder. »Ich bin eigens die Efeuleiter hochgeklettert, damit Elvira und Ludwig mich nicht sehen. Soll diese Mühe umsonst gewesen sein?«

Ein Efeublatt hatte sich in ihrem Haar verfangen, ansonsten aber saß die Frisur perfekt. Diese hatte nichts Kindliches, Jugendliches an sich: Die Haare waren in der Mitte gescheitelt und im Nacken zu einem festen Knoten geflochten worden. Sehr streng mutete das an – ein Eindruck, der vom schwarzen, etwas unförmigen Kleid, das Victoria trug, noch unterstrichen wurde. Aurelia trug selbst meist schlichte Kleidung – auf der Estancia war es vor allem wichtig, sich praktisch zu kleiden. Aber sie hatte erwartet, dass die Tochter eines wohlhabenden Apothekers ein elegantes Kleid tragen würde, aus Seide, Musselin oder gar Samt. Insgeheim hatte sie sich sogar erhofft, hier in Valparaíso vielleicht einmal selbst in das Kleid einer feinen Frau schlüpfen zu können, aber von Victoria war eine solche Leihgabe wohl nicht zu erhoffen.

Aurelia musterte ihr Gesicht, stellte fest, dass sie sich seit ihrer letzten Begegnung sehr verändert hatte, und fand nicht viele Ähnlichkeiten mit ihren Eltern. Beide hatten sie blondes Haar und helle Augen gehabt – Victorias Haar dagegen war von einem matten Braunton, und die Augen hatten die Farbe der Haselnuss. Ihre Haut war blass, nur auf der Nase saßen ein paar kecke Sommersprossen.

Victoria, die ihren wachen Blick erst erwidert hatte, drehte sich nun um und deutete auf die Bücher und Briefe auf ihrem Schreibtisch: »Hast du darin gelesen?«

Aurelia errötete. »Es tut mir leid, ich wollte nicht indiskret sein, aber da du nicht da warst und ich nicht wusste, ob …«

»Oh, ich bin froh, dass du lesen kannst!«, unterbrach Victoria sie erfreut. »So viele Chilenen können es nicht, höchstens ein Drittel der Bevölkerung, denk dir das. Dabei ist das Vermögen, zu lesen und zu schreiben, der erste Schritt der Frau in die Freiheit.«

Aurelia begriff nicht recht, was sie meinte. »Wo bist du gewesen?«, fragte sie schließlich.

»Ich komme gerade aus der Armensiedlung und habe Brot verteilt«, antwortete Victoria bereitwillig. »Der Bäckerjunge, ein Deutscher wie mein Vater, ist manchmal sehr großzügig. Er hat heute gleich drei Laibe Schwarzbrot gespendet.« Victoria verdrehte die Augen – ein Zeichen, dass ihre Worte nicht ernst, sondern ironisch gemeint waren und sie drei Laibe für eine lächerlich geringe Gabe hielt. »Nun, man muss nehmen, was man kriegt. Die Empanadera in der Quebrada de Elias gibt auch manchmal was ab – alle Empanadas nämlich, die verbrannt sind und die man der feinen Kundschaft nicht vorsetzen kann.« Als sie das Wort »fein« aussprach, zog sie ihre rechte Augenbraue spöttisch nach oben. »Aber seit meine Eltern tot sind, ist es schwieriger geworden – Essen zu bekommen, meine ich. Die meisten rücken nichts raus. Und schon gar nicht Elvira und Ludwig! Ich meine, unsere Speisekammern sind prall gefüllt, und trotzdem können sie nicht auf den kleinsten Brotkrumen verzichten.«

Sie sprach in gleichem Tonfall vom Tod ihrer Eltern wie von den gespendeten Nahrungsmitteln – sehr nüchtern, fast gleichgültig. Ihre Stimme war nicht laut, aber eindringlich.

Nachdem sie geendet hatte, senkte sich kurz Schweigen über die beiden. Aurelia ging auf, dass sie sich nicht einmal ordentlich begrüßt hatten, doch Victoria schien nicht sonderlich daran interessiert zu sein und fragte auch nicht, wie ihre weite Reise verlaufen war. Sie wandte sich ab und blickte nachdenklich aus dem Fenster.

»Meine Eltern«, setzte Aurelia an, »meine Eltern schicken dir ihre besten Grüße. Und sie möchten dich gerne einladen, nach Patagonien zu kommen, um dort …«

Abrupt drehte sich Victoria um. »Ich muss noch einmal weg«, erklärte sie schroff.

Aurelia trat neben ihr ans Fenster. Sie befanden sich zwar nur im ersten Stock, aber wenn die Efeuleiter, die Victoria hochgeklettert war, brach und man in die Tiefe stürzte, konnte man sich sicher schlimme Verletzungen zufügen.

»Noch einmal weg?«, wiederholte sie fassungslos.

Victoria stützte sich aufs Fensterbrett. »Ich bringe nicht nur Essen in die Armensiedlung, sondern auch Medikamente. Auch das ist viel schwieriger geworden, seit Elvira und Ludwig meine Vormünder sind. Meine Eltern haben immer bereitwillig ihre Arzneien verteilt.«

»Elvira war sehr wütend, dass du das Haus verlassen hast!«, gab Aurelia zu bedenken.

Wieder zog Victoria ihre rechte Augenbraue hoch. »Gewiss doch!«, stieß sie voller Spott aus. »Sie hatte eine klare Vorstellung, wie Wohltätigkeit auszusehen hat. Nie würde sie den Armen und Kranken zu nahe kommen. Das Äußerste, zu dem sie

sich aufraffen kann, ist, an den Basaren der deutschen Kolonie teilzunehmen. Der Erlös wird gespendet, und ich sage ja nicht, dass wir ihn nicht brauchen können. Aber dieser Basar findet nur viermal im Jahr statt, und die Armen brauchen viel öfter Zuwendungen! Sie leben in Zeltstädten, weißt du – all die Menschen, die beim großen Erdbeben ihre Häuser verloren und die nicht genügend Geld haben, sie wieder aufzubauen.«
Sie lehnte sich aus dem Fenster, blickte nach rechts und links, um zu sehen, ob sie beobachtet wurde.
»Du willst tatsächlich wieder da runterklettern?«
»Ich bin verabredet – am Denkmal des Arturo Prat. Dort treffe ich einen Mittelsmann, der die Medikamente in die Siedlung bringen wird.«
»Und woher bekommst du die Medikamente?«
»Genau das ist das Problem. Elvira und Ludwig lassen mich nicht mehr in die Apotheke meiner Eltern, weil sie behaupten, dass ich stehlen würde. Stehlen, du lieber Himmel! Sie ist doch mein künftiges Erbe. Wie dumm, dass ich zu jung bin, es anzutreten. Aber da gibt es einen Arzt im deutschen Hospital. Es liegt gleich an der Ende der Straße, und manchmal überlässt er mir etwas Medizin.«
Aurelia trat unruhig von einem Fuß auf den anderen und wusste nicht, was sie tun sollte. Victoria davon abhalten, aus dem Fenster zu klettern? Oder wieder den Wunsch ihrer Eltern aussprechen, sie nach Patagonien zu bringen?
Sie ahnte, dass ihr eine schwere Aufgabe bevorstand, und entschied, vorerst lieber auf Victoria einzugehen, anstatt das eigene Anliegen vorzubringen. »Um welche Medikamente handelt es sich denn?«
»Vor allem Tuberkulin. Robert Koch hat es erfunden. Es heißt, es sei das einzige Medikament, das Tuberkelbazillen aufzuhalten imstande ist, man nennt es auch das Kochsche

Präparat. Ich bin mir ja nicht so sicher, ob es wirkt. Andere Ärzte übrigens auch nicht. Hier an der Deutschen Klinik forscht Eduard Theodor von Schröder nach einer neuen Behandlungsmethode, aber noch hat er keine gefunden, und bis dahin müssen wir eben das Kochsche Präparat verteilen. Immerhin ist die Krankheit nun frühzeitig erkennbar, seit letztes Jahr die intrakutane Tuberkulinprobe erfunden wurde.«

Sie sprach die vielen Fremdwörter ganz selbstverständlich aus, als hätte sie sich ihr Leben lang mit nichts anderem als Krankheiten und Behandlungsmethoden beschäftigt. Aurelia war mit ihren vierundzwanzig Jahren acht Jahre älter als Victoria – aber als diese so ernsthaft sprach, hatte sie den Eindruck, es wäre umgekehrt. Dass sie immer wieder von den Schulen geflogen war, lag ganz offensichtlich nicht an fehlendem Intellekt oder mangelnder Lernbereitschaft, sondern an ihrem Charakter.

»Du weißt sehr viel«, stellte sie fest. »Aber woher hast du denn all diese Bücher?«

»Der Deutsche Verein hat einst in der Calle Blanco einen großen Lesesaal mit in- und ausländischen Journalen, deutschen, spanischen und französischen Klassikern eröffnet. Dort habe ich viel Zeit verbracht. Leider gibt es dort kaum medizinische oder politische Schriften. Die schickt mir Nora van Sweeten aus Hamburg, sie gehört irgendwie zur Familie meines Vaters, ich weiß auch nicht, auf welche Weise. Sie arbeitet in einem Krankenhaus, und das würde ich auch so gerne tun.«

Sie seufzte sehnsüchtig, und der Glanz, der in ihren Augen erschien, nahm ihr kurz alle Strenge.

»Aber du sollst doch mit mir nach Patagonien kommen …«, warf Aurelia unsicher ein.

Victoria überhörte es geflissentlich. »Elvira und Ludwig ist es eigentlich egal, was ich tue. Sie haben nur Angst, dass ich das

Erbe meiner Eltern verschwende – das wollen sie bis zu meiner Volljährigkeit lieber selbst tun. Widerwärtige Menschen! Pah!« Ihr Körper schüttelte sich vor Verachtung. Abermals beugte sie sich weit aus dem Fenster. »Das Problem ist nur, dass sie mich im Moment suchen. Hörst du? Ludwig fragt gerade den Nachtwächter, der die öffentlichen Lichter anzündet, ob er mich gesehen hat.«
Aurelia beugte sich ebenfalls aus dem Fenster. Sie sah in der Ferne schemenhafte Gestalten, konnte aber nichts von dem verstehen, was dort unten gesprochen wurde. Der Abend war schnell gekommen. Das Meer, das man vorhin noch in der Ferne hatte glitzern sehen, war nur mehr ein schwarzer Streifen, der sich kaum vom grauen Himmel abhob.
»Verdammt!«, fluchte Victoria. »Ich kann heute nicht mehr raus!«
Aurelia seufzte erleichtert. Sie hätte sich äußerst unwohl gefühlt, Victoria dabei zuzusehen, wie sie auf halsbrecherische Weise die Hausmauer hinunterkletterte.
»In meinem Zimmer habe ich noch etwas Kuchen und Portwein«, sagte sie, »ich meine – falls du noch Hunger hast.«
Einmal mehr ging Victoria gar nicht erst auf ihre Worte ein. »Kannst du es nicht für mich machen?«, fragte sie.
»Was?«
»Nun, was schon? Die Medikamente abholen und zum Treffpunkt bringen. Ich beschreibe dir auch ganz genau, wie du dorthin findest.«
Aurelia riss die Augen auf. »Bist du verrückt?«, entfuhr es ihr heftig.
Victoria musterte sie abfällig. »Du bist doch in Patagonien aufgewachsen, oder nicht? Meine Mutter sagte immer, dass nur starke Frauen den starken Wind dort überleben. Alle anderen würden umgeweht werden. Also wirst du wohl hier

runterklettern und einen Botengang erledigen können. Oder bist du etwa feige?«
Die spöttische Frage packte Aurelia an ihrem Ehrgeiz. Dass sie feige wäre, hatte ihr noch nie jemand vorgeworfen. Gewiss, seit dem schrecklichen Erlebnis als Kind, als ihr leiblicher Vater sie entführt und mehrere Wochen gefangen gehalten hatte, um ihre Mutter zu erpressen, hatte sie sich nicht mehr so stark und unbesiegbar wie einst gefühlt. Aber sie hatte doch immer mit den jüngeren Brüdern mithalten können, wenn es darum ging, widerborstige Schafe festzuhalten, um sie zu scheren, oder schnell wie der Wind durch die Steppe zu reiten. Arturo, Emilio und Cornelio würden ohne Zögern nach unten klettern – warum sollte sie es nicht können?
»Ich mache es«, willigte sie ein, um streng hinzuzufügen: »Aber hinterher unterhalten wir uns darüber, wie es nun weitergeht und ob du mit mir nach Patagonien kommst.«
Victoria sagte nichts dazu, sondern erklärte ihr nur, wie sie erst zum Krankenhaus und dann zum Denkmal des Arturo Prat kommen würde.
Als Aurelia sich aufs Fensterbrett schwang, wurde sie blass. Eine falsche Bewegung – und sie würde sich den Hals brechen. Allerdings spürte sie, wie Victoria nur darauf wartete, dass sie zögerte – und auch wenn ihre Knie zitterten: Niemals würde sie sich vor der so viel Jüngeren die Blöße geben, zu kneifen.

Victoria blickte Aurelia nach. Ihr erster Eindruck, den sie von ihr gehabt hatte – dass sie etwas zu ängstlich, vorsichtig, gehorsam war –, wich einer gewissen Anerkennung. Sie kletterte geschickter nach unten, als sich vermuten ließ, obwohl sie so klein und zart war. Damals, bei ihrem Besuch in Patagonien vor sechs Jahren, hatte Victoria noch zu ihr aufgesehen – nicht

nur, weil Aurelia körperlich größer, sondern weil sie die Ältere war, die mehr vom Leben, insbesondere in dieser windigen Einöde, verstand –, aber das hatte sich inzwischen geändert.
Victoria schüttelte den Kopf. Mit den Erinnerungen an die Aurelia von einst erwachte auch jene an ihre Eltern, die damals in Patagonien so glücklich gewesen waren, Rita und Balthasar wiederzusehen. Rasch vertrieb Victoria das aufsteigende Bild von den beiden, wie sie lachten und redeten, indem sie zu ihrem Schreibtisch trat und ihre Bücher und Briefe ordnete. Alsbald fand sie nichts mehr zu tun – und das war ein höchst ungewohnter Zustand für sie: Sie tat eigentlich immer irgendetwas. Nur zu warten lag ihr nicht. Sie blickte nach draußen auf den nachtschwarzen Himmel, hörte jedoch nichts – weder die Stimmen von Elvira oder Ludwig noch Schritte, die von Aurelias Wiederkehr kündeten.
Hoffentlich ging alles gut.
Sie zögerte kurz, schlich dann erst in den Gang und schließlich in Aurelias Zimmer. Wie es aussah, war sie mit einfachem Gepäck gereist: Auf einem Stuhl lag eine Tasche, auf dem kleinen Tischchen eine Mappe. Wieder zögerte sie – denn eigent lich hasste sie nichts mehr, als wenn Elvira in ihr Zimmer kam und ihre Sachen durchwühlte. Allerdings hatte Aurelia auch die Briefe von Nora van Sweeten gelesen, und Victoria hatte zudem schon eine Ahnung, was sich in der Mappe befand.
Sie wurde nicht enttäuscht. Noch zu gut konnte sie sich daran erinnern, dass Aurelia damals in Patagonien bei jeder Gelegenheit gezeichnet hatte. Ihr selbst lag es nicht, für irgendetwas lange stillzusitzen, höchstens zum Lesen, aber Aurelia war glücklich, wenn sie ihren Kohlestift in der Hand hielt. Einige der Bilder, die Victoria durchblätterte, waren mit einem solchen gezeichnet und zeigten, wie sich ihre Technik und Beobachtungsgabe verfeinert hatten. Andere waren mit

ganz besonderen Farben gemalt worden – keine Wasser- oder Ölfarben, wie Victoria vermutete, sondern jene Erdfarben, mit denen Aurelias Mutter Rita die Schafwolle färbte oder die Stoffe, die sie daraus webte, bedruckte. Es waren kräftige Brauntöne darunter, aber auch zarte Pastellfarben, Kohlschwarz und lichtes Blau. Da Erde unmöglich blau sein konnte, musste sie diesen Farbton auf andere Weise gewonnen haben, vielleicht aus Beeren oder Blumen. So oder so waren die Bilder faszinierend anzuschauen, fingen sie doch einerseits das sturmumtoste Patagonien vortrefflich ein und verfremdeten die Landschaft aufgrund des originellen Pinselstrichs zugleich ein wenig, so als wäre sie ein Traumgebilde, das sich jederzeit auflösen konnte. Victoria hatte sich in Patagonien nicht sonderlich wohl gefühlt, doch diese Bilder weckten ihre Sehnsucht nach einem Ort der Stille und Einsamkeit und Weite. Ein Ort, wo sie sich der Trauer um die Eltern hingeben, aber auch neue Kraft schöpfen konnte …

»Ach, hier bist du!«

Sie fuhr herum und sah, dass Aurelia zurückgekommen war – ihre offenen Haare fielen noch wirrer über den Rücken als vorhin, das Gesicht war gerötet, ihre Augen blitzten stolz.

»Ich habe getan, was du gesagt hast«, erklärte sie mit hörbarem Triumph, »als ich das Paket mit den Medikamenten abgeholt habe, war der Arzt zwar misstrauisch, aber als ich ihn angelächelt habe, hat er mir geglaubt, dass du mich geschickt hast.«

Victoria runzelte ihre Stirn – für gewöhnlich verabscheute sie Frauen, die allein auf die Macht ihres Lächelns und ihrer Schönheit setzten. Allerdings konnte sie Aurelia kaum vorwerfen, alles getan zu haben, um ihren Auftrag zu erfüllen.

»Und zum Treffpunkt beim Denkmal von Arturo Prat habe ich auch gefunden. Der Mann war schon dort, ich habe ihm die Medikamente übergeben, und …«, sie atmete tief durch, »… und jetzt müssen wir endlich darüber reden, ob du mit nach Patagonien kommst!«

Victoria unterdrückte ein Seufzen. Anstatt etwas zu erwidern, vertiefte sie sich wieder in Aurelias Zeichnungen. »Die sind wirklich gut«, stellte sie fest.

Aurelia trat zu ihr und nahm ihr sanft die Mappe aus den Händen. »Das hat heute schon jemand gesagt«, sagte sie leise.

»Dann hatte er recht. Du solltest Malerei studieren.«

»Studieren? Ich?«

Aurelia blickte sie zweifelnd an – und für gewöhnlich verachtete Victoria auch diesen Ausdruck bei Frauen. »Als ob du nicht weißt, dass du gut bist!«, zischte sie.

Aurelia schwieg betroffen und zuckte hilflos die Schultern.

»Kennst du Pablo Burchard?«, fragte Victoria unvermittelt. »Das ist ein bekannter Maler in Valparaíso, und er war ein guter Bekannter unserer Familie. Er hat ein Ferienhaus in Quintero am Meer und hat sich häufig dorthin zurückgezogen, um zu malen. Wobei er eigentlich immer und überall gemalt hat. Mein Vater hat sich oft darüber lustig gemacht, dass er mitten auf einer Bahnstrecke ausstieg, weil ihn ein bestimmtes Motiv fesselte, und dass er bei der Rückfahrt dann mehrmals den falschen Zug nahm.«

Wehmut stieg in ihr auf, als sie an ihren Vater dachte, der sie stets zum Lachen gebracht hatte – nicht nur, indem er Anekdoten wie diese erzählte, sondern verschiedene Späße mit ihr trieb. »Nun, wie auch immer«, fuhr sie rasch und nüchtern fort, »Pablo Burchard gehört zu den Gründern der Kunstakademie in Santiago. Dort unterrichtet er auch.«

»Die Escuela de Bellas Artes«, sagte Aurelia, und ihre Stimme klang ehrfürchtig. »Die von Pedro Lira geleitet wird. Aber ich bin doch nur …«

Victoria verdrehte die Augen, weil sie ahnte, was kommen würde. »Du bist doch nur eine Frau, willst du sagen?«, unterbrach sie sie scharf. »Na und? Maria Rotzoll war auch eine Frau, und als sie sich an Pablo Burchard wandte, weil sie Kunst studieren wollte, hat er sofort ihr Talent erkannt und sie aufgenommen. Im Übrigen …« Victoria zögerte kurz, weil sie nicht sicher war, ob sie ihre Pläne verraten sollte, fuhr dann jedoch entschlossen fort: »Im Übrigen kannst du mich gerne nach Santiago begleiten.«

Aurelia blickte sie entsetzt an. »Dich begleiten? Nach Santiago? Ach, ich … wir … wir sollten doch nach Patagonien gehen. Meine Eltern wünschen sich das so.«

Victoria machte eine unwirsche Handbewegung. »Jemand wie ich passt dort gewiss nicht hin.«

»Jemand wie du?«

Wieder zögerte Victoria, sich ihr anzuvertrauen, aber dann überwog nach all den Wochen, da sie Ludwigs und Elviras langweiliger Gesellschaft ausgeliefert war, das Bedürfnis, mit jemandem über ihre Pläne zu reden. »Ich bin Feministin«, erklärte sie stolz.

Aurelias eben noch erschrockener Blick wurde verwirrt. »Was ist denn das?«, fragte sie.

Victoria verdrehte abermals die Augen. Sie wandte sich leicht von ihr ab, ehe sie zu dozieren begann: »Das ist ein Begriff, der aus Frankreich kommt. Alle Frauen bezeichnen sich so, die überzeugt sind, dass unser Geschlecht die gleichen intellektuellen Fähigkeiten wie die Männer hat, überdies das Recht und die Fähigkeit, am öffentlichen Leben und in der Politik teilzunehmen, und nicht zuletzt das Recht und die Fähigkeit, einen Beruf auszuüben und damit Geld zu verdienen.«

Sie wandte sich Aurelia wieder zu. In deren Gesicht zeichnete sich nicht sonderlich viel Verständnis ab. »Und was hat das damit zu tun, dass du mich nicht nach Patagonien begleiten willst?«, fragte sie skeptisch.

Victoria ballte ungeduldig ihre Hände zu Fäusten. »Nun, ich will einen Beruf erlernen und eigenes Geld verdienen. Hier in Valparaíso bin ich von Elvira und Ludwig abhängig, in Patagonien wäre ich es wiederum von deinen Eltern. Aber ich will auf eigenen Füßen stehen – und das werde ich. Nämlich in Santiago. Also – kommst du mit?«

Speicheltröpfchen sprühten von ihrem Mund, so eindringlich und hitzig redete sie auf Aurelia ein. Diese war zwar unwillkürlich zurückgewichen, aber Victoria entging das Funkeln in ihren Augen nicht. Der Gedanke an Santiago schien sie ein wenig zu beängstigen ... aber noch mehr zu faszinieren.

Vielleicht kann man doch etwas aus ihr machen, dachte sie.

»Das klingt ziemlich verrückt!«, stieß Aurelia schließlich aus.

»Wenn du meinst«, sagte Victoria gedehnt.

»Welchen Beruf willst du denn überhaupt erlernen?«

»Irgendeinen, bei dem ich mich für arme Menschen einsetzen und gegen die vielen Missstände unserer Gesellschaft kämpfen kann. Ich bin nämlich Sozialistin.«

»Ich dachte, du wärst *Feministin?*«

Victoria seufzte. »Das eine schließt das andere doch nicht aus! In einer gerechten Gesellschaft wird das Vermögen zwischen Arm und Reich besser verteilt, aber auch die Rechte und Pflichten zwischen den Geschlechtern, und ...«

Victoria spürte, wie Aurelias Gedanken abschweiften. »Ich sehe schon«, stellte sie grimmig fest, »davon hast du keine Ahnung. Aber immerhin bist du gut im Malen. Und könntest besser werden, wenn du dein Leben nicht bei den Schafen in der Pampa verbringst.«

Aurelia senkte ihren Blick, weswegen Victoria sich diesmal nicht sicher war, ob er begeistert funkelte oder gekränkt war.

Ehe sie noch etwas hinzufügen konnte, hörte man das Knarren der Eichendielen.
»Victoria?«, ertönte Elviras kreischende Stimme. »Bist du da?«
Victoria trat hastig von der Tür weg und sah sich nach einem geeigneten Versteck um. »Kannst du sie irgendwie anlügen?«, zischte sie panisch. »Ich ertrage diese Frau heute nicht mehr.«
Aurelia hob ihren Blick. Nicht länger standen Skepsis oder Begeisterung darin, nur gleicher Triumph wie vorhin, als Victoria schon einmal ihrer Dienste bedurft hatte. »Aber natürlich helfe ich dir!«, erklärte sie und setzte dann jenes Lächeln auf, mit dem sie wohl vorhin im Krankenhaus den Arzt für sich gewonnen hatte.

Aurelia war todmüde, aber sie konnte trotzdem nicht schlafen. Zu viel war heute geschehen, was ihr nun durch den Kopf ging, die Begegnung mit Tiago, das Wiedersehen mit Victoria … Ob diese wohl auch noch wach im Bett lag?
Aurelia hatte keine Ahnung, wie es in ihr aussah. Sie hatte erwartet, sie in tiefer Trauer vorzufinden, doch sie sprach von ihren Eltern genauso nüchtern wie von allem anderen. Als Aurelia sie vorhin gefragt hatte, ob sie beim Tod ihrer Mutter dabei gewesen wäre, hatte sie ein ausdrucksloses Gesicht aufgesetzt und sachlich erklärt, dass es in der Deutschen Klinik in Valparaíso zwar eine Spezialabteilung für Typhusinfektionen gab, die erste und einzige des Landes, aber dass für ihre Mutter trotzdem jede Hilfe zu spät gekommen wäre. Sie hatte die Schulter gezuckt und dann hinzugefügt: »Es gibt hier auch die erste Frauenabteilung. Und hier ist auch erstmals in Chile eine Operation der akuten Appendizitis vorgenommen worden.«
Aurelia wälzte sich im Bett. Sie wusste nicht, was eine Appendizitis war, und noch weniger wusste sie, was Victoria hinter

der kühlen Fassade verbarg. Sie ahnte, dass es mehr war als bloß feministische und politische Fakten, aber dass es schwer sein würde, zu ihr durchzudringen. Noch schwerer war zu entscheiden, was sie tun sollte – darauf zu bestehen, dass sie mit ihr nach Patagonien kam, oder ihr nach Santiago zu folgen …

Sie hatte keine Entscheidung getroffen, als sie doch noch der Schlaf überwältigte, begleitet von wirren Träumen und häufigem Aufschrecken. Als sie wieder einmal erwachte, schmerzte der Kopf, es schmeckte säuerlich in ihrem Mund – und Victoria hockte an ihrer Bettkante.

Mit einem Schrei fuhr Aurelia hoch. Ihr Blick ging zum Fenster, noch floss kein Morgengrauen durch die Ritzen.

Im ersten Moment dachte sie, Victoria fühlte sich einsam und suchte nach Gesellschaft. Doch dann erkannte sie, dass diese sich nicht zu ihr ins Bett legen, sondern sie vielmehr selbst daraus ziehen wollte. Ihre Haare waren wieder streng frisiert – und sie trug das gleiche schwarze Kleid wie gestern.

»Los!«, befahl sie. »Wenn du nicht erneut die Efeuleiter nach unten klettern willst, ist jetzt die beste Gelegenheit, das Haus unbemerkt zu verlassen.«

Aurelia rieb sich schlaftrunken die Augen. »Was hast du denn vor?«

»Ich habe dir doch gestern von meinen Plänen erzählt.«

»Du willst heute schon aufbrechen? Nach Santiago?«

»Wohin denn sonst? Worauf sollte ich denn noch warten?«

»Aber …«

»Im Übrigen lebt eine Freundin meiner Mutter in Santiago … Wir können bei ihr wohnen – und von dort kannst du deinen Eltern einen Brief schreiben und ihnen alles erklären. Und fürs Erste habe ich ein wenig Geld aus der Kasse der Apotheke genommen.«

Aurelia war sich sicher, dass Elvira und Ludwig nichts davon wussten. Gott, was sollte sie tun?
Sie zog die Decke vor ihr Gesicht, als müsse sie sich schützen – vor einer fremden Welt, in der es zwar viel zu entdecken, aber ebenso viele Bedrohungen gab, vor allem jedoch auch vor Menschen wie Victoria, die ihr Leben planten, als gelte es, eine Rechenaufgabe zu lösen, und keinerlei Gefühle wie Angst oder Vorsicht erkennen ließen. Sie konnte sie doch nicht begleiten? Oder konnte sie doch?
»Santiago …«, murmelte sie, und plötzlich dachte sie nicht an eine große, fremde, gefährliche Stadt, sondern an Tiago, der wie diese Stadt hieß, und an die Escuela de Bellas Artes, wo man den ganzen Tag malte. Sie dachte auch an Patagonien, die Schafe, den Wind – und anders als während der Reise überkam sie kein Heimweh, sondern ein Gefühl von Langeweile. Welche Motive gab es dort auch schon, die sie noch nicht gemalt hatte!
Zögerlich schob sie die Decke zurück und erhob sich.
»Nun beeil dich!«, drängte Victoria.
Aurelia fuhr sich durch die Haare und flocht sie dann schnell zu Zöpfen – ungleichmäßig und schief. Sie schlüpfte in ihre Kleidung und nahm ihre Mappe. Ihre Hände zitterten.
Ein Fehler … vielleicht machte sie einen schrecklichen Fehler.
»Wie weit ist es überhaupt bis Santiago?«
Den Namen der Stadt auszusprechen fühlte sich trotz aller Bedenken gut an.
»Mit der Postkalesche dauert es vierundzwanzig Stunden. Aber das ist sehr unbequem – die Landstraße liegt ständig unter Staub oder Morast. Mit dem Zug ist es zwar teurer, aber schneller.«
Aurelia war noch nie Zug gefahren, hatte jenes dampfende Ungeheuer nur einmal in Punta Arenas von weitem gesehen. Ihr Mut sank wieder.

»Und wer ist die Freundin deiner Mutter, bei der wir leben sollen?«

Victoria verdrehte die Augen. »Es ist jetzt keine Zeit, groß Fragen zu stellen. Entweder du kommst mit oder nicht.«

Sie ging zur Tür, öffnete sie langsam, trat vorsichtig in den Flur. Die Eichendielen knirschten, ansonsten war nichts zu hören. Aurelia folgte ihr zögernd, aber verharrte an der Schwelle.

Victoria hatte eben die Treppe erreicht und winkte sie zu sich. »Du musst ganz leise sein!«, befahl sie.

Aurelia schluckte. Noch war es Zeit, sich anders zu entscheiden, Elvira und Ludwig Bescheid zu geben – oder Victoria allein ihres Weges ziehen zu lassen. Doch trotz der Müdigkeit, trotz aller Zweifel und Gewissensbisse durchströmte etwas ihre Adern, was sie nicht kannte: wilde, ungezähmte Abenteuerlust.

Sie nickte bekräftigend. »Also gut«, sagte sie – eher zu sich selbst als zu Victoria –, dann folgte sie ihr auf Zehenspitzen die Treppe hinunter.

3. Kapitel

Als sie Valparaíso verließen, musste Victoria wieder an ihre Eltern denken, und diesmal konnte sie die Erinnerungen nicht rechtzeitig unterdrücken. Tränen verschleierten ihren Blick. Das letzte Mal, als sie mit dem Zug gereist war, waren Emilia und Arthur an ihrer Seite gewesen. Sie hatte sich um nichts Sorgen machen müssen, vielmehr vertrauen können, dass sie das Beste für sie wollten und guthießen, was immer sie tat. Die Zukunft war ein weites, helles Land voller Wünsche und Träume gewesen, die sich ganz mühelos erfüllen würden. Heute hatte Victoria stattdessen das Gefühl, dass sie alles, was sie vom Leben wollte, erkämpfen und ertrotzen müsste. Sie ballte ihre Hände zu Fäusten und schluckte die Tränen hinunter. Dann würde sie eben kämpfen, warum auch nicht? Sie war stark genug, auch ohne ihre Eltern.

Sie stieß Aurelia an, die fasziniert aus dem Fenster starrte und ganz in den Anblick der vorbeiziehenden Landschaft versunken war.

»Sieh doch nur!«, rief Victoria empört und deutete auf die vielen Mitreisenden, armselige Menschen großteils, hohlwangig, graugesichtig, mit Lumpen gekleidet.

»Was?«, fragte Aurelia verwirrt.

»Der Staat drückt sich vor seiner Verantwortung!«, zischte Victoria. »Er steckt all sein Geld in den Bau von neuen Bahnstrecken, aber ordentliche Wohnhäuser gibt es kaum. Sie alle zieht es nach Santiago, weil sie in Valparaíso keine Zukunft

sehen. Aber in Santiago selbst ist die Situation ähnlich katastrophal. Es gibt so viele Arbeitslose, und die Leute wohnen in schäbigen … Sag, hörst du mir überhaupt zu?«
Aurelias Blick war wieder zum Fenster gehuscht. Die wogenden Weizenfelder, die sanften Hügel und die vielen Weinberge fesselten ihre Aufmerksamkeit ungleich mehr als die Armut im Zug.
»Natürlich höre ich dir zu«, erklärte sie allerdings schuldbewusst, »und ich habe mir gemerkt, dass du Feministin bist und obendrein Sozialistin, auch wenn ich nicht genau weiß, was das eine mit dem anderen zu tun hat.«
Victoria runzelte die Stirn, erklärte jedoch nachsichtig: »In der bürgerlichen Frauenbewegung rufen die Frauen oft zum Kampf gegen die Männer auf. In der sozialistischen Frauenbewegung verbünden sie sich mit den Männern, zumindest mit den Arbeitern, um mit ihnen gemeinsam gegen den Kapitalismus …«
Sie verstummte, doch diesmal nicht, weil Aurelia unaufmerksam gewesen wäre. Kaum eine Stunde war es her, dass sie Valparaíso verlassen hatten, als der Zug plötzlich einen Ruck machte. Die Räder quietschten, ehe sie abrupt zum Stillstand kamen. Victoria wurde in den Sitz gepresst, während Aurelia, die ihr gegenüber in Fahrtrichtung saß, nach vorne kippte und fast auf sie fiel. Geistesgegenwärtig streckte Victoria die Hände aus, um ihren Sturz zu bremsen. Andere Passagiere hatten nicht so viel Glück. Besonders die, die stehen mussten, weil sie keinen freien Sitzplatz mehr ergattert hatten, wurden quer durch den Waggon geschleudert. Wehklagen ertönten, Fluchen und Angstschreie, die alsbald, nachdem jeder halbwegs unverletzt wieder seine Position eingenommen hatte, in Tadeln und Getuschel übergingen, warum der Zug denn nicht weiterfuhr. Wild gingen die Stimmen durcheinander. »Sollen

wir hier ewig stehen?« – »Vielleicht hat es einen Unfall gegeben?« – »Wir haben für die Fahrt teuer bezahlt, also los jetzt!« Aurelia machte sich in ihrem Sitz so klein wie möglich, Victoria aber erhob sich und öffnete eine der Fensterluken. Obwohl sie befürchtete, stecken zu bleiben, zwängte sie ihren Kopf hindurch, sah jedoch nur auf ein Stück Wald aus Pappeln und Magnolien.

»Ich kann nicht erkennen, warum der Zug stehengeblieben ist.«

Aurelia tastete nach ihrer Hand. »Setz dich lieber! Gewiss geht es gleich weiter, und …«

Victoria spürte, wie die Gefährtin zusammenzuckte, als plötzlich Gebrüll ertönte. Diesmal kam es nicht vom Inneren des Zugs, sondern von draußen, und es kündete auch nicht von Ungeduld und Ärger, sondern schlimmen Schmerzen.

»Was ist denn dort hinten los?«, stieß sie aus.

Sie zog ihren Kopf zurück, sah, wie nun auch andere Passagiere neugierig in die Richtung starrten, aus der das Geschrei kam, die ersten von ihnen sogar den Zug verließen, um nachzuschauen, und raffte ihr Kleid, um ihnen zu folgen.

»Bleib hier!«, rief Aurelia ihr nach. »Du kannst doch nicht einfach den Zug verlassen!«

Victoria achtete nicht auf sie, sondern hatte schon den Ausstieg erreicht und sprang wendig auf die Gleise. Aus den Augenwinkeln sah sie, dass Aurelia ihr zwar nur widerstrebend, aber eben doch gefolgt war.

Also ist sie nicht so feige, wie es manchmal den Anschein hat, ging ihr befriedigt durch den Kopf.

Dann achtete sie nicht länger auf die Gefährtin, erkannte vielmehr nun, was den Zug aufgehalten hatte: Mehrere Arbeiter, allesamt mit den üblichen graublauen Gewändern bekleidet, waren beschäftigt gewesen, die Gleise auszubessern. Dabei war einer wohl schwer verletzt worden, lag am Boden und krümmte sich. Der Aufseher der Arbeiter hatte offenbar eben befohlen, ihn einfach zur Seite schaffen zu lassen, damit der Zug ungestört weiterfahren konnte; seine Kumpane dagegen weigerten sich, zu gehorchen, und pochten auf sofortige ärztliche Versorgung. Victoria ballte ihre Hände zu Fäusten.

»Was ... was geht hier vor?«, stammelte Aurelia.

»Es wird wieder einmal auf die Rechte der Arbeiter getreten – das geht hier vor.«

Die übrigen Fahrgäste sahen das anders, gaben nicht den Arbeitern, sondern dem Aufseher recht, drängten auf Weiterfahrt und murrten: »Nun schafft ihn endlich beiseite!«

Victoria wandte sich wutentbrannt an den Erstbesten. »Wie können Sie das nur sagen! Wenn man ihn hier liegen lässt, wird er nie einen Arzt zu Gesicht bekommen, sondern wahrscheinlich sterben! Nur wenn sie den Zug aufhalten, können die anderen Arbeiter ertrotzen ...«

Rotgesichtig plusterte sich der Passagier, den sie angeschrien hatte, vor ihr auf, doch ehe er zu einer ungeduldigen Entgegnung ansetzte, zog Aurelia sie schon hastig mit sich fort.

»Das ist doch nicht deine Sache! Irgendjemand wird sich schon um ihn kümmern!«

Victoria riss sich heftig von ihr los. »Von wegen! Die Arbeitsbedingungen bei der Eisenbahn sind erbärmlich. Wusstest du, dass es bei den chilenischen Schienenarbeitern fünfundzwanzigmal mehr Unfälle gibt als bei ihren Arbeitskameraden in Deutschland? Ständig erleiden sie schwere Brüche. Ihre Lebenserwartung ist beschämend niedrig.«

»Aber das ist doch nicht deine Sache ...«, wiederholte Aurelia, und diesmal klang es fast flehentlich.

Doch Victoria hatte sich schon so in Rage geredet, dass sie nicht einfach schweigen konnte. »Ein Skandal ist das alles!

Trotz der vielen Gefahren haben die Eisenbahngesellschaften dieses Jahr beschlossen, die Löhne zu kürzen, um das Defizit des Unternehmens zu verringern!«
Mittlerweile hatte sie die Aufmerksamkeit von mehr als nur dem einen Fahrgast auf sich gezogen. Ein Kreis von Menschen hatte sich um sie gebildet, die sie abschätzend, verächtlich oder einfach nur überdrüssig anstarrten.
Aurelia griff erneut nach ihrer Hand. »Bitte, lass uns zurück in den Zug gehen ...«
Victoria dachte gar nicht daran. Unwirsch entzog sie sich ihr, drängte sich an den Mitreisenden vorbei und hastete die Gleise entlang auf den verletzten Arbeiter zu. Immer noch krümmte und wand er sich, wenngleich ihm die Kraft fehlte, so laut zu schreien wie zuvor. Sein Oberschenkel blutete; gelblich stach ein gebrochener Knochen aus der Haut. Seine Genossen umstellten ihn mit hilflosen Gesichtern. Den Zug aufzuhalten war ihre einzige Chance, ärztliche Hilfe zu ertrotzen, aber auch mit gutem Willen ließ sich hier in der Gegend wohl nicht so schnell ein Arzt finden. Eben kamen nun andere Männer hinzu – der Lokführer, der Schaffner, vor allem aber die Kohlearbeiter aus dem Zug. Victoria hatte keine Ahnung, wie man sie dazu gezwungen hatte – erbärmlich waren auch ihre Arbeitsbedingungen, und eigentlich sollte man erwarten, dass sie sich mit einem unglücklichen Schienenarbeiter solidarisierten. Doch offensichtlich waren sie bereit, dem Befehl des Lokführers zu gehorchen, den Verletzten notfalls mit Gewalt von den Gleisen zu schaffen und all jene zurückzuschlagen, die sich ihnen dabei in den Weg stellten.
Die Arbeiter ballten ihre Hände zu Fäusten – ein Zeichen, dass sie nicht kampflos weichen würden, doch ehe das Gerangel begann, hob Victoria trotzig das Kinn und erklärte mit

lauter Stimme: »Kann ich helfen? Ich verstehe etwas von Medizin!«
Während sie es noch selbstbewusst sagte, überlief ein kalter Schauder ihren Rücken. Aus Nora van Sweetens Büchern hatte sie zwar viel gelernt, aber eben nur graue Theorie. Sie hatte in ihrem Leben viele Kranke gesehen, aber die einzige, die sie je selbst gepflegt hatte, war ihre Mutter gewesen. Der Knochenbruch dieses Mannes sah sehr kompliziert aus: Weder wusste sie, wie sie die Knochen genau einrenken, noch wie sie die Fleischwunde behandeln sollte.
Trotzdem unterdrückte sie mit aller Macht ein Beben, als sich der Aufseher zu ihr umdrehte und sie erstaunt musterte. Ob der energischen Stimme hatte er wohl eine Furie erwartet, kein schmales, blasses Mädchen, dem man sein junges Alter ansah. Spöttisch lachte er auf.
»Dieser Mann windet sich unter Schmerzen, und Sie lachen?«, zischte Victoria.
Das Lachen verstummte, der Blick wurde verdrießlich. Erst jetzt bemerkte Victoria, dass Aurelia erneut an ihre Seite geeilt war und sie mit sich zu ziehen versuchte. »Ich bitte dich ...«
»So lass mich doch!«
Der Lokführer stemmte indes seine Hände in die Hüften.
»Nun gut, wenn Sie dem Mann helfen wollen, dann können Sie das gerne tun und bei ihm bleiben. Ich habe gewiss nichts dagegen, wenn der Zug nur endlich weiterfährt.«
Er löste seine Hände von den Hüften, ließ eine hochschnellen, um ein Zeichen zu geben, und ehe sich's Victoria versah, gingen drei der Kohlearbeiter auf die anderen los, um sie von den Gleisen zu drängen, während zwei weitere den Verletzten packten, hochzerrten und ihm einen Stoß versetzten, woraufhin er mit verzweifeltem Gebrüll die Böschung hinabrollte.

So überrascht sie den plötzlichen Angriff auch hingenommen hatten – nun wehrten sich die Schienenarbeiter, teilten Faustschläge aus, nahmen andere Köpfe in den Schwitzkasten, bissen, fluchten, kratzten.
Victoria duckte sich instinktiv, ließ sich ihre Angst jedoch nicht lange anmerken.
»Sie Schwein!«, schrie sie schrill.
Der Lokführer tat, als würde er sie nicht sehen, deutete den Passagieren an, dass es gleich weitergehen würde, und bestieg den Zug. Unterdessen drohten die Schienenarbeiter trotz Gegenwehr zu unterliegen. Weitere Männer waren über die Böschung gestoßen worden und kamen neben dem Verletzten zu liegen. Der rührte sich nicht mehr, schrie auch nicht – vielleicht, weil ihn eine gnädige Ohnmacht erlöst oder er die Tortur nicht überlebt hatte.
Victoria straffte den Rücken und stellte sich mitten auf die Gleise, um notfalls selbst den Zug aufzuhalten. Aurelia schrie auf.
»Kümmern Sie sich um den Verletzten!«, verlangte Victoria kalt.
»Nun halt endlich dein Maul, Mädchen!«, erwiderte der Lokführer nur. Währenddessen kam der Aufseher der Arbeiter auf sie zugehastet, packte sie am Arm und hatte wohl vor, auch sie die Böschung hinunterzustoßen. Victoria war schwächer als er – aber ungleich wendiger. Sie duckte sich erst, drehte sich dann einmal im Halbkreis, und ehe der Mann des sich windenden Mädchens Herr werden konnte, hatte sie ihn in den Daumen gebissen. Er schrie auf, als Blut tropfte.
Victoria stieg ein Lachen hoch, doch es blieb ihr prompt in der Kehle stecken: Als sie sich erneut ducken wollte, stolperte sie und fiel der Länge nach auf die Gleise – genau in dem Augenblick, da der Zug langsam anrollte.

Aurelia hörte gar nicht mehr zu schreien auf und verstummte erst, als sich der Aufseher breitbeinig vor Victoria stellte. Er riss die blutende Hand in die Luft, um sie zu schlagen, und Victoria glaubte schon zu fühlen, wie die Faust auf sie niederdonnerte und ihr Fleisch zerriss. Sie konnte sich nicht aufrappeln, nicht einmal zur Seite drehen oder den Kopf mit ihren Händen schützen. Nur die Augen konnte sie schließen.
Ihr ganzer Körper spannte sich an, doch der Schlag blieb aus. Als sie verwirrt blinzelte, nahm sie zwei Schatten wahr, die von rechts und links kamen und den Aufseher rechtzeitig von ihr zurückrissen, ehe er auf sie einprügeln konnte.

Ehe Victoria erfasste, wer sie gerettet hatte, sah sie aus den Augenwinkeln einen Fuß gefährlich nahe an ihr Gesicht kommen. Sie krümmte sich, konnte sich nun doch zur Seite rollen, spürte, wie der Fuß sie an der Schulter traf. Einen Augenblick gab es nur den stechenden Schmerz. Der Atem stockte ihr, wieder presste sie die Augen zusammen. Als sie diese wieder öffnete und sich aufrichtete, hörte sie das Quietschen des bremsenden Zugs, erboste Flüche und Kampfeslaute. Ein Dutzend Leiber war in ein unerbittliches Gerangel verwickelt, das kurz nicht aus vielen, sondern einem einzigen riesigen Körper mit zig Gliedern und Köpfen zu bestehen schien. Zunächst erkannte sie nur die Schienenarbeiter – dann die beiden Männer, die sie gerettet haben mussten.
Der eine hatte wirres, langes Haar, das im Nacken zu einem Schwanz gebunden war und im Getümmel einer sich windenden Schlange glich. Nicht minder dreckig als Hose und Schuhe war sein Hemd, das irgendwann einmal vor Ewigkeiten weiß gewesen sein musste. Zu den Schweißflecken gesellten sich nun, da ihn eine Faust ins Gesicht traf, Blutspritzer, doch es schien ihm nicht viel auszumachen. Er duckte sich,

drosch dann auf den Aufseher ein, und als er sich dabei halb zu ihr umdrehte, erkannte Victoria, wie seine blauen Augen, die im gleichfalls schmutzigen Gesicht mit schwarzem Bart noch heller wirkten, blitzten. Ihre Blicke trafen sich, und Victoria fühlte seinen Triumph, auch ein wenig Spott, vor allem aber Lust an dieser puren, ungezügelten Gewalt. Bis jetzt war ihr solche fremd gewesen – doch für einen Moment glaubte sie sich, die eben noch ohnmächtig der Schläge hatte harren müssen, in diesen starken Körper versetzt und auf all jene einzuprügeln, die den verletzten Arbeiter einfach hätten liegen lassen.
Nicht weit von dem einen erkannte sie nun ihren zweiten Retter, feiner gekleidet, vor allem sauberer und mit glatt rasiertem Gesicht. Am Anfang hatte er sich auch an der Prügelei beteiligt, doch nun gehörte er zu den Ersten, die sich aus dem Gerangel heraushalten und mit Worten zu beschwichtigen versuchten. Zunächst konnte er sich kein Gehör verschaffen, doch nachdem er einmal tief Luft geholt hatte, brüllte er mit lauter Stimme, dass der Zug augenblicklich weiterfahren könnte, wenn man den Verletzten nur einfach mit nach Santiago nähme und ihn dort versorgte. Die prügelnden Männer hörten nicht auf ihn, umso mehr aber die Fahrgäste, aus deren Murren Laute der Zustimmung wurden.
Drei oder vier waren sogar bereit, über die Böschung zu klettern und den Verletzten – der immer noch ohnmächtig oder bereits tot war – wieder hochzutragen, damit nur endlich die Fahrt ihren Fortgang nahm.
Als Victoria zum Zug blickte, nahm sie einen dritten Mann wahr, kleiner und schmaler als die beiden anderen. Sie wusste nicht genau, worin die Ähnlichkeit lag, spürte jedoch instinktiv, dass er zu den beiden anderen gehörte, vielleicht sogar mit ihnen verwandt war. Angelegentlich stand er beim Zug; er

mischte sich weder in die Prügelei ein, noch half er, den Verletzten hochzutragen, doch als der Lokführer ausstieg – offenbar hatte er eingesehen, dass er sich dem Verletzten gegenüber nicht länger blind stellen durfte –, ließ er sein Bein vorschnellen und den Lokführer darüber fallen. Ehe der sich wutentbrannt aufrappeln konnte, war der Mann schon wieder in den Zug geklettert. Das Letzte, was Victoria von ihm hörte, war ein spöttisches Kichern.

Sie wollte wieder nach den anderen beiden sehen, doch in dem Augenblick kam Aurelia zu ihr gestürzt und nahm ihr Gesicht in beide Hände.

»Victoria! Geht es dir gut? Mein Gott, ich dachte ... ich dachte ...«

Sie konnte es nicht aussprechen.

Victoria verdrehte die Augen. Ihre Schulter schmerzte noch ein bisschen vom Fußtritt, aber sie konnte ihren Arm heben und strecken. »Jetzt stell dich nicht so an!«, gab sie unwirsch zurück. »Es ist nichts weiter passiert.«

»Nichts weiter passiert? Dieser Mann wollte dich schlagen!«

»Aber am Ende hat er's nicht getan.«

Aurelia schüttelte den Kopf. »Warum musstest du dich auch einmischen?«

»Wer sich nicht einmischt, lässt zu, dass die Welt noch ungerechter wird.« Victorias Kiefer mahlten.

»Ich dachte, du wolltest in Santiago einen Beruf erlernen, um gegen die Missstände zu kämpfen, und nicht schon auf halbem Weg hier auf den Gleisen damit anfangen.«

Aurelia zog sie mit sich, und diesmal wehrte sich Victoria nicht gegen ihren festen Griff. Die Prügelei war zum Erliegen gekommen. Schnaufend hielten sich die Beteiligten schmerzende Gliedmaßen oder Gesichter. Sonderlich schlimm war niemand verletzt worden, denn einige grinsten triumphierend.

»Nun komm schon!«, rief Aurelia und zog sie weiter.
Victoria sah, dass sich ein dunkel gekleideter Mann über den Verletzten beugte, während man ihn in den ersten Waggon schaffte. Sein prüfender Blick und seine kundigen Bewegungen wiesen ihn als Arzt aus. Offenbar hatte er sich unter den Passagieren befunden und sich bereit erklärt, den Verletzten bis Santiago notdürftig zu versorgen.
»Siehst du, für ihn ist gesorgt«, sagte Aurelia, »du musst nichts weiter tun, setz dich einfach hin.«
Willig ließ sich Victoria zu ihren Plätzen ziehen. Erst dort blickte sie sich noch einmal nach ihren beiden Rettern um. Der Saubere, fein eingekleidet, diskutierte draußen noch mit dem Lokführer – der Wilde, Dreckige, der so viel Lust am Prügeln gefunden hatte, war verschwunden. Vielleicht war auch er wieder in den Zug gestiegen, doch da nun sämtliche Passagiere zurück auf ihre Plätze strömten, war nichts von ihm zu sehen.
Victoria ließ sich auf ihren Sitz sinken. Ihr Herz klopfte bis zum Hals – vor Aufregung, aber auch von etwas anderem, das sie nicht benennen konnte. Erst jetzt bemerkte sie, dass ihr Kleid gleich mehrere Flecken und Risse abbekommen und sich Haarsträhnen aus ihrem strengen Knoten gelöst hatten.

Einige Stunden später kamen sie in Santiago an. Obwohl sie mittlerweile verstaubt und verschwitzt waren, zitterte Aurelia immer noch, wenn sie an die Prügelei dachte und wie Victoria sich eingemischt hatte. Gewalt machte ihr Angst – vor allem seit der Zeit, als Esteban, ihr leiblicher Vater, der ganz anders als der geliebte Stiefvater Balthasar grausam, rachedurstig und berechnend war, sie entführt hatte, um seinen Anspruch auf die Estancia geltend zu machen. Schon zum zweiten Mal innerhalb kurzer Zeit wurde die Erinnerung an

seine rohen Griffe lebendig – das erste Mal im Hafen von Valparaíso, nun auf der Zugfahrt. Nicht minder wühlte sie überdies auf, wie Victoria sich verhalten hatte.
Als der Zug wieder angerollt war, hatte sie ihre Haare zurückgestrichen und sich mit einem Taschentuch den Schmutz vom Gesicht gewischt, beides mit einer so ausdruckslosen Miene, als wäre nichts weiter geschehen … als wäre sie nicht eben fast geschlagen worden und ihre Eltern vor kurzem gestorben.
»Warum … warum bist du so gefasst?«, stieß Aurelia aus – und stärker als das eigene Zittern wurde kurz das Bedürfnis, sie so lange zu schütteln, bis sie endlich Gefühle zeigte.
Victoria antwortete wie so oft mit dozierendem Tonfall: »Seit Jahrhunderten gelten Frauen als das schwache Geschlecht, das einzig von seinen Gefühlen geleitet wird. Aber wir haben mindestens so viel Verstand wie die Männer«, sie klopfte sich gegen die Stirn, »wir müssen ihn nur beweisen.«
Aurelia war verstummt, und auch als der Zug im Bahnhof von Santiago einrollte, fand sie die Sprache nicht wieder – diesmal nicht wegen ihres Befremdens, sondern weil so viele Eindrücke auf sie einprasselten, dass sie kaum mit dem Schauen und Staunen nachkam.
Der Zentralbahnhof, so erfuhr sie von Victoria, war erst vor wenigen Jahren errichtet worden – und ein architektonisches Glanzstück der Hauptstadt. Er wurde von einer riesigen Eisenkuppel überdacht, die in Anlehnung an den Londoner Victoriabahnhof von englischen Architekten konstruiert worden war. Aurelia legte den Kopf in den Nacken und starrte so lange nach oben, bis ihr schwindlig wurde. Sie wurde blind für die Menschenmassen, vergaß zu zittern, überlegte sich nur, wie ungemein schwierig es gewesen sein musste, all das Eisen hierherzuschaffen und so kunstvoll zusammenzufügen. Hunderte Pläne mussten dafür nötig gewesen sein, und

prompt juckte es ihr in den Fingern, die Eisenkuppel sofort zu zeichnen.

Noch war daran nicht zu denken, denn als sie den Kopf senkte, stand ein Mann neben Victoria und redete auf sie ein.

»Das ist Pepe«, erklärte Victoria, »Pepe Veliz, du weißt schon, der Sohn von Valentina Veliz.«

Aurelia wusste es nicht. Zwar hatte Victoria ihr erzählt, dass die Freundin ihrer Mutter Valentina Veliz hieß und sie dieser schon vor zwei Tagen ein Telegramm geschickt hatte, um ihr die Ankunftszeit mitzuteilen, nicht aber, dass sie einen Sohn hatte.

»Guten Tag, Pepe«, murmelte Aurelia scheu.

Er nickte ihr zu, verzog seine Lippen kurz zu einem Lächeln, wie es viele Menschen taten, die sie zum ersten Mal sahen und von ihrer Schönheit gebannt waren, wurde aber sofort wieder ernst.

»Endlich seid ihr da!«, rief er vorwurfsvoll. »Immer diese lästigen Verspätungen.«

»Aber der Zug kam doch fast pünktlich an!«, rief Aurelia verwundert.

Pepe verdrehte nur die Augen, und Victoria zwinkerte ihr spöttisch zu. Offenbar war es eine Eigenheit von Pepe, über alles und jeden zu klagen – ganz gleich, ob er damit im Recht war oder nicht. Er war ein etwas untersetzter Mann mit teigig weißer Haut, einer dicken Hornbrille und – obwohl er nicht sonderlich alt wirkte – schütterem Haar, das er mit Pomade eingerieben, sorgfältig über den Kopf gekämmt hatte und das so aussah, als würde es festkleben. Sein Tonfall klang nörgelnd, und seine Stirn war gerunzelt, als hätte er Magenschmerzen oder Zahnschmerzen oder beides.

»Mutter wird gewiss schon ungeduldig warten, nun kommt!«, stöhnte er.

An ein schnelles Fortkommen war jedoch nicht zu denken. Passagiere drängten aus den Zügen und füllten die Halle. Lastenträger trugen das Gepäck der Reicheren und bahnten sich derart grob ihren Weg durch die Menge, dass manch einer empört nach ihnen schlug. Aurelia, der die Menschenmassen bei ihrer Ankunft in Valparaíso noch so zugesetzt hatten, bemerkte sie heute aber kaum.

»Was für eine großartige Konstruktion!«, rief sie immer wieder mit Blick auf die Eisenkuppel.

»Pah!«, stieß Pepe verächtlich aus. »Großartig ist in dieser schrecklichen Stadt nur die Kriminalität. Denkt euch: Das Diebespack macht nicht einmal vor Nonnen und Polizisten halt, also achtet gut auf eure Taschen. Nirgendwo liegen in den Krankenhäusern so viele Menschen mit Messerstichen wie hier. Und nirgendwo auf der Welt gibt es so viele Morde.« Er erschauderte. »Die Reichen haben eigene Leibwächter, aber unsereins kann sich so etwas natürlich nicht leisten.«

Seine Kiefer mahlten, seine Stirn verzog sich noch schmerzlicher. »Nun beeilt euch!«

Endlich hatten sie trotz des Gedränges den Ausgang erreicht. Aurelia hob den Blick, versuchte so viel wie möglich von der Stadt zu erspähen, doch sie sah wieder nur Menschen – und ein ganz eigenartiges Gefährt: Es glich der Eisenbahn, war nur viel schmaler und kürzer und stieß keinen Rauch aus.

»Was ist denn das?«, rief sie verwirrt, als Pepe sie zu einem dieser Fahrzeuge führte.

»Das ist die Trambahn«, erklärte Victoria. »Sie wird – genauso wie mittlerweile die Straßenbeleuchtung – mit Elektrizität betrieben.«

»Mit so etwas bin ich ja noch nie gefahren!«, rief Aurelia begeistert.

Pepe verdrehte nur wieder die Augen. »Man sagt, die Erfindung der Elektrizität sei ein ähnlicher Meilenstein der Menschheitsgeschichte wie die Erstürmung der Bastille. Aber ich sage euch: Es hat noch nie so viele Unfälle gegeben wie mit diesen Teufelsdingern. Sie rasen ohne Rücksicht auf Verluste durch die Stadt und fahren unglückliche Fußgänger nieder.«

Victoria lachte prustend auf – es war das erste Mal, dass Aurelia sie lachen hörte. Sie wurde jedoch sofort wieder ernst, als sie die Trambahn bestiegen. Diese war – wie die britischen Bahnen, nach deren Vorbild sie gebaut wurde – ein Doppeldecker, und sie nahmen im oberen Wagen, der »Imperial« genannt wurde, Platz.

Aurelia blickte aufgeregt nach rechts und links, sah immer noch vor allem Menschen, breite Straßen, prachtvolle Häuser und in der Ferne die Ahnung der Andenkette. Die Bergspitzen waren an den meisten Stellen jedoch von grauem Dunst bedeckt, so dass man sie auch für Wolken hätte halten können.

Victoria war ihrem Blick gefolgt – jedoch weniger an Bergen als vielmehr an Santiagos Bevölkerung interessiert. »Die Einwohnerzahl hat sich in den letzten zwanzig Jahren verdoppelt«, erklärte sie mit dem üblichen belehrenden Tonfall, »kein Wunder, dass die sozialen Unruhen wachsen.«

»Was sich hier auch verdoppelt hat«, fügte Pepe mit solch gekränktem Tonfall hinzu, als wäre es eine persönliche Beleidigung, »ist die Zahl der Landstreicher und Bettler.«

»Wie hoch die Berge sind!«, rief Aurelia begeistert. »Im Abendlicht werden die Spitzen gewiss rötlich glänzen. Und in der Morgenstunde dunkelviolett.«

»Ach was«, machte Pepe, »so tief, wie der Dunst hier hängt, sieht man sie so gut wie nie. Die Luft ist so dreckig wie alles andere auch. Die Kanalisation funktioniert nicht richtig, das Trinkwasser besteht meist nur aus Schlamm.«

Aurelia hörte nicht auf ihn. »Seht doch nur, diese blühenden Gärten!«, rief sie, als sie an einigen besonders prächtigen Häusern vorbeikamen, vor denen in vielen Farben Blumen wuchsen.

»Und die Straßen sind voller Pferdeäpfel«, murrte Pepe.

»Wie elegant die Frauen gekleidet sind!«

»Pah!«, machte diesmal Victoria. »Das sind bloß die Frauen der *gente decente!* Die anderen müssen ums Überleben kämpfen. So viel Armut wie hier findet man selten.«

Aurelia achtete nicht auf den strengen Tonfall. Wie viel sie hier zu zeichnen und malen finden würde! Die kunstvollen Fassaden der erstklassigen Geschäfte, die Alleen und Promenaden, die maurischen Brunnen inmitten weiter Plätze, die vielen Stadthäuser aus luftgetrockneten Lehmziegeln und mit prachtvoll geschnitzten Holzbalkons. »Ich habe noch nie so viele schöne Häuser gesehen«, erklärte sie.

»Es gibt hier nicht nur viele schöne Häuser«, schaltete sich Pepe ein, »es gibt hier vor allem auch Unmengen von Tavernen und Bars. Nirgendwo auf der Welt sind die Männer dem Alkohol so ergeben wie hier. Sechs von zehn Arbeitern feiern San Lunes, den heiligen Montag, weil sie sich am Wochenende zu stark betrinken.«

»Kein Wunder bei den schrecklichen Arbeitsbedingungen«, sagte Victoria ernst.

»Dabei ist Trunkenheit ein Verbrechen!«

Aurelia kam kaum mit dem Schauen nach. Noch vor den Bergen waren einige sanfte Hügel zu sehen, bewaldet die einen, mit Häusern bebaut die anderen. Wahrscheinlich waren das die Stadtteile, in die sich die Reichen zurückzogen. Vage erinnerte sie sich daran, dass sie in irgendeinem Journal gelesen

hatte, dass Santiago das Paris Südamerikas sei, der Inbegriff der Schönheit und Eleganz. Das sagte sie auch – doch sowohl Pepe als auch Victoria kniffen ihre Lippen zusammen.
»Die Schönheit der einen ist auf dem Elend der anderen gegründet!«, rief Victoria.
»Ein schönes Paris!«, lästerte Pepe. »Seht doch nur die Müllberge! Der Abfall wird hier einfach auf die Straße geworfen, und nur wenn man Glück hat, kommt die Reinigungskolonne vorbei, sammelt ihn ein und verbrennt ihn.«
Er verzerrte sein Gesicht noch schmerzlicher, und Aurelia musste plötzlich lachen. Ganz gleich, was er und Victoria sagten und was sie noch vor wenigen Stunden an Verstörendem erlebt hatten – das Leben schien für einen kurzen Moment so leicht und so verheißungsvoll, und die Freiheit, die sie sich genommen hatte, indem sie einfach mitgekommen war, nicht bedrohlich und überfordernd, sondern wie ein kostbares Geschenk. Am liebsten hätte sie es sofort gemalt – die geraden Straßen, die Bäume, die sie säumten, die Häuser, die vielen Menschen, die Berge dahinter. Allerdings war sie sich nicht sicher, ob sie genügend Farben dafür gehabt hätte – all jene Farben, die Freiheit verhießen, alle jene Farben von … Tiagos Stadt.

Man sah Valentina Veliz auf den ersten Blick an, dass sie Pepes Mutter war: Sie war füllig wie er, ihre Haut ebenso fleischig, das Haar etwas dünn – auch wenn es bei ihm über eine beginnende Glatze gekämmt wurde und bei ihr zu einem Knoten aufgesteckt war. Doch während Pepes Stimme nörgelnd klang, erschallte die ihre tief und dröhnend, und während er die Angewohnheit hatte, stets den Blick zu senken, wenn er sprach, ging sie mit hochmütig gerecktem Kinn durchs Leben.

»Es tut mir leid, dass wir so spät sind«, entschuldigte er sich, »aber das ist nicht meine Schuld, die Mädchen haben so viele Fragen gestellt …«

»Und das ist ihr gutes Recht!«, wies Valentina ihn in einem Tonfall zurecht, als würde sie mit einem Dienstboten sprechen. Pepes Magen- oder Zahnschmerzen schienen sich zu verschlimmern, zumindest verzog sich sein Gesicht noch gequälter.

Die Mädchen begrüßten Valentina nicht in den Privaträumen im ersten und zweiten Stock, sondern in der Buchhandlung im Erdgeschoss, deren Eigentümerin sie war und die mittlerweile, wie sie ihnen erklärte, von Pepe geführt wurde.

»So viele Bücher!«, stieß Victoria begeistert aus und sah so aus, als hätte sie am liebsten sofort das eine oder andere durchgeblättert.

Valentina nickte stolz.

»Unsere Buchhandlung ist nicht so groß wie Siglo de Oro«, meinte Pepe dagegen, und es klang weniger bedauernd als vielmehr befriedigt, an allem einen Makel zu finden.

Über eine schmiedeeiserne Wendeltreppe stiegen sie zu den Privaträumen hoch. Unter Valentinas schwerem Schritt erzitterte jede Stufe. Alles an dieser Frau schien ein wenig zu groß und zu wuchtig zu sein – und dementsprechend fiel auch die Einrichtung ihres Hauses aus: Von allem gab es zu viel – von den schweren Wollteppichen, den Lampen aus gehämmertem Eisen, dem handgemalten englischen Porzellan, den Kristallgläsern und Chinavasen, in denen eingefärbte Straußenfedern standen, den Kissen mit Fransen, Pompons und Troddeln, den Leselampen mit Pergamentschirmen.

Aurelia wagte sich kaum zu rühren, aus Angst, sie würde etwas kaputt machen. Nicht nur die ungewohnte Umgebung und Valentina schüchterten sie ein, sondern auch die Tatsache, dass Victoria sie der Herrin des Hauses noch gar nicht richtig vorgestellt hatte. Doch die stellte keinerlei Fragen, und Victoria gab auch keine Erklärung ab, warum sie in Begleitung kam.

»Zeit für das Abendessen!«, verkündete Valentina nur, und Pepe stürzte zum Tisch, als drohte er zu verhungern. Es gab Hühnersuppe, danach mit Schweinefleisch gefüllte Blätterteigpastete und als Nachtisch gekochte Birnen in Buttersauce und Quittenkonfitüre. Trotz seiner vermeintlichen Zahnschmerzen war Pepes Appetit groß genug, um gierig zu essen, und während er alles in sich hineinstopfte – dies war eine Angewohnheit, die Aurelia von nun an öfter an ihm erleben würde –, begann er, Selbstgespräche zu führen. Er murmelte die Worte zwar in seine Serviette, aber sie waren trotzdem gut zu verstehen. »Was würde Mama nur ohne mich machen ... sonderlich dankbar ist sie aber nicht. Ich meine, ich habe die Mädchen abgeholt, mich durch das dreckige, enge, stickige Santiago gequält – und am Ende kriege ich nur Vorwürfe zu hören.«

Aurelia war sich sicher, dass auch Valentina jedes Wort mitbekam, aber diese sagte nichts dazu. Stattdessen wandte sie sich mit ihrer dunklen, dröhnenden Stimme an Victoria: »Ludwig und Elvira Kreutz haben also deine Vormundschaft übernommen und führen die Apotheke.«

Victoria nickte. »Die Apotheke können sie gerne haben, aber ich möchte hier bei dir leben.«

Pepe machte wieder ein gequältes Gesicht – offenbar konnte er nicht verstehen, dass jemand freiwillig unter demselben Dach wie seine Mutter leben wollte.

»Emilias Tochter ist mir immer willkommen«, erklärte Valentina. »Ich werde meinen Anwalt bitten, mit den Kreutz' zu verhandeln, vielleicht überlassen sie mir die Vormundschaft.

Allerdings würde ich an deiner Stelle nicht zu leichtfertig auf die Apotheke verzichten.«

»Ich brauche sie nicht«, entgegnete Victoria, und Aurelia wunderte sich über ihren trotzigen Tonfall, als wollte sie sich mit aller Macht von ihrer Vergangenheit befreien.

»Aber das Geld, das dir deine Eltern vererbt haben, wirst du brauchen.«

»Vor allem möchte ich mein eigenes Geld verdienen.«

»Und wie?«

Victoria beugte sich vor – und ihre vermeintliche Gefasstheit bekam Sprünge. Ihr Gesicht war vor Aufregung leicht gerötet, als sie ihre Pläne offenbarte, die sie Aurelia bislang verschwiegen hatte. »Ich habe kurz mit dem Gedanken gespielt, Ärztin zu werden. Wusstest du, dass in der Provinz von Santiago dreihundertfünf männliche Ärzte praktizieren, aber nur vier weibliche?«

»Du willst studieren?«, fragte Valentina. »Das ist etwas ungewöhnlich.«

Aurelia konnte ihren Tonfall nicht recht deuten. Hieß sie es gut, machte sie sich lustig, oder war sie dagegen?

»Nun, wenn ich es wollte, könnte ich es. Die Universidad de Chile hat den Frauen unlängst ihre Pforten geöffnet.«

»Aber du willst es doch nicht?«

Victoria legte energisch ihre Gabel ab. Sie gestikulierte heftig, während sie fortfuhr, und ihr Gesicht rötete sich noch mehr. »Ich will den Menschen helfen, nicht jahrelang Bücher wälzen und mich von Männern schief anschauen lassen. Stattdessen möchte ich so bald wie möglich als Higienista arbeiten – so wie José Salas, Eduardo Moore oder Pedro Láutaro Ferrer. Ein Jammer, dass sie von der Regierung kaum unterstützt werden, obwohl die Verbreitung wichtiger Hygienemaßnahmen doch der erste Schritt ist, das Volk gesund zu halten.«

Aurelia hatte den Namen dieses Berufs noch nie gehört – Valentina dagegen schien er vertraut.
»Wenn du es schon für einen Skandal hältst, dass die Higienistas zu wenig gefördert werden, wirst du des Lebens nicht mehr froh«, sagte Valentina wieder mit unergründlichem Tonfall.
»So oder so – es gibt viel zu tun«, sagte Victoria mit Bestimmtheit. »Die Lebensbedingungen der Menschen, insbesondere der Frauen und Kinder, schreien nach Verbesserung. Wusstest du, dass die Lebenserwartung in den Armenvierteln bei nur zweiunddreißig Jahren liegt? Das ist die niedrigste in ganz Amerika! Vor allem die Prostituierten sterben wie die Fliegen an Geschlechtskrankheiten.«
Pepes Selbstgespräche, die er die ganze Zeit über fortgeführt hatte, verstummten, und er stopfte nahezu verzweifelt die gekochten Birnen in sich hinein. Aurelia senkte verlegen den Blick. Wie konnte Victoria nur so offen von solchen Themen sprechen?
Valentina schien nicht im mindesten erschüttert. »Du bist wahrhaft das Kind deiner Mutter«, stellte sie ruhig fest.
Aurelia war sich nicht sicher, ob das als Kompliment gemeint war – sie sah nur, wie Victorias Züge sich kurz schmerzhaft verzerrten, ehe sie eifrig fortfuhr: »Es gibt also viel zu tun. In Amerika ist es längst üblich, dass Ärzte eigene Higienistas anstellen, die ihre Patienten betreuen – und vor allem den Frauen beibringen, wie sie ihre Kinder richtig waschen, Krankheiten behandeln und Milch sterilisieren.«
»Ich sehe, du hast Elvira Rawson de Dellepianes Buch über Frauen und die Hygiene gründlich gelesen«, stellte Valentina fest. Erstmals erschien ein Lächeln auf ihrem Gesicht und bewies, dass sie Victorias Engagement für gut befand. »Dennoch: Die meisten Higienistas sind Männer – und Ärzte. Und ein solcher willst du ja offenbar nicht werden.«

Victoria nickte. »Ich habe mich entschieden, eine Ausbildung als Krankenschwester zu machen.«
Valentina zog die Augenbraue hoch. »Eine Ausbildung? Die Krankenschwestern, die ich kenne, haben ihre Arbeit nie gelernt, sie wurden zu Beginn ihres Dienstes einfach von älteren Pflegerinnen eingewiesen.«
Victoria nickte wieder. »Und das ist ein großes Problem, weil sie auf diese Weise viel zu wenig über Medizin gelernt haben! Aber längst nimmt man sich auch hier ein Vorbild an den Kursen, wie es sie in Deutschland oder Frankreich gibt: Man arbeitet im Krankenhaus, hat dort Dienst an unterschiedlichen Stationen – auch im Operationssaal –, und zusätzlich gibt es Unterricht, den man absolvieren muss. Zu den Fächern zählen die Anatomie und die allgemeine Krankenpflege, die innere Medizin, das Verhalten bei ansteckender Krankheit und bei Geisteskrankheit und noch viele andere Spezialfächer. Am Ende muss man eine Prüfung ablegen – in Anwesenheit des leitenden Arztes, eines geprüften Krankenpflegers und eines Regierungsvertreters, und dann erhält man ein Diplom.«
Valentina sah sie anerkennend an. »Ich sehe, du hast dir genau überlegt, was du willst, und weißt, wie man es am besten erreicht.« Langsam wandte sie sich Aurelia zu, und wie alle ihrer Bewegungen fiel auch diese sehr gesetzt aus. Es war nicht sicher, ob es an ihrem vermeintlich phlegmatischen Geist lag, dem dünnen Haarknoten, der sich allzu rasch aufzulösen drohte, oder einfach, um zu vermeiden, wegen übertriebener Hast zu schwitzen. »Und du?«, fragte sie Aurelia, die sie bis dahin kaum beachtet hatte. »Willst du auch Krankenschwester werden?«
Ehe Aurelia den Mund öffnen konnte, kam Victoria ihr zuvor: »Aurelia ist eine begnadete Malerin. Du musst unbedingt

ihre Bilder sehen. Ich finde, sie sollte an der Escuela de Bellas Artes studieren.«

»Aha«, machte Valentina gedehnt. »Aber es ist schon schwer genug, als Frau für das Medizinstudium zugelassen zu werden. Ich weiß nicht, ob sie an der Escuela aufgenommen wird.«

Wieder antwortete Victoria, bevor Aurelia etwas erwidern konnte: »Ich weiß, dass an der Escuela zumindest eine Frau lehrt. Delia Matte de Izquierdo. Sie ist Bildhauerin.«

»Aber du bist keine Bildhauerin«, stellte Valentina fest und fixierte Aurelia. »Was malst du denn?«

Endlich konnte sich Aurelia selbst zu Wort melden: »Ich mache viele Zeichnungen mit Kohlestift – meist Porträts, manchmal andere Motive. Und auf der Leinwand male ich vor allem Landschaften – mit Naturfarben aus Patagonien.«

»In Deutschland können Frauen längst an vielen Orten Malerei studieren«, schaltete sich Victoria erneut ein, »an den Akademien in Königsberg, München und Weimar, an der Schule in Karlsruhe und Berlin …«

Valentina nickte nachdenklich: »Nun, wenn es um die Ausbildung von Krankenschwestern geht, haben die Deutschen hierzulande großen Einfluss. Ob Gleiches auch an der Escuela gilt, bezweifele ich. Aber du solltest es zumindest versuchen, Mädchen, dort deinen Weg zu gehen. Man sollte stets all seine Möglichkeiten nutzen. Ich mag es, wenn Frauen für ihre Ziele kämpfen. Das habe ich auch immer getan.«

So schwerfällig, wie sie dahockte, so schwer war es, sich vorzustellen, dass sie jemals für irgendetwas gekämpft hatte. Aber zu Aurelias Staunen war es ausgerechnet Pepe, der kurz auf Essen und Selbstgespräche verzichtete und das bestätigte: »Das stimmt: Mutter gehörte zu jener Gruppe von Frauen, die einst vor den Wählerauswahlausschuss traten und das

Recht für sich beanspruchten, zu wählen.« Er machte eine Pause und setzte dann mit einem kaum unterdrückten Grinsen hinzu: »Diese Forderung wurde einfach ignoriert. Und wenig später wurde ein offizielles Verbot erlassen, dass Frauen wählen gehen.«

Zum ersten Mal war sein Gesicht nicht schmerzverzerrt, sondern hoch erfreut – offenbar gefiel es ihm, dass der Staat seiner Mutter deutliche Grenzen aufgezeigt hatte, während er selbst nur ohnmächtig Selbstgespräche führen konnte.

»Das stimmt«, gab Valentina widerwillig zu, »wählen dürfen wir nicht. Emanzipiert sind die chilenischen Frauen trotzdem … manche zumindest. Und gut organisiert. Und wenn ich auch nicht wählen durfte, ich war damals im Kongress jeden Tag dabei und habe auf der Tribüne zugehört, als die Reform des Zivilcodes diskutiert wurde.«

Victoria stand der Respekt deutlich ins Gesicht geschrieben, während Aurelia keine Ahnung hatte, dass es einen Zivilcode gab, dieser reformiert worden war und dass man als Zuschauer den Kongress betreten durfte. Sie wusste nicht viel mehr von Politik, als dass Pedro Montt Präsident war, und sie wusste auch nicht, was sie von Victorias Plänen halten sollte. Diese würde also Krankenschwester werden. Und sie selbst … Malerin?

Allerdings, nicht nur Victoria und nun Valentina bestärkten sie darin, auf die Escuela zu gehen, auch Tiago hatte das gesagt – Tiago, der die Kunsthochschule anscheinend gut kannte und den sie, wenn überhaupt, nur dort wiedersehen würde. Ein breites Lächeln erschien auf ihren Lippen, als sie an ihn dachte, und Victoria, die offenbar der Meinung war, dass sie an ihre Berufung als Malerin dachte und sich entschieden hatte, dieser ernsthaft zu folgen, erwiderte es.

4. Kapitel

Victoria hatte klare Vorstellungen von Aurelias Zukunft – doch wann genau diese Zukunft beginnen sollte, schien ihr gleichgültig. Auch sie selbst war noch zum Warten gezwungen: Sie waren im April, Ende des Sommers, in Santiago eingetroffen, und ihre Ausbildung als Krankenschwester, die sie an einem der fünf großen städtischen Krankenhäuser machen würde, begann erst einen knappen Monat später. In dieser Zeit zog sie sich oft mit Valentina und deren Anwalt zurück, um Fragen zu ihrer Vormundschaft und ihrem Erbe zu klären, während Aurelia auf sich allein gestellt blieb und sich an den gleichmäßigen Tagesablauf gewöhnte.

Valentina, die sich schon vor Jahren aus der Buchhandlung zurückgezogen hatte und es Pepe überließ, das Geschäft zu führen – nur bei wirtschaftlich mageren Monaten half sie mit ihrer Leibrente aus –, liebte es, den Tag einer strengen Planung zu unterwerfen. Sie zwang den Mädchen nichts auf, verlangte aber von ihnen, dass sie diese Ordnung unter keinen Umständen störten. Erst am späten Vormittag verließ sie ihr Schlafzimmer – zuvor ließ sie sich von dem Hausmädchen Bona Kuchen und heiße Schokolade zum Frühstück servieren und außerdem mehrere Zeitungen: den *Mercurio,* eine große Lokalzeitung, und überdies *Die deutschen Nachrichten für Südamerika,* die eigens von Valparaíso an ihren Haushalt geschickt wurde.

Aurelia fragte sich, warum sie – als Chilenin – so interessiert an der deutschen Kultur war und woher sie Victorias Mutter

Emilia überhaupt gekannt hatte, und erfuhr von Victoria, dass Valentinas Mann ein Abkömmling von deutschen Einwanderern war und sie sich seiner Kultur zugehörig fühlte. Getauft worden war er auf den Namen Franz Kupfer; später hatte er sich Francisco genannt. Im Bürgerkrieg von 1891 musste er sein Leben lassen, und Valentina hatte Pepe, der ihr einziges Kind geblieben war, danach allein aufgezogen. Bei der Gestaltung des Tagesablaufs spielte Francisco immer noch eine wichtige Rolle. Im Esszimmer hing ein großes Gemälde von ihm, darunter lagen sein Degen und eine Urkunde, die eine besondere militärische Auszeichnung beinhaltete. Auf dem kleinen Tischchen davor brannte stets eine Kerze. Der Platz am Kopfende der Tafel blieb – im Gedenken, dass er dort zu Lebzeiten sein Essen eingenommen hatte – leer, und an Sonn- und Feiertagen brannte auch dort eine Kerze. Einmal wöchentlich besuchten Valentina und Pepe die Kathedrale von Santiago, um für Francisco zu beten, und zu diesem Zweck trug sie – die sich generell auf schwarze Kleider beschränkte – nicht nur ein schwarzes Spitzenhäubchen, sondern auch einen Schleier, der ihr Gesicht verhüllte.

Valentina wurde nicht müde zu betonen, welch großartiger Gatte und Soldat ihr Mann gewesen war, und wurde schmallippig, wenn zur Sprache kam, dass dieser sich zu Lebzeiten nicht immer mit Ruhm bekleckert hatte: Im besagten Bürgerkrieg nämlich hatte er auf der Seite des Präsidenten Balmaceda gekämpft – der nicht nur der große Verlierer dieser Auseinandersetzung, sondern obendrein ein schändlicher Mann gewesen war, der sich nach seinem Scheitern das Leben genommen hatte. Mehr als einmal hörte Aurelia Valentina klagen, warum Francisco denn nur im leidigen Bürgerkrieg gefallen sei und nicht im – irgendwie ehrenhafteren – Pazifikkrieg. Dass dieser zehn Jahre früher stattgefunden hatte, sie

ihn – wäre er damals gestorben – nie kennengelernt und ihm keinen Sohn geschenkt hätte, spielte bei diesen Überlegungen keine Rolle.
Pepe bemerkte einmal trocken, dass es eine Zeit gegeben hatte, da seine Mutter ein falsches Datum für den Todestag ihres Mannes genannt hätte. Zu diesem Zweck hatte sie ihn auch um fünf Jahre älter gemacht und vorgegeben, sie hätte ihn posthum geboren. Pepe wirkte grimmig, als er das erzählte, obwohl er sich so oder so nicht an seinen Vater erinnern konnte und er überdies, wie Aurelia insgeheim dachte, ohnehin viel älter aussah, als er war. Eigentlich war er nur ein Jahr vor ihr geboren, aber er wirkte hausbacken und steif, als hätte er den vierzigsten Geburtstag längst hinter sich gebracht.
»Nun«, meinte sie in der Hoffnung, es sei ihm ein Trost, »so wichtig erscheint es mir nun auch wieder nicht, in welchem Krieg dein Vater gekämpft hat und in welchem er gefallen ist.«
Pepe nickte. »In jedem Fall war er von seinen Feinden gefürchtet. Er konnte mit seiner Pistole sogar eine Fliege treffen.«
Aurelia war etwas skeptisch, wandte jedoch nichts ein. Sie wusste nicht recht, ob Pepe vom allgegenwärtigen Gedenken an seinen Vater eingeschüchtert oder vielmehr stolz auf ihn war, und sie verstand noch weniger, warum Valentina so besessen war, dieses Gedenken am Leben zu erhalten – sie, die sich wie Victoria als Feministin bezeichnete, eine so selbstbewusste Frau war und nie den Anschein gab, sie zöge dieses Selbstbewusstsein aus der Tatsache, dass sie Franciscos Witwe war. Außerdem wirkte sie niemals kummervoll. Kein einziges Mal sah Aurelia sie um den Mann weinen, wenn ihr Blick auf das Gemälde oder auf den leeren Platz am Esstisch fiel, sie runzelte nicht einmal die Stirn. Stattdessen zeigte sich ledig-

lich der sture Ausdruck einer Hausfrau, die sich in den Kopf gesetzt hat, ihr Haus frei von Staub zu halten. Ja, dies war ganz offenbar ihr Ziel: das Gedenken an Francisco rein zu halten – und das nicht so sehr aus Trauer, Nostalgie oder Liebe, sondern weil die Ordnung des Lebens das verlangte.

Auf Aurelia wirkte das überlebensgroße Gemälde von Francisco so einschüchternd wie die dunklen, überladenen Räume, aber nach einigen Tagen entdeckte sie ein Plätzchen für sich: den kleinen Garten im Innenhof des Hauses, in dem Bona, das Hausmädchen, Gemüse anbaute und zwei Hühner hielt. Die Wände des Hauses waren weiß gekalkt, der kleine Brunnen war etwas verwittert und das schmale Bänkchen ein guter Ort, um dort zu sitzen, sich von den Sonnenstrahlen necken zu lassen, ein paar Zeichnungen anzufertigen und aus der Ferne den Rufen des Obsthändlers zu lauschen, der von Tür zu Tür zog und seine Waren anpries. An diesem Ort war es auch, wo sie ihren Eltern einen langen Brief schrieb, erklärte, was geschehen war, und auch, dass sie vorerst hierzubleiben gedachte.

Ihretwegen hätte das Leben gerne in diesem beschaulichen Gleichmaß weitergehen können. Doch dann kam der Tag, an dem Victoria ihren Dienst im Krankenhaus antreten sollte. Sie sprach seit Wochen von nichts anderem, und am Abend zuvor hatte sie vor Aufregung kaum etwas gegessen. Aurelia stand früher auf als sonst, um ihr noch alles Gute zu wünschen, aber sie fand das Speisezimmer, indem sie sonst immer ihr Frühstück einnahmen, verwaist vor: Offenbar hatte Victoria es gar nicht mehr erwarten können, zu ihrem neuen Arbeitsplatz zu kommen. Das Haus schien ungewöhnlich still, und Aurelia entschied, sich wie so oft am Vormittag in den Garten zurückzuziehen, wo Bona eben frische Wäsche aufhing – im Hause Veliz wurde fast täglich gewaschen und die Betten mindestens einmal wöchentlich neu bezogen –, doch sie hatte kaum auf dem Bänkchen Platz genommen und ihren Malblock geöffnet, als Valentina sie zu sich rief. Es war ungewohnt zu dieser frühen Tageszeit und noch ungewohnter, dass sie bereits zum Ausgehen gekleidet war – genauso wie Pepe.

Aurelia überlegte noch, ob sie einen wichtigen Feiertag oder Gedenktag für Francisco vergessen hatte und Valentina nur früher als sonst zur Kirche aufbrechen würde, als diese schon verkündete: »Victoria beginnt heute ihren Dienst im Krankenhaus. Da wird es Zeit, dass auch du die Tage nicht länger vertrödelst, sondern dein Leben endlich in ordentliche Bahnen lenkst.«

Aurelia lauschte schuldbewusst – Victoria sprach seit Wochen von nichts anderem als ihrer Ausbildung und malte sich die Zukunft, in der sie nichts dem Zufall überlassen wollte, in gestochen scharfen Farben aus, während sie selbst sich lieber vagen Träumen hingab.

»Aber …«, setzte sie an.

»Also los, komm!«, fiel Valentina ihr ins Wort.

Pepe führte eines seiner Selbstgespräche, in denen er sich darüber beklagte, dass er die Buchhandlung heute erst später öffnen konnte und er überdies in diese schreckliche Stadt fahren musste, aber als Valentinas strenger Blick ihn traf, verstummte er ausnahmsweise.

Auch Aurelia fügte sich diesem Blick, holte ihre Malmappe, wie Valentina verlangte, zog sich rasch ihr bestes Kleid an und eilte nach unten, wo Valentina und Pepe bereits in einer herbeigerufenen Droschke saßen.

»Und wohin fahren wir?«

»Nun, wohin wohl?«, gab Valentina mit gleicher Ungeduld zurück, die sie mit Victoria gemein hatte. »Du willst doch die Escuela de Bellas Artes besuchen.«

Sofort wurde Aurelia ganz aufgeregt. Während der Fahrt sah sie nicht viel von Santiago und schaute erst zum Fenster hinaus, als die Schatten von Bäumen auf die Droschke fielen. Sie standen im Parque Forestal, und inmitten des Parks lag die Escuela – gleich neben jenem Museo de Bellas Artes, an dem noch gebaut wurde und das zum hundertsten Jahrestag der Unabhängigkeit Chiles in einem Jahr eröffnet werden sollte.

Die Droschke hielt, aber Valentina machte keine Anstalten auszusteigen. Nicht nur Aurelia, auch Pepe blickte sie verdutzt an.

»Du willst sie doch nicht alleine gehen lassen?«, fragte er empört. »Warum bin ich denn dann überhaupt mitgekommen und halte den Laden geschlossen?«

»Du bist mitgekommen, weil du mich nie alleine aus dem Haus gehen lässt. Und außerdem gedenke ich, ein paar Einkäufe zu machen. Aurelia aber wird nun allein mit Señor Matías Ponce sprechen. Was man nämlich nicht alleine macht, hat keinen Wert.«

»Aber … aber …«, stotterte Aurelia hilflos und fragte dann: »Wer ist denn Señor Ponce?«

»Das ist der Einzige, den ich kenne, der an der Escuela arbeitet – ich bin nicht sicher, ob als Lehrer oder als Verwalter. In jedem Fall habe ich ihm dein Kommen angekündigt. Du zeigst ihm deine Bilder, und der Rest wird sich fügen. Hinterher kannst du mit der Trambahn nach Hause fahren, die Strecke kennst du ja.«

Pepe blickte sie empört an. »Mutter, wie kannst du sie hier nur einfach aus der Droschke werfen!«

Valentina zuckte die Schultern. »Nun, ich werfe sie nicht aus der Droschke. Wenn du mit mir einkaufen gehen willst, Mädchen, dann kannst du mich gerne begleiten. Wenn du aber tatsächlich Malerin werden willst, dann musst du etwas dafür tun. Ich habe meinen Beitrag geleistet.«

Pepes Mund, den er noch zu aufgebrachter Widerrede geöffnet hatte, klappte wieder zu. Ihm war deutlich anzusehen, was er von Aurelia erwartete: dass sie lieber alle Träume sausenließ, als nur einen Schritt allein in dieser schmutzigen, gefährlichen Stadt zu machen.

Doch Aurelia erhob sich und kletterte aus der Droschke, die Malmappe fest an sich gepresst. Ihr war nicht wohl zumute, aber sie ahnte, dass sie weder Valentina noch Victoria jemals wieder unter die Augen treten könnte, wenn sie hier und heute versagte.

Ihre Schritte hallten auf dem Marmorboden – das einzige Geräusch inmitten der Stille, die in dem Gebäude herrschte, eine ehrfürchtige Stille im Übrigen, die davon zu künden schien, dass hier schon seit Jahren niemand eine unbedachte Bewegung gemacht oder ein zu lautes Wort gesagt hatte. Aurelia wagte kaum zu atmen, presste ihre Mappe noch fester an sich und hätte sich am liebsten dahinter versteckt. Mit jedem weiteren Schritt fühlte sie sich wie eine Hochstaplerin – vor allem aber: zutiefst einsam. Oft hatte sie gehört, dass Patagonien der einsamste Ort der Welt wäre – aber sie konnte sich nicht erinnern, sich dort jemals so verlassen gefühlt zu haben wie hier. Sie wusste nicht, was genau sie erwartet hatte – in jedem Fall mehr Menschen, junge Menschen, mit Farbresten an den Fingern und in leidenschaftliche Gespräche vertieft. Doch weit und breit war nichts von diesen zu sehen.

Sie blickte sich um, das Licht war trübe. Sie hatte keine Ahnung, wo die Lehrsäle waren, wo die Ausstellungsräume, wo ein Büro – so es denn ein solches überhaupt gab. Als eine Frau die Treppe herunterkam, war sie zwar erleichtert, aber zugleich von deren Erscheinungsbild eingeschüchtert: Sie trug die Haare so streng frisiert wie Victoria und ein ähnlich unförmiges Kleid. Aurelia schien sie gar nicht wahrzunehmen.

»Bitte«, stammelte diese, »Valentina Veliz schickt mich und …«

»Die kenne ich nicht«, unterbrach die andere sie prompt.

»Sie schickt mich, damit ich mit Señor Matías Ponce sprechen kann«, fügte Aurelia hastig hinzu.

Dieser Name war der Frau offenbar bekannt. Sie musterte Aurelia etwas länger und deutete ihr dann schweigend an, mitzukommen. Eine Weile ertönte wieder nichts anderes als das Klappern ihrer Schritte, dann erreichten sie eine Tür, und hinter dieser befand sich ein größerer Raum, der einem Klassenzimmer glich. Zumindest hatte sich Aurelia so immer eine Schule vorgestellt – selbst hatte sie ja nie eine besucht. Überdies roch es nach Farben, nach Harzen und chemischen Substanzen, und als Aurelia eintrat, sah sie manch Farbpalette, Skizzenblock und Staffelei. Ehe sie den Raum jedoch genauer mustern konnte, vernahm sie ein Räuspern. Fast alle Plätze waren verwaist – ausgenommen jener hinter einem großen Schreibtisch in der Nähe der Tür.

Ein Mann saß dort, mit mausgrauem Anzug, Nickelbrille und dickem Schal um den Hals, und eben notierte er etwas in ein Buch. Er glich mehr einem Beamten, der Steuern eintrieb, als einem Künstler, aber offenbar war das Señor Ponce.

Beherzt trat Aurelia auf ihn zu.

»Aurelia Hoffmann«, stellte sie sich vor.

Ihre Stimme klang erstaunlich fest. Das Gebäude schüchterte sie ein, jener wenig freundliche Mann auch – dennoch wuchs plötzlich die Gewissheit in ihr, dass sie zu Recht hier war, dass es keinen geeigneteren Ort für sie gab. Sie wollte wirklich Malerin werden!

»Wollen Sie mir Ihre Bilder zeigen oder nicht?«, gab Ponce grußlos zurück.
»Bitte?«, entfuhr es Aurelia.
»Darum sind Sie doch hier, oder nicht?«, meinte er und deutete auf ihre Mappe. Erst jetzt bemerkte sie, dass sie sie immer noch mit beiden Händen umklammerte. Matías Ponces mürrisches Gesicht war nicht sehr ermutigend, aber dennoch legte Aurelia die Mappe vor ihm auf den Tisch und sah schweigend zu, wie er sie öffnete, erst die Zeichnungen mit Kohlestift durchblätterte und sich schließlich den Bildern aus Erdfarbe widmete.
Sie hielt den Atem an, während sie auf sein Urteil wartete. Als er es endlich aussprach, öffnete er kaum die Lippen, so dass sie nur Wortfetzen verstand. »Zeichnungen mit Kohlestift … ganz akkurat … Talent zur Beobachtung … aber auf sehr schlechtem Papier … Bilder mit den Erdfarben … originell, aber auch einfach … fast immer das gleiche Motiv … eine einsame Frau inmitten Patagoniens.«
Er hob den Kopf und blickte sie erstmals richtig an. Als er nun den Mund öffnete, kam immerhin ein ganzer Satz heraus: »Es ist nicht schlecht, was Sie da gemalt haben, aber das Motiv ist ziemlich nichtssagend.«
Aurelia verkrampfte ihre Hände ineinander und dachte fiebrig, was ihr Victoria einmal in den letzten Wochen über den deutschen Maler Pablo Burchard, der in Valparaíso lebte, erzählt hatte.
»Pablo Burchard hält auch häufig vermeintlich belanglose Dinge fest«, begann sie schließlich zögernd, »zum Beispiel einsam in der Landschaft stehende Bäume.«
Señor Ponce sah sie nachdenklich an. »Pablo Burchard steht aber auch klar in der Tradition der französischen Impressionisten. Sein Spiel von Farbe, Luft und Licht erinnert an das von Pierre Bonnard.«

Diesen Namen kannte Aurelia nicht, erinnerte sich jedoch, dass auch Tiago von den Impressionisten geredet – und sie mit ihnen verglichen hatte.

»Was genau wollen Sie hier eigentlich?«, fragte Matías Ponce plötzlich.

»Ich würde gerne … besser werden. Mehr lernen … über Farben, über Kunstgeschichte … ich möchte gerne Unterricht haben.«

»Soso, Sie wollen Unterricht haben. Und welche Voraussetzungen bringen Sie dafür mit?«

Fragend blickte sie ihn an und deutete schließlich auf ihre Bilder.

»Nun, Sie müssen schon ein bisschen mehr vorweisen als ein paar nette Landschaftsbilder. Was verstehen Sie von der Kunst? Was können Sie über die großen Maler Chiles sagen? Alberto Valenzuela Llanos, Pedro Lira, Ramón Subercaseaux …«

Sie hoffte, dass er ihre Verzagtheit, die die Frage auslöste, nicht ansah, und suchte händeringend nach ein paar klugen Sätzen, um ihn zu beeindrucken. Doch allzu bald kniff er seine Lippen zusammen.

»Das habe ich mir gedacht«, erklärte er streng, ehe sie auch nur ein Wort hervorbrachte, »Sie wissen so gut wie nichts darüber …«

Er stützte seine Hände auf den Tisch ab, richtete sich dann auf und begann in dem Raum auf und ab zu gehen. »Heute wird oft behauptet, dass es keine allgemeinen Regeln in der Kunst mehr gäbe, dass so viele unterschiedliche Bewegungen konkurrieren, die nichts miteinander gemein haben: ob Impressionismus, Symbolismus, Expressionismus, Kubismus, Fauvismus. Nun, inmitten dieser Vielfalt scheint es oft nicht klar, was man können muss und was nicht, um ein wahrer Künstler zu sein.« Er machte eine lange Pause. »Und dann gibt es noch ein anderes Phänomen – dass Kunst nicht mehr beschränkt bleibt auf die Elite, sondern in sämtliche Lebensbereiche vordringt. Es ist Mode geworden, dass man Lampen, Geschirr, Kleider und Bucheinbände mit bekannten Motiven der Malerei verziert. Im Übrigen könnte das eine Chance für Sie sein.«

Wieder machte er eine Pause und blieb erstmals stehen.

»Wie meinen Sie das?«, fragte sie verwirrt.

»Seien wir doch ehrlich. Die akademische Malerei ist in meinen Augen nichts, wofür Sie bestimmt sind. Was nicht gleich heißt, dass Sie kein Talent haben. Das haben übrigens durchaus viele Frauen. Ich habe etliche gesehen, die meisterhaft kopieren können.«

Ihr schwante langsam, in welche Richtung seine Gedanken gingen. »Kopieren?«, fragte sie entsetzt.

»Ach Gott, diese Modetorheit aus Europa, dass man Frauen zum Studium zulässt! Wie soll denn das gehen? Nun gut, ein paar Kurse können Sie machen. Aber wissen Sie nicht, dass die Aktmalerei, das Studium des Körpers also, ganz wesentlich zur akademischen Ausbildung gehört? Und das kann man einer Frau doch wirklich nicht zumuten! Selbst in Europa verlegen die meisten ihr künstlerisches Talent am Ende lieber aufs Sticken von Taschentüchern.«

Unwillkürlich hatte Aurelia ihre Mappe an sich gezogen und geschlossen, als müsste sie ihre Bilder schützen – und auch sich selbst. Die Scham, weil sie so wenig von Kunst wusste, machte heißem Zorn Platz. Aus jedem Wort Ponces triefte Verachtung, und wenn sie auch nicht sicher war, was genau diese bedingte – tatsächlich ihr Geschlecht, vielleicht aber auch ihre Jugend oder ihr Talent, das er nicht anerkennen wollte –, so war sie trotzdem überzeugt, dass sie diese nicht verdiente!

»Ich kann zeichnen, aber nicht sticken«, brach es wütend aus ihr heraus.
»Meinetwegen!«, meinte Ponce müde. »Versuchen Sie es doch bei einer dieser illustrierten Zeitschriften – dort wird immer jemand gesucht, der Kunst reproduziert und ins gutbürgerliche Wohnzimmer bringt. Vielleicht findet dort jemand Gefallen an Ihrer … Landschaftsmalerei.«
Aurelia presste ihre Mappe noch fester an sich. »Das heißt, es ist ausgeschlossen, dass mir jemand hier Unterricht erteilt?«
Señor Ponce seufzte, als hätte er schon zu viel Zeit an ihr verschwendet. »In Europa mag der Kunstbetrieb ganz sonderliche Wege beschreiten, hier aber bewegen wir uns in traditionelleren Bahnen. Bevor auch nur daran zu denken ist, dass Sie Schülerin an der Escuela werden, müssten sie unendlich viel nachholen – in der Geometrie, der Ästhetik, Kunstgeschichte.«
»Und bis dahin«, wiederholte sie, und der gerechte Zorn schwand, als sie begriff, dass sie gescheitert war, »bis dahin ist es undenkbar, hier Unterricht zu bekommen.«
Ponce setzte sich wieder hinter den Schreibtisch und hob entschuldigend die Hände. »Ich fürchte, so ist es«, erklärte er knapp.
Aurelia blieb wie erstarrt stehen. Sie wusste, dass ihr nichts anderes übrigblieb, als zu gehen, aber noch konnte sie sich nicht dazu überwinden.
Matías Ponce blickte hoch, nicht länger bedauernd, sondern ungeduldig. »Kann ich sonst noch etwas für Sie tun?«, fragte er.
Aurelia rieb ihre Lippen aufeinander.
»Ich denke, ich kann etwas für die Niña tun«, ertönte plötzlich eine Stimme von der Tür her. »Denn ich für meinen Teil würde ihr nur allzu gerne Malunterricht geben.«

Victoria trat von einem Bein auf das andere. Heute Morgen war sie noch voller Vorfreude auf ihren Dienst ins Krankenhaus aufgebrochen, aber nun war es noch nicht einmal Mittagszeit, und sie begann sich zu langweilen. Sie wollte die Krankensäle sehen, die Operationsräume, wollte sich um Patienten kümmern! Stattdessen hatte sich eine ältere Frau vor den neuen Lernschwestern aufgebaut und einen langen Vortrag begonnen, der kein Ende nahm. Schwester Adela, so ihr Name, hatte wie viele andere Krankenschwestern ihre Ausbildung in Deutschland erfahren. In Chile gebe es einen Mangel an qualifiziertem Pflegepersonal – eine ihrer Aufgaben sei es, Abhilfe zu schaffen, indem sie das Niveau der hiesigen Ausbildung jener anpasste, die sie selbst genossen hatte. Ob sie Deutsche war oder nur einige Jahre dort gelebt hatte, wusste Victoria nicht. In jedem Fall sprach sie mit jenem leichten Akzent, den Victoria von ihrer Mutter kannte.

Davon abgesehen hatte Schwester Adela leider nichts mit Emilia Hoffmann gemein. Letztere hatte in alles, was sie tat, viel Leidenschaft gelegt – ob es nun um die Apotheke ihres Mannes ging, die eigenen Geschäfte in Patagonien, ihre Wohltätigkeit oder ihren Kampf für die Rechte der Frauen.

Schwester Adela jedoch vermittelte den Eindruck, als würde sie mitten in ihrer Rede einschlafen. Und das, was sie sagte, hatte mit Leidenschaft nichts zu tun. In ihren Augen hatte eine Krankenschwester eine solche nämlich nicht einzubringen, stattdessen die Bereitschaft für ein Leben voller Demut und Dulden.

Sie zählte noch viele andere erforderliche Tugenden auf, und auch wenn Victoria nicht genau zuhörte, so ahnte sie doch, dass dies auf eines hinauslief: die künftigen Krankenschwestern darauf abzurichten, nie aufzumucken, keine eigenen Entscheidungen zu treffen und nie die Strukturen zu hinterfragen.

Das fängt ja gut an!, ging es ihr durch den Kopf.

»Eine Krankenschwester muss mit wenig Schlaf auskommen«, trug Schwester Adela eben vor, »sie muss früh aufstehen, und sie hat keine Zeit, auf sich selbst zu achten, will sagen: keine Zeit, der Eitelkeit zu frönen. Sorge zu tragen, dass sie stets sauber ist, hat sie natürlich schon.«

Victoria unterdrückte ein Gähnen.

»Dies sind nun die ersten Aufgaben des Tages: Jeder Kranke muss mit Wasser und Seife gereinigt werden. Dabei sind ein eigenes Handtuch zu verwenden und ein eigener Waschlappen. Anschließend werden die Haare gekämmt, wird der Mund ausgewaschen, werden die Zähne geputzt und hinterher mit Gurgelwasser gespült. Falls der Kranke unfähig ist, dabei mitzuwirken, muss die Pflegerin ein in das Mundwasser getauchtes Gazeläppchen um ihren Finger wickeln und den Mund reinigen. Nach einmaligem Gebrauch ist dieses Läppchen sofort zu verbrennen. Und wenn der Kranke nicht einmal seinen Mund öffnen kann, so muss man ein keilförmiges Holzstück zwischen seine Zähne schieben. Anschließend werden die Fingernägel gestutzt und bei den Männern die Bärte gebürstet.«

Victoria unterdrückte erneut ein Gähnen. Um wie viel hilfreicher wäre es, Schwester Adela würde all dies an einem konkreten Patienten vorführen, anstatt nur darüber zu sprechen!

»Nach der Morgenwäsche erfolgt die Visite des Arztes, dem über sämtliche Vorkommnisse berichtet werden muss. Selbstverständlich können Krankenschwestern keine eigene Diagnose stellen, durchaus aber Fieber messen und diverse andere Dinge kontrollieren: ob der Kranke Schmerzen hat, in welchem Zustand sich seine Verdauung befindet, wie lange er geschlafen hat, ob es vielleicht zu Nasenbluten gekommen ist.

Alles Auffällige ist zu notieren und zu berichten – der Arzt wird dann entscheiden, ob es etwas mit dem jeweiligen Krankheitsbild zu tun hat oder nicht.«

Lieber Himmel!, dachte Victoria. Sich eigene Gedanken zu machen scheint wohl verboten zu sein!

Sie wandte sich von Schwester Adela ab und ließ ihren Blick über die anderen jungen Frauen schweifen, die mit ihr gemeinsam die Ausbildung zur Krankenschwester begannen. Sie alle standen so steif da, als hätten sie einen Stock verschluckt, und blickten Schwester Adela ehrfürchtig an. Keine von ihnen schien sich zu langweilen oder aufrührerische Gedanken zu hegen. Vielleicht war die eine oder andere Tochter deutscher Auswanderer, die häufig im Gesundheitswesen arbeiteten – aber Victoria ahnte, dass die gemeinsame Herkunft keine Nähe schaffen würde. Die Chileninnen wiederum stammten wohl allesamt aus der Mittelschicht, deren Berufe zwar anerkannter waren als die der Arbeiter, aber die zu wenig Geld einbrachten, um auf den Zuverdienst der Töchter – zumindest bis sie heirateten – zu verzichten. Wurden sie nicht Krankenschwestern, blieben wenige andere Betätigungsfelder: Sie konnten Sekretärin werden, Grundschullehrerin oder Telefonistin.

Plötzlich nahm Victoria aus dem Augenwinkel eine Bewegung wahr. Während fast alle Lernschwestern fromm wie Schafe glotzten, grinste eine, die sich an die Wand gleich neben der Tür gelehnt hatte, Victoria unverhohlen an. In ihren Augen lag ein Funkeln.

Victoria senkte den Blick, sah dann wieder zu jener Frau. Sie glaubte, den gleichen Überdruss, den sie selbst spürte, in ihrer Miene zu lesen – und außerdem kam ihr die Frau irgendwie bekannt vor. Sie musste sie schon einmal gesehen haben, wenn ihr auch nicht mehr einfiel, wann und wo.

Ehe sie auf die junge Frau zutreten und fragen konnte, wer sie war, hörte sie, wie ihr eigener Name gerufen wurde. Schwester Adelas Blick ruhte auf ihr, und nicht länger schien dieser gleichgültig, sondern irgendwie … triumphierend.
»Schwester Victoria, können Sie meine letzten Worte wiederholen?«
Victoria unterdrückte ein Seufzen. Obwohl sie ihr Urteil über Adela schnell gefällt hatte, wollte sie im Gegenzug nicht gleich am ersten Tag unangenehm auffallen.
»Es ging um die wichtigsten Aufgaben von uns Krankenschwestern«, setzte sie zögerlich an. Sie hatte zwar nicht gehört, was Adela sagte, vermutete jedoch, dass es um die Pflichten ging, die nach der Morgenwäsche folgten. »Die Kranken müssen massiert werden«, riet sie wahllos, »die Verbände ausgewechselt oder neue angelegt sowie Medizin dargereicht werden.«
Sie geriet ins Stammeln. Schwester Adela kniff ihre Augen zusammen. »Und was sind die wichtigsten Fähigkeiten einer Krankenschwester?«
Victoria zuckte die Schultern. Wach und wissbegierig zu sein, hätte sie am liebsten gesagt, aber sie vermutete, dass Schwester Adela andere Ansichten hatte. Sie brachte kein Wort heraus und fühlte mit einem Mal viele hämische Blicke auf sich gerichtet. In Victorias Augen blitzte es, als sie diese erwiderte. Woher nahmen sich diese dummen Hühner das Recht, sie so herablassend anzusehen, nur weil sie einen Augenblick lang nicht aufgepasst hatte! Sie wusste mehr als sie vom Leben und wahrscheinlich noch viel mehr von der Medizin!
Einzig die junge Frau, die sie vorhin angegrinst hatte, blickte nicht hämisch. Auf leisen Sohlen schlich sie zu ihr und raunte ihr etwas zu. Victoria verstand es nicht. »Beobachtungsgabe und gutes Gedächtnis«, wiederholte die andere etwas lauter.

»Das habe ich gesehen, Schwester Rebeca!«, schaltete sich Schwester Adele mit schriller Stimme ein. Ihr vorwurfsvoller Blick glitt von Victoria zu der anderen, doch die schien über die Maßregelung nicht sonderlich betroffen. Erst jetzt sah Victoria, dass ihre Augen grün schimmerten. Sie waren lang und schmal, fast ein wenig wie die einer Katze, und es funkelte erneut darin auf. Anstatt demütig den Blick zu senken, lächelte sie, als würde der Tadel sie amüsieren, und Victoria konnte nicht anders, als dieses Lächeln zu erwidern.

»Was gibt es da zu lachen, meine Damen! Wenn Sie Ihre Arbeit nicht ernst nehmen, dann …«

Ehe sie sich vollends in Rage redete, brach Schwester Adela unvermittelt ab, denn in diesem Moment betrat ein weiß gekleideter Mann den Raum, begleitet von vier weiteren, die wie Lakaien hinter ihm herschlichen. Adela trat hastig zurück, und die anderen Schwestern senkten prompt ehrfurchtsvoll den Blick.

Als ob sie gleich auf die Knie sinken wollen wie vor einem König!, schoss es Victoria durch den Kopf. In Wahrheit war der Weißgekleidete gewiss nur ein Arzt.

Dieser richtete weder an die neuen Schwestern noch an Adela einen Gruß, sondern wartete, dass Letztere sein Schweigen dienstbeflissen übersetzte.

»Morgendliche Visite!«, verkündete sie. »Wir folgen jetzt Doktor Ramiro Espinoza!«

Victoria musterte den Arzt. Ihr Vater hatte als Apotheker viel mit Medizinern zu tun gehabt, und einige waren bei ihnen zu Hause ein und aus gegangen. Victoria hatte gelernt, dass es ganz unterschiedliche Ärzte gab, Philanthropen, die sich für das Wohl ihrer Patienten aufopferten, rationale Praktiker, die zwar in ihrem Beruf gut waren, aber mit ähnlich viel Leidenschaft ans Werk gingen wie ein Metzger bei der Schlachtung,

und schließlich jene eingebildeten und arroganten, die sich als Herren über Leben und Tod aufspielten.
Ein kurzer Blick auf Doktor Ramiro Espinoza genügte Victoria, um ihn der dritten Kategorie zuzuordnen.
Dennoch war sie froh, dass sein Erscheinen Adelas Vortrag beendet hatte und sie nun endlich einen der Krankensäle betreten würden.
»Tut, was Doktor Espinoza euch sagt, und fallt nicht unangenehm auf«, zischte Adela den jungen Frauen auf dem Weg dorthin zu. Den Namen des Arztes sprach sie aus wie den einer Gottheit.
Die ersten Krankensäle, an denen sie vorbeikamen, waren groß, erfreulich hell und schienen auch ziemlich sauber, dennoch erkannte Victoria, dass sie allesamt überbelegt waren, sich Pritsche an Pritsche reihte, so dass kaum ein Durchkommen war und hier gewiss nicht die Regel eingehalten wurde, wonach eine Schwester für maximal zehn Patienten zuständig war. Entsetzt war sie, als sie danach die Kinderstation passierten, einen viel kleineren Raum mit winzigen Fenstern, durch die kaum Licht oder gar ausreichend frische Luft hereinkam. Die Pritschen hier waren noch schmaler und die Kinder, die darauf lagen, in einem erbärmlichen Zustand.
Rachitis, stellte sie mit Blick auf eines der Kinder fest, gewiss leidet es an Rachitis. Die Beine des Einjährigen waren angeschwollen, das Gesicht verschwitzt, aus dem Mund troff Blut.
Wie gerne hätte sie sich um dieses Kind gekümmert, doch der Doktor ging achtlos weiter, und sie musste ihm folgen.
Auf die Kinderstation folgte die Säuglingsstation, die in fast noch katastrophalerem Zustand war. Es gab nur ein einziges Fenster, das zudem völlig verdreckt war, und lediglich eine einzige Schwester tat hier ihren Dienst, noch dazu eine uralte.

Victoria konnte es kaum fassen, als sie sah, wie sie einem Säugling mit dessen beschmutzter Windel die Nase putzte. Sie erwartete, dass Doktor Espinoza dies ebenfalls bemerken und eingreifen würde, doch er durchquerte zügig auch diesen Raum, und ihm folgten erst die anderen Ärzte und dann die Schwestern, allesamt mit geduckten Köpfen, als wären sie nicht in einem Krankenhaus, sondern beim Militär.
»Was für Zustände!«, stieß Victoria aus.
»Es sind eben nur die Kinder der Arbeiter«, ertönte eine Stimme neben ihr. Erst jetzt bemerkte sie, dass die junge Frau mit den grünen Augen und dem spöttischen Lächeln, die offenbar Rebeca hieß, unmittelbar neben ihr ging. »Und die sind keine Mitglieder bei einem der vielen Gesundheitsvereine.«
»Welchen Vereinen?«
»Privatleute schließen sich zusammen und zahlen regelmäßig Beiträge – und im Krankheitsfall kommt der Verein für die Kosten auf. Aber diese Beiträge können sich viele nicht leisten, und weil man weiß, dass sie am Ende nicht für ihr Bett und ihre Behandlung zahlen können, kümmert man sich kaum um diese Patienten.«
In den grünen Augen blitzte nicht länger nur Spott, sondern Hass auf. Als Victoria sie anstarrte, bemerkte sie noch etwas anderes, was sie verwirrte: Unter der weißen Schwesternhaube trug Rebeca die Haare kurz geschnitten – etwas, was Victoria noch nie gesehen hatte. Sie hatte zwar davon gehört, dass moderne Frauen in Europa die Haare ähnlich kurz wie Männer trugen, aber dass es auch Frauen in Chile gab, die das wagten, war ihr unbekannt.
Sie öffnete den Mund, um etwas zu sagen, doch da traf sie schon Schwester Adelas strenge Stimme: »Wollt ihr wohl endlich aufhören zu tuscheln?«

Rasch folgten sie Doktor Espinoza in den größten Krankensaal. Dieser war reinlich, die Betten waren frisch bezogen, und in der Luft lag der durchdringende Geruch nach Phenol, einem Desinfektionsmittel.

»Diese Patienten können es sich leisten, krank zu sein«, murmelte Rebeca, die Adelas Maßregelung überging. »Und deswegen werden sie auch bestens betreut.«

Doktor Espinoza war zum Bett einer Frau getreten, deren Beine hochgelegt waren. Er nickte einem der jungen Mediziner zu, der mit ernsthaftem Gesicht ihren Puls fühlte, während Schwester Adela die beiden ansah, als feierten sie Gottesdienst.

»Was für ein lächerliches Getue!«, sprach Rebeca aus, was Victoria insgeheim dachte. »Wenn man nur gleiche Sorge auf die Kinder verwenden würde, die an Rattenbissen sterben, weil ihre Eltern zu betrunken sind, um sie davor zu bewahren!«

»Kaum zu glauben«, zischte Victoria nicht minder erbost. Sie wollte etwas hinzufügen, als sie plötzlich spürte, wie abermals alle sie anstarrten. Zum zweiten Mal an diesem Morgen war sie unachtsam gewesen, und nachdem sie erst Schwester Adelas Missfallen geweckt hatte, waren nun Doktor Ramiro Espinozas Augen nicht weniger abfällig auf sie gerichtet. »Also können Sie meine Frage beantworten? Da Sie so eifrig tuscheln, scheint es Sie nicht weiter zu interessieren, was ich hier treibe.«

Victoria wusste nicht, ob sie zugeben sollte, dass sie seine Frage gar nicht erst gehört hatte, oder lieber bekennen, dass sie die Antwort nicht wusste.

Sie hielt schweigend seinem Blick stand, während eine andere Lernschwester nach vorne trat und eifrig erklärte: »Die Beine der Patientin sind hochgelagert, um die Gefahr einer Thrombose zu minimieren.«

Das also hatte er wissen wollen. Doktor Espinoza nickte zufrieden, während die andere Schwester Victoria ein schadenfrohes Lächeln zuwarf.
»Als wäre es eine Leistung, eine andere auszustechen«, murrte sie leise in Rebecas Richtung, »dabei sollten wir Schwestern zusammenhalten.«
»Haben Sie vielleicht noch etwas beizusteuern?«, fragte Ramiro Espinoza süffisant und ging auf das nächste Bett zu. »Oder vielleicht können Sie mir etwas zu unserer nächsten Patientin sagen. Bei dieser Frau wurde eine Exstirpation des Kropfes vorgenommen. Bis vor kurzem war es üblich, bei dieser Operation die gesamte Schilddrüse zu entfernen, um Rezidiven vorzubeugen. Allerdings haben die meisten der Patienten anschließend schwerwiegende Mangelerscheinungen entwickelt – was zum Schluss führt, dass die Schilddrüse doch nicht unverzichtbar ist. Wissen Sie, warum?«
Er sah sie triumphierend an und war überzeugt, sie erneut bloßstellen zu können. Doch Victoria straffte ihre Schultern, reckte stolz das Kinn und antwortete, ohne nachzudenken: »Die schädlichen Folgen einer Totalexstirpation der Schilddrüse haben bewiesen, dass diese offenbar die Funktion hat, eine bestimmte Substanz im Körper herzustellen, die wiederum für die Gesundheit des Patienten unerlässlich ist.«
Rebeca kicherte verstohlen, die Ärzte und die anderen Schwestern blickten sie nahezu verdattert an.
»Um welche Substanz es sich genau handelt, ist bis jetzt nicht erwiesen«, fuhr Victoria selbstbewusst fort. »In jedem Fall hat der Physiologe Moritz Schiff durch Übertragung von Schilddrüsengewebe erreicht, dass man bei den betroffenen Patienten die Mangelerscheinungen beheben konnte.« Sie machte eine kurze Pause. »Moritz Schiff gehört zu den sehr experimentierfreudigen Medizinern. Er hat Selbstversuche

nie gescheut. So ist es bekannt, dass er sich den Extrakt von Hundehoden injiziert hatte und dadurch gesteigerte sexuelle Kräfte verspürt hat.«

Victoria hörte Rebeca wieder neben sich auflachen. Einige der Schwestern waren rot angelaufen, die Ärzte raunten empört.

Doktor Espinoza fasste sich als Erster wieder, trat auf sie zu und musterte sie von oben bis unten. »Ihr Name!«, befahl er kühl.

»Victoria ... Victoria Hoffmann.«

»Etwa eine Deutschchilenin?«

»So ist es.«

Er grinste schmal. Victoria deutete es keinen Augenblick lang als Zeichen der Anerkennung. Sie ahnte, dass sie sich gerade einen Feind gemacht hatte – wegen ihrer Dreistigkeit ... und wohl auch wegen ihrer Herkunft, wenngleich sie nicht wusste, was Doktor Espinoza daran störte. Nun, für ihre Herkunft konnte sie nichts, und ihr Selbstbewusstsein würde sie ganz sicher nicht ablegen. Sie starrte ihm offen ins Gesicht und erwiderte sein falsches Lächeln.

5. Kapitel

In Aurelias Kopf ertönte ein Rauschen. Sie erkannte zwar, dass es nicht irgendein Fremder war, der da den Raum betreten hatte, sondern niemand anderer als Tiago – der junge Mann vom Hafen in Valparaíso, der sie aufgefordert hatte, an die Escuela zu kommen –, aber sie hörte nicht, was er sagte. Vielleicht wiederholte er den Vorschlag, ihr Unterricht zu geben.

Nicht minder überrascht als sie war Matías Ponce. Erst hatte er sich über die Störung empört und den Mund geöffnet, um den anderen zurechtzuweisen, doch als er ihn erkannt hatte, senkte er ehrfürchtig seinen Kopf.

Heißes Glücksgefühl durchdrang Aurelia. Zu viel an Gutem war es beinahe, was ihr da geschah. Nicht nur, dass sie den schönen Mann von Valparaíso wiedertraf – obendrein musste er hier an der Escuela einen bedeutenden Rang haben, um Señor Ponce so viel Respekt einzuflößen. Wahrscheinlich war er, obwohl noch jung, Professor, was wiederum bedeutete, dass er ein berühmter Maler war, den alle Welt kannte – nur sie, die abgeschieden in Patagonien aufgewachsen war, nicht. Sie versank in den Anblick seiner blauen Augen so wie damals, und er erwiderte den Blick, ja, lächelte sie sogar an und zwinkerte ihr verschwörerisch zu, indessen er gegenüber Ponce einen strengeren Tonfall einschlug.

Endlich ließ das Rauschen in Aurelias Ohren nach.

»Ja, ich werde der Niña Malunterricht geben. Warum auch nicht angesichts ihres überreichen Talents?«

Trotz allem ehrlichen Respekt für Tiago hatte Señor Ponce seine Fassung wiedergefunden und hielt, wenngleich mit gesenktem Tonfall, dagegen: »Mit Verlaub ... diese Bilder scheinen doch keine sonderlich große Kunst zu sein. Sie wirken sehr naiv, und diese Motive, die sie zeigen ... Ich meine ... Schafe ... Patagonien ... das ist doch nichts von Bedeutung.«
Heiß wie ihr Glücksgefühl war Aurelias Wut. Wie konnte er ihre Heimat, ihr Leben, ihre Herkunft derart abtun?
Sie musste sich nicht rechtfertigen – ein anderer tat es für sie.
»Paul Gauguin würde es anders sehen«, erwiderte Tiago, »und ich denke nicht, dass Sie auch seine Werke geringschätzen. Nicht auf die großen Ereignisse der Weltgeschichte lenkt er den Fokus seiner Malerei, sondern auf den Alltag der kleinen Leute. Und nicht die zivilisierte Welt ist es, die ihn fasziniert, sondern abgeschiedene Orte wie die Südsee.«
»Aber mit Verlaub ... Mir erscheinen nicht nur die Motive relativ schlicht, sie wiederholen sich auch ständig.«
»Und seit wann«, entgegnete Tiago, »ist das in der Kunst verpönt? Wie oft malte Cézanne die Badenden, Monet den Wasserlilienteich oder die Kathedrale von Rouen?«
»So eigenwillig die Vorliebe mancher großen Maler sein mag, sich Motiven der Natur zu widmen«, sagte Ponce, »aber am meisten Beachtung und am teuersten verkauft werden nach wie vor die Historienbilder.«
»Selbst Pedro Lira hat die Natur für sich entdeckt ...«
»... nachdem er sich als Historienmaler einen Namen geschaffen hat.«
»Gewiss. Aber ich schlage auch nicht vor, dass Pedro Lira die Niña unterrichtet, sondern ich.«
Señor Ponces Kiefer mahlten. »Was Sie in Ihrer Freizeit zu tun gedenken, ist natürlich nicht meine Sache.«

»Aber Ihre Sache ist es, der Niña zu ermöglichen, darüber hinaus ein paar Kurse zu besuchen, sagen wir in Kunstgeschichte und Ästhetik. Es muss ja nicht gleich Aktmalerei sein.«
Wieder zwinkerte er Aurelia vertraulich zu, und sie fühlte, wie sie errötete. Gerne hätte auch sie etwas beigesteuert – dass man in Patagonien, so abgeschieden es auch liegen mochte, eines lernen konnte: den selbstverständlichen Umgang mit dem nackten Körper nämlich. Aber daran, wie Ponce den Blick senkte, erkannte sie, dass er ohnehin bereits einlenkte.
»Wie Sie meinen …«, sagte er widerwillig.
»Den Rest kann ich mit der Niña selbst besprechen – sagen wir bei einer Tasse Kaffee?«
Als er auf sie zutrat, konnte Aurelia nichts sagen, sondern nur mit trockener Kehle nicken. Als auch sie einen Schritt auf ihn zumachte, schien sie förmlich zu schweben.
Sie würde hier studieren können, sie würde von Tiago unterrichtet werden! Wovon sie nicht einmal zu träumen gewagt hatte, das fiel ihr schon beim ersten Besuch auf der Escuela förmlich in den Schoß.

Nach der Visite wurden den neuen Lernschwestern kleine Aufgaben zugedacht, und Victoria, die entschied, dass sie für den heutigen Tag genügend Unruhe gestiftet hatte, fügte sich den Anweisungen.
Sie rieb einer Patientin die juckende Kopfhaut mit Olivenöl ein und flocht das verfilzte Haar zu zwei Zöpfen, sie entleerte volle Nachttöpfe und reinigte sie, sie machte Betten und wechselte schmutzige Wäsche; sie trug die Temperatur, die Zahl der Pulsschläge und Atemzüge in Tabellen ein. Und schließlich wurde es Mittag und somit Zeit, die Kranken zu füttern.

Die anderen Schwestern blieben zunächst auf Distanz, und Schwester Adela beobachtete sie misstrauisch, doch als man sah, wie selbstverständlich sie mit den Kranken umging, ohne Scheu und Ekel, der manchen der anderen ins Gesicht geschrieben stand, gewann sie an verlorener Achtung zurück. Viele begegneten hier zum ersten Mal Kranken in dieser Zahl – sie hingegen hatte schon oft schmerzgepeinigte, sterbende Menschen gesehen, in den Armensiedlungen ... oder zu Hause, als ihre Eltern verschieden.

Kurz stieg übermächtig das Bild von ihnen auf, vom einstmals kraftstrotzenden Arthur Hoffmann, der am Ende nur ein Schatten seiner selbst gewesen war, von ihrer Mutter, die bis zuletzt vorgab, es ginge ihr gut und sie litte keine Schmerzen. Rasch kniff sie die Augen zusammen, um sich vor der Erinnerung zu schützen, und verließ den Krankensaal, um einmal mehr schmutzige Wäsche fortzubringen. Sie wusste nicht, wo sich die Wäscherei befand, eilte dennoch entschlossen den Gang entlang – und entdeckte an dessen Ende Rebeca vor einem Schrank stehen. Während sie ihren Pflichten nachgegangen war, hatte sie sie aus den Augen verloren, nun blieb sie stehen und beobachtete, wie Rebeca etwas aus dem Schrank nahm, kurz nach rechts und links blickte, als hätte sie Angst, dass jemand sie beobachten würde, und es dann schnell einsteckte.

Ihre Bewegungen waren geschmeidig und weich wie die einer Katze, obwohl ihr Körper knabenhaft wirkte, so schmalbrüstig und sehnig, wie sie war – ein Eindruck, den das kurze Haar verstärkte. Victoria eilte zu ihr, als sie noch etwas aus dem Schrank nahm – und diesmal sah sie, dass es Medikamente waren: ein Abführmittel und eins zur Desinfektion.

»Was tust du denn da? Es hieß doch, wir dürfen Medikamente nur mit Einverständnis eines Arztes verabreichen.«

Wenn Rebeca sich ob ihres plötzlichen Erscheinens erschrocken hatte, so zeigte sie es nicht. In ihren grünen Augen stand vielmehr ein eigentümliches Glänzen.

»Ich habe nicht vor, mit einem Arzt darüber zu sprechen«, erklärte sie und nahm als Nächstes eine Phiole heraus, die mit »Salvarsan 600« beschriftet war. Victoria kannte das Medikament. Es war eine arsenhaltige Phenolverbindung und wurde zur Bekämpfung von Syphilis eingesetzt.

»Du stiehlst die Medikamente?«, erkannte sie fassungslos. Es war das eine, sich hinter dem Rücken von Elvira und Ludwig Kreutz in der eigenen Apotheke zu bedienen, aber etwas ganz anderes, sich hier …

»Warum tust du so empört?«, rief Rebeca leichtfertig. »Vorhin hast du dich selbst über die schlimmen Zustände auf der Kinderstation beschwert. Und es sind nicht zuletzt die Kinder, die Opfer der Syphilis werden, weil sie sich bei ihren Müttern anstecken. Dabei wird es bleiben, wenn wir nichts dagegen tun. Wusstest du, dass es in Santiago über fünfhundert Bordelle gibt und nicht mal fünf Armenärzte, die sich um die Huren kümmern?«

»Aber wenn dich jemand sieht …«

»Du siehst mich. Was wirst du tun?« Sie klang herausfordernd, und der Blick ihrer grünen Augen wurde plötzlich hart.

Diese Frau sollte man sich besser nicht zur Feindin machen, ging es Victoria auf – wobei sie sie auch nicht zur Feindin haben wollte, im Gegenteil. Sie schwieg, und Rebecas Bewegungen wurden wieder katzenhaft, als sie ihr mit einem Mal die Hand auf den Arm legte.

»Ich habe dich beobachtet«, setzte sie raunend an, »damals im Zug … Ich weiß, dass du zu den Mutigen gehörst. Dass du nicht wegsiehst, wenn Unrecht geschieht.«

»Im Zug?« Kurz verstand Victoria nicht, was sie meinte.
»Der Eisenbahnarbeiter, der schwer verletzt wurde …«, fuhr Rebeca fort, »du hast dich mit dem Aufseher angelegt. Ich war die ganze Zeit dabei …«
Victorias Herzschlag beschleunigte sich, als sie an jenen Tag dachte: an den wilden Mann, der sich geprügelt hatte, an den etwas steiferen, der versuchte zu verhandeln – und an den dritten, der sich im Hintergrund gehalten und dem Lokführer ein Bein gestellt hatte.
»Du warst das!«, stieß sie aus. »Ich habe dich für einen Mann gehalten!«
»Ich trage oft Männerkleider, besonders, wenn ich mit meinen Brüdern unterwegs bin.«
»Die beiden sind deine Brüder?« Sie wusste, dass es gefährlich war, hier am offenen Medikamentenschrank zu stehen, obendrein mit der Salvarsan-Phiole in den Händen. Jeden Augenblick konnte sie jemand ertappen! Aber größer als jede Furcht war die Aufregung, wenn sie an den sich prügelnden Mann dachte … den Mann, der sie vor den Schlägen geschützt hatte …
Auch Rebeca ließ keine Hast erkennen. »Ja, es sind meine Brüder«, antwortete sie ruhig. »Juan studiert Jura, und der andere, das ist Jiacinto.«
Jiacinto …
Victoria spürte, wie Röte in ihr Gesicht stieg. »Und was macht er?«, fragte sie begierig. »Studiert er auch?«
»Von wegen!« Rebeca lachte auf. »Jiacinto macht alles und nichts. Er ist Anarchist.«
Victoria schluckte. Sie wusste, dass es viele Anarchisten im Land gab, und hatte auch schon manche von deren Schriften gelesen. Einige Ziele deckten sich mit denen der Frauenrechtsbewegung und der Sozialisten, aber letztlich waren es

Menschen, die gegen alles und jedes waren, unberechenbar, unkontrollierbar und bei Streiks und Demonstrationen am schnellsten gewalttätig. Das hatte auch Jiacinto bewiesen.
»Komm nachher mit mir zu uns nach Hause«, schlug Rebeca vor, »dann kannst du die beiden kennenlernen«
Victoria war von dieser Aussicht so begeistert, dass sie nicht bemerkte, wie Rebeca sich vorbeugte und ihr die Phiole mit dem Salvarsan zusteckte.
»Was … was soll ich damit?«, fragte sie entgeistert.
»Versteck sie unter der schmutzigen Wäsche, bring sie irgendwohin, wo niemand sie findet. Und wenn wir später das Krankenhaus verlassen, dann nimm sie mit.«
Sie grinste wieder, aber ihre Augen wurden schmal. Victoria wusste – Rebeca unterzog sie einer Prüfung ähnlich wie Doktor Espinoza, nur dass sie ihren Mut testen wollte, nicht ihr Wissen. Kurz packte sie die Angst, und sie hätte die Phiole am liebsten wieder zurück in den Schrank gestellt. Aber dann trotzte sie Rebecas herausforderndem Blick.
Sie würde auch bei dieser Prüfung nicht scheitern. Sie würde Jiacinto wiedersehen.

In der Konditorei an der Plaza de Armas gebe es die besten Anisbonbons, erklärte Tiago, doch nachdem sie Platz genommen hatten, bestellte er nicht diese, sondern Lúcume-Eis – aus einer Frucht gemacht, die einem Apfel glich, deren Fleisch aber orangegelb war.
Aurelia hatte bis dahin kaum etwas gesagt. Ihr Mund war ganz trocken, und als sie den ersten Löffel Eis probierte, schienen sämtliche Geschmacksknospen ob der Süße förmlich zu zerplatzen.
»Schmeckt es dir?«, fragte Tiago, dem nicht entgangen war, dass sie ihr Gesicht überrascht verzog.

Sie nickte und nahm den zweiten Löffel. Das Merkwürdige war – obwohl sie erst wenige Worte mit Tiago gewechselt hatte, kam er ihr so vertraut vor wie ein guter alter Freund, mit dem sie viele Jahre ihres Lebens verbracht hatte und dessen Gesten sie in- und auswendig kannte. Nichts an ihm war fremd, nicht sein freundliches Lächeln, nicht sein aufmerksamer Blick, nicht die Art, wie er sein gewelltes Haar hinter die Ohren zurückstrich, wenn es ihm ins Gesicht fiel. Und als er nun – wie vorhin – ihren Skizzenblock durchblätterte und Bild für Bild betrachtete, da vermeinte sie, dass sie sie alle nur für ihn gemalt hätte.

Nachdem das Eis aufgegessen war, fiel es ihr nicht länger schwer, die rechten Worte zu finden. Er fragte nach, woher sie einzelne Motive kannte und warum ihre Wahl gerade auf diese gefallen war, und sie war bald in ihrem Element, berichtete eifrig über Patagonien und über die Erdfarben, mit denen sie arbeitete.

»Und wie stellst du diese Erdfarben her?«

Sie zögerte zwar kurz, ihn zu erwähnen, waren doch erfahrungsgemäß die Indianer vielen Weißen verhasst, berichtete schließlich aber trotzdem vom Tehuelche Maril, der immer mal wieder auf ihrer Estancia lebte. »Er hat meiner Mutter Rita beigebracht, wie die Tehuelche Stoffe färben, und mir, wie man aus der Erde haltbare Ölfarben herstellen kann.«

Als sie Rita erwähnte, ging ihr kurz angstvoll ein Gedanke durch den Kopf: Was, wenn Tiago nicht nur erfuhr, dass sie Kontakt mit einem Indianer hatte, sondern selbst von ihnen abstammte, ja, zu einem Viertel Mapuche war?

Allerdings – ihr Haar war zwar schwarz, aber ihre Haut hell wie seine, und alle Menschen, die sie zum ersten Mal sahen, bestaunten ihre Schönheit und waren nie auf die Idee gekommen, sie könnte keine reinrassige Spanierin sein.

Auch Tiago starrte sie hingerissen an – und das gab ihr den Mut, ihren Rücken zu straffen und so kokett zu lächeln, wie sie es noch nie getan hatte. Ob sie schön war oder nicht, war bis jetzt nicht von Bedeutung gewesen; in Patagonien gab es wenig Anlässe, um Eitelkeit hervorzukehren; ihre Haare waren stets vom Wind zerzaust gewesen, und ihren Brüdern war es gleichgültig, wie sie aussah. Doch nun genoss sie die Gewissheit, dass sie Tiago gefiel, und sie war froh, dass sie heute Morgen ihr Haar gebürstet hatte, bis es glänzte, ihre Zöpfe fast so perfekt saßen wie Victorias Frisur und sie ihr bestes Kleid trug.

»Malst du nur mit Erdfarben?«, fragte Tiago. »Oder stellst du auch aus anderen Materialien Farben her?«

Er hatte sich interessiert vorgebeugt, so dass ihre Hände nur noch ein winziges Stück voneinander entfernt waren.

»Oh, in Patagonien muss man erfinderisch sein«, antwortete Aurelia. »Meine Mutter nutzt zum Beispiel Zwiebelschalen zum Gelb- und Braunfärben, und ich habe herausgefunden, dass man den Saft auch für Ölfarben verwenden kann. Oder Kupfervitriol – damit stellt man ein schönes Olivgrün her.«

»Und was nutzt du als Trägermaterial«, fragte er neugierig. »Kreide oder Tonerde?«

»Beides. Außerdem arbeite ich viel mit Pflanzensäften, die ich in Wasser oder Alkohol auflöse. Die Beeren des Maulbeerbaums ergeben ein herrliches Blau. Und die Wurzeln und die Bastrinde des Sauerdorns liefern Berberin – für ein Gelb. Und wir haben auf der Estancia ein paar Rosmarinsträuche angesetzt – man kann daraus ein Öl ziehen, und dieses Öl ist sehr gut für den Firnis zu nutzen.«

»Ich habe gehört, dass es in Patagonien nicht nur rote oder ockerfarbene Erde gibt – sondern sogar blaue.«

Aurelia lächelte so stolz, als hätte sie selbst dieses wilde Land erschaffen. »So ist es, aber man muss genau wissen, wo man sie sucht. Und natürlich gibt es schwarze Erde. Wobei ich vor allem mit einem Schwarz male, das man aus Kohle herstellt und mit Ton und Straußenfett mischt.«

Tiago betrachtete erneut fasziniert die Bilder. »Die Farben sind sehr leuchtend!«

»Und sie halten ewig!«, ergänzte Aurelia stolz.

»Ich glaube«, er deutete auf die Bilder, »das ist das Revolutionärste, das ich jemals gesehen habe. Nein wirklich! Ich mache mich nicht lustig! Denk an all die großen Maler, die im Moment als die mutigsten und modernsten gelten. Sie alle propagieren die Rückkehr zur Natur, fliehen aus den Städten und den Akademien, gründen eigene Kolonien. Aber all das wirkt immer ein wenig inszeniert ... während du in dieser wilden Natur aufgewachsen bist und du deine Farben – nicht wegen irgendwelcher Ideologien, sondern schlichtweg aus Notwendigkeit – aus dieser Natur gewonnen hast.«

Aurelia senkte den Blick. Sein Lob war ihr etwas peinlich, und sie fürchtete, er würde bemerken, dass sie nichts von Kunsttheorie verstand. Doch plötzlich neigte er sich vor und ergriff ihre Hand. Sie versank in diese hellen Augen, in denen sich so viele Gefühle zeigten, vor allem ... Sehnsucht.

»Versteh mich nicht falsch«, fuhr er fort, »ich gehöre gewiss nicht zu jenen Künstlern, die nur nach Europa schielen. Natürlich gibt es auch in Chile große Maler, wobei ich gar nicht mal so sehr an Pedro Lira denke, obwohl der an der Escuela verehrt wird wie ein Gott. Noch lieber ist mir Juan Francisco González. Und du weißt doch, was diesen auszeichnet?«

Aurelia nickte, obwohl sie keine Ahnung hatte.

»Er war einer der Ersten, der das ländliche Umfeld als mögliches Motiv entdeckt hat – anders als Lira, bei dem sich der chilenische Nationalismus vor allem in Historienbildern zeigt. González gilt als Vertreter des Kreolismus und als Erster *antiacademico* Chiles. Seine Art zu zeichnen erinnert mich an deine. Er verzichtet auf strenge Konturen und setzt stattdessen auf raschen Pinselstrich und lichte Farben. Wirklich, du hast viel mit ihm gemeinsam!«

»Ich bin doch nur ein Mädchen aus Patagonien«, bemerkte sie schüchtern und entzog ihm sanft ihre Hand. Schon im nächsten Augenblick tat es ihr leid. Es war ein ganz und gar köstliches Gefühl gewesen, von ihm berührt zu werden!

Tiago lehnte sich wieder zurück, sein Blick schweifte in die Ferne. »Ich war noch nie in Patagonien, aber ich habe gehört, dass es ein Land von unglaublicher Wildheit und Weite sei. Einsam und unwirtlich nennen es die einen – auf verstörende Weise schön die anderen. Ich würde so gerne reisen, durch Chile, durch Südamerika … aber …«, Bedauern trat in seinen Blick, »ich kann leider nicht.«

Aurelia fragte nicht nach, was er meinte. Als angesehener Maler, der an der Escuela lehrte, hatte er gewiss viele Pflichten, die ihn an Santiago banden. Wenn sie nur wüsste, wie er mit Nachnamen hieß! Wobei – wahrscheinlich hätte sie nicht einmal dann bewerten können, wie berühmt er war, da sie doch auch so viele andere der großen Namen noch nie gehört hatte.

Die Wehmut schwand aus seinem Blick. Abermals beugte er sich vor. »Aber auch in Santiago gibt es viele Motive. Du lebst noch nicht lange in der Stadt, nicht wahr? Also kann ich sie dir zeigen!«

Aurelia wurde ganz heiß ob dieses unverhofften Glücks – doch im nächsten Augenblick zögerte sie. Sie sollte ganz allein mit Tiago in der Hauptstadt unterwegs sein? Gehörte sich denn das?

Nun, Valentina legte keinen großen Wert auf Schicklichkeit – sonst hätte sie sie nicht einfach bei der Escuela abgesetzt und erwartet, dass sie allein nach Hause fände. Ihre Mutter wiederum wäre sehr um ihr Wohl besorgt, doch diese könnte sie damit beruhigen, dass sie in den Straßen ja stets unter Leuten, also nie alleine wäre, und Tiago außerdem als Maler ein angesehener Bürger war.

»Ich wäre sehr froh, wenn du mir Santiago zeigen würdest«, sagte sie hastig, »aber … aber …« Sie kämpfte mit ihrer Verlegenheit und brachte dann endlich hervor: »Aber ich weiß nicht einmal, wie du heißt. Natürlich Tiago, aber ansonsten …«

Laut klatschend schlug er sich seine Hand vor Gesicht. »Mein Gott, ich Tölpel! Ich war so vertieft in deine Bilder, dass ich mich gar nicht richtig vorgestellt habe. Ich heiße …«, er zögerte kaum merklich, als fiele es ihm nicht ganz leicht, den Namen auszusprechen. »Ich heiße Tiago Alvarados«, sagte er schließlich.

Der Name war ihr fremd. Wahrscheinlich kannte man ihn in ganz Santiago, und nur sie wusste als dummes Mädchen vom Lande nichts damit anzufangen. Sie hätte gerne gefragt, was er denn malte und welches seiner Bilder ihn berühmt gemacht hatte, aber dann hätte sie sich als noch dümmer erwiesen. Also schwieg sie.

»Nun, machen wir einen Spaziergang?«, fragte er und sprang auf.

»Jetzt gleich?«

»Du hast doch Zeit, oder nicht?«

Oh, für ihn hatte sie alle Zeit der Welt.

Plötzlich war es ihr egal, ob sie seinen Namen nun kannte oder nicht. Als sie sich wie er erhob, murmelte sie diesen Namen, und er schmeckte genauso süß wie das Lúcume-Eis.

Im Café war es leicht und selbstverständlich gewesen, miteinander zu reden, doch kaum verließen sie es, senkte sich erstmals Schweigen über sie. Aurelia überlegte händeringend, welche Frage sie stellen konnte, um einerseits mehr über ihn herauszufinden und zugleich nicht schrecklich unwissend und naiv dazustehen, aber es fiel ihr keine ein. Doch dann half ihr die Stadt aus der Verlegenheit. In Santiago gab es so viel zu entdecken, so viel zu bestaunen. Am Tag der Ankunft hatten sie der große Bahnhof fasziniert, die Trambahn und die vielen, vielen Menschen, aber erst jetzt entdeckte sie das Herz der Stadt, und Tiago erwies sich als vollendeter Führer. Er zeigte ihr die prächtigen Gebäude an der Hauptstraße, der Alameda, die an der Südseite nicht höher als zehn Meter waren und meistens nach Entwürfen von beliebten italienischen und französischen Architekten errichtet worden waren, überdies die Kathedrale – ein wuchtiger Bau mit zwei riesigen Türmen –, die Stadtverwaltung an der Plaza de Armas und die aufwendigen Eisen- und Glaskonstruktionen, die die Häuser der Reichen hier schmückten.

Aurelia hatte die Weite Patagoniens immer geliebt und vermisste ihre Heimat, aber zugleich waren ihr die Motive dort oft knapp geworden. Sie hatte stets das Gefühl gehabt, sich diese mühsam suchen zu müssen, so wie die Goldsucher auf Feuerland froh über jeden Klumpen waren, den sie ausgruben. Hier jedoch badete sie in diesem Gold, denn hier gab es so viel zu erschauen – und später zu malen.

Sie kamen an der Correo Central vorbei, der Hauptpost, dann dem Palacio de la Real Audiencia, dem ursprünglichen Sitz der Nationalregierung, ehe diese in die Moneda umgezogen war.

Während sie es nicht gewagt hatte, Tiago danach auszufragen, wer er war, wollte sie nun alles über die Stadt wissen, und er erzählte es ihr mit eigentümlichem Glanz in den Augen, als entdecke er die Stadt, in der er offenbar seit langem lebte, an ihrer Seite neu. Sein Lächeln war erst ein wenig nachsichtig, wurde dann aber immer strahlender, je begeisterter sie sich

zeigte, und ganz nebenbei erfuhr sie nun doch das eine oder andere über ihn, berichtete er zum Beispiel von der Schule, die er hier in der Nähe einst besucht hatte, oder dass er zwar seit seiner Geburt hier lebte, den Sommer aber oft in Valparaíso verbrachte. Aurelia wusste, dass es die reichen Städter so hielten – und dass er wiederum reich war, bedeutete, dass er mit seinen Bildern schon viel Geld verdient haben musste.
»Sieh nur, der Palacio de la Moneda – er ist so breit und niedrig gebaut worden, damit er bei einem Erdbeben nicht gleich zusammenstürzt. Komm, lass uns wieder zur Alameda zurückgehen! Siehst du die vielen Bäume, die sie säumen? Als Kind bin ich hier manchmal hochgeklettert ... obwohl das jemandem wie mir natürlich streng verboten war.«
Jemandem wie ihm?
Sie sagte nichts, blickte ihn fragend an, und da schien ihm aufzugehen, dass er etwas gesagt hatte, was er eigentlich für sich behalten wollte. Sein Gesicht verdunkelte sich kurz, doch dann lief er auf einen Baum zu, zog sich spielerisch an einem der Äste hoch und war flugs auf einen der Bäume geklettert. Aurelia, die mit drei jüngeren Brüdern aufgewachsen und von ihnen zu manch sportlichem Wettstreit angestachelt worden war, zögerte nicht lange, sondern tat es ihm gleich. Mühelos hätte sie die Spitze des Baums erklommen, aber das war wohl wenig damenhaft, und so blieb sie, wie auch er, auf einem der unteren Äste sitzen. Eine Weile blickten sie von dort hinunter auf die Straße, sahen Geschäftsleute mit Zylindern an ihnen vorbeigehen, Damen mit Sonnenschirmen und einen Jungen, der Zeitungen verkaufte. Alle guckten zu ihnen nach oben, als hätten sie den Verstand verloren, weil sie – obgleich erwachsen – auf Bäume kletterten.
Tiago lachte los, Aurelia auch, und während sie vor sich hin prusteten, verlor sich jede Spannung, so sie denn nach seiner

rätselhaften Andeutung über seine Herkunft überhaupt da gewesen war.
»Ich weiß nicht mehr, wann ich so gelacht habe!«, stieß Tiago aus.
Sein Gesicht war ihr nach der kurzen Zeit, da sie ihn kannte, schon so vertraut – nun lernte sie einen neuen Ausdruck kennen, einen jungenhaften, übermütigen. Gott, ewig hätte sie ihn anstarren können! Doch er kletterte schon wieder zu Boden und streckte ihr die Hand entgegen, um auch ihr vom untersten Ast zu helfen.
»Komm – sieh!«, rief er aus. Er ließ ihre Hand nicht los, sondern zog sie ein paar Meter mit sich und deutete in die Ferne. Bereits am Tag ihrer Ankunft hatte sie die mächtigen Berge gesehen, die die Stadt umgaben. Damals waren sie fast mit den Wolken verschmolzen, nun tauchte das weiche Abendlicht sie in helles Violett. Obwohl inmitten der Stadt, fühlte Aurelia, was sie oft in Patagoniens Weite gespürt hatte: dass es etwas gab, was so viel mächtiger, so viel älter als der Mensch war. Winzig klein kam sie sich vor – und zugleich schien es, als wäre sie mit Tiago ganz allein auf der Welt.
»Wie schön!«
Dem ehrfürchtigen Staunen folgte das Bedürfnis, diese Berge zu malen, wenn sie auch nicht sicher war, ob sie die richtigen Farben hatte, um das Violett der Gipfel zu treffen oder diese rostroten Scharten, die das schwindende Sonnenlicht in den erblassenden Himmel schlug. Fieberhaft ging sie im Kopf die Farben durch, die sie aus Erde und Öl hergestellt hatte, und erst nach einer Weile spürte sie, dass sie immer noch Tiagos Hand hielt. War sie jemals in ihrem Leben glücklicher gewesen?
Wind kam auf, blähte ihr Kleid, zerriss das warme Abendlicht in viele kleine Fäden, die alsbald vom sich verdunkelnden

Himmel verschluckt wurden. Ohne Zweifel, es war Abend, bald Nacht, eigentlich sollte sie nach Hause gehen. Doch Tiago ließ ihre Hand nicht los und wollte genauso wenig wie sie, dass dieser wunderbare Tag ein Ende fand.

»Nach diesem langen Spaziergang brauchen wir eine Stärkung«, verkündete er.

Wenig später saßen sie wieder in einem der vielen Kaffeehäuser – und Aurelia, die noch nie zuvor eines besucht hatte, war überwältigt, es nun zweimal an einem Tag zu tun.

Sie tranken Limonade, die bittersüß schmeckte. Als sie Platz genommen hatten, hatten sie sich losgelassen. Übermächtig wurde in Aurelia das Verlangen, ihre Hand zu heben und über Tiagos feine, lange Finger zu streichen, aber sie zögerte noch. So nah und vertraut sie sich ihm eben noch gefühlt hatte – nun, da sie beide schwiegen, erwachte wieder etwas Scheu. Der jungenhafte Ausdruck war aus seinem Gesicht verschwunden, und er schien in Gedanken versunken. Überlegte auch er, ihre Hand zu ergreifen? Oder dachte er über etwas ganz anderes nach?

Als sie den letzten Schluck Limonade trank, fasste sie neuen Mut. Sie hob ihre Hand, wollte seine Finger berühren, ihre mit seinen verschränken, und genau in dem Augenblick ging auch ein Ruck durch seine Hand. Doch ehe sie sich tatsächlich berührten, wurden sie von einer Stimme überrascht.

»Hier bist du!«

Obwohl sie nichts Verbotenes gemacht hatten, fühlte sich Aurelia ertappt und zuckte zurück. Als sie aufblickte, stellte sie jedoch fest, dass sie den jungen Mann, der auf ihren Tisch zutrat, kannte.

»Aurelia … erinnerst du dich an ihn? Das ist mein Freund … Andrés Espinoza.«

Aurelia erhob sich so hastig, dass das Limonadenglas erzitterte. »Mein Retter in der Not!«, stieß sie aus – und erst jetzt meldete sich ihr schlechtes Gewissen: Obwohl es dieser Andrés gewesen war, der dem Dieb ihre Tasche entrissen hatte, hatte sie sich damals im Hafen von Valparaíso nicht bei ihm bedankt.

Er lächelte spöttisch. »Oho, das hübsche Mädchen von Valparaíso!«, stieß er aus. »So hat Tiago Sie also wiedergefunden. Gottlob, möchte man sagen. Es war ja nicht auszuhalten, wie er tagelang von nichts anderem gesprochen hat …«

»Andrés«, warf Tiago leicht verlegen dazwischen.

»Leugne es nicht! Und es ist doch schön, dass das Schicksal Sie beide erneut zusammengeführt hat.«

Seine Worte klangen freundlich, doch der Ausdruck seiner Augen, als diese kaum merklich ihre Gestalt musterten, war abschätzend. Eine Anspannung legte sich über sie, die Aurelia kaum zu deuten wusste. Unsicher nahm sie wieder gegenüber von Tiago Platz, während sich nun auch Andrés auf einem der Stühle niederließ. Im Hafen von Valparaíso hatte sie ihn – nicht zuletzt im Vergleich mit dem Dieb – für einen großen, stattlichen Mann gehalten. Nun fiel ihr auf, dass er seinen Kopf stets ein wenig gesenkt hielt und seine Schultern sich krümmten. Mausgrau war sein Haar und ließ ihn älter wirken, obwohl sein Gesicht so glatt und jung aussah wie das von Tiago. Er hatte nichts an sich, was man hässlich nennen konnte, dennoch war es Aurelia unangenehm, in diese stechenden Augen zu sehen. Sie war erleichtert, als er sich endlich Tiago zuwandte.

»Warum bist du denn hier«, fragte er ihn, »und nicht auf der Escuela?«

»Ich musste Niña Aurelia doch ein wenig von Santiago zeigen.«

»Ihr habt's gut! Normale Menschen müssen um diese Zeit arbeiten.« Aurelia entging sein scharfer Unterton nicht, doch Tiago lächelte nur und erklärte: »Andrés ist Arzt, musst du wissen. Er hat erst vor kurzem sein Medizinstudium abgeschlossen.«
Aurelia nickte respektvoll.
»Ach was!«, rief Andrés und winkte ab. »So eine große Leistung ist das nicht. Ich hätte mir gar nicht erlauben können, es nicht zu schaffen. Mein Vater ist Ramiro Espinoza – ein stadtbekannter Chirurg. Er arbeitet am größten städtischen Krankenhaus.«
»Meine Freundin, mit der ich hier in Santiago lebe, Victoria Hoffmann, macht dort eine Ausbildung zur Krankenschwester«, sagte Aurelia schnell.
So unangenehm es ihr eben gewesen war, wie Andrés' Blick auf ihr geruht hatte, so schwer fiel es ihr zu ertragen, wie er nun Tiago musterte – irgendwie herablassend ... und höhnisch.
»Wie hat Tiago Sie eigentlich wiedergefunden? Nicht dass ich ihn nicht allzu gut verstehe, aber irgendwann hatte ich doch genug davon, dass er ständig sehnsüchtig von Ihnen schwärmte.«
Aurelia errötete beschämt. Gewiss übertrieb er. »Wir sind uns auf der Escuela de Bellas Artes zufällig begegnet. Señor Alvarados hat sich bereit erklärt, mir Malunterricht zu geben«, sagte sie schnell, um das Thema zu wechseln.
Es glückte nicht recht. »Oho!«, lachte er auf. »Señor *Alvarados!* So also hat er sich Ihnen vorgestellt.« Er lachte, während Tiago ihn plötzlich sehr ärgerlich anblickte und ihm mit einem Kopfschütteln andeutete, nichts mehr zu sagen. Wieder legte sich Spannung über sie drei – und diesmal war es gewiss keine Täuschung. Aurelia sah verwirrt von einem zum ande-

ren und wurde nicht schlau aus Andrés' Worten. War Alvarados etwa nicht Tiagos Namen? Aber warum sollte er ihr einen falschen nennen?
»Soso.« Andrés klopfte Tiago auf Schultern, der sichtlich zusammenzuckte. »Tiago will Ihnen also Malunterricht geben.«
»Ja, und ich bin darüber sehr froh, und …«
»Es wundert mich allerdings ein wenig«, fiel Andrés ihr ins Wort. »Ich meine, Tiago ist doch selber nur …«
Der Tisch erzitterte, als Tiago abrupt aufstand. »Es ist genug, Andrés! Ich werde Niña Aurelia jetzt nach Hause begleiten.«
Aurelia erhob sich so hastig wie er – Andrés etwas zögerlicher. »Aber natürlich, mein Freund!«, rief er. »Und nachdem du sie nach Hause begleitet hast – richte deinem werten Vater meine besten Grüße aus. Und natürlich auch deiner Mutter, der lieben Doña Alicia.«
Er verbeugte sich respektvoll, und Aurelia bemerkte, wie sich Tiagos Gesicht noch mehr verdunkelte. Zugleich sah sie so etwas wie Angst darin aufblitzen.
Fragend blickte sie ihn an und hoffte, dass er ihr Andrés' Andeutungen erklären würde. Doch nachdem er sich mit einem knappen Kopfnicken von seinem Freund verabschiedet hatte und sich an sie wandte, sagte er nichts über seinen Nachnamen oder was es mit seinen Eltern auf sich hatte, sondern fragte nur nach ihrer Adresse, um sie nach Hause zu bringen.

6. Kapitel

Das Viertel, in das Rebeca Victoria führte, versprach zwar nicht so ein Elend wie der Barrio Misericordia, aber die Straßen waren schmutzig, die Kinder, die vor den Häusern lungerten, auch, und zwischen ihnen stakten Hühner und Schweine und hinterließen noch mehr Dreck. Vor den Fenstern waren Wäscheleinen gespannt, und was daran hing, hatte wenig Ähnlichkeit mit Victorias dunklem Kleid, das zwar einfach, aber frei von Flicken war: nichts als Lumpen, allesamt so oft getragen, dass sie in Fetzen hingen. Rebeca störte sich offenbar nicht daran. Auf Reinlichkeit schien sie grundsätzlich nicht sonderlich viel Wert zu legen, wie Victoria erkannte, als sie die kleine Mietwohnung der Carrizos – so hießen die Geschwister mit Nachnamen – im ersten Stock betraten.

So dicht hing der Dunst von Zigarren und Zigaretten, dass ihre Augen tränten, und sie unterdrückte ein Husten. Durchdringend wie der Rauch war der Geruch nach Wein und Whisky, und prompt stolperte sie über eine der leeren Flaschen, die vor ihre Füße gerollt war. Sie bückte sich, um sie aufzuheben, und stellte fest, dass der ganze Boden davon übersät war. Keiner von den vielen Menschen, die sich in der Wohnung aufhielten, achtete darauf. Sie lungerten auf durchgesessenen Möbelstücken herum, von denen keins zum anderen passte, lasen, rauchten und tranken oder waren in hitzige Debatten verstrickt.

Begierig hielt Victoria nach Jiacinto Ausschau, aber sie entdeckte nur Juan – der angehende Jurist, der als Einziger ein wenig skeptisch auf das Chaos starrte.

Er erkannte Victoria gewiss nicht wieder, schien aber daran gewöhnt, dass ständig Fremde kamen und gingen, und nickte ihr darum zu.
»Hier!«, sagte Rebeca und drückte ihr ein Glas in die Hand. Seine Ränder waren schmutzig, aber der Rotwein darin roch verführerisch nach Zimt und Orangenschale.
»Jetzt muss ich mich aber umziehen«, verkündete Rebeca. Victoria erwartete, dass sie sich zu diesem Zweck in einen anderen Raum zurückziehen würde, doch sie hatte keine Scheu, vor allen erst aus ihrem Kleid und dann in eine Hose zu schlüpfen. Es war eine Pluderhose, und obwohl diese so weit geschnitten war, dass man sie aus der Ferne für einen Rock hätte halten können, war Victoria zutiefst fasziniert, zum ersten Mal eine Frau in Hosen zu sehen. Nachdem Rebeca sich mehrere Ketten aus Glasperlen umgehängt hatte, steckte sie eine Zigarette in einen Halter aus Bernstein, ließ sich von einem der vielen Gäste Feuer geben und begann zu rauchen.
Victoria konnte sie nur fassungslos bestaunen. Sie hatte auch von Frauen gehört, die nicht nur Hosen trugen und mit übereinandergeschlagenen Beinen saßen, sondern obendrein rauchten, aber es mit eigenen Augen zu sehen war befremdend und berauschend zugleich.
»Warum trägst du dein Haar so kurz?«, fragte sie.
»Das solltest du auch machen«, lachte Rebeca und blies ihr den Rauch ins Gesicht. »Vor einigen Jahren haben die ersten Frauenrechtlerinnen in Europa damit angefangen.«
Victoria tastete instinktiv nach ihrem Haarknoten. »Wenn ich sie so schneiden würde, würden sie mir ja doch nur ständig ins Gesicht fallen.«
»Jetzt sei nicht so entsetzlich vernünftig.« Zwischen zwei neuerlichen Zügen an der Zigarette nahm Rebeca einen gro-

ßen Schluck Wein und trat dann auf ihren Bruder zu. »Und du, Juan, du auch nicht.«

Juan hatte sich auf einen der dunklen, tiefen Sofastühle gesetzt. Verglichen mit den Lumpen der anderen war er mit seiner Hose und Jacke aus gestreiftem Cordsamtstoff nahezu elegant gekleidet. »Was soll ich nicht sein?«, fragte er abwesend.

»Vernünftig!«, schrie Rebeca und deutete mit verdrehten Augen auf das Buch in seinem Schoß, in dem er gerade geblättert hatte. »Du kannst noch so viel lernen – am Ende bleibst du wie unser Vater ein kleiner Jurist, auf den die großen treten.«

Er zuckte ein wenig hilflos die Schultern und wandte sich erneut seinem Buch zu, aber Rebeca ließ sich das nicht bieten, sondern setzte sich einfach auf seinen Schoß, nahm ihm das Buch aus der Hand und klappte es zu.

»Du hast doch gesehen, wen ich mitgebracht habe. Sie könnte zu dir passen, sie ist nämlich genauso steif, klug, strebsam wie du …«

Victoria fühlte sich von den Worten bloßgestellt, straffte den Rücken und überlegte fieberhaft, was sie entgegnen könnte. Doch ehe sie etwas sagen oder Juan das Buch zurückfordern konnte, ertönte vom zweiten Raum eine Stimme: »Hast du die Medikamente dabei?«

Victoria hatte die Tür nicht wahrgenommen, die jetzt laut krachend geöffnet wurde. Jiacinto blieb an den Rahmen gelehnt stehen, ließ seinen Blick kurz über die Gäste streifen und verharrte bei Victoria. Der Drang, die Augen zu senken, wurde übermächtig, aber sie verkniff ihn sich und musterte ihn ebenso ungeniert wie er sie. Obwohl sie ihn damals auf den Gleisen nur kurz gesehen hatte, hätte sie ihn unter Tausenden wiedererkannt – nicht an seinem Haar, das, zu einem strähnigen, verfilzten Schwanz gebunden, über den Rücken fiel, nicht an dem ungepflegten Bart, nicht an der grauen, fleckigen Kleidung, nicht einmal an diesen dunklen, blitzenden Augen. Aber etwas lag in seiner Haltung, was sie bei keinem anderen in diesem Maße gesehen hatte, etwas, das sie elektrisierte und an ein Raubtier denken ließ, gefährlich und unberechenbar und stets bereit, zum Sprung anzusetzen. Überdies hatte er etwas Maßloses an sich, etwas Zügelloses, was sie nicht besaß und nie besessen hatte.

Rebeca erhob sich von Juans Schoß. »Nicht ich habe die Medikamente, sondern sie.«

Jiacinto musterte Victoria aufs Neue. »Und wer ist sie?«

Etwas betroffen hörte Victoria zu, wie Rebeca vom Vorfall während der Zugfahrt berichtete. Sie war enttäuscht, dass er sie nicht wiedererkannt hatte, nun mit gerunzelter Stirn den Worten der Schwester lauschte und erst nach einer Weile nickte – das einzige Zeichen, dass er sich am Ende doch noch vage erinnerte. Sonderlich beeindruckt war er von diesen Erinnerungen wohl nicht. Er trat auf Rebeca zu, nahm einen Zug von ihrer Zigarette, und als Victoria ihm übereifrig die Phiolen reichte, nahm er sie zwar an sich, sah sie jedoch kein weiteres Mal an und dankte ihr auch nicht.

Juan erhob sich währenddessen vom Sofa. »Seit wann verteilst du eigentlich kostenlose Medikamente an die Huren?«, fragte er seinen Bruder. »Von den Anarchisten hört man viel – nur nicht, dass sie große Wohltäter der Armen seien.«

»In jedem Fall kämpfen wir für die freie Liebe«, hielt Jiacinto dagegen. »Und wie kann die Liebe frei sein, wenn man stets Angst haben muss, zu verrecken?«

Gelächter ertönte. »Vielleicht will Jiacinto das Salvarsan gar nicht an die Huren verteilen«, schaltete sich ein fremder Mann ein, »vielleicht braucht er es stattdessen selbst. Kein Wunder bei den vielen Frauen, mit denen er sein Lager teilt.«

»Zumindest habe ich noch nie für die Liebe zahlen müssen. Das überlasse ich Juan.«
Wütend ging Juan auf ihn los, beide Hände zu Fäusten geballt und bereit, auf den Bruder einzuschlagen. Rasch trat Rebeca dazwischen, legte beschwichtigend ihre Hand auf Juans Brust und drückte ihn wieder aufs Sofa, um sich flugs auf seinen Schoß zu setzen. Auch wenn Juan sich fügte, so schrie er Jiacinto doch an: »Hör auf, solche Lügen über mich zu erzählen! Ich würde nie die Notsituation von Frauen ausnutzen! Mein Leben lang war ich bei keiner Hure!«
Rebeca zwinkerte Victoria zu. »Die beiden sind anstrengend, nicht wahr? Meine Brüder müssen sich immer streiten. Juan glaubt an den Sozialismus. Und Jiacinto an gar nichts.«
Jiacinto lachte auf, widersprach aber trotzdem: »Das ist nicht wahr. Auch Anarchisten haben ihren Glauben. Wir glauben an uns selbst, an das Menschengeschlecht und seine Weiterentwicklung, wir glauben an den Gott der Zukunft … und, wie gesagt, an die freie Liebe.«
»Aber ihr glaubt nicht an den Staat«, grummelte Juan. »Ihr seid überzeugt, dass sich die Regierung ohnehin nie reformieren lässt, weswegen ihr nichts anderes tut, als zu protestieren, Unruhe zu stiften und Wahlen zu boykottieren. Nur – wenn man sich dem Staat verweigert, wie will man ihn je verändern?«
»Er wird sich ohnehin nie verändern«, meinte Jiacinto lapidar. »Die Reichen werden immer reicher, die Armen immer ärmer, die Regierung ist skrupellos und geldgierig.«
Juan schüttelte den Kopf. »Nur weil man gegen den Kapitalismus ist, muss man nicht auch gegen jede Form der Institution sein.«
»Ach, genug davon. Was hat je eine Regierung gegen soziale Missstände getan?«

»Sieh dir die Lage in Argentinien an. Dort geht's gerechter zu, weil es mehr Gesetze gibt, die das Leben bestimmen. Gesetze, die du nicht willst. Was mich fragen lässt, ob du vielleicht gar kein Anarchist, sondern ein Liberaler bist. Die wollen doch auch, dass sich der Staat so weit wie möglich aus allen Belangen zurückzieht.«

Nun war es Jiacinto, der wütend die Fäuste ballte. »Ganz sicher bin ich kein Liberaler! Habe ich mich nicht einst auf der Straße geprügelt – nämlich für das Recht auf den freien Sonntag, das diese Ausbeuter verhindern wollten?«

»Mit Prügeleien erreicht man für gewöhnlich gar nichts. Man muss sich zusammenschließen, in Form von Gewerkschaften und Organisationen, lokal wie überregional. Man muss vernünftig planen und das Machbare im Auge behalten. Und manchmal muss man verhandeln, statt lediglich zuzuschlagen.«

»Gott, wie langweilig!«, zischte Jiacinto.

»Außerdem muss man sich die Menschen zu Verbündeten machen, mit denen man nicht viel gemein hat. Die Kirche zum Beispiel …«

»Hör mir doch auf mit den Pfaffen!«

»Nicht alle, die eine Soutane tragen, sind schlecht. Es gibt auch Priester, die sich auf die Seite der Armen schlagen.«

»Hör mir doch auf!«, wiederholte Jiacinto. Er beugte sich über Rebeca, um einen neuerlichen Zug von ihrer Zigarette zu nehmen, und blies Rauchkringel in die Luft. Während des ganzen Streitgesprächs hatte Victoria ihren Blick nicht von ihm lassen können, auch wenn vieles, was er sagte, sie zum Widerspruch reizte. Bis jetzt hatte sie nicht gewagt, sich einzuschalten, doch in die Pause, die jäh entstanden war, hörte sie sich plötzlich sagen: »Juan José Julio Elizalde.«

Jiacinto fuhr ruckartig hoch. »Bitte?«

Victoria reckte ihr Kinn. »Juan José Julio Elizalde, besser bekannt als Papst Julio, war einer jener Priester, der sich unermüdlich in den Dienst der Armen stellte. Am Ende hat er sogar mit der Amtskirche gebrochen.«

Jiacinto grinste und trat dann langsam auf sie zu, bis er so dicht vor ihr stand, dass sie die Hitze seines Körpers spüren konnte: »Mit der Amtskirche brachen aber auch manche junge, geldgierige Männer der Oberschicht – das allein ist noch kein Verdienst.«

»Aber das bedeutet, dass man aus dem, was ein Mensch ist, noch keine Rückschlüsse darauf ziehen darf, was er tut und denkt. Ob einer reich, ein Priester oder Anarchist ist – das allein macht ihn noch zu keinem guten oder schlechten Menschen.«

Jiacinto legte den Kopf schief.

»Meine Rede!«, rief Juan dazwischen. »Es geht nicht darum, wer die schönsten Reden schwingt, sondern am meisten erreicht! Um etwas zu erreichen, braucht man wiederum Geld. Und dieses Geld verdienen im Augenblick Rebeca und ich. Du tust nichts weiter, als ab und an die Faust zu erheben.«

Jiacinto achtete nicht auf ihn. Er beugte sein Gesicht zu Victorias herab, hob plötzlich die Hand und streichelte ihr über die Wange. Die Berührung brannte wie Feuer.

»Hast du Geld, Mädchen? Ganz egal, ob ererbt oder selbstverdient – was würdest du für eine gute Sache geben?«

Victoria war sich sicher, dass seine Finger ein schwarzes, schwärendes Loch auf der Wange schlagen würden, dennoch zuckte sie nicht zurück. »Für eine gute Sache gebe ich alles, was notwendig ist. Tatkraft und Leidenschaft und natürlich auch Geld.«

Jiacinto ließ seine Hand sinken und lachte auf. »Du siehst zwar aus wie eine alte Matrone, aber irgendwie gefällst du mir.«

Erneut wollte er die Hand heben und sie berühren, doch plötzlich – Victoria hatte sie nicht kommen sehen – trat Rebeca dazwischen, ergriff seine Hand und zog ihn mit sich, um ihn neben Juan aufs Sofa zu drücken und sich nunmehr auf seinen Schoß zu setzen.
Victoria konnte den Blick nicht recht deuten, den sie ihr dabei zuwarf. Er wirkte herausfordernd, triumphierend und irgendwie trotzig. »Meine Brüder müssen immer streiten, aber wenn es darauf ankommt, dann gehen wir füreinander durchs Feuer.«
Juan war kaum merklich von den beiden abgerückt, aber als er Rebeca anblickte, sah Victoria tiefen Respekt und Liebe in seinen Augen. Die drei so vereint zu sehen versetzte ihr kurz einen schmerzhaften Stich. Sie hatte keine Geschwister, aber sich oft danach gesehnt – nach einem Kreis an Vertrauten, wo einer für den anderen einstand.
Jiacinto deutete auf das Glas mit dem Orangenwein, das sie vorhin abgestellt hatte: »Trink noch mehr, Mädchen, dann kommt ein wenig Farbe in dein blasses Gesicht!«
Victoria war verwirrt – gewiss, sie hatte die helle Haut ihrer deutschen Eltern und unterschied sich darum von den Chilenen. Aber warum sah er nicht, wie sie unter seiner Berührung errötet war?
Sie zuckte die Schultern und entschied, nicht länger darüber nachzudenken. Schwungvoll setzte sie das Weinglas an und nahm einen kräftigen Zug.

Die gemeinsamen Abendessen bei Valentina verliefen für gewöhnlich ruhig und gesittet. Manchmal führte Pepe seine misslaunigen Selbstgespräche, manchmal stellte Valentina Fragen. An diesem Abend kam sie jedoch erst gar nicht zum Reden. Kaum saßen die Mädchen am Tisch, sprudelten die

Erlebnisse aus ihnen heraus. Wild gingen Worte und Themen durcheinander, Hygiene und Kunst, Kropfexstirpation und Ölmalerei, Anarchisten und Anisbonbons.

Letztere hatte Aurelia von Tiago zum Abschied geschenkt bekommen, und stolz hob sie die Tüte hoch, als sei dies ihr kostbarster Schatz. »Das habe ich von Tiago Alvarados bekommen. Er wird mich künftig auf der Escuela unterrichten!«

Trotz der Unruhe, die das Geplapper mit sich brachte, lächelte Valentina wohlwollend. Pepe dagegen rutschte unruhig auf seinem Stuhl hin und her und fühlte sich von den Mädchen offenbar in seinem Recht beschnitten, laut über das Leid der Welt im Allgemeinen und sein persönliches Elend im Besonderen zu sinnieren.

»Ich wusste doch, du bist begabt!«, rief Victoria triumphierend – und ging das erste Mal auf etwas ein, was Aurelia und nicht sie selbst am heutigen Tag erlebt hatte. »Du wirst eine große Malerin werden; das haben nun auch die Professoren der Escuela eingesehen.«

Zwar war es nur ein Professor gewesen, aber das ließ Aurelia lieber unerwähnt – genauso wie das unerquickliche Treffen mit Señor Ponce. »Tiago ist so höflich … so wohlerzogen … so zuvorkommend. Er ist ein großer Maler, auch wenn er mir nicht erzählt hat, woran er arbeitet. Gewiss wollte er mich nicht bloßstellen, weil seine Bilder so viel besser als meine sind.«

Victoria rümpfte die Nase. »Warum sollen seine Bilder denn besser sein? Etwa weil er ein Mann ist? Pah! Warum sollen Männer von Natur mehr Talente haben als Frauen? Wir sind doch alle Menschen! So sieht das auch Rebeca … und Jiacinto ist der gleichen Meinung. Schwester Adela dagegen ist eines dieser frommen Schafe, das wohl noch nie einen eigenständigen Gedanken gefasst hat. Die Art, wie sie vor Doktor Espinoza buckelt, war einfach widerwärtig!«

Aurelia horchte auf, denn der Name kam ihr bekannt vor. Hieß nicht auch Andrés, Tiagos Freund, mit Nachnamen Espinoza, und hatte der nicht von seinem Vater gesprochen, der im Krankenhaus arbeitete? Doch in der Aufregung erschien ihr das nicht sonderlich bedeutsam. »Tiago hat sich so viel Zeit für mich genommen«, fuhr sie fort. »Wir haben den ganzen Nachmittag miteinander verbracht, und ich durfte ihm erzählen, mit welchen Farben ich arbeite.«

»Du durftest?«, fuhr Victoria wieder auf. »Das ist doch dein gutes Recht, von deiner Arbeit zu berichten, keine Gnade! Im Übrigen solltest du auf dich stolz sein, weil du auf der Schule aufgenommen wurdest. Was rühmst du ständig diesen ... Tiago?«

»Er hat gewiss schon viele Ausstellungen gehabt. Er ist mit so viel Respekt behandelt worden, obwohl er kaum älter ist als ich.« Genau genommen war das übertrieben – schließlich hatte sie Tiago nur gemeinsam mit Señor Ponce gesehen, aber das wusste Victoria nicht. »Ich hoffe, er zeigt mir eines Tages seine Bilder«, seufzte Aurelia.

»Ich hoffe, er beschäftigt sich vor allem mit deinen!« Victorias Stimme wurde schrill. »Wer genau ist er überhaupt? Wie heißt er noch mal mit Nachnamen?«

»Alvarados«, sagte Aurelia stolz und betonte jede Silbe mit Bedacht.

Valentina beugte sich nachdenklich vor. »Der Name kommt mir irgendwie bekannt vor, wenn ich auch nicht weiß, woher.«

Aurelia zuckte die Schultern.

»Und er ist einer der Professoren?«, fragte Victoria misstrauisch. »Obwohl er noch so jung ist?«

Aurelia geriet ins Zweifeln. Dass er ein Professor sei, hatte Tiago eigentlich nicht ausdrücklich gesagt. »In jedem Fall ist er ein großartiger Maler!«, rief sie überzeugt.
»Du hast doch eben gesagt, dass du seine Bilder noch nicht gesehen hast«, erwiderte Victoria schroff, »woher willst du also wissen, wie gut er ist? Womöglich gar besser als du?«
»Hätte er sonst auf der Escuela de Bellas Artes studiert?«
»Das tust du doch jetzt auch.« Victorias Blick wurde stechend, als Aurelia verlegen den ihren senkte. »Oder etwa nicht?«
»Eigentlich ist es lediglich so, dass Tiago mir ein paar Stunden geben will, und dann …«
»Wie?«, unterbrach Victoria sie wütend. »So sieht also dein Erfolg an der Escuela aus? Du hast einem Mann schöne Augen gemacht – und das war's? Eine Frau sollte nie auf diese Weise ihre Ziele erreichen!«
Aurelia errötete, hob jedoch trotzig den Blick. »Das ist doch meine Sache, oder nicht?«
Victorias Kiefer mahlten, aber ehe sie noch etwas sagen konnte, beugte sich Valentina vor. »Nun streitet euch doch nicht!«, mahnte sie streng.
»Aber wenn sie …«, begannen beide Mädchen wie aus einem Mund, um der jeweils anderen die Schuld für die Auseinandersetzung zuzuweisen.
»Schluss jetzt!« Valentinas Stimme klang wie ein Peitschenknall, und ihr wohlwollendes Lächeln schwand aus dem Gesicht. »Genug geredet, jetzt wird gegessen.«
Sie rieb sich die Schläfen, als hätte sie Kopfschmerzen. Pepe dagegen sah erstmals gelöst aus. Offenbar befriedigte es ihn tief, dass dieses Mal andere den Tadel seiner Mutter abbekommen hatten – und nicht wie üblich er.
Die Mädchen fügten sich der strengen Stimme und begannen, brav ihre Suppe zu löffeln.

7. Kapitel

Obwohl das Leben in Santiago am Anfang so viel Neues und Abenteuerliches gebracht hatte, verlief es nach einigen Wochen in gleichförmigen Bahnen.

Aurelia freute sich Tag für Tag wieder auf die Malstunden bei Tiago, die sie kurz nach ihrem Wiedersehen aufgenommen hatten. Zunächst war sie noch nervös gewesen, doch da er sie so oft überschwenglich lobte, wurde sie zunehmend selbstbewusster. Er zeigte ihr Materialien, mit denen sie noch nie gearbeitet hatte – ob Leinwände, die viel glatter waren als ihre, oder Ölfarben –, und führte sie in Techniken wie die Aquarellmalerei ein, die sie nicht kannte. Außerdem erzählte er ihr von den großen Malern Chiles und studierte mit ihr viele von deren Bildern, so dass sie sich schon nach kurzer Zeit nicht mehr ganz so unwissend fühlte. Sie trafen sich in einem kleinen Raum an der Escuela, in dem sich noch viele andere Stühle befanden – doch zu Aurelias Erstaunen blieben sie immer leer, wenn Tiago ihr Unterricht gab. Sie kam zum Schluss, dass seine anderen Schüler allesamt Männer, vor allem aber viel fortgeschrittener waren als sie und er ihr den Anfang leichter machen wollte, indem er sie von ihnen fernhielt. Anders als bei ihrem ersten Besuch auf der Escuela, wo sie die Gänge leer vorgefunden hatte, begegnete sie an Tiagos Seite zwar anderen Studenten, doch diese zogen augenblicklich den Kopf ein, wenn sie Tiagos ansichtig wurden, und sie erklärte es sich damit, dass er ob seines Könnens und Status ungeheuer geachtet und nicht zuletzt auch gescheut wurde.

Sie war stolz, ihm selbst so ungezwungen nahe sein zu können, mied aber ihrerseits aus Schüchternheit den Kontakt mit den anderen. Obwohl Tiago sich bei Señor Ponce dafür eingesetzt hatte, verzichtete sie vorerst darauf, an anderen Kursen teilzunehmen – wollte sie doch keine abfälligen Blicke auf sich ziehen, weil sie nur eine Frau war. Außerdem war sie davon überzeugt, dass sie im Moment von niemandem so viel lernen konnte wie von dem stets geduldigen, stets freundlichen Tiago.

Einmal fragte sie ihn ängstlich, ob er überhaupt genügend Zeit für ihren Unterricht finden würde – gewiss hätte er viele andere Verpflichtungen zu erfüllen –, doch er verneinte lächelnd, sprach vage von Privilegien, die ihm genügend freie Zeit gewährten, und dass er nicht darauf verzichten wolle, diese Zeit mit ihr zu verbringen.

Zu einer ebenso lieben Gewohnheit wie ihre Unterrichtsstunden wurden ihre langen Spaziergänge durch Santiagos Straßen und der Besuch der vielen Kaffeehäuser, ob die Confitería Torres oder das Wiener Café vom Hotel France. Sie lernte alle möglichen Spezialitäten kennen – und sich in der Stadt immer leichter zu orientieren. Bei den Straßen war ihr anfangs nur aufgefallen, dass es sehr viele und sehr breite waren. Nun erkannte sie, dass sie allesamt im rechten Winkel zueinander verliefen und es markante Punkte gab, anhand deren sich sagen ließ, wo man sich gerade befand: ob die Avenida O'Higgins, der Río Mapocho, der Cerro San Cristóbal oder der Cerro Santa Lucía.

Einmal stiegen sie die monumentale Treppe hoch, die auf Letzteren führten, und kamen dabei am Palacio Hidalgo vorbei, den Resten jener Festung, die Pedro de Valdivia, Gründer der Stadt, einst hatte bauen lassen. Nicht viel war von jenem Gebäude zu erahnen, das genauso von einem der vielen Erd-

beben zerstört worden war wie die Kapelle auf der Spitze des Berges. Aurelia genoss den Ausblick auf die Andenkette, schloss kurz die Augen und redete sich ein, sie wäre in Patagonien und es gäbe nur sie und die Natur und nicht obendrein Tausende von Menschen. Wobei – Tiago gab es natürlich auch, unmöglich wollte sie auf seine Gesellschaft verzichten, und eigentlich war es ihr egal, ob sie sich durch Massen wühlte oder die Natur betrachtete, solange er nur bei ihr war.
Anfangs zeigte er ihr Santiago, damit sie ihre neue Heimat kennenlernte – später begaben sie sich gemeinsam auf Motivsuche, ob nun der Mercado Central, wo Marktleute laut brüllend Fisch und Obst verkauften, die Galería San Carlos mit ihren vielen teuren Geschäften für die feinen Damen oder das beschauliche Tal des Río Maipo mit seinen grünen Wiesen, saftigen Bäumen und freiem Ausblick auf die Kordilleren. Ein wenig hatte sich Aurelia gescheut, eine so weite Strecke ganz allein mit Tiago in einer gemieteten Droschke zurückzulegen. Doch nie und nimmer hätte sie das Unbehagen zugegeben, und kaum streiften sie gemeinsam durch die Natur, erschienen ihr alle Ängste als lächerlich. Nie wurde er aufdringlich oder trat ihr zu nahe – nur dann und wann nahm er ihre Hand, drückte sie scheu und ließ sie – nach ihrem Empfinden sogar viel zu schnell – wieder los.
Obwohl sie so viele neue Orte sah und auch malte, griff sie doch immer wieder auf bekannte Motive zurück. Ihr liebstes war jenes, das sie selbst inmitten der Weite Patagoniens zeigte – mit dem Unterschied, dass sie anders als früher auch Tiago an ihrer Seite malte: Hand in Hand standen sie inmitten unberührter Natur, genossen deren Weite und die Nähe zueinander. Sie malte einen ganzen Zyklus, in dem sie dieses Motiv zu allen Tages- und Nachtzeiten festhielt, aber sie wagte es nicht, die Bilder Tiago zu zeigen, aus Angst, er könnte es anmaßend fin-

den, dass sie sie beide nach Patagonien entführte, obwohl er sich als Stadtführer doch solche Mühe gab. Auch vor Victoria versteckte sie die Bilder, damit diese nicht lästern konnte, sie verschwende mehr Gedanken an den jungen Mann als an ihr Talent und ihre große Zukunft als Malerin.
Anfangs gab Victoria beim gemeinsamen Abendessen im Hause Veliz oft noch einen spöttischen Kommentar ab, wenn Aurelia von ihrem Tag erzählte – nach und nach verkniff sie sich solche Bemerkungen und erzählte lieber aufgeregt, was sie selbst erlebt hatte.
»Die Hygiene im Krankenhaus ist beklagenswert!«, rief sie eines Abends. »Ein jeder weiß, dass der weiße Ausfluss von Frauen, die an Geschlechtskrankheiten leiden, bei der Geburt nicht mit dem Neugeborenen in Berührung kommen darf. Er führt zu Augenkatarrhen und im schlimmsten Fall zum Erblinden! Aber anstatt die Frauen aufzuklären und besondere Vorsicht walten zu lassen …«
Sie brach ab, als sie sah, wie Pepe seine Serviette auf den Tisch schleuderte – ein Zeichen höchster Empörung. »Weißer Ausfluss! Geburten!«, stieß er aus. »Da vergeht einem ja der Appetit.«
Valentina achtete wie immer nicht auf ihn. »Kann denn der Säugling, der an einer solchen Krankheit leidet, behandelt werden?«, fragte sie interessiert.
»Das schon, und eigentlich ist es ganz einfach. Man muss nur die Augen reinigen und ein Mittel namens Argentum nitricum einträufeln. Aber die Frauen werden oft mitsamt den Kindern entlassen, ohne dass man vorher die Augen untersucht, und wenn diese dann zugeeitert sind, ist es oft schon zu spät. Den arroganten Ärzten wie Doktor Espinoza ist das natürlich völlig gleich!« Victorias Augen funkelten. »Mir ständig unsinnige Aufgaben zuweisen, das kann er, das kann auch

Schwester Adela – zum Beispiel mich mit schmutzigen Laken in die Wäscherei schicken oder mir zu befehlen, Erbrochenes aufzuwischen!«

Pepe ächzte förmlich, doch Valentinas Gesichtsausdruck blieb ungerührt.

»Aber etwas gegen diese Missstände tun«, fuhr Victoria erbost fort, »das können sie natürlich nicht!«

»Das kannst du auch nicht«, gab Valentina zu bedenken. »Ich würde dir außerdem raten, dich lieber nicht mit den Doktoren anzulegen – auch wenn du in der Sache recht hast.«

»Es wird doch noch erlaubt sein, Fragen zu stellen – mehr tue ich nicht. Aber Doktor Espinoza ist sich viel zu fein, sie zu beantworten. Der prüft mich lieber unentwegt, um mir endlich einen Fehler nachzuweisen. Pah! Er kann lange darauf warten, dass ich eine Antwort nicht weiß! Diesen Gefallen tue ich ihm nicht! Wenn er doch einmal eines dieser glotzäugigen Mädchen vorführen würde, die mit mir die Ausbildung begonnen haben. Die können nicht einmal eine Damenbinde von einer Windel unterscheiden!«

Sie fuhr erbost fort, und trotz Pepes entrüstetem Gemurre, dass man über Dinge wie Binden und Windel nicht reden dürfe, schon gar nicht bei Tisch, hörte Valentina weiterhin interessiert zu. Aurelia jedoch versank ganz in eigene Gedanken. Nicht dass sie am Leben der Freundin nicht Anteil nehmen wollte – aber schon den ganzen Tag über ging ihr etwas durch den Kopf und ließ sie einfach nicht los. Am Anfang hatte es sie mit Stolz erfüllt, dass Tiago sich ihre Bilder zeigen ließ und jedes einzelne kommentierte. Doch mit der Zeit wuchs die Verwirrung, weil sie ihrerseits noch nie eines von seinen zu sehen bekam. Natürlich hätte sie es niemals gewagt, daran etwas auszusetzen! Aber sie wollte doch so gerne wissen, was und wie er malte! War es möglich, dass er trotz allem keine

sonderlich hohe Meinung von ihr hatte und sie für nicht würdig befand, seine Werke zu sehen?
Sie aß nur wenig bei diesem Abendmahl – genauso wie Pepe, dem Victorias Erzählungen auf den Magen schlugen, und in der Nacht konnte sie lange nicht schlafen.
Am nächsten Morgen – es war ein Sonntag – entschied sie, dass sie unbedingt mit jemandem darüber reden müsse, wobei sie sich nicht sicher war, ob mit Tiago selbst oder lieber mit Victoria. Auch wenn sich die Freundin bis jetzt nicht begeistert über den jungen Professor geäußert hatte, der ihr aus Sympathie und nicht allein wegen ihres Talentes Malstunden gab, so erhoffte sich Aurelia von ihr dennoch eine nüchterne Einschätzung.
Zu ihrem Erstaunen war Victoria weder in ihrem Schlafzimmer noch im Speisezimmer anzutreffen, wo die Mädchen meist zu zweit das Frühstück einnahmen.
Aurelia fragte das Hausmädchen Bona nach ihr, rechnete damit, dass Victoria trotz des heutigen Feiertags ins Krankenhaus gegangen sei, erfuhr jedoch zu ihrer Überraschung, dass sie im Hinterzimmer der Buchhandlung zu tun hätte.
Aurelia hatte den Raum bis jetzt nie betreten, wusste nur, dass Pepe dort manchmal abends, nachdem die Buchhandlung geschlossen hatte, über seiner Buchhaltung saß und dass sich dort außerdem eine Druckerpresse befand. Was hatte Victoria an einem Sonntagvormittag hier verloren?
Sie schlich durch die leere Buchhandlung und hörte schon von weitem … Gekicher. So hatte sie Victoria noch nie lachen hören!
»Victoria?«
Sie öffnete die Tür, ohne anzuklopfen, und wich erschrocken zurück. Es war nicht Victoria, die gekichert hatte. Diese blickte vielmehr sehr ernst, als sie auf das starrte, was Victoria in den Händen hielt: eine Pistole.

»Was tust du denn da?«, rief Aurelia entsetzt.
Als Antwort ertönte weiterhin nur Gekicher – allerdings nicht aus Victorias Mund. Als Aurelia herumfuhr, sah sie eine junge Frau, die an einer Kommode lehnte und ihre Hände in Hosentaschen gesteckt hielt. Es war ein ungewohnter Anblick, eine Frau in Hosen zu sehen – und noch befremdlicher, dass sie ihre Haare so kurz wie ein Mann trug. Ihr Blick glitt erst abschätzend, dann verächtlich über Aurelia.
Diese straffte ihre Schultern. Sie konnte sich denken, wer das war, und erkannte auch den Mann wieder, der eben aus der dunklen Ecke hervortrat und Aurelia nicht minder aufdringlich musterte als eben seine Schwester.
Victoria erzählte oft schwärmerisch von den Geschwistern Carrizo, aber Aurelia konnte nichts Einnehmendes an ihnen entdecken. Schon damals bei der Rauferei vor dem Zug war ihr aufgefallen, wie ungepflegt jener Jiacinto war, und das war heute nicht anders: Sein Schnurrbart stand nach allen Seiten ab, die fleckigen Wangen waren mit Stoppeln bedeckt, das Hemd verschwitzt und dreckig. Schlimmer als sein Aussehen war sein Benehmen. In den Händen hielt er eine Portweinflasche – ganz offensichtlich aus Valentinas Bestand –, trank direkt daraus und schwenkte sie wild, ungeachtet der vielen Bücher in dem Raum, die so leicht einen Tropfen abbekommen könnten. Er zwinkerte Aurelia vertraulich zu, aber sie entschied, ihn zu ignorieren.
»Was tust du da?«, wandte sie sich mit eisiger Stimme wieder an Victoria.
Diese hielt immer noch die schreckliche Pistole in den Händen und machte keine Anstalten, sie wegzulegen.
»Wir leben in einem schönen Haus«, erklärte sie, »aber den Armen von Santiago geht es viel schlechter. Ganze Familien wohnen zusammengepfercht in den winzig kleinen Zimmern

der Mietkasernen, der Conventillos. Manche bekommen nicht einmal Wohnungen zugewiesen, sondern Schweineboxen, und Hunde und Hühner wohnen mit ihnen. Es stinkt so grässlich, dass man sich die Nase zuhalten muss, um nicht ohnmächtig zu werden.«

Was sie sagte, klang schrecklich, aber Aurelias erste Regung war dennoch, zu fragen: Was geht dich das an?

Doch Victoria fuhr schon fort: »Die Einwohnerzahlen in den Städten haben sich in den letzten Jahren nahezu verdoppelt – weshalb man sich über die katastrophale Wohnsituation nicht wundern darf. Wir werden dagegen protestieren.«

»Dass Menschen wie Tiere wohnen?«

»Vor allem auch, dass man in einer Población, wie diese Siedlungen genannt werden, zwar endlich entschieden hat, die elenden Häuser abzureißen und neue zu bauen, man den Bewohnern jedoch weder zugesagt hat, dass sie später zurückkehren können, noch für deren Verbleib bis zur Fertigstellung der Neubauten sorgt. Und für solche Halbheiten lässt sich der Consejo de habitaciones de Obreros auch noch feiern.«

»Aber das erklärt immer noch nicht, warum du eine Pistole in der Hand hältst. Das ist doch sicher … Franciscos Pistole?«

Anders als sein Degen, der unter dem Bild hing, wurde diese in einer Schublade aufbewahrt, aber Pepe hatte sie schon des Öfteren erwähnt – immer dann nämlich, wenn es um Franciscos angebliche Fähigkeit ging, Fliegen erschießen zu können.

Victoria zuckte die Schultern, Rebeca kicherte wieder. Diesmal war es Jiacinto, der Aurelia erst umrundete und ihr dann antwortete: »Wir können das nicht stillschweigend hinnehmen, Mädchen. Die Bewohner, die sich weigern auszuziehen, brauchen unsere Unterstützung. Und außerdem herrscht in einer nahen Zigarettenfabrik Streik. Wenn wir es klug anstel-

len, können wir die Bauarbeiter, die mit dem Abriss beauftragt sind, dazu bringen, sich diesem Streik anzuschließen.«
Aurelia hatte noch deutlich vor Augen, wie Jiacinto sich hemmungslos mit den Eisenbahnern geprügelt hatte. Sie konnte sich schwer vorstellen, dass er irgendetwas klug anstellte.
»Und warum brauchst du dafür eine Waffe?«, fragte sie empört.
»Es ist doch nur zu unserer Sicherheit!«, rief Victoria. »Noch wichtiger als eine Pistole ist … das hier.« Sie deutete auf Valentinas Druckerpresse, und erst jetzt bemerkte Aurelia einen Stapel Flugblätter, der dort lag. Sie nahm eines und überflog es kurz. Die korrupte Politik Chiles wurde darin angeklagt, die sich nicht für die Menschen einsetzte, sondern den eigenen Interessen folgte und Wahlausschüsse manipulierte.
Langsam blickte Aurelia hoch. Victoria wirkte plötzlich so fremd, wie sie da vor ihr stand. Ihre Haare waren wie immer streng zurückgekämmt, aber in ihrem Gesicht stand ein eigentümliches Leuchten. Aurelia war sich nicht sicher, ob es vom Kitzel der Gefahr rührte, in die sie sich begeben wollte, oder von Jiacintos Anwesenheit. In jedem Fall fürchtete sie, dass es diese bestimmte, energische, vernünftige Frau unnötig leichtsinnig machte.
»Victoria, das ist zu gefährlich! Du willst doch nicht mit Franciscos Waffe auf jemanden schießen?«
Victoria kniff trotzig den Mund zusammen, aber Jiacinto meinte spöttisch: »Nun hab dich nicht so, Mädchen.«
Er trat noch näher an Aurelia heran. Er war nicht sonderlich groß, sein Körper gedrungen, doch sie glaubte, mit jeder Faser seine Unberechenbarkeit zu fühlen, seine zerstörerische Energie, seinen Drang nach Gewalt – alles Eigenschaften, die sie zutiefst abstießen.
»Das ist zu gefährlich!«, beharrte sie.

»Natürlich ist es gefährlich!«, rief er leichtfertig. »Es ist Krieg, und Krieg wird nun mal mit Waffen geführt. Was helfen uns die Gewerkschaften, was die Sozialisten? Sie glauben, den Staat verändern zu können, sobald ihre Partei erstarkt, aber bis dahin sind sie bereit, Menschen für einen viel zu geringen Lohn arbeiten zu lassen und das Regime zu schützen. Sie glauben tatsächlich, mit den Ausbeutern verhandeln zu können, und setzen auf Anwälte wie unseren Bruder Juan, um bessere Arbeitsbedingungen auszuhandeln. Aber es geht nicht ums Verhandeln. Es geht darum, zu stürzen.«

Aurelia verstand nicht alles, was er sagte, aber genug, um dagegenzuhalten: »Ich dachte, es geht nicht um Krieg und um Stürzen, sondern dass Menschen, denen man bessere Häuser baut, in der Zwischenzeit ein Dach über dem Kopf haben.«

»Ach, Mädchen, das gehört doch alles zusammen. Die Arbeiterklasse bringt viel zu wenig revolutionäre Energie auf. Leider. Wenn sie sich dann doch einmal beschweren wie jetzt bei der Räumung ihrer Wohnungen, muss man das ausnutzen für die Revolution.«

»Tatsächlich für die Revolution – oder nur dafür, dass du einen Anlass findest, um dich zu prügeln und notfalls um dich zu schießen?«

Jiacinto lächelte weiterhin spöttisch, Rebeca aber stellte sich mit sichtlich zornigem Gesicht vor ihren Bruder.

»Sag ihr, sie soll verschwinden!«, zischte sie in Victorias Richtung. »Sie hat hier nichts verloren!«

Victoria schien kurz zu zögern, sagte dann jedoch im Befehlston: »Geh, Aurelia! Das Ganze geht dich nichts an.«

»Du bestiehlst Valentina, und es soll mich nichts angehen?«

»Willst du mich bei ihr verpetzen?«

»So wie brave Mädchen es tun?«, warf Jiacinto höhnend ein.

Aurelia ging nicht darauf ein. »Victoria, ich verstehe dich nicht! Du willst doch Krankenschwester werden … Higienista. Bisher hast du Menschen geholfen, indem du dem Bäcker Brot abschwatzt und Medikamente aus der Apotheke deiner Eltern verteilst. Nicht, indem du dich an Streiks beteiligst und gewalttätig wirst.«
Victoria schüttelte ihren Kopf. »Man kann das eine nicht vom anderen trennen!«, wiederholte sie Jiacintos Argument. Und Rebeca sekundierte: »Geh malen, braves Mädchen!«
Aurelia war gekränkt. Gewiss, ihre Leidenschaft für die Malerei war kein Geheimnis, aber die Vorstellung, dass Victoria mit Rebeca über sie gesprochen hatte, behagte ihr ganz und gar nicht.
»Die Menschen in den Poblaciónes haben niemanden«, sagte Victoria und bemühte sich um einen versöhnlicheren Tonfall. »Keiner setzt sich für sie ein, schon gar kein Politiker. Die führen zu jedem Thema endlose Debatten, aber am Ende fällt niemand einen Beschluss – schon gar nicht zugunsten der Armen. Ich tue, was ich tun muss.«
Sie nahm die Texte von der Druckerpresse, drückte sie an sich und verstaute die Pistole unter ihrem Kleid. Energisch schritt sie auf Aurelia zu. »Und jetzt lass mich vorbei!«

Aurelia konnte Victoria nicht aufhalten, sondern musste ohnmächtig zusehen, wie sie mit Jiacinto und Rebeca die Buchhandlung verließ. Kurz überlegte sie, ihr nachzulaufen, entschied sich dann aber anders und eilte zu Valentinas Gemach. Sie klopfte mehrmals, bis ein mürrisches »Herein!« ertönte. Aurelia befürchtete, dass Valentina noch schlafen könnte und sie sie aufgeweckt hatte, stellte nun aber fest, dass Valentina bereits am Schreibtisch saß und in ein Buch schrieb. Sie sah fremd aus, da sie ihre Haare noch nicht zum Knoten gebunden trug, sondern ihr diese schütter und grau über die Schultern fielen.

»Aurelia ... was hast du denn?«, fragte sie – nicht länger empört über die Störung, sondern neugierig, was diesen sorgenvollen, entsetzten Ausdruck in Aurelias Miene schrieb.

Hastig berichtete sie, was geschehen war – zumindest das meiste davon. Dass Victoria Franciscos Pistole gestohlen hatte, verschwieg sie wohlweislich; sie erzählte jedoch alles von Victorias geplantem Vorhaben und Jiacintos politischen Parolen.

»Ach, diese Anarchisten!«, stöhnte Valentina, nachdem Aurelia geendet hatte, und verdrehte die Augen. »Ich für meinen Teil glaube ja, dass es unserem Kampf mehr dient, wenn wir auf Vernunft anstelle von Leidenschaft setzen. Zumindest habe ich das immer so gehalten. Als ich jung war, habe ich auch geglaubt, vor dem Reden stünde das Tun. Denk dir nur«, sie lachte freudlos auf, »einmal war ich bei einer Aktion dabei, in deren Verlauf sich die Frauen an die Gitter des Kongresses gekettet haben. Die Polizei musste erst stundenlang nach einem Schmied suchen, damit er das Schloss aufbrach, um uns zu verhaften. Und einmal haben wir mitten in der Nacht Plakate der Frauenbewegung an die Hauswände geklebt. Aber auf Dauer hatte ich keine Lust – weder darauf, zu wenig zu schlafen, noch zu lange an irgendwelchen Gittern zu stehen.« Wieder lachte sie, und ihr abschweifender Blick verriet, dass sie Erinnerungen an ihre Jugend nachhing, lange bevor sie Francisco geheiratet hatte.

»Was sollen wir denn nun tun?«, rief Aurelia verzweifelt und verstand nicht, woher die andere die Ruhe fand, in der Vergangenheit zu schwelgen. »Sie bringt sich in höchste Gefahr!«

»Victoria ist eine andere Generation als unsereins«, entgegnete Valentina nüchtern, »wir Alten sitzen zusammen und ärgern uns darüber, dass Frauen Steuern Zahlen, aber nicht wählen dürfen, oder dass die Tatsache, dass sie unter Mühen und Schmerzen Kinder gebären, nicht annähernd gleichen Wert hat wie der Militärdienst der Männer. Dann schreiben wir Artikel und schicken sie zwischen Montevideo, Buenos Aires und Santiago herum. Das waren ... das sind unsere Möglichkeiten. Die jungen Feministinnen sehen das anders, schließen sich mit Anarchisten, Sozialisten und Gewerkschaften zusammen und ...«

»Was sollen wir denn nun tun?«, unterbrach Aurelia die Rede, die erneut auszuufern drohte.

Valentina runzelte die Stirn, als würde sie nachdenken, sagte dann aber doch nur: »Ich persönlich habe Demonstrationen immer gemieden. Erstens sind mir dort zu viele Menschen auf einem Fleck, zweitens sind diese Menschen meistens dreckig.«

Die Falte auf ihrer Stirn vertiefte sich.

Aurelia seufzte. »Du kannst ihr das nicht erlauben. Du ... du hast doch die Verantwortung für Victoria übernommen.«

»Ach was! Ich habe ihr lediglich ermöglicht, dass sie Verantwortung für sich selber trägt. Es ist und bleibt ihre Entscheidung, was sie tut. Ich würde alle meine Ideale verraten, wenn ich sie nicht gewähren ließe und nicht darauf vertraute, dass sie sich der Konsequenzen ihres Handelns selbst bewusst ist.« Sprach's und wandte sich wieder ihrem Buch zu.

Aurelia zweifelte daran, dass sie meinte, was sie sagte. Gewiss, Valentina hatte ihre Ideale, aber diese Gleichgültigkeit schien ihr weit mehr die Folge von Bequemlichkeit zu sein. Valentina unterstützte sie und Victoria von Herzen – solange es keine Mühen bereitete.

»Ich glaube nicht, dass Victoria weiß, was sie tut«, rief Aurelia deshalb. »Sie steht doch ganz und gar unter Einfluss dieser Carrizos! Und die sind nicht gut für sie!«

»Nun, wenn es so ist, ist sie klug genug, das eines Tages herauszufinden – und zwar sie selbst, nicht du oder ich. Lässt du mich nun wieder allein, ja?«

Wut erwachte in Aurelia – aber auch die Einsicht, dass es sinnlos war, weiter auf sie einzureden. Auch von Pepe war wohl keine Hilfe zu erwarten. Nie und nimmer würde er eine der armen Poblaciónes betreten, wo man sich – wie er so oft klagte – nur Krankheiten holte oder Opfer von Verbrechen wurde. An wen sollte sie sich aber sonst wenden? Sie kannte in Santiago niemanden außer Victoria, die Veliz' … und Tiago.

Aurelia war sich nicht sicher, ob er ihr helfen konnte, Victoria zur Vernunft zu bringen. Sie konnte sich nur mühsam vorstellen, wie er, dieser feine, elegante, freundliche Mann, auf die kämpferische Victoria einredete – oder gar auf diesen schmutzigen Lumpen Jiacinto.

Aber es würde ihr guttun, mit ihm über ihre Sorgen zu reden und gemeinsam zu entscheiden, was zu tun war.

Zwei Stunden später war Aurelia völlig erschöpft. Sie war erst mit der Trambahn mehrmals durch die Stadt gefahren, schließlich ausgestiegen und suchend durch die Gassen und Straßen gegangen, hatte Café für Café abgeklappert, die sie mit Tiago besucht hatte, und war zweimal an der Escuela vorbeigegangen, obwohl diese sonntags geschlossen war. Nirgendwo traf sie auf Tiago.

Sie war verschwitzt, ihre Frisur hatte sich aufgelöst, und sie wollte schon aufgeben, als sie in einem Kaffeehaus in der Nähe der Alameda zwar nicht auf Tiago, aber auf Andrés Espinoza stieß. Den letzten Monat über hatte sie ihn nur selten gesehen, und sie war sich bis jetzt nicht sicher, was sie von ihm halten sollte. Tiago hatte immer bekräftigt, dass Andrés von Kindesbeinen an sein bester Freund sei, aber sie konnte sich nicht helfen: Sein vermeintlich freundliches Lächeln kam ihr stets ein wenig verschlagen und missgünstig vor, der Blick seiner Augen ein wenig stechend und abschätzend. Doch heute war sie einfach nur erleichtert, ein vertrautes Gesicht zu sehen.

»Andrés, Gott sei Dank, dass ich dich treffe! Ich muss unbedingt Tiago sprechen!«, brach es grußlos aus ihr heraus. »Weißt du, wo er ist?«

Erst jetzt sah sie, dass Andrés – obwohl es erst Mittag war – keinen Kaffee trank, sondern ein Glas Whisky. Sein Blick war irgendwie lauernd, aber zumindest antwortete er bereitwillig: »Ich nehme an, zu Hause. Am Sonntag kann selbst er sich seinen familiären Verpflichtungen nicht entziehen.«

Aurelia runzelte erstaunt die Stirn. »Familiäre Verpflichtungen?«

Andrés erhob sich schnell, verlangte die Rechnung und zog seine Jacke an. Anstatt ihre Frage zu beantworten, rief er mit dem zuvorkommendsten Lächeln: »Ich bringe dich natürlich gerne zu ihm!«

Sein Enthusiasmus erstaunte Aurelia, aber sie nickte schweigend, war erleichtert, dass er ihr helfen würde – und noch erleichterter, dass sie nach den vielen Fußmärschen nicht noch länger gehen musste. Nachdem er bezahlt hatte und sie das Café verlassen hatten, winkte Andrés eine Droschke heran und nannte eine Adresse, die Aurelia noch nie gehört hatte. Sie wollte nicht fragen, wo Tiago lebte, und somit vor Andrés zugeben, dass sie nicht auch nur die geringste Ahnung davon hatte, doch so eindringlich, wie er sie anstarrte, schien ihm nicht zu entgehen, was hinter ihrer Stirn vorging.

Gönnerhaft erklärte er: »Die Wohlhabenden Santiagos haben ihre Häuser auf der anderen Seite der Alameda gebaut – in die Calles República oder Dieciocho. In diese Richtung fahren wir.«

Auch diese Namen hatte Aurelia noch nie gehört – desgleichen wie sie Tiago zwar für einen erfolgreichen Maler, aber nie für sehr wohlhabend gehalten hatte. Andrés' Stimme hatte einen hellen, freundlichen Klang angenommen, aber instinktiv erwachte ihr Misstrauen. Ganz gleich, wie hilfsbereit er sich ihr gegenüber erwies – meinte er es wirklich gut mit ihr?

Sie hielt ihren Blick starr aus dem Fenster gerichtet und sah, dass sie den Barrio Alto erklommen, wo eine hochherrschaftliche Residenz neben der anderen errichtet war, weiß, blau oder gar in schrillem Gelb.

Ihr Unbehagen wuchs, ohne dass sie benennen konnte, woher es rührte, und wurde noch größer, als die Droschke plötzlich vor einem dieser Häuser hielt.

»Hier sind wir!« Andrés lachte triumphierend, denn ihm war nicht entgangen, dass ihre Augen weit aufgerissen waren. »Dies hier ist das Haus der Familie Brown y Alvarados.«

Brown y Alvarados?

Aurelia brachte kein Wort hervor. Schweigend stieg sie aus und konnte ihren Blick nicht von diesem prächtigen Anwesen lassen. Gewiss, sie hatte in Santiago schon viele Häuser gesehen, die alles, was je in Patagonien erbaut worden war, mühelos in den Schatten stellten – aber dies hier war nicht einfach nur ein Haus, obwohl es Andrés als solches bezeichnet hatte, sondern vielmehr ein Palast.

An der Vorderfront zogen ein riesiges schmiedeeisernes Tor und viele runde Fenster aus Buntglas die Aufmerksamkeit auf sich. Mächtige Säulen stützten das vorgelagerte Dach, Efeu kroch die weiß gekalkten Wände hoch.

»Dies ist der Haupteingang«, erklärte Andrés vergnügt und zeigte auf das Tor, »aber selbstverständlich haben solche Anwesen gleich mehrere Eingänge. Schließlich betreten es die Dienstboten nicht auf dieselbe Weise wie die hohen Herren.«

Die hohen Herren?

Aurelias Mund war zu trocken, um etwas hervorzubringen. Ganz dicht stellte sich Andrés neben sie und raunte ihr ins Ohr. »Wenn es dir jetzt schon als riesengroß erscheint, so warte erst, bist du es betrittst: Große Stadthäuser wie diese haben oft drei Höfe. Der erste Hof dient als öffentlicher Bereich, um Gäste zu empfangen, der zweite ist der private Rückzugsort für die Familie, und um den dritten herum befinden sich die Wirtschaftsräume und die Zimmer der Bediensteten.«

Aurelia zögerte. So wie sie war auch Andrés auf der Straße stehen geblieben und machte keine Anstalten, auf das Tor zuzutreten und anzuklopfen, obwohl er als Tiagos Freund doch ein häufiger Gast hier sein musste. Offenbar wollte er es ihr überlassen und lächelte ihr aufmunternd zu, ganz so, als bemerke er nicht, wie erschüttert sie war.

»Ich … ich …«, stammelte sie. Sie atmete tief durch. »Ich wusste nicht, dass Tiago aus einer so reichen Familie stammt.«

»Aber du hast doch sicher schon von den Brown y Alvarados' gehört!«, rief Andrés nachsichtig.

Aurelia dachte fieberhaft nach. Als Tiago ihr damals gesagt hatte, dass er mit Nachnamen Alvarados hieß, war ihr der Klang dieses Namens fremd gewesen. Von einem »Brown« war nie die Rede gewesen – und das konnte kein Zufall sein. Er musste ihr mit Absicht einen Teil seines Familiennamens verschwiegen haben – um vor ihr zu verheimlichen, wer er wirklich war.

Aurelia sank das Herz, doch ehe sie etwas sagen konnte, kam eine Kutsche vorgefahren. Unwillkürlich wich sie zurück und versteckte sich hastig im Schatten eines Busches, der die hochherrschaftliche Straße säumte. Andrés hielt sie nicht auf, sondern folgte ihr mit amüsiertem Lächeln. Kurz erwachte in Aurelia die Hoffnung, dass Tiago aus der Kutsche steigen würde, doch stattdessen half der Kutscher, der eine grüne Livree trug, einem älteren Ehepaar heraus.

Es waren ohne Zweifel die elegantesten Menschen, die Aurelia je gesehen hatte. Die Frau, schlank, starr und mit hochmütigem Gesicht, trug ihr dunkles Haar zu einem kunstvollen Knoten geschlungen, den glänzende Kämmchen aus Schildpatt festhielten. Vierreihig war die Perlenkette, die ihren Hals schmückte, weiß der Pelzmantel aus Karakul mit Saumbordüre und einem breiten Schlagkragen aus schwarzem Biberfell. Der Hut, der auf ihrem Haarknoten thronte, war winzig, doch groß genug, um daran den durchsichtigen Schleier aus dunkler Spitze zu halten, der über ihr Gesicht floss. Auf diese Weise waren zwar noch deutlich ihre Züge und der Ausdruck ihrer Augen zu erkennen, doch nicht die womöglich zahlreichen feinen Runzeln und Falten.

Der Hut des Mannes war ungleich größer – es war ein schwarzer Zylinder, wie ihn die reichen Geschäftsmänner trugen. Schwarz waren auch der Cut und die Hose – einzig der Mantel, der lose über seinen Schultern lag, war in Beige gehalten.

»Das ist ein Kamelhaarmantel«, erklärte Andrés, der ihrem Blick gefolgt war. »Ein ungemein teurer Stoff – und eigentlich hässlich. Aber wie so vieles andere ist er unverzichtbares Statussymbol – in Großbritannien ... wie hier ...«

Großbritannien ... Brown ... der Mann hier musste Engländer sein. Und offenbar Tiagos Vater, dem Andrés bei einem ihrer ersten Treffen schöne Grüße hatte ausrichten lassen. Eben hatten sie das mächtige Tor erreicht, das ihnen wie von unsichtbarer Hand geöffnet wurde. Ein Dienstmädchen und ein Butler traten heraus – beide livriert wie der Kutscher –, um die Handtasche und den Zylinder der Herrschaften entgegenzunehmen. Aurelia konnte den Gesichtsausdruck der Dame des Hauses nicht erkennen, nur jenen des Herrn, und der blieb völlig ausdruckslos, als er sich an die Dienstboten wandte – gleich so, als wären dies keine Menschen aus Fleisch und Blut, sondern Kleiderständer. Er war völlig blind für sie, und als sie beschämt die Augen senkte und auf ihre eigene Kleidung aus einfachem, rauhem Stoff herabblickte, fragte sie sich unwillkürlich, was geschehen würde, wenn sie diesem Mann gegenübertreten würde. Wahrscheinlich hatte sie noch Glück, wenn er sie lediglich ignorierte – denkbar war auch, dass sie die ganze Verachtung seines hohen Standes treffen würde.

»Ich verstehe das nicht …«, brach es aus ihr hervor, während das Ehepaar Brown y Alvarados im Haus verschwand. »Ich dachte, Tiago würde sein Geld mit der Malerei verdienen.«

Andrés verzog seine Lippen. »Ich fürchte, genau betrachtet, ist er kein Maler, zumindest kein sonderlich berühmter.«

»Aber …«

»Du weißt nicht, wer die Brown y Alvarados' sind, nicht wahr?«

Kleinlaut nickte sie.

Der Zug um seinen Mund wurde abschätzend. »Weißt du, ich werde von ihnen gerade noch geduldet. Ich bin immerhin studierter Arzt und obendrein der Sohn ihres langjährigen Hausarztes, dem sie vertrauen und dem sie sich verbunden fühlen. Aber ich fürchte, wenn jemand wie du an diese Tür klopft, dann wird man ihn nicht einlassen.«

Der Boden schien unter ihren Füßen zu wanken. Sie wusste nicht, was schlimmer war – Tiagos Herkunft an sich oder dass er ihr diese verheimlicht hatte.
Andrés' Lächeln war plötzlich nicht mehr verschlagen, sondern ehrlich mitleidig, als er fragte: »Du hast dir doch nicht ernsthafte Hoffnungen auf ihn gemacht, Mädchen? Du dachtest doch nicht, dass eine wie du – du bist die Tochter von patagonischen Schafzüchtern, nicht wahr? –, nun, dass eine wie du eine Zukunft mit Tiago Brown y Alvarados haben kann? Die Malerei ist nur sein … Freizeitvergnügen. Das ist seine wahre Welt – und in dieser Welt hast du, fürchte ich, keinen Platz.«

8. Kapitel

Victoria wusste zwar, wie eng es in einer Población der armen Leute werden konnte, aber noch nie hatte sie erlebt, dass sich so viele Menschen zwischen den armseligen Hütten drängten. Diese bestanden nur aus zwei Zimmern, waren dicht aneinander aus Bauabfällen gebaut worden und schlossen sich um einen Innenhof, in dem sich Müll häufte und Hühner in winzigen Verschlägen krähten.

Es war nicht nur unerträglich eng inmitten der vielen Bewohner, der Vertreter von Gewerkschaften und einiger Unruhestifter, die von jeder Art Aufruhr herbeigelockt wurden, sondern auch laut. Die Mütter aus der Siedlung saßen hinter ihren Kochtöpfen – wobei nicht einmal jede einen eigenen hatte – und schlugen als Zeichen ihres Protestes darauf.

Victoria glaubte, dass ihr das Trommelfell platzen müsste, während Rebeca und Jiacinto der Lärm zu gefallen schien. Seinetwegen setzte auch Victoria ein Lächeln auf, doch allzu bald gesellte er sich, der mit den beiden Frauen gekommen war, zu einer Gruppe anderer Männer, und der Blick auf ihn wurde von vielen Köpfen verstellt.

»Die vielen Menschen hier«, murmelte Victoria in Rebecas Richtung, »das kann auch gefährlich werden … nicht nur wegen der Unruhen. Aber denk an die vielen Krankheiten, die gerade in den ärmlichen Siedlungen verbreitet werden. An einem Tag wie heute …«

Sie starrte auf eine Gruppe kaum bekleideter, greinender Kinder, die sich um ihre Mütter scharten – oft die ersten Opfer der vielen Seuchen.

»Du und die stete Sorge um die Hygiene!«, rief Rebeca mit verdrehten Augen. »Heute geht's um Gerechtigkeit, nicht um Gesundheit!«

Das eine wäre ohne das andere nicht möglich, hätte Victoria gerne gesagt, aber da ließ Rebeca sie schon stehen. Wie Jiacinto hatte auch sie in der Menge vertraute Gesichter entdeckt und stellte sich zu einer Gruppe Männer. Sie grölten wild durcheinander, und die wenigen Worte, die Victoria verstand, waren sehr anzüglich. Rebeca schien sich nicht daran zu stören, legte den Kopf in den Nacken und lachte, ehe sie genauso schmutzige Antworten gab.

Victoria hätte sich gerne von jener Gruppe ferngehalten, wollte zugleich aber verhindern, dass Rebeca wie Jiacinto in der Menge verschwand, und huschte hastig an ihre Seite. Bei jedem Schritt spürte sie das Gewicht von Franciscos Pistole in der Innentasche ihres Kleides.

»Wer seid ihr überhaupt?«, fragte einer der Männer.

»Wir sind Hexen!«, erklärte Rebeca stolz.

Victoria wusste zwar, dass man damit gemeinhin Feministinnen bezeichnete – doch stets taten das nur ihre Gegner, nicht die Frauen selbst. Rebeca aber gefiel es offenbar, sich so zu nennen.

»Ja, Hexen!«, wiederholte sie.

»O Gott!«, stöhnte einer der Männer. »Ein *marimacho* …«

Auch das war eine Beleidigung für die Feministinnen – bekundend, dass diese Mannweiber waren und ihre Weiblichkeit leugneten.

»Wir wollen gewiss keine Männer sein«, hielt Rebeca entgegen, »nur beweisen, dass unser Geist nicht weniger wach ist als eurer.«

»Stimmt, stimmt«, höhnte einer und griff sich provokant zwischen die Beine. »Ihr seid keine Männer, ihr habt ja auch keinen Schwanz.«
»Aber dafür Brüste«, erwiderte Rebeca kokett.
»In deinem Fall nicht sonderlich große«, lachte einer und wandte sich Victoria zu. »Da hat deine Freundin schon mehr zu bieten.«
Victoria hoffte, sie müsste nichts weiter als aufdringliche Blicke ertragen, doch während sie nach einer Antwort rang, die genau so keck ausfiel wie die Rebecas, schnellte die Hand des Mannes plötzlich vor und legte sich auf eine ihrer Brüste. »He!«, entfuhr es ihr empört. Sie versuchte zurückzuweichen, doch da stand schon ein anderer, um seine Hände um ihre Taille zu legen. Sie entwand sich ihm, hob die Hand und versetzte ihm eine schallende Ohrfeige.
Rebeca prustete los, der Mann dagegen schien alles andere als amüsiert. »Wie? So muss man euch Hexen also erst Manieren beibringen?«
Binnen weniger Augenblick war die Stimmung gekippt und aus harmlosem Spott echte Feindseligkeit geworden. Victoria versuchte, sich an den Männern vorbeizudrängen, doch ehe sie auch nur einen Schritt machte, geschah so viel gleichzeitig, dass sie hinterher nicht mehr wusste, in welcher Reihenfolge es sich überhaupt zugetragen hatte.
Aus den Augenwinkeln sah sie, wie nun auch Rebeca, die aufgehört hatte zu lachen, die Hand hob, um dem Mann ebenfalls eine Ohrfeige zu versetzen. Doch anders als Victoria gelang es ihr nicht, stattdessen wurde ihre Hand gepackt und zurückgezerrt. Und plötzlich waren da so viele weitere Fäuste in der Luft – nicht etwa von jenen Männern, die Rebeca und Victoria züchtigen wollten, sondern von Jiacinto, seinen Kumpanen und sogar vom unerwartet auftauchenden Juan,

die wohl beobachtet hatten, was geschehen war, und sich in das Gemenge stürzten, um die Frauen zu retten.
Zumindest dachte Victoria dies hoffnungsfroh – dass es um ihren Schutz ging und Jiacinto die Sorge um sie trieb. Doch als sich binnen kurzem eine wilde Rauferei entspann, sah sie an Jiacintos blitzendem Gesicht, dass es eher die Lust an der Gewalt war, die ihn so beherzt hatte einspringen lassen. Als versprachen nicht ein halbes Dutzend sich windender, balgender, schlagender Männerleiber genug an Aufruhr, begann im gleichen Augenblick die Erde zu erzittern. Und plötzlich waren Pferdegetrampel, Geschrei und einzelne Schüsse zu hören.
Victoria stand zu geduckt, um etwas zu sehen, kämpfte sich dann aber durch das Gemenge und erreichte, nachdem sie schmerzhaft einige Ellbogen in die Seite bekommen hatte, ein Plätzchen, wo sie sich auf die Zehenspitzen stellen konnte. Von allen Seiten schien sie zu kommen – die »Weiße Garde«, wie die berittene Polizei Santiagos genannt wurde, allesamt mit Gewehren bewaffnet und nicht zögernd, diese auf die Menschen zu richten.
Offenbar hatten sie die Demonstration aus der Ferne beobachtet. Dass einige sich nunmehr prügelten, sahen sie als Eskalation der Gewalt – und als ausreichenden Grund, einzuschreiten und den Protest niederzuschlagen.
Ganz dicht an Victorias Ohren ertönte ein Schuss, sie zuckte zusammen, duckte sich, und als sie sich aufrichtete, stand Juan an ihrer Seite und zog sie mit sich.
»Sieh zu, dass du von hier wegkommst!«, schrie er gegen den Lärm an. »Die Polizei von Chile ist die schießwütigste von ganz Südamerika.«
Victoria folgte ihm ein paar stolpernde Schritte lang, entzog ihm dann jedoch den Arm und hielt nach Jiacinto und Rebeca Ausschau. »Ich gehe nicht ohne sie.«

Juan schüttelte Kopf. »Spiel nicht die Heldin! Ich war beim großen Streik in Santiago vor fünf Jahren dabei. Damals gab es zweihundert Tote. Und heute, da bin ich mir sicher, werden wieder welche sterben. Wenn erst einmal die Gewalt losbricht ...«
»Aber Jiacinto und Rebeca ...«
»... die werden sich selbst zu helfen wissen!«
Er versuchte, sie wieder zu packen, aber sie widersetzte sich weiterhin, und so ließ er sie kopfschüttelnd stehen, um sich in Sicherheit zu bringen. Victoria drehte sich um, suchte nach den vertrauten Gesichtern, bekam Fäuste und noch mehr Ellbogen zu spüren. Vor ihr ertönte ein Knall – eine der Frauen hatte mit ihrem Kochtopf auf einen Polizisten eingeschlagen, den eine andere von seinem Pferd gezerrt hatte. Er war schnell wieder auf den Beinen und streckte die Frau mit einem Knüppel nieder. Victoria schrie auf, als sie sah, wie er ihn wieder und wieder auf sie hinabsausen ließ, obwohl sie längst reglos am Boden lag. Ehe sie einschreiten konnte, war Jiacinto zur Stelle, packte den Polizisten von hinten und drückte ihm mit aller Macht die Kehle zu. Der Mann strampelte hilflos, konnte sich aber nicht befreien.
Victoria starrte ihn voller Entsetzen an. Ganz gleich, was dieser Mann getan hatte – Jiacinto konnte ihn doch unmöglich töten!
Bevor sie ihm etwas zuschreien konnte, verstellten ihr Köpfe die Sicht, und als sie wieder freie Sicht hatte, waren Jiacinto und der Polizist verschwunden. Stattdessen lief ein grunzendes Schwein durch die Menge, das aus seinem Stall hatte fliehen können. Eine Frau, offenbar seine Besitzerin, lief ihm nach und verteilte Hiebe an alle, die sich ihr entgegenstellten – und da das Schwein an Victoria vorbeiraste, auch an sie.

Sie krümmte sich ob des schmerzhaften Schlags in ihren Bauch. Ihre Augen tränten, ihre Haare hingen wirr über das Gesicht. Kurz, ganz kurz hatte sie das Gefühl, fehl am Platz zu sein, sehnte sich nach dem Krankenhaus, nach Valentina, nach Aurelia ... Was tue ich hier nur, schoss es ihr durch den Kopf, was tue ich? Als sie sich endlich wieder aufrichten konnte, drängte alles in ihr zu Flucht. Doch dann sah sie Rebeca, wieder inmitten von Männern, diesmal jedoch Polizisten, die sie gepackt hatten und auf den Boden zwangen. Offenbar war sie so dumm gewesen, mit bloßen Fäusten auf sie loszugehen, und trotz der ausweglosen Lage lachte sie aus voller Kehle.
Nie hatte sich Victoria vor ihr so gegraut, nie war sie von ihrem unbeugsamen Willen zugleich so fasziniert gewesen.
Rebecas Blick fiel auf sie. »So hilf mir doch!«, schrie sie. Es klang nicht verzweifelt, eher herausfordernd.
Victoria vergaß ihre Furcht und die Schmerzen im Magen. Sie strich sich die Haare aus dem Gesicht, und im nächsten Augenblick, sie konnte sich nicht daran erinnern, danach gegriffen zu haben, hielt sie Franciscos Pistole in der Hand und zielte auf die Polizisten.

Immer noch stand Aurelia im Schatten dieses mächtigen Hauses, immer noch wagte sie nicht, sich dem Portal zu nähern, immer noch war Andrés an ihrer Seite.
»Wer sind die Brown y Alvarados'?«, fragte sie tonlos.
»William Brown ist ein einflussreicher englischer Unternehmer, der es hier zu einem Vermögen gebracht hat. Und Alicia Alvarados, seine Frau, ist die Tochter einer der mächtigen spanischen Familien, die einst im sechzehnten Jahrhundert mit Pedro de Valdivia Chile besiedelten.«
Seine Stimme ging in ein Rauschen über. Fieberhaft überlegte Aurelia, ob Tiago – wenn er ihr die Wahrheit auch verschwie-

gen hatte – jemals irgendetwas angedeutet hatte, woraus sie, wäre sie aufmerksamer und welterfahrener gewesen, die richtigen Schlüsse hätte ziehen können.
Einflussreich … mächtig …
Ungerührt fuhr Andrés fort: »Schon Williams Vater hat Geschäftsverbindungen zu Chile gehalten. Er war Bankier und wichtiger Teilhaber an der Banco Anglo Sudamericano. Ihren Hauptsitz hat sie in London, die Vertretung in Chile befindet sich in Valparaíso, und diese Bank wurde in den letzten Jahren zu einem der wichtigsten Kreditgeber für die Oberschicht. Einen dieser Kredite bekamen die Alvarados' – auf diese Weise lernten sich die Familien kennen. Anders als sein Vater ist William weitaus mehr als nur ein Bankier. Es gibt kaum einen Geschäftszweig, in dem er nicht seine Hände im Spiel hat. Schon in jungen Jahren ist er nach Chile ausgewandert – und heute ist er stolzer Besitzer von Kupfer- und Salpeterminen im Norden und von Dampf- und Mühlenbetrieben rund um Valparaíso. Er ist am Kohleabbau ebenso beteiligt wie am Bau der Eisenbahn.«
Aurelia verstand nicht viel von der Wirtschaft, nur dass man mit Salpeter und Kupfer reich wurde, sehr reich. Auch Victorias Vater Arthur hatte Anteile an einer Salpetermine im Norden besessen. Bis vor wenigen Jahrzehnten hatte sich keiner für jenes karge, heiße Land interessiert – doch dann hatte man unter dem Wüstensand unermessliche Reichtümer in Form von Rohstoffen entdeckt. Nach dem Salpeterkrieg, in dessen Verlauf Peru den chilenischen Gebietsansprüchen weichen musste, hatten in- und ausländische Investoren und Spekulanten den Salpeterabbau nachdrücklich angeheizt. Und ja, vage konnte sie sich daran erinnern, dass vor allem Briten in dieses Geschäft ihre Kapitalkraft und ihre technologischen Verbesserungen einbringen konnten, dass sie Produktions-

kapazitäten ausweiteten, kleinere Betriebe verdrängten und selbst große, gesunde Unternehmen schluckten.
Ganz nüchtern konnte sie all das bedenken. Aber sie konnte immer noch nicht entscheiden, ob es nun eine Lüge, gar Verrat war oder nicht, dass Tiago nie von seiner Herkunft berichtet hatte. Vielleicht war sie selbst schuld, vielleicht hätte sie mehr Fragen stellen müssen. Aber bis jetzt hatte sie doch immer nur genossen, mit ihm zusammen zu sein, und hatte keinen Gedanken an ihre Zukunft verschwendet! Das tat sie erst jetzt, als Andrés' Blick sie traf, etwas höhnisch, etwas mitleidig, und dieser Blick bekräftigte, was er ihr vorhin schon gesagt hatte: Einer wie Tiago lässt sich für gewöhnlich nicht mit einem Mädchen wie dir ein. Und wenn er es tut, ist dieses Mädchen nur ein netter Zeitvertreib, mehr nicht …
Bis jetzt hatte sie nicht gewusst, mit welchen Worten sie ihre Gefühle für Tiago bezeichnen sollte. Jetzt kamen sie ihr wie von selbst in den Sinn: Ich liebe ihn, ich liebe ihn ja so sehr! Doch diese Liebe tat weh, unerträglich weh.
Großer Gott! Sie, die Tochter von patagonischen Schafzüchtern, in deren Adern obendrein ein wenig Mapuche-Blut floss, liebte den Sohn von William Brown und Alicia Alvarados, einer der reichsten, mächtigsten Familien der Stadt, vielleicht des ganzen Landes!
»Der Vorteil der Engländer«, fuhr Andrés ungerührt fort, »ist ihre enorme Kaufkraft. Sie sind fast bei jeder Compania beteiligt. Campbell und Gibbs, Fölsch und Martin, Clark Eck und Names/Inglis, North und Harvey. Nun, und die Compañía Brown y Alvarados steht diesen Unternehmen um nichts nach. Obwohl er nun schon so lange in Chile lebt, hält William engen Kontakt nach London. Sein Bruder lebt dort und hat wiederum Verbindungen zur einflussreichen und finanzstarken Kaufmannsfamilie Lockett aus Liverpool. Ihnen ge-

hört die Liverpool Nitrate Company – das ist eine an der Börse in London registrierte Nitratgesellschaft.«
Aurelia hatte all diese Namen noch nie gehört und den Verdacht, dass Andrés sie mit Absicht quälte, indem er ihr die Tür zu einer fremden Welt öffnete – Tiagos Welt, in der sie sich nicht zurechtfand, in die sie nicht gehörte. Ganz gleich, wie sehr sie ihn liebte.
Bis jetzt hatte sie auf das Haus gestarrt, nun wandte sie sich Andrés zu.
»Ich verstehe das alles nicht. Tiago ist doch Maler? Warum sonst würde er an der Escuela de Bellas Artes unterrichten, wenn es nicht so wäre? Und er versteht so viel von Kunst … es ist doch nicht möglich …«
Sie brach ab.
»Ja, Tiago ist Maler. Oder will es zumindest sein. Aber die Einzige, die er je unterrichtet hat, bist du. Er ist kein Lehrer an der Escuela, sondern lediglich ein normaler Student!«
»Aber …«
Ihr fiel wieder ein, wie ehrfürchtig ihm die Menschen begegnet waren, wenn sie durch die Gänge und Räume der Escuela geschritten waren. Niemand hatte gewagt, ihn anzusprechen oder nach dem jungen Mädchen zu fragen, das sich in seiner Gesellschaft befand. Sie hatte das Verhalten als überaus großen Respekt vor einem ihrer Professoren gehalten, und Tiago hatte sie in dem Glauben gelassen. Doch in Wahrheit, das ging ihr nun auf, hatte diese Scheu nicht seinen Leistungen als Künstler gegolten, sondern seinem Namen. Er war kein gewöhnlicher Student, aber er war auch kein herausragendes Genie.
Andrés' Miene wurde nachsichtig: »Sein Glück ist, dass er nur der zweitgeborene Sohn von William Brown und Alicia Alvarados ist. Sein Vater setzt all seine Hoffnungen auf Tiagos äl-

teren Bruder Guillermo. Er wird dereinst das Familienunternehmen erben, während Tiago sich alle Freiheiten nehmen kann, die ihm in dessen Schatten zufallen. Er hat also durchgesetzt, an der Escuela zu studieren ... ja, studieren, weiter nichts, und natürlich hat man ihn dort aufgenommen, weil er eben der Sohn seines Vaters ist. Ich glaube allerdings nicht, dass er es ohne seinen Namen dazu gebracht hätte. Ich meine, hast du je seine Bilder gesehen? Ich verstehe nicht viel von Kunst, aber dies kann ich schon beurteilen: Sie sind ganz nett, mehr auch nicht. Ich nehme an, du malst ungleich besser.«

Der Boden schien unter Aurelias Füßen zu schwanken. Kein Professor ... kein Maler ... nur Sohn einflussreicher Eltern.

»Das ... das glaube ich nicht«, stammelte sie. Wenn sie sich auch gegen keine der anderen Wahrheiten wehren konnte – gegen diese schon: dass sie besser malte als Tiago!

Andrés ging nicht weiter darauf ein. »Manchmal wird Tiago natürlich in die Pflicht genommen und muss seine Familie repräsentieren. Deswegen waren wir damals auch in Valparaíso. Nach dem Erdbeben ist die Stadt verarmt, und obwohl alle Geschäftsleute darum nach und nach ihre Unternehmen von dort nach Santiago verlegt haben, will man sich natürlich nicht den Anschein von Hartherzigkeit geben. Immer wieder gibt es Wohltätigkeitsbasare, bei denen für den Wiederaufbau der Stadt gespendet wird, nichts Großes, nichts Wichtiges. Dorthin schickt man eben Tiago ... nicht Guillermo.«

»Ich ... ich verstehe nicht«, stammelte Aurelia wieder. »Warum hat er mir nichts davon gesagt?«

Andrés seufzte und zögerte seine Antwort hinaus, als fiele es ihm schwer, ihr die Wahrheit zu sagen. »Ich kann mir nicht vorstellen, dass Tiago jemals ernsthafte Absichten mit dir verfolgt hat«, meinte er schließlich gedehnt. »Du warst eine nette Abwechslung, mehr nicht!«

»Das ist nicht wahr!«
»Wenn du wirklich davon überzeugt bist, dann kannst du ihn ja fragen. Du kannst an die Tür dieses Hauses klopfen und um Einlass bitten. Ich bin mir nur nicht sicher, ob man ihn dir gewährt. Oder dich im schlimmsten Fall als Bettlerin davonjagt.«
Warum sagte er das so spöttisch, warum war er so gemein – ganz so, als gefiele es ihm, sie zu demütigen? Und vor allem: als gefiele es ihm, Tiago in den Rücken zu fallen?
»Du bist doch sein Freund.«
Der spöttische Ausdruck schwand aus Andrés' Gesicht – er verzog nun sein Gesicht, als bereite ihm diese Tatsache Schmerzen. »Ja, das bin ich wohl«, stieß er aus. »Und da habe ich Glück gehabt. Tiago hält nicht viel vom Klassensystem, musst du wissen. Ihm ist es egal, ob ich als Arzt bloß zur Mittelschicht gehöre oder nicht. Vielleicht ist es ihm auch egal, wer du bist. Zumindest, wenn es darum geht, gemeinsam spazieren zu gehen oder Limonade zu trinken. Aber weder ich noch Tiago haben die Macht, die Gesetze unserer Welt außer Kraft zu setzen. Das Klassensystem in Chile erscheint oft so starr wie die Kasten in Indien.«
Aurelia wusste nicht, was Kasten waren, wollte aber nicht nachfragen.
»Davon hast du noch nie gehört, nicht wahr?«, erriet er von selbst, was in ihrem Kopf vorging. »Du scheinst nicht sonderlich gebildet zu sein, wie denn auch, in Patagonien lernt man gewiss mehr über Schafe als Menschen. Glaub mir, mir macht das nichts aus. Du bist hübsch, liebenswert und lebendig, das konnte ich schon auf den ersten Blick sehen. Den Brown y Alvarados' dagegen würde das nie und nimmer genügen. Sie stellen sich allen blind, die nicht den richtigen Namen tragen und über das nötige Kapital verfügen. Jemand wie ich oder

mein Vater werden gerade noch geduldet. Als Ärzte verdienen wir zwar unser Geld mit unserer Hände Arbeit – etwas, was sie nicht nötig haben und was sie im Grunde ihres Herzens verachten –, aber wir sind immerhin studiert und gebildet, so dass sie uns höflich behandeln, uns manchmal gar gestatten, kurz dem Trug zu verfallen, die Kluft zwischen ihnen und uns wäre nicht ganz so tief. Aber dich würden sie gar nicht erst wahrnehmen. Ich hingegen nehme dich wahr. Mir gefällst du ungemein gut. Für mich spielt es auch keine Rolle, wer du bist.«

Seine Stimme klang heiser, in seinem Blick leuchtete plötzlich Sehnsucht auf. Bis eben war Aurelia überzeugt gewesen, er würde sie verachten und ihr darum so zusetzen, doch als er nun unwillkürlich näher trat, sein Gesicht an ihres rückte und ihre Hand ergriff, wurde ihr klar, dass er mit all seinen abfälligen Worten nur nachäffen wollte, was die Oberschicht von ihr hielt – während seine persönliche Meinung ganz anders ausfiel.

»Eigentlich passen wir beide viel besser zusammen als Tiago und du«, fuhr er raunend fort. »Er gibt sich mit uns beiden zwar ab, aber wir sind in Wahrheit nicht Teil seiner Welt. Uns fällt nichts zu. Was immer wir erreichen wollen, müssen wir uns erkämpfen. Und wir können es auf diese Weise auch mehr wertschätzen.« Sein Gesicht war nun so nahe, dass sie seinen Speichel und seinen warmen Atem spürte. Kurz verharrte sie wie gelähmt, dann riss sie sich los.

»Lass mich!«, schrie sie.

Verzweifelt blickte sie sich um. Am liebsten hätte sie ihre Röcke gerafft und wäre davongelaufen, aber sie widerstand diesem ersten Drang. Die Fahrt mit der Droschke hatte eine Weile gedauert, unmöglich würde sie von hier aus den Weg zurück in die Stadt finden.

»Bring mich zurück!«, presste sie zwischen den Zähnen hervor.

Andrés zuckte die Schultern, der Ausdruck von Sehnsucht war aus seinem Gesicht gewichen. Er trat drei Schritte zurück, als wäre er ihr nie zu nahe getreten, hätte nie ihre Hand gehalten oder davon gesprochen, dass sie besser zusammenpassten.

»Wenn du meinst«, sagte er gleichgültig.

Erst war es eine Erleichterung, dass die Rückfahrt nunmehr schweigend verlief. Jedes seiner Worte hatte einer Spitze geglichen, die in ihr Herz drang. Doch dass keine weiteren folgten, machte es nicht gerade leichter. Die Spitzen steckten nun fest und schmerzten bei jedem Atemzug

Reich ... mächtig ... einflussreich ... die Oberschicht ... das starre Klassensystem ... und sie nur die Tochter patagonischer Schafzüchter ... ein Zeitvertreib, mehr nicht.

Sie unterdrückte das Seufzen, das in ihr aufstieg, und bemühte sich um eine möglichst gleichmütige Miene, denn sie wollte sich vor Andrés keine Blöße geben. Aber sie ahnte, dass sie nicht aufhören würde zu weinen, wenn sie erst einmal allein auf ihr Bett sinken konnte. Verwundet fühlte sie sich, beschämt und ... verraten, wenn sie sich auch nicht sicher war, ob von Tiago oder der eigenen Leichtgläubigkeit.

So in Gedanken versunken, merkte sie nicht, dass sie inzwischen lebhaftere Straßen erreicht hatten. Sie zuckte erst zusammen, als die Droschke plötzlich ruckartig stehenblieb. Mit Mühe konnte sie sich im Sitz halten, Andrés dagegen fiel fast nach vorne. Kurz glaubte sie, er hätte diesen unsanften Halt selbst herbeigeführt, weil er wollte, dass sie in seine Arme fiel. Doch dann stieß er einen Fluch aus. »Was zum Teufel ...?«

Er beugte sich aus dem schmalen Fenster, und Aurelia tat es ihm gleich. Nicht nur ihre Droschke war zum Stehen gekommen, auch viele andere. Einzig die vielen Pferde, geritten von Männern in Uniform, stoben an ihnen vorbei. Die Erde vibrierte unter den Hufen, und aus der Ferne hörte man Grölen, Geschrei und Schüsse.

»Ach Gott«, stieß Andrés angewidert aus. »Wieder ein Streik ... oder eine Demonstration ... wie so oft hier. Als ließe sich dadurch die Welt verändern!«

Kalte Furcht ergriff Aurelia.

Victoria!, fiel ihr wieder ein.

Ganz auf ihr eigenes Leben fixiert, hatte sie völlig vergessen, aus welchem Anlass sie Tiago gesucht hatte!

Nun stieg das Bild ihrer Gefährtin vor ihr auf, wie sie Franciscos Pistole in der Hand gehalten, wie sie Aurelia mit kaltem Blick gemustert hatte – und schließlich der kichernden Rebeca gefolgt war. Ein Zittern überlief ihren Rücken, und so tief ihr Entsetzen auch war – sie war fast dankbar für dieses Gefühl, das sie von den Gedanken an Tiago ablenkte.

»Ich muss aussteigen!«

»Bist du verrückt, Mädchen?«, rief Andrés ungläubig. »Doch nicht hier!«

Ungeachtet seiner Worte stürzte sie zur Tür und rüttelte an dem Griff. Sie schien zu klemmen, doch als sie sich mit aller Macht dagegenwerfen wollte, zog Andrés sie zurück.

»Du kannst hier nicht raus! Es ist zu gefährlich!«

Vorhin, da er ihre Hand gehalten hatte, hatte sie sich wie gelähmt gefühlt. Nun erwachte glühender Zorn. »Fass ... mich ... nicht ... an!«, sagte sie mit tiefem Groll.

In ihrem Blick musste eine eigentümliche Macht liegen, denn als sie ihn anstarrte, ließ er sie tatsächlich los und sank auf seinen Sitz.

»Fass mich nie wieder an!«, wiederholte sie, diesmal nicht ganz so langsam, aber nicht minder grollend.

Erst blitzte Kränkung in seiner Miene auf, dann Überdruss. »Du wirst es noch lernen, dass du besser auf mich setzt – und nicht auf Tiago.«
Wieder rüttelte sie an der Tür, diesmal gab sie nach, und sie stürzte hinaus, um den berittenen Polizisten zu folgen.

Victoria hielt die Pistole fest umklammert, aber es war ihr unmöglich, damit auch zu schießen. Das Gedränge war zu dicht, um im Voraus zu bestimmen, wen sie treffen würde. Und selbst wenn sie sich hätte sicher sein können, dass es einer der Polizisten gewesen wäre – sie konnte doch niemanden verletzen, geschweige denn einen Menschen töten!
Hilflos sah sie zu, wie die Männer auf Rebeca einprügelten. Diese drehte ihren Kopf so gut wie möglich zur Seite, war wendig wie immer, entkam den kräftigen Fäusten dennoch nicht jedes Mal.
»Schieß doch!«, brüllte sie und spuckte Blut. »So schieß doch endlich!«
Victoria wollte ihr so gerne helfen, aber sie konnte es nicht. Die Pistole entglitt ihrer schweißnassen Hand; völlig erstarrt beobachtete sie, wie sie auf den Boden fiel, ohne sich bücken und sie wieder aufheben zu können. Wieder erhob einer der Männer seine Faust, zielte diesmal auf Rebecas Nase, und Victoria glaubte schreckerfüllt, dass er nichts Geringeres vorhatte, als ihr das feine Gesicht zu zertrümmern. Irgendetwas tun, um ihn aufzuhalten, konnte sie trotzdem nicht. Rebeca schrie nicht mehr, lachte nicht, sondern keuchte nur. Doch ehe der Mann zuschlagen konnte, kam wie aus dem Nichts Jiacinto auf ihn zugestürmt. Offenbar war er in seinem Handel als Sieger hervorgegangen. Von hinten fiel er den Mann an, riss seine Arme zurück und befreite Rebeca auch von den anderen mit Fußtritten. Kurz blieb sie gekrümmt am Boden,

dann gewann sie ihre Fassung wieder, sprang auf und erhob nun ihrerseits die Faust, um den Mann in den Magen zu schlagen. Ein ersticktes, gurgelndes Geräusch ertönte, das Victoria widerwärtig war. Sie schloss die Augen, hätte sich am liebsten auch die Ohren zugehalten – und musste doch mit anhören, wie sich Rebeca nun wütend an sie wandte.

»Wolltest du etwa zuschauen, wie er mich umbringt?«, schrie sie.

Victoria öffnete die Augen wieder, aber konnte nichts anderes, als sie starr anzusehen – verwirrt, ängstlich und fassungslos über diesen Ausbruch an Gewalt.

»Was bist du doch feige!«, zischte Rebeca. »Zu gar nichts taugst du!«

Sie hob die Hände, und kurz vermeinte Victoria, sie würde auch sie schlagen, doch stattdessen bückte sie sich, ergriff die Pistole und stürmte zurück an Jiacintos Seite, der ihren Angreifer mittlerweile halb totgeprügelt hatte. Blut floss aus seinem Mund, sein Hemd war aufgerissen.

Ehe er ihm einen weiteren Schlag versetzte, hielt er plötzlich inne und lauschte. Victoria hörte es nun auch – noch mehr Pferdegetrampel, noch mehr Rufe, die weitere berittene Polizisten, vielleicht sogar schwer bewaffnete Soldaten ankündigten.

»Weg!«, brüllte Jiacinto. »Weg von hier!«

In Rebecas Gesicht stand keine Angst, nur blanke Mordlust – und einen Augenblick lang fürchtete sich Victoria vor ihr mehr, als sie sich je vor einem Menschen gefürchtet hatte, mehr auch als vor den Polizisten.

Sie war sich sicher, dass Rebeca – anders als sie – die Pistole benutzen und in die Menge schießen würde, ganz gleich, ob sie womöglich auch einen Unschuldigen traf, doch dann hatte Jiacinto seine Schwester schon am Arm gepackt und zog sie mit sich. Binnen weniger Augenblicke verschwanden sie in der Menge, und keiner der beiden drehte sich noch einmal um, um zu sehen, ob sich auch Victoria in Sicherheit bringen würde. Diese löste sich endlich aus der Starre und wollte hinterherlaufen, aber während sie verzweifelt nach einem Fluchtweg Ausschau hielt, fiel ihr Blick plötzlich auf … Aurelia.

»Gütiger Himmel!«, stieß sie aus und glaubte sich in einem verrückten Traum gefangen, in dem Menschen und Situationen aufeinandertreffen, die im normalen Leben nichts miteinander zu tun haben.

Erst einige fassungslose Augenblicke später begriff sie, dass kein aberwitziger Zufall Aurelia hierhergetrieben hatte, sondern die Sorge um sie, Victoria. Ihr Name war es denn auch, den Aurelia wieder und wieder verzweifelt schrie.

»Hier!«, erwiderte Victoria. »Ich bin doch hier!«

Ein warmes, dankbares Gefühl überkam sie. Aurelia würde sie nicht anschreien und beschimpfen wie Rebeca. Aurelia würde sich nicht einfach aus dem Staub machen. Doch alsbald wich die Freude blankem Entsetzen. Sie kam nicht durch das Gedränge, sondern musste hilflos zusehen, wie nun von allen Seiten die Polizisten kamen, wie Aurelia von ihnen eingekreist wurde, wie ein Pferd sich aufbäumte und seine Hufe gefährlich nahe an ihrem Kopf in die Luft traten.

»Aurelia!«, brüllte sie. Erneut warf sie sich mit aller Macht ins Gedränge, boxte, schlug, biss um sich; nichts mehr war da von der Starre, die sie vorhin befallen hatte, als sie die Pistole in der Hand hielt, nur der inständige Wunsch, zu ihrer Freundin zu gelangen. Nur noch wenige Schritte lagen zwischen ihnen, als sie plötzlich ein Topf an der Schläfe traf – einer jener, auf denen die Frauen vorhin als Zeichen des Protestes geschlagen hatten.

Kurz wurde es schwarz vor ihren Augen. Sie sank zu Boden, keuchte, quälte sich, wieder auf die Beine zu gelangen. Das Bild klärte sich … aber Aurelia … Aurelia war verschwunden … sie war nirgendwo zu sehen.
Ein Ellbogen rammte sich in ihre Seite, abermals zersprang das Bild vor ihren Augen in viele kleine Funken. Klar und deutlich hörte sie dennoch eine Stimme an ihrem Ohr. Sie kam von einem der beiden Männer, die sich plötzlich durch die Menge drängten. Sie waren vornehmer gekleidet als die Demonstranten und gehörten auch nicht zu den berittenen Polizisten.
»Wie konntest du sie nur allein lassen, Andrés? Noch dazu an diesem Ort? Du hättest ihr sofort folgen müssen.«
»Aber was hätte ich denn tun sollen, Tiago? Ich konnte sie doch nicht einfach gewaltsam festhalten, sie war fest entschlossen …«
Tiago … war das etwa *der* Tiago?, fragte sich Victoria verwirrt. Sie wollte sich zu den beiden Männern umdrehen, aber da glaubte sie erneut einen Blick auf Aurelias lange, glänzende Zöpfe zu erhaschen. Irgendwie war es dieser gelungen, geduckt an den Pferden vorbeizuhasten. Das Gedränge hatte sich ein wenig gelichtet, der Weg zu ihr war frei.
»Gott sei Dank!«, stieß Victoria aus und wollte auf sie zulaufen. Schon nach dem ersten Schritt ertönte der Schuss. Er war ohrenbetäubend laut – während Aurelia ganz ohne jegliches Geräusch niedersank. Victoria sah nicht, wo sie getroffen wurde, sah nur Blutstropfen auf das bleiche Gesicht spritzen, sah, wie wieder Pferde näher kamen, mit ihren Hufen die leblose Aurelia zu begraben drohten.
Noch schneller als sie war jener Tiago bei Aurelia. Er handelte blitzschnell, zog Aurelia erst von den Hufen weg und hob sie dann hoch, um sie in Sicherheit zu bringen.

»Aurelia!«, schrie Victoria.
Ehe sie zu den beiden hasten und sich vergewissern konnte, dass es Aurelia gutging und der Schuss nicht tödlich gewesen war, sprangen neben ihr Polizisten vom Pferd und verstellten ihr den Blick auf die Gefährtin.
»Lasst mich vorbei!«, kreischte Victoria.
Die Polizisten dachten gar nicht daran. Von allen Seiten schienen sie zu kommen und ergriffen sie an den Armen. Ein Gesicht beugte sich über ihres, narbig, überdrüssig, streng.
»Du gehörst zu diesen verdammten Unruhestiftern«, knurrte der Mann, »du gehst nirgendwohin, Mädchen, sondern kommst mit uns.«

9. Kapitel

Als Aurelia zu sich kam, wusste sie nicht, wo sie war. Ihr Leben war vage wie ein Traum; all die Jahre ihrer Jugend auf der Estancia schmolzen zu wenigen Stunden. Übermächtig wurde einzig die Erinnerung an ihre Kindheit, der sie kaum entwachsen schien.

Ein Schuss war gefallen ... jetzt ... und damals auch. Ihre Mutter Rita hatte ihren Vater Esteban erschossen, sie sah es deutlich vor sich, eine gerechte, notwendige Tat zwar, nachdem dieser sie entführt und gefangen gehalten hatte, aber trotzdem ein Mord. Sie war so erleichtert gewesen, den unheimlichen Mann reglos zu Boden sacken zu sehen – aber da war auch unendlich viel Grauen gewesen, als sich eine Blutlache um ihn ausbreitete.

Aurelia wand sich zitternd, spürte einen stechenden Schmerz – und hörte plötzlich eine Stimme durch das Grau dringen, in dem sie gefangen war. Nicht die Stimme ihrer Mutter, nicht die von Esteban ... sondern ganz überraschend Tiagos Stimme.

»Aurelia ... Aurelia, bist du wach? Geht es dir gut? Ach, ich habe mir solche Sorgen gemacht! Als ich sah, wie du reglos auf dem Boden gelegen hast – da dachte ich schon ...« Er brach ab. »Aber die Ärzte meinten, dass dich die Kugel nur gestreift hat«, erklärte er nach einer Weile mit zitternder Stimme. »Du hast etwas Blut verloren, aber du musstest nicht operiert werden.«

Aurelia blinzelte, öffnete die Augen. Aus dem Grau erstanden die Konturen seines Gesichts, seines geliebten Gesichts.

Sie ahnte, dass sie in einem Krankenhaus war und Tiago sie dorthin gebracht haben musste, und konnte sich auch wieder an das erinnern, was passiert war.

Victoria ... als Letztes hatte sie doch Victoria gesehen ...

Als sie sich mühsam aufrichtete, explodierte in ihrem Kopf ein glühender Schmerz.

»Nicht! Streng dich nicht an!«

»Was ist mit Victoria? Und wieso ... wieso bist du hier?«

Die erste Frage konnte er nicht beantworten, aber er berichtete stammelnd, dass er zufällig Andrés getroffen und dieser ihm erzählt hatte, wie sie trotz der gewaltsamen Ausschreitungen in Richtung der Población gelaufen war. Er hatte sich nicht davon abhalten lassen, ihr sofort zu folgen. »Wie leichtsinnig du warst, Aurelia!«, schloss er. »Du musst mehr auf dich achtgeben, du darfst dich nicht in solche Gefahren begeben. Es war so schrecklich, wie du auf dem Boden gelegen hast, voller Blut und ...«

Er brach ab. In seinen Augen glitzerten Tränen.

Sie schloss kurz die Augen, sah blitzartig Bilder von den Ausschreitungen – und sah noch mehr als das. Sie sah auch Andrés' Gesicht, wie er mit ihr gemeinsam vor dem Haus der Familie Brown y Alvarados gestanden hatte ...

»Dein Vater«, presste sie heiser hervor; ihre Lippen waren so trocken und klebten aufeinander, »dein Vater ist einer der reichsten und mächtigsten Männer Chiles ...«

»Pst! Reg dich nicht auf! Nicht jetzt!«

Sie schwieg, aber versuchte wieder, sich aufzusetzen, und diesmal war der Schmerz nicht ganz so heftig. »Warum bist du hier bei mir?«, fragte sie wieder. »Es ist nicht richtig, wir haben doch keine Zukunft ... ich bin bloß die Tochter eines patagonischen Schafzüchters und einer ...«

Und einer Mapuche, wollte sie sagen, hielt jedoch inne.

»Was redest du da nur?«, rief Tiago. »Ich war immer anders als meine Familie. Ich habe mich nie den Befehlen meines Vaters gefügt. Ich lasse mir von ihm nicht vorschreiben, mit wem ich meine Zeit verbringe.«

»Aber die Escuela ... du bist dort kein Professor ... du bist nur ...«

Er senkte seinen Blick.

»Ich bin nur Student«, bekannte er verlegen, »und es tut mir leid, das ich dich darüber im Unklaren gelassen habe. Aber ich wollte nicht, dass du mich nur als Sohn reicher Eltern siehst, dass du mich mit dieser Achtung, aber zugleich dieser Scheu ansiehst wie alle, die um meine Herkunft wissen. Wie groß das Vermögen meines Vaters auch ist – es darf nicht bestimmen, wer ich bin. Ich bin Maler ... versuche zumindest, einer zu sein. Und ... und ich liebe dich, Aurelia.«

In ihrem Kopf rauschte es. Sie fühlte keinen Schmerz mehr, keine Erschöpfung, keine Angst.

»Tiago ...«, stammelte sie.

»Gewiss, es war eine Lüge, dass ich dir vorgemacht habe, ich sei kein Student, sondern einer der Professoren. Aber ich sah keine andere Möglichkeit, um Zeit mit dir zu verbringen, um dich besser kennenzulernen, und irgendwann war es zu spät, dir die Wahrheit anzuvertrauen. Ich dachte, du würdest mich für meine Lüge verachten – und außerdem ... außerdem tat es so gut, einmal alles zu vergessen, alles hinter mir lassen zu können. Du sahst den Maler in mir, nichts sonst – und ich will ja auch Maler sein, nichts sonst! Bitte! Ich wollte dich nicht verspotten, mich über dich lustig machen oder dich in die Irre führen – im Gegenteil! Ich wollte einfach ... jemand anderer sein. Und ein wenig bin ich dieser andere ja auch, es war nicht alles Lüge.« Er sprach immer erregter und schneller. »Ich schäme mich so, das glaubst du

mir doch, oder? Und auch … auch …« Erstmals geriet sein Redefluss ins Stocken. »Und auch, dass ich dich liebe«, brachte er endlich hervor.
Je länger er sprach, desto heißer war ihr geworden. Die Benommenheit wich von ihr.
Ich liebe dich doch auch, wollte sie sagen. Ganz gleich, wer du bist, ganz gleich, dass du mir die Wahrheit verschwiegen hast – ich liebe dich von ganzem Herzen!
Sie kam nicht dazu. Als sie den Mund öffnete, beugte er sich unwillkürlich vor und küsste sie. Es begann zärtlich und sanft, lange ruhten ihre Lippen aufeinander, ohne sich zu bewegen. Doch dann wurde sein Mund fordernder. Sie spürte seine Zunge, kitzelnd, neckend, spürte einen heißen Schauder, der ihr über den Rücken rann und alle unliebsamen Erinnerungen vertrieb. Er hob seine Hände, streichelte über ihre Haare, ihre Schläfen, ihre Wangen, und sie tat es ihm gleich, während sie der forschenden Zunge ihren Mund weit öffnete. Vorsichtig tasteten sie sich aneinander an, fanden rasch zu einem gemeinsamen Rhythmus des Kosens und Neckens und Schmeckens.
Viel zu schnell war es vorbei. Sie wollte eben seinen Nacken umfassen und ihn enger an sich ziehen, als er sich von ihr löste und sie sanft zurück auf das Kissen drückte.
»Das … das wird dir zu viel …«, stieß er aus, atemlos und mit gerötetem Gesicht.
Ihre Hand tastete nach ihren Lippen, die nicht länger trocken waren. Eben noch hatte sie sich glücklich wie nie gefühlt, jetzt überkam sie tiefe Traurigkeit.
»Dass du mich liebst – das ändert nichts daran, dass du reich bist … und ich arm.«
Etwas Gehetztes trat in Tiagos Züge, auch etwas Schuldbewusstes. »Ich bin reich, das stimmt. Aber es hat keine Be-

deutung für mich. Ich … ich brauche kein Geld, um glücklich zu sein. Ich habe mich bei uns daheim nie wohl gefühlt. Unser Haus ist groß und prächtig, aber es ist zugleich so dunkel. Ich habe mich immer danach gesehnt, den Räumen zu entfliehen, den Himmel zu sehen, die Bäume und die Berge. Ich habe mich nach Schönheit gesehnt. Und du bist das Schönste, das Lebendigste, dem ich je begegnet bin. Niemand wird von mir erzwingen können, dass ich dich aufgebe, niemand!«

»Aber …«

Er nahm ihre Hände, drückte sie fest und sprach so schnell weiter, dass er sich fast verhaspelte. »Ich verspreche dir, ich werde keine Geheimnisse mehr haben – nicht vor dir und auch nicht vor meinen Eltern. Ich werde ihnen sagen, dass ich dich liebe.«

»Aber …«

Ehe sie einen Einwand hervorbringen konnte, öffnete sich die Tür. Ein weiß gekleideter Mann trat herein, nickte Tiago zu und stellte sich als Doktor Ramiro Espinoza vor.

Verwirrt sah Aurelia ihn an. Den Namen hatte sie in den letzten Wochen häufig gehört. Er war offenbar Andrés' Vater – und zugleich der Arzt, über den sich Victoria so oft ärgerte.

Victoria … wo war sie nur? Hatte sie sich in Sicherheit bringen können?

Tiago ließ ihre Hände los und sprang auf. »Doktor Espinoza, wie gut, dass Sie da sind! Sie wird doch wieder ganz gesund?« Er wandte sich an Aurelia. »Andrés' Vater arbeitet eigentlich nicht hier, aber ich habe ihn hierhergebeten. Wir sind im Hospital San Vicente …«

Aurelia schwirrte der Kopf. Zu viele Gedanken kreisten darin, um sie alle fassen zu können. Andrés' Vater, den Victoria

hasste … Andrés, der ihr von Tiagos Herkunft erzählt hatte … der ihr prophezeit hatte, sie würde keine Zukunft mit Tiago haben … der meinte, dass sie beide viel besser zusammenpassen würden.
Sollte sie Tiago berichten, was er alles zu ihr gesagt hatte? Aber würde das die Freunde nicht auf ewig entzweien? Hatte sie vielleicht etwas falsch verstanden?
Eine Sache verstand sie ganz richtig – dass sie für Tiago viel mehr war als ein Zeitvertreib. Dass er zu ihr stand, dass er sie liebte, dass er seinen Eltern von ihr erzählen wollte …
Doktor Espinoza beugte sich über sie. Sein Lächeln war freundlich, sein Blick weich. Waren das seine wahren Gefühle – oder verstellte er sich, weil Tiago hier war?
Tiago … der Sohn der mächtigen Brown y Alvarados' …
Erst drehten sich ihre Gedanken immer schneller, dann erlahmten sie. Ihr Kopf wurde schwer, ihre Lider auch. Ganz gleich, was geschehen war und noch geschehen würde – das Bedürfnis zu schlafen wurde übermächtig. Und ganz gleich, ob er sie belogen hatte oder nicht – sie fühlte sich sicher in Tiagos Gegenwart, Tiago … dessen Geschmack sie auf ihren Lippen trug …

Obwohl sie sich die zerzausten Haare gekämmt und zu einem Nackenknoten gebunden und ihr zerrissenes Kleid notdürftig geflickt hatte, fühlte sich Victoria schmutzig. Sie wusste, selbst ein Bad würde nichts daran ändern, denn das würde die Erinnerung an die vielen Hände, die sie gepackt hatten, nicht vertreiben können. An Jiacinto hatte sie immer fasziniert, dass er keinen Wert auf sein Erscheinungsbild legte, seine langen Haare verfilzten, seine Hemden stets voller Flecken waren – doch als jene ähnlich dreckigen Männer sie mit sich gezerrt hatten, hatte sie sich einfach nur erniedrigt gefühlt. Die

schwitzenden Leiber hatten in ihr tiefsten Ekel verursacht. Bis zum Schluss hatte sie sich gegen ihre Griffe gewehrt, hatte gebissen, gekratzt, schließlich einem gegen das Schienbein getreten. Als sich eine Flut an Flüchen und Beschimpfungen über sie ergossen hatte, war sie sich sicher gewesen: Jetzt hatte sie sich Feinde gemacht. Jetzt würde man sie – wie angedroht – ins Gefängnis werfen.
Doch am Ende hatte man sie losgelassen – wohl, weil von anderen Unruhestiftern größere Gefahr drohte als von einem sechzehnjährigen Mädchen und man einem von diesen nachrannte, anstatt sie länger festzuhalten. Die Erleichterung darüber währte nicht lange. Sie fühlte keine Dankbarkeit, endlich frei zu sein, sondern blanke Wut. Wenn sie jetzt eine Pistole in der Hand gehalten hätte, hätte sie nicht gezögert, zu schießen – und auch ohne Pistole hätte sie gerne um sich geschlagen, gedroschen und gebissen, wie Jiacinto es getan hatte. Aber als sie sich umsah, stellte sie fest, dass sich niemand mehr schlug, sondern die Menschen aus der Población flohen, und die Einsicht, die in ihr hochstieg, fiel ernüchternd aus: Sie hatte keines ihrer Ziele erreicht. Sie war nur schmutzig geworden.
Sie schüttelte sich, und erst, als dieser Rausch von Ekel und Hass und Ohnmacht verflog, erinnerte sie sich an Aurelia.
Mein Gott, was war passiert? Dieser Schuss … wie schlimm hatte er sie getroffen?
Hektisch blickte sie sich um. Fast jeder hatte Blessuren abbekommen – blutüberströmt am Boden lag keiner. Dennoch überlief sie plötzlich ein Zittern, und ihr Blick wurde von einem Schleier aus Tränen verzerrt. Sie konnte kaum mehr etwas sehen, lediglich, dass jemand auf sie zugelaufen kam und dieser Jemand Pepe war.
»Aurelia!«, schrie sie panisch. »Hast du Aurelia gesehen?«

Sein Gesicht schien schmerzverzerrt wie immer, doch diesmal wirkte er hilflos, nicht bockig. Er schwitzte ähnlich stark wie die Männer, die sie festgehalten hatten, doch vor ihm ekelte sie sich nicht. Sie ergriff beide seiner Hände. »Nun, sag schon …«

Pepe atmete keuchend.

»Sie … sie wurde verletzt. Sie haben sie ins Krankenhaus San Vicente gebracht … Meine Mutter ist bei ihr … und dieser Tiago. Er hat Mutter auch davon benachrichtigen lassen, was passiert ist, und diese hat mich wiederum hierhergeschickt, um dich zu suchen.«

Während er sich vor Widerwillen schüttelte, stiegen widersprüchliche Gefühle in ihr hoch – kalte Angst um das Leben der Freundin, aber auch Zorn, weil Tiago sich früher als sie selbst um Aurelia hatte kümmern können.

»Lass uns dort hingehen! Beeilen wir uns!«, forderte sie Pepe auf.

Als sie wenig später ankamen, waren die Gänge des Hospitals überfüllt. Sie sah wenig ernsthaft Verletzte, aber viele offene Platzwunden. In jedem anderen Augenblick wäre das Bedürfnis übermächtig geworden, zu helfen, aber heute war sie einfach nur müde. Ihre Brust schmerzte, jeder Schritt tat weh. Die Erschöpfung verflog erst, als sie Valentina sah. In deren Gesicht stand zwar gleicher Widerwille wie in Pepes – vielleicht vor der Gewalt an sich, vielleicht vor der Tatsache, dass diese Gewalt einmal mehr die Ärmsten getroffen hatte, vielleicht einfach nur, weil sie hierherkommen hatte müssen –, aber zumindest war da kein Entsetzen, keine Trauer.

»Valentina! Was ist mit Aurelia?«

Valentina atmete ähnlich schwer wie ihr Sohn. »Sie lebt«, stellte sie fest, »es geht ihr gut … aber mir nicht mehr lange, wenn ich hierbleiben muss. Die Luft ist ja zum Schneiden dick, und all diese Verletzten!« Sie wedelte ungehalten mit ihren Händen. »Komm, Pepe! Und du am besten auch, Victoria! Aurelia ist nur leicht verletzt worden, und jetzt ist Tiago bei ihr.«

Victoria schüttelte den Kopf, sie konnte unmöglich gehen, ohne selbst Aurelia gesehen zu haben! Wie immer überließ Valentina die Entscheidung ihr, bedrängte sie nicht länger und war alsbald, auf Pepe gestützt, aus dem Gang verschwunden. Victoria, eben noch so entschlossen, wurde unsicher. Ja, sie wollte Aurelia sehen – aber sie konnte gerne darauf verzichten, Tiago vorgestellt zu werden. Obwohl er mit der Demonstration und der Schießerei nichts zu tun hatte, zürnte sie ihm dennoch – auch wenn sie nicht recht wusste, weshalb.

Während sie noch mit sich rang, öffnete sich die Tür zu einem der Krankenzimmer, und heraus kam einer, mit dem sie hier am allerwenigsten gerechnet hatte: Doktor Ramiro Espinoza. Victoria riss die Augen auf.

»Sie hier?«, entfuhr es ihr. Was trieb er bloß im Hospital San Vicente?

Kurz sah es so aus, als würde er sie einfach ignorieren, dann murmelte er widerstrebend: »Sie sind mit Aurelia Hoffmann verwandt, nicht wahr? Tiago hat mich gebeten, nach ihr zu sehen. Ich bin ein Freund der Familie.«

Sein letzter Satz klang nicht widerwillig, sondern stolz.

Victoria runzelte die Stirn. »Welcher Familie?«

Er antwortete nicht darauf, sondern beugte sich unwillkürlich zu ihr und zischte sie an: »Ich habe Sie durchschaut, Niña Hoffmann. Sie sind ein Störenfried, Sie haben an dieser Demonstration teilgenommen. Sie haben keinen Respekt vor Autoritäten, und Sie geben sich mit verbrecherischen Subjek-

ten ab. So eine Krankenschwester kann ich in meinem Krankenhaus nicht brauchen.«
Victoria straffte ihre Schultern. So erschöpft und ausgelaugt konnte sie gar nicht sein, dass sie einem Doktor Espinoza nicht zu trotzen vermochte.
»Weisen Sie mir doch nach, dass auch ich bei dieser Demonstration war! Oder dass mir bei meiner Arbeit im Krankenhaus je ein Fehler unterlaufen wäre!«
Er musterte sie abschätzig. Kurz kam sein Gesicht ihrem noch näher, dann wich er zurück.
»Eine gute Krankenschwester zeichnet sich durch ihre Tugenden und Sittlichkeit aus … vergessen Sie das nie! Denn wenn Sie es vergessen sollten, und sei es nur für einen ganz kurzen Augenblick, dann kriegen Sie es mit mir zu tun! Sie haben recht, ich kann Ihnen kein Fehlverhalten nachweisen. Aber ich habe Geduld … viel Geduld. Irgendwann werden Sie nicht so ungeschoren davonkommen wie heute.«
Seine Stimme hatte einen drohenden Unterton angenommen. Nachdem er geendet hatte, schnaubte er verächtlich, ehe er sie ohne weiteres Wort stehen ließ. Victoria ballte unwillkürlich ihre Hände zu Fäusten und murmelte einen erstickten Fluch.
Als sie sich umdrehte, sah sie einen Mann, der am Fenster lehnte und sie eindringlich musterte. Sofort fiel ihr seine Ähnlichkeit mit Ramiro Espinoza auf, nur dass dieser Mann nicht dessen starre Haltung hatte, sondern etwas gebückt dastand, die mausgrauen Haare dichter wuchsen, die Haut jedoch teigiger wirkte. Seine Augen waren ähnlich verächtlich auf sie gerichtet wie eben noch die von Doktor Espinoza. In Victoria regte sich kalte Wut.
»Was glotzen Sie mich so an?«, rief sie.
Er lächelte schmal, blieb aber ans Fenster gelehnt stehen.

»Heute schützt Sie Ihre Verwandtschaft zu Aurelia. Allein deswegen wird mein Vater Sie nicht aus seinem Krankenhaus werfen. Aber glauben Sie mir: Bald schon wird Aurelia in Tiagos Leben keine Rolle mehr spielen. Seine Familie wird das nicht zulassen.«
Victoria runzelte die Stirn. »All das Gerede um Tiagos Familie … was soll das?«
Der Fremde lachte auf. »Sie wissen nicht, wer Tiago ist?«
Sie schüttelte den Kopf.
»Tiago heißt mit Nachnamen Brown y Alvarados«, erklärte der Mann.
Victoria erbleichte. Fassungslos starrte sie den Fremden an. Der deutete ihr Schweigen falsch und dachte wohl, dass Victoria sich darüber freute.
Er löste sich vom Fenster und trat ähnlich drohend wie sein Vater auf sie zu. »Aber glauben Sie nicht, dass Ihre kleine Freundin ihn am Ende bekommt!«, raunte er.
Mit diesen Worten ließ er sie einfach stehen. Nun war es Victoria, die sich gegen die Wand lehnte.
Brown y Alvarados …
Aurelia musste den Verstand verloren haben, sich mit Tiago abzugeben!
Ihre Verwirrung wich neuerlich aufflammendem Zorn, ihr Zorn alsbald wieder Erschöpfung. Schließlich verließ sie das Krankenhaus, ohne nach Aurelia zu schauen.

Nach seiner Begegnung mit Victoria Hoffmann ging Andrés eine Weile im Krankenhausflur auf und ab. Ihr gegenüber hatte er es sich nicht anmerken lassen – aber insgeheim fühlte er sich zerrissen. Er machte sich ernsthafte Sorgen um Aurelia, er hatte wahrlich nicht gewollt, dass diesem hübschen, zarten Mädchen etwas zustieß! Zugleich konnte er die tiefe Befriedigung nicht unterdrücken, dass sie nun die Wahrheit über Tiago wusste. Ganz gleich, worüber die beiden hinter der geschlossenen Tür des Krankenzimmers tuschelten – unmöglich konnten sie weitermachen wie bisher!

»Was machst du hier?«, hörte er plötzlich die Stimme seines Vaters fragen. »Du solltest bei Tiago sein.«

Er hatte ihn nicht kommen gehört, fühlte sich ertappt, und als er herumfuhr, war er kurz nicht Herr seiner Züge. Wie er es hasste, wenn sein Vater das zu ihm sagte!

Du solltest bei Tiago sein …

Diesen Satz hatte er oft gehört, nach seinem Geschmack viel zu oft, schon als er noch ein ganz kleines Kind war. Damals hatte ihn sein Vater immer wieder ins Haus der Familie Brown y Alvarados mitgenommen. Er war so stolz, Williams und Alicias Hausarzt zu sein – und er hatte es als glückliche Fügung angesehen, dass sein Sohn im selben Alter war wie Tiago und die beiden sich anfreundeten.

»Also, was stehst du hier herum?«

Bitterkeit stieg in Andrés auf. Am liebsten hätte er den Vater angeschrien. *Ich habe doch nur darum Wert für dich, weil ich deine Beziehung zu einer Familie der Oberschicht festige! Weil du dir davon erhoffst, dass dein großer Lebenstraum verwirklicht wird!*

Aber natürlich blieben diese Worte ungesagt. Wie immer.

»Tiago hat sich in diese Aurelia verliebt«, murmelte er stattdessen, »aber er kann sie unmöglich heiraten!«

Ramiro Espinoza nickte sofort. »Das glaube ich auch«, erklärte er.

Andrés fühlte Genugtuung, wenn er an das Leid dachte, das Tiago ertragen würde müssen – und zugleich fand er es befremdlich, wie bereitwillig sich sein Vater seinem Urteil anschloss: Er kämpfte doch selbst sein Leben lang für den gesellschaftlichen Aufstieg – letztlich müsste er es gutheißen, wenn es einem anderen gelang und selbst die Tochter von patagonischen Schafzüchtern Teil der Oberschicht werden könnte. Umso mehr würde es ihm als Arzt zustehen!

Aber letztlich, dachte er, war Ramiro Espinoza genauso ein Snob wie William Brown, mit dem Unterschied, dass William Brown auf die Mittelklasse herabblickte und Ramiro Espinoza, der trotz seiner Doktorwürde nur zu dieser Mittelschicht gehörte, auf die Unterschicht.

»Wie auch immer«, sagte sein Vater eben, »Tiago wird das selbst herausfinden, dieser liebestolle Narr. Und du musst ihm dabei zur Seite stehen und ihn trösten.«

Andrés nickte, aber insgeheim packte ihn die Angst. Was, wenn Aurelia ihn bei Tiago angeschwärzt hatte, ihm anvertraut hatte, dass er ihr nicht nur die Wahrheit über seine Herkunft erzählt hatte, sondern sich auch an sie herangemacht hatte? Und was noch schlimmer war: Was, wenn sein Vater es erfuhr?

»Aurelia ist mit Victoria Hoffmann verwandt, nicht wahr?«, fragte er, um von dem Thema abzulenken. »Das ist doch die aufsässige Krankenschwester, von der du schon so oft erzählt hast!«

»Vor allem ist sie eine Deutsche!«, rief Espinoza.

Er spie das Wort förmlich aus, und als Andrés die gleiche Verbitterung an ihm fühlte, wie er sie eben noch selbst geschmeckt hatte, freute er sich diebisch. Auf so viele Dinge seines Lebens hatte er keinen Einfluss, konnte sich nicht frei für etwas entscheiden, sondern wurde von seinem Vater dazu gedrängt: ob es darum ging, um Tiagos Freundschaft zu buhlen, Medizin zu studieren oder hinterher eine bestimmte Fachdisziplin zu wählen. Wäre es nach Andrés selbst gegangen, so hätte er am liebsten am Pathologischen Institut der Universidad de Chile, das der bedeutende Mediziner Max Westenhöfer erst ein Jahr zuvor gegründet hatte, gearbeitet – stattdessen verlangte Ramiro, er sollte wie er Allgemeinmediziner werden und künftig seine Aufgaben als Hausarzt der Brown y Alvarados' übernehmen.

Nun gut, Andrés fügte sich, wie er sich stets gefügt hatte – aber es bereitete ihm Befriedigung, wenn auch sein Vater nicht bekam, was er wollte, und nicht immer frei über sein Leben entscheiden konnte. Seine medizinische Karriere war schon das eine oder andere Mal ins Stocken geraten, weil nicht er, sondern einer der deutschen Ärzte den entsprechenden Posten bekommen hatte – ein Umstand, der in ihm tiefen Hass auf alles Deutsche gezüchtet hatte, ausgenommen Schwester Adela, die mit ihrer Willfährigkeit ihre Herkunft vergessen machte. Und nicht nur, dass ihm mancher Deutsche einen einflussreichen Posten weggeschnappt hatte – obendrein musste er zusehen, wie der Deutsche Verein in Santiago die Gründung eines eigenen Krankenhauses vorantrieb. So eines zu leiten war wiederum Ramiro Espinozas großer Lebenstraum, denn dann müsste er sich dank eines solchen Amtes nicht länger mit schwitzenden, stinkenden, blutenden Leibern abgeben, sondern würde eher den Rang eines Unternehmers einnehmen und als solcher in der Achtung von William Brown y Alvarados steigen.

»Nun, dafür, dass sie mit Deutschen verwandt ist, kann sie nichts«, wandte Andrés ein – weniger, um Aurelia zu beschützen, als den Vater zu provozieren.

»Es gibt so viele Dinge, für die wir nichts können. Und dennoch müssen wir sie ertragen!«, brach es wie erwartet aus Ramiro hervor, und prompt erging er sich in tausendfach gehörter Leier: dass er sein Leben lang hart gearbeitet hatte. Dass ihm nichts fehlte – weder Diplomatie noch Intelligenz noch

Anpassungsfähigkeit, nur Geld. Oh, wenn er ein wenig Geld hätte, wenn William sich endlich darauf einließe, eine Stiftung zur Gründung eines eigenen Krankenhauses zu unterstützen – was könnte er nicht daraus machen! Aber William ziere sich – was wiederum bedeute, dass die Hoffnungen auf die nachfolgende Generation zu richten waren, Guillermo und Tiago. Und um sie zu werben sei wiederum Andrés' Pflicht.

Andrés wandte sich ab. So groß sein Spaß war, den Stachel in das Fleisch seines Vaters zu treiben – so schnell war er der Nörgelei überdrüssig. Er konnte es nicht mehr hören!

Diese Besessenheit vom eigenen Krankenhaus und dem damit verbundenen gesellschaftlichen Aufstieg war ihm selber fremd. Warum konnte sich sein Vater nicht mit dem begnügen, was er erreicht hatte? Und warum wollten alle mehr, als ihnen zustand … sein Vater Mitglied der Oberschicht zu sein, und Tiago Aurelia? Ramiro konnte sich doch in seiner Würde als Chefarzt sonnen und Tiago alle hochgeborenen Frauen der Stadt haben … Aurelia dagegen würde an seiner Seite glücklicher werden und er wiederum, wenn er in der Pathologie arbeiten konnte. Nein, er brauchte kein eigenes Krankenhaus, auch wenn sein Vater ganz selbstverständlich davon ausging, dass er diesen Traum teilte und vorantrieb.

Andrés nutzte dessen kurze Pause, um sich unauffällig aus dem Staub zu machen, kam jedoch keinen Schritt weit.

»Wohin willst du hin?«, fuhr Espinoza ihn an. »Ich sagte doch eben, du solltest jetzt an Tiagos Seite sein.«

»Der will doch sicherlich mit Aurelia allein sein. Soll ich sie bei trauter Zweisamkeit stören?«

»Sei nicht so dumm!«

Andrés zuckte zusammen. Auch diesen Satz hatte er oft gehört. Sei nicht dumm … Stell dich nicht so an … Ich habe dich nach dem Tod deiner Mutter allein durchgebracht, das muss sich lohnen ...

»So dumm kann ich gar nicht sein, sonst hätte ich das Medizinstudium nicht geschafft«, erwiderte Andrés störrisch.

»Natürlich sollst du sie nicht stören«, erklärte Ramiro. »Aber wenn die beiden auf die Idee kommen, Romeo und Julia zu spielen, musst du dich als verständnisvoller Vertrauter anbieten, verstehst du? Wenn diese Narren wirklich glauben, sie könnten ihre Liebe ertrotzen, wird ihnen alsbald ein scharfer Wind ins Gesicht wehen. Tiago wird dir nie vergessen, wenn du tröstend an seiner Seite stehst, selbst dann, wenn er Aurelia längst aufgeben muss.«

Andrés unterdrückte ein Seufzen.

»Nun mach schon! Zeig dein Bedauern über den schrecklichen Unfall! Wünsche Aurelia das Beste und erkläre Tiago, dass du stets für ihn da bist!«

Immerhin – der Unfall war vielleicht sein Glück. Vielleicht war Aurelias Geist nach der Schussverletzung zu umnebelt, um sich noch an alles zu erinnern, was an diesem Tag passiert war.

Andrés nickte ergeben.

»Ach ja«, hielt Espinoza ihn auf. »Vielleicht können wir die Sache auch ein wenig beschleunigen ... Versuch doch, Tiago den Floh ins Ohr zu setzen, dass er Aurelia baldmöglichst seinen Eltern vorstellt. So wie ich diesen Träumer einschätze, wird er es mit fliegenden Fahnen tun – und viel eher deines Trostes bedürfen als erwartet.«

Ramiro Espinoza grinste, und plötzlich tat Andrés es ihm gleich. Ganz egal, was zwischen Vater und Sohn stand – Frustration, Verbitterung und falsche Erwartungen –, in dieser Sache waren sie geeint. Es gab keine Zukunft für Tiago und Aurelia.

Ramiro gönnte Aurelia nicht, womöglich zu erreichen, was ihm selbst verwehrt blieb: den gesellschaftlichen Aufstieg. Und Andrés gönnte Tiago nicht, die schöne, liebenswerte, freundliche Aurelia zu bekommen. Er wollte sie selbst. Für sich ganz alleine.

10. Kapitel

»Die Niña ist jetzt hier.«

Tiago zuckte zusammen. Erst jetzt merkte er, wie groß seine Anspannung war. Er erhob sich schnell und rang sich ein Lächeln ab. »Danke, Saqui.«

Sein einstiges Kindermädchen erwiderte das Lächeln breit und zwinkerte ihm zu.

Als er die Treppe hinunterging, wurde sein Gesicht schlagartig wieder ernst. Und wenn er zu weit gegangen war, als er Aurelia in sein Zuhause eingeladen hatte?

Zu seinem Erstaunen bereiteten ihm weniger seine Eltern William und Alicia und was sie über Aurelia denken würden Sorge, sondern die Tatsache, dass das Haus so dunkel war. Alles hier war kostbar, atmete Vornehmheit, verkündete Reichtum – aber es wirkte so … finster. Wie würde sie sich nur in dieser Umgebung fühlen?

Die Möbel – auf Wunsch des Vaters vor allem im viktorianischen Stil gehalten – waren wuchtig, die Vorhänge so dick, dass sie sämtliches Tageslicht verschluckten; die Bilder an den Wänden zeigten Szenen aus der Geschichte, die um Krieg und Schlachten kreisten. Die Tapeten waren mit ihrem Blumenmuster zwar etwas lieblicher, allerdings waren die Blumen in keinem strahlenden Rot, Gelb oder Blau gehalten, sondern dunkelviolett und der Hintergrund beinahe schwarz.

Schon als kleines Kind hatte er gehört, wie sich Besucher respektvoll über die überaus erlesene Einrichtung äußerten und wie sie bewundernd darüber tuschelten, dass William nicht

nur Geld, sondern Geschmack besäße, aber er selbst hatte immer nur gedacht, dass in diesem Haus die Farben fehlten.
Aurelia dagegen ... Aurelia verhieß so viele Farben! Nicht nur dank ihrer Schönheit, nicht nur dank ihrer Bilder, unkonventionell diese und auch einzigartig, sondern mit ihrem ganzen Wesen, dieser Mischung aus Liebreiz, aus Schüchternheit, aus Streben nach Freiheit. Etwas Widersprüchliches lag darin und gerade darum etwas so Lebendiges. Sie war eine Prinzessin, die auf Bäume kletterte. Eine verletzliche Schönheit, die fluchen konnte. Die Tochter von einfachen Schafzüchtern, deren Gesten doch so ungemein anmutig waren, deren Schritte so weich ausfielen ...
Er musste lächeln, als er an sie dachte, und seine Anspannung verflog. Erst jetzt bemerkte er, dass Nana Saqui ihm nach unten gefolgt war, und auch das gab ihm Zuversicht. Wie viele Kindermädchen der Oberschicht war sie das Mischlingskind eines Chilenen und einer Indianerin. Frauen wie ihr sagte man besondere Treue nach und viel Kinderliebe. Tiago wusste nicht, was sie getan hatte, ehe sie seine Nana wurde, aber seitdem lebte sie auf jeden Fall hier im Haus und schien kein anderes Ziel zu kennen, als sein Wohlbefinden zu gewährleisten. Auch wenn sie ihn nicht mehr mit ihren kupferbraunen Händen liebkoste wie in Kinderzeiten, war es doch immer eine Wohltat, wenn ihre dunklen Augen liebevoll auf ihn gerichtet waren.
»Soll ich Ihrer Frau Mutter Bescheid sagen?«, fragte sie nun. Sie klang aufgeregt, offenbar war sie schon sehr neugierig auf Aurelia. Nana Saqui war die Erste gewesen, die geahnt hatte, dass Liebe ihn getroffen hatte – nicht einem Pfeil gleich, obwohl das ein verbreitetes Bild war, denn ein Pfeil, so dachte sich Tiago, war viel zu klein, konnte nur in eine winzige Stelle seines Körpers dringen, aber nicht in jede Faser.

Der Gedanke an seine Mutter legte sich allerdings wie ein dunkler Schatten auf sein Herz.
Bevor Alicia zur Teestunde die Treppe herunterschreiten würde – hoheitsvoll, steif, als hätte sie niemals einen schnellen Schritt gemacht –, betete sie meist einen der drei täglichen Rosenkränze. In ihrem Gemach, das mit den gleichen dunklen, mächtigen Möbeln eingerichtet war wie der Rest des Hauses, roch es stets ein wenig nach ihrem Veilchenparfüm – und nach Weihrauch. An einer Wand stand ihr persönlicher Hausaltar, und auf diesem Altar befanden sich viele Heiligenstatuen. Sie waren mit Schmuck behängt, trugen Perücken aus Totenhaar und wurden von einer Unzahl an Kerzen beleuchtet. Ihre Kleider waren bunt – aber die ersehnten Farben verhieß auch dieser Altar nicht: Tiago hatte ihn immer gefürchtet.
»Es ist ohnehin bald fünf Uhr … dann werden meine Eltern zum Tee in den Salon kommen …«
Und seine Mutter würde seinen Vater schweigend und nur mit einem leichten Kopfnicken begrüßen und ihn wie einen Gast behandeln, zuvorkommend, höflich, aber distanziert.
Plötzlich wurde ihm die Kehle eng. Das Schlimmste in seiner Kindheit waren nicht das Dunkle und der Mangel an Farbe – es war dieses Steife, Distanzierte, Leblose, das ihn einhüllte wie ein schwarzer Mantel, ihn ängstigte und lähmte und ihn zu ersticken drohte.
Ehe die Erinnerungen übermächtig wurden, öffnete sich die Tür. Der livrierte Kutscher der Familie, der sie auch abgeholt hatte, führte Aurelia herein. Sie hatte ihre Haare zu Zöpfen geflochten und um den Kopf gewunden und trug einen dunklen Rock und eine malvenfarbene Bluse, die ihre Augen noch dunkler erscheinen ließ. In der riesigen Halle wirkte sie kleiner und zarter als sonst, und sein Bedürfnis, sie zu schützen, war groß wie nie. Und dennoch – sie wirkte glücklich. Sie war

ob der zurückliegenden Verletzung zwar noch etwas blass und ausgezehrt, aber sie hatte sich rasch erholt. Schon nach wenigen Tagen im Bett hatte sie wieder aufstehen können, und erst gestern hatte Doktor Espinoza, zu dem Tiago sie gebracht hatte, festgestellt, dass ihre Wunde gut verheilt war und die Narbe mit der Zeit verblassen würde. Jetzt kam sie schnellen Schrittes auf ihn zugeeilt.

Wann, dachte er unwillkürlich, wann war jemals einer in diesem Haus so schnellen Schrittes gegangen?

Plötzlich musste er lachen, und das dunkle Haus verlor seine Macht. Einst hatte die Malerei ihn davor bewahrt, dieser Macht zu verfallen – jetzt war es Aurelia, die ihn erlöste.

Als seine Eltern Aurelia zum ersten Mal sahen, wurde sie gerade von Saqui an sich gepresst. Seine Nana hatte es immer geschafft, sich in diesem Haus überschwengliche Gefühle zu bewahren, und mit der gleichen Herzlichkeit, wie sie ihn oft an ihren dicken Leib gezogen hatte, war sie nun auch auf Aurelia zugegangen.

»Das ist also die Niña, an die Tiago immerzu denkt.«

Eigentlich hatte Tiago mit Saqui kaum über Aurelia gesprochen, und er war darum gerührt, dass es jemanden wie sie gab – eine Frau, die frei herausplapperte, was ihr auf der Zunge lag, die neugierig und wachsam war und der nicht entging, was hinter anderen Köpfen vorging. Ebenso dankbar war er, dass Aurelia sofort antwortete, sich erst ein unbekümmertes Gespräch entspann und dann eine lange Umarmung daraus wurde. Doch just als Saqui sie in ihren kräftigen Armen hielt, kam William aus seinem Arbeitszimmer neben der Eingangshalle und Alicia aus ihrem Gemach im oberen Stockwerk. Wie immer fanden sie sich pünktlich um fünf Uhr nachmittags – keinen Augenblick früher oder später – im Salon ein, wie immer war ein jeder zunächst seinen eigenen Verpflichtungen nachgegangen. Langsam stieg Alicia Stufe für Stufe nach unten, während William seine Frau am Ende der Treppe erwartete und ihr den Arm reichte, damit sie sich einhaken und von ihm in den Salon geleitet werden konnte. Nie kam er ihr auch nur eine Stufe entgegen, und Alicias Blick war jedes Mal so versunken, als würde sie ihren Mann erst bemerken, wenn sie unten ankam.

Nur heute war es anders. Alicias Blick traf Aurelia, und sie verharrte prompt auf der oberen Stufe. William folgte dem Blick und blieb in der Tür seines Arbeitszimmers stehen. Und Tiago war es augenblicklich unangenehm, dass seine Eltern Aurelia so vertraut mit Saqui sahen, die in ihren Augen weniger die geliebte Nana ihres Sohnes war, sondern ein Dienstmädchen unter vielen. Er selbst schäkerte zwar oft vor den Augen seiner Eltern mit ihr, erwiderte ihre Berührungen und erwies sich als taub für die Ermahnungen, dass er die unsichtbare Grenze, die in diesem Haus zwischen den einzelnen Bewohnern gezogen wurde, leichtfertig überschritt – er, der Freigeist, der Künstler, der Rebell, der als Zweitgeborener mehr Freiheiten hatte und sich diese auch nahm –, doch heute fühlte er nicht den üblichen Trotz, sondern errötete. Am liebsten hätte er Aurelia weggezogen. Diese hatte seine Eltern bis jetzt nicht bemerkt und fuhr nur herum, weil Saqui sie losließ. Scheu sah sie erst William, dann Alicia an und senkte dann rasch ihren Blick.

Kurz regte sich niemand.

Er hatte seinen Eltern einen Besuch angekündigt, aber nichts weiter über diesen verraten. Wahrscheinlich hatten sie einen anderen Studenten der Escuela erwartet, denn er hatte manches Mal einen Kommilitonen mitgebracht.

Doch allzu bald fanden sie ihre Fassung wieder und lösten sich aus der Starre: Die Mutter schritt wie gewohnt die Trep-

pe hinunter, der Vater ging auf sie zu. Nur ein wenig Überdruss stand in Williams Gesicht. Er ärgerte sich selten lautstark über den Sohn, der diese bedauerliche Schwäche für die Mittel- und Unterschicht erkennen ließ; er würde auch niemals die Contenance verlieren und ihn vor Fremden maßregeln. Aber er hegte die Hoffnung, dass sich Tiago dereinst so benehmen würde, wie es seinem Stand entsprach, und nicht ständig mit neuen Provokationen aufwartete.
Alicia wiederum hatte die Augenbrauen etwas höher gezogen – das einzige Zeichen ihrer Überraschung, dass er immer wieder aufs Neue den Kampf mit William aufnahm. Tiago war sich nach all den Jahren dieser vielen stumm ausgefochtenen Zweikämpfe nicht sicher, was sie wirklich davon hielt: ob sie in Wahrheit entsetzt darüber war oder zutiefst zufrieden über so viel Dreistigkeit, die sie sich selbst nie angemaßt hätte. Dass ihr Gesicht nicht ganz so starr wirkte wie sonst, gab ihm immerhin den Mut, Aurelia an die Hand zu nehmen und sie zu sich zu ziehen.
»Mutter – das ist Niña Aurelia Hoffmann.«
Aurelia hielt ihren Blick weiterhin gesenkt, vollführte einen Knicks, und Alicia war immerhin dazu bereit, leicht zu nicken. Auch im Blick des Vaters leuchtete kurz so etwas wie Hoffnung auf. Der Name war deutsch – und er pflegte enge Kontakte zu den Deutschen, die wie die Briten manchen Wirtschaftszweig in Chile dominierten. Er schien fieberhaft zu überlegen, ob er den Namen kannte und ob sie vielleicht das Kind reicher Eltern war. Doch jener Ausdruck der Hoffnung schwand bald – zum einen war ihm der Namen wohl fremd, zum anderen war er wohl zum Schluss gekommen, dass Tiago nie ein Mädchen ohne dessen Eltern mit zum Tee gebracht hätte, wenn diese von hohem Rang gewesen wären. Wie Alicia nickte er, allerdings weniger, um Aurelia zu begrü-

ßen, sondern um anzudeuten, dass sie sich nun in den Salon gesellen sollten.
Der Tisch war wie gewohnt überreich gedeckt. In der Mitte lag ein Spiegel, auf dem kleine Lampen brannten und der das weiche Licht reflektierte. Sein Schein fiel auf das kostbare Baccara-Service und die Vase mit einer grünen und einer rosa Magnolie.
Hier ging man mit dem Essen verschwenderisch um: Es war üblich, viel mehr zu servieren, als jemals gegessen wurde – und das galt auch für die Teestunde. Um beiden Kulturen der Eltern – der chilenischen und der englischen – gerecht zu werden, wurden kleine Gurkenschnittchen und Scones serviert, aber auch die beliebten Alfajores – Teegebäck aus Mehl, Eigelb und Schweinschmalz, dessen zwei Teile mit einer Schicht Manjar verbunden wurden, einer süßen Masse aus Milch und Zucker. Zwei Stunden musste man sie kochen lassen, und als Kind hatte Tiago oft in der Küche gesessen und gewartet, dass die Alfajores fertig wurden und er sie gierig verschlingen konnte. Er hatte jedoch nie gesehen, dass jemand hier im Salon sie anrührte. Neben dem Gebäck gab es frisches Obst: Es wurde in einer Fruchtschale gereicht, die wie Glocken klang, wenn man mit dem schmalen Fruchtmesser dagegen stieß, und zum Tee und Kaffee wurde gezuckerte Limonade serviert, mehrere Sorten Likör, Scotch, Sherry oder Whisky.
Schweigend nahmen sie um den runden Teetisch Platz, und Tiago sah, wie Aurelia den Raum flüchtig musterte. Er versuchte ihn durch ihre Augen zu sehen – das frisch gewachste Parkett, die Seidentapeten aus New York, die mächtigen venezianischen Spiegel, die rechts und links von Marmorsäulen umgeben waren, das Grammophon, das auf einer Mahagonikommode stand. Zur einen Seite war der Salon zum Win-

tergarten geöffnet, wo in großen Käfigen Kanarienvögel zwitscherten – ähnliche Vögel, die an den Wänden auf Fresken abgebildet waren. Auf der gegenüberliegenden Seite wies eine Tür zur Bibliothek, wo in den glänzenden Regalen Figuren aus Elfenbein standen und das Eichenparkett mit edlen Perserteppichen bedeckt war.
War Aurelia eingeschüchtert davon, voller Bewunderung, oder fühlte sie sich in all dem Reichtum gefangen wie die Vögel im Käfig?
Zuletzt blieb ihr Blick an einem Bild hängen, nicht irgendeinem, sondern einem von ihm gemalten. Es zeigte Pedro de Valdivia im Kampf gegen die Mapuche, war sehr dunkel, sehr pathetisch, durchaus nett anzusehen, aber gewiss nicht meisterhaft. Tiago war mit keinem seiner Bilder zufrieden, denn auch wenn er ganz ordentlich kopieren konnte, fehlte es ihm an einem unverwechselbaren Stil. Er fragte sich, ob auch Aurelia diese Erkenntnis durch den Kopf ging, denn ihre Stirn war leicht gerunzelt. Vielleicht störte sie sich aber auch einfach nur an dem gewalttätigen Motiv.
In jedem Fall gab es ihm Mut, sich an seine Mutter zu wenden, die kaum merklich Aurelias Blick gefolgt war: »Erinnerst du dich, es war eines meiner ersten Bilder. Ich habe es für dich gemalt.«
Ein schmales Lächeln erschien auf Alicias Lippen: Er konnte sich nicht sicher sein, was sie davon hielt, dass er so oft gegen seinen Vater rebellierte, aber dass er malte, hatte sie stets mit Interesse verfolgt. William dagegen hielt es für eine vorübergehende Laune. Um ihn gesprächsbereit zu stimmen, musste er sich etwas anderes einfallen lassen.
»Wie war es im Club?«, fragte er darum.
William war Mitglied im exklusiven Club de la Union und dort regelmäßiger Gast. Sowenig Tiago in Wahrheit an einer

Antwort interessiert war, so gleichgültig wurde ihm diese gegeben. William starrte auf die Teetasse, während er berichtete, wen er dort gesehen hätte und wen nicht. Allesamt waren es Namen, die Tiago nichts sagten.

Immerhin – dass er redete, machte es nicht gar so augenfällig, dass er Aurelia bis jetzt hartnäckig ignoriert hatte. Jene saß eingeschüchtert neben ihm auf dem Sofa, lächelte ihn zwar an, als er ihr eine Tasse Tee einschenkte, aber wagte seine Eltern kaum anzusehen.

Er konnte es ihr nicht verdenken. Obwohl sein Vater den für offizielle Anlässe üblichen Cut abgelegt hatte und stattdessen eine Hausjacke aus edlem Kaschmirstoff mit seidenem Steppkragen trug, wirkte er streng und respekteinflößend – mit den geraden Koteletten, die etwas grau wurden, dem üppigen Schnurrbart mit pomadisierten Enden und der kubanischen Zigarre, die er sich eben ansteckte.

Kaum hatte er zweimal den Rauch ausgeblasen, wurde sein Tonfall etwas herber. Er sah weder Tiago noch Aurelia an, als er von der Neuigkeit berichtete, die heute im Club ausführlich diskutiert worden war. »Endlich hat sich die Agencia General de Colonización dazu durchgerungen, die Einwanderung zu minimieren. Es wurde aber auch Zeit! Wie viele dieser kriminellen und geldgierigen Italiener und Juden sollen noch in dieses Land kommen? Und all die Japaner und Neger – sie mehren nur die Korruption, und ihr schlechter Charakter und ihre mangelnde Intelligenz würden nur allzu bald auf die braven Chilenen abfärben.«

Alicia lauschte mit ausdruckslosem Blick, Aurelia hatte ob des herben Tonfalls ihren Kopf noch tiefer gesenkt. In Tiago hingegen erwachte Wut. William liebte es, gegen Emigranten zu wettern, als hätte er vergessen, dass er selbst ein Ausländer war.

Obwohl er gerade heute keinen Streit wollte, kam er nicht umhin, einzuwerfen: »Chile war immer ein gastfreundliches Land …«

»Gastfreundschaft muss man sich leisten können«, fuhr William ihn an. »Sieh doch auf den Zustand der Gesellschaft! Der Großteil der Bevölkerung ist faul, unmoralisch und geistig zurückgeblieben. Von unsereins können sie lernen, von den Briten und von den Deutschen – von Pack und Abschaum nicht.«

»Warum sollten Deutsche und Briten den Chilenen überlegen sein?«, fragte Tiago. »Und die Chilenen wiederum den Japanern und Afrikanern? Der Arzt und Philosoph Nicolás Palacio würde das anders sehen. Erst kürzlich hat er ein Buch geschrieben, in dem er forderte, dass wir auf die eigene Nation stolz sein sollten.«

William schnaubte. »Bringt man dir solche Gedankengänge auf der Escuela bei?«

»Nein, dort lerne ich malen.«

»Was offenbar den Geist verdirbt.«

Alicia hob den Kopf und murmelte lautlos einen Namen – Tiago war nicht sicher, ob seinen oder Williams.

Tiago konnte sich dennoch nicht zurückhalten. »Kunst ist nichts Unmoralisches, das den Geist oder Charakter verderben könnte.«

»Aber auch nicht die richtige Beschäftigung für jemanden wie dich«, entgegnete William harsch.

Tiago beugte sich vor. »Warum nicht? Weil ich zufällig reich geboren wurde?«

»Reichtum geht einher mit zahlreichen Verpflichtungen.«

»Und die Pflicht, sein Talent zu fördern, hat man etwa nicht?«

»Vielleicht hast du auch ein Talent für Zahlen – du hast dich nur nie daran versucht.«

Tiagos Ohnmacht wuchs – und zugleich der Ärger auf seinen Vater und sein schlechtes Gewissen gegenüber Aurelia. So sollte ihr Besuch doch nicht ablaufen! Er wollte sie auf keinen Fall in diese steten Streitereien mit William hineinziehen! Aber zugleich konnte er nicht zulassen, dass jener seine Leidenschaft immer untergrub!

»Ramón Subercaseaux gehört auch einer wohlhabenden Familie an – und ist einer der größten Maler Chiles, gar Leiter der Academia de Pintura.«

»Meines Wissens malt er aber nicht nur«, entgegnete William streng, »sondern ist auch Diplomat.«

»Ich dachte, du wolltest mich für Zahlen gewinnen … nicht für die Diplomatie.«

William setzte mit rotem Gesicht zu einer Entgegnung an, aber in diesem Moment beugte sich Alicia abrupt vor und riss das Wort an sich. »Woher stammen Sie eigentlich, meine Liebe?«

Erst jetzt, als er dem Blick seiner Mutter folgte, gewahrte er, wie verlegen Aurelia war. Sie hielt die Teetasse umklammert, hatte aber noch keinen Schluck daraus getrunken, und ihre Wangen waren tiefrot. Tiago bereute den Wortwechsel mit seinem Vater noch mehr, bereute plötzlich auch, sie hierhergebracht zu haben. Wie hatte er sie nur diesem großen, dunklen Haus ausliefern können, wie seinen Eltern?

»Aus … aus Patagonien«, sagte sie leise.

Tiago entging nicht, wie William verächtlich die Nase rümpfte, und erneut gewann Trotz die Oberhand.

»Warum so abfällig, Vater? Du machst doch Geschäfte mit einigen großen Schafzuchtkompanien. Deren Arbeit müsste dir doch zusagen, so einträglich, wie sie ist, und so pflichtbewusst, wie sie ausgeführt wird! Da geht es nicht um Hirngespinste wie die Kunst.«

Kaum hatte er die Worte gesagt, biss er sich auf die Lippen. Eigentlich hatte er nicht ausplaudern wollen, dass Aurelia das Kind von Schafzüchtern war.
Er sah, wie William den Mund öffnete, und ahnte, dass seine Worte nicht nur ihn treffen würden, sondern vor allem Aurelia, aber bevor er sie aussprechen konnte, ertönte von der Straße her ohrenbetäubender Lärm. Ob des Getöses und Krachens und Knatterns erzitterte das Porzellan.
Er wusste, Alicia hasste für gewöhnlich diesen Lärm, der nicht zum ersten Mal die Ruhe im Haus störte. Doch heute schien sie erleichtert.
»Das ist Guillermo!«, rief sie, und Williams Mund klappte zu, ehe er seine Meinung zur Schafzucht preisgegeben hatte.

Aurelia hatte bis jetzt versucht, sich so unauffällig wie möglich zu verhalten und Tiago keinen Anlass zu bieten, sich vor seiner Familie für sie zu schämen. Sie hatte höflich gelächelt, nichts gesagt und sich darauf konzentriert, möglichst vornehm ihre Teetasse zu halten. Nun aber brach unwillkürlich die Frage aus ihr heraus: »Warum macht er einen solchen Lärm?«
Im nächsten Moment hätte sie sich am liebsten auf die Lippen geschlagen. Es war ihre erste Frage, die sie in William Browns Gegenwart gestellt hatte, und der sah sie verblüfft an, als wäre es ein Wunder, dass das lästige Insekt, das er wohl am liebsten zertreten hätte, sprechen konnte.
Alicia dagegen seufzte – und machte damit erstmals einen Laut, der bewies, dass diese Frau hinter der starren Maske lebendig war.
»Nicht er macht diesen Lärm«, erklärte Tiago rasch, »sondern sein Automobil.«
Aurelia blickte ihn verwundert an, wagte aber nicht, erneut nachzufragen.

»In Santiago gibt es kaum mehr als sechzig davon«, fuhr Tiago fort. »Es ist eine Mode von jungen Männern, mit diesem Gefährt ohne Pferde zu fahren.«

Aurelia konnte sich vage erinnern, wie sie bei einem Spaziergang mit Tiago ein solches Automobil gesehen hatte. Es war von dichtem Rauch umhüllt gewesen, und hinterher lagen auf der Straße ein Dutzend loser Schraubenmuttern.

»Diese polternden Ungeheuer!«, stieß William aus, und obwohl er sich nicht über Tiago oder sie, sondern dieses absonderliche Fahrzeug ärgerte, zuckte Aurelia zusammen. »Rücksichtslos sind sie, diese jungen Leute! Denken, dass die öffentlichen Straßen ein geeigneter Ort für ihre lächerlichen Wettrennen sind, und achten nicht auf die Fußgänger, die vor Angst vergehen, wenn sie diese Straßen zu überqueren versuchen.«

William sah nicht gerade wie einer aus, der die Straße oft zu Fuß überquerte.

Ehe er weiter über diese neumodische Art der Fortbewegung schimpfen konnte, erstarb das laute Geknatter von der Straße. Stattdessen waren erst Schritte zu vernehmen, dann Gelächter und schließlich eine spöttische Stimme.

»Aber, aber Vater. Seit kurzem gibt es doch eine Geschwindigkeitsbegrenzung, an die wir uns alle halten müssen. Und wenn man mit vierzehn Stundenkilometern unterwegs ist, fällt es schwer, einen Fußgänger totzufahren.«

Aurelia, die starr auf ihre Teetasse geblickt hatte, war nun doch neugierig und sah hoch. Ein junger Mann lehnte lässig am Türrahmen und machte keine Anstalten, näher zu kommen. Aurelia musterte ihn verwundert. Tiago hatte ihr nicht viel von seinem Bruder erzählt, nur dass er der Ältere war und von klein auf dazu erzogen worden, einmal als Haupterbe die Geschäfte seines Vater zu übernehmen. Sie hatte sich ihn ein wenig so wie William vorgestellt – mit ähnlich spitzem Schnurrbart, steifer Haltung, unnahbar und streng. Doch so wie er da an der Tür gelehnt stand, war er gewiss nicht einer, der sonderlich großen Wert auf eine respekteinflößende Körperhaltung legte. Er lächelte anzüglich – so wie William wahrscheinlich schon seit Jahren nicht mehr gelächelt hatte –, und in seinem Gesicht stand jener trotzige Ausdruck, den Aurelia schon manches Mal bei Tiago wahrgenommen hatte.

»Und übrigens«, fuhr er fort, »mein Auto schafft nicht einmal dieses Tempo. Es bringt bestenfalls zehn Kilometer pro Stunde zustande. Immerhin zählt es zu einem der ersten, die hier in Chile hergestellt worden sind.«

William ging nicht weiter auf seine Worte sein. »Du warst nicht im Club«, sagte er streng.

Guillermo löste sich vom Türrahmen, setzte sich jedoch nicht an den Tisch, sondern ging mehrmals im Raum auf und ab »Richtig ...«, begann er nachdenklich, als müsste er sich erst mühsam ins Gedächtnis rufen, womit er sich den Tag vertrieben hatte. »Stattdessen war ich bei einem Pferderennen. Leider habe ich meinen ganzen Einsatz verspielt. Ich hoffe, beim nächsten Mal habe ich mehr Glück.«

Weiterhin war William der Ärger deutlich anzusehen, doch anstatt seinen Sohn für den Wetteinsatz zu maßregeln, begnügte er sich damit, missmutig zu murmeln: »Du weißt, wie wichtig es ist, in diesen Tagen im Club zu sein.«

Guillermo ließ die Kritik offenbar kalt. Er verdrehte die Augen, warf dann einen Blick auf Aurelia und sprach so selbstverständlich mit ihr, als wäre sie eine alte Vertraute, die er seit Jahren kennt. »Du musst wissen – Vater will unbedingt einen Kongresssitz für mich. Aus irgendeinem Grund, den ich nie verstehen werde, besitzen die Kongressmitglieder außerordentlich hohes Ansehen und gelten als Elite des Landes. Ich

möchte nicht wissen, wie viel Bestechungsgeld jährlich fließt – und wie viel mein Vater schon verschwendet hat. Da frage ich mich, ob es nicht amüsanter ist, auf Pferde zu setzen.«
Er lachte auf, trat dann an den Tisch und schenkte sich ein Glas Sherry ein. Williams Gesicht war noch gerötet, aber wieder ausdruckslos. Alicia nippte an ihrer Teetasse, als wäre nichts Ungewöhnliches geschehen. Aurelia hingegen wusste nicht, in welche Richtung sie schauen sollte. Guillermos Auftritt war ihr zwar unglaublich peinlich, aber zugleich war sie unendlich froh, dass William nicht länger auf Tiago achtete – Tiago, der ihr in diesem Haus so fremd war, der so angespannt neben ihr saß, so voller Zorn und Ohnmacht. Sie warf ihm einen Seitenblick zu, aber da war nichts zu sehen von diesem fröhlichen, liebenswerten Lächeln, das sie so bezaubert hatte. Er rieb die Lippen so unruhig aufeinander wie William, und am liebsten hätte sie seine Hand genommen, sie gedrückt, ihn beschwichtigt. Natürlich war das unmöglich, und stattdessen führte sie wie Alicia ihre Teetasse zu den Lippen – anders als die ehrwürdige Matrone jedoch mit zitternden Händen. Was, wenn es jemandem auffiel? Was, wenn sie Tiago Schande bereitete?
Nachdem er seinen Sherry getrunken hatte, ließ sich Guillermo an der Seite seiner Mutter nieder, nahm ihre Hand und küsste sie. Alicia rückte kaum merklich von ihm ab, doch zugleich entging Aurelia das sanfte Lächeln nicht, das für den Bruchteil einer Sekunde auf ihren Lippen erschien. Tiago entging es wohl auch nicht, denn Aurelia spürte, wie er sich noch mehr anspannte – das Zeichen eines unauffälligen Machtkampfs der Brüder, der darum zu kreisen schien, wer den Vater mehr verärgerte und die steife Mutter mehr zu rühren wusste – wobei Guillermo William nun nicht mehr verärgerte, sondern mit fröhlichem Tonfall von einem Geschäftsmann

berichtete, den er beim Pferderennen getroffen und mit dem er ein paar Worte gewechselt hatte. William schien etwas versöhnter, während Guillermo nun umständlich begann, sich eine Zigarre anzuzünden. Es dauerte eine Weile, bis sie brannte, und als er den ersten Zug machte und den Rauch in Kringeln in die Luft blies, ließ er wieder seinen Blick kreisen. Wie vorhin starrte er Aurelia ungeniert an, und diesmal glaubte sie sowohl Spott als auch Mitleid in seinen Augen aufblitzen zu sehen. Offenbar entging ihm nicht, wie unwohl sie sich fühlte, und er bedauerte sie dafür – doch leider nicht ausreichend, um ihr das Folgende zu ersparen.

»Das ist sie also«, begann er, legte eine Pause ein, um wieder an der Zigarre zu ziehen, und setzte dann süffisant hinzu: »Tiagos Herzensdame.«

Er legte seinen Kopf kurz in den Nacken, und Aurelia konnte sehen, dass die Haut unter seinem Kinn großporig und schlaff war – ein Zeichen, dass er mehr und häufiger trank als nur ein Gläschen Sherry zum Nachmittagstee. Ob er all das – zu trinken, zu rauchen, Auto zu fahren oder dem Glücksspiel anzuhängen – wirklich gerne machte? Oder ob es seine Art war, gegen die Eltern zu protestieren?

Niemand sagte ein Wort, und so fuhr Guillermo schließlich gönnerhaft fort: »Eins muss man dir lassen, Bruderherz, du hast tatsächlich einen Sinn für das Schöne. Ein hübsches Mädchen hast du da gefunden ... wobei ich es trotzdem ungerecht finde, dass sie hier ist.«

Aurelia fühlte, wie ein Ruck durch Tiago ging. »Halt deinen Mund!«, entfuhr es ihm feindselig. Wieder musste Aurelia mit aller Macht den Drang unterdrücken, ihre Hand beschwichtigend auf seine zu legen.

»Aber es ist doch wahr!«, klagte Guillermo. »Warum darfst du sie zum Tee mitbringen – ich meine Freundinnen aber nicht?«

»Wag es nicht, Aurelia mit einer deiner Hu…«
»Still!«, unterbrach Alicia ihn scharf.
Guillermo nickte nachdenklich, blickte erst seine Mutter, dann seinen Vater an. »Ich verstehe«, murmelte er, »wahrscheinlich hast du unsere Eltern vor vollendete Tatsachen gestellt. Du hast ihnen nicht erzählt, dass sie ein einfaches Mädchen vom Lande ist, sondern hast sie einfach hierhergebracht. Und auf eins kann man sich in diesem Haus ja verlassen: dass man die wahren Gefühle perfekt verbirgt.«
Er erhob sich langsam, blieb einen Augenblick abwartend stehen und setzte sich dann neben Aurelia auf die Lehne des Sofas. Ganz nahe rückte er den warmen, aufgedunsenen Körper an ihren heran. Sie machte sich so schmal wie möglich und starrte verzweifelt auf die Hände in ihrem Schoß.
»Weißt du …«, begann er, »… ich darf doch du sagen? Wir sind beide schließlich noch jung. Weißt du – so läuft es nun mal in unserer Familie. Man sagt nie, was man denkt. Man verhält sich anständig und formvollendet. Das heißt, ich tue das nicht immer. Früher hat mich mein Vater oft mit der Reitpeitsche bedroht, wenn ich wieder einmal vorlaut war. Aber jetzt bin ich zu alt dazu. Es wäre ihm doch etwas peinlich, mich wie einen Stallknecht zu verprügeln.«
»Guillermo«, schaltete sich William mit zusammengepressten Lippen ein. »Es ist genug jetzt.«
Doch Guillermo tat, als hätte er ihn nicht gehört. »Eigentlich kann mein Vater mit mir zufrieden sein«, fuhr er mit gönnerhaftem Unterton fort. »Ich meine, trotz aller Eskapaden habe ich seinen hohen Ansprüchen genügt. Ich habe studiert, ich arbeite brav in seinem Unternehmen, und ich gebe meinen Launen nur in der Freizeit nach. Tiago dagegen ist durch und durch ein Rebell.«
Er lachte auf, ehe er sich wieder erhob, auf die andere Seite

des Sofas trat, wo sein Bruder saß, und sich dort auf die Lehne setzte. »Heute hast du dich allerdings selbst übertroffen«, sagte er. Er sprach es nur leise, und dennoch war es für alle hörbar. Er tätschelte Tiagos Schulter, als gelte es, einen Hund zu loben, legte dann seinen Kopf zurück und lachte. Es klang ehrlich belustigt, aber zugleich verzweifelt und riss plötzlich ab, als er sich vorneigte und auf Aurelia zeigte.

»Um Himmels willen, wer ist sie bloß?«, rief er. »So wie sie gekleidet ist, ist sie nicht einmal Tochter eines Haciendero – eher die eines Pächters!«

Aurelia wusste vor Verlegenheit nicht, wo sie hinsehen sollte. Sie hatte sich doch so Mühe gemacht mit ihrer Kleidung und ihrer Frisur! Trotzdem sah er ihr auf den ersten Blick an, dass sie aus ärmlichen Verhältnissen kam! Noch nie in ihrem Leben hatte sie sich so geschämt.

Alicia schaltete sich seltsam ausdruckslos ein: »Sie ist die Tochter von patagonischen Schafzüchtern.«

War sie gleichgültig, durchtrieben oder bösartig, dies zu sagen?

Guillermo lachte wieder, während Tiago ungestüm aufsprang.

»Es reicht!«, schrie er.

Guillermo biss sich auf die Lippen, um sein Lachen zu unterdrücken, und wandte sich nunmehr schulterzuckend an Aurelia. »Nicht böse sein, Mädchen, ich will dich gewiss nicht kränken. Du bist wirklich hübsch, wahrscheinlich auch liebenswert, sogar klug, wer weiß? Und mir persönlich ist es völlig egal, ob du arm oder reich bist oder wer deine Eltern sind. Ich halte meinen Bruder schlichtweg für maßlos.« Er setzte eine kunstvolle Pause. »Ich meine, was will er denn noch alles? Er hat sich der Universität verweigert und widmet sich ganz der Malerei. Er tut und lässt, was ihm gefällt. Und jetzt denkt er, er kann ein Mädchen mitnehmen, das für gewöhnlich das Haus nur durch den Hintereingang betreten dürfte und sich zu den Dienstboten gesellen würde?«

Blitzschnell ging Tiago auf ihn los. Er hatte Guillermo am Kragen gepackt, noch ehe der den Bruder hatte kommen sehen, schüttelte ihn und drängte ihn durch den halben Raum, bis sie an eine Wand stießen. Die edlen Möbel erzitterten, die Vasen klirrten.

»Halt dein verfluchtes Maul!«

Aurelia war sich nicht sicher, was sie mehr entsetzte – der Hass in Tiagos Stimme oder Williams Wut, als der aufsprang und nun selbst brüllte: »Hört auf, alle beide!«

Aurelia duckte sich unwillkürlich. Am liebsten wäre sie im Erdboden versunken. Alicia dagegen saß aufrecht und zuckte nicht einmal mit den Wimpern. Ihre Augen schienen wie tot.

Tiago lockerte seinen Griff ein wenig, ließ aber nicht von seinem Bruder ab. »Ich dulde es nicht, dass er Aurelia beleidigt.«

»Ich beleidige sie doch nicht! Ich spreche nur die Wahrheit aus! Du kennst unseren Vater. Von zehntausend Menschen sind ihm bestenfalls hundert wert, mit ihnen zu sprechen. Und die Tochter von Bauern gehört ganz sicher nicht dazu. Ich sehe nicht ein, warum du dir alles erlauben kannst. Amüsier dich mit ihr, meinetwegen, aber bring sie nicht in dieses Haus mit!«

Nun lag keine Belustigung mehr in seiner Stimme, sondern der gleiche Hass und die gleiche Hilflosigkeit, die auch Tiagos Gesicht verzerrten.

Aurelia erhob sich hastig und stieß fast das Teegeschirr um. »Es ist besser, ich gehe.« Sie wunderte sich selbst, dass sie noch die Kraft hatte, ihre Stimme zu erheben.

Endlich ließ Tiago Guillermo los, stürzte nunmehr zu ihr und drückte sie zurück auf das Sofa. »Nein, du gehst nicht! Ich will, dass du bleibst.«

Guillermo strich sich sein zerknittertes Jackett glatt. »Das ist immer noch das Haus unseres Vaters, er bestimmt, wer hier zu Gast ist, nicht du ...«
Er, der William eben noch selbst provoziert hatte, blickte nun, um Zustimmung heischend, auf ihn und erhoffte sich ein Machtwort. Offenbar rebellierte er nur gegen den Vater, solange es nicht gegen den Bruder ging.
Eine Weile blieb es still, ehe William verkündete: »Es ist in der Tat besser, du begleitest Niña Hoffmann nun nach Hause, Tiago.«
Guillermo feixte unverhohlen, Alicia blickte geradeaus, Tiago ballte seine Hände zu Fäusten.
»Nein, das werde ich nicht«, erklärte er erstaunlich fest. »Niña Hoffmann ist kein Mädchen, mit dem ich mich einfach so vergnüge wie Guillermo mit seinen billigen ...« Er brach ab, atmete tief durch und fügte dann hinzu: »Ich habe ehrenvolle Absichten ... und das ist auch der Grund, warum ich sie euch heute vorgestellt habe. Ich werde Niña Hoffmann heiraten.«
Aurelia blieb die Luft weg. Nie hatte er so etwas angedeutet, nie hatte sie selbst gewagt, so weit zu denken. Tiago war der Mann, an den sie ihr Herz verloren hatte, aber sie hatten noch keine Zeit gehabt, Zukunftspläne zu schmieden. Sie wusste – unter anderen Umständen wäre dies der glücklichste Augenblick in ihrem Leben. So aber konnte sie ihn nur entgeistert ansehen – wie auch die anderen. Guillermos Lächeln schwand von den Lippen, Alicia runzelte die Stirn, William lief zornrot an.
Tiago wich ihren Blicken aus, aber wiederholte trotzig. »Ja, wir werden heiraten.«
Er ergriff Aurelias Hand und drückte sie bekräftigend.
Guillermo war der Erste, der seine Fassung wiederfand. Er trat zum Tisch, nahm sein Sherryglas und erhob es.

»Na dann, herzlichen Glückwunsch!« Erneut begann er zu lachen, und diesmal klang es triumphierend. Aurelia verstand sein Verhalten nicht. War er nicht eben noch so erbost gewesen, dass Tiago sich so viel Dreistigkeit erlaubte?
Aber dann begriff sie, dass er nur als Erster hatte kommen sehen, was nun passieren würde.
»Was fällt dir nur ein, du Narr!«, rief William streng. »Mach dich doch nicht lächerlich. Du wirst dieses dahergelaufene Mädchen ganz sicher nicht heiraten.«

11. Kapitel

Victoria hasste die Sonntage und die trüben Gedanken, die diese oft mit sich brachten – schlichtweg, weil sie dann genug Zeit hatte, sich den Kopf zu zerbrechen. Während der Woche war sie durch die Arbeit abgelenkt, und manchmal konnte sie auch sonntags Dienst im Krankenhaus machen, doch für gewöhnlich wurde den jungen Frauen freigegeben, damit sie die Messe besuchten, und um nicht zuzugeben, dass sie diese schwänzte, blieb sie besser zu Hause. Also hatte sie sich am Morgen angekleidet, sich wie immer frisiert und zu lesen oder zu schreiben versucht. Nun aber starrte sie aus dem Fenster und dachte nach. Seit dem Vorfall in der Población war alles schlimmer geworden. Aurelia und sie hatten sich deutlich entfremdet. Aurelia hatte sie zwar mit keinem Wort für ihre Schussverletzung verantwortlich gemacht, aber Victoria selbst tat es, und wegen des schlechten Gewissens fiel es ihr schwer, der Gefährtin in die Augen zu sehen. Zugleich ärgerte sie sich unendlich über sie, nachdem sie erfahren hatte, dass sie heute bei den Brown y Alvarados' zum Tee eingeladen war.

»Von solchen Leuten hält man sich fern!«, hatte sie wütend geschrien. »Kapitalisten sind das, Ausbeuter!«

Aurelia hatte daraufhin eisig geschwiegen, ihr gar nichts mehr erzählt und im Gegenzug auch nicht nach ihrer Verfassung gefragt.

Victoria hätte ohnehin nichts Erfreuliches zu erzählen gewusst – nur dass Doktor Espinoza ihr mit seinem lauernden

Blick die Arbeit im Krankenhaus erschwerte: Er schikanierte sie, wann immer er konnte, wies ihr die unbeliebtesten Aufgaben zu und nutzte die Visiten, um sie entweder zu ignorieren oder sie mit Fragen in die Enge zu treiben, bei denen selbst angehende Mediziner ins Straucheln geraten wären. Sie schlug sich wacker – was ihn nicht gnädiger stimmte, sondern umso gereizter, und sie ahnte, dass er den geringsten Vorwand willkommen heißen würde, sie zu entlassen. Sie bot ihm keinen, verkniff sich jegliches entnervte Augenrollen oder Naserümpfen und schaffte es mit ihrem Eifer und Wissensdurst immerhin, sich bei manch anderem Arzt beliebt zu machen. Dass dies sie vor Espinoza schützte und er ihr seine Verachtung mit der Zeit nicht mehr ganz so deutlich zeigte, machte die Arbeit wieder etwas erträglicher – nicht aber eine andere Unbill, unter der sie zu leiden hatte: Seit der Demonstration distanzierte sich Rebeca deutlich von ihr. Ihre grünen Katzenaugen funkelten nicht, sondern waren leer und kalt, wenn sie sich auf sie richteten. Sie zürnte Victoria, weil sie in der Población nicht geschossen und ihr somit nicht geholfen hatte, und nannte sie mehr als nur einmal verächtlich einen Feigling. Im Krankenhaus ging sie ihr meist beharrlich aus dem Weg – und Einladungen in die Wohnung der Carrizos blieben aus.

Victoria zuckte zusammen, als es plötzlich an der Tür klopfte. Bona steckte ihren Kopf herein. »Jemand will dich sprechen«, rief sie knapp und eilte davon, ohne mehr zu verraten.

Victoria erhob sich – sie war über den unangekündigten Besuch zutiefst verwundert. Noch überraschter war sie, als sie im Eingangsbereich Jiacinto stehen sah.

Sie fiel fast über die eigenen Beine, als sie hastig die Treppe hinunterlief.

Jiacintos Kleidung war verlottert wie immer, seine Haare verfilzt, doch die blauen Flecken, die er vom Kampf mit den Polizisten abbekommen hatte, waren nun, nach zwei Wochen, gut verheilt. Auf seiner Stirn bemerkte sie eine Narbe, doch vielleicht war die schon älter, und sie hatte sie nur nicht wahrgenommen, weil sonst seine Haare darüber fielen.

Seit den gewaltsamen Ausschreitungen hatte sie ihn nicht mehr gesehen, und sie erwartete instinktiv, dass er sie ähnlich verächtlich behandeln würde wie Rebeca, doch als er sie sah, lächelte er – ein wenig spöttisch zwar, aber nicht unfreundlich. Sie starrte ihn mit trockenem Mund an und brachte kein Wort hervor. Welche Macht es auch immer war, die er über sie ausübte – sie atmete schneller und begann zu zittern.

»Juan hat mich auf die Idee gebracht, du könntest mir helfen«, sagte er seinerseits ohne Gruß.

Victoria schwieg weiterhin, dankte aber im Stillen Juan.

Schließlich brachte sie ein knappes »Wie?« hervor.

Das Grinsen verstärkte sich. »Juan meinte, auf dich könne man sich verlassen. Schließlich bist du eine Deutsche, nicht wahr? Und denen sagt man nach, dass sie stets zu Ende bringen, was sie anfangen. Nun, in der Población habe ich davon nicht viel gesehen, aber …«

Ihre Kehle war nach wie vor zugeschnürt, aber dass er ihr Versagen ansprach, gab ihr den Mut, scharf zu fragen: »Bist du gekommen, um mir Vorwürfe zu machen oder weil du meine Hilfe brauchst?«

Er legte seinen Kopf in den Nacken und wieherte vor Lachen. »Nicht böse sein, ich mag dich doch! Auch die steifen Frauen haben was an sich, selbst wenn man es nicht auf den ersten Blick erkennt.«

Sie war sich nicht sicher, ob sie diese Worte als Kompliment oder als Beleidigung deuten sollte.

»Wie auch immer«, fuhr er fort und wurde wieder ernst, »Rebeca und ich haben an diesem Tag doch eure Druckerpresse für die Vervielfältigung der Flugzettel benutzt. Und Juan kam nun auf die Idee, dass ich diese Druckerpresse auch noch anders nützen könnte. Es geht um die Kopien einer anarchistischen Schrift …«

Victoria nickte hastig. »Natürlich kannst du die Druckerpresse jederzeit benutzen«, erklärte sie rasch.

Sie fragte sich, ob sich wohl auch Rebeca an diesem Gespräch der beiden Brüder beteiligt hatte, und als sie an die Freundin dachte, vermisste sie sie schmerzlich. Allerdings war nun Jiacinto bei ihr – wie es aussah, sogar für mehrere Stunden.

Wenig später führte sie ihn stolz ins Hinterzimmer der Buchhandlung, insgeheim erleichtert, dass Valentina und Pepe entsprechend ihrem sonntäglichen Ritual erst den Gottesdienst besuchten, hinterher für die Seele von Francisco Veliz beteten, danach in einem Restaurant zu Mittag aßen und bei gutem Wetter einen Spaziergang anschlossen. So wie es aussah, würden sie noch Stunden unterwegs sein.

»Hier!«, sagte Jiacinto und zog ein Blatt Papier aus seiner Jacke, das ziemlich zerknittert aussah. »Das müsste vervielfältigt werden.«

Victoria warf einen Blick darauf. Sie war so aufgeregt über Jiacintos Nähe, dass der Text vor ihren Augen verschwamm, aber dann erkannte sie, dass es sich um einen Auszug aus dem Kampfblatt *La Protesta* handelte, das von spanischen Anarchisten veröffentlicht und auch in Chile verbreitet wurde.

Nach dem Blatt zog Jiacinto eine Zigarette aus seiner Jacke.

»Hier in der Buchhandlung darfst du nicht rauchen«, sagte sie schnell.

Er grinste nur. »Wenn ich etwas nicht darf, ist es für mich umso interessanter.« Ungerührt zündete er die Zigarette an, nahm einen tiefen Zug und blies ihr den Rauch ins Gesicht – so wie es Rebeca schon oft getan hatte.

Victoria kämpfte gegen den Drang zu husten an, und sie straffte die Schultern. Gewiss, die Gefahr eines Brandes war gering, und die Spuren von Asche könnte sie beseitigen, aber sie ahnte, dass sein Respekt vor ihr nicht gerade wachsen würde, wenn sie vorschnell nachgab.

»Hör auf!«, befahl sie streng.

Er starrte sie an – nicht länger mit dem überheblichen Grinsen, sondern ehrlich erstaunt. Da er aber die Zigarette nicht ausmachte, trat sie zu ihm und griff danach. Noch nie hatte sie so dicht bei ihm gestanden. Sie glaubte ihn mit jeder Faser ihres Körpers zu spüren und erschauderte. Zu ihrer Überraschung übergab er ihr die Zigarette freiwillig.

»Und nun?«, fragte er.

Sie wusste es selber nicht genau, wünschte sich nur, sie wäre ein wenig so wie Rebeca, nicht nur dreist wie diese, sondern auch so geschmeidig. Ihr eigener Körper schien wie aus Stein geformt. Erst als Jiacinto auflachte, löste sie sich aus der Starre.

Sie nahm die Zigarette, führte sie an den eigenen Mund und nahm einen tiefen Zug. Ein- oder zweimal hatte sie bisher schon mit Rebeca geraucht – es hatte ihr nie geschmeckt, und auch jetzt begannen ihre Augen zu tränen, und der Hustenreiz verstärkte sich. Doch sie unterdrückte ihn weiterhin, blickte Jiacinto stolz an und ließ die Zigarette nach einem weiteren Zug in eine Porzellanvase fallen. Ein dünner Rauchfaden stieg auf, als sie erlosch.

Jiacinto zog nur die Augenbraue hoch, sagte jedoch nichts. Auch die nächste Stunde, während sie an der Druckerpresse das Kampfblatt vervielfältigten, verlief schweigend. Erst als Victoria den Text noch einmal genauer studierte und ihr Blick bei dem Namen Luis Recabarren hängenblieb, fragte sie neugierig: »Seit wann zitiert ein anarchistisches Kampfblatt einen Sozialisten wie Recabarren?«

»Weil er durchaus ein paar kluge Gedanken in seinem Werk *La Reforma* formuliert hat.«

Victoria nutzte die Chance, ihn zu beeindrucken: »Das Buch ist vor zwei Jahren veröffentlicht worden«, erklärte sie schnell.

Als Jiacinto erneut spöttisch die Augenbraue hochzog, fuhr sie hastig fort: »Es geht das Gerücht, dass Recabarren sich von den Demokraten abspalten wird und eine eigene sozialistische Partei gründen will.«

»Kluges Mädchen«, lachte er.

»Wie er zur Frauenfrage steht, gefällt mir nicht so gut«, erklärte sie, »für ihn sind die Frauen nur dazu da, die Männer zu unterstützen, einen gerechten Lohn zu kriegen. Ihre eigenen Interessen scheinen ihm weniger wichtig.«

»Und vor allem erwartet er vom Staat Erlösung. Als genügten ein paar Reformen, um aus der Welt eine gerechte zu machen. Ich aber sage dir: Der Fisch stinkt vom Kopf her.«

»Aber was willst du tun? Dem Fisch nur den Kopf abschlagen? Damit ist doch keinem gedient. Und nicht alle Anarchisten lehnen Reformen von schon bestehenden Gesetzen ab wie du. Warum sonst wären sie an der Gründung vieler Gewerkschaften beteiligt, wenn nicht, um die Verhältnisse zu verändern und diese nicht einfach bloß zu zerstören!«

»Die alte Frage – wenn ich verdorbenes Fleisch habe, reicht es dann, die schlechten Stellen abzuschneiden und den Rest zu braten? Oder ist es besser, ich schlachte ein neues Tier?«

Victorias Wangen hatten sich sanft gerötet. Jiacinto diskutierte mit ihr … auf gleicher Augenhöhe … und sie war allein mit ihm in einem Raum …

Sie konnte ihr Glück kaum fassen.

Damit das Gespräch nicht abriss, suchte sie ein neues Thema: »Du kannst nicht leugnen, dass grundlegende Veränderungen den Menschen Angst machen. Dass es oft hilfreicher ist, für das Mögliche zu kämpfen, statt das Unmögliche zu fordern. Ich denke an das Thema Ehe. Reicht es nicht, sich dafür einzusetzen, dass jeder Gatte, sei es der Mann oder die Frau, das Recht und die Freiheit hat, sich jederzeit scheiden zu lassen? Muss man so weit gehen wie ihr Anarchisten und gleich die Abschaffung der Ehe fordern?«

Jiacinto blickte sie nachdenklich an. Sie erwartete, dass er seine Meinung dazu sagte, doch stattdessen brach er in schrilles Gelächter aus.

»Das ist nicht lustig!«, rief sie erbost.

Sein Gelächter erstarb. »Das Leben wird aber leichter, wenn man es als großes Spiel sieht. Was nutzt es, stets ein ernstes Gesicht zu ziehen und über Politik zu reden, als hielte man auf einer Beerdigung ein Loblied auf den Toten? Aber ich wollte dich nicht verspotten, wie ich schon sagte, du bist ein kluges Mädchen. Was ist denn deine Meinung?«

»Wozu?«

»Zur Ehe – braucht es sie oder nicht?«, fragte er gedehnt.

Victoria fühlte sich kurz wie im Krankenhaus, wenn Espinoza ihr Fragen stellte und nur darauf wartete, dass sie die Antwort nicht wusste.

»Es ist zu bedenken, dass die Ehe eine Frau auch schützt«, setzte sie überlegt an, »schafft sie doch die Sicherheit, dass sie für die Kinder nicht allein sorgen muss. Aber ich fordere strikte Gütertrennung. Dass die Frau, ob mit oder ohne Ehemann, die Möglichkeit hat, Geschäfte abzuschließen. Und natürlich die Möglichkeit der Scheidung.«

»Nach der sich ein Mann problemlos eine neue Frau suchen kann, während die Frau als beschädigte Ware gilt.«

Sie nickte. »Das ist natürlich ein Problem. Aber bedenke, wie viele ungeliebte Frauen in unserem Land einfach ermordet wurden, solange keine Scheidung möglich war.«

»Nun, aber du«, bohrte er nach, »wie stellst du dir dein Leben vor? Suchst du einen Gatten? Was ist es, was du willst?«

Immer mehr Hitze war ihr in die Wangen gestiegen. Schweißnass waren ihre Hände. Sie wusste nicht genau, was sie in diese Erregung versetzte – dass er mit ihr redete oder schlichtweg, dass sie nun schon so lange mit ihm allein war.

Langsam trat er an ihre Seite, vermeintlich nur, um zu sehen, wie viele Blätter sie schon vervielfältigt hatte. Sie drehte sich ihm zu, stand so dicht vor ihm wie vorhin, als sie ihm die Zigarette weggenommen hatte.

»Also«, fragte er mit hochgezogener Braue, »was willst du vom Leben?«

Mit trockenem Mund rang sie nach Worten. Als ihr keine einfielen, stellte sie sich einfach auf die Zehenspitzen, umfasste seinen Nacken und zog sein Gesicht an ihres. Sie hauchte einen Kuss auf seine Lippen, einen hastigen, verschämten. Kaum spürte, schmeckte sie ihn, wich sie auch schon wieder zurück und konnte es beinahe nicht fassen, was sie getan hatte.

Dennoch erklärte sie fest: »Das will ich.«

Sanft ergriff er ihre Hand, zog sie von seinem Nacken, hielt sie kurz und ließ sie dann los.

»Ach, weißt du«, meinte er leichtfertig, »die meisten Anarchisten glauben an die freie Liebe. Ich hingegen glaube nur an die Freiheit, an die Liebe nicht.«

Sie wollte sich die Kränkung über die Zurückweisung nicht

anmerken lassen. »Aber in deinem Leben gibt es auch Frauen«, beharrte sie trotzig. »Ich habe sie bei euch in der Wohnung gesehen. Ich kann mir nicht vorstellen, dass du mit ihnen nur über Politik diskutierst.«

Er legte seinen Kopf in den Nacken und lachte wieder, nur dass es seltsam unnatürlich klang.

»Gewiss nicht!«, stieß er aus. »Aber mit dir, liebe Victoria, ziehe ich das Diskutieren vor.«

Diesmal gelang es ihr nicht, die Kränkung zu verbergen. »Warum?«, rief sie verletzt.

»Du bist anders als diese Frauen, anders als Rebeca.«

»Wie … anders?«

Er überlegte eine Weile, dann trat er einen Schritt zurück, um sie von oben bis unten zu mustern, und erklärte: »Du kannst dich in der Gosse suhlen, solange du willst, aber du wirst immer das ehrwürdige Töchterlein reicher, anerkannter Deutscher bleiben. Selbst wenn du Hosen anziehen würdest wie Rebeca, würde man dir doch bei jedem Schritt ansehen, dass du gewohnt bist, Kleider zu tragen.«

Victorias Lippen rieben aufeinander. Ihre Scham und ihre Verletzung wichen Zorn. »Ach was!«, begehrte sie auf. »Eben sagtest du noch, du glaubtest an die Freiheit! Und Freiheit bedeutet doch, dass der Mensch entscheiden kann, wie er lebt und wie nicht. Und du willst mir nun sagen, dass Herkunft und Abstammung allein bestimmen, wer man ist?«

»Wer wärst du denn, wenn du's dir aussuchen könntest?«

»Eine Frau, die für ihre Überzeugungen kämpft. Selbstbewusst und mutig. Ich kann's dir gern beweisen. Und dass meine Eltern wohlhabend waren, muss nichts Schlechtes sein. Das macht mich noch nicht zum verwöhnten Töchterlein, denn ich kann das Geld ja für meine … für unsere Zwecke nutzen.«

Entschlossen ballte sie ihre Hände zu Fäusten. In seinen Augen blitzte es kurz auf, dann lachte er erneut, ehe er sich vorbeugte, das Papier aus der Druckerpresse nahm und den Stapel unter seiner Jacke verstaute.

»Hab Dank«, sagte er knapp und ging.

Fassungslos, dass er sie einfach so stehen ließ, blickte Victoria ihm nach. Wieder kämpften Scham und Wut, aber Letztere siegte. Sie eilte ihm nach, erreichte ihn noch vor der Tür und stellte sich ihm in den Weg. Erneut zog sie sein Gesicht zu ihrem und küsste ihn. Zwar wagte sie nicht, die Lippen zu öffnen und seine Zunge zu berühren, doch sie zuckte nicht gleich wieder zurück wie vorhin, und auch er machte keine Anstalten, von ihr zu weichen, hob vielmehr seine Hand und strich ihr über den Rücken. Heiße und kalte Schauder überliefen sie zugleich.

Als sie sich nach einer Weile atemlos voneinander lösten, lachte er erstmals nicht.

»Mutig also willst du sein«, sagte er, »nun, ich weiß zwar immer noch nicht, was ich von dir halten soll, aber den Mut – den kauf ich dir ab.«

Victoria ging ruhelos auf und ab. Jiacintos Worte waren ohne Zweifel anerkennend gemeint, aber sie konnte sich über dieses Kompliment kaum freuen, hatte er sie doch gleich darauf wieder einfach stehen lassen. Sie hatte das Bedürfnis unterdrückt, ihm abermals nachzueilen, da sie die eben gewonnene Achtung nicht gleich aufs Spiel setzen wollte, und war stattdessen auf ihr Zimmer gegangen. Erst hatte sie auf dem Bett gelegen, hatte wieder und wieder die Lippen berührt, ihn noch zu schmecken geglaubt. Dann war sie aufgestanden und ging nun mit wild pochendem Herzen im Kreis. Stunde um Stunde verrann, ohne dass sie es merkte. Die übliche Geschäf-

tigkeit wich Stillstand. Eine unnütze Bewegung, so ihr Verdacht, und sie dürfte den Zauber dieser Stunde nicht länger genießen.
Plötzlich aber, als sie erneut Jiacintos Geschmack auf ihren Lippen nachspürte, fiel ihr siedend heiß ein, dass er vor ihrem Kuss geraucht hatte und jene Zigarette immer noch in der Keramikvase im Hinterzimmer der Buchhandlung lag. Pepe würde wahnsinnig werden, wenn er herausfand, dass man in der Nähe seiner kostbaren Bücher rauchte – und gewiss waren Mutter und Sohn von ihrem sonntäglichen Ausflug längst heimgekehrt!
Sie verließ das Zimmer, eilte zur Druckerpresse – und traf dort unerwartet Valentina an.
Diese blickte hoch, als Victoria in den Raum stürmte, doch sie hatte die Zigarette wohl weder gerochen noch gesehen, sondern machte sich selbst an der Druckerpresse zu schaffen, um ein Schriftstück zu kopieren. Ob sie wusste, dass diese eben noch in Betrieb gewesen war, ließ sie nicht erkennen.
»Ich fechte ebenfalls meinen Kampf um mehr Frauenrechte aus«, erklärte sie ungefragt, »wenn auch auf etwas andere Weise als du.«
Victoria stellte sich vor die Vase, brachte unauffällig die Zigarette an sich und versteckte sie in der Tasche ihres weiten Kleids. Dann trat sie zur Druckerpresse.
»Was ist das?«, fragte sie.
Valentina lächelte nur stolz.
Schon früher hatte sie erzählt, dass sie regelmäßig Artikel für die Frauenmagazine geschrieben hatte, *La Aurora, La Palanca* und *La Alborada.* Zwar waren alle diese nur sporadisch erschienen und mittlerweile eingestellt, doch das hielt Valentina nicht davon ab, weiter mit spitzer Feder gegen den »Machismo« zu wettern, die Reform des Zivilcodes zugunsten der

Frauen zu diskutieren, deren wirtschaftliche Unabhängigkeit einzufordern oder die seidenen Ketten zu beklagen, in denen sie gefangen wären. Wenn es auch die großen Frauenzeitschriften nicht mehr gab – solche wie die *Revista de la Mujer* wurden immer noch gelesen.
Victoria nahm eines von den Blättern und las den Text. *»Ich sehe mich als Feministin, denn ich will, dass die intellektuellen Fähigkeiten einer Frau anerkannt werden und dass sie von keiner Aktivität des gesellschaftlichen Lebens ausgeschlossen ist. Jede Frau sollte befähigt sein, einen Beruf auszuüben, und sie sollte an der Regierung teilnehmen, die Gesetze mitbestimmen, unter denen sie lebt.«* Sie ließ das Blatt sinken. »Hast du das geschrieben?«
»Nein, das ist das Zitat einer anderen Feministin – aber ich vervielfältige es gerne und lege es in der Buchhandlung aus.«
Victoria nickte anerkennend. Nun, da sie die Zigarette hatte verschwinden lassen, wollte sie sich umdrehen und gehen, doch plötzlich blickte Valentina auf und erklärte ungewohnt scharf: »Lauf ihm nicht hinterher.«
»Bitte?«, entfuhr es Victoria.
Valentina betrachtete sie nachdenklich. So abrupt sie ihre Mahnung ausgesprochen hatte, so sorgsam schien sie abzuwägen, ob es noch etwas zu sagen galt oder besser nicht.
Schließlich murmelte sie: »Vorhin, als Pepe und ich zurückkamen, habe ich dich mit diesem jungen Mann gesehen. Und ich denke mir: Du musst ihm nichts beweisen. Und deinen Eltern auch nichts. Sie wussten zeit ihres Lebens, dass du ein Mädchen bist, auf das sie stolz sein können.«
Victoria hatte keine Ahnung, was Jiacinto mit ihren Eltern zu tun haben sollte. Ärger stieg in ihr hoch. Manchmal wünschte sie sich von Valentina mehr Anteilnahme an ihrem Leben, doch nun erschienen ihr die Worte als dreiste Einmischung in

Dinge, die sie nichts angingen. Sie öffnete den Mund, um sich und auch Jiacinto zu verteidigen, doch da ihr nichts Rechtes einfiel, was sie den Worten entgegensetzen konnte, ging sie zum Gegenangriff über.

»Du bist Feministin und als solche der Meinung, dass eine Frau ihren Wert und ihre Rechte nicht daraus bezieht, irgendjemandes Gattin zu sein. Doch trotz dieser Überzeugung, trotz der vielen Artikel, die du schreibst, dreht sich so vieles in deinem Leben nur um den verstorbenen Francisco. Manchmal sieht es so aus, als wärst du in erster Linie keine selbständige Frau, sondern vor allem seine Witwe.«

Wenn Valentina gekränkt war, so zeigte sie es nicht. Ihr schmales Lächeln bekundete eher Belustigung.

»Ach was«, gab sie leichtfertig zu, »ich kann mich nicht einmal mehr genau an Francisco erinnern. Wenn ich nicht täglich sein Porträt musterte, ich wüsste nicht, wie er ausgesehen hat.«

Victoria riss die Augen auf. »Aber warum verhält es sich dann in diesem Hause so, als lebte ein Verstorbener unter uns?«

»Weil Pepe das braucht«, erklärte Valentina schlicht. »Du kennst ihn doch. Er war ein schwächlicher Knabe, und jetzt ist er ein schwächlicher Mann. Er nörgelt ständig, aber es fällt ihm schwer, seine Meinung zu sagen; hat er zehn Schritte schnell zu gehen, gerät er aus der Puste. Und anstatt das Leben als großes Wagnis anzupacken, sieht er hinter jeder Ecke eine Gefahr lauern, vor der er sich schnellstmöglich in die Buchhandlung verkriecht. Als Gott bei seiner Geburt seine Gaben verteilte, gehörten Willensstärke und Rückgrat nur in beschränktem Maße dazu. Er braucht jemanden, der ihm Orientierung gibt. Den Vater ersetzen kann ich ihm nicht, aber den Vater so lang wie möglich am Leben halten – das kann ich.«

Victoria schüttelte empört den Kopf und deutete auf Valentinas Artikel. »Wenn die Frau dem Mann intellektuell ebenbürtig ist – warum soll dann dem Kind eine Mutter allein nicht genügen, um Führung und Halt zu finden?«
Valentina kicherte – ein ungewohntes Geräusch aus ihrem Mund.
»Ach, die Menschen sind seltsam!«, stieß sie aus und schüttelte wie Victoria den Kopf, nicht wütend wie diese, sondern eher resigniert. »Sie hoffen das eine, aber tun das andere. Sie glauben an vieles und verraten ihre Ideale im nächsten Moment. Ich kann Pepe so manches nicht geben, und ich weiß, dass er bei mir nicht wirklich glücklich ist. Er ist zu träge, etwas daran zu ändern, und ich bin zu träge, ihn hinauszuwerfen, obwohl ich's tun sollte, damit er endlich erwachsen wird. Das mindeste, was ich tun kann, ist, ihm einen Vater zu schenken, auch wenn dieser tot ist. So fühle ich mich weniger schuldig – sowohl gegenüber Francisco, weil ich mich nicht mehr an ihn erinnern kann, als auch gegenüber Pepe, weil der so schwächlich ist. Es macht mir das Leben leichter, und ich rede mir ein, ihm auch. Unser beider größtes Laster, musst du wissen, ist die Bequemlichkeit.«
Victoria runzelte die Stirn, nicht sicher, ob sie Valentina richtig verstand und ob deren verquere Aussagen die Wahrheit oder nur ein Vorwand waren, noch verquerere Gefühle zu vertuschen.
»Tu, was du willst«, sagte sie scharf. »Aber wirf mir nicht vor, dass ich jemandem hinterherlaufe, solange ich nur laufe. Ich bin nämlich nicht bequem.«
Valentina seufzte. »Da hast du auch wieder recht, Mädchen«, erklärte sie gleichmütig.
Victoria fühlte sich verstanden und doch wieder nicht, ernst genommen und zugleich im Stich gelassen. Für ihre Gefühle für

Jiacinto wollte sie sich nicht rechtfertigen – aber darüber reden, mit wem auch immer, wollte sie schon, notfalls mit einer Frau wie Valentina, obwohl oder gerade weil sie so phlegmatisch war. Doch ehe sie etwas sagen konnte, stürmte Pepe in das Hinterzimmer der Bibliothek.

»Schnell, schnell!«, rief er, vor ungewohnter Hast keuchend. »Aurelia ist gerade von den Brown y Alvarados' zurückgekehrt. Und nun packt sie ihre Sachen. Sie will von uns gehen – und lässt sich nicht aufhalten.«

»Was, zum Teufel, machst du denn da?«, fragte Victoria verwirrt, nachdem sie in ihr Zimmer gestürmt war.

Aurelia sah nicht hoch. »Ich packe«, erklärte sie schlicht.

»Das sagte Pepe schon, aber …«

Aurelias Blick blieb stur auf ihre Tasche gerichtet, in die sie wahllos Kleidung und Malutensilien stopfte. Erst als auch Valentina erschien, sah sie auf, und die vermeintliche Entschlossenheit, die sie eben noch an den Tag gelegt hatte, wich Scham und Verwirrung.

»Es war so schrecklich«, stammelte sie ein ums andere Mal, »es war so schrecklich …«

»Was?«, fuhr Victoria sie an.

»Tiago … seine Eltern … es kam zu einem schrecklichen Streit. Anfangs waren sie noch höflich zu mir, aber am Ende …« Sie erschauderte, als die Erinnerungen sie überwältigten. »Sie haben mich einfach hinausgeworfen! Und zu Tiago haben sie gesagt, dass er nicht wiederzukommen braucht, wenn er mir folgt! Aber er ist mir gefolgt. Und ich weiß nicht, ich weiß einfach nicht …«

Sie geriet immer mehr ins Stammeln.

Victoria verdrehte ungeduldig ihre Augen. »Was weißt du nicht?«

»Sie weiß nicht, ob sie sich darüber freuen soll oder nicht«, schaltete sich Valentina ein.
Victoria unterdruckte einen verächtlichen Kommentar. »Nun gut«, meinte sie, »aber wenn er sein Elternhaus verlassen hat – warum packst du dann deine Sachen?«
Aurelia atmete tief durch. Das Zittern, das ihren schmächtigen Körper durchlaufen hatte, legte sich ein wenig. Sie schloss die gepackte Tasche und umfasste energisch den schmalen Ledergriff.
»Weil ich mit ihm gehe«, erklärte sie. »Ich … wir werden heiraten.«
Sie schaute Victoria unverwandt an. Ein wenig Hilflosigkeit stand in ihrem Blick, aber auch grimmige Entschlossenheit und – Liebe.
Victoria konnte nicht fassen, was sie da hörte. »Heiraten?«, schrie sie. »Du willst einen Mann der Oberschicht heiraten? Den du erst seit wenigen Wochen kennst? Bist du vollkommen verrückt geworden? Hast du den Verstand …«
»Na, na.« Mahnend legte ihr Valentina die Hand auf die Schultern, um sie zu beschwichtigen. »Das ist Aurelias Entscheidung, nicht deine. Wobei …« Als sie sich an Aurelia wandte, klang auch ihre Stimme etwas zweifelnd, »wobei ich mir nicht recht vorstellen kann, ob ihr alles bis zum Ende durchdacht habt. Wo … wo wollt ihr überhaupt wohnen, wenn Tiago nicht mehr nach Hause kann?«
Aurelia nickte, als hätte sie die Frage schon kommen gesehen. »Es ist alles geklärt. Doktor Espinoza hat sich bereit erklärt, uns aufnehmen. Tiago hat mit Andrés geredet, und der hat sich bei seinem Vater dafür eingesetzt, uns als Gäste …«
»Zu den Espinozas!«, unterbrach Victoria sie schrill. »Ausgerechnet!«

Aurelia ließ die Tasche los und eilte zu ihr. Flehentlich blickte sie sie an. »Ich weiß, ich weiß, du hast es im Krankenhaus nicht leicht mit ihm. Aber zu mir war er sehr freundlich, und Andrés ist Tiagos bester Freund.« Sie rang sich ein gequältes Lächeln ab. »Freust du dich denn gar nicht für mich? Zumindest ein bisschen? Gewiss, es ging alles so schnell, ich wollte nicht, dass Tiago mit seinem Vater bricht, und ich hoffe so sehr, dass er sich eines Tages wieder mit seiner Familie versöhnt. Aber trotz allem – ich liebe ihn doch so sehr. Ich ... ich kann mir nichts Schöneres vorstellen, als ihn zu heiraten.«

Victoria hatte Tiago nur einmal von weitem gesehen und konnte sich nicht an sein Gesicht erinnern. Als er jetzt vor ihrem inneren Auge erstand, glich er der jüngeren Version von Doktor Espinoza. Wobei – Tiago war etwas viel Schlimmeres. Espinoza war zwar ihr persönlicher Feind, aber zumindest ein hart arbeitender Arzt, ein Vertreter der Mittelschicht. Die Brown y Alvarados' dagegen waren ... sie überlegte kurz, wie Jiacinto sie nennen würde, und kam recht bald zum Ergebnis: Die Brown y Alvarados' waren Kapitalisten der schlimmsten Sorte. Sie standen für unverhältnismäßigen Reichtum, der nicht zuletzt dank der Ausbeutung der Arbeiter angehäuft worden war.

»Die Brown y Alvarados' gehören zur Oberschicht!«, schrie sie und spie das Wort förmlich aus.

Aurelia tastete nach ihrer Hand, aber Victoria zuckte zurück. »Ich liebe ihn doch nicht seiner Familie oder seines Geldes wegen, und ihm selbst bedeutet es gar nichts, dass er ...«

Victoria war taub für ihren Einwand. »Die *gente decente* sind widerwärtige Menschen. Es heißt, sie leben ihren Hedonismus wie Religion. *La canalla dorada* nennt man sie auch, die vergoldete Kanaille. Geldgierig sind sie, mitleidlos, nur auf das eigene Wohl bedacht. Sie raffen an sich, was sie können, und treten die Rechte anderer mit Füßen. Der Reichtum, den sie nicht zuletzt durch den Nitrathandel erlangt haben, zerstört alle ihre Tugenden.«

Sie redete sich immer mehr in Rage. Speicheltröpfchen, die aus ihrem Mund flogen, benetzten Aurelias Gesicht.

»Na, na«, versuchte Valentina sie wieder zu mäßigen, aber Aurelia konnte sich selbst verteidigen: »Sag, hast du mir nicht zugehört? Tiago hat meinetwegen mit seiner Familie gebrochen! Wenn er geldgierig wäre, dann würde er doch alles tun, was sein Vater sagt. Gewiss würde er mich nicht heiraten und seine sichere Zukunft riskieren.«

Victoria hörte ihre Worte gar nicht. Der tiefe, lebendige Hass von Jiacinto hatte sie immer ein wenig befremdet, und dieser Genuss an roher Gewalt noch mehr, doch nun packte sie selbst so große Wut, dass sie ihn verstand. Sie dachte nach, was sie an Schlimmem über die *canalla dorada* gehört hatte: »Allein auf ihren Europareisen geben sie zwanzigtausend Dollar nur für Hotels aus. Davon könnten Hunderte Arbeitern jahrelang leben. Und sie sind so dekadent, dass sie den Wein aus dem Ausland importieren, anstatt ihn in Chile zu kaufen.«

»Tiago interessiert sich nicht für Wein. Er ist Künstler! Er ist Maler!«

»Das bist du auch! Darin liegt dein größtes Talent! Und darum sollte dein Leben kreisen! Nicht um so ein verwöhntes Bübchen aus reichem Haus. Ist er denn wirklich Maler? Wie viele Ausstellungen hat er schon gehabt? Wie viele seiner Bilder verkauft? Jemand wie er kann alles sein, was er will, nicht dank seines Könnens, sondern dank seines Geldes. Er ist einer, dem man Zucker in den Arsch …«

»Na, na«, mischte sich Valentina zum wiederholten Male ein

und hob mahnend ihre Hände, »in meinem Haus sprichst du nicht solche Worte aus.«
Irritiert über die Unterbrechung, schnappte Victoria nach Luft, und diese kurze Pause nutzte Valentina, um sich an Aurelia zu wenden. »Weißt du, Mädchen«, begann sie nachdenklich, »ich gönne dir alles Glück der Welt. Aber ich hoffe, du weißt, worauf du dich einlässt, wenn du dir William Brown zum Feind machst. Bis jetzt betrachtet er dich als lästiges Insekt, das er mühelos verscheuchen kann. Wenn du Tiago gegen seinen Willen heiratest, bist du hingegen ein lästiges Insekt, das er zerquetschen will. Und das mit der bloßen Hand.«
Aurelia wollte etwas einwenden, und auch Victoria hatte ihre Sprache wiedergefunden, doch erneut hob Valentina ihre Hände, um sie zum Schweigen zu bringen, und fuhr, diesmal an Victoria gewandt, fort: »Aurelia hat eine Entscheidung getroffen, und sie wird mit den Konsequenzen leben müssen. Niemand hat sie zu irgendetwas gezwungen, es ist ihr freier Wille, der ihr sagt, was sie zu tun hat. Auch wenn du ihre Entscheidung nicht gutheißt, so musst du doch eins akzeptieren: Wir kämpfen für die Selbstbestimmung aller Frauen. Wenn wir um die Freiheit kämpfen, dass jede Frau ihre Talente leben kann, dann müssen wir ihr auch die Freiheit zugestehen, ihrem Herzen zu folgen.«
So viele empörte Worte hatten Victoria auf den Lippen gelegen, doch Valentinas Einwand brachte sie zum Verstummen. Plötzlich war da keine Wut mehr auf die Oberschicht und die Kapitalisten in ihrem Herzen – nur tiefster Schmerz. Und dieser Schmerz rührte nicht daher, dass Aurelia Tiago heiraten wollte, sondern dass Jiacinto sie niemals heiraten würde. Er glaubte nicht an die Ehe, und auch wenn er es täte, würde er wohl kaum sie, die er als streng und steif bezeichnet hatte,

als Frau erwählen. Tiago dagegen liebte Aurelia so sehr, dass er mit seiner Familie brach.
Plötzlich stiegen ihr heiße Tränen hoch. Sie fühlte sich so ein sam, wie sie sich seit Monaten nicht mehr gefühlt hatte. Ähnlich hoffnungslos war sie nur nach dem Tod ihrer Eltern gewesen – und in diesem Augenblick vermisste sie sie glühend wie nie. Arthur würde irgendeine lustige Bemerkung machen, die ihr Leid schmälerte – und Emilia würde sie an sich ziehen, über ihr Haar streicheln und so lange ihren Namen wiederholen, bis sie sich beruhigt hatte.
Victoria schluckte die Tränen hinunter. Wenn sie jetzt zu weinen begann – um ihre Eltern oder um Jiacinto –, würde sie nie wieder damit aufhören.
»Ich habe an dich geglaubt«, sagte sie eisig zu Aurelia. »Und ich glaube immer noch, dass du eine große Malerin sein kannst. Erwarte aber nicht, dass ich dir die Knöpfe deines Hochzeitskleides schließe. Wenn du bei den Espinozas lebst, will ich nichts mehr mit dir zu tun haben.«
Aurelias Züge verzerrten sich schmerzlich, aber sie sagte kein Wort. Sie nahm ihre Tasche, nickte mit zusammengepressten Lippen erst Victoria, dann Valentina zu und ging hocherhobenen Hauptes aus dem Raum. Erst als sie die Schwelle übertreten hatte, hörte Victoria, wie sie in Tränen ausbrach, und erst jetzt, ungeachtet dessen, dass Valentina bei ihr blieb und sie nachdenklich beobachtete, ließ sie ihren eigenen freien Lauf.

An diesem Abend war Valentina Veliz so aufgewühlt, dass sie ein übliches Ritual vergaß: Für gewöhnlich trank sie in den Abendstunden gerne ein Glas Portwein mit Pepe und erzählte Heldengeschichten über Francisco, doch diesmal saß sie nur stumm in ihrem Ohrensessel und starrte vor sich hin.

Pepe machte sich auf seine Weise bemerkbar: Er setzte sich auf den Stuhl ihr gegenüber und beklagte sich in wie üblich ellenlangen Selbstgesprächen über den Lärm im Haus und dass ein Glas Portwein für seine Nerven das Richtige wäre. Sich dazu überwinden, ihn nur sich selbst einzuschenken, konnte er jedoch nicht.

Irgendwann hob Valentina den Kopf und sah ihn ganz ohne den üblichen Tadel an. »Ich glaube nicht, dass Aurelia so schnell zu uns zurückkommt.«

Pepe wirkte sehr betroffen. Zwar hatte er stets darüber genörgelt, wie viel Unruhe die beiden jungen Frauen ins Haus gebracht hatten, aber offenbar, das ging Valentina erst jetzt auf, hatte er an Aurelia einen Narren gefressen. Wie auch nicht, dachte sie, so hübsch, wie sie war, so voller Lebendigkeit und Frohmut und Leidenschaft.

»Und was wird nun aus Victoria?«, fragte Pepe.

»Sie wird natürlich bleiben.«

Valentina seufzte tief. Sie mochte keinen Streit, und am allerwenigsten mochte sie einen solchen unter Frauen. Alles, was ihre Routine störte, war ihr zutiefst zuwider – und auch alles, was der Überzeugung entgegenlief, dass Frauen zusammenhalten müssten und sich nicht bekämpfen dürften.

»Und wo ist Victoria jetzt?«, fragte Pepe.

»Sie streift wohl durch die Straßen …«

»Um diese Uhrzeit?« Er plusterte sich empört auf.

Valentina seufzte wieder. »Victoria will frei und unabhängig sein – aber Freiheit hat ihren Preis, und das ist kein geringer. Aurelia wiederum kann gerne auf die Freiheit verzichten, solange sie Tiago hat – aber auch sie wird ihren Teil zu zahlen haben. Ich bin mir bei beiden nicht sicher, ob sich das, was sie kriegen, und das, was sie geben müssen, die Waage hält.«

Wieder starrte sie eine Weile vor sich hin, dann erhob sie sich ruckartig. »Hol uns zwei Gläser Portwein!«, befahl sie Pepe nun doch, überzeugt, dass man fehlenden Seelenfrieden am besten mit Beharren an Gewohntem ausgleichen konnte. »Dann wollen wir über deinen Vater reden.«

Zweites Buch

Die Farben von Arm und Reich

1909 ~ 1912

12. Kapitel

Es geht alles zu schnell, dachte Aurelia, als sie vor dem Zivildiener stand, der ihre Ehe mit Tiago bestätigen würde, es geht alles viel zu schnell.

Sie versuchte, den Gedanken zu unterdrücken – genauso wie sie ihn sich in den letzten Tagen stets verboten hatte –, doch er kehrte hartnäckig wieder. Ihr Leben schien bis vor kurzem vor sich hin geplätschert zu sein wie ein glitzerndes, frisches Bächlein, doch plötzlich war ein reißender Fluss voller Strudel daraus geworden, der nichts so zurückließ, wie es gewesen war. Die Ereignisse waren so knapp aufeinander gefolgt, dass sie keine Möglichkeit gehabt hatte, über jedes einzelne nachzudenken – ob es nun der scheußliche Streit bei Tiagos Familie war, ihre Auseinandersetzung mit Victoria, der Einzug ins Haus der Espinozas, schließlich der grimmige Entschluss von Tiago: »Morgen heiraten wir.«

In diesem Augenblick war er ihr so fremd gewesen. Nichts war da von seiner Leichtigkeit, seiner Fröhlichkeit, seiner Selbstsicherheit. Etwas Gequältes lag in seinen Zügen, etwas zugleich Wütendes und Verlorenes, die Last eines ganzen Lebens. Dennoch glaubte sie, ihn nie so heiß und innig geliebt zu haben wie in diesem Moment, da er bekräftigend ihre Hand nahm und sie drückte, so fest, als wollte er sie nie mehr loslassen. Und auch als er sie küsste, fühlte es sich so an, als wollte er sie sich ganz und gar einverleiben.

»Schon morgen?«, fragte sie, als sie wieder Atem schöpfen

konnte und war bestürzt, dass sie nicht glücklich klang, sondern ängstlich.

»Du willst mich doch heiraten?«, fragte er bestürzt, und ehe sie etwas sagen konnte, küsste er sie erneut, diesmal nicht inniglich, sondern verzweifelt. Als er sich von ihr löste, wagte er nicht, ihr in die Augen zu sehen, und Aurelia schämte sich für ihr Zögern.

»Natürlich will ich!«, rief sie – und es war die Wahrheit. Seit sie Tiago zum ersten Mal begegnet war, hatte sie gewusst, dass er der Mann ihres Lebens war, dass sie nie glücklicher als an seiner Seite sein würde, dass sie mit ihm den Rest ihrer Tage zusammenbleiben wollte. Schon nach wenigen Wochen war er ihr so vertraut, als wären sie über Jahre miteinander eingeschlafen und erwacht.

Und dennoch … da war ein Unbehagen in ihr, nicht von ihm ausgelöst, sondern von diesem Gefühl der Hektik, in die seine Worte sie versetzte, gleich so, als wären sie auf der Flucht, ohne genau zu wissen, wovor sie davonliefen, als würden sie in eine bestimmte Richtung getrieben, für die sie sich doch frei entscheiden hätten wollen.

Ein wenig Aufschub bekam sie. Obwohl Tiago schon am nächsten Tag heiraten wollte, mussten sie eine Woche warten, bis sie einen Termin bekamen. Das Gefühl, dass alles viel zu schnell ging, schwand dennoch nicht – Aurelia lernte lediglich, es besser zu verbergen, vor Tiago, aber auch vor sich selbst.

Ob in Tiago ebenfalls Zweifel wach wurden, wusste sie nicht, nach außen hin gab er sich entschlossen und war nur in einer Sache bereit, nachzugeben.

Der gastfreundliche Ramiro Espinoza schlug vor, dass sie sich fürs Erste mit der zivilrechtlichen Hochzeit begnügen und erst später die kirchliche nachholen sollten. Erstere war ein schlichter Vertrag, der nur von einem Beamten bestätigt werden musste. Die Kirche würde diese Ehe zwar nicht anerkennen – desgleichen wie der Staat nicht die Trauung durch einen Priester –, aber es reiche doch als Beweis für seine Liebe zu Aurelia, und wer wüsste es schon, vielleicht lenkte seine Familie ein, und sie konnten irgendwann im großen Stil das eigentliche Fest feiern.

Tiago zögerte und fragte schließlich Aurelia, ob ihr das recht wäre. Sie zuckte hilflos die Schultern; sie hatte noch nicht viele Eheschließungen erlebt, um sich zu überlegen, welche sie sich für sich selbst erträumte. Als Kind war sie dabei gewesen, als Don Andrea, ein italienischer Missionar, ihre Mutter und ihren Stiefvater Balthasar getraut hatte. Es war ein fröhliches, unkonventionelles Fest gewesen, bei dem viel gelacht, getrunken und gegessen wurde. Gleicher Don Andrea hatte mal gesagt, dass die Choleraepidemie 1886 eine Strafe für die Einführung der gotteslästerlichen Zivilehe sei, aber auch darüber wurde gelacht, weil man auf der Estancia über fast alles lachte, was Don Andrea sagte, dieser dickliche, schnell überforderte Priester, der sich gerne reden hörte, aber sich im Ernstfall unter dem Küchentisch verkroch.

In dieser Woche gab es nichts zu lachen.

Als sie vor dem Zivildiener standen, waren ihrer beiden Gesichter angespannt. Tiago war unglücklich, weil er Alicia eingeladen hatte, diese aber ihr Kommen verweigert hatte. Und Aurelia war unglücklich, weil sie es wusste, aber nicht die rechten Worte gefunden hatte, um Tiago seinen Schmerz zu nehmen.

Auch Victoria war nicht gekommen – lediglich Pepe und Valentina. Wenn Valentina eine Meinung zu dieser Eheschließung hatte, verriet sie es nicht. Sie zwinkerte Aurelia zwar aufmunternd zu, hielt sich aber ansonsten strikt an die Devise, dass die Mädchen selber wissen mussten, was sie wollten, und dass sie ihnen diesen Willen lassen würde, selbst wenn sie ins Verderben schritten.

Nun, sie ging nicht ins Verderben, sie liebte Tiago, doch bei Valentinas Anblick wurde ihr das Herz schwer. Übermächtig wurde die Sehnsucht nach ihren Eltern, vor allem nach ihrer Mutter. Sie wusste, die beiden würden sich freuen, wenn sie erfuhren, dass ihre Tochter ihr Glück gefunden hatte, aber ohne sie war sie sich dieses Glücks plötzlich nicht mehr so sicher. Sie fühlte sich verloren, und Santiago schien eine fremde Stadt.

Nach der Trauung lud Valentina in ein französisches Restaurant ein. Ramiro Espinoza erhob erst Einwände, denn er hatte bei sich zu Hause einen festlichen Imbiss geplant, aber er gab schließlich nach – vielleicht aus Geiz, weil er so nicht selbst für die Kosten aufkommen musste, vielleicht aus Einsicht, dass er seine Gastfreundschaft nicht überstrapazieren durfte, um Tiagos Würde nicht zu verletzen.

Aurelia konnte sich nicht erinnern, was sie aß, lediglich, dass Pepe Unmengen in sich hineinstopfte und seine Selbstgespräche sich diesmal nicht um seine Mutter drehten, sondern um Victoria.

»Es ist nicht richtig, dass sie deiner Hochzeit ferngeblieben ist. Trotz allem ist sie deine Freundin. Es gibt Momente im Leben, da muss man zurückstecken.«

Aurelia seufzte. »Sag ihr, dass sie mir gefehlt hat«, bat sie, »und sag ihr, dass ich Tiago doch so sehr liebe!«

Pepe nickte und wirkte unglücklich. Valentina machte indes weiterhin ein ausdrucksloses Gesicht, Doktor Espinoza lächelte freundlich, aber irgendwie verbissen, Andrés sah sie gar nicht erst an, und Tiago – Tiago nahm immer wieder ihre Hand, um sie schmerzhaft zu drücken.

Sie wusste, er wollte ihr mit dieser Geste Mut machen, die Hoffnung verleihen, dass alles gut werden würde, solange sie nur vereint waren, aber insgeheim fühlte sich Aurelia nicht mutig, nicht hoffnungsvoll, sondern erschöpft wie nach einem langen Kampf.

Am Abend zogen sich Aurelia und Tiago erstmals gemeinsam ins Schlafzimmer zurück – bis jetzt hatten sie bei den Espinozas in zwei verschiedenen Räumen geschlafen. Das Zimmer gehörte zu den größten im Haus, doch es war zur Südseite ausgerichtet und jetzt am Abend stickig und heiß. Tiago öffnete die Fenster und lehnte sich hinaus, während Aurelia im angrenzenden Ankleidezimmer rasch in das Spitzennachthemd schlüpfte, das ihr Valentina geschenkt hatte. Es war wunderschön, kratzte jedoch am Hals und war um die Brust etwas zu eng.

Etwas anderes machte ihr das Atmen genauso schwer – nicht länger das Gefühl, dass alles viel zu schnell ginge, sondern dass sie mit Tiago unmöglich in einem Bett liegen konnte, solange eine Lüge zwischen ihnen stand. Sie hatte in den letzten Tagen nicht darüber nachgedacht, so wie es auch bei ihrem Kennenlernen keine Bedeutung gehabt hatte, doch als ihr nun aufging, dass sie verheiratet waren, ohne dass sie ihm je die Wahrheit über sich gesagt hatte, überkam sie tiefe Scham. Sie brach in Tränen aus, als sie das Schlafzimmer betrat – was nach dem angespannten Tag zwar befreiend war, Tiago aber zutiefst erschreckte.

»Mein Gott, Aurelia, was hast du?«, fragte er und trat rasch zu ihr.

So ungezügelt die Tränen aus ihren Augen quollen, so schnell perlten auch die Worte über ihre Lippen. Ihr fiel nichts ein, wie sie ihn sachte darauf vorbereiten konnte, sondern erklärte schlichtweg: »Es gibt etwas, was du nicht über mich weißt. Ich bin eine Mapuche ... in mir fließt das Blut der Indianer. Mein Vater war Spanier und meine Großmutter mütterlicherseits wohl auch, zumindest zum Teil. Der Vater meiner Mutter aber, Quidel, war durch und durch Mapuche ...«

Tiago hatte seine Hände ausgestreckt, um ihre zu ergreifen, wich nun aber zurück. Immerhin – in seinem Gesicht breitete sich eher Verwirrung aus, nicht Entsetzen und Gott sei Dank kein ... Ekel.

»Aber ... man sieht es ... man sieht es gar nicht ...«, stammelte er.

»Ja, ich weiß, meine helle Haut habe ich wohl von meinem Vater, schwarze Haare tragen auch Spanierinnen, und schon meine Mutter hat eine Zeitlang die Wahrheit vertuschen können. Aber das ändert nichts daran, dass es so ist. Und wenn es dein Vater wüsste ...«

Tiagos Gesicht verdunkelte sich, und kurz befürchtete sie, dass sein Ärger ihr galt. Doch offenbar dachte er an William Brown, denn er erklärte trotzig: »Er wird es nie erfahren! Und ich werde nicht zulassen, dass er mit Verachtung auf dich herabblickt!«

Unvermittelt zog er sie an sich und barg ihren Kopf an seiner Brust. »Mach dir keine Sorgen, es wird alles gut, ich liebe dich.«

Ihre Schultern bebten zwar noch, aber ihre Tränen versiegten. Das Nachthemd kratzte immer noch an ihrem Hals, doch es störte sie nicht länger, genauso wenig wie die Hitze in diesem Raum. Eine Last fiel von ihr ab, und sie fühlte sich nicht nur befreit, sondern stark. Sie würde ihr Leben anpacken, egal, was kommen würde, solange sie nur Tiago an ihrer Seite wusste und Tiago sie liebte.

Er löste sich von ihr, blickte sie an, wirkte nun selbst schuldbewusst: »Ich muss dir auch etwas gestehen«, brachte er hervor.
»Was?«
Er antwortete nicht, sondern wandte sich ab, trat zu einer der Kommoden und zog eine Mappe aus der Schublade, die jener glich, in der sie ihre Bilder sammelte.
»Ich habe dir nie meine Bilder gezeigt … Du kennst nur dieses eine, das bei uns im Salon hängt …« Er sprach mit belegter Stimme, als würde er sich schämen.
Sie trat näher, noch hielt er die Mappe geschlossen. »Ich will sie schon so lange sehen, aber ich habe nicht gewagt, dich zu fragen, und …« Sie brach ab. Er hatte die Mappe geöffnet, und einzelne Blätter Papier fielen heraus. Sie bückte sich rasch, sammelte sie mit zitternden Händen ein und betrachtete sie. Die meisten Bilder waren mit dem Kohlestift gezeichnet, keine ausgereiften Bilder, eher Skizzen und Pläne für solche, die er später in Ölfarben festhalten wollte. Sie erkannte einige Orte von Santiago wieder – einen Brunnen, einen Marktstand, einige Bäume, die die Alameda säumten. Menschen hatte er so gut wie keine gemalt, und wenn, dann nicht einzeln, sondern in Massen: Das war auf den Bildern, die offenbar Historiengemälde werden sollten und Szenen der Geschichte Chiles darstellten: die Gründung Santiagos durch Pedro de Valdivia oder der Unabhängigkeitskrieg gegen Spanien. Zumindest glaubte Aurelia all das zu erkennen, sie verstand nicht viel von Geschichte – und sie verstand auch nicht viel von Historienmalerei. Etwas wirr kamen ihr diese Bilder vor, denn es war schwer zu erkennen, was ihren Mittelpunkt darstellte.
»Du … du bist gut«, sagte sie, weil ihr nichts anderes einfiel.
»Nein, das bin ich nicht!«, brach es aus ihm hervor. »Ich habe jahrelang Unterricht bekommen, teilweise von den besten

Malern Chiles. Ich weiß alles über die Herstellung von Farben, ich habe ein gutes Gefühl für Formen und Geometrie, wahrscheinlich würde ich einen brauchbaren Architekten abgeben. Aber keinen großartigen Maler. Ich bin nicht so gut wie du – deine Bilder haben etwas Besonderes, etwas Einzigartiges, sie atmen den Geist von Freiheit … Aber ich … ich kann nur kopieren.«

»Red keinen Unsinn!«, entfuhr es ihr.

Er entriss ihr seine Bilder, stopfte sie in die Mappe zurück und schloss sie schnell.

»Du hast mir die Wahrheit über dich gesagt – also werde ich jene über mich nicht länger verschweigen. Und diese Wahrheit ist: Ich wurde nur wegen meines Namens auf der Escuela aufgenommen.«

Eine vage Erinnerung streifte Aurelia – an den Tag, da sie zum ersten Mal vor dem Haus der Familie Brown y Alvarados stand und Andrés ihr Ähnliches gesagt hatte.

»Aber du liebst doch die Malerei! Du bist glücklich, wenn du zeichnen kannst! Das ist doch das Wichtigste!«

Er zuckte die Schultern und verstaute die Mappe in der Schublade.

»Wenn ich mir dessen nur sicher sein könnte!«, brach es aus ihm heraus. »Aber was ist, wenn es nur meine Form ist, zu protestieren … so wie Guillermo mit schnellen Autos fährt, die mein Vater hasst, und Geld auf Pferde setzt?«

Vorsichtig legte sie ihre Hand auf seine Schultern. Jener Gedanke schien ihn nicht zum ersten Mal zu zerfleischen, denn der Schmerz in seinen Zügen war alt. Was hätte sie gegeben, diesen Schmerz vertreiben zu können – aber sie wusste nicht, wie, fühlte sich hilflos … und auch wieder viel unsicherer als eben noch, da sie dachte, ihre Liebe genügte, um allem zu trotzen.

»Wie … wie soll es jetzt weitergehen?«, stellte sie jene Frage, die sie in den letzten Wochen nicht auszusprechen gewagt hatte. Seit sie im Haus der Espinozas lebten, hatten sie beide die Escuela nicht mehr betreten, und sie fragte sich, ob sie jemals wieder das alte Leben aufnehmen konnten, da er ihr Lehrer war und sie seine Schülerin.

»Gott sei Dank ist Ramiro so gastfreundlich«, murmelte er.

»Aber wir können nicht ewig darauf zählen! Ich … ich könnte arbeiten, irgendetwas fällt mir schon ein, Victoria verdient im Krankenhaus auch ein wenig Geld, und …«

Tiago schüttelte den Kopf: »Das kommt nicht in Frage! Du darfst die Malerei nicht aufgeben, niemals!«

»Aber von meinen Bildern können wir nicht leben. Ich kann weiter malen und trotzdem arbeiten, in Patagonien habe ich auch immer auf der Estancia geholfen …«

Der Klang des Namens ihrer Heimat beschwor Erinnerungen. Sie schloss die Augen und glaubte kurz den Wind zu fühlen, der ständig wehte, das Abendlicht, das unterschiedliche Farben auf den Himmel malte, den Staub und Sand, die in ihr Gesicht rieselten.

»Still«, murmelte Tiago, »sei still. Morgen denken wir darüber nach … aber nicht jetzt … nicht diese Nacht … diese Nacht gehört ganz uns.«

Sie hielt die Augen immer noch geschlossen und sah darum nicht, ob Schmerz und Hader gänzlich aus seinem Gesicht verschwunden waren. Der Kuss, den er ihr gab, war jedenfalls zärtlich, nicht getrieben und verzweifelt. Sie gab sich ganz dem Geschmack seiner Haut, der Weichheit seiner Lippen, dem Spiel mit seiner Zunge hin.

Zuerst küsste er sie im Stehen, dann zog er sie langsam aufs Bett. Vorsichtig nestelte er an ihrem Spitzennachthemd, löste den obersten Knopf. Sofort konnte sie befreiter atmen. Als seine Hand zum zweiten Knopf fuhr, spürte sie, wie er zögerte. Sie öffnete die Augen, sah, dass er ganz rot im Gesicht war und dass seine Hand zitterte.

»Ich … ich habe das noch nie gemacht …«, murmelte er.

»Ich auch nicht …«, erwiderte sie. Anders als er aber fühlte sie kein Zögern, keine Scham. Sie öffnete selbst weitere Knöpfe ihres Nachthemds, schob den Stoff beiseite, zog seine Hand auf ihre nackte Haut. Ihre Haut erschauderte, wo er sie berührte, aber was immer sie tat, fühlte sich nicht verboten an, sondern so selbstverständlich.

Auf der Estancia hatte man stets ganz offen darüber geredet, wie Schafe sich paarten. Ihr Stiefvater und ihre Mutter hatten sich oft vor allen Menschen umarmt und geküsst und nicht darum geschert, dass es der Missionar Don Andrea nur ungern sah. Und dann gab es noch Ana, die aus Russland stammende Freundin ihrer Mutter, die einen Tehuelche liebte, offen von dessen Größe und samtiger Haut schwärmte und Aurelia immer wieder gesagt hatte, dass es das Schlimmste auf der Welt war, bei einem Mann zu liegen, den man verachtete, aber das Allerschönste, wenn man ihn liebte und begehrte. Und sie liebte Tiago! Sie wollte ihm ganz nahe sein, wollte sämtliche Grenzen überwinden – ob störenden Stoff oder quälende Gedanken! Diese hatten hier nichts verloren, nicht auf diesem weichen Bett, auf das sie sank, während sie ihr Nachthemd immer höher schob.

Die Verlegenheit schwand aus seinem Blick, stattdessen las sie in seinen Augen, was sie selbst fühlte: diese Sehnsucht, ihn zu halten, diesen Hunger, seine Haut zu fühlen und mit Küssen zu überhäufen. Er zögerte nicht länger, streifte ebenfalls rasch seine Kleidung ab, ließ erst seinen Blick über ihren Körper schweifen und dann seine Hände folgen. Sie seufzte genussvoll, entledigte sich endgültig des Kleides und öffnete sich ihm weit, während sein Körper sich auf ihren senkte. Es tat weh, aber nur ganz kurz, das Gefühl, ihn tief in sich zu spüren, blieb nicht lange fremd. Ab dieser Nacht war es vertraut … und schön … und erfüllend … und köstlich. Nie wieder wollte sie darauf verzichten – auf diese Momente, da es nur sie beide gab, da das Morgen nicht zählte, da andere Menschen nicht über ihr Leben bestimmten. Auf diese Momente, da sie beide einfach nur glücklich waren. Weil sie sich hatten. Ganz und gar.

13. Kapitel

Andrés saß hinter dem Mikroskop in seinem Labor – oder vielmehr in dem Raum, den er sich gerne als Labor eingerichtet hätte. Noch fehlte es an Ausrüstung und den notwendigen Gerätschaften, um wirklich so bezeichnet zu werden. Das Mikroskop war veraltet und quietschte. Immerhin konnte er einige Forschungen zur Bakteriologie machen und versuchen, jene Tests namhafter Mediziner zu wiederholen, die einzelne Bazillen mit Anilinfarben färbten und identifizierten.

Er wusste, er war auf diesem Feld ein Stümper, aber seine Faszination für diese Mikroorganismen war eine ungleich größere, als wenn er Krankenhausflure abschritt. Er interessierte sich für Krankheiten, für jene »Experimente der Natur«, wie sie viele Wissenschaftler bezeichneten. Für Kranke hingegen interessierte er sich nicht.

Blutenden, eiternden, hustenden Menschen gegenüberzustehen widerte ihn an. Wenn er sich sein Leben ausmalte, wie es sein sollte, so sah er sich stundenlang in einem Labor sitzen – und zwar in einem, das dieses Namens würdig war – und hinterher am Schreibtisch, um seine Erkenntnisse in einem Artikel für die *Revista Médica*, die erste medizinische Fachzeitschrift Chiles, festzuhalten. Seine Kollegen würden begeistert sein, und wenig später würde man ihm eine Stellung am Instituto de Anatomía Patológica, das Doktor Westenhöfer erst vor kurzem gegründet hatte, anbieten. Ja, auch in dieser Form beschäftigte er sich gerne mit Krankheiten: Wenn man nicht mehr den leidenden Menschen, sondern den Leichnamen gegenübertrat, die nur vermeintlich stumm, nur vermeintlich leblos waren. In Wahrheit hüteten sie so viele Geheimnisse, denen man bei einer Sektion auf die Spur kommen konnte. Er kannte Ärzte, die diese Arbeit zwar als notwendig, aber als widerwärtig empfanden, doch er selbst fürchtete weder die Toten noch die Mikroorganismen, die man nicht sehen konnte. Er fürchtete die Lebenden weit mehr.

»Andrés, wo bleibst du?«

Er zuckte zusammen, als er die Stimme seines Vaters hörte. Ramiro duldete nur widerwillig, dass er Zeit in seinem »Labor« verbrachte. Nutzlos schien ihm eine Arbeit, bei der sein Sohn nicht mit Menschen zusammentraf, wobei auch Ramiro keine kranken Menschen im Sinn hatte, sondern reiche – solche zum Beispiel, die man bei Wohltätigkeitsvereinen traf. In einem von diesen, der Junta de Vacunas, der Vereinigung für Impfungen, sollte sich Andrés nach Ramiros Willen ehrenamtlich engagieren – was zum einen bedeutete, dass er den wohlhabenden Unternehmergattinnen rührende Geschichten von sterbenden Kindern erzählen sollte, die ihnen erst Tränen in die Augen trieben, dann Geld aus den Taschen zogen, und zum anderen, was noch schlimmer war, dass er selbst Impfungen vornehmen sollte.

»Wenn ich es doch noch schaffe, eine Stiftung zur Gründung eines kleinen, aber feinen Privatkrankenhauses ins Leben zu rufen – dann sind das die Menschen, die einen Beitrag dazu leisten können«, sagte sein Vater oft. Vielleicht hatte er recht. Manche Menschen hatten so viel Geld, dass sie es bedenkenlos ausgaben. Doch er, Andrés, wollte mit diesem Geld nichts zu tun haben, nichts mit Bürokratie, nichts mit Verwaltung. Selbst wenn das erträumte Krankenhaus eine eigene Abteilung für Pathologie haben würde – er wollte keine Verantwortung dafür tragen, die Kosten für ein neues technisches Gerät nicht rechtfertigen, ellenlange Berichte schreiben, sich vielleicht gar um die Buchhandlung kümmern. Er wollte ...

»Andrés, hörst du mich nicht?«, rief sein Vater und betrat den Raum.

Seine erste Regung war, vom Mikroskop aufzuspringen, aber dann blieb er trotzig sitzen.

»Hast du schon gelesen«, er deutete auf eine der medizinischen Fachzeitschriften, »ein Artikel über Möricke. Er hat schon wieder eine neue Operationsmethode angewandt, die Haematocele Retrouterina, bei der ...«

»Wenn du solche Begriffe benutzt, werden die feinen Damen der Gesellschaft nicht sonderlich beeindruckt sein. Die armen rachitischen Kinder dagegen ...«

Andrés fuhr hoch: »Dir selbst sind diese armen rachitischen Kinder doch auch völlig gleichgültig!«, brach es aus ihm hervor.

Sein Vater machte sich nicht einmal die Mühe, es zu leugnen. »Alicia Alvarados wird bei dem Wohltätigkeitsbasar gewiss auch anwesend sein.«

»Ich verstehe dich nicht!«, rief Andrés. »Du selbst hast mir eingeredet, Tiago und Aurelia Unterschlupf zu bieten. Wir waren beide bei ihrer Trauung dabei. Das ist doch ein Schlag ins Gesicht der Brown y Alvarados'. Und jetzt willst du dennoch, dass ich mich bei ihnen einschmeichle?«

»Gott, Andrés!« Eine steile Falte erschien auf Ramiros Stirn. »Gib dich nicht so begriffsstutzig! Menschen wie unsereins ist es nicht vergönnt, sich nur für eine Seite zu entscheiden. Wir dürfen keine Brücken abreißen. Gewiss musst du dafür sorgen, dass Tiago dein Freund bleibt – aber zugleich sollte William Brown wissen, dass du auch ihn verstehst. Tiago musst du erklären, wie ungerecht seine Eltern sind – Alicia

jedoch, dass du Tiagos Entscheidung nie und nimmer gutheißen wirst. Auf diese Weise bleiben wir der Familie verbunden – ganz gleich, wie der Streit ausgeht.«
Andrés schluckte. Seit nunmehr vier Wochen lebten Tiago und Aurelia im Haus, zwei davon als Frischverheiratete. Immer wieder musste er sich vorstellen, was wohl hinter den Türen des gemeinsamen Schlafzimmers geschah. Einmal hatte er sich sogar dorthin geschlichen und gelauscht. Er hatte nichts gehört, war hinterher dennoch hochrot im Gesicht gewesen. Wenn er die beiden ansah, wusste er nicht, was größer war – die versteckte Lust bei Aurelias Anblick oder der versteckte Hass auf Tiago. Vielleicht galt dieser Hass gar nicht so sehr Tiago, der sich derart dreist mit seinem Vater anlegte, sondern sich selbst, weil er das nie wagen würde. Vielleicht war der Hass in Wahrheit auch Neid – Neid auf Tiago, weil der seinen Willen durchsetzte, und auch ein bisschen Neid auf Aurelia, die einfach nur heiraten musste, um aufzusteigen, während sein Vater sich dafür jahrzehntelang in der Kunst der Diplomatie, der Heuchelei, des Ränkeschmiedens üben musste.
»Gerade deswegen ist es doch besser, ich bin heute nicht dabei«, erklärte Andrés schnell, weil er einen Ausweg gefunden hatte, die unangenehme Pflicht von sich zu weisen. »Ich meine, wenn du William oder Alicia siehst, könntest du dich offen von mir distanzieren, könntest erklären, wie unangenehm es ist, dass Tiago und Aurelia unter diesem Dach leben und dass du es nur meinetwegen zulässt.«
Ramiro nickte nachdenklich.
»Zugleich könntest du ihnen vermitteln, dass es Tiago gutgeht. Insgeheim wird Alicia das gerne hören.«
Eigentlich war er sich nicht sicher, ob es etwas gab, was Alicia gerne tat oder hörte. Die Frau war steif wie ein Stock. Aber Ramiro war von seinem Argument überzeugt. »Vielleicht

hast du recht, und du bleibst hier. Aber verschwende die Zeit nicht im Labor – du solltest lieber mit Tiago und Aurelia zusammen sein.«

Andrés lauschte, wie die Schritte seines Vaters sich langsam entfernten. Allein aus Trotz wäre er gerne erst recht im Labor sitzen geblieben, doch am Ende war es nicht nur Ramiros Wunsch, der ihn dazu trieb, es zu verlassen, sondern die eigene Sehnsucht, Aurelia zu sehen, sich an ihrem Anblick zu laben … und sich davon zugleich vernichtet zu fühlen.

Wie er es hasste, wenn Tiago ihre Hand hielt und sie streichelte! Wie er es hasste, wenn sie sein Lächeln beseelt erwiderte! Und wie er seinen Blick dennoch nicht von ihr lassen konnte!

Nun, heute blieb ihm die äußerste Prüfung erspart. Nachdem er an der Tür zu ihrem Gemach geklopft hatte und eintrat, stellte er fest, dass sich Aurelia allein in dem großen, edel eingerichteten Raum aufhielt und versunken zeichnete. Sie hatte ihn nicht kommen gehört; ihr Blick war starr auf den Skizzenblock gerichtet, während ihr Stift mit Windeseile darüberfuhr.

Andrés wurde der Mund trocken. Wie weich sich wohl ihre Haut anfühlte, jene Haut, die er zugleich küssen und schlagen wollte. Wie perfekt wohl ihre Glieder waren – unter jenen ärmlich anmutenden Kleidern … Kleider einer Tochter patagonischer Schafzüchter, Kleider, die er ihr am liebsten vom Leib gerissen hätte, um sie nackt zu sehen und zu beschämen, und zugleich, um sie in edlere Stoffe zu hüllen.

Ihm entfuhr ein Seufzen, und Aurelia, die ihn bis jetzt nicht wahrgenommen hatte, zuckte zusammen und blickte hoch. Er freute sich diebisch über ihren etwas ängstlichen Gesichtsausdruck. In den letzten Wochen hatten sie sich beide immer sehr höflich und distanziert verhalten. Keiner hatte auf das angespielt, was damals vor dem Haus der Familie Brown y

Alvarados passiert war, aber es fiel Aurelia schwer, ihm in die Augen zu sehen, und irgendwie genoss er es: dass er zum ersten Mal seit langem mit ihr allein war. Und dass sie ihn scheute.

Rasch senkte sie ihren Blick. »Tiago ist nach Hause gefahren. Er versucht, mit seiner Mutter zu sprechen.«

Da wird er nicht viel Glück haben, dachte Andrés zufrieden, da er doch um Alicias Terminplan wusste. Er sagte aber nichts, sondern trat näher. Flüchtig streifte sein Blick das gemeinsame Bett, und einmal mehr stellte er sich vor, was in den Nächten darin passierte.

»Soso … er versucht seine Mutter gnädig zu stimmen …«

»Sie scheint ihm näherzustehen als sein Vater. Ihr Wohlwollen ist ihm wichtig.«

»Ach was!«

Sein Tonfall war so herablassend, dass sie ihn nun doch verwirrt ansah.

»Ich glaube, er tut das aus Berechnung. Weil am Ende eine Versöhnung mit Alicia wahrscheinlicher ist als die mit seinem Vater.«

»Aber er leidet wirklich darunter …«

»Natürlich leidet er! Aber spar dir die romantischen Vorstellungen, die du dir von ihm gemacht hast! Tiago ist genauso berechnend wie jeder andere Mensch. Gewiss, er hat sich in dich verliebt und glaubt nun, für diese Liebe einen gerechten Kampf auszufechten. Aber im Grunde ist er reichlich bequem. Sein Leben lang hat er alles bekommen, was er wollte. Echte Hindernisse musste er nie aus dem Weg räumen, und ich glaube, würde er jemals vor einem solchen stehen, würde er einknicken wie ein Halm im Wind. Zwar hat er manchen Streit mit seinem Vater ausgefochten, hat gegen dessen Willen durchgesetzt, dass er die Escuela besuchen kann. Aber nie ist

es hart auf hart gekommen. Nie hat er sich wirklich überlegen müssen, was es heißt, arm zu sein.«
Aurelia schwieg betreten.
»Soll ich dir etwas sagen? Guillermo ist ein Spieler – aber Tiago auch. Er spielt nur damit, ein Außenseiter zu sein und nicht zur Oberschicht zu gehören – in Wahrheit nutzt er alle Privilegien seines Rangs. Sonst hätte man ihn nie auf der Escuela aufgenommen – und das weiß er auch.«
Kurz sah er in ihrem Blick Bestürzung aufblitzen, die seine Worte bestätigte, aber dann straffte sie den Rücken und erklärte entschlossen: »Es ist besser, du gehst jetzt.«
Andrés rieb seine Hände. Vielleicht wäre es tatsächlich besser, sie allein zu lassen. Aber er konnte nicht auf das Vergnügen verzichten, ihr zuzusetzen … und ihr nahe zu sein.
»Warum? Weil ich die Wahrheit sage? Und dir diese Wahrheit nicht gefällt? Glaubst du denn wirklich, du hast gewonnen? Oh, deine Ehe nützt dir gar nichts, solange sie nicht von einem Pfaffen gesegnet wurde. Tiago wird sich eine Weile mit dir vergnügen und den Rebellen mimen, aber dann wird er dich fallenlassen und zurück unter seines Vaters Rockzipfel kriechen. Eine zivilrechtliche Ehe lässt sich rasch scheiden.« Er schluckte. »Er glaubt, dass er für dich kämpft. Aber Menschen wie er haben nie richtig zu kämpfen gelernt. Ich kann kämpfen. Ich würde dich nie fallenlassen.«
Während er sprach, war er unmerklich näher gekommen. Er sah, wie sie sich an die Lehne des Stuhls presste, und lächelte. Dann beugte er sich vor. Er hatte es nicht geplant, aber plötzlich konnte er nicht anders, als ihre Hand zu nehmen. Sie versuchte, sie ihm zu entziehen, doch sein Griff blieb fest.
»Du kommst aus dem Nichts, Mädchen, und wenn du dich auf Tiago verlässt, wirst du bald wieder dorthin verschwin-

den«, raunte er. »Ich hingegen … ich hingegen würde immer zu dir stehen.«
Er beugte sich noch weiter vor. Ganz dicht waren seine Lippen vor ihren. Sie wich zurück, drehte den Kopf so weit wie möglich zur Seite. Als seine Lippen zwar nicht ihren Mund, aber ihren Hals streiften, hob sie die freie Hand, um ihn zu schlagen, doch er hielt sie rechtzeitig fest.
»Was ist?«, spottete er. »Hast du auf der patagonischen Schaffarm nicht gelernt, wie man den Widder an den Hörnern packt?«
Beide Hände hielt er nun fest, küsste sie wieder, diesmal auf die Wangen, schmeckte diese weiche, süße Haut …
Wut und Genuss, Hass und Gier vermengten sich.
»Nicht …«, flehte sie, »… nicht!«
»Nun hab dich nicht so! Du musst einsehen, dass ich es gut mit dir meine. Dass du mir vertrauen kannst.«
»Andrés! Hör auf!«
Ihr Widerstand heizte seine Erregung noch an. Doch als er abermals versuchen wollte, ihren Mund zu küssen, erstarrte er mitten in der Bewegung.
»Was, zum Teufel, geht hier vor?«, ertönte hinter ihm eine Stimme.

Die Wut schien in Tiagos Kopf förmlich zu explodieren, als er Andrés sah, der sich besitzergreifend über Aurelia gebeugt hatte. Er war der Freund und Vertraute seiner Kindertage, und sie standen sich immer nahe, nicht nur, weil sie so viel Zeit miteinander verbrachten, sondern weil Andrés unter seinem dominanten Vater ähnlich litt wie er, und überdies, weil er von einer anderen Welt erzählen konnte, die außerhalb seines düsteren Zuhauses wartete.
Jetzt aber sah er einen Fremden vor sich – einen anmaßenden, dreisten Fremden. Rasend vor Zorn, stürzte er auf ihn zu.

Noch ehe Andrés ihn überhaupt gesehen hatte, packte er ihn schon am Kragen, zog ihn zurück und schlug ihm mit der Faust ins Gesicht. Andrés war so überrascht, dass er sich nicht einmal wehrte – Aurelia dagegen schrie angstvoll auf.
»Nein bitte! Tu das nicht!«
Ganz gleich, wie sie flehte – Tiago konnte nicht aufhören. Er schlug zwar nicht länger mit der Faust zu, sondern mit der flachen Hand, aber ihm fiel nichts anderes ein, was er der Ohnmacht entgegensetzen konnte – der Ohnmacht der letzten Tage, da er vor seinem Elternhaus auf und ab gegangen war und mit sich gekämpft hatte, zerrissen vom Wunsch, Versöhnung zu suchen, und vom Widerwillen, das dunkle Haus zu betreten und um das Verständnis seiner Eltern zu werben.
»Tiago, hör auf!«
Aurelias Stimme war schließlich doch befehlender als die kalte Flamme seiner Wut. Er ließ Andrés los, der prompt auf seine Knie sackte. Sein Gesicht war von roten Flecken übersät, sein Haar zerzaust. Schnell rappelte er sich auf, einen Ausdruck ehrlicher Bestürzung auf seinem Gesicht. Doch ehe er Tiago die Situation erklären, ehe er sich rechtfertigen und um Vergebung flehen konnte, sagte Tiago kalt zu Aurelia: »Pack deine Sachen! Wir verlassen noch heute das Haus.«
Andrés' Gesichtsausdruck wandelte sich. Nicht länger heischte er um Vergebung, blickte den Freund stattdessen halb spöttisch, halb nachsichtig an. »Ach ja?«, fragte er. »Und wohin wollt ihr dann gehen? So ganz ohne Geld?«
Tiago sah an ihm vorbei. »Dass du es wagst …«, zischte er.
»O nein!«, stritt Andrés den Vorwurf ab. »Ich bin hier nicht der Schuft! Du ziehst doch Aurelia in etwas hinein, was für sie niemals gut enden kann! Du machst ihr Versprechungen – und kannst ihr unmöglich eine Zukunft bieten.«
»Ich habe sie geheiratet!«, schrie Tiago.

»Ja, aber nur zivilrechtlich.«
Tiago ballte seine Hand zur Faust und hätte ihn am liebsten wieder geschlagen. Nur mühsam beherrschte er sich. »Ich werde immer zu ihr stehen!«, rief er.
»Wie du meinst«, gab Andrés nach. »Aber wohin willst du jetzt also gehen? Wovon willst du leben? Ha! Du bist von deinem Vater nicht minder abhängig als ich von meinem. Ich brauche seinen Respekt, du brauchst Williams Geld. Auch wenn du so tust, als könntest du dich ihm widersetzen – wer bist du denn, wenn er dir dein Leben nicht finanziert? Was hast du dir je erarbeitet? Ich … ich habe immerhin mein Studium abgeschlossen.«
Tiago hob seine Faust, aber Aurelia ging dazwischen und legte beruhigend ihre Hand auf seine Brust. »Bitte, Tiago, bitte beruhige dich. Es ist alles ein Missverständnis, es ist im Grunde gar nichts passiert. Andrés ist doch dein Freund, und er hat recht: Wir können nicht einfach gehen, wohin sollen wir denn, und …«
»Was ist passiert?«
Alle drei zuckten zusammen, als plötzlich die strenge Stimme erklang. Ramiro Espinoza stand an der Türschwelle und blickte nachdenklich von einem zum anderen.
»Dein Sohn vergreift sich an meiner Frau – das ist hier los«, sagte Tiago erbost.
Er sah, wie Andrés zusammenzuckte und schuldbewusst den Blick senkte. Es war etwas anderes, ihm, Tiago, zu trotzen, als dem Vater. Tiagos Wut verrauchte, und stattdessen stieg Mitleid in ihm auf, gleiches Mitleid, das wohl auch Aurelia dazu brachte, vorzutreten und mit bebender Stimme zu erklären: »Ein Missverständnis … es war alles nur ein Missverständnis … Ich war traurig, und Andrés hat versucht, mich zu trösten. Von außen mag es so ausgesehen haben, als ob …«

Ihre Worte erweichten Tiago, auch wenn er nicht wusste, was sie zu dieser Lüge bewog: der Wunsch, ihn zu schonen oder nicht alles noch schlimmer zu machen, für ihn, für Andrés, für sich selbst. So oder so – es überkam ihn das gleiche Gefühl wie einst im Elternhaus: der Zwang, sie zu schützen und sie aus vermeintlich vergifteter Atmosphäre zu befreien.

»Ich bedanke mich für deine Gastfreundschaft«, erklärte er vermeintlich gefasst, »aber wir gehen.«

Espinoza verspürte sichtliche Wut auf seinen Sohn – die Röte auf seinen Wangen verriet es. Doch er achtete nicht auf Andrés, sondern trat auf Tiago zu, um dieselbe Frage wie der Sohn zu stellen: »Und wohin?«

Die Wahrheit war, dass Tiago keine Ahnung hatte. Er hatte ein paar Freunde von der Escuela, und dann gab es natürlich diverse Verwandte seiner Familie, allesamt reich wie die Brown y Alvarados' und darum in der Lage, Gäste aufzunehmen. Allerdings standen sie gewiss auf Williams Seite. Der Oberschicht wurde oft vorgeworfen, dass sie gierig, unmoralisch und dekadent sei, dennoch gab es Gesetze, die niemand brach: Eines lautete, dass ein Sohn nicht gegen den Willen seiner Eltern heiratete. Und ein anderes, dass man zusammenhielt und sich nicht gegenseitig in den Rücken fiel.

Tiago wollte jedoch nicht zeigen, wie unsicher er sich fühlte. Erst presste er die Lippen zusammen, dann wollte er verkünden, dass es nicht Espinozas Sorge sein müsste.

Noch ehe er ein Wort hervorbrachte, vernahm er ein lautes Schluchzen. Verwirrt drehte er sich um, um festzustellen, dass es nicht, wie gedacht, aus Aurelias Mund kam. Die starrte ihn nur verwirrt an – das Weinen hingegen ertönte von der Haustür her. Und es kam ihm irgendwie bekannt vor.

Tiago ließ Aurelia, Ramiro und Andrés einfach stehen und stürzte die Treppe hinunter, um überrascht zu sehen, wem da das Hausmädchen aufgemacht hatte – und wer da herzerweichend schluchzte.

»Saqui?«, rief er überrascht.

Die Nana hob die verquollenen Augen. Ihre Haare, sonst von einer weißen Haube bedeckt, standen wirr vom Kopf ab. Noch vor einer knappen Stunde hatte er mit ihr gesprochen, und obwohl sie sich um sein Wohlergehen sorgte, hatte sie bei ihrem Abschied doch gefasst gewirkt.

»O Chico, Chico!«, rief sie jetzt ein ums andere Mal. *Mein Bub …*

So hatte sie ihn früher genannt, in seiner Kindheit; später hatte sie es jedoch nicht mehr gewagt. Dass sie nun zu dieser Koseform griff, zeigte, wie aufgelöst sie war.

»Ich bin den ganzen Weg hierher gelaufen«, stammelte sie unter Keuchen.

»Was ist passiert?«

Sie weinte immer heftiger. »Etwas Schreckliches …«, stieß sie hervor, »etwas ganz Schreckliches … Der Chico muss sofort nach Hause kommen.«

Victoria stand nun schon seit Stunden an der Druckerpresse, und ihr Rücken schmerzte inzwischen. Für gewöhnlich wollte sie sich solche Zeichen von Schwäche nicht zugestehen, aber an diesem Tag fiel ihr die Arbeit schwerer als sonst, da sie schon während der ganzen Woche fast immer hatte stehen müssen: Im Krankenhaus lernten sie zurzeit die Arbeit im Operationszimmer kennen. Die Schwestern mussten die Patienten vorbereiten, indem sie sie badeten und rasierten, dann galt es, alles für die Operation zurechtzulegen, unter anderem die Instrumente und die Verbandsstoffe. Und schließlich konnten sie – wenn auch aus einiger Distanz – bei der Operation zusehen. Victoria war begeistert davon – selten hatte sie so

viel Neues über Hygiene und Desinfektion gelernt wie in dieser Woche. Doch die Erschöpfung, die heute auf ihren Schultern lastete, war der Preis, den sie dafür bezahlen musste.
Rebeca teilte diese Müdigkeit nicht – zum einen war sie nicht im Operationssaal zum Einsatz gekommen, zum anderen überließ sie es Victoria, die Flugblätter zu vervielfältigen, während sie sich selbst einfach auf den Schreibtisch gesetzt hatte und ihre Füße herunterbaumeln ließ.
»Sauberkeit ist so wichtig«, berichtete Victoria von dem, was sie gelernt hatte, »besonders für die schwangeren Frauen! Es wird noch viel zu wenig für sie getan. Schon seit Jahren empfehlen die Ärzte, dass sie vor und nach der Geburt vierzig Tage nicht arbeiten sollen, aber es gibt noch kein Gesetz, das diese Regelung verbindlich vorschreibt. Und es gibt auch noch viel zu wenige weibliche Lehrerinnen in Sachen Hygiene. Ich meine, wer ist besser geeignet, den Frauen zu zeigen, wie sie auf sich und ihre Kinder achten, wenn nicht ihresgleichen? Vor den arroganten Doktoren empfinden sie ja doch nur Scham – und die wiederum lassen sich gar nicht erst dazu herab, sie in den Armenvierteln zu besuchen. Genau das aber muss geschehen, um …«
Rebeca hob die Hand, um sie zum Schweigen zu bringen. »Das weiß ich alles längst!«, meinte sie gelangweilt. Obwohl sie sich sehr kühl verhielt, hatten sie sich in den letzten Wochen dennoch wieder angenähert. Dass Victoria während der Ausschreitung nicht für sie eingetreten war, schien spätestens dann vergessen, als Victoria sich bereit erklärte, künftig nicht nur die Druckerpresse der Veliz' für die Vervielfältigung von Flugzetteln zur Verfügung zu stellen, sondern obendrein für Druckerschwärze und Papier zu bezahlen.
Victoria war zutiefst erleichtert, dass sich Rebeca nicht länger als feindselig erwies. Ein Wermutstropfen war nur, dass sie

kein weiteres Mal mit Jiacinto hier im Hinterzimmer der Buchhandlung gestanden hatte. In den letzten Wochen hatte sie ihn zwar manchmal in der rauchgeschwängerten Wohnung der Carrizos getroffen, aber dort hatte er sie nie sonderlich beachtet. Und vor allem hatte sich ihr Kuss nicht wiederholt, obwohl Victoria sich so danach sehnte, des Nachts oft wach lag und wieder und wieder den Moment heraufbeschwor, da ihre Lippen sich getroffen hatten, ihre Zungen kurz verschmolzen waren, nicht das Trennende gezählt hatte, sondern die gemeinsame Leidenschaft für Politik.

»Nun, aber hast du schon davon gehört, dass das Zentrum für Propaganda gegen Tuberkulose in Valparaíso einen Wettkampf organisiert hat?«, fragte sie. »Alle Mütter, die ihre Kinder selbst stillen, konnten sich anmelden, und wer die Ratschläge des Zentrums in Sachen Hygiene am besten befolgte, bekam einen Preis. Mehr als dreihundert haben teilgenommen, und von all den Kindern, die diese Mütter stillten, sind nur vier gestorben. Viel weniger als der Durchschnitt. Und das Zentrum hat offenbar auch Milchstationen gegründet, wo Ammen ihre Milch abgeben können und Mütter, die nicht stillen können …«

»Genug jetzt!«, stöhnte Rebeca genervt. »Die ganze Woche muss ich mir das im Krankenhaus anhören! Warum soll ich mich auch sonntags damit beschäftigen?«

Victoria blickte verwirrt hoch. »Weil du doch eine überzeugte Feministin bist! Du solltest davon überzeugt sein, dass Frauen in all ihren Lebensphasen unterstützt werden müssen. Wenn es um Frauen und Gesundheit geht, ist die Politik nur auf die Prostituierten und die Geschlechtskrankheiten fixiert. Aber das Thema ist so viel bedeutender. Man muss …«

Erneut hob Rebeca die Hand, um ihren Redefluss zu unter-

brechen. Sie stand auf und trat mit den üblichen katzenhaften Bewegungen zu Victoria. Sie stand so dicht bei ihr, dass Victoria von ihrem kurzen, schwarzen Haar gekitzelt wurde.
»Ach, all diese Klagen über das Elend der Frau!«, sagte sie. »Magst ja recht haben, dass man ihnen hilft, wenn man erklärt, wie man sauber wird und sich sauber hält. Aber ich sage dir eins: Die Freiheit der Frau steht und fällt mit einer ganz bestimmten Sache, und die hat nichts mit Hygiene zu tun. Eine Frau wird erst dann Herrin über ihren Körper und somit ihr Leben sein, wenn sie entscheiden kann, wann sie ein Kind bekommt und wann nicht.«
Victoria senkte ihren Blick. Sie wusste, dass radikale Feministinnen über die Möglichkeit von Empfängnisverhütung diskutierten, aber sie selbst hatte dieses Thema noch nie angesprochen – war es doch zu sehr mit Dingen verbunden, die selbst in ihrem liberalen Elternhaus nie offen ausgesprochen wurden.
»Ich denke wie Clara de la Luz!«, ereiferte sich Rebeca. »Die Kirche und die Kapitalisten fördern die wilde Fortpflanzung des Proletariats – damit sie möglichst viele neue Arbeiter bekommen, die man ausbeuten und knechten kann. Mein Gott! Wenn man ein wenig Ahnung hat, ist es doch so einfach, keine Kinder zu kriegen.«
Victoria senkte ihren Blick noch tiefer. Auch sie hatte, genau genommen, nicht viel Ahnung davon. Sie wusste, wie man Fruchtbarkeitstabellen benutzte, aber nicht, wie diese genau funktionierten. Und dann hatte sie von diesen sonderbaren Gegenständen aus Kautschuk gehört, die die Frau in ihren Körper schieben oder der Mann über sein Geschlecht ziehen sollte. Gesehen hatte sie sie allerdings noch nicht.
Allein beim Gedanken stieg ihr Röte in die Wangen – und sie musste unwillkürlich an Jiacinto denken.

Rebeca starrte sie lauernd an. »Sag bloß, du weißt ebenfalls nichts über diese Dinge?«
Victoria war es peinlich, es einzugestehen, und fragte deswegen schnell zurück: »Hast du … hast du dergleichen schon mal benutzt?«
In der Wohnung der Carrizos gingen viele Männer ein und aus, und sie hatte gesehen, wie Rebeca sich ihnen so freizügig und besitzergreifend auf den Schoß setzte oder durch ihre Bärte fuhr, wie sie es oft bei ihren Brüdern tat, aber sie wusste nicht, ob einer von ihnen ihr besonders nahestand.
»Hast du je einen Mann geliebt?«, fügte sie hinzu.
Rebeca kicherte. »Pah, Liebe ist nur eine Illusion. Und gib's zu: Das willst du eigentlich gar nicht wissen. Du möchtest vielmehr wissen, ob ich schon einmal mit einem Mann geschlafen habe.«
Victoria nickte aufgeregt.
»Mit mehr als einem …«, gab Rebeca zu. Sie klang weder sonderlich begeistert noch beschämt, als wären Liebschaften etwas so Selbstverständliches wie die kurzen Haare oder das Tragen von Hosen.
»Und wie hast du verhindert, dass du schwanger wurdest?«
»Oh, ich wurde schwanger …«
»Aber …«
»Ich hatte zwei Abtreibungen.«
Victoria riss die Augen auf. Auch dieses Thema wurde von Feministinnen diskutiert – die einen forderten das Recht der Frau, es zu tun, die anderen beklagten, dass viel zu viele daran starben, aber sie hatte sich kaum Gedanken darüber gemacht.
»Oh!«, entfuhr es ihr nur.
Rebecas Augen wurden plötzlich eiskalt. »Oder denkst du etwa, ich möchte wie meine Mutter enden?«, fragte sie mit harter Stimme.

»Ich weiß nichts über deine Mutter. Du hast mir nie etwas über sie erzählt.«
Rebeca zuckte die Schultern. »Da gibt es auch nicht viel zu erzählen. Zumindest nichts Erfreuliches. Mein Vater war Anwalt, aber seine Klienten ausschließlich Arme, die ihm kein ordentliches Honorar zahlen konnten – und mein Vater war so gutmütig, fast immer darauf zu verzichten. Meine Mutter war nicht richtig gesund – und unter den Umständen, in denen wir lebten, wurde es nicht besser. Sie hat ständig Kinder geboren, die meisten tot.« Sie schüttelte den Kopf, und in ihrem Gesicht zeigte sich plötzlich Verachtung, von der Victoria nicht sicher war, wem sie galt: ob dem idealistischen Vater, der Mutter oder den Reichen, denen solche Schicksale gleichgültig waren.
»Sie ist viel zu früh gestorben. Genau wie mein Vater.«
Victoria schluckte schwer und musste an ihre eigenen Eltern denken. »Aber wenigstens hast du deine Brüder.«
Juan … und Jiacinto …
Ob Rebeca ahnte, was sie für ihn fühlte? Ob sie sich ihr anvertrauen, vielleicht gar ihren Rat erbitten sollte?
»Ich hätte auch gerne Geschwister gehabt«, sagte sie stattdessen.
Rebecas Gesicht wurde wieder ausdruckslos. »Es lebt sich tatsächlich leichter mit ihnen als ohne«, meinte sie, »aber nun lass uns …«
Sie verstummte, als sie erst Schritte hörten, dann Pepes Schnaufen.
Victoria fühlte sich ertappt. Zwar wusste Valentina mittlerweile, dass sie immer wieder die Druckerpresse bediente, aber Pepe hatte sie es verschwiegen – wohl, weil der sich sonst in stundenlangen Selbstgesprächen darüber erregen würde.
Als er nun im Hinterzimmer erschien, achtete er jedoch gar nicht darauf.

»Victoria!«, rief er aufgeregt. »Komm sofort zu Mutter! Sie hat eben eine Nachricht erhalten. Von Aurelia. Es ist etwas Schlimmes passiert.«
»Mit Aurelia?«, rief Victoria entsetzt, und ihr letzter Streit war augenblicklich vergessen.
»Aurelia geht es gut, aber die Brown y Alvarados' wurden von einem schweren Schicksalsschlag getroffen.«

Valentina hatte offensichtlich gerade am großen Esstisch Platz genommen, um das Mittagessen einzunehmen, als ein Bote Aurelias Nachricht überbrachte. Als Victoria ins Zimmer trat, sah sie, wie sie gerade mit sichtlichem Bedauern, aber doch entschlossen die Suppenschüssel zur Seite schob und aufstand.
»Wir sollten auf der Stelle zu ihr fahren«, erklärte sie Victoria. »Diesen lächerlichen Streit zwischen euch Mädchen werde ich nicht länger dulden. Ihr seid gemeinsam nach Santiago gekommen, also müsst ihr füreinander da sein. Vor allem in Stunden wie dieser.«
Die Sorgen, die sich Victoria um Aurelia gemacht hatte, waren eben noch tief und ehrlich gewesen – doch dass ihr Streit mit ihr lächerlich sein sollte, kränkte sie.
»Was ist denn passiert?«, fragte sie gedehnt und mit einem gleichgültigen Tonfall, als ginge sie das alles nichts an.
»Tiagos älterer Bruder Guillermo ist verunglückt. Bei einem Autounfall. Vor drei Tagen«, erklärte Valentina schlicht.
Pepe verdrehte die Augen. »Mich wundert es gar nicht, dass man sich in diesen Ungetümen das Genick brechen kann. Es sollte verboten sein, dass …«
Ein strenger Blick seiner Mutter ließ ihn verstummen, wenngleich er mit derselben bockigen Miene schwieg, die nun auch Victoria aufsetzte.

»Was geht mich das an?«, fragte sie schnippisch. »Aurelia hat mich Tiago nie offiziell vorgestellt – geschweige denn ihrem Schwager.«
»Nun, es geht Aurelia etwas an. Guillermo hat den Unfall nicht überlebt, und das wird weitreichende Folgen für sie haben …«
»Nämlich welche?«
Valentina seufzte. »So wie es aussieht, hat William Brown Tiago dringend gebeten, nach Hause zurückzukehren. Wie William nunmehr zu Tiagos Ehe mit Aurelia steht, weiß ich nicht, aber es gibt nur zwei Möglichkeiten: Er pocht auf Scheidung oder akzeptiert sie als neues Familienmitglied. So oder so, finde ich, ist der Zeitpunkt gekommen, wieder mit ihr zu sprechen. Was war noch einmal der Grund für euren lächerlichen Streit?«
Dass erneut dasselbe Wörtchen fiel, erboste Victoria. »Es war nicht lächerlich, es war …« Sie brach ab, denn im Grunde genommen hatte sie Aurelia in den letzten Wochen oft schmerzlich vermisst. Es ärgerte sie nach wie vor, dass diese Tiago geheiratet hatte, aber manchmal, wenn sie selbst mit klopfendem Herzen an Jiacinto dachte, fragte sie sich, ob es nicht ein Unrecht war, der anderen ausgerechnet die Liebe zu einem Mann vorzuwerfen. Auch wenn er der falsche Mann war, zumindest in Victorias Augen – die Liebe war doch ein tiefes, echtes, ehrliches Gefühl!
Ehe sie etwas hinzufügen konnte, ertönte hinter ihnen schrilles Gelächter. Victoria hatte nicht bemerkt, dass Rebeca nachgekommen war und offenbar ebenfalls von Guillermo Brown y Alvarados' Tod erfahren hatte.
»Nun, da hat es einmal den Richtigen getroffen«, rief sie und lachte weiterhin schallend.
Victoria hatte zwar selbst wenig Mitgefühl mit einem Mann, der sich mit seinem Auto leichtsinnig zu Tode fuhr, aber be-

griff nicht, was daran lustig sein sollte, wenn ein Mensch in so jungen Jahren aus dem Leben gerissen wurde. Auch Valentina verzog missbilligend die Stirn, während Rebeca inzwischen so heftig lachte, dass sie sich nach vorne beugte und Speicheltröpfchen von ihrem Mund sprühten.

»Warum lachst du?«, fragte Valentina.

»Weil Geld eben doch nicht alles ist!«, rief sie schrill. »Weil auch die Reichen sterblich sind!«

Offenbar dachte Rebeca an ihre toten Eltern, die ausgemergelte Mutter, den hilflosen Vater, und an die als Kinder gestorbenen Geschwister und hielt es für ausgleichende Gerechtigkeit, dass sich auch die *canalla dorada* nicht immer einem zu frühen Tod entziehen konnte.

So abrupt, wie es begonnen hatte, riss ihr Gelächter hab. »Im Übrigen gebe ich Doña Valentina recht«, erklärte sie nüchtern. »Ich finde auch, dass du dich mit Aurelia versöhnen solltest.«

Victoria starrte sie verwundert an. Sie hatte mit den Carrizos so gut wie gar nicht über ihre Freundin gesprochen und auch den Streit nur vage erwähnt.

»Aber ja doch!«, rief Rebeca bekräftigend. »Falls Tiago sich weiterhin zu ihr bekennt und sie offiziell in die Familie aufgenommen wird, ist sie jetzt eine reiche Frau. Und du kannst sie sicher dann und wann um Geld bitten. Wir können es brauchen.«

Sprach's, zuckte die Schultern und wandte sich um. »Außerdem würde Jiacinto das auch so sehen«, erklärte sie abschließend mit einem Grinsen.

»Also gut«, gab Victoria nach, nachdem sie gegangen war, »wir werden Aurelia besuchen und ihr beistehen. Aber wir sollten nichts überstürzen. Es reicht, wenn wir morgen zu ihr fahren. Oder nächste Woche.«

»Das heißt, wir können jetzt doch noch essen!«, frohlockte Pepe, dem die Aufregung zumindest nicht auf den Magen geschlagen war.
»Die Suppe ist längst kalt geworden«, stellte Valentina etwas mürrisch fest, nahm jedoch trotzdem wieder am Speisetisch Platz und zog die Schüssel zu sich.

14 Kapitel

Sein einstiges Zuhause wirkte zwar düster und bedrückend wie stets, aber es war für Tiago erträglicher als sonst, es zu betreten. Jener Widerspruch zwischen augenscheinlichem Reichtum und gleichzeitiger Leblosigkeit hatte ihm stets zugesetzt – zu einem Haus, in dem getrauert wurde, passten jedoch die dunklen Vorhänge, die das Sonnenlicht beschnitten.
Wie tief seine eigene Trauer ging, konnte er nicht recht sagen. Guillermo hatte ihm nie sonderlich nahegestanden, sie hatten zu unterschiedliche Wege gewählt, um den Anforderungen ihres Standes gerecht zu werden, und sie schienen nie die gleiche Sprache gesprochen zu haben. Dennoch war Tiago wahrhaft bestürzt über den viel zu frühen, sinnlosen Tod, und das Mitleid für die Eltern war echter und wärmer als alles, was er seit langem für sie gefühlt hatte.
Als er den Vater im Salon sitzen sah – sein Schnurrbart war nicht pomadisiert, sondern stand nach allen Seiten ab, sein Körper schien geschrumpft, das Gesicht war leichenblass –, überkam ihn Sorge und … Rührung.
»Vater, ich bin hier …«
Guillermos Tod lag eine Woche zurück. Vor drei Tagen war er im Mausoleum der Familie bestattet worden. Tiago war dabei gewesen und hatte Aurelia an seiner Seite gehabt, doch der Vater hatte ihn kein einziges Mal angesehen. Sein Blick war starr gewesen, seine Bewegungen abgehackt.
Nun war Aurelia bei Saqui in der Küche, er mit William allein, und endlich hob der seinen Blick und musterte ihn. Seine

grauen Augen schimmerten feucht, doch als er den Mund öffnete, ertönte nicht das Schluchzen, das Tiago insgeheim erwartet hatte, sondern er erklärte nur mit rauher Stimme: »Man muss zurzeit auf den Dollar setzen, nicht auf den Peso. Die Regierung zieht zwar immer wieder Geld zurück, um genau das zu verhindern – aber meiner Meinung nach ist eine Inflation unausweichlich.«

Tiago trat langsam näher.

»Ach, Vater …«, seufzte er.

William richtete sich ein wenig auf. »Es ist wichtig, dass du das weißt! Du musst all diese Dinge lernen, und das möglichst schnell! Du hast ja keine Ahnung, wie sich in den letzten Jahren die wirtschaftliche Lage verändert hat. Ganz neue Geschäftszweige sind entstanden und von großer Bedeutung. Nehmen wir die Bierindustrie. Sämtliche große Brauereien zwischen Santiago und Limache haben fusioniert. Sie sind von der Familie Cousiño und Edward gekauft worden, und die haben wiederum ihr Kapital von Kohle- und Kupferminen im Norden …«

»Vater …«

Tiagos Kehle wurde eng, nicht nur von Trauer, von Mitleid, sondern auch … von Furcht. Ein anderer, der William so reden hörte, könnte denken, dass die Trauer seinen klaren Geist verdunkelte und er sich verzweifelt an etwas klammerte, was er begreifen konnte. Doch Tiago ahnte, dass William trotz allem Kummer wusste, was er sagte. Und dass seine Botschaft lautete: Du bist jetzt der Erbe, du musst jetzt Guillermo ersetzen. Er hatte sich gewappnet, dass das auf ihn zukam. Aber nicht so bald damit gerechnet. Und er hatte sich nicht entschieden, wie er darauf reagieren sollte.

»Der Nitratsektor ist immer noch die beste Einnahmequelle des Staats. Dementsprechend habe ich jahrelang in den Norden investiert. Aber man kann sich nie sicher sein, dass die Firmen dort Bestand haben. Jederzeit könnte ein Präsident wie Balmaceda gewählt werden und entscheiden, dass die ausländische Monopolbildung verhindert werden muss. Du bist zwar Chilene, Tiago, dennoch solltest du dich an meinen Rat halten: Man muss möglichst breit investieren, wenn man reich werden will, nicht nur in eine Branche. Da ist das Eisenbahnnetz, das sich immer weiter ausdehnt, oder der Schiffsverkehr. Und vergiss nicht: Die reichen Chilenen lieben alles, was aus dem Ausland kommt. Ob englische Wolle, französische Parfüms oder Maschinen aus den USA – das Importgeschäft wird unverändert blühen.«

Schwer sackte sein Kopf gegen die Lehne und versank im Schatten. Obwohl er dem Blick der grauen Augen nicht mehr ausgeliefert war, vermeinte Tiago auf seinen Schultern eine schwere Last zu fühlen. Er ging neben dem Stuhl des Vaters in die Knie und tastete nach seiner Hand. Jenes Gewicht, das ihn bedrückte, rührte nicht nur von Williams Worten, sondern auch von dem, was Andrés ihm erst kürzlich vorgehalten hatte: Alles, was er erreicht hatte, verdankte er dem Vermögen und Ansehen seines Vaters. Er war privilegiert … aber hatte noch nie bewiesen, dass er von sich aus zu etwas taugte.

»Vater, ich verstehe von diesen Dingen doch nichts.«

»Dann musst du es lernen!«, schrie William unvermittelt. Ruckartig fuhr er hoch. Seine Hand umkrallte die von Tiago. »Du wirst Jura studieren, wie dein Bruder. Am Instituto Nacional. Dort geht es etwas schneller als an der Katholischen Universität. Und du wirst Praktika machen, viele Praktika. Du beginnst bei Konrad Meyerhoff – das ist ein deutscher Unternehmer, der diverse Güter, die in Chile produziert werden, nach Europa verkauft: Keramik, chemische Erzeugnisse,

Butter und Käse, Seife und Schuhe, Weizen und braunes Papier, Glas und Flaschen.«

Tiago versuchte, ihm seine Hand zu entziehen, doch der Griff war unerbittlich. »Vater, ich studiere Malerei. Das ist meine Leidenschaft.«

William sah ihn an und zugleich an ihm vorbei: »Wie viele Leidenschaften musste ich aufgeben?«, fragte er.

Sein Gesicht wirkte plötzlich so fremd, weil es so verletzlich schien. Hinter dem steifen, kontrollierten William kam ein ganz anderer zum Vorschein – jener junge Mann, der sich in seinen ersten Jahren in der Fremde manchmal verloren gefühlt hatte. Der unfähig gewesen war, das Herz seiner Frau Alicia zu gewinnen, denn man hatte ihm beigebracht, wie man Geld vermehrte, nicht wie man Liebe gab und empfing. Jener Mann hatte stets die Neigungen seiner Söhne bekämpft – Guillermos Vorliebe für den Exzess, ob beim Autofahren, Spielen oder Trinken, und Tiagos Sehnsucht nach Freiheit und Schönheit, aber vielleicht hatte er auch sich selbst bekämpft, weil er einmal andere Träume gehabt hatte, als in einem so reichen, aber dunklen Haus zu sitzen.

»Komm zurück, Tiago! Nimm Guillermos Platz ein!«

Tiagos Kehle wurde noch enger. Seine Furcht vor den Fesseln, die William ihm eben anlegte, war sehr groß. Aber noch größer war die Furcht, diese Fesseln abzuwerfen und auf der Straße zu stehen, mittellos und ohne besondere Fähigkeit.

Er erhob sich und atmete tief ein.

»Ich werde die Malerei aufgeben«, murmelte er. »Aber nicht Aurelia.«

Er sah, wie es hinter Williams Stirn arbeitete. Tiefer Widerwille stritt dort mit Berechnung, Standesdünkel mit Pragmatismus.

»Du weißt, wir haben zivilrechtlich geheiratet«, fuhr Tiago fort. »Wenn ich zurückkehre in den Schoß dieser Familie, wenn ich Guillermos Platz als dein Haupterbe einnehmen soll – dann werde ich das nur mit ihr an meiner Seite tun.«
William richtete sich auf, erhob sich und begann, langsam auf und ab zu gehen. Mit jedem Schritt schien er zu wachsen und zugleich wieder steifer zu werden. Als er sich umdrehte, stand keine Trauer mehr in seinem Gesicht, keine Verlorenheit, keine unterdrückte Sehnsucht.
»Ich weiß, wann es sich zu feilschen lohnt und wann nicht«, sagte er schließlich und fügte plötzlich befehlend hinzu: »Ihr beide werdet im feierlichen Rahmen noch einmal kirchlich heiraten.«
Tiago seufzte erleichtert. Er hatte nicht erwartet, dass er so schnell, so kampflos seine Ziele erreichen würde. Erst verspätet ging ihm auf, wie hoch der Einsatz war, den er erbrachte.
Nachdenklich runzelte William seine Stirn. »Sie ist das Kind von Deutschen, nicht wahr? Daraus können wir etwas machen.«
»Was … machen?«
»Wir erklären, dass sie die Erbin einer großen Kompanie in Patagonien ist … Die Leute werden zwar tuscheln, aber verstehen, warum sie ihren Namen noch nie gehört haben. Wer interessiert sich schon für Patagonien? Auf diese Weise vertuschen wir, dass ihre Eltern einfache Schafzüchter sind. Und wenn sie die richtige Kleidung trägt und deine Mutter sie auf die Gesellschaft vorbereitet, dann kann sie sich doch benehmen, ohne peinlich aufzufallen, oder?«
Er sprach zwar über Aurelia, aber Tiago hatte das Gefühl, als spräche er zugleich über ihn. *Kannst du deine Pflicht erfüllen? Kannst du dich benehmen?*

William trat auf ihn zu und starrte ihm ins Gesicht.
Tiago senkte seinen Kopf. »Wir werden dich nicht enttäuschen, Vater.«

Alicia war im Gebet versunken und machte keine Anstalten, sich von dem Betschemel vor ihrem Hausaltar zu erheben, als Saqui Aurelia zu ihr brachte. Unsicher blieb Aurelia an der Tür stehen. Sie war so froh und erleichtert gewesen, dass Tiago sich gestern mit seinem Vater versöhnt und dieser nun bereit war, sie als Frau seines Sohnes zu akzeptieren – deswegen wollte sie keinesfalls einen Fehler machen.
Durch Alicias schmale Finger glitt ein Rosenkranz, ihre Lippen bewegten sich lautlos. Vorsichtig trat Aurelia näher und hielt jedes Mal den Atem an, wenn unter ihrem Schritt der Boden knarrte. Alicia war blass, aber das war sie auch bei ihrer ersten Begegnung gewesen; sie trug Schwarz, aber auch das hatte sie damals getragen. Sie erweckte nicht den Eindruck, als hätte sie geweint, und ihre Schultern schienen nicht von der Last der Trauer erdrückt.
Aurelia fühlte sich immer unwohler. Sie hielt ihren mageren Besitz in beiden Armen – rechts die Mappe mit ihren Bildern, links ihre Tasche mit der Kleidung. Sie war sich nicht sicher, ob sie beides auf den Boden stellen sollte – und auch nicht, ob Alicia überhaupt bemerkt hatte, dass Saqui sie zu ihr gebracht hatte.
Doch plötzlich fing diese zu sprechen an. »Ich wäre gerne Nonne geworden … Bei den unbeschuhten Karmeliterinnen von Los Andes.«
Aurelia schwieg verwirrt und konnte die Worte nicht deuten: Wollte ihr Alicia damit erklären, warum sie einen eigenen Hausaltar hatte und so viel betete? Oder sollte ein solch persönliches Bekenntnis einfach nur Nähe und Vertrauen schaffen?

Alicia legte den Rosenkranz in ein kleines Kästchen und erhob sich. Jede Bewegung fiel formvollendet und elegant aus.
»Als mein Vater meine Ehe mit William arrangiert hat, war daran natürlich nicht mehr zu denken.«
Sie sagte es leichtfertig, als hätte es sie nicht sonderlich gestört, den ursprünglichen Lebensplan aufzugeben, aber ihr Blick war stechend, als sie hochblickte und Aurelia musterte. Vielleicht sprach aus ihren Worten Neid, weil Aurelia, anders als sie, den Mann heiraten konnte, den sie liebte.
Sie trat auf Aurelia zu, nahm ihr die Tasche mit der Kleidung ab und trat zu dem großen, mächtigen Himmelbett. Dann öffnete sie die Tasche und begann, Aurelias Kleidung darauf auszubreiten – die schlichten Blusen, die einfachen Röcke, das dunkle Kleid. Kurz ließ sie jedes Stück durch ihre schmalen Finger gleiten wie eben noch den Rosenkranz, und Aurelia fühlte sich beschämt und entblößt zugleich.
»In unserer Familie war es bis dahin eigentlich üblich, nur Ehen unter Vettern zu schließen«, fuhr Alicia fort. »Aber in meinem und Williams Fall machte mein Vater eine Ausnahme.« Sie zögerte, drehte sich dann zu ihr um. »Weißt du überhaupt, wer William ist?«
Aurelia schwieg. Sie konnte sich nicht vorstellen, dass Alicia wirklich eine Antwort erwartete.
»Die Browns«, fuhr sie prompt selbst fort, »gehören zur Elite der britischen Gesellschaft und Wirtschaft: ähnlich wie Randolph Churchill oder Lockett und Nathan Rothschild.«
Aurelia kannte die Namen nicht, nickte aber beflissen.
»William war jedoch einer der jüngeren Söhne seines Vaters. Er ging nach Chile, weil er etwas Eigenes schaffen wollte. Er war häufiger Gast im Hause meines Vaters.«
Sie machte eine Pause, als läge diese Zeit zu lange zurück, um sich noch an Einzelheiten erinnern zu können. Schließlich er-

zählte sie mit ausdruckslosem Gesicht und gleichgültiger Stimme die Geschichte ihrer Familie, der stolzen Alvarados', die aus dem spanischen Toledo stammten, schon mit Pedro de Valdivia nach Chile gekommen waren und zu den Gründungsvätern Santiagos gehörten. Mehrmals wäre die Stadt von blutrünstigen Indianern zerstört worden, aber sie hätten nicht aufgegeben – weder mit dem Kämpfen noch mit dem Bauen. In den ersten Generationen galt es, das eigene Überleben zu sichern, später die Unabhängigkeit von Spanien zu erlangen. Irgendwann war man zu reich und zu vornehm – die Indianer fast ausgerottet und das Band zu Spanien auf ewig zerstört –, um noch kämpfen zu müssen. Gebaut wurde weiterhin – wenn auch keine Stadthäuser und Kirchen in Santiago, sondern Haciendas auf dem Land, Minen im Norden, Fabriken in der Zentralsenke.

»Ich war die älteste Tochter meines Vaters. Ich war überhaupt das älteste Kind, was für meine Mutter eine große Schande war. Gute Frauen gebären zuerst Söhne. Nach meiner Geburt hat sie lange geweint, dann meinen Vater um Vergebung gebeten und schließlich vor der Jungfrau Maria ein Gelübde abgelegt. Sie hat versprochen, dass ich Nonne werden würde, und sie hoffte, dass Maria gnädig gestimmt war und ihr als nächstes Kind einen Sohn schenken würde.«

Aurelia war verwirrt. Hatte Alicia nicht eben erst gesagt, dass sie selbst ins Kloster hatte gehen wollen? Oder hatte sie sich nur dem Gelübde der Mutter verpflichtet gefühlt? Sie wagte nicht, nachzufragen.

»Nun, auch ihr zweites und drittes Kind waren Mädchen – und Mädchen sind nicht nur eine Schande für ihre Mütter, sondern bedeuten Verlust von Geld für ihren Vater. Schließlich müssen sie mit einer hohen Mitgift ausgestattet werden. William dagegen brauchte kein Geld, er hatte genug davon.

Was ihm fehlte, war ein ehrwürdiger Namen und die Achtung der altehrwürdigen spanischen Familien. Sie mögen keine Ausländer, musst du wissen, ob nun Deutsche oder Engländer oder Amerikaner. Trotz der Heirat mit mir blieb er natürlich ein Engländer, und die altehrwürdigen spanischen Familien verachteten ihn immer noch. Aber nun wagten sie nicht mehr, ihre Verachtung zu zeigen. Er hat bekommen, was er wollte – eine Ehefrau –, und mein Vater ist losgeworden, was er wollte – eine Tochter. Meine Mutter wiederum steckte eine jüngere Schwester von mir ins Kloster.«

Wie sie selbst bei diesem Geschäft ausgestiegen war, sagte sie nicht. »Williams Aufgabe war es fortan, noch reicher zu werden, als er schon war. Meine Aufgabe war es, dem Namen meines Vaters Ehre zu bereiten, obwohl ich mit einem Engländer verheiratet bin. Deine Pflicht ist es, Tiago keine Schande zu machen.«

Aurelia leckte sich über die Lippen und brachte aus trockener Kehle hervor. »Ich werde alles tun, um …«

Alicia deutete auf Aurelias Kleidung: »Du wirst nichts davon behalten können. Das ist zu schäbig für eine Frau deines künftigen Ranges. Wir werden dich ganz neu einkleiden. Und du wirst lernen müssen, wie man sich in unseren Kreisen verhält.«

Aurelia wusste nicht, ob Alicia Zustimmung erwartete oder davon ausging, dass sie sich ohnehin nie und nimmer widersetzen würde. Schließlich stammelte sie: »Ich … ich liebe Tiago. Ich will, dass er stolz auf mich ist.«

Alicias Blick schien etwas lebendiger zu werden, wenngleich Aurelia nicht sagen konnte, was darin aufleuchtete: ob Neid oder Erleichterung oder Liebe zum Sohn.

Sie trat abermals auf sie zu und nahm ihr die Malmappe aus der Hand, die Aurelia an sich gepresst gehalten hatte.

Diesmal ging sie nicht zum Bett, sondern zum Tisch, um die Bilder dort nebeneinander auszubreiten. Sie betrachtete sie alle sorgfältig – am längsten das letzte, das Aurelia erst vor kurzem gemalt hatte und das sie und Tiago in Patagonien zeigte.

»Du malst sehr gut«, stellte sie fest und klang ehrlich anerkennend. »Es sind ausgesprochen schöne Bilder.«

Aurelia errötete. »Danke, ich …«

»Du weißt, dass du das Malen aufgeben musst«, fiel ihr Alicia hart ins Wort.

»Aber ich kann doch …«

»Doch, du musst es aufgeben!« Ihre Stimme wurde ungewohnt laut. »Gewiss, es gibt unziemlichere Tätigkeiten für eine feine Dame, als hinter der Staffelei zu sitzen. Meinetwegen könntest du malen, so viel du willst. Aber wann immer du es tun würdest, würdest du Tiago schmerzlich an seinen Traum erinnern – den Traum, den er aufgeben musste. Wenn du ihn wirklich liebst, wie du sagst, wirst du ihm beweisen, dass du – wie er selbst – zu einem überaus großen Verzicht bereit bist.«

Aurelia schluckte. Alicias Worte leuchteten ihr ein, gewiss wollte sie Tiago keinen Schmerz zufügen, dennoch regte sich in ihr Protest.

»Ich will doch nur …«, setzte sie an.

Alicia trat zu ihr, hob die Hand und streichelte ihr zärtlich über die Wange. Aurelia hätte nicht erwartet, dass diese steife Frau zu solch einer liebevollen Berührung fähig war. Ihr Blick war allerdings keineswegs liebevoll – etwas Trotziges stand in ihren Zügen: »Die Tugenden einer edlen Frau sind die gleichen wie die unserer Jungfrau Maria. Selbstlos, freundlich und zart hat sie zu sein. Bescheiden, hingebungsvoll und bereit, alles zu opfern. Sie lebt nicht für sich, sondern für ihren

Mann und ihre Söhne. Und wenn sie ihren Mann oder ihre Söhne verliert, dann trägt sie ihr Leid stumm und mit Würde.«
Je länger sie sprach, desto verächtlicher klangen ihre Worte, als würde sie sie insgeheim für genauso falsch befinden, wie Victoria es wohl tun würde.
Alicia senkte ihre Hand und trat zurück. »Ich habe William geheiratet, ihm Söhne geschenkt, ich bin nicht Nonne geworden, und ich habe stets meine gesellschaftlichen Pflichten erfüllt«, setzte sie unwillkürlich hinzu. »Aber ich habe nie auch nur ein Wort Englisch gelernt.«
Ein schmales Lächeln erschien auf ihren Lippen und ließ sie jung erscheinen, fast glücklich. Doch rasch wurden ihre Züge wieder ausdruckslos. »Du wirst nun baden. Danach kommt die Schneiderin.«
Aurelia blickte erst sehnsüchtig auf ihre alten Kleider, dann auf ihre Bilder. Sie wagte weder das eine noch das andere zurückzufordern.
»Ich werde nicht mehr malen«, stieß sie hastig aus, ehe sie die Worte ausreichend überdenken konnte. »Natürlich bringe ich dieses Opfer, um Tiago Schmerz zu ersparen! Er soll seine Entscheidung nie bereuen und nicht ständig an seinen Verzicht erinnert werden!«
Alicia verließ schweigend das Zimmer. Auch wenn sie es gewollt hätte, hätte Aurelia ihre vorschnellen Worte nun nicht mehr zurücknehmen können.

Das Wasser, das Saqui in der emaillierten Badewanne eingelassen hatte, war heiß, und Aurelias Haut färbte sich rasch krebsrot. Schweiß stand ihr auf dem Gesicht, trotzdem genoss sie es, wie ihre harten Muskeln weicher wurden und die Anspannung nachließ. Sie hätte das Bad noch mehr genießen können, wenn sie allein gewesen wäre. Doch Saqui, die das Wasser mit Jasminöl parfümiert hatte, blieb die ganze Zeit bei ihr und redete auf sie ein. Offenbar war es nicht üblich, dass eine feine Dame ohne Hilfe eines Dienstmädchens badete.

Als Aurelia aus dem Wasser stieg, breitete sie sofort ein großes, weiches Handtuch für sie aus, trocknete sie ab und rieb dann Schultern, Arme und Dekolleté mit Kölnischwasser ein, das auf Aurelias Haut brannte. Sie war erleichtert, endlich in die Unterwäsche schlüpfen zu können – nicht die, die sie bisher getragen hatte, sondern rosafarbene aus Seide und mit Spitzen –, aber die Schönheitspflege war damit noch nicht beendet.

»Hier!«, sagte Saqui und öffnete einen Tiegel. »Das muss jetzt zweimal am Tag auf dem Gesicht aufgetragen werden, morgens und abends.«

»Was ist das?« Augenblicklich roch es säuerlich im Bad.

»Das ist eine Mixtur aus Zitronensaft. Es heißt, der Teint wird davon durchsichtig weiß.«

Aurelia streckte ihre Hand aus, um selbst von der Creme zu nehmen, doch Saqui schüttelte den Kopf zum Zeichen, dass sie sie eincremen würde. Es brannte noch mehr als das Kölnischwasser.

Während sie sich ihrer Körperpflege widmete, redete Saqui weiterhin ununterbrochen, erst mit erstickter Stimme von Guillermo, dann – mit einem Lächeln – von Tiago. Alles, was sie sagte, war von starken Gefühlen begleitet, und jene Gefühle wechselten so schnell wie das Wetter im unsteten November. Anfangs wollte Aurelia sie noch trösten, wenn sie Kummer zeigte, oder sich mit ihr amüsieren, wenn es Belustigung war, doch kaum machte sie den Mund auf, war Saqui schon bei einem neuen Thema.

Mit schnellen Strichen begann sie, ihr Haar zu kämmen.

»Die anderen feinen Damen der Gesellschaft spülen ihr Haar mit Kamillentee. Dann erhält es eine Schattierung wie aus Bronze. Aber Ihr Haar ist zu schwarz, da lässt sich nichts machen.«

Aurelia zuckte hilflos die Schultern und wusste nicht, was Saqui erwartete. Eine Entschuldigung, weil sie die falsche Haarfarbe hatte?

Aber Saqui war schon beim nächsten Thema angelangt: »Eigentlich legen die feinen Leute Chiles keinen großen Wert auf Reinlichkeit. Ich bin bei Doña Alicias Familie aufgewachsen, müssen Sie wissen, und da hat man sich nie gebadet. Es gab im ganzen Haus keine Badewanne. Aber Señor Brown hat darauf bestanden, dass in seinem Haus eine eingebaut wird.«

Sie half Aurelia, in den Bademantel zu schlüpfen, und reichte ihr weiche Hausschuhe.

»Kommen Sie nun mit. Ich zeige Ihnen Ihr künftiges Gemach.«

Der Raum, in den Saqui sie brachte, war dunkel wie alle Räume des Hauses – und ebenso edel. Das Himmelbett war so breit, dass eine ganze Familie darin hätte schlafen können, doch es lagen nur ein Kissen und ein Laken darauf.

Nur mit Mühe verkniff sich Aurelia die Frage, warum sie hier ganz allein und nicht etwa mit Tiago schlafen musste, aber sie wollte dann doch nicht eingestehen, dass sie nicht wusste, ob diese Trennung auf die Zeit vor der kirchlichen Hochzeit befristet oder bei den hohen Herrschaften so üblich war.

Ehrfürchtig blickte sie sich um. Das Sofa gegenüber vom Bett war mit französischer Seide bezogen, die Kissen, die darauf lagen, hatten bestickte Satinbezüge. Die großen, dunklen Truhen mit Intarsienschnitzereien aus Elfenbein dufteten nach Sandelholz. Der Fußboden war aus schwerem italienischem Marmor, und rechts und links von der Tür standen zwei mit

heißem Wasser und Eukalyptusblättern gefüllte Töpfe, die einen köstlichen Geruch verbreiteten.
Aurelia konnte der Versuchung nicht widerstehen und ließ sich auf das Bett fallen. Nie hatte sie, die bestenfalls auf einer Matratze aus Rosshaar geschlafen hatte, so weich gelegen. Sie blickte hoch und sah, dass man dicke, rote Brokatvorhänge vor dem Bett zuziehen konnte.
»Sie müssen das Unterkleid anziehen, Niña Aurelia«, drängte Saqui und reichte ihr ein Kleid aus hauchzartem Stoff und ebenfalls vielen Spitzen. »Doña Alicia wird gleich hier sein, gemeinsam mit der Schneiderin. Sie werden so viele neue Kleider bekommen, Sie müssen sich unendlich darüber freuen, nicht wahr, Niña?«
Ihr Gesicht strahlte, als sie Aurelia verschwörerisch zuzwinkerte. Diese konnte nur nicken.
»Ich bin so glücklich, dass Tiago eine derart schöne Frau gefunden hat!«, fuhr Saqui fort.
Aurelia lächelte und war gerührt, dass wenigstens einer in diesem Haus die Verbindung nicht nur widerwillig akzeptierte, sondern darüber begeistert war, doch bei Saquis nächsten Worten gefror ihr das Lächeln: »Ich bin wie eine zweite Mutter für Tiago«, erklärte sie mit kindlichem Stolz, »und deswegen ist es eine ganz besondere Freude, dass eine Frau meines Volkes seine Ehegattin wird.«
Aurelia stockte der Atem. Entsetzt fuhr sie auf, und das Bett, auf dem sie saß, schien nicht mehr weich, sondern hart wie Marmor. »Was redest du denn da?«
Abermals zwinkerte Saqui ihr vertraulich zu. »Oh, ich weiß – ich selber bin klein, rund und dunkel – Sie hingegen sind nur klein, aber zart. Sie haben eine helle Haut und eine schmale Nase. Aber ich sehe es an Ihrer Seele … Ich sehe die Seele einer Mapuche.«

Saqui hatte sich vorgebeugt, ihre Hände ergriffen und drückte sie fest, und kurz fühlte Aurelia sich trotz des Schreckens geborgen. Ja, da war ein Mensch, der nicht nur ihre Liebe zu Tiago guthieß, sondern der sich herzlich um sie kümmerte, der sich nicht steif wie William und Alicia gebärdete, sondern seine Gefühle zeigte. Aber dennoch …

Alicia und William durften nie erfahren, dass sie von einer Mapuche abstammte! Für Tiago war es nicht wichtig gewesen, aber selbst er, das ahnte sie, würde das Thema nie wieder anschneiden, weil es gar zu peinlich war!

Abrupt entriss Aurelia ihr die Hände. »Das ist nicht wahr!«, zischte sie.

Saquis Augen weiteten sich erstaunt.

Aurelia hatte sich bis jetzt eingeschüchtert und wie gelähmt gefühlt, nun plötzlich erwachten Kräfte in ihr, und jene entluden sich, indem sie Saqui ungestüm an den Schultern ergriff und sie schüttelte. »Wag es nicht, so etwas noch einmal zu sagen! In meinen Adern fließt kein Mapuche-Blut! Beleidige mich nicht …«

»Es ist keine Beleidigung!«

»Noch schlimmer, es ist eine dreckige Lüge! Und wenn du sie jemals wieder aussprichst, werde ich alles dafür tun, dass du des Hauses verwiesen wirst, verstehst du?«

Sie sah, wie sich das Gefühl tiefer, schmerzhafter Kränkung in Saquis entgeistertem Gesicht ausbreitete, und sofort packte sie ein schlechtes Gewissen, weil sie die andere so schäbig behandelte. Aber noch größer als dieses war ihre Angst.

Saqui tat etwas, was sie noch nie getan hatte. Sie kniff die Lippen zusammen, machte ein ausdrucksloses Gesicht und … schwieg. Ohne ein weiteres Wort wollte sie das Zimmer verlassen, und als sie ihr den Rücken zuwandte, war Aurelia zutiefst beschämt – nicht nur wegen Saqui, sondern auch weil

sie an ihre Mutter denken musste, die sie in diesem Augenblick ebenso verraten hatte wie Tiagos Nana.
»Saqui, ich will doch nur …«
Sie kam nicht weiter. Saqui hatte kaum die Tür erreicht, als es dort klopfte und Alicia eintrat, in Begleitung von mehreren Dienstmädchen und einer grau gekleideten Frau, die Aurelias Körper von oben bis unten musterte.
Die Dienstmädchen hatten ihre Hände voller Kleidungsstücke und Accessoires: Schuhe und Stiefeletten mit geschwungenem Absatz, Fächer aus Straußenfedern, lange Spitzen- oder Glacéhandschuhe und flache Perlenhandtaschen.
Aurelia erhob sich hastig vom Bett. Wie die Schneiderin musterte auch Alicia mit harten Augen ihre Figur.
»Künftig wirst du ein Korsett tragen«, verkündete sie. »Nur die einfachen Frauen verzichten darauf. Wir Damen der Oberschicht tragen Sans-Ventre oder – wie die Engländer zu sagen pflegen – Hourglass.«
Aurelia war kurz zu verwirrt, aber dann erinnerte sie sich, wie Victoria diesen Begriff einmal hatte fallenlassen und sich darüber lustig gemacht hatte.
Sie nickte stumm, während die Schneiderin erklärte, was Aurelia gut stehen und was sie ihr als Erstes schneidern würde, ein fliederfarbenes Musselinkleid mit einem kleinen purpurfarbenen Bolero, breitem Schulterkragen, langen, schmalen Ärmeln …
Aurelia hörte nicht länger zu. Ihr Blick suchte Saqui, die an der Tür stehen geblieben war. Immer noch waren deren Lippen zusammengekniffen, und Aurelia konnte förmlich hören, was sie dachte. Um Tiagos willen würde sie die Wahrheit nicht verraten, aber sie würde nie vergessen und ihr immer nachtragen, dass Aurelia sie als Lügnerin beschimpft hatte.

15. Kapitel

Als die Droschke vor dem Haus vorfuhr, wandte sich Valentina streng an Victoria: »Du tust gut daran, ein etwas freundlicheres Gesicht aufzusetzen, Mädchen. Ich habe mich aufgerafft, unter Menschen zu gehen – da wirst du dich endlich überwinden können, dich mit Aurelia auszusöhnen.«

Valentina betonte oft und gerne, dass sie die Menschen nicht besonders mochte, sie vorzugsweise mied und gern zurückgezogen lebte. Allerdings sah es gar nicht danach aus, dass sie ein Opfer brachte, als sie aus der Droschke stieg – im Gegenteil: Sie nahm das Haus der Familie Brown y Alvarados sehr neugierig und anerkennend in Augenschein. Auch Pepe, den Valentina aufgefordert hatte, mitzukommen, weil er sonst zu eigenbrötlerisch würde, konnte seine Neugierde nicht verbergen. Nur Victoria hielt ihren Blick starr auf den Boden gerichtet.

Nun gut, ihr lag selbst daran, sich mit Aurelia auszusöhnen, doch William Brown stand für alles, was sie verachtete: zügellosen Kapitalismus, die Ausbeutung der Arbeiter, verlogene Wohltätigkeitsbasare und die Knechtung der Frauen, die man in Korsetts zwängte.

Es war eine große Überwindung, das Haus zu betreten, und sie hegte insgeheim die Hoffnung, dass man sie abweisen würde. Zwar mochte Valentina Veliz nicht zu den *gente decente* gehören, aber immerhin war sie die Witwe eines Mannes, der es in der Armee zu hohem Ansehen gebracht hatte.

Zunächst mussten sie eine Weile in der großen Halle warten, dann wurden sie eine breite Treppe hochgeleitet. Victoria hielt den Blick immer noch stur auf den Boden gerichtet und hob ihn erst, als sie Aurelias begeisterten Aufschrei hörte.
»Valentina!«, rief sie. »Und Victoria! Und Pepe!«
Eine ganze Heerschar an Dienstmädchen huschte um sie herum, und ihr schmaler Leib war von Unmengen hellem Stoff bedeckt, an dem viele Hände gleichzeitig herumzupften. Anscheinend hatten sie sie in dem Augenblick angetroffen, da ihr Hochzeitskleid angepasst werden sollte, und Victoria sah gleich wieder weg, um nicht den feinen Stoff betrachten zu müssen, weißer Satin offenbar, mit Spitze umkränzt und Perlen bestickt.
Aurelia gab den Mädchen ein Zeichen, sie eine Weile allein zu lassen, legte das Kleid ab und schlüpfte hastig in einen Morgenmantel, während nun auch Pepe, wie Victoria aus den Augenwinkeln erkannte, schamvoll auf den Boden blickte.
»Hübsch siehst du aus!«, rief Valentina als Einzige ganz ohne Scheu.
»Ach, wir haben vorhin ausprobiert, welche Frisur ich tragen soll. Wir sind aber immer noch zu keiner Entscheidung gekommen, ob ich nun wächserne Orangenblüten ins Haar gesteckt bekomme oder einen Kranz aus Blumen und Aigretten – du weißt schon, das sind Ähren aus Silber.«
Victoria knirschte mit den Zähnen, und prompt traf sie Valentinas mahnender Blick. Wieder und wieder hatte sie sie in den letzten Tagen beschworen, dass die Frauen zusammenhalten müssten, egal, ob reich oder arm, Mittel- oder Oberschicht, konservativ oder sozialistisch.
Sie riss sich zusammen und wollte sich eben überwinden, Aurelia zu begrüßen, als diese schon auf sie zugelaufen kam. »Ich bin so froh, dass du da bist«, rief sie und fiel ihr um den Hals,

ganz selbstverständlich und inniglich, als hätte es nie Streit gegeben.
Victorias Körper versteifte sich zunächst, aber dann erwiderte sie die Umarmung, insgeheim viel erleichterter, als sie jemals zugegeben hätte. Als sie sich von ihr löste, betrachtete sie Aurelia eingehender. Der Morgenmantel war in einem hellen Roséton gehalten, ließ sie blass und so dünn und zerbrechlich wirken, als wäre sie aus Porzellan. Aber vielleicht, dachte Victoria bitter, kleideten sich die Frauen der Oberschicht mit Absicht auf diese Weise, auf dass nur ja niemand den Verdacht hegen könnte, es stecke zu viel Lebendigkeit in ihnen, die man ihnen noch nicht ausgetrieben hatte.
Immerhin, als Aurelia fragte, was sie ihnen anbieten könne – Tee, Likör, Kekse –, klang ihre Stimme nicht leise und verzagt, sondern durchaus selbstbewusst.
Victoria lag es auf den Lippen, alles abzulehnen, Pepe jedoch blickte auf und rief begeistert: »Also, ich würde von allem etwas nehmen!«
»Dann wird euch eines der Mädchen in den Salon führen, und ich ziehe mich inzwischen an.«
Das Kleid, mit dem sie wenig später den Salon im Erdgeschoss betrat, machte sie so blass wie der Morgenmantel, auch wenn es nicht roséfarben, sondern hellblau war. Noch bestürzender war für Victoria, dass sie ein eng geschnürtes Mieder trug, bei dessen Anblick es ihr gleich selbst schwerfiel, frei zu atmen.
Valentina dagegen beäugte sie durchaus anerkennend. »Für welchen Tag ist sie denn nun angesetzt, eure Hochzeit?«, fragte sie.
Aurelia seufzte. »Schon in einer Woche, ich weiß gar nicht, wie wir das schaffen sollen. Es gibt noch so viel vorzubereiten. Stellt euch vor, es werden dreihundert Gäste erwartet. Am Tag vor der kirchlichen Trauung ist ein Empfang geplant,

und die Hochzeitsfeierlichkeiten selbst werden ganze drei Tage dauern.«

Drei Tage, an denen Aurelia wahrscheinlich fortwährend ein Mieder tragen musste, dachte Victoria erschaudernd.

Sie verkniff sich jedoch eine entsprechende Bemerkung und fragte stattdessen: »Und wann kommen deine Eltern in Santiago an?«

Auch wenn ihr davor graute, bei dieser Hochzeit dabei zu sein – sie freute sich sehr auf den Anlass, Rita und Balthasar zu treffen. Sie hatte sie zwar nur wenige Male gesehen, aber es waren enge Vertraute ihrer Eltern, mit denen sie über Emilia und Arthur reden konnte.

Doch Aurelia senkte ihren Blick und schüttelte den Kopf. »Sie kommen leider nicht«, brachte sie zögernd hervor.

Victoria blickte sie erstaunt an. Eine Ahnung stieg in ihr hoch – auch wenn sie dieser noch nicht nachgeben wollte. »Du bist ihre einzige Tochter!«, wandte sie ein.

Aurelia hielt ihren Blick weiterhin gesenkt. »Die Strecke ist doch sehr weit.«

»Na und? Auch meine Eltern sind oft nach Patagonien gereist und wieder zurück!«

Aurelia schluckte, und Victoria entging nicht, dass ihr Gesicht glühend rot anlief. »Das darf doch nicht wahr sein!«, schrie sie. Beschwichtigend legte ihr Valentina die Hand auf die Schulter, aber Victoria schüttelte sie ab. »Sie kommen nicht, weil du sie gar nicht eingeladen hast, nicht wahr? Sie wissen nicht, dass du nun auch kirchlich heiratest! Du wirst es ihnen erst hinterher schreiben.«

Ihre Stimme schwoll an – und obwohl Aurelia flehentlich den Blick hob, brachte sie keinen Einwand hervor.

»Nicht so laut!«, warf Valentina begütigend ein. »Wir wollen uns alle ein wenig beruhigen.«

Pepe aß nervös einen Keks nach dem anderen und kam kaum mit dem Schlucken nach.

Victoria ließ sich jedoch nicht besänftigen, sondern sprang auf. »Ich fasse es nicht! Ich fasse es einfach nicht!«

Aurelia rieb ihre Hände aneinander und wagte schließlich doch, den Kopf zu heben. »Es ist meine Entscheidung«, erklärte sie trotzig. »Und ich weiß, dass meine Eltern es verstehen werden.«

»Was? Dass du sie verleugnest? Dass du dich für sie schämst? So ist es doch! Du willst nicht, dass die Hochzeitsgäste erfahren, dass du die Tochter patagonischer Schafzüchter bist.«

Auch Aurelia war nun aufgesprungen. »Du verstehst das nicht!«

»Natürlich verstehe ich es! Nicht nur ihre Armut ist dir peinlich! Du befürchtest auch, dass man deiner Mutter auf den ersten Blick ansehen könnte, dass sie von einem Mapuche abstammt.«

Aurelia blickte sich hektisch um. Pure, nackte Angst stand in ihrem Blick. »Nicht so laut! Um Himmels willen!«

»Oh, es darf niemand hören! Warum eigentlich nicht? Warum schämst du dich dafür? Sämtliche Chilenen müssten sich schämen für die Art und Weise, wie sie den Mapuche ihr Land gestohlen, sie fast ausgerottet und die wenigen Überlebenden eingesperrt haben. Und deine Eltern verdienen ihr Brot mit ehrlicher Arbeit, nicht mit Aktienspekulation und Ausbeutung wie dein werter Schwiegervater. Vor allem aber lieben sie dich und wollen dein Bestes. Sie zwängen dich nicht in ein Mieder!«

Aurelia schüttelte den Kopf: »Ich tue das alles doch nicht für mich, sondern für Tiago. Natürlich schäme ich mich meiner Eltern nicht. Aber wenn die Leute sie sehen … sie könnten reden … und Tiago hat es schwer genug …«

»Du glaubst, du machst das Ganze besser, wenn du es für … ihn machst?«, rief Victoria ungläubig.
Auch Valentina hatte sich erhoben. »Mädchen, nun hört doch endlich auf, euch zu streiten.«
Pepe kaute hektisch.
»Wie?«, rief Victoria zornig. »Ich soll mir das alles anhören und auch noch gutheißen?«
Aurelia wich erst beschämt zurück, ballte dann aber doch entschlossen die Hände und funkelte sie an. »Du hast keine Ahnung«, brach es aus ihr heraus. »Was willst du überhaupt! Balthasar ist nicht mal mein richtiger Vater, sondern nur mein Stiefvater.«
»Aber du hast immer erzählt, dass er dich liebt wie eine Tochter!«
»Gewiss. Aber das ändert nichts daran, dass ich das Kind eines Nichtsnutzes und Verbrechers bin, der mich aus lauter Bösartigkeit und Geldgier entführt hat und den meine eigene Mutter erschossen hat.« Ihre Stimme wurde immer lauter und schriller. Offenbar verschwendete sie keinen Gedanken mehr daran, dass man sie hören konnte. »Aber all das spielt in meinem neuen Leben keine Rolle mehr! Es darf keine Rolle mehr spielen! Ich will nicht, dass irgendjemand davon erfährt.«
Victoria starrte sie an und fühlte plötzlich keine Wut mehr, nur Enttäuschung – und Resignation. »Wer man ist, kann man nicht einfach ablegen wie alte Kleidung«, sagte sie eisig. »Darf ich fragen, ob wenigstens dein Maltalent noch eine Rolle spielt?«
Aurelia wandte sich ab. »Tiago … er wird nicht länger die Escuela de Bellas Artes besuchen. Er wird Jura studieren …«
»Ich habe nicht nach Tiago gefragt, sondern nach dir.«
»Nun, da er dieses Opfer bringt, werde ich es natürlich auch tun. Ich werde die Malerei aufgeben. Sie … sie hat mir zwar

immer viel Freude bereitet, aber ich werde künftig so viele andere Pflichten haben. Und ich möchte Tiago nicht an sein altes Leben erinnern.«

Wütend ging Victoria auf und ab; sie rammte die Fersen in den Boden. Kurz war der dumpfe Laut, der dabei ertönte, das einzige Geräusch. Valentina rief sie nicht wieder zur Räson, sondern schüttelte selbst missbilligend den Kopf. Pepe hatte sich an einem Keks verschluckt und unterdrückte ein Husten.

»So ist es also«, murmelte Victoria schließlich düster, ohne noch länger ihren Blick zu suchen. »Du verleugnest nicht nur deine Familie, sondern alles, was du bist und was dich ausmacht. Du wirfst dein Talent weg – und das nur für einen Mann!«

»Herrgott, ich liebe ihn!«

»Man liebt immer nur als der, der man ist. Wenn man sich selbst verrät – wer bleibt dann übrig, der lieben könnte?«

Aurelia ging an ihr vorbei, setzte sich wieder an den Tisch und schenkte Tee nach. »Es ist meine Entscheidung«, wiederholte sie ihre vorherigen Worte. »Nur meine. Tiago hat es nicht von mir verlangt – ich habe es aus freien Stücken so beschlossen.«

Ehe Victoria etwas entgegnen konnte, klopfte es an der Tür, und eine Frau trat ein – dunkel gekleidet wie Valentina, aber viel schlanker und hoheitsvoller. Sie trug die schwarzen Haare zu einem kunstvollen Knoten aufgetürmt, und die Taille – wie Aurelia war sie in ein Mieder geschnürt – war schmal wie die eines jungen Mädchens. Nur das Gesicht wirkte alles andere als jung. Nicht dass sie viele Falten gehabt hätte – dazu hatte sie in ihrem Leben zu wenig gelacht. Doch die Augen glichen der einer Greisin, die sich von der Welt nichts mehr erwartet.

Das musste Alicia Alvarados sein – Aurelias Schwiegermutter. Victoria versetzte es einen schmerzhaften Stich, als sie sah, dass Aurelia zusammenzuckte und in ihrem Blick Angst stand – Angst, dass Alicia etwas von ihrer Unterhaltung gehört hatte, oder Angst, dass Victoria etwas Falsches sagen würde.
Ersteres war wohl nicht der Fall, denn Alicia grüßte sie alle mit einem höflichen Nicken. Und Victoria hatte Zweiteres nicht im Sinn.
Niemand soll glauben, dass ich mich nicht benehmen kann, dachte sie stolz.
Sie vollführte einen Knicks, senkte bescheiden den Blick und begrüßte mit ehrfurchtsvoller Stimme Doña Alicia.
Alle sahen sie verwundert an, aber da fuhr sie schon fort: »Leider müssen wir jetzt gehen. Und leider können wir nicht Gast bei Aurelias Hochzeit sein.«
Sie dachte daran, dass Rebeca sich von Aurelia Geld erhoffte, entschied aber, ihr lieber mehr vom eigenen Erbe zu geben. Sie würde Aurelia für lange Zeit nicht wiedersehen.
Valentina brachte keinen Einwand hervor, sondern erhob sich. Pepe tat es ihr gleich, schob aber schnell noch einen Keks in den Mund, so dass es aussah, als würden seine Backen gleich platzen. Aurelia wiederum sah kurz so verzweifelt aus, als würde sie im nächsten Augenblick zu weinen beginnen. Aber dann erhob sie sich, um genauso ehrfurchtsvoll und steif wie Alicia Alvarados Victoria Lebewohl zu sagen.

Die Heimfahrt verlief schweigend. Valentina machte mehrmals Anstalten, etwas zu sagen, aber Victoria setzte ein so abweisendes Gesicht auf, dass sie stumm blieb. Pepe kaute verwirrt an seinen letzten Keksen. Der Streit setzte ihm sichtlich zu, aber zugleich schien er es zu genießen, dass seine Mutter von etwas verstört war, was nichts mit ihm zu tun und was er nicht verschuldet hatte.

Als sie ankamen, betrat Victoria das Haus der Veliz' gar nicht erst. Unerträglich war der Gedanke, jetzt in ihrem Zimmer allein zu sein. Im Laufschritt machte sie sich auf den Weg zu den Carrizos. Wenn sie ehrlich war, hatte sie sich dort selten wohl gefühlt: Immer waren da zu viele Menschen, immer ein zu großes Chaos, immer lag dichter Rauch von Zigaretten in der Luft. Und was sie am meisten quälte, war, dass Jiacinto sie nicht beachtete. Doch heute war ihr das alles egal, heute wollte sie, dass Rebeca laut über Aurelias Verhalten herzog, über sie lachte und spottete und Victoria das Gefühl gab, sie könne gerne auf diese unwürdige Freundin verzichten, sie hatte ja eine andere, viel bessere, nämlich sie, Rebeca.

Doch als sie dort ankam, war Rebeca nicht da. Juan hatte ihr geöffnet und schien allein zu sein. Wie immer war er adrett gekleidet und musterte das übliche Chaos in der Wohnung mit sichtlicher Missbilligung. Doch obwohl es ihn anwiderte, räumte er niemals auf.

»Komm rein«, sagte er zu Victoria, sonst nichts.

Sie wusste nicht recht, was sie nun tun sollte, und da sie nicht nutzlos mitten im Raum stehen bleiben wollte, begann sie, die Aschenbecher zu entleeren. Ein Lächeln huschte über Juans Gesicht, Zeichen von Zustimmung, gar Dankbarkeit, doch laut sagte er: »Das musst du nicht tun.«

Victoria war froh, sich mit irgendetwas beschäftigen zu können, das sie von Aurelia ablenkte, und setzte ihre Arbeit ungerührt fort. Nachdem sie die Aschenbecher gereinigt hatte, bückte sie sich, um Unrat vom Boden aufzusammeln.

»Jiacinto und Rebeca mag es nichts ausmachen, aber du lebst nicht gern in diesem Chaos«, stellte sie fest.

»Wohl wahr«, knurrte er unwillig, rührte jedoch keinen Finger, um ihr zu helfen.

»Warum ... warum lebt ihr überhaupt zu dritt?«, wagte sie jene Frage zu stellen, die ihr schon oft auf den Lippen gelegen, die sie aber nie ausgesprochen hatte. »Warum seid ihr allesamt nicht verheiratet? Nun, ich verstehe es bei Jiacinto, er ist Anarchist und gegen die Ehe. Und Rebeca wiederum ist keine Frau, die heiraten will. Aber du ... du scheinst dich doch nach einem etwas ... beständigeren Leben zu sehnen.«

Er starrte sie zunächst nachdenklich an und schüttelte dann heftig den Kopf. »Das darf ich doch nicht!«, brach es aus ihm hervor.

»Warum nicht?«

»Hat dir Rebeca von unseren Eltern erzählt?«

Victoria nickte und dachte an deren Worte – von jenem armen Anwalt, der sich für Gerechtigkeit einsetzte, aber seine Familie nicht ernähren konnte, von der ausgezehrten Mutter, die so viele Geschwister tot zur Welt gebracht oder im jüngsten Alter hatte sterben sehen müssen, ehe sie selbst viel zu früh verschied.

»Weißt du«, fuhr Juan fort, »ich bin einfach nicht reich genug ... Ich könnte eine eigene Familie nur mehr schlecht als recht ernähren.«

Plötzlich stieg in Victoria das Bild von Aurelia auf – umgeben von Unmengen an Dienstmädchen und in diesem kostbaren Kleid, das wahrscheinlich so teuer war, dass eine normale chilenische Familie ein Jahr davon leben könnte. »Soll man etwa nur heiraten dürfen, wenn man genug Geld hat?«, fragte sie erbost.

Juan zuckte die Schulten. »Was andere Menschen machen, ist ihre Entscheidung, aber für mich ist es so, dass meine Geschwister meine einzige Familie sind.«

Er klang erschöpft und irgendwie auch traurig, aber bevor Victoria etwas sagen konnte, ertönte ein Lachen, erst aus Rebecas Mund, dann aus Jiacintos. Sie kamen gemeinsam und von einer größeren Gruppe zwielichtiger Gäste begleitet. Allesamt wirkten sie so dreckig und unordentlich, als hätten sie sich gerade geprügelt – und offenbar war es genau das, was sie in Hochstimmung versetzte. Obwohl Victoria sich sonst immer freute, Jiacinto zu sehen, fühlte sie sich plötzlich ähnlich erschöpft wie Juan. Auch der seufzte, als er die Unordnung, die sie gerade beseitigt hatten, erneut über ihn hereinbrechen wähnte.

»Was habt ihr da zu bereden?«, höhnte Rebeca, die offenbar Juans letzten Satz vernommen hatte. »Ach, lass dir gesagt sein, Victoria – Juan ist einer, der sich gerne bemitleiden lässt. Der uns allen immer vorheult, warum das Leben kein Spaß ist, vor allem für ihn nicht, und der ständig die absurdesten Gründe aufzählt, warum er nicht glücklich werden kann.«

Victoria bemerkte, wie Juan Anstalten machte, zu widersprechen, aber stattdessen schwieg er und sank auf einen Stuhl. Rebeca kicherte, setzte sich schnell auf seinen Schoß und machte ihren Spott wett, indem sie ihn auf beide Wangen küsste, bis sie rot glühten.

Victoria sah das nicht zum ersten Mal, aber noch nie hatte sie dieser Anblick so befremdet wie heute. Die vielen Stimmen, die nun wirr durcheinandergingen und deren Lallen verriet, dass die meisten Anwesenden betrunken waren, setzten ihr zu. Sie wollte fliehen, aber wohin? Nach Hause zu gehen war ebenso wenig verheißungsvoll wie hierzubleiben. Schließlich schlich sie unauffällig in das zweite Zimmer, in dem, wie sie wusste, Rebeca schlief. Es war so unordentlich wie das andere. Auf dem Boden lagen Kleidungsstücke, der Rauch von Zigaretten vermengte sich mit dem durchdringenden Geruch von Parfüms, die Rebeca manchmal trug. Sie ließ sich auf dem Bett nieder, zog die Knie an ihr Gesicht und fühlte sich unendlich verloren. Hoffentlich bemerkte Rebeca ihr Verschwinden und gesellte sich zu ihr, so dass sie allein mit ihr reden und ihr das Herz ausschütten konnte. Doch fast eine Stunde verging, da sie allein blieb. Ein jeder schien vergessen zu haben, dass sie hier war – bis sich plötzlich die Tür öffnete. Und es war nicht Rebeca, die im Rahmen stehen blieb, sondern ... Jiacinto.

Wie die anderen musste er getrunken haben, denn seine Augen waren leicht gerötet und seine Schritte wankend, als er auf das Bett zutrat.

»Warum versteckst du dich denn hier, Mädchen?«

Victoria blieb starr sitzen, aber insgeheim versetzte es ihr einen freudigen Stich, dass er gekommen war – und sie zum ersten Mal seit Ewigkeiten wieder mit ihm allein war.

»Wir diskutieren gerade über Moral, ob es sie gibt, sie nur eine Illusion ist oder der Versuch, die Menschen für dumm zu verkaufen. Letzteres glaube ich. Du als Feministin siehst es vielleicht anders, und du hast einen scharfen Verstand.«

Es war das Freundlichste, was er je zu ihr gesagt hatte, doch zu ihrem Erstaunen reagierte sie nicht mit überschwenglicher Freude ... sondern mit Ärger. Sie wusste weder, woher er rührte, noch, wem er galt – vielleicht Aurelia, die ihre Herkunft verleugnete, vielleicht Rebeca, die sich im Grunde nicht darum scherte, wie es ihr ging, vielleicht Juan, weil er so selbstmitleidig war. Oder gar Jiacinto, der sie über Wochen missachtet hatte und nun so selbstverständlich mit ihr sprach, weil er eben gerade Lust dazu hatte.

Ungewohnt scharf gab sie zurück: »Von Moral halte ich nicht viel. Aber ich denke doch, dass, will man etwas erreichen und die Welt verändern, an etwas glauben muss. Es reicht nicht,

gegen alles zu sein wie ihr Anarchisten. Man muss auch wissen, wofür man kämpft – so wie wir Feministinnen es tun.«
Er grinste. Entweder entging ihm der scharfe Tonfall, oder er fand gerade diesen lustig. »Sag ich ja, du bist ein kluges Mädchen. Das gefällt mir.«
Kurz erwartete sie, er würde sich abwenden und wieder nach draußen gehen, doch stattdessen kam er näher und setzte sich zu ihr auf das schmuddelige Bett. Ein scharfer Geruch stieg ihr in die Nase, nach Schweiß, Dreck und etwas anderem, was sie nicht benennen konnte und was dennoch ein Kribbeln in ihrem Magen auslöste. Trotzdem rückte sie von ihm ab. »Ich gefalle dir aber nicht gut genug, dass du mich noch einmal küsst«, brach es aus ihr heraus, ebenso trotzig wie verletzt.
Sein Grinsen verstärkte sich. »Soll ich etwa?«, fragte er. Er neigte sich spielerisch vor, überbrückte den Abstand zwischen ihnen und wollte ihr neckend durch die Haare fahren. Doch sie hob rüde die Hand, ballte sie zur Faust und stieß ihn zurück. »Du musst dich nicht gnädig dazu … herablassen.«
Als hätte ihn ihr Schlag schmerzhaft getroffen, ließ er sich zurück aufs Bett fallen. Erst lachte er, dann starrte er stumm zur Decke. Sie war sich plötzlich nicht mehr sicher, ob er wirklich ihre Nähe gesucht oder einfach zu viel getrunken hatte und eine Weile liegen wollte.
»Ach, Victoria …«, begann er, »kluge, steife Victoria … immer brav angezogen, immer pünktlich bei der Arbeit, immer schön frisiert … Wie sollte ich mich zu dir herablassen können, wenn du in Wahrheit doch so weit über mir stehst? Du wiederum kannst in der Gosse spielen, sooft du willst, du wirst niemals nach der Gosse riechen.«
»So wie du?«
»Ich bin nun mal ein Straßenköter … darin geübt, zu überleben, zu kläffen und mit anderen Hunden zu balgen.«

Wieder grinste er, doch seine Augen blickten ernst, fast traurig. Obwohl er nicht viel mit ihm gemein hatte, erinnerte er sie plötzlich an Juan. Da war etwas Resigniertes, Hoffnungsloses, Abgestumpftes, das sie noch nie an ihm wahrgenommen hatte.
»Warum kann ich nicht auch ein Straßenköter sein?«, fragte sie.
Er sah sie nachdenklich an. »Vielleicht, weil du zwar frech genug bist, auch mutig und stark. Aber nicht kaputt genug.«
Sie wusste nicht, was genau er damit meinte. »Wenn etwas auf dieser Welt nicht sonderlich schwer ist, ist es, kaputtzugehen.«
»Gewiss«, erwiderte er, »und dennoch bleibst du eine, die nach Glück sucht. Und nach Liebe. Und die überdies weiß, was Liebe ist.«
»Du irrst dich, wenn du denkst, dass ich einen Mann suche, der mich heiratet!«
»Ach ja?«
»So einen brauche ich nicht und will ich nicht!«
»Was willst du dann?«
Sie war sich nicht sicher. »Ich will leben«, murmelte sie schließlich. »Ich will nicht allein sein. Ich will vergessen können. Den Tod meiner Eltern … Aurelia … einfach alles.«
Während sie sprach, hob sie unwillkürlich ihre Hände, zog sich die Spangen aus dem Haarknoten und schüttelte den Kopf, bis die Haare nach allen Seiten abstanden.
Jiacinto stützte sich auf seine Ellbogen auf und betrachtete sie halb nachdenklich, halb belustigt. »Immer noch kein Straßenköter …«
Da sprang sie zornig auf, zerrte ungestüm an ihrem Kleid und achtete nicht darauf, dass sie zwei Knöpfe abriss. Sie zog es aus und stand nur noch im dünnen Hemdchen vor ihm. Obwohl kühle Luft sie traf, wurde ihr plötzlich ganz heiß.

Er lachte auf. »Immer noch kein Straßenköter«, wiederholte er.
Kurz befürchtete sie, jemand würde in den Raum kommen, würde sie beobachten, wie sie nun auf das Bett zutrat, die Beine spreizte, sich auf ihn hockte. Aber dann dachte sie, dass dieser Anblick keiner war, den nicht jeder, der in der Wohnung der Carrizos ein und aus ging, schon hundertfach gesehen hatte.
»Und jetzt?«, fragte sie rauh, beugte ihr Gesicht zu seinem herab und küsste ihn. Sie schmeckte Zigarettenrauch und Wein und Schmutz. Der Ekel war so groß wie die Gier. Der Wunsch, ihn ewig festzuhalten und zu küssen, so groß wie der, zurückzuweichen und zu fliehen.
Er packte sie an den Schultern, schob sie ein wenig zurück und betrachtete sie. Erst sah sie neuerliche Belustigung in seinen Zügen aufblitzen, dann die gleiche Gier, die sie selbst schmeckte. Obwohl er betrunken war, wälzte er sie blitzschnell auf den Rücken und kam nun seinerseits auf ihr zu liegen.
»Immer noch kein Straßenköter«, sagte er zum dritten Mal.
»Na und?«, gab sie zurück. Sie fühlte, wie seine Gier wuchs, und wusste, dass sie gewonnen hatte – wenn auch nicht, was genau. »Gerade darum begehrst du mich doch.«
Weder bejahte er es, noch stritt er es ab, beugte sich vielmehr seinerseits vor und küsste sie. Er tat es hastig, als bliebe ihm nicht viel Zeit. Alles, was folgte, ging unglaublich schnell, so dass sich später das Gefühl festsetzte, es hätte nur Sekunden gewährt. Er zog ihr Leibchen hoch, strich mit seinen schwieligen Händen über ihren Körper, zerrte schließlich an seiner Hose. Sein schmutziges Hemd ließ er an. Er befühlte ihre Brüste, und dass ihre Haut so weich war, schien ihm zu gefallen. Auf jeden Fall lächelte er. Sie hingegen fühlte nichts. Ihr

Körper, eben noch so heiß und zitternd, war wie tot. Er führte sein Geschlecht an ihre Schenkel, grub sich in ihren Körper, und instinktiv hielt sie den Atem an, um sich gegen den Schmerz zu wappnen. Doch auch den fühlte sie nicht.

In ihrem Kopf kreiste der Gedanke, dass sie bekam, was sie wollte, aber dieser Kopf schien nicht zu ihrem Körper zu gehören.

Einige hektische Stöße – und es war vorbei. Er zog sich aus ihr heraus, ergoss sich stöhnend auf ihrem Bauch. Kurz, ganz kurz ahnte sie die Wärme, aber dann erkaltete sein Samen und mit ihm ihre Seele.

Er lag noch immer auf ihr, aber sein Körper war ihr so fremd wie ihrer. Als er sich von ihr wälzte, machte sie keine Anstalten, sich aufzurichten und sich abzuwischen – seinen Samen auf ihrem Bauch und ihr jungfräuliches Blut zwischen ihren Schenkeln.

Sie wusste nicht, ob er dieses überhaupt bemerkt hatte.

Er lag nun wieder auf dem Rücken, starrte zur Decke und begann zu reden, wahrscheinlich über Politik und den Sozialismus und den Anarchismus und warum die Liberalen unrecht hatten, über das Paktieren der Parteien, über die unterschiedlichen Koalitionen, die allesamt das Land nicht weiterbrachten, über die schrecklichen Arbeitsbedingungen.

Seine Worte erreichten sie nicht. Sie lag ganz still da, musste plötzlich an Aurelia denken, und die Wut und Verbitterung, die sie vorhin bei ihrem Anblick überkommen hatten, blieben aus. Sie fragte sich nur, was sie fühlte, wenn Tiago sie liebte, ob er wilder oder zärtlicher als Jiacinto war, ob steifer oder lustvoller, ob vorsichtiger oder gieriger.

Sie würde sie nicht fragen können. Ihre Wege hatten sich getrennt, vielleicht für immer, auf jeden Fall für lange Zeit.

16. Kapitel

Ihre kirchliche Hochzeit war ein rauschendes Fest, viele Gäste bezeichneten es sogar als unvergesslich, doch für Aurelia ging es vorbei wie ein Traum. Unwirklich erschien ihr alles, und ihre Erinnerungen glichen später vielen kleinen Blitzlichtern, die zusammengenommen keinen Sinn ergaben. Es war, als hätte sie an diesem Tag nicht auf festem Boden gestanden, sondern wäre durch ein Märchenland geschwebt, das aus Glitzer, Gold und Silber bestand, aus so vielen Farben, so viel Luxus, so vielen edlen Speisen. All das schien der eigentliche Mittelpunkt zu sein, während Tiago und sie nichts weiter waren als Statisten, die ihr eigenes Leben wie das von Fremden bestaunten und die längst nicht mehr die Freiheit besaßen, ihren nächsten Schritt zu bestimmen.
Das Fest wurde für sie gegeben, aber es war zu keinem Augenblick *ihr* Fest, und während alles andere im Überfluss da war, fehlte Aurelia schmerzlich eine Sache: die Gewissheit, dass dies der glücklichste Tag in ihrem Leben war.
Er hätte es nur sein können, hätte sie das Glück mit jeder Faser ihres Körpers gefühlt, doch es schien ja nicht sie zu sein, die heiratete – für eine wie sie war das Hochzeitskleid viel zu teuer, die Frisur viel zu aufwendig, die Speisen viel zu erlesen. Alicia und William behaupteten, dass die Trauer um Guillermo ihnen bei der Planung des Festes eine gewisse Zurückhaltung auferlegt hätte, doch Aurelia bezweifelte, dass man beim Festessen überhaupt noch mehr und Köstlicheres hätte servieren können. Es gab baltischen Kaviar und norwegischen

Lachs, gefüllten Truthahn und glacierte Ferkel, Langusten und Austern, Königsfisch und Meeraal, Ringel- und Turteltaube. Champagner von Gubler und Cousiño floss in Strömen, und drei Konditoreien arbeiteten zusammen, um die Unmengen an Desserts herzustellen: Zitronen-, Mandel- und Nusstorten, Schokolade- und Eierschneetorten, Windbeutel, Eclairs und Sandkuchen, Erdbeermousse und Ananaseis.
Hinterher wusste Aurelia nicht mehr, ob sie überhaupt etwas davon gegessen hatte oder sich mit dem Champagner begnügt hatte. Letzterer stieg ihr heiß ins Gesicht und gab ihr, während sie die Zeremonie und das Festmahl zunächst mit gesenktem Blick über sich hatte ergehen lassen, den Mut, die vielen Gäste zu mustern. Fast alle waren ihr fremd, die Blicke, die sie trafen, abschätzend, das Lächeln der Damen nur vordergründig freundlich. Doch zwischen ihr und dem Rest der Welt war eine gläserne Wand, durch die sie alles sehen konnte, aber nichts fühlen musste. Nach dem ersten Glas Champagner vergaß sie, sich vor William zu fürchten oder sich nach Victoria und ihren Eltern zu sehnen. In jenem Labyrinth eines fremden Lebens hätten sich jene ohnehin nur verirrt. Dass sie selbst es nicht tat, lag nicht daran, dass sie den richtigen Weg wusste, sondern daran, dass sie still dastand und somit nicht in Sackgassen landete. Sie wagte kaum zu atmen aus Angst, sie dürfte dann nicht mehr federleicht über diese Szenerie hinwegschweben, sondern müsste die Last der Verantwortung, die sie ab jetzt trug, voll und ganz spüren – der Verantwortung, Tiago und vor allem seine Eltern nicht zu beschämen.
Immerhin: Sie schien es gut zu machen, denn Tiago nahm dann und wann ihre Hand und drückte sie, und sie fühlte sich davon gestärkt, auch wenn sie nicht sicher war, ob er ihr tat-

sächlich Halt geben oder sich vielmehr selbst an ihr festhalten wollte.

Am nächsten Tag brachen sie zur Hochzeitsreise auf. William hätte es eigentlich lieber gesehen, dass Tiago sofort sein Jurastudium aufnahm und in seine künftigen Pflichten eingewiesen wurde, doch um seinen gesellschaftlichen Status unter Beweis zu stellen, war es unverzichtbar, das junge Paar mehrere Monate nach Europa reisen zu lassen, wo die Oberschicht ihre Flitterwochen verbrachte – die weniger Reichen mussten mit Aufenthalten in den USA vorliebnehmen.

Aurelia genoss jene Zeit ungleich mehr als das Hochzeitsfest, doch wenn sie später daran zurückdachte, so blieb ihr auch davon vieles nur vage in Erinnerung. Das Einzige, was sie wusste, war, dass alles unglaublich teuer war, edel und bequem, so auch die Fahrt nach Valparaíso, wo sie sich nach England einschifften: Anstrengend und schweißtreibend war einst die Zugfahrt gewesen, die sie mit Victoria angetreten hatte, die Waggons unbequem, die Luft staubig. An Tiagos Seite fuhr sie hingegen in einem Sonderwagen der Bahn. Beim Einsteigen erwartete sie ein Angestellter in Uniform, der sie in ein eigenes Abteil brachte, dessen Sitze aus Samt und dessen Wände aus glänzendem Holz waren. Im Speisewagen nahmen sie eine Erfrischung zu sich und auf drehbaren Lehnsesseln Platz.

Nicht weniger vornehm ging es auf dem Schiff zu, wo sie eine Suite mit drei Kabinen bezogen. »Ist es nicht großartig?«, fragte Tiago sie ein ums andere Mal, mit einem Tonfall in der Stimme, den sie nicht recht einzuschätzen vermochte und der ihr fremd war. In jedem Fall erwiderte sie sein Lächeln und sagte: »Ja, es ist großartig.«

Einmal konnte sie ihre Gefühle nicht bezähmen. Auf dem Zwischenstopp in Punta Arenas gab sie einen Brief an die Eltern auf – zu einem Besuch blieb zu wenig Zeit –, wurde von

Heimweh überwältigt und brach in Tränen aus. Was hätte sie gegeben, mit Tiago hierbleiben zu können, ob nur für ein paar Monate oder gar für immer, um ihm ihre wilde, weite Heimat zu zeigen, wieder zu malen, Farben aus Erde zu mischen …

»Mein Gott, Aurelia, was hast du denn?«, fragte Tiago besorgt.

Die Wahrheit lag ihr auf den Lippen, aber sie brachte es nicht über sich, sie auszusprechen. Ihre Heimat war jetzt der Platz an seiner Seite.

»Es ist nichts«, sagte sie schnell und wischte sich die Tränen ab.

Einige Wochen später liefen sie in Southampton ein, und von dort ging es weiter nach London, wo sie eine Weile bei Tiagos Verwandten väterlicherseits lebten. Später konnte sich Aurelia kaum an ein Gesicht und einen Namen erinnern, nur an endlos lange Gespräche auf Englisch, die sie nicht verstand. Tiago beherrschte die Sprache seines Vaters nahezu fließend und versuchte stets zu übersetzen, doch die Inhalte der Gespräche waren so langweilig, dass Aurelia gut und gerne darauf verzichten konnte. Während sie lächelnd beim Tee saßen, musste sie oft an Alicias Worte denken, wonach diese nie auch nur ein Wort Englisch gelernt hatte.

Das Wetter war nass und kalt, und wenn sie nicht gerade Zeit mit den fremden Verwandten verbrachten, lagen sie stundenlang im Bett. Zwar hatte man ihnen auch hier zwei Schlafzimmer zugewiesen, doch niemand scherte sich darum, dass sie in einem schliefen, sich langsam und zärtlich liebten und stundenlang zusammengekuschelt beieinanderlagen. Sie sprachen kaum miteinander, aber die körperliche Nähe entschädigte für die Unfähigkeit, die eigenen Gedanken und Gefühle in Worte zu pressen.

Vom Londoner Nebel ging es für einen Monat an die Riviera, wo sie gemeinsam aufs Meer starrten und die Ahnung von Freiheit genossen, die diese weiß glitzernde oder türkis schimmernde Weite verhieß. Die letzte Station ihrer Reise war Paris. Tagsüber gingen sie in Parks spazieren, ob im Luxembourg, in den Tuileriengärten oder Versailles, abends besuchten sie die Oper oder das Ballett. Der Höhepunkt war ohne Zweifel die Aufführung vom Ballet Russe des Impresarios Sergej Diaghilew mit dem Startänzer Waslaw Nijinski. Hingerissen starrte Aurelia auf die farbenprächtigen, orientalisch anmutenden Kostüme, die der berühmte Schneider Paul Poiret entworfen hatte. Ein nicht minder wohltuender Rausch für die Augen war der spätere Besuch im Louvre. Aurelia lief von Raum zu Raum, prägte sich alles ein, ging danach, als sie in einem Kaffeehaus saßen, wieder und wieder sämtliche Bilder durch, die sie beeindruckt hatten. Ihr Gesicht rötete sich, sie sprach so glühend und leidenschaftlich wie seit Wochen nicht. Die Worte perlten förmlich über ihre Lippen.

»Morgen gehen wir wieder hin, ja?«, fragte sie am Ende.

Da erst ging ihr auf, dass Tiago kaum etwas gesagt hatte.

»Willst du mich quälen?«, brach es aus ihm hervor.

Noch nie hatte er so harsch zu ihr gesprochen, und Aurelia fühlte blankes Entsetzen. Er entschuldigte sich sogleich für die heftigen Worte, der Ausdruck seines Gesichts aber blieb verzweifelt, und sie wusste, woran er dachte: an alles, was er aufgegeben hatte. Der Museumsbesuch hatte es ihm schmerzlich in Erinnerung gerufen.

Bis jetzt hatten sie nie über ihre Entscheidung gesprochen, dass sie wie er die Malerei aufgegeben hatte. Und er hatte nie gefragt, warum sie nicht länger ihren Skizzenblock bei sich trug. Nun stand das Unausgesprochene wie eine Wand zwischen ihnen.

Mir geht es doch wie dir!, hätte sie am liebsten gerufen. Meine Hände fühlen sich oft leer an ohne meinen Skizzenblock! Gerade jetzt auf Reisen sehe ich so viel, was ich gerne festhalten würde! Ich verzichte aus Liebe zu dir darauf – und dafür machst du mir nun Vorwürfe? Und warum nimmst du mein Opfer einfach hin – ohne Dank, aber auch ohne Widerspruch? Warum verlangst du nicht, dass wenigstens ich unseren Traum leben soll?

Sie sagte jedoch nichts, war vielmehr entsetzt, dass sich zu den Gefühlen von Schmerz und Ohnmacht plötzlich Wut gesellte. Wut auf ihn. Wut auf sich.

Beides war unerträglich.

Sie kniff die Lippen zusammen und hob ihre Hand, um über seine Wangen zu streicheln. »Wir müssen in keine Museen mehr gehen«, sagte sie schnell.

Tiago wich ihrem Blick aus. Kurz, ganz kurz hoffte sie, dass er aussprach, was sie nicht über die Lippen brachte, dass er die heimliche Wut mit ihr teilte – auf ein Schicksal, das sie in diese Situation gebracht hatte, auf das Unvermögen, beständiger der eigenen Leidenschaft zu folgen. Doch als er endlich wieder in ihre Augen sehen konnte, war sein Gesicht ausdruckslos. »Du brauchst noch mehr neue Kleider«, sagte er. »Und in keiner Stadt der Welt werden schönere geschneidert als hier in Paris.«

Fortan verbrachten sie viel Zeit in den berühmten Pariser Hutsalons wie Reboux, Labbé oder Alphonsine. Aurelia bekam Abendroben von Martial et Armand, Jeanne Paquin oder Jacques Doucet. In den Modeabteilungen von Letzterem führten Angestellte die Modelle vor, und als Aurelia sie zum ersten Mal sah, fragte sie verwundert, ob die Sterne, die an ihren Kleidern festgesteckt waren, etwa ein neumodisches Accessoire wären.

Tiago lachte: »Nein, die Sterne kennzeichnen die Kleidergrößen – und der gelbe Stern entspricht dem Idealmaß.«

Aurelia war über ihre Unwissenheit beschämt und schwor sich, alles über Mode zu lernen, was es zu wissen gab. Sie begriff, dass die reichen Damen allein schon darum so viele

Kleider brauchten, weil sie sich mehrmals am Tag umzogen, und auch, dass man der Funktion der einzelnen Ausstattungen gerne französische Namen gab: Robes de jour hießen die Tageskleider, Robes de ville die Ausgehkleider und Robes d'opéra die festlichen Abendkleider.
So schwer es ihr fiel, sich an das stete Tragen des Mieders zu gewöhnen, trug sie die edlen Kleider mit Lust: die Dinnerroben mit Fransenvolant und Schleppe, die Nachthemden aus Seide oder Musselin, die Tageskleider, die so tief dekolletiert waren, dass man im Ausschnitt das kostbare Unterkleid sah – aus Seide und hellem Voile –, über das man am liebsten Tüll mit schwarzer Spitze trug. Am Rocksaum sorgten aufgenähte Jettperlen für den erwünschten geraden Fall.
Zu den Kleidern gesellten sich Pelzstolen, Muffe und winzig kleine Theaterhüte mit Spitzen-, Silber- und Goldborten oder paillettiertem Tüll oder nicht selten auch mit Federn von Paradiesvögeln geschmückt. Gleich drei Sonnenschirme besaß sie – mit Griffen in Form von Tieren aus Kristall, Onyx oder Rosenquarz und einer Schlinge aus Seidenschnüren, die es erlaubte, den Schirm um das Handgelenk zu tragen –, und sie lernte auf Schuhen zu gehen, die vorne spitz waren und einen etwa fünf Zentimeter hohen geschwungenen Absatz besaßen.
Weiterhin rieb sie ihr Gesicht jeden Abend mit Zitronenwasser und jeden Morgen mit Eau de Gardénias ab, ehe sie danach Talkpuder und etwas Rouge auftrug.
Immer wieder erklärte Tiago, wie schön sie sei. Immer wieder antwortete sie darauf, wie glücklich sie sei.

Andrés war nicht sicher, woher sein Vater all seine Informationen bezog – in jedem Fall schien er stets früher als der Rest der Welt zu erfahren, was sich in Santiagos Oberschicht zutrug, so auch, dass Aurelia und Tiago von ihrer Hochzeits-

reise zurückgekehrt waren. Noch am Tag der Ankunft drängte er ihn zu einem Freundschaftsbesuch.
»Es ist wichtiger als je zuvor!«, hatte er gerufen. »Tiago ist nunmehr Williams einziger Erbe! Wenn er es eines Tages tatsächlich antritt und wenn du bis dahin sein engster Freund bleibst – dann steht dir die ganze Welt offen.«
Andrés hatte sich nur mühsam verkniffen, ihn darauf hinzuweisen, dass er auf die ganze Welt gerne verzichten konnte, solange er eine eigene, kleine hatte, in der er sich wohl fühlte. Die letzten Monate hatte er sich meist in seinem Labor verkrochen, und die Aussicht, es zu verlassen, war wenig berauschend. Während der Vater unruhig auf und ab schritt und laut sinnierte, zu welcher Tageszeit er sich am besten anmelden sollte, erschien er Andrés weniger als Arzt, sondern als General, der einen Krieg plant – in diesem Fall keinen gegen ein feindliches Land, sondern um den sozialen Aufstieg und ein eigenes Krankenhaus. Die Taktik war die gleiche: Erst galt es, Verbündete um sich zu scharen – in seinem Fall Bekannte der Ober-, aber auch der Mittelschicht, wie einflussreiche Lehrer, Juristen, Ärzte oder Händler –, und dann genau zu überlegen, wann zuzuschlagen war.
Er, Andrés, war einer seiner Soldaten, doch obwohl er wusste, was von ihm erwartet wurde, gab er sich störrisch: »Was soll ich dort?«, fragte er widerwillig.
»Bei der Hochzeit hat Tiago kein Wort mit dir geredet«, erklärte Ramiro. »Du musst dich mit ihm versöhnen!«
Andrés duckte sich unwillkürlich.
»Es war einfach keine Zeit …«, setzte er an.
»Du warst so dumm, dich dazu hinreißen zu lassen, Aurelia zu nahe zu treten – Gott weiß, was du an diesem Mädchen findest und warum du dich nicht besser beherrschen konntest! Jetzt bring es wieder in Ordnung!«

Andrés' Kiefer mahlten. Er fühlte sich zerrissen. Einerseits wollte er nichts mit Tiago zu tun haben und sich schon gar nicht mit ihm versöhnen. Andererseits wollte er ihn gerne leiden sehen, und zu diesem Zweck musste er in seiner Nähe sein. Und er war sich sicher, dass er leiden würde, jetzt, da der Ernst des Lebens begann, sein Vater ihn ganz und gar unter die Fittiche nehmen und sein Tagesablauf vollständig dessen Gesetzen und Vorstellungen unterworfen sein würde.

Andrés nickte halb verdrossen, halb schadenfroh. »Also gut«, willigte er ein, »ich werde ihnen meine Aufwartung machen.«

Am Tag darauf traf er bei den Brown y Alvarados' ein und wurde von einem Dienstboten in den Salon geführt. Tiago und Aurelia waren gerade dabei, die Geschenke, die sie während der Hochzeitsreise für das Personal gekauft hatten, zu verteilen. Ein Dienstmädchen bekam ein buntes Halstuch überreicht, ein anderes freute sich über ein rosarotes Ding aus Porzellan.

Unnützes, geschmackloses Zeug, dachte Andrés, während er sich umsah. Von der übrigen Familie war niemand zu sehen – William war wohl geschäftlich unterwegs, und die Krähe Alicia hockte gewiss oben auf ihrem Betstuhl, um einen Rosenkranz zu beten.

Er räusperte sich, und alle fuhren zu ihm herum. Augenblicklich wurde es still. Die Dienstboten schienen die Spannung zu fühlen, die sich über den Raum senkte, rafften die Geschenke an sich und flohen hastig. Tiagos Gesicht versteinerte, Aurelia versuchte zu lächeln, aber es geriet hilflos.

Er kam nicht umhin, sie eindringlich zu mustern und festzustellen, dass sie sich verändert hatte. Sie war schön wie immer, aber auf eine andere Weise: Das Gesicht wirkte blasser, die Figur noch schmaler. Vielleicht lag es am engen Mieder, vielleicht an der Anstrengung der langen Reise – auf jeden Fall war sie nicht auf diese lebendige, lebensstrotzende Art schön, sondern auf eine ätherische, als wäre sie nicht ganz von dieser Welt. Ihre Augen traten groß aus dem Gesicht hervor, ihr schwarzes Haar, das zu einem kunstvollen Knoten hochgesteckt war, glänzte, ihr roséfarbenes Kleid war ungemein elegant, verstärkte jedoch den Eindruck, dass ein Windhauch genügen würde, um sie umzuwehen.

»Was willst du hier?«, kam es scharf von Tiago, dem sein aufdringliches Glotzen nicht entgangen war.

Andrés zuckte zusammen und machte rasch eine dienernde Bewegung.

»Tiago ...«, brachte er hervor, »es tut mir leid ... Ich meine, was geschehen ist, das war unverzeihlich. Ich war nicht ganz bei mir und ...«

Er geriet ins Stocken. Er hatte erwartet, dass es ein Leichtes sein würde, den Freund wieder für sich einzunehmen. Tiago war gutherzig, ein wenig naiv, er hatte ihm bis jetzt nie lange böse sein können. Doch sein Gesicht blieb zur Maske erstarrt. Nicht nur Aurelia hatte sich verändert, stellte Andrés fest, sondern auch er. Vielleicht hatte er endlich begriffen, dass es das Leben nicht einfach nur gut mit einem meinte, sondern man mit ihm zu feilschen hatte: Für alles, was man bekam, musste man einen Preis zahlen – und Aurelia bezahlte den Reichtum mit ihrer Lebendigkeit, Tiago mit der Überzeugung, dass ein wenig Trotz genügte, um an seine Ziele zu kommen.

»Tiago, ich bitte dich ...«

Ehe er fortfahren konnte, legte Aurelia die Hand auf die ihres Mannes. »Tiago«, setzte sie flehentlich an, »er ist doch dein ältester Freund ... Du musst vergessen, was passiert ist. Es war ja auch nicht weiter schlimm ...«

Täuschte er sich, oder wurde sie noch um einen Ton blasser? In jedem Fall sah er, dass Schweißtropfen auf ihrer Stirn glänzten und ihr perfektes Äußeres zerstörten.

»Ich kann vergessen, wie du dich Aurelia gegenüber verhalten hast«, knurrte Tiago, »aber wie soll ich vergessen, was du mir vorgeworfen hast? Dass ich nämlich ein reicher, verwöhnter Sohn sei, der zu nichts taugt.«

Andrés presste seine Lippen aufeinander. Was hätte er auch sagen können, was nicht nach Heuchelei geklungen hätte? Er glaubte immer noch, dass es stimmte, was er ihm vorgeworfen hatte – und er war sich sicher: Tiago glaubte es auch.

Aurelia presste sich kaum merklich an Tiago. »Wenn du die Hand ausschlägst, die er dir reicht, dann gibst du zu, dass dieser Vorwurf stimmt.«

»Aber …«

Andrés sah, wie es hinter Tiagos Stirn arbeitete. Vor allem aber sah er, wie Aurelia noch blasser wurde. Etwas anderes musste das bewirken als bloße Erschöpfung. Litt sie an einer Krankheit oder …?

Andrés hatte nicht viele Erfahrungen mit Patienten gemacht, doch während seines Medizinstudiums einen untrüglichen Instinkt entwickelt.

Auch Tiago schien zu merken, dass es ihr nicht gutging. Er nahm ihr Gesicht zwischen beide Hände, musterte es besorgt.

»Aurelia, was hast du denn?«

Sie wollte etwas sagen, schnappte jedoch nur nach Luft und sank gegen seine Brust. Hätte er sie nicht gehalten, wäre sie wohl zu Boden gefallen – so aber fing er sie auf und trug sie schnell zur Chaiselongue.

Ungefragt eilte Andrés zu ihm, griff nach ihren Beinen und hob sie hoch. »Wir müssen ihre Füße hochlagern, sonst wird sie ohnmächtig! Und sie braucht etwas zu trinken!«

Die Sorge um die Frau war größer als seine Empörung, dass Andrés sie zu berühren wagte. »Was hat sie denn nur?«, stieß er sorgenvoll aus.

Andrés zögerte. Es stimmte ihn verdrießlich, dass er Tiago sogleich unendlich glücklich machen würde. Allerdings hatte es auch sein Gutes, dass er die frohe Botschaft aussprach. Eine Versöhnung war dann unumgänglich.

»Ist sie krank?«, rief Tiago.

»Nein, sie ist nicht krank«, erwiderte Andrés und zwang sich zu einem Lächeln, »ich denke, sie ist guter Hoffnung …«

17. Kapitel

Victoria wurde einmal mehr misstrauisch von Schwester Adela beäugt. Obwohl ihr bei der Behandlung von Patienten noch nie ein schwerer Fehler unterlaufen war, überprüfte diese stets, ob sie auch wirklich wusste, was sie tat – und war es nur, einer Frau mit Halsschmerzen etwas Boraxhonig einzuträufeln.

Eben standen sie vor einer weiteren Patientin, die ganz offensichtlich an Wassersucht litt – und Adela hoffte wohl, sie endlich einmal bloßstellen zu können, weil sie nicht aufhörte, nachzubohren.

»Was sind die Symptome für Wassersucht?«, fragte sie streng.

»Der Patient ist müde, der Bauch stark aufgetrieben, das Gesicht blau verfärbt, weil zyanotisch«, erklärte Victoria.

»Was hat der Arzt wohl verschrieben?«

Victoria unterdrückte ein Gähnen. Wie so oft in den letzten Monaten war sie ständig übermüdet – tagsüber arbeitete sie im Krankenhaus, abends stand sie oft an der Druckerpresse, gefolgt von durchwachten Nächten bei den Carrizos, wo bis zur Morgendämmerung über den Sozialismus oder Liberalismus oder Konservativismus diskutiert wurde.

»Wassersucht ist eine Nierenerkrankung und wird durch mangelhafte Ernährung hervorgerufen«, murmelte sie.

»Das habe ich nicht gefragt!«, rief Adela befriedigt. »Ich wollte wissen, was der Arzt verschrieben hat!«

Den Gefallen, ihr eine Antwort schuldig zu bleiben, wollte ihr Victoria trotz der Müdigkeit nicht tun.

»Es gibt mehrere Möglichkeiten«, antwortete sie mechanisch. »Er kann eine subkutane Ätherinjektion verabreichen oder Infusum digitalis. Oder vier Löffel Calomelpulver. Auch eine äußere Behandlung ist möglich – indem man die Patientin mit Olivenöl abreibt, was zu einem vermehrten Harnabgang führt.«

Schwester Adela schnaubte unwillig. »Und was wäre die Alternative?«

Victoria starrte sie triumphierend an. Obwohl sie kaum Zeit hatte, in den Büchern zu lesen, die Nora van Sweeten ihr aus Hamburg schickte, hatte sie in den letzten Monaten viel dazugelernt. »Schwitzkuren, Diäten oder Diuretika, also wassertreibende Medikamente«, sagte sie schnell. »Möglich wäre auch eine Zitronendiät. Man isst nur weißes Fleisch, weißes Brot und Fleischbrühe und trinkt viel frischen Zitronensaft.«

»Du hast etwas vergessen – den Diuretischen Wein von Debreyne.«

»Habe ich nicht. Seine Inhaltsstoffe sind die Jalapawurzel, die Scillawurzel und etwas Salpeter. All das wird in einem Liter weißem Wein aufgelöst.«

Adela sog scharf den Atem ein, musste sich dann aber wohl eingestehen, dass sie für heute unterlegen war. »Doktor Espinoza hat verlangt, dass du ihn der Frau einträufelst«, sagte sie widerwillig.

Victoria nickte vermeintlich ausdruckslos. Sie wusste, Espinoza hasste sie noch mehr als Adela – weil sie eine Deutsche war, weil sie sich oft als aufmüpfig erwies, weil man an ihr die klassischen Tugenden einer Krankenschwester, Demut, Gehorsam, Bescheidenheit, vergebens suchte. Doch mittlerweile war er anscheinend zur Einsicht gekommen, dass sie dennoch eine gute Krankenschwester war, die mit den Patienten umzugehen verstand.

Adela winkte – ein Zeichen, dass sie die Arznei aus dem Medikamentenschrank holen sollte. Victoria leistete ihr nur allzu bereitwillig Folge. Jedes Mal, wenn sie ein Mittel aus dem Schrank nahm, ließ sie ein weiteres heimlich mitgehen, um es später an Arme zu verteilen. Trotz der knappen Freizeit ließ sie es sich nicht nehmen, regelmäßig die Elendsviertel aufzusuchen, um sich dort um die Menschen zu kümmern. Nicht nur Altruismus trieb sie dorthin – auch die Hoffnung, Jiacinto damit beeindrucken zu können und ihre Freundschaft zu Rebeca zu stärken. Die interessierte sich allerdings weit weniger für die Armen in den Elendsvierteln als für das Geld, das Victoria ihr regelmäßig gab. Ihrerseits bekam sie es von Valentina, die, wenn auch nicht die Apotheke, so doch das Bargeld, das Arthur und Emilia Hoffmann hinterlassen hatten, für sie verwaltete und manchmal zwar skeptisch dreinblickte, aber nie nachfragte, wozu sie das Erbe ihrer Eltern ausgab.
Rebeca bedankte sich zwar, verhielt sich aber dennoch oft distanziert, und Jiacinto …
Victorias Augen brannten plötzlich – und das nicht nur, weil sie zu wenig geschlafen hatte, sondern auch, weil ihr wie so oft Tränen aufstiegen, wenn sie an Jiacinto dachte.
Seit jener ersten Nacht verzehrte sie sich nach ihm. Sie hätte so gerne noch einmal mit ihm geschlafen! Bei diesem nächsten Mal, so schwor sie sich, wäre es gewiss schöner und entspannter, sie könnte es mehr genießen, jeden Augenblick auskosten.
Doch Jiacinto behandelte sie ein wenig so wie Rebeca: freundlich, wenn er etwas brauchte, spöttisch, wenn sie sich an Diskussionen beteiligte, distanziert, wenn ihm gerade etwas anderes wichtiger war – und das war es meist.
Sie tat alles, um ihn zu beeindrucken, las anarchistische Schriften, bis sie sie auswendig konnte, frisierte ihr Haar nicht mehr

so streng, zog einmal sogar Hosen an. All das brachte ihr bestenfalls ein knappes Kompliment ein, mehr nicht.
Das Schlimmste war, dass sie niemandem ihr Herz ausschütten konnte. Valentina gegenüber wäre es ihr undenkbar erschienen, einzugestehen, dass sie, die überzeugte Feministin, ihr Glück von einem Mann abhängig machte, und Aurelia … nun, Aurelia war seit vielen Monaten verheiratet, und sie hatte sie in all der Zeit nicht gesehen. Von Valentina, die Aurelia zweimal besucht hatte, hatte sie erst erfahren, dass sie von der Hochzeitsreise nach Europa zurückgekehrt war, und dann, dass sie ein Kind erwartete.
»Dann ist das Glück ja vollkommen!«, hatte sie gelästert und in diesem Augenblick nicht gewusst, warum ihre Stimme so giftig klang: aus gerechter Empörung, weil Aurelia ihre Familie und ihr Talent verleugnete, oder schlichtweg aus Neid, weil der Mann, den sie liebte, diese Gefühle erwiderte.
Ein lautes Husten riss sie aus den Gedanken. Sie fuhr herum und sah eine Frau auf sich zukommen, blass, ausgezehrt, mit einem kleinen Kind an ihrer Seite, das vor nicht langer Zeit an Pocken gelitten hatte. Das las Victoria von den Narben ab, die sein Gesicht entstellten – und die es sein Leben lang behalten würde. Immerhin hatte es überlebt, während viele daran oder an einer der anderen schrecklichen Krankheiten starben – Diphtherie, Meningitis, Keuchhusten, Masern. So oft hatte Victoria hilflos an Krankenbetten gesessen und versucht, glühende Gesichter zu kühlen, das bedrohliche Pfeifen aus dem Kehlkopf zu überhören, Medizin einzuträufeln oder in einer Schweinsblase eingewickeltes Eis um den Hals zu legen. Nicht immer hatte sie den Kampf gegen den Tod gewonnen.
»Kann ich Ihnen helfen?«, fragte sie die Frau. Sie wollte ihr das Kind abnehmen und es untersuchen, doch die Frau er-

klärte hastig: »Der Kleinen geht es gut, sie hat die Pocken überstanden. Aber ich …«
Und wieder ertönte dieser Husten. Victorias Blick war geschult genug, um festzustellen, woran die Frau litt: Ihre Haut war schlaff und auffallend weiß, die Augen schienen in Flüssigkeit zu schwimmen, das Zahnfleisch war bläulich und das Haar schütter und weich. Vor allem aber spuckte sie beim Husten eitrigen Schleim aus.
Victoria seufzte.
»Ist es die Schwindsucht?«, fragte die Frau klagend.
Victoria zögerte, ihr zuzustimmen. Zwar war sie sich ihrer Diagnose fast sicher, wollte aber noch einen Hoffnungsschimmer lassen. »Vielleicht ist es auch nur ein Bronchialkatarrh. Wo arbeiten Sie denn?«
»Hier im Krankenhaus … in der Wäscherei … oh, bitte, bitte, wenn es die Tuberkulose ist, dann verraten Sie mich nicht!«
Victoria seufzte wieder. Sie wusste: Frauen mit ansteckender Krankheit wie Tuberkulose durften nirgendwo beschäftigt werden – und Menschen wie Doktor Espinoza oder Schwester Adela beeilten sich stets, solche Fälle den Arbeitgebern zu melden. Gewiss, sie hatten nicht unrecht – auf diese Weise verringerten sie die Gefahr, dass weitere Frauen angesteckt wurden. Andererseits – wovon sollte diese Unglückselige mit ihrem Kind leben, wenn sie ihre Arbeit verlor?
»Kommen Sie mit!«, forderte sie sie auf.
Wenig später gab Victoria der Frau eine Packung »Kochs Präparat« aus dem Medikamentenschrank. Die Frau bedankte sich überschwenglich, und vor Erleichterung standen ihr Tränen in den Augen. Victoria bemühte sich, ihr Lächeln zu erwidern. Insgeheim war sie sich nicht sicher, ob sie der Frau tatsächlich geholfen hatte. An der Wirksamkeit des Präparats bestanden viele Zweifel.

Aber besser als nichts, dachte sie.
Als die Frau fort war, brachte sie weitere Medikamente an sich – Quecksilberpräparate gegen Geschlechtskrankheiten, Höllenstein, mit dem man die erkrankten Schleimhautstellen kauterisieren konnte, diverse Immunseren gegen Tetanus und Diphtherie. Dass man Bakteriengifte mittlerweile oft behandeln konnte und ihnen nicht mehr machtlos gegenüberstehen musste, faszinierte sie – so wie ihr Interesse für die Medizin und ihr Wissen und Können auf diesem Feld gewachsen waren. Manchmal haderte sie damit, nicht doch Medizin studiert zu haben wie Paulina Luisi, die erste Frau Südamerikas, die das Studium abgeschlossen hatte. Gewiss wäre es ein steiniger Weg, auf den ihr Menschen wie Doktor Espinoza viele Hindernisse legen würden, aber sie hätte dann mehr Autorität, sie könnte Reden halten, zum Beispiel bei feministischen Kongressen wie dem, der vor einem Jahr in Buenos Aires stattgefunden hatte und bei dem soziale, rechtliche und politische Themen diskutiert worden waren, und sie könnte …
Sie zuckte zusammen, als sich plötzlich eine Hand auf sie legte. So in Gedanken versunken, hatte sie einen Augenblick lang nicht darauf geachtet, ob unbemerkt blieb, wie freimütig sie sich aus dem Medikamentenschrank bediente. Doch als sie herumfuhr, sah sie, dass es nur Rebeca war. Erleichtert ließ sie ihren Atem entweichen.
»Bist du verrückt, dich anzuschleichen? Du hast mich zu Tode erschreckt.«
Rebeca lachte. »Und bist du verrückt, am helllichten Tag Medikamente zu stehlen?«, gab sie spöttisch zurück.
»Schwester Adela hat mich offiziell hierhergeschickt, um die Zutaten für Diuretischen Wein zu holen.«
Victoria blickte in sämtliche Richtungen, aber Rebeca und sie waren allein.

Stolz deutete sie auf ihr Diebesgut, das sie in einer Tasche, die sie unter dem Kleid trug, versteckt hatte.

»Wir müssen es bald in den Armenvierteln verteilen.«

Rebeca gab sich wenig beeindruckt. »Momentan ist etwas anderes viel wichtiger. Hast du schon gehört – diverse Textilhersteller streiken.«

Kein Wunder, dachte Victoria – in den Fabriken herrschten schreckliche Arbeitsbedingungen.

»Und wir müssen die Gunst der Stunde nutzen«, fuhr Rebeca fort.

»Wie?«

»Wir müssen dafür sorgen, dass nicht nur in den großen Textilfabriken gestreikt wird, sondern auch in den Schneidersalons. Wir müssen die Näherinnen aufhetzen!«

Rebecas grüne Augen glitzerten. In der Ferne waren erst Schritte zu vernehmen, dann Schwester Adelas Nörgeln, als sie fragte, wo Victoria denn bliebe.

Rasch schloss Victoria den Medikamentenschrank.

»Also – bist du dabei?«

Victoria zögerte, sie fühlte sich nach den vielen Stunden Dienst unendlich erschöpft. »Was ist mit Jiacinto und Juan?«, fragte sie.

»Du kennst Juan. Wann kriegt der schon seinen Arsch hoch? Aber Jiacinto macht natürlich mit.«

Sie grinste herausfordernd. Victorias Müdigkeit ließ schlagartig nach.

»Ich helfe euch. Was immer ich tun muss …«

Alicia erklärte oft mit einer Mischung aus Schadenfreude und Gleichgültigkeit, dass die Schwangerschaft eine Zeit des Leidens für jede Frau sei, die diese irgendwie ertragen müsste. Als sie von der frohen Nachricht erfuhr, beschwor sie alle

Arten des Unwohlseins, die auf Aurelia zukommen würden, doch Woche und Woche verging – und Aurelia fühlte sich bestens. Anfangs hatte sie mit Schwindel zu kämpfen gehabt, war jedoch kein weiteres Mal ohnmächtig geworden. Von der Übelkeit blieb sie gänzlich verschont, nur ganz wenige Speisen bereiteten ihr Ekel, und als ihr Bauch zu wachsen begann, fühlte sie sich kraftvoll wie nie. Alicia drängte sie dazu, die meisten Stunden im Bett liegen zu bleiben – es sei ihr gutes Recht, sich auszuruhen –, aber wenn ihr irgendetwas Qualen bereitete, so nicht beschworene Erschöpfung, sondern unerträgliche Langeweile.

Gewiss, sie genoss es, von Tiago verwöhnt zu werden, der ihr jeden Morgen heiße Schokolade, Mandelmilch oder Lindenblütentee ans Bett brachte, aber danach hätte sie die Tage am liebsten so verbracht wie jede junge, gesunde Frau, die vor Leben strotzte und einfach nicht als Krankheit empfinden konnte, was ihr als das Natürlichste der Welt erschien.

Die Ängste, die sie dann doch die meiste Zeit im Bett hielten, galten darum weniger dem Kind oder dem eigenen Befinden, sondern der Möglichkeit, entlarvt zu werden. Alicia ging offenbar davon aus, dass die Frauen der Oberschicht an ihrer Schwangerschaft litten, und dass sie es zu wenig tat, konnte womöglich als Zeichen gewertet werden, dass sie keine solche war. Und Saqui, die sie mittlerweile wieder häufig freundlich anlächelte – vermutete sie etwa, dass es ihr Mapuche-Erbe war, das ihr die Schwangerschaft so leicht machte?

Die Angst raubte ihr weitaus mehr Kräfte als die Veränderungen im Körper. Die Blicke der beiden Frauen lösten oft solche Panik in ihr aus, dass es nicht immer gespielt war, wenn sie schmerzvoll ihr Gesicht verzog oder so langsam und schleppend ging, als wären ihre Glieder gelähmt. Sie verzichtete auf Kutschfahrten und Spaziergänge und begnügte sich, manche

Stunde im Patio zu verbringen, wo ein kleiner Brunnen plätscherte und vom Garten her liebliche Düfte wehten – nach Kamelien, Zwergorangen, Rosen oder Dahlien.
Immerhin – solange sich ihr wachsender Bauch noch gut hinter dem feinen Stoff ihrer Kleider verbergen ließ, war selbst Alicia der Meinung, dass sie sich der einen oder anderen gesellschaftlichen Pflicht nicht entziehen konnte. In Alicias Augen war auch das ein Opfer – für Aurelia hingegen eine willkommene Ablenkung, wenn sie am Abend oder Wochenende an Empfängen oder Maskenbällen, Tänzen oder Theateraufführungen teilnahmen. Auf Feuerwerke sollte sie zwar verzichten, mahnte Alicia, denn der Lärm könnte dem Kind schaden, und auch Paraden und Pferderennen wurden als zu gefährlich bewertet, aber Oper und Konzerte musste sie nicht meiden.
Aurelia fühlte sich bei diesen Anlässen zwar beobachtet und fand es manchmal mühsam, ganze Abende lang fremden Menschen vorgestellt zu werden, Hände zu schütteln, stets zu lächeln und über schöne Kleider zu reden. Aber sie genoss es, so viel Zeit wie möglich an Tiagos Seite zu verbringen, den sie tagsüber so gut wie nie sah – obwohl sie meist keine Gelegenheit hatten, miteinander zu reden.
Wenn sie später dann endlich mit ihm allein war, waren sie oft beide erschöpft von diesen nichtigen Konversationen. Sie lagen schweigend im Bett, hielten sich oder liebten sich, und jedes Mal bedauerte es Aurelia, wenn er sich von ihr löste und in sein eigenes Zimmer ging, wie es die Gesetze seiner Klasse vorsahen. In ihrem Himmelbett fühlte sie sich einsam, streichelte über ihren runden Bauch und versuchte, sich mit aller Macht einzureden, dass es keinen Grund gab, unglücklich zu sein. Ich habe den Mann, den ich liebe, ich muss mir keine Sorgen um die Zukunft machen, ich bekomme ein Kind von ihm … es ist alles gut.

Einmal war nicht alles gut: Im Jahr 1910 wurden diverse Feste anlässlich von Chiles Unabhängigkeit von Spanien gefeiert, die es vor hundert Jahren erlangt hatte. In sämtlichen Kirchen der Stadt wurden Gottesdienste abgehalten, auf die festliche Umzüge folgten, im Kongress hielten berühmte Männer Reden, und öffentliche Gebäude, die man eigens für diesen Zweck erbaut hatte, wurden eingeweiht – darunter das Museo de Bellas Artes, dem die Escuela de Bellas Artes angeschlossen war und der nunmehr zu den größten Museen Chiles zählte. Als Aurelia an Tiagos Seite das Gebäude betrat, dessen unmittelbare Nachbarschaft ihr so vertraut war, und sie die vielen Gemälde sah, wurde ihr das Herz schwer. Sie war gekleidet wie eine Königin, und mittlerweile hatte sie sich daran gewöhnt, all diesen schweren Schmuck zu tragen. Ihr entgingen überdies die bewundernden Blicke nicht, die sie trafen, und sie machten sie auch ein wenig stolz, war sie sich ihrer Schönheit doch bewusst.

Und dennoch ... dennoch, sie hatte nie eine Königin sein wollen. Sie hatte nie für ihre Schönheit bewundert werden wollen. Sie hatte immer nur ... eine große Malerin werden wollen, und hier in diesen Räumen wurde ihr schmerzlich vor Augen geführt, was sie aufgegeben hatte. So viele Worte lagen ihr auf den Lippen, um den Kummer zu benennen, ihn mit Tiago zu teilen und ihn dadurch leichter zu machen, doch sie brachte keins hervor und wagte nicht einmal, Tiago in die Augen zu sehen und gleichen Schmerz zu erahnen.

Irgendwann war der schreckliche Abend vorüber, und sie verkroch sich die nächsten Tage freiwillig und ganz ohne Alicias Mahnungen in ihr Bett. Als sie nach einer Woche wieder aufstand, blieb sie zwar weiterhin von Schwangerschaftsbeschwerden befreit, aber sie war deutlich gereizter. Vor Tiago, William und Alicia beherrschte sie sich – die Dienstmädchen fuhr sie jedoch oft ungeduldig an und beschimpfte sie wegen

Kleinigkeiten. Später tat es ihr leid, sich entschuldigen konnte sie trotzdem nicht, wäre dies doch ein Beweis gewesen, dass sie ihrer Rolle nicht gerecht wurde.

Ein einziges Mal nur verlor sie auch Alicia gegenüber die Beherrschung – und bereute es später tief. Begleitete sie diese anfangs noch widerstandslos zu den Gottesdiensten in der Basílica de la Merced oder zum Gebet in der Iglesia San Francisco, wo der Statue der Virgen del Socorro, die Pedro de Valdivia seinerzeit persönlich aus Italien mitgebracht hatte, besondere Kräfte nachgesagt wurde – setzten ihr im Lauf der Schwangerschaft der durchdringende Weihrauchgeruch und die dunklen, beängstigenden Räume immer mehr zu.

»Ich habe genug von diesem grässlichen Gestank!«, platzte es aus ihr heraus. So leicht sie sich dem neuen Leben angepasst hatte – in Sachen Religion wollte ihr das einfach nicht gelingen. In ihrer Kindheit hatte es, was diese betraf, keine Regeln und Vorgaben gegeben. Sie war vom Missionar Don Andrea über die Grundzüge des Christentums belehrt worden und mochte dessen Geschichten. Aber genauso gerne saß sie beim Tehuelche Maril auf dem Schoß, der ihr von Futa Untru, dem großen Geist der Pampa, erzählte, und sie war ebenso oft Zeugin geworden, wie die Russin Ana behauptete, es könne keinen Gott geben, so schlecht, wie die Welt oft sei, und wenn es einen gebe, müsste er ziemlich bösartig sein, und es ergebe keinen Sinn, zu ihm zu beten.

Ja, in Patagonien hatte ein jeder gesagt, was er dachte – und dieses eine Mal tat sie das auch.

Alicia sah sie befremdet an, und Aurelia war prompt verlegen.

»Es tut mir leid«, sagte sie rasch, »ich habe es nicht so gemeint.«

Zu ihrem Erstaunen ging Alicia nicht weiter darauf ein, und Aurelia kam zum Schluss, dass ihrer Schwiegermutter, so religiös sie sich auch gab, echtes Sendungsbewusstsein offenbar fehlte. Am nächsten Sonntag pochte sie zwar wieder darauf, dass Aurelia sie zur Messe begleitete, aber ob diese es aus vollem Herzen tat oder nur widerwillig, war ihr gleichgültig. Vielleicht hätte sie es insgeheim sogar bevorzugt, dass sie sich überwinden musste – weil es zum Leben einer Dame nun mal dazugehörte, Opfer zu bringen, zu gehorchen und Unabänderliches hinzunehmen.

Nie verlor Aurelia ihre Scheu vor Alicia, und auch nachdem sie monatelang mit ihr unter einem Dach lebte, hatte sie nicht das Gefühl, sie besser zu kennen und hinter die Maske der tugendreichen, gleichwohl abgestumpft anmutenden Dulderin zu schauen. Unauffällig horchte sie die Dienstboten nach ihr aus, bekam jedoch nur bestätigt, was sie schon wusste. Dass man Alicia nie unbeherrscht gesehen hatte und dass es nur drei Dinge gab, bei denen sie auf ihrem Willen bestanden hatte, anstatt den Wünschen des Gatten nachzugeben: Sie weigerte sich, Englisch zu sprechen, gab den Söhnen spanische Namen und hielt an ihrer Religion fest.

Als Aurelias Leib sich immer mehr rundete, war es nicht länger schicklich, zur Kirche zu gehen und an dem heiligen Ort der Welt zu bekunden, dass man der Fleischeslust erlegen war. Sie fühlte sich in ihrem Körper nach wie vor wohl, schlief aber mehr als früher und träumte wirr – manchmal von Patagonien, wo sie sich und Tiago im Wind stehen sah. Zumindest glaubte sie, dass es Tiago war, der da an ihrer Seite stand – ganz sicher konnte sie sich nicht sein, denn sie konnte sein Gesicht nicht erkennen, so dicht war der Staub, den der Wind aufwirbelte. Sie bekam kaum Luft und verging vor Angst, der Wind könnte Tiago fortwehen. Zugleich hatte sie ein schlechtes Gewissen – denn trotz dieser Angst fühlte sie sich ganz ohne Mieder und mit offenem Haar so befreit.

Jedes Mal erwachte sie mit einer Mischung aus Panik und Sehnsucht, und gerne hätte sie sich in solchen Momenten an Tiago geschmiegt. Doch der kam erst am Morgen, um ihr das Frühstück ans Bett zu bringen, und wenn er sie zugleich besorgt und freundlich anlächelte, brachte sie es nicht übers Herz, ihre wahren Gefühle preiszugeben. Was sie nicht verbergen konnte, war, dass sie am Morgen nun meist schweißgebadet erwachte.

»Du solltest dich schonen«, meinte Tiago, »bleib im Bett, wenn du willst!«

»Aber das will ich doch gar nicht!« Es fiel ihr schwer genug, hinzunehmen, dass sie nun, anderthalb Monate vor der Geburt, das Haus nicht mehr verlassen sollte. Unerträglich war ihr die Vorstellung, die nächsten Wochen ausschließlich in ihrem Gemach zu verbringen!

»Ich fühle mich gut«, fuhr sie fort, »ich bin nicht krank. Warum kann das Leben nicht einfach weitergehen wie zuvor?«

»Du bist guter Hoffnung, und in diesem Zustand …«

»Ich weiß, ich weiß, in diesem Zustand darf ich mich nicht mehr den Leuten zeigen. Aber ich will auch gar nicht in die Oper gehen oder zu Dinnerpartys oder in die Kirche. Ich möchte einfach nur … raus.«

Ihre letzten Worte klangen nahezu panisch, obwohl sie vieles, was ihr obendrein durch den Kopf ging, nicht sagte.

Nur raus hier … aus diesem düsteren Haus … aus diesem Gefängnis …

Tiago musterte sie entsetzt, und sofort bereute sie es, sich nicht besser im Griff zu haben.

»Ich würde dir so gerne Gesellschaft leisten, aber du weißt …«

»Ich weiß, du bist beschäftigt«, brachte sie den Satz schnell zu Ende. Er erzählte ihr manchmal von seinem Jurastudium und gab vor, dass es interessanter wäre, als er gedacht hatte. Recht

glauben konnte sie das nicht, aber ihn dazu zu bringen, es zuzugeben, wollte sie auch nicht.
»Vielleicht könntest du mit Mutter den Schneidersalon besuchen?«, schlug er vor.
Auf diese Idee war Aurelia noch nicht gekommen. Normalerweise kam die Schneiderin hierher, um neue Kleider anzupassen – in deren Salon nicht weit von hier war sie erst ein- oder zweimal gewesen. Es war ein Ort, in dem man auf keine Männer treffen würde, die sich über ihren Leibesumfang mokieren könnten.
»Ich habe genug Kleider« murmelte sie.
»Aber das Kind noch nicht!«
Aurelia nickte. Eigentlich war es ihr egal, wohin sie aufbrechen würde – Hauptsache, es brachte etwas Abwechslung. Dafür nahm sie sogar in Kauf, von Alicia begleitet zu werden.
Sie wollte sich erheben, doch Tiago drückte sie sanft aufs Kissen zurück.
»Aber erst trinkst du deine heiße Schokolade!«

Victoria war sich später nicht sicher, ob sie trotzdem oder erst recht dabei gewesen wäre, wenn sie gewusst hätte, wie der Streik am Ende ausartete. Zunächst zählte nur, dass sie gemeinsame Sache mit Jiacinto machte – und natürlich war sie mit gerechtem Zorn dabei, als sie sich in Erinnerung rief, was die Arbeiterinnen in der Textilherstellung alles zu erdulden hatten. Bis zu zehn Stunden mussten sie täglich hinter den Nähmaschinen sitzen, die Pause fürs Mittagessen war kurz, das Licht schlecht, und der Dunst von Baumwolle und anderen Stoffen machte die Luft schwer. Weder gab es in den meisten Schneidersalons anständige Toiletten, noch bekamen sie frisches Wasser zu trinken. Und wie auch in den Tabakfabriken waren die Frauen gezwungen, nach der Arbeit – unbezahlt! – den Boden aufzuwischen. Trotz aller Mühen verdienten sie nur einen Peso am Tag – immerhin ein wenig mehr als jene Frauen, die Schneider-, Bügel- oder Wascharbeiten von zu Hause aus verrichteten und sich, obwohl sie auch oft auf viele Stunden Arbeitszeit kamen, mit siebzig Centavos zufriedengeben mussten. Bei diesen Frauen war es fast unmöglich, einen Streik zu initiieren, denn eine jede arbeitete für sich, und sie waren nicht in Gewerkschaften zusammengeschlossen. Etwas anders sah es bei den Näherinnen in den Fabriken und Salons aus, die sich immerhin manchmal organisierten. Doch ihre Gewerkschaft galt als zerstritten und nicht eben handlungsstark.

Als sie sich mit Rebeca nun auf den Weg in die Schneiderei machte, fragte sie darum, warum die Frauen ausgerechnet jetzt bereit waren, an einem Strang zu ziehen.

Rebecas Blick war grimmig entschlossen. Wieder einmal trug sie die übliche Hose, und die Haare waren noch kürzer als früher. Als Victoria sie von der Seite musterte, dachte sie einmal mehr, wie schön sie war und wie faszinierend die schrägen Augen. Doch zugleich entgingen ihr die dicken Schwülste unter den Augen nicht. Den Schmelz der Jugend suchte man vergebens an ihr, verlebt sah sie vielmehr aus – nicht wie jene Menschen, die sich zu Tode schuften mussten, sondern wie jene, die zu viel tranken.

»Und welches Ziel hat der Streik?«, fragte sie, und nachdem Rebeca ihr die Antwort auf diese Frage schuldig blieb, fragte sie nach: »Fordern sie mehr Lohn? Oder bessere Arbeitsbedingungen?«

Rebeca sagte wieder nichts, was eigentlich merkwürdig war. Bei Anlässen wie diesen hielt sie oft glühende, mitreißende Reden, die vor Hass auf die Reichen nur so trieften.

»Heute war wieder eine Frau mit Tuberkulose in der Klinik«, berichtete Victoria, um sie zum Sprechen zu bringen. »Ich weiß nicht, woran es liegt, aber ich habe das Gefühl, dass diese Krankheit am meisten bei den Frauen verbreitet ist, die in der Herstellung von Männeranzügen arbeiten. Ob es einen Zusammenhang gibt? Ob sie vielleicht gar mit giftigen Substanzen arbeiten?«

Immer noch kam keine Reaktion von Rebeca; an deren ungewohnt steifen Schritten erkannte Victoria nur, dass sie sehr angespannt sein musste.

Sie runzelte die Stirn, denn es war befremdlich, Rebeca nicht vollkommen souverän zu erleben, aber sie verkniff sich einen Kommentar und fuhr stattdessen fort: »Es ist schrecklich, dass die Arbeitgeber jede Form von Krankheit als Schwäche betrachten, die es zu bestrafen gilt. Und dass die Aufseher, die ohnehin das Sechsfache verdienen, nie Mitleid zeigen und Schonung ermöglichen, sondern stets mit Anzeige drohen. Und das, obwohl die Bekleidungs- und Nahrungsindustrie ohne die vielen Mitarbeiterinnen gar nicht existieren könnte.«

Endlich meldete sich nun auch Rebeca zu Wort: »Die feinen Mittelklassefrauen dagegen, die als Sekretärinnen oder Telegraphinnen arbeiten, haben zurzeit ganz andere Sorgen. Sie fordern, dass sie sich während der Menstruation drei Tage freinehmen können, diese verwöhnten …«

Mitten im Satz hielt sie inne. Offenbar hatten sie das gesuchte Gebäude erreicht … ein mehrstöckiges Haus, das nicht inmitten eines Elendsviertels stand, sondern in der Nähe der Alameda. Von der prächtigen Fassade ließen sich keine Rückschlüsse auf etwaige schlechte Arbeitsbedingungen ziehen, doch als Victoria ihren Kopf in den Nacken legte und nach oben blickte, konnte sie sich vorstellen, worunter die Nähe-

rinnen in diesem Salon zu leiden hatten: Im letzten Stock waren die Fensterluken geradezu winzig – ein Zeichen, dass die Räume dort oben sehr niedrig waren. Zwar gab es unmittelbar unter dem Dach am meisten Licht, aber wahrscheinlich waren es auch die stickigsten Räume.
Sie senkte den Kopf und blickte sich zunehmend verwundert um. Wenn gewöhnlich gestreikt wurde, versammelten sich die Mitarbeiter vor oder im Innenhof des jeweiligen Gebäudes. Die Gewerkschaftsvertreter verteilten Flugzettel oder hielten eindringliche Reden, um die Arbeiter darauf einzuschwören, nicht nachzugeben. Vorerst aber war Jiacinto der Einzige, der ganz gemächlich auf sie zuschritt – und wenn in seinen Augen auch das begehrliche Glitzern lag, wie immer, wenn gewalttätige Ausschreitungen bevorstanden, fühlte Victoria doch sofort, dass hier irgendetwas aus dem Ruder lief.
»Was ... was geht hier vor?«, fragte sie und drehte sich in sämtliche Richtungen. Immer noch war weit und breit keine einzige Näherin zu sehen.
Jiacinto zwinkerte ihr zu, und wie immer pochte ihr Herz augenblicklich schneller. »Ich hätte ja nicht gedacht, dass du unter ... diesen Umständen mitmachst«, erklärte er halb spöttisch, halb anerkennend.
Victoria freute sich über das Lob – und war zugleich noch mehr beunruhigt. »Unter welchen Umständen?«
Rebeca wirkte nicht länger angespannt. Sie hakte sich bei Jiacinto unter und schmiegte ihren Körper an seinen, wie sie es so oft bei ihren Brüdern tat. »Ich fürchte, du musst unser Mädchen aufklären ...«
Jiacinto jedoch sagte nichts. Er strich Rebeca neckend über die Wangen, löste sich dann von ihr und schritt durch einen kreisrunden Durchgang in den Innenhof des Gebäudes. Re-

beca und Victoria folgten schnell, und hier nun war es alles andere als leer: Mehrere Dutzend Männer standen beisammen, manche mit den blauen Hemden der Arbeiter bekleidet, andere in dreckige Lumpen gehüllt – Letztere wohl Gañanes, unausgebildete Arbeiter, die oft nur für einen Tag angestellt wurden und unter denen es viele Unruhestifter gab.

Victoria suchte nach vertrauten Gesichtern: Sie erkannte ein paar Freunde von Jiacinto, Anarchisten wie er, die sie schon einmal in der Wohnung der Carrizos getroffen hatte.

»Wo sind die Näherinnen?«, fragte sie.

Jiacinto drehte sich zu ihr um, zwinkerte wieder vertraulich und deutete nach oben. »An den Nähmaschinen natürlich.«

»Aber wenn sie doch streiken …«

Er zuckte mit den Schultern. »Ich fürchte, sie wissen noch nicht, dass sie das tun. Das heißt, in diesem Augenblick, glaube ich, erfahren sie es.«

Victorias Verwirrung wuchs. »Ich verstehe nicht …«

Rebeca wirkte ungeduldig, aber Jiacinto erklärte freundlich, als hätte er alle Zeit der Welt dafür: »Die Näherinnen sind allesamt Feiglinge. Sie würden nicht wagen, von sich aus zu streiken; sie würden die Welt nicht auf ihre Arbeitsbedingungen aufmerksam machen. Also mussten wir etwas nachhelfen.«

Victoria fuhr herum, sah nun, dass die vielen Männer nicht einfach herumlungerten, sondern sich vor dem Ausgang des Gebäudes und vor den Fenstern der unteren Stockwerke postierten. Allmählich begriff sie, was hier vor sich ging.

»Die Männer umstellen das Gebäude!«, rief sie schrill. »Wollen sie die Frauen hier etwa gefangen halten? Wie Geiseln?«

»Sie haben es nicht in erster Linie auf die Näherinnen abgesehen«, gab Jiacinto zu, »die trifft es zwar zufällig auch. Aber im Grunde wollen wir vor allem den werten Kundinnen einen Schrecken einjagen.«

Rebeca lachte auf, Victoria hingegen packte die nackte Furcht. »Seid ihr wahnsinnig?«, schrie sie. »Das ist kein Streik, das ist …«
»Das ist eine Möglichkeit, die Aufmerksamkeit der ganzen Stadt auf uns zu ziehen«, fiel Jiacinto ihr ins Wort. »Denk dir, das wird lustig! Wie die noblen Damen, die hergekommen sind, um ihre Kleider anzupassen, ganz plötzlich einer Horde Arbeiter gegenüberstehen und nicht an ihnen vorbeikönnen.«
Victoria schüttelte den Kopf. »Ihr könnt euch doch nicht gegen den Willen der Näherinnen für ihre Rechte einsetzen! Noch dazu auf diese Weise!«
»Und ob wir das können. Du wiederum kannst gerne gehen, wenn du nicht mitmachen willst.«
Sprach's, wandte sich ab und verschwand im Gebäude, um in Begleitung einiger Männer nach oben zu stürmen. Victoria war sich nicht sicher, was genau sie dort planten. Kurz wollte sie es auch nicht wissen, wollte auf der Stelle kehrtmachen und gehen. Doch dann sah sie, wie es in Rebecas Augen triumphierend aufblitzte, und sie wusste, dass sie es sich nicht entgehen lassen konnte: diese fiebrige Aufregung, diesen Nervenkitzel, diese Befriedigung, etwas Verbotenes zu tun – und etwas, das sie mit Jiacinto einte.
Als Rebeca auf den Eingang zuging, folgte sie ihr, und auch wenn sie vor der ersten Stufe noch einmal zögerte, lief sie danach entschlossen die Treppe hoch.
Die Luft war schwer und drückend, und als sie im letzten Geschoss ankamen, war Victoria schweißnass. Stimmengewirr drang ihnen entgegen – aufgeregte Rufe, beschwichtigendes Gemurmel, empörte Fragen. Die Näherinnen, ihre Aufseherinnen, vielleicht sogar die Besitzer dieses Salons sprachen wild durcheinander, erst voller Wut, dann – als nun-

mehr auch grollende Männerstimmen ertönten – furchtsam. Victoria glaubte zu hören, wie eine der Frauen nach der Polizei rief, und auch Jiacintos Stimme, als er antwortete, dass sie das vergessen könnte. Kurz war es daraufhin still, dann ging das Geschrei erst recht los. Es musste früher als erwartet zur Eskalation gekommen sein.
Rebeca packte sie am Arm und zog sie auf den großen Raum zu, in dem die Nähmaschinen standen. Kurz widersetzte sich Victoria ihr, kämpfte erneut mit dem Drang, zu fliehen. Allerdings – würde sie unten überhaupt noch an den Männern vorbeikommen oder nicht vielmehr für eine Näherin gehalten werden, der man zu gehen verweigerte?
Sie verdrängte das Unbehagen, betrat den Raum, der so niedrig war, wie sie es sich gedacht hatte – und hielt im nächsten Augenblick den Atem an. Neben dem großen Nähraum befand sich ein etwas kleineres Zimmer, das für die Anprobe gedacht war. Es war etwas luftiger, lichter, Modellpuppen standen dort, Maßbänder, Stoffballen und halb fertige Kleider lagen auf Stühlen und Tischen. All das sah Victoria kaum – sie sah nur die Frauen, die sich dort ängstlich zusammendrängten, offenbar Kundinnen, die vom Erscheinen so vieler roher Männer wie Jiacinto zutiefst verängstigt wirkten.
Und unter diesen Kundinnen befand sich, nicht minder verwirrt und ängstlich, aber obendrein hochschwanger – Aurelia.

18. Kapitel

Einen Augenblick starrte sie Aurelia einfach nur an. In all den Monaten, da sie sich nicht gesehen hatten, hatte sie sich deutlich verändert – nicht nur, was den gewachsenen Leibesumfang anbelangte. Ihre Haut schien blasser, fast durchsichtig, ihr Haar glänzte, ihre Augen wirkten riesengroß – nicht zuletzt wegen der Furcht, die darin stand.

Was, zum Teufel, machte sie hier?

Verspätet bemerkte Victoria, dass eine Frau an ihrer Seite war, etwas älter, sehr hochmütig, die Miene zu ausdruckslos, um Aurelias Furcht zu spiegeln. Sie erkannte Alicia Alvarados wieder, die sie schon einmal gesehen hatte, Aurelias Schwiegermutter.

»Victoria«, stammelte Aurelia verwirrt, »was ... was geht hier vor?«

Eben noch war Victoria über Aurelias Anwesenheit vor allem erschrocken gewesen – nun kam Ärger dazu, gleich so, als würde die andere sie mit Absicht an ihren Plänen hindern wollen. Gewiss, gerade waren es noch allein Jiacintos Pläne gewesen, und sie hatte selbst an der Rechtmäßigkeit ihres Vorgehens gezweifelt. Doch diesen Zweifel wollte sie sich nun nicht anmerken lassen.

»Was hier vorgeht?«, gab sie schnippisch zurück. »Wir sorgen für ein wenig Gerechtigkeit. Menschen wie euresgleichen sollen ruhig mal sehen, wie viele andere buckeln und schuften müssen, damit ihr angenehm leben könnt.«

Die letzten Worte gingen im Lärm unter. Männer brüllten

hinter ihnen, Frauen reagierten mit angstvollen Schreien. Offenbar stürmten immer mehr Arbeiter vom Hof hoch und erschreckten die Schneiderinnen, indem sie Stoffballen und Nähmaschinen umstießen.

Aurelia wich voller Furcht zurück, doch als Rebeca Victorias Hand erfasste und sie fortziehen wollte, machte sie plötzlich einen Schritt auf sie zu und ergriff ihrerseits ihren Arm. »Victoria … bitte! Bring mich hier raus! Du siehst doch, ich bin guter Hoffnung.«

Victoria musterte sie genauer. Obwohl Aurelia versucht hatte, den Leibesumfang mit einem engen Brustleibchen und einer Fülle an feinen Stoffen – über einem bodenlangen, schleppenden Rock trug sie eine knielange Tunika aus Seidenduchesse – zu verbergen, war unverkennbar, dass ihre Schwangerschaft schon weit fortgeschritten war. Schützend hielt sie sich den schweren Bauch, und Victoria nahm bestürzt wahr, wie sich ihr schweißnasses Gesicht verzerrte, als litte sie unter Schmerzen.

»Was, zum Teufel, hast du dann hier verloren?«, zischte sie. »Ich dachte, Damen deines Ranges verstecken sich vor der Öffentlichkeit, sobald sie ein Kind erwarten!«

»Wir brauchen doch Kleidung … für das Kleine … Ich konnte doch nicht ahnen …«

Unwirsch riss Victoria sich von ihr los. »So ist es – du ahnst nie etwas! Stellst dich immer unwissend! Es ist ja auch so leicht, sich der Welt gegenüber blind zu stellen und alles zu leugnen, was man nicht sehen will. Du bist ja sehr geübt im Totschweigen, nicht wahr? Hast längst verlernt, zu bekennen, wer du bist, von wem du abstammst, was du willst …«

Aurelias Gesicht schien seltsam weggetreten. Kein einziger Vorwurf schien sie zu erreichen. Statt einer Verteidigung stieß sie nur ein rasselndes Geräusch aus, ehe sie wieder ihre Hand hob, nach Victoria griff, sich nicht mehr begnügte, sie festzuhalten, sondern sich schwer auf sie stützte.

Wie zart sie ist, ging es Victoria durch den Kopf, obwohl es angesichts der Leibesfülle widersinnig klang. Wie klein, wie schmal ... Blaue Adern schimmerten durch die weiße Haut.

»Bitte«, schaltete sich nun Alicia Alvarados ein, »bitte bringen Sie uns hier raus!«

Während Victoria sich nach Kräften bemühte, Aurelia zu stützen, kam es ihr plötzlich lächerlich vor, was sie ihr alles an den Kopf geworfen hatte. Es war der falsche Zeitpunkt, zu streiten – nun, da hinter ihnen die Situation noch mehr eskalierte. Victoria drehte sich hektisch um, blickte entsetzt auf das Chaos im großen Schneiderraum und noch entsetzter auf die Männer, die sich nicht mehr begnügten, größtmögliche Zerstörung anzurichten, sondern begonnen hatten, sich zu prügeln.

»Was ... was ...«, stieß sie verständnislos aus. Die Polizei war doch gar nicht hier und diese Männer doch Verbündete! Warum gingen sie ausgerechnet aufeinander los?

Jiacinto gehörte zu denen, die sich prügelten, und auch Rebeca war längst nicht mehr an ihrer Seite, sondern hatte sich in den Kampf eingemischt. Wie ein Raubtier war sie einen Mann, der einen Stoffballen davontragen wollte, rücklings angesprungen, und der versuchte, sie verzweifelt abzuschütteln, während sie ihm das Gesicht zerkratzte. Jiacinto schlug sich gleich mit zweien herum – einer trug ebenfalls einen Stoffballen, der andere eine Nähmaschine.

Kurz dachte Victoria nur, dass die Welt verrückt geworden sei. Dann erkannte sie, was hier vorging: Ein Teil der Männer hielt am ursprünglichen Plan fest, die Näherinnen zum Streik

zu zwingen – ein anderer wollte die Gelegenheit nutzen, so viel wie möglich zu plündern. Eben stürzten zwei davon auf sie zu, fuchtelten mit ihren Fäusten vor Alicias Gesicht und verlangten, dass sie ihnen sofort ihren Schmuck geben solle. Den restlichen Kundinnen, die sich ängstlich in der Ecke zusammendrängten, erging es nicht anders – nur Aurelia ließ man in Ruhe, vielleicht wegen ihrer Schwangerschaft, vielleicht, weil Victoria sie nun fest an sich zog und jeden grimmig anstarrte, der ihnen zu nahe kam.
Alicia zuckte nicht mit den Wimpern, als sie erst ihr Perlenmedaillon ablegte, dann einen goldenen Armreif. Sie tat es unendlich langsam und legte in jede Geste so viel Verachtung wie möglich.
»Wird's bald!«, schrie der Mann sie an.
Aurelia stöhnte erstickt. Victoria ließ sie los und trat vor den Dieb. »Lasst sie in Ruhe!«, schrie sie. »Wenn wir für Gerechtigkeit kämpfen wollen, dann dürft ihr nicht …«
Erst grinste der Mann sie nur an, dann hob er plötzlich seine Faust und versetzte ihr einen Stoß. Er traf sie nur an den Schultern, nicht ins Gesicht, aber dennoch stolperte sie ob der Wucht quer durch den Raum und schlug mit dem Kopf hart gegen die Wand. Aurelias Schreien ging in Rauschen über, kurz wurde es schwarz vor ihren Augen.
Als sich das Bild wieder klärte, sah sie, dass Jiacinto sich über sie beugte, nachdem er den Mann, der sie angegriffen hatte, zurückgeschlagen hatte. Die übliche Freude an roher Gewalt war ihm anzusehen, aber auch ein wenig Sorge um sie. In jedem anderen Moment hätte sich Victoria darüber gefreut, aber als sie sich mit brummendem Schädel erhob, war sie vor allem wütend.
»Ihr seid ja alle wahnsinnig geworden!«, schrie sie.
Jiacinto schien etwas sagen zu wollen, aber Rebeca kam ihm

zuvor. Ihre Haare standen wild vom Kopf ab, ihr Gesicht war vor Aufregung gerötet.
»Nun hab dich nicht so!«, rief sie spöttisch. »Morgen wird von alldem in sämtlichen Zeitungen zu lesen sein.«
Victoria drängte sich an den Geschwistern vorbei und blickte sich um. Aurelia hockte mittlerweile gekrümmt auf dem Boden und hielt sich ihren Leib; Alicia blickte nicht länger ausdruckslos und arrogant, sondern hilflos auf sie herab.
»Ich muss Aurelia in Sicherheit bringen!«, rief Victoria und wollte auf sie zueilen.
Rebeca packte sie grob am Arm. Da war kein Spott mehr in ihrer Stimme, nur Verachtung: »Überleg dir gut, auf welcher Seite du stehst.«
»Hier geht es nicht um irgendwelche Seiten, hier geht es darum, dass kein Unschuldiger verletzt wird!«
»Unschuldig?«, schrie Rebeca schrill. »Wer ist hier unschuldig? Wer hier einkauft, der duldet, dass ...«
»Herrgott noch mal«, gab Victoria nicht minder schrill zurück und riss sich von ihr los. »Dass ihr euch nicht schämt! Ich trage unseren Kampf nicht auf dem Rücken schwangerer Frauen aus.«
Rebeca hielt sie kein weiteres Mal auf, sondern rief ihr nur Flüche nach, als sie zu Aurelia hastete und sich zu ihr beugte. Deren Gesicht war noch schmerzverzerrter.
»Hat dich jemand verletzt?«, fragte Victoria besorgt.
Aurelia schüttelte den Kopf, aber im nächsten Augenblick kam ihr ein kläglicher Schrei über die Lippen.
»Du hast schreckliche Schmerzen, nicht wahr? Wo genau?«
Zu ihrer Überraschung beugte sich plötzlich auch Jiacinto über die schwangere Aurelia. »Meinetwegen kann ich sie raustragen ... dann ist sie in Sicherheit ...«
Er klang aufrichtig bestürzt, während Rebeca nicht mehr nur

auf Victoria, sondern auch auf den Bruder fluchte. Immerhin griff sie nicht ein, als Victoria vorsichtig versuchte, Aurelia hochzuziehen. Erneut schrie sie auf, schriller als zuvor.
»Es … es tut so weh …«
»Aurelia, wir müssen dich herausbringen … wir müssen …« Victoria nickte Jiacinto zu. »Ja bitte, versuch es, du bist stark genug, sie zu tragen.«
Ihr entging nicht, wie Alicia Jiacinto missbilligend musterte, aber es kam kein Einspruch über ihre Lippen, und auch Aurelia starrte ihn zwar mit weit aufgerissenen Augen an, wehrte sich jedoch nicht, als er sie um Knie und Schultern fasste, um sie hochzuheben. Ehe er sich aufrichten konnte, ließ lauter Lärm alle zusammenschrecken: Schüsse ertönten, lautes Krachen, Gebrüll und das Splittern von Glas.
Victoria glaubte, ihr Kopf müsste platzen, und unwillkürlich krümmte sie sich und schlug sich die Hände auf die Ohren. Als sie sie wieder löste, hielt der Lärm an – und in ihn vermischte sich Rebecas hysterisches Lachen.
»Wir können hier nicht mehr raus!«, schrie sie begeistert. »Die Polizei hat längst das Haus umstellt.«
Und lachte weiter.
Victoria stellte sich schützend vor Aurelia, während sich die aufrührerischen Männer nicht mehr damit begnügten, nur die Nähmaschinen umzukippen und die Stoffballen zu zerreißen. Manch einer von ihnen hatte Steine dabei und warf sie durch das Fenster, um möglichst viel Schaden anzurichten. Die Näherinnen liefen durcheinander oder duckten sich in den Ecken. Eine von ihnen war von einem Stein getroffen worden und hielt sich die Hand zitternd vor eine blutende Wunde. Victoria wäre am liebsten zu ihr gelaufen, um sich die Verletzung anzusehen, aber sie spürte, wie Aurelia ihre Hand umklammerte, und konnte sie unmöglich allein lassen.

Im nächsten Augenblick duckte auch sie sich und schrie noch lauter als die schmerzgekrümmte Aurelia. Bis jetzt hatte man die Steine aus dem Fenster geworfen – nun fiel von draußen etwas hinein. Sie sah erst nur einen schwarzen Schatten, vernahm dann aber ein bedrohliches Prasseln, als ein brennendes Scheit auf die Stoffballen fiel. Erst sprühten nur Funken, dann loderte Feuer auf. Rauch stieg in die ohnehin schon stickige Luft.

»Nun bring sie endlich raus!«, schrie sie Jiacinto an. Doch der schüttelte nur den Kopf und deutete mit dem Kinn auf das Gedränge vor der Treppe. Nie und nimmer würde er es schaffen, Aurelia durch diese Menschenmassen zu bringen.

»Was sollen wir nur tun?«, rief Alicia ungewohnt panisch.

Aurelia ächzte, und als Victoria sich zu ihr hockte, wurde ihre Ahnung, woher ihre Schmerzen rührten, zur Gewissheit.

»Das Kind …«, rief Aurelia kläglich, »gütiger Himmel, das Kind kommt. Aber es ist zu früh … es ist sechs Wochen zu früh …«

Aurelia konnte sich nicht erinnern, dass jemals etwas so weh getan hatte. Der Schmerz war zunächst noch zögerlich über sie gekommen, fiel dann aber immer heftiger aus. Er schien sich in ihrem Leib festzubeißen wie ein hungriges Tier, und als die Krämpfe kurz nachließen, spürte sie, wie etwas Warmes über ihre Schenkel lief – sie war nicht sicher, ob Wasser oder Blut. Obwohl die Wehen kurz nachgelassen hatten, verkrampfte sich ihr Körper. Zu früh, hallte es immer wieder in ihrem Kopf, es war doch viel zu früh! Sie zog die Beine an, als genügte das, um das Kind gewaltsam in sich zu behalten, doch dann kam der Schmerz zurück und begann willensstark darum zu ringen, dass sie es hergab.

Es war ein ungleicher Kampf. Schon nach kurzer Zeit waren

ihre Lippen wund gebissen und ihre Stirn schweißnass. Erst hockte sie an die Wand gelehnt, dann legte sie sich auf den Boden, auf dem einige Stoffballen ausgebreitet worden waren. Victoria hatte das befohlen – Victoria, deren ruhige, bestimmte Stimme das Einzige war, das durch den Schmerz drang. Oder nein, da war noch ein anderer Laut – das Murmeln der betenden Alicia. Sie flehte erst die Jungfrau Maria um Beistand an und beklagte dann, dass sie keine Statue des heiligen Ramón Nonato hätten, die über die Geburt wachen könnte. Besagter Heiliger, der selbst mit einem Kaiserschnitt aus dem Mutterleib geholt worden war, sei schließlich der Beschützer der Gebärenden!

Nun, Aurelia war überzeugt, dass Ramón sie nicht würde retten können – Victoria aber umso mehr.

Sie hatte nicht nur den Befehl gegeben, die Stoffe auf dem Boden auszubreiten, damit sie weicher liegen konnte, sondern sich auch zu ihr gekniet und ihr Brustmieder aufgeschnürt, damit sie freier atmen konnte. Es nützte nichts – auch wenn sie nun mehr Luft bekam, war diese Luft doch von beißendem Rauch erfüllt, der ihre Augen zum Tränen brachte und ihre Kehle verätzte.

Victoria erhob sich und lief nach draußen in den größeren Raum, wo die Nähmaschinen standen. Durch das Rauschen des eigenen Bluts hindurch hörte Aurelia, wie sie die Frauen anschrie, sie sollten das Feuer mit Stoffballen ausschlagen. Es schien zu nützen, denn das bedrohliche Knistern verstummte – der Rauch aber blieb, drang in jede Ecke und Nische des Raumes, schwärzte die Decke mit Ruß. Die meiste Zeit hielt Aurelia die Augen zusammengepresst, doch wenn sie sie öffnete, sah sie alles unter einem grauen Schleier verborgen. Obwohl sie nicht viel sah – hören tat sie weiterhin gut. Nachdem Victoria den Schneiderinnen Befehle erteilt hatte, wandte sie sich mit schriller Stimme den Männern zu, die sich offenbar nach unten drängten. Sie grölten und schrien durcheinander, und Aurelia wand sich schamvoll, als sie sich vorstellte, dass ihre Blicke auf sie fielen.

Victoria aber ließ das nicht zu. Sie stellte sich schützend vor Aurelia und beschimpfte die Männer für das Ausmaß der Gewalt, das sie über sie gebracht hätten, befahl ihnen dann, langsam und ruhig nach unten zu gehen und nur die, die verletzt worden waren, zurückzulassen – sie würde sich um sie kümmern.

So schrill sie zu reden begonnen hatte – so befehlend klang ihre Stimme zuletzt, und die Männer fügten sich erstaunlicherweise, zumindest hörte Aurelia, wie die Schritte immer leiser wurden.

Im nächsten Augenblick überrollte sie eine neue Wehe, einer Welle gleich, die anfangs nur ein kleines Fleckchen Haut erhascht, dann alles in die Tiefe reißt. Sie schrie, bäumte sich auf, fühlte eine Hand, die sie drückte, Alicias Hand? Oder die von Victoria?

Es musste Victorias sein, ging ihr auf, als sie aus der Tiefe des Schmerzes wieder auftauchte, denn deren Stimme klang so nah. Sie sprach nicht länger mit den Männern, sondern mit der Frau, mit der sie gekommen war … Rebeca …

»Lass uns gehen!«, befahl Rebeca mit kalter Stimme. »Wir haben keine Zeit mehr zu verlieren.«

»Du kannst gehen«, erwiderte Victoria nicht minder ausdruckslos, »ich bleibe!«

»Was hast du hier noch verloren? Die Polizei wird dich verhaften!«

»Geh!« Victorias Stimme klang nun scharf wie ein Messer. »Geh einfach!«

Aurelia hörte nicht, ob sich erneut Schritte entfernten. Sie spürte nur, dass Victoria ihre Stirn abtupfte, ihr dann das Kleid, das sie trug, bis zu den Hüften hochschob.

Kurz war es beschämend, dass nun jedermann, der in den Raum spähte, ihren nackten Unterleib sehen würde, aber dann wurde der Schmerz größer als die Scham. Er zerrte an dem Kind – das Kind, das sie doch beschützen wollte!

Victoria tastete sie behutsam ab. »Auch wenn es zu früh ist, das Kind kommt. Du darfst dich nicht dagegen wehren, sonst wird es noch schwerer. Kämpf nicht gegen den Schmerz, sondern mach ihn dir zunutze, um das Kind zu gebären.«

Aurelia atmete keuchend und blinzelte. Zu ihrem Erstaunen war diese Rebeca doch noch hier. Sie lehnte mit missmutigem Gesicht am Türrahmen. Gleich neben ihr stand – verfilzt und dreckig – ihr Bruder Jiacinto … der Mann, von dem Victoria einst nur mit leuchtenden Augen erzählt hatte. Anders als Rebeca wirkte er betroffen, irgendwie schuldbewusst, und er tat alles, was Victoria von ihm verlangte – sei es, eine Schere zu bringen oder noch mehr Stoff, alle Fenster zu öffnen, um den Rauch abziehen zu lassen, oder sie, falls sie klemmten, einzuschlagen.

Am Ende schickte Victoria die beiden hinaus, damit sich Aurelia nicht noch mehr verkrampfte – doch diese fühlte keine Erleichterung mehr darüber. Die Wehen kamen nun immer schneller, gönnten ihr keine Pausen mehr. Kaum ebbte die eine ab, überwältigte sie der nächste Krampf. Steinhart schien ihr Körper zu werden – und zugleich im Blut zu versinken.

»Ich sterbe«, murmelte Aurelia kraftlos, »ich sterbe …«

»Du stirbst nicht!«, hielt Victoria streng dagegen. »Und dein Kind auch nicht. Nicht wenn ich es verhindern kann.«

Kurz beugte sie ihr Gesicht ganz tief über das von Aurelia, und die Schmerzen wurden bedeutungslos, als sie in ihre Augen starrte. Stur war Victoria, gleichzeitig verletzlich – und so entschlossen. Aurelia klammerte sich an ihre Hände, fühlte sich geborgen und entspannte sich. Nicht nur die Angst vor dem Schmerz fiel von ihr ab, auch die Angst, Tiago Schande zu machen, die Angst, dass das Geheimnis ihrer Herkunft aufgedeckt würde, die Angst, sich selbst zu verlieren. Ja, all diese Ängste spielten keine Rolle mehr; es gab nur sie und das Kind und Victoria ... und Alicia war auch noch da. Aurelia hatte es nicht bemerkt, doch sie hatte sich hinter ihr auf den Boden gesetzt, barg nun ihren Kopf in ihrem weichen Schoß, verkündete nicht wie sonst, dass Frauen Opfer bringen müssten, sondern sagte immer wieder mit ungewohnt sanfter, liebevoller Stimme: »Du machst es gut.«

Aurelia schloss die Augen und konzentrierte sich darauf, dass sie trotz der neuen Wehe nicht zu atmen vergaß. Als sie sie wieder öffnete, sah sie weder das Gesicht von Victoria noch das von Alicia, sie sah nur die Stoffe, auf denen sie lag: Musselin, Crêpe Duchesse, Tüll und Spitze. Es waren die erlesensten, teuren Stoffe – Stoffe, mit denen sie sich während der letzten Monate gekleidet hatte. Stoffe, die nun beschmutzt waren von Blut und Schweiß und Fruchtwasser und Ruß. Die Farben der reichen Leute, Rosé, Hellblau, Türkis und Grün, vermischten sich mit den Farben der Armut, Grau, Braun und Schwarz.

Dann sah sie keine Farben mehr. Bei der nächsten Wehe schrie sie so laut wie noch nie in ihrem Leben – und es gab ihr ungemein Kraft. Egal, wer hörte, wie sie die Beherrschung verlor – es gab ohnehin nur noch Victoria, Alicia, sie. Drei ganz unterschiedliche Frauen, die eigentlich nur wenig miteinander verband. Dennoch holten sie nun mit vereinten Kräften das Kind auf die Welt.

Als es vorbei war, zählte nichts mehr – nicht ihre Angst, nicht Aurelias Schmerz, nicht die Panik und das Chaos, in das die Welt zu versinken drohte. Es zählte nur, dass sie es geschafft

hatte, das Kind auf die Welt zu bringen, und dass das Kind lebte.
Nach außen hin hatte Victoria Ruhe und Selbstbeherrschung vortäuschen können – im Inneren war sie von der Furcht zerrieben worden, etwas falsch zu machen und sowohl Aurelia als auch das Kind zu töten. Doch dann war das Kind, das sich eine Weile förmlich in seiner Mutter festzubeißen schien, einfach aus dem Körper geflutscht – als hätte der nie etwas anderes gemacht, als zu gebären. Es war klein, winzig klein, viel kleiner als alle Neugeborenen, die Victoria je gesehen hatte, aber es war vollkommen. Das rote Gesicht, über und über mit gelblichem Schleim bedeckt, verzog sich, als es schrie, zwar nicht sonderlich kräftig, aber deutlich hörbar.
»O Gott sei Dank!«
Es war Alicia, die das ausstieß und sich bekreuzigte, während Victoria kraftlos zurücksank. Ihr Rücken schmerzte wegen der unnatürlichen Haltung, die sie eingenommen hatte, als sie sich über Aurelia beugte, und kurz gab sie sich der Wohltat hin, einfach nur in Ruhe sitzen zu können. Dann erkannte sie, dass ihre Aufgabe noch lange nicht erledigt war. Sie musste die Nabelschnur abklemmen und durchschneiden, und vor allem musste sie das winzige Kind in warme Tücher hüllen. Als das getan war, schrie es nicht mehr, sondern atmete regelmäßig und blickte der Welt mit tiefblauen Augen entgegen.
»Es ist ein Sohn«, sagte Alicia ehrfürchtig. Victoria hatte sie für eine harte, kalte Frau gehalten, doch nun fiel ihr Urteil etwas anders aus. Bereitwillig überreichte sie das Kind seiner Großmutter, die es ihrerseits an Aurelia weitergab.
Jene richtete sich mühsam auf, um den Kleinen zu betrachten. Ihre Lippen waren wund gebissen und ihre Stimme ganz heiser, aber sie lächelte dankbar, als sie verkündete: »Tiago und

ich haben beschlossen, dass er Guillermo heißen soll. Und Agustín – nach meiner Großmutter Agustina. Guillermo Agustín also.«

Victoria erhob sich und fühlte, wie ihre Füße kribbelten, als wieder Blut in die Glieder floss. Ihr Kleid war voller Flecken, ihr Haarknoten hatte sich längst aufgelöst. Kurz war das Band zwischen den drei Frauen so eng und fest gewesen – nun fühlte sie förmlich, wie es riss. Sie hatte ihren Teil getan – aber das hieß nicht, dass sie zu dieser Familie gehörte. Sie blickte sich um, sah Glassplitter, verbrannte oder zerrissene Stoffe, aber kaum noch Menschen. Rebeca und Jiacinto waren verschwunden, stattdessen kam unerwartet Juan auf sie zugestürzt.

»Was … was ist passiert?«, stammelte Victoria, als erwachte sie aus einem Traum.

»Rebeca konnte rechtzeitig fliehen, Jiacinto auch, aber du … du musst jetzt hier raus. Die Polizei ist hier und jede Menge Soldaten.«

Victoria erschauderte, als eine Erinnerung aufstieg – an die Demonstration vor der Población, die Schüsse, die damals gefallen waren, die Männer, die sie festgehalten hatten.

»Schnell!«, drängte Juan. »Die Polizei ist draußen mit den Männern beschäftigt … ein paar wurden verhaftet … andere wehren sich noch … Gott sei Dank konnte ich Jiacinto ausreden, die Fäuste spielen zu lassen. Ich habe vorgegeben, ein Anwalt zu sein, den die Besitzer der Schneiderei herbeigerufen haben. Folge mir einfach unauffällig, dann wirst du nicht weiter Beachtung finden.«

Victoria warf einen letzten Blick auf Aurelia, Alicia und den Kleinen. Das Gefühl, nicht länger dazuzugehören, verstärkte sich und gab ihr plötzlich einen schmerzhaften Stich. Sie hatten es gemeinsam durchgestanden, die Geburt, das Chaos, die

Angst – doch all das würde für Aurelia nur eine kurze Episode in ihrem Leben bleiben, ehe sie wieder in das reiche, saubere Haus zurückkehrte, wo sie mit Tiago lebte, wo man Blut und Dreck von ihr waschen und das Kind in eine edle Wiege betten würde.

So in dem Anblick ihres Kindes versunken, merkte Aurelia nicht, dass sie ging – und Victoria verkniff sich Worte des Abschieds, weil ihr keine angemessenen einfielen.

Hastig folgte sie Juan die Treppe hinunter.

»Rebeca muss verrückt geworden sein, dass sie bei alldem mitgemacht hat!«, fluchte Juan. »Das hier war kein gewöhnlicher Streik, das war ... das war ...« Er rang nach einem geeigneten Wort und stieß schließlich aus: »Das war ein gewaltsamer Akt.«

»Niemand hat geplant, dass ein Feuer ausbricht!«, warf Victoria ein. »Rebeca und Jiacinto waren sehr bestürzt.«

»Das glaube ich nicht!«, knurrte Juan. »Und am Ende sind sie doch beide abgehauen, anstatt Verantwortung zu übernehmen.«

»Was hätten sie denn sonst tun sollen? Ins Gefängnis gehen?«

Sie hatten die unterste Etage erreicht, als Juan kurz stehen blieb.

»Mag sein«, gab er zu, »aber hör trotzdem auf, sie zu verteidigen. Im Übrigen ...« Er zögerte, fuhr dann aber entschlossen fort: »Im Übrigen weiß ich, was du für Jiacinto empfindest. Und habe deswegen Mitleid mit dir. Denn er ... nein, vielmehr wir tun vor allem, was Rebeca will. Da gibt es keinen Platz für eine andere Frau.«

Victoria runzelte die Stirn. »Aber sie ist doch nur eure Schwester! Natürlich könntest du eine Frau haben, wenn du wolltest!«

Ein gequälter Ausdruck trat in Juans Gesicht. Victoria hatte ihn schon öfter an ihm gesehen, aber ihn nie recht zu deuten vermocht. Juan schien einer zu sein, der ständig an irgendetwas litt.

»Ja«, sagte er – und es klang endgültig wie ein Todesurteil. »Sie ist unsere Schwester … und zugleich mehr als das. Ich weiß auch nicht, was genau. Ich weiß nur: Sie ist eine Verführerin, niemand ist immun gegen ihre Reize. Ich bin mir nicht sicher, ob sie so stark ist oder wir so schwach, aber in jedem Fall bekommt sie am Ende immer ihren Willen.«

Er nickte bekräftigend, dann eilte er die restlichen Stufen nach unten, und Victoria folgte ihm, nicht sicher, was er meinte und ob sie etwas dazu sagen sollte.

Als sie in den Innenhof traten, war eben eine wilde Schlacht im Gange. Soldaten, Polizisten und Arbeiter hatten sich ineinander verkeilt, so dass es aussah, als wären die vielen einzelnen Leiber zu einem großen ganzen verschmolzen.

Juan behielt recht, niemand achtete auf sie. Geduckt konnten sie sich an den prügelnden Leuten vorbeidrängen und das Tor erreichen. Eben kam eine Droschke vorgefahren, und während Juan sie weiterzog, beobachtete Victoria, wie zwei Männer ausstiegen. Der eine war Doktor Espinoza, der andere musste wohl Tiago sein, den sie erst einmal von ferne gesehen hatte. Auch jetzt konnte sie nur einen flüchtigen Blick auf ihn erhaschen, dann zog sie ihren Kopf noch tiefer, um von Espinoza nicht gesehen zu werden. Hastig überquerten sie die Straße, liefen in den Schatten einer Gasse und blieben erst an deren Ende stehen.

»Warum … warum bist du eigentlich gekommen, um mich da rauszuholen?«, fragte Victoria atemlos.

Juan klopfte sich mit ärgerlichem Gesicht den Ruß vom Jackett. »Jiacinto hat mich darum gebeten«, erklärte er schlicht.

Heiß stieg die Freude in Victorias Gesicht. Ganz gleich, was Juan über Rebeca gefaselt hatte – und ganz gleich, dass Jiacinto mit seiner Schwester geflohen war, ohne sich weiter um sie zu kümmern – am Ende hatte er doch bewiesen, dass sie ihm nicht ganz so gleichgültig war, wie sie im Innersten ihres Herzens oft befürchtete.

Selten hatte Aurelia William so erbost erlebt. Er war zwar nicht mitgekommen, um sie abzuholen – das hatte er Tiago in Begleitung von Doktor Espinoza überlassen –, dennoch wartete er zu Hause ungeduldig auf sie. Tiago trug Aurelia über die Schwelle, während Alicia den kleinen Guillermo Agustín hielt, doch anstatt nach dem Zustand von Schwiegertochter und Enkelkind zu fragen, wollte er vor allem wissen, was es mit diesem Aufruhr im Schneidersalon auf sich hatte.

Später erfuhr Aurelia, dass es der Kutscher war, der von den Tumulten berichtet hatte. Er hatte in der Droschke vor dem Haus auf Alicia und Aurelia gewartet, miterlebt, wie sich die Männer versammelten, und war, nachdem es ihm verboten worden war, das Haus zu betreten, eiligst nach Hause gefahren, um Tiago zu alarmieren.

»Verfluchte Unruhestifter!«, tobte der ansonsten so beherrschte William. »Unnützes Pack! Wie können sie es wagen!«

Eine Weile erging er sich in der Aufzählung drakonischer Strafen, die er den Unruhestiftern wünschte. Tiago hatte Aurelia unterdessen vorsichtig auf dem Sofa abgesetzt, hatte Alicia seinen Sohn abgenommen und trat auf den Vater zu.

»Es ist ein Junge«, murmelte er, und Aurelia entging nicht, dass seine Stimme irgendwie zaghaft klang – vielleicht wegen des ausgestandenen Schreckens um sie, vielleicht, weil es in den letzten Monaten so ungewohnt geworden war, den Vater zu unterbrechen. »Vater, sieh doch nur! Dein Enkelsohn!«

Der Ärger wich aus Williams Gesicht. An seine Stelle trat Verwirrung – als wäre es unmöglich, dass ein Tag wie dieser noch etwas Gutes bringen konnte.
»Umso schlimmer!«, rief er, jedoch nicht mehr heiser vor Wut. »Umkommen hätten sie alle können wegen diesem Pack!«
Immerhin war er danach bereit, den Kleinen zu mustern, und auf seine Lippen trat dabei sogar ein seltenes Lächeln. Auch Alicia, die sich zu ihnen gesellte, strahlte auf ungewohnte Weise. Fremd sah sie aus mit dem offenen Haar und den fleckigen Kleidern – fremd, aber glücklich.
Aurelia schloss die Augen und sandte ein Dankgebet gen Himmel. Die Erinnerung an den durchstandenen Schmerz verblasste, sämtliche Anspannung und Angst auch. Noch im Schneidersalon hatte Doktor Espinoza sie und das Kind untersucht und war zum Schluss gekommen, dass es nicht notwendig war, sie eigens ins Krankenhaus zu bringen. Verwundert hatte er gefragt, wer ihr bei der Geburt beigestanden hatte – es mussten erfahrene Hände gewesen sein.
Aurelia, um ihren Zwist wissend, verschwieg Victorias Namen, um sie zu schützen – und auch Alicia sagte nichts. Und jetzt wollte keiner mehr an diese Stunden des Schreckens rühren, jetzt starrten die Großeltern glücklich auf ihr Enkelkind, und Tiago glücklich auf die Eltern, und Aurelia glücklich auf Tiago.
Obwohl er für gewöhnlich über sie hinwegsah, fiel Williams Blick auch kurz auf sie. Er sagte nichts, nickte ihr lediglich zu, aber Aurelia war sich sicher, was er dachte: *Wenigstens das schafft sie.*
»Doña Aurelia sollte sich nun wirklich ausruhen«, schaltete sich Ramiro Espinoza ein, der bis jetzt mit gesenktem Kopf danebengestanden hatte.

Tiago überreichte das Kind wieder Alicia und wollte sich eben bücken, um Aurelia hochzuheben, als Saqui in den Salon gelaufen kam. Obwohl in Williams Gegenwart von sonstiger Geschwätzigkeit nichts zu bemerken war, konnte sie sich nun einen freudigen Aufschrei nicht verkneifen – gefolgt von einer Fülle begeisterter Worte, die so schnell über ihre Lippen sprudelten, dass Aurelia sie kaum verstand. Immer wieder war vom Chico die Rede. Sie nahm es Alicia aus der Hand, besah es von allen Seiten, stellte fest, dass es sehr winzig sei, dass aber alles dran wäre, dass es eine Windel bräuchte und niemand besser geeignet sei als sie, ihm die erste umzubinden. Auch den Chico hatte sie gewickelt, nicht auf dem Tisch, wie es die Weißen taten, sondern auf dem eigenen Schoß, wie es die Mapuche hielten.

Ihr Geplapper setzte sich fort, aber Aurelia hörte es nicht mehr, weil Tiago sie nun hochtrug. So erschöpft sie sich fühlte, so beklemmend war es, sich immer weiter von ihrem Kind zu entfernen. Sie hatte ihren Sohn doch – anders als Alicia, Tiago und jetzt Saqui – noch kaum gehalten, kaum ansehen können! Und auch wenn sie zu schwach war, sich um ihn zu kümmern, es war ihr Kind, es sollte bei ihr sein!

Sie wollte Tiago aufhalten, als der plötzlich hervorstieß:

»Ich hatte solche Angst um dich …«

Sie war gerührt, als sie Tränen in seinen Augen glitzern sah. Er beugte sich vor und küsste ihre Stirn.

»Nicht!«, rief sie. »Ich bin gewiss voller Ruß und Schweiß und Staub …«

»Was zählt es, solange nur alles gut ist.«

Ja, dachte sie, was zählte es, solange alles gut war. Sie hatte einen Mann, den sie liebte. Sie hatte einen gesunden Sohn zur Welt gebracht. Bedeutungslos wurde es, dass sie ihn kaum hatte halten können. Bedeutungslos auch das Opfer, das sie einst für diese Familie gebracht hatte – auf die Malerei zu verzichten.

»Ich bin so glücklich«, murmelte sie und schloss die Augen. In diesem Moment war sie es, und sie war es in den anderthalb Jahren, die folgten … fast immer. Und sie dachte nicht an ihr Opfer … fast nie.

19. Kapitel

Victoria hielt die Luft an, als sie sich auf die Zehenspitzen stellte. Sie war nicht sicher, ob sie groß genug war, um den Türrahmen abzutasten. Tatsächlich konnte sie gerade mal mit ihren Fingerkuppen das berühren, was dort oben lag – vorausgesetzt, Rebeca hatte recht.

Schon nach Sekunden war es anstrengend, so zu stehen. Sie sank zurück auf die Fersen, atmete tief durch und blickte sich noch einmal um.

Vor einer knappen Stunde war einer der Kurse in Theorie zu Ende gegangen, in dessen Verlauf sie Schwester Adela so lange nach den Symptomen der Basedowschen Krankheit ausgefragt hatte, bis Victoria dachte, sie würde selbst gleich wahnsinnig werden und die Schwester mit hervorgequollenen Augen anspringen. Sie hatte sich mit Mühe beherrschen können – und alles über die »Glotzaugenkrankheit« gewusst: Zu den klassischen Symptomen zählten Gewichtsabnahme, Schwitzen, Zittern der Hände, Durchfall und Herzjagen. Bei fehlender Behandlung drohte Herztod durch die anhaltende Tachykardie oder Vergiftung des Körpers durch die krankhafte Funktion der Schilddrüse. Maßnahmen gegen die Krankheit waren das Ansetzen von Blutegeln oder Durst- und Trockenkuren, bei denen der Patient entweder nur trockene Brötchen oder auch die rohe Schilddrüse von Hammeln und Kälbern zu essen bekam, die man – um Ekel zu vermeiden – mit Salz und Pfeffer aufs Brot strich.

Am Ende hatte sich Victoria zwar gefreut, dass sie Schwester Adelas Fragen allesamt beantworten hatte können und sie somit einmal mehr der Möglichkeit beraubt war, sie bloßzustellen, aber zugleich ärgerte sie sich darüber, dass diese immer noch so versessen auf eine Schwäche von ihr wartete, obwohl sie in all den Jahren immer eine vorbildliche Krankenschwester gewesen war. Überdies hatte diese eingehende Befragung dafür gesorgt, dass die vorgesehene Dauer des Kurses deutlich überzogen wurde, und sie war doch so in Eile!
Wieder stellte sie sich auf die Zehenspitzen und tastete den Türrahmen ab. Diesmal stießen ihre Fingerkuppen gegen etwas Schweres, Kaltes, und sie seufzte erleichtert auf. Endlich! Noch konnte sie den Gegenstand nicht erfassen, aber sie stieß mit den Fingerkuppen so lange dagegen, bis er krachend zu Boden fiel. Erneut drehte sie sich um, um zu prüfen, ob jemand sie gesehen hatte, aber der Gang war leer, und sie bückte sich schnell, um den Schlüssel aufzuheben.
Sie befand sich im chirurgischen Trakt des Krankenhauses, und jetzt, am späten Nachmittag, herrschte hier Totenstille. Die Operationen waren allesamt am Morgen und Vormittag angesetzt, und so war sie ungestört, als sie den Gang entlang zum Arzneischrank huschte.
Seit einem Jahr war es nahezu ein Ding der Unmöglichkeit, Medikamente zu entwenden und an die Armen zu verteilen. Damals war es Schwester Adela aufgefallen, dass regelmäßig Arzneien verschwanden, und der Medikamentenschrank, der bis dahin jedem zugänglich war, weil man es als selbstverständlich ansah, dass sich nur der daraus bediente, der einer ausdrücklichen ärztlichen Anordnung folgte, hatte ein Schloss bekommen und war obendrein im chirurgischen Trakt untergebracht worden. Außerdem waren sämtliche Schwestern zu dem Verschwinden der Arzneien befragt worden, erst von

Schwester Adela, dann von Doktor Espinoza selbst. Victoria ahnte, dass Espinoza sie und Rebeca im Verdacht hatte, aber er konnte ihnen nichts nachweisen – es ihnen lediglich unmöglich machen, weiterhin zu stehlen, zumindest bis Rebeca herausgefunden hatte, wo der Schlüssel versteckt wurde.
Diesen Schlüssel hielt Victoria fest umklammert. Ihre Hände wurden schweißnass, als sie daranging, den Schrank aufzuschließen und so viele Arzneien wie möglich in der Tasche zu verstauen, die sie unter einem Umhangtuch trug. Die meisten Medikamente stammten von der Apotheke Daube – auch das am dringendsten benötigte Salvarsan, das einzige wirklich wirksame Mittel gegen Geschlechtskrankheiten. Victoria konnte all die Frauen, die sie in den letzten Jahren daran sterben gesehen hatte, nicht zählen – ganz zu schweigen von ihren Kindern, die tot oder schwerkrank zur Welt kamen. Viele Frauen gingen aus Scham nicht ins Krankenhaus, betrachtete man sie doch nicht selten als Prostituierte, ohne einen Gedanken daran zu verschwenden, dass sie von ihren Männern, die ebensolche besuchten, angesteckt worden waren. Wurden sie überhaupt als Patientinnen aufgenommen, behandelte man sie verächtlich, ließ sie am längsten warten und gab ihnen die schlechtesten Betten.
Kein Wunder, dass die meisten von ihnen Ärzte scheuten und sich von irgendwelchen Quacksalbern sinnlose Mittel aufschwatzen ließen. Dass dies wiederum zum Rückgang offiziell diagnostizierter Krankheitsfälle führte, feierte die Politik als Erfolg ihrer Hygienemaßnahmen, anstatt, wie Victoria bitter bemerkte, den Ärzten ihre Arroganz auszutreiben.
So oft hatte sie mit Jiacinto darüber gelästert.
Ach, Jiacinto …
Rasch füllte sie ihre Tasche mit Phiolen und Döschen, als sie sich an die zwei Nächte erinnerte, die in den letzten andert-

halb Jahren auf die erste gefolgt waren und die sie trotz aller Vorsätze nicht wirklich hatte genießen können. Sie ahnte instinktiv, dass sie diesen Augenblick der Nähe mit langen Wochen vergeblicher Hoffnung und neuer Distanz bezahlen musste. War sie mit ihm allein, war er meist freundlich und anerkennend, und sie musste ihn nicht drängen, sie zu küssen und mit ihr zu schlafen – doch sie war so gut wie nie mit ihm allein. Entweder er scharte seine Anarchistenfreunde um sich oder seine Geschwister, und wann immer diese dabei waren, zeigte er sich Victoria gegenüber blind und machte auch keine Anstalten, dem Zufall nachzuhelfen, mit ihr allein in einem Raum zu landen. Wenn sie ganz viel Glück hatte, neckte er sie oder führte mit ihr Diskussionen, zog sich jedoch später mit einer seiner vielen anderen Geliebten zurück.

Jedem Schritt nach vorne folgten nicht einfach nur zwei, sondern viele zurück, und wann immer sie sich dennoch Hoffnungen machte, wurden sie von Rebeca zerstört. Beiläufig betonte sie immer wieder, dass Jiacinto nichts von Treue und Ehe halte und jede Frau ihn mindestens mit einem halben Dutzend weiterer zu teilen hatte.

Nun, Victoria wäre sogar bereit gewesen, ihn zu teilen, wenn sie dieses bisschen von ihm sicher bekommen hätte! Und ihretwegen mochte er gern Verfechter der freien Liebe sein, wenn nur etwas von dieser freien Liebe für sie abfiel!

Aber was zählten drei Nächte in zwei Jahren? Sie versuchte, sie in ihren Erinnerungen so lange wie möglich lebendig zu halten – und hieß sogar die Angst willkommen, schwanger zu sein, die sie einmal befiel, wäre dies doch ein sichtbares Zeichen, dass sie und Jiacinto irgendwie zusammengehörten. Aber sie war nicht schwanger. In jenen drei Nächten hatte sich Jiacinto immer rechtzeitig aus ihr zurückgezogen und

sich auf ihren Bauch ergossen – offenbar darin geübt, unerwünschten Nachwuchs zu vermeiden.
Die Männer, mit denen Rebeca ihr Bett teilte, schienen gleiche Vorsicht nicht zu kennen. Zumindest war Victoria sicher, dass sie vor einigen Monaten wieder eine Abtreibung hatte machen lassen. Erst hatte sie sich tagelang zurückgezogen, dann war sie über Wochen geschwächt und blass gewesen, und die Brüder hatten sie sorgenvoll betrachtet. Victoria wagte nicht, sie darauf anzusprechen, war aber insgeheim gekränkt, dass Rebeca sich ihr nicht anvertraut hatte.
Immerhin – heute würden sie gemeinsame Sache machen. Sie waren übereingekommen, dass es besser war, wenn diejenige, die die Medikamente aus dem Schrank stahl, das Krankenhaus nicht auch noch mit ihnen verlassen sollte: Deswegen würde Rebeca im Hinterhof gleich neben der Wäscherei warten, Victoria ihr die Medikamente übergeben und danach auf normalem Wege die chirurgische Abteilung verlassen, während Rebeca aus einem Fenster der Wäscherei kletterte.
Victoria verschloss den Schrank sorgfältig, legte den Schlüssel wieder auf dem Türrahmen ab und blickte sich erneut um. Immer noch war weit und breit niemand zu sehen. Sie bemühte sich, ein unbekümmertes Gesicht aufzusetzen, und drückte die Tasche fest an sich, als sie den Gang entlanglief.
Sie war sich nicht ganz sicher, warum Rebeca so sehr auf diesen Diebstahl drängte. In den letzten Monaten hatte Victoria den Carrizo-Geschwistern immer wieder von ihrem Geld gegeben, das sie von ihren Eltern geerbt hatte, und dafür hätten sie in jeder Apotheke die Medikamente kaufen können, aber wahrscheinlich ging es Rebeca nicht nur darum, Geld zu sparen, sondern den Nervenkitzel zu genießen.
Victoria selbst hätte gerne auf diesen verzichten können. Nach den vielen Stunden im Operationssaal fühlte sie sich

müde und verschwitzt. Als sie im Hinterhof ankam, stolperte sie, verstauchte sich den Fuß und schimpfte über die eigene Ungeschicklichkeit.
Fluchend humpelte sie weiter und wollte die ganze Sache einfach nur so schnell wie möglich hinter sich bringen. In der Nähe der Wäscherei lag Gestank in der Luft. Das dreckige Wasser wurde hier einfach ausgeschüttet, und wenn wie heute keine Sonne schien, so standen tiefe, dreckige Pfützen, deren Geruch nach Exkrementen und Blut Fliegen anzog. Das Summen war der einzige Laut, den Victoria vernahm, als sie beim vereinbarten Treffpunkt ankam – ansonsten war nichts zu hören und niemand zu sehen.
Victoria war verwirrt. Bis heute fiel es ihr schwer, Rebeca einzuschätzen, aber in solchen Angelegenheiten war sie für gewöhnlich zuverlässig.
»Rebeca?«, rief sie vorsichtig.
Die Fliegen rochen ihren Schweiß und schwirrten um ihren Kopf. Sie wedelte mit den Händen, um sie zu vertreiben, und strich sich die verklebten Haarsträhnen zurück.
Kurz vermeinte sie aus der Wäscherei Schritte zu hören, aber sie verklangen, und niemand erschien.
»Rebeca?«, fragte sie wieder, und wieder erhielt sie keine Antwort.
Sie fühlte ein unangenehmes Ziehen in ihrem Magen – und ahnte instinktiv, dass hier irgendetwas nicht mit rechten Dingen zuging.
Hoffentlich war Rebeca nichts zugestoßen …
Sie überlegte, ob sie einfach selbst die Medikamente an der Pforte vorbeischleusen sollte, trat dann aber noch näher an den Eingang der Wäscherei heran. Abermals hörte sie Schritte – und diesmal kamen sie eindeutig auf sie zu.
Endlich!, dachte sie erleichtert.

Als die Tür aufgestoßen wurde, löste sie bereits ihre Tasche von der Schulter, um sie Rebeca zu überreichen. Schon lag ihr die Frage auf den Lippen, wo sie so lange geblieben sei.
Doch dann wich sie zurück. Wer da aus der Wäscherei kam, war nicht Rebeca, sondern Doktor Espinoza, Schwester Adela – und zwei großgewachsene Männer in Uniform. Victoria machte einen weiteren Schritt zurück, unterdrückte jedoch den Drang, fortzulaufen.
Sie wusste sofort, dass es zu spät war. Man hatte sie erwischt, und sie wollte Doktor Espinoza nicht auch noch den Triumph gönnen, sie auf der Flucht zu stellen.
Sie reckte ihr Kinn und sah ihm stolz entgegen, während er sie kalt lächelnd musterte. Sein Blick blieb an ihrer Tasche hängen.
»Wie es scheint, haben wir unsere Diebin endlich gefunden.«

Victoria fiel hart auf den Boden. Sie schlug schmerzhaft mit Kopf und Schulter auf, biss sich dabei auf die Zunge und schmeckte Blut. Trotz des glühenden Schmerzes fühlte sie auch Erleichterung, keinem festen Griff mehr ausgeliefert zu sein. Die Männer, die sie abgeführt hatten, waren so brutal vorgegangen, als drohte große Gefahr von ihr. In Wahrheit hatte sie sie sich nicht gewehrt – weil es schlichtweg sinnlos war. Sie hatte Espinoza ihre Tasche überreicht, zugesehen, wie er sie mit einem selbstgefälligen Gesichtsausdruck öffnete und die gestohlenen Medikamente hervorzog. Vermeintlich gleichmütig hatte sie ihm zugehört, als er erklärte, dass er sich darüber ganz und gar nicht wunderte, dass sie nie wieder ein Krankenhaus betreten würde, weder dieses noch ein anderes, und dass man sie als gemeine Diebin vor Gericht stellen würde. Sie hatte kein Wort gesagt, war auch bereit, freiwillig mit den Männern – offenbar Polizisten – mitzugehen, doch die

hatten sie so roh ergriffen, als wäre sie eine Wahnsinnige, die wild um sich schlug.
Als sie aus Espinozas Sichtfeld verschwunden waren, hatte sie ihre Züge nicht länger beherrschen können. Ihre Verwirrung, ihre Ohnmacht, ihre nackte Angst wurden übermächtig: Warum war Rebeca nicht hier? Warum hatte Espinoza gewusst, dass sie ausgerechnet bei der Wäscherei auftauchen würde? Was würde nun mit ihr passieren?
Mehr instinktiv als willentlich strampelte sie nun doch und wurde noch fester gepackt. Zorn erwachte, und sie spuckte einem der Männer ins Gesicht. *»Hijo de puta!«*, zischte sie.
Ihr Lohn war ein Schlag in die Magengrube, so dass sie die letzten Schritte zur Kutsche gekrümmt hinter sich brachte. Man zwang sie hinein und warf sie auf den Boden, wo sie jede einzelne Umdrehung der Räder in sämtlichen Gliedern spürte. Dann und wann wurde ihr ein weiterer schmerzhafter Stoß versetzt, so dass ihr Körper, als sie im Gefängnis ankamen, von Kratzern und blauen Flecken übersät war.
Sie hatte sich nun besser im Griff, beschimpfte die Männer nicht mehr, verlangte jedoch, ihren Anwalt zu sprechen. »Er heißt Juan Carrizo! Er muss sofort kommen! Er wird mich hier herausholen!«
Sie wusste – ihr Flehen war zwecklos. Zu oft hatte sie selbst erlebt, wie die Rechte von Menschen mit Füßen getreten wurden, sie verhaftet, oft wochen-, wenn nicht monatelang in Gefängnisse gesperrt wurden und schließlich nur freigelassen wurden, weil die Gefängnisse überfüllt waren.
Sie war sich auch nicht sicher, ob es Espinoza wirklich darauf anlegte, sie vor Gericht zu bringen. Er wollte sie aus dem Krankenhaus verjagen – und das war ihm endlich geglückt. Was nun mit ihr geschah, interessierte ihn wohl nicht mehr – niemanden schien es zu interessieren.

Während sie nach Juan verlangte, wurde sie aus dem Wagen gezerrt, in das graue Gebäude gebracht, mehrere Gänge entlanggestoßen und schließlich in eine Zelle geworfen.
Dort blieb sie erst mal gekrümmt liegen und schluckte das Blut in ihrem Mund. Die Erleichterung, keine Hände mehr auf sich zu spüren, schwand, als sie sich umsah und stöhnend feststellte, wohin sie da geraten war. Stickig und niedrig war der Raum, die Wände waren klebrig, auf dem Boden lag verfaultes Stroh. Darunter befand sich ein bräunlicher Matsch, von dem sie gar nicht wissen wollte, was es war. Es stank durchdringend nach Exkrementen, und auch hier flogen brummend Fliegen um ihren Kopf wie vorhin vor der Wäscherei.
Sie hatte sich noch nie so schmutzig gefühlt und noch nie so einsam. Rebeca … Jiacinto … Ob sie schon erfahren hatten, was ihr zugestoßen war? Und ob, falls es so war, Jiacinto sich Sorgen um sie machte?
Der Gedanke ließ Wärme in ihr aufsteigen und gab ihr Mut, aufzustehen. Die Schmerzen waren erträglich, die Angst, die sie gleich im nächsten Moment packte, nicht. Ein Stöhnen erklang nicht weit von ihr – ein Zeichen, dass sie nicht die einzige Gefangene war.
In der gegenüberliegenden Ecke hockten zwei Gestalten und erhoben sich nun zögerlich – beides Männer, wie sie mit wachsendem Entsetzen feststellte. Obwohl das Licht trüb war und ihre Gesichter dunklen Masken glichen, glaubte sie zu sehen, wie einer grinste.
»Warum ist so eine hübsche Kleine hier?«, fragte er gedehnt.
Er trat auf sie zu, noch ganz langsam, gemächlich, doch Victorias Körper spannte sich unwillkürlich an. Vermeintlich kalt gab sie zurück: »Und warum seid ihr hier?«
Gelächter ertönte. »Wir haben bei der letzten Chingana etwas zu viel getrunken.«

Chinganas waren Feste in den Armenvierteln, bei denen gespielt, gesoffen, gehurt wurde und man sich mit Hahnenkämpfen und Prügeleien amüsierte. Diese beiden hier hatte man wohl in die Zelle geworfen, damit sie ausnüchterten oder sich im Suff gegenseitig totprügelten. Wahrscheinlich war der Obrigkeit beides recht.

Warum aber hatte man sie als Frau ausgerechnet zu ihnen gesperrt? Weil keine andere Zelle frei war? Oder als Zeichen besonderer Bosheit?

Zunehmend lüstern starrten die beiden auf Victoria. Hilfesuchend blickte sie zur Tür. Eine kleine Luke war an dieser angebracht, aber sie war verschlossen.

»Ja, sie ist wirklich hübsch«, sagte nun auch der andere, »eigentlich ist sie viel zu schade für so ein Gefängnis …«

Er trat ebenfalls näher, und so klein, wie der Raum war, dauerte es nicht lange, bis sie rechts und links vor ihr standen und die Arme nach ihr ausstreckten. Noch legten sie keine Hast an den Tag, und Victoria bückte sich schnell, huschte unter den Armen hindurch und rannte zur Tür. Verzweifelt klopfte sie daran. »Lasst mich raus!«, brüllte sie.

Die Männer torkelten, als sie ihr folgten. Doch die Tatsache, dass sie selbst beweglicher und Herrin ihrer Sinne war, war ihr in diesem winzigen Raum nicht von großem Nutzen.

»Hier hört dich niemand«, lallte der eine. »In dieser Nacht werden wir ganz unter uns sein.«

Der andere kicherte: »Es kann ziemlich kalt werden, wenn erst mal die Sonne untergeht. Aber keine Angst – wir werden dich schon wärmen.«

Victorias Kehle wurde eng vor Furcht, aber sie wollte sie nicht zeigen. Als die beiden wieder auf sie losgingen, bückte sie sich erneut und huschte an ihnen vorbei, um sich nun in die Ecke zu pressen, aus der sie gekommen waren. Sie war sich nicht sicher, wie lange sie ihnen noch entkommen würde, merkte nur, wie sich zum amüsierten Ausdruck in ihren Augen ein bedrohliches Funkeln gesellte. Ob der Panik konnte sie kaum atmen. Kurz nur wurde ihr ein Aufschub gewährt, dann trat der eine auf sie zu, und der andere stellte sich, als sie fliehen wollte, ihr in den Weg. Er bekam sie an der Taille zu fassen und presste sie an sich. Sie roch fauligen Atem, viel Wein und viel Blut. Sie konnte sich seinem Griff nicht entwinden, lediglich die Hände heben und versuchen, ihm sein Gesicht zu zerkratzen, doch ehe sie seine Haut fühlte, riss ihr der andere die Arme zurück. Hilflos war sie ihnen nun ausgeliefert, als sie sie zu Boden drückten, ihre Beine gewaltsam spreizten, ihr Kleid hochzogen. Alles Strampeln war vergeblich.

»Nein!«, schrie sie. »Nein!«

Die Männer hörten nicht auf, und zu Victorias Angst gesellte sich ein anderes Gefühl – das Gefühl von größter Scham. Wie tief war sie nur gesunken! In welche Lage hatte sie sich da selbst gebracht! Was würden ihre Eltern nur von ihr denken, wenn sie sie so sehen könnten!

Bis vor kurzem war sie überzeugt gewesen, dass diese auf ihre energische, kampfbereite Tochter stolz sein würden. Aber jetzt fragte sie sich plötzlich, ob sie es gutheißen konnten, dass sie nichts weiter war als eine gemeine Diebin, die man mit anderem Pack ins Gefängnis warf.

»Lass mich los!«, schrie sie keuchend. Tränen quollen ihr aus den Augen, als sie spürte, wie schwielige Hände sich an der Innenseite ihrer Schenkel hochtasteten.

Ehe sie ihre intimste Stelle erreicht hatten, fiel plötzlich ein greller Lichtschein auf sie, gefolgt vom Quietschen des Tors.

»Aufhören, sofort!«

Die Männer gehorchten zögernd, und sobald Victoria von ihren Griffen befreit war, sprang sie hastig auf. Noch trugen ihre Knie sie nicht. Sie zitterten so stark, dass sie stolperte, ein zweites Mal hart auf den Boden aufprallte und sich ihre Lippen wieder blutig biss.

Obwohl sie nicht lange im Kerker gewesen war, schnitt ihr das Tageslicht scharf wie ein Messer in die Augen. Sie blinzelte, als sie erst aus der Zelle gezogen wurde, dann einen Gang entlang, schließlich eine Treppe hinauf. Von der Person, die dort stand und die offenbar gekommen war, um ihre Freilassung zu verlangen, sah sie darum zunächst nur Umrisse. Einige wenige aufgeregte Herzschläge lang hoffte sie, dass es einer der Carrizos war, vielleicht Jiacinto selbst. Aber als sie die Augen öffnete, sah sie, dass diese Gestalt nicht sehnig und dreckig, sondern beleibt und schwarz gekleidet war.

Valentina war zu ihrer Rettung gekommen – und dass sie es höchstpersönlich tat und nicht etwa Pepe geschickt hatte, musste ein großes Opfer sein. Sie hasste es schon, vertraute Wände zu verlassen und mit fremden Menschen zusammenzutreffen – wie unerträglich musste es da sein, ein Gefängnis zu betreten und ihre Freilassung zu fordern!

Immerhin – diesem Gesuch war offenbar nachgekommen worden.

»Wir können gehen«, erklärte sie grußlos.

Wahrscheinlich hatte sie ein ordentliches Bestechungsgeld gezahlt. Victoria schluckte die Enttäuschung, dass sie nicht von den Carrizos hier herausgeholt worden war, hinunter und drückte dankbar Valentinas Hand.

Diese zog sie rasch zurück, ließ sich ansonsten aber ihren Widerwillen vor all dem Dreck nicht anmerken. Mit gestrafftem Rücken verließ sie das Gefängnis, und Victoria folgte ihr. Als sie ins Freie traten, japste sie gierig nach frischer Luft, als hätte sie über Jahre nur die vermoderte des Kerkers gerochen.

»Was machst du für Sachen?«, murmelte Valentina und führte sie zur Droschke, wo Pepe wartete. Erst erging dieser sich in Vorwürfen, dass seine Mutter ihn angewiesen hatte, hierzubleiben, anstatt mitzukommen – doch als er Victorias ansichtig wurde, verstummte er entsetzt. Sie blickte auf sich herab: Ihr Kleid war zerfetzt, über ihre Hände lief etwas Blut, die Haare hingen ihr ins Gesicht. Mitleid war in Pepes Blick zu lesen, aber auch derselbe Ekel wie in dem seiner Mutter. Als sie die Droschke bestieg, fragte er zwar. ob es ihr gutging, rückte jedoch von ihr ab, um ihr ja nicht zu nahe zu kommen. Victoria verkrampfte ihre Hände, als die Droschke losfuhr, aber diese hörten dennoch nicht zu zittern auf.

»Wieso … wieso habt ihr gewusst, dass ich hier bin?«

»Hätte übel ausgehen können, Mädchen …«, knurrte Valentina, und Pepe nickte zustimmend.

Victoria löste ihre Hände voneinander und verschränkte sie über der Brust, als Valentina fortfuhr: »Eine Frau, die in der Wäscherei des Krankenhauses arbeitet, hat gesehen, was passiert ist. Sie kannte dich. Offenbar leidet sie an Tuberkulose, und du hast ihr einmal ein Medikament gegeben und verzichtet, ihre Krankheit zu melden. Nachdem du verhaftet worden bist, kam sie zu uns.«

»Und du hast meine Freilassung bewirkt …«, murmelte Victoria, nicht sicher, in welche Worte sie ihren Dank kleiden sollte. Keines schien ausreichend, aber Valentina wartete auch nicht darauf.

»Wenn man mit ein bisschen Geld winkt, ist hier jeder bestechlich.«

Dann schloss sie die Lippen zum Zeichen, dass sie nichts mehr sagen würde, bis Victoria halbwegs vom Dreck gereinigt war, und auch diese wünschte sich nichts mehr, als endlich das ekelerregende Gefühl vom Leib zu waschen.

Als sie zu Hause ankamen, befahl Valentina dem Dienstmädchen sofort, ein Bad einzulassen, und wenig später versank Victoria tief im heißen Wasser und verharrte so lange unter der Oberfläche, bis sie die Luft nicht länger anhalten konnte. Prustend tauchte sie auf, die Haut brannte von der Hitze und weil sie sie nun heftig mit dem Waschlappen abrieb. Als sie sich später abtrocknete, das noch feuchte Haar flocht und frische Kleidung anzog, fühlte sie sich etwas besser. Hunger erwachte – und zugleich Angst, Angst um Rebeca.

Erst jetzt konnte sie sich der Frage stellen, warum sie nicht beim Treffpunkt erschienen war, und ihr kam ein schlimmer Verdacht: Vielleicht war Rebeca auch verhaftet worden, vielleicht saß sie irgendwo in einem stinkenden Loch, und es gab keine Valentina, die sie befreite!

Victoria stürmte aus ihrem Gemach. Im Speisezimmer saßen Valentina und Pepe beim Abendessen, doch Victoria nahm nur ein Stück Brot und schlang es stehend herunter.

»Wir müssen reden«, erklärte Valentina.

»Ich habe keine Zeit! Ich muss zu den Carrizos! Ich muss wissen, ob mit Rebeca alles in Ordnung ist.«

Valentina achtete nicht auf den Einwand. »Setz dich, Mädchen!«, befahl sie streng.

Nur widerwillig fügte sich Victoria. »Bitte … bitte keine Standpauken, nicht jetzt. Es war falsch, die Medikamente zu stehlen, und …«

»Was du stiehlst oder nicht, ist mir egal«, knurrte Valentina. »Und eigentlich geht mich auch die Angelegenheit nichts an, über die ich nun mit dir reden muss. Du bist mein Gast, und du kannst es so lange bleiben, wie du willst. Ich bewunderte deine Mutter, und ich schätze dich. In jedem Fall solltest du wissen …«

Sie brach ab, während Pepe seinen Kopf einzog und offenbar wusste, dass eine unangenehme Enthüllung bevorstand.

»Was wissen?«, fragte Victoria.

»Nun, dass kein Geld mehr von deinem Erbe da ist. Du hast es in den letzten Jahren verbraucht. Zumindest den Teil, auf den du Zugriff hast. Und der andere …«

Wieder brach sie ab.

Victoria starrte sie verständnislos an. Sie hatte sich nie viel Gedanken über Geld gemacht, sondern es bereitwillig für die Carrizos ausgegeben, wann immer diese sie um einen Beitrag baten. Valentina wiederum hatte ihr den Anteil vom Erbe stets kommentarlos ausbezahlt.

»Aber …«

»Was diesen anderen Teil angeht – das ist die Apotheke in Valparaíso. Eigentlich sollte sie einmal dir gehören, und eigentlich müssten dir Ludwig und Elvira Kreutz einen Anteil vom jährlichen Gewinn auszahlen. Aber sie sträuben sich, behaupten, dass sie zu Lebzeiten deiner Eltern am Geschäft maßgeblich beteiligt gewesen wären und dass es eigentlich ihnen zustünde. Natürlich könntest du einen Rechtsstreit anstreben – aber da du obendrein unter ihrer Vormundschaft stehst, bis du einundzwanzig bist, wird es schwierig …«

Victoria riss die Augen auf. »Aber ich dachte, du wärst mein Vormund!«

»Nun pro forma eigentlich nicht. Die Kreutz' waren froh, dass ich dich seinerzeit aufgenommen und mich bereit erklärt habe, über deine Erziehung zu wachen, aber wir haben es nie wirklich gesetzlich geregelt. Solange es ihnen finanzielle Vorteile bringt, werden sie dich auch nicht aus ihrer Vormundschaft entlassen. Auf das Barvermögen, das dir deine Eltern hinterlassen haben, haben sie nicht gewagt zuzugreifen, aber das ist nun, wie gesagt, aufgebraucht. Die Apotheke wiederum …«

Victoria stützte ihren Kopf auf die Hände und rieb sich die Schläfen. Sie fröstelte und fühlte Kopfschmerzen aufsteigen.
»Lass uns morgen weiterreden ... Ich kann jetzt keinen klaren Gedanken fassen.«
»Wir müssen nicht weiter darüber reden. Wie ich sagte: Du bist mein Gast, solange du es willst, ich werde nie zulassen, dass Emilias Tochter Not leidet. Aber du musst dir überlegen, was du aus deinem Leben machst – ohne Geld ... und ohne Anstellung am Krankenhaus ...«
Schweigend löffelte sie die Suppe, und Pepe tat es ihr gleich.
Victoria erhob sich. »Ich ... ich muss jetzt zu den Carrizos und nach Rebeca sehen.«
In Valentinas Gesicht regte sich weder Zustimmung noch Missbilligung. Wie immer ließ sie Victoria vollste Freiheit, und kurz, ganz kurz erwachte in ihr die Sehnsucht nach jemandem, der sie nicht einfach machen ließ, der sie stattdessen aufs Zimmer schickte, ihr befahl, zu essen und zu schlafen, und der versprach, sich selbst darum zu kümmern, dass alles gut würde.
Über das eigene Leben zu bestimmen war etwas, was sie immer eingefordert hatte und genoss – nur jetzt, da sie die Treppe hinunterging, war es ihr kurz eine Last.

Es war bereits stockdunkel, als Victoria das Haus verließ. Die Straße, wo die Veliz' wohnten, war zwar beleuchtet, nicht aber manches Gässchen, das den Weg zu den Carrizos abkürzte. Für gewöhnlich mied sie solche Orte am späten Abend. Doch heute konnte nicht einmal die Erinnerung an das, was ihr im Gefängnis beinahe zugestoßen wäre, die Furcht vor zwielichtigen Halunken schüren, die sich hier herumtrieben. Sie musste zu den Carrizos, so schnell wie möglich!

Sie war erleichtert, als sie aus der Ferne schließlich die Wohnsiedlung sah, und noch erleichterter, als sie erkannte, wer auf der Straße davor auf und ab ging: niemand anderer als Rebeca selbst.
Sie stürzte auf sie zu. »Gottlob, man hat dich nicht verhaftet!«
Rebeca zuckte zusammen, als sie sie packte, und befreite sich dann unsanft. »Sie haben dich wieder aus dem Gefängnis gelassen?«, stellte sie gedehnt fest.
Victoria starrte sie verwirrt an. Was sie eben noch so froh gestimmt hatte, befremdete sie nun: Wenn Rebeca nicht verhaftet worden war – und nichts deutete darauf hin, dass sie ähnliche Torturen hinter sich hatte wie sie –, warum war sie nicht zum Treffpunkt gekommen? Warum war ihr Gesicht so kalt, so hart, so verächtlich – vor allem aber: frei von jeder Sorge um sie? Warum ging sie hier seelenruhig auf und ab?
Und noch etwas anderes irritierte Victoria an ihrer Frage.
»Da du nicht zum Treffpunkt gekommen bist – woher weißt du überhaupt, dass ich verhaftet wurde?«
Rebeca zuckte nur die Schultern und trat einen Schritt zurück.
»Und warum bist du nicht gekommen? Wusstest du etwa, dass Espinoza auf der Lauer lag? Warum hast du mich dann nicht gewarnt?«
Sie stellte mit Absicht so viele Fragen – weil sie bei jeder einzelnen die Antwort fürchtete. Erst jetzt konnte sie sich eingestehen, was sie geahnt hatte: Nicht Sorge um Rebeca hatte sie so spät am Abend hierhergetrieben. Sondern das vage Unbehagen, dass diese sich nicht dieselben Sorgen um sie machen würde.
Rebeca lächelte kalt. »Du dummes kleines Mädchen!«, stieß sie aus.

Der Boden schien unter Victorias Füßen zu wanken. »Wie … was …«, stammelte sie, riss sich dann aber, als sie sah, wie Rebecas Verachtung noch wuchs, zusammen und brachte, ohne zu stammeln, hervor: »Du bist nicht gekommen, weil du wusstest, was passieren würde. Und du hast mich nicht gewarnt, weil du mich selbst an Espinoza verraten hast.«
Wieder zuckte Rebeca nur die Schulter. »Na also …«, lästerte sie, »… doch nicht so lahm im Kopf, wie man manchmal meinen könnte.«
Victoria nahm die Beleidigung gar nicht wahr. Was war sie, gemessen an dem Schmerz, den der Verrat ihr zufügte? »Aber warum nur?«, stieß sie heiser aus.
»Warum, warum?« Rebeca hob fragend die Arme. »Nun, du hast kein Geld mehr. Zumindest hat Valentina so etwas unlängst angedeutet – ich weiß gar nicht, ob du das überhaupt bemerkt hast. In jedem Fall bedeutet das: Du hast keinen Wert mehr für uns …«
»Aber …«
»Mein Gott, Victoria! Das war das Einzige, was uns je interessierte – dass du Geld hast! Als wir uns damals im Krankenhaus getroffen haben, habe ich mich genau über dich erkundigt. Denkst du, ich hätte so lange bei diesen grässlichen Kranken gearbeitet, wenn ich nicht einen guten Grund dafür gehabt hätte? Nämlich dein Vertrauen zu gewinnen?«
Victoria blickte sie verständnislos an. Sie hörte jedes Wort, aber sie konnte es nicht glauben. Sie konnte auch nicht glauben, dass es Rebeca war, die da vor ihr stand. Gewiss, sie war manchmal bösartig, sogar wahnsinnig; sie hatte sie oft sehr distanziert und verächtlich behandelt. Aber sie hatte nie … berechnend gewirkt.
»Wir führen doch einen gemeinsamen Kampf!«, schrie sie auf.

»Ach was«, wiegelte Rebeca ab, »von wegen gemeinsam! Du warst uns nützlich, aber du hast nie zu uns gehört.«
Victoria schwindelte. Sie hatte den ganzen Tag kaum etwas gegessen und glaubte doch, sich sogleich übergeben zu müssen. Du bist kein Straßenköter … hatte Jiacinto einst zu ihr gesagt. Meinte Rebeca das Gleiche? Oder etwas anderes? Fest stand, dass sie nie ihre Freundin gewesen war.
»Vielleicht magst du mich nicht besonders«, rief Victoria wütend, »vielleicht war ich dir nur Mittel zum Zweck. Und vielleicht kann ich tatsächlich nicht verstehen, wie ihr lebt und leben musstet. Aber ich bin doch eine Frau! Ich bin eine Frau wie du!«
»Na und?«
»Das oberste Gebot aller Feministinnen ist es doch, zusammenzuhalten und sich zu unterstützen, egal, ob man zur Oberschicht oder zu den Arbeitern gehört.«
Rebeca lachte, nicht auf diese schrille, glucksende Art, wie sie ihr zu eigen war, sondern das kalte Lachen resignierter Menschen. »Wer sagt dir denn, dass ich eine Feministin bin?«
»Aber du hast doch immer …«
»Die Politik, die Ideologie«, fiel Rebeca ihr scharf ins Wort, »das ist die Sache meiner Brüder, nicht meine. Ich tue ihnen den Gefallen und gebe vor, sie ernst zu nehmen. Aber eigentlich ist mir egal, was sie denken und glauben. Ich will frei sein und meinen Spaß haben, mehr nicht.«
Etwas zerbrach in Victoria, und sie wusste, es würde nie wieder heil werden. Kurz wunderte sie sich, dass sie sich aufrecht halten konnte, dass sie sich nicht gegen die Hauswand lehnte oder gar zu Boden stürzte. Erst später begriff sie, dass es Stolz gewesen sein musste, der ihr inmitten dieses reißenden Meers aus Lügen und Betrug noch festen Stand erlaubte.

»Weiß Jiacinto, was du mir angetan hast?«, fragte sie mit erstickter Stimme. »Dass du mich nur ausgenutzt hast … und mich verraten?«
»Denkst du etwa, es würde ihn interessieren?«
»Ich habe ihn geküsst, ich habe mit ihm … geschlafen.«
Da trat Rebeca zu ihr, umfasste ihre Schultern und drückte sie kurz. Victoria konnte ihren warmen Atem spüren – und Tropfen ihres Speichels, als sie raunend fortfuhr: »Weil ich ihm gesagt habe, er solle es tun. Ich habe gleich erkannt, dass du eine Schwäche für ihn hast – und ich habe ihm eingeredet, dass wir es ausnützen sollten.«
Sie ließ sie wieder los, und da war kein Stolz mehr, der sie aufrecht hielt, nur tiefste, bitterste Enttäuschung. Dass sie erneut nicht fiel, lag daran, dass sie zu erstarrt war, wie tot. Sie konnte kaum atmen, und hätte ihr jemand gesagt, dass ihr Herz aufgehört habe zu schlagen, sie hätte es geglaubt.
»Geh heim, kleines Mädchen!«, höhnte Rebeca. »Die Straße ist ein zu gefährlicher Ort, um dort zu spielen.«
Victoria wandte sich mit Mühe ab, aber sie hatte keine Kraft, den ersten Schritt zu tun und zu fliehen. Sie wusste nicht, was sie am meisten lähmte, Enttäuschung oder Wut oder tiefe Beschämung.
»Keine Gosse ist so dreckig wie die Abgründe deines Herzens«, zischte sie.
»Mag sein«, knurrte Rebeca. »Aber so ist die Welt. Und du wirst sie nie begreifen, weil du zu gut dafür bist.«
Sprach's und ließ sie grußlos stehen. Nun konnte Victoria nicht anders, als sich gegen die Hauswand zu lehnen. Sie schloss die Augen, fühlte kalten Schweiß auf ihrer Stirn. Sie wusste nicht, welcher Drang größer war – sich zu übergeben oder zu weinen. Am Ende blieb sie stehen, hoffte, dass dieser Schmerz irgendwann nachlassen würde, und tat keins von beiden.

Rebeca lief nur eine Straße weiter, um nunmehr dort auf und ab zu gehen. Als sie plötzlich Schritte hörte, die näher kamen, blieb sie zwar stehen, drehte sich aber nicht um. Sie wusste, wer hinter ihr stand, in seiner Tasche kramte, ihr schließlich einen Packen Geldscheine zusteckte. Sie nahm sie schweigend und verstaute sie in ihrem Hosenbund.

»Ich gehe davon aus, dass ich Sie nie wiedersehe«, sagte Doktor Espinoza lauernd.

Erst jetzt wandte sie sich ihm zu. Während sie nickte, musterte sie ihn. Sie hatte mit ihm gemeinsame Sache gemacht, weil es für sie nützlich gewesen war, aber nicht bis ins Letzte ergründet, was ihn dazu antrieb und warum er Victoria seit Jahren hasste. Lag es daran, dass ihm jede Art von Unruhestifter zuwider war? Oder hatte es mit seinem Hass auf alle Deutschen zu tun, die im chilenischen Gesundheitswesen oft bessere Positionen einnahmen als seine Landsmänner?

Sie konnte an seinem ausdruckslosen Gesicht keine Antwort ablesen.

»Warum«, fragte sie unwillkürlich, als er sich schon wieder zum Gehen wandte, »warum wollten Sie Victoria um jeden Preis loswerden?«

Espinoza zögerte kurz, ihr zu antworten. Im Grunde erachtete er sie wohl als zu minder, um sich länger als unbedingt notwendig mit ihr abzugeben. Aber offenbar war er auf den Plan, den er ausgeheckt hatte, so stolz, dass er sich die Gelegenheit nicht entgehen lassen wollte, damit zu prahlen. »Es geht mir gar nicht so sehr darum, sie loszuwerden«, gab er schließlich zu, »gewiss, sie war mir anfangs ein Dorn im Auge, mit dieser Aufmüpfigkeit, dieser Arroganz! Abgesehen davon war sie aber eine ganz brauchbare Krankenschwester. Nun kann sie mir jedoch auf andere Weise nützlich werden.« Er machte eine kurze Pause. »Wenn Victoria – wie jetzt – in einer Notsituation steckt, wer könnte ihr dann besser helfen, wenn nicht Aurelia Hoffmann?«

Rebeca runzelte die Stirn. Sie mochte verschlungene Gedankengänge und ausgefeilte Intrigen, aber sie konnte nicht nachvollziehen, wohin sich Doktor Espinoza da verstieg.

»Und was haben Sie davon?«, fragte sie verwirrt.

Er lachte auf. »Nun, mein Sohn wird Aurelia natürlich auf Victorias Notsituation aufmerksam machen ... als Zeichen seiner Anteilnahme an ihren familiären Belangen, und somit als Zeichen seiner ehrlichen Freundschaft. Er hat sich letztens immer mehr von Tiago entfremdet. Es ist Wochen, wenn nicht gar Monate her, dass wir Gast bei der Familie Brown y Alvarados waren. Das möchte ich ändern.«

Sein Gesicht blieb nicht länger ausdruckslos, sondern verzerrte sich verächtlich. »Überdies liege ich William Brown seit Jahren in den Ohren, seine soziale Ader damit zu beweisen, ein eigenes Privatkrankenhaus zu finanzieren. Ich fürchte nur, dass es mir nicht gelungen ist, ihn sonderlich fürs Gesundheitswesen zu interessieren. Bei Tiago sieht das eines Tages vielleicht ganz anders aus. Wenn ich es schaffe, dass ihm Aurelia die rechten Bitten einflüstert und Victoria wiederum Aurelia, und mein Sohn an rechter Stelle die Sache lenkt ... nun dann ...«

»Sie meinen, weil Victoria sonst an keinem anderen Krankenhaus mehr arbeiten kann, ist sie auf ein neues angewiesen, wo dann ausgerechnet Sie sich ihr gnädig erweisen ... nicht um ihret-, sondern um Aurelias willen, wobei es Ihnen auch nicht um Aurelia geht oder Tiago, sondern Ihre Zukunft und die Ihres Sohnes.«

Espinoza schwieg – Rebeca hingegen schüttelte den Kopf. »Es muss schrecklich anstrengend sein, vor Menschen wie Aurelia und Tiago zu buckeln, wenn Sie doch letztlich keine

gute Meinung von ihnen haben, sie vielmehr als Spielfiguren benutzen, die man beliebig verschieben kann.«
Ein grimmiges Lächeln erschien auf seinen Lippen. »In der Tat, ich hasse diese reichen Menschen«, entfuhr es ihm bitter. »Sie glauben tatsächlich, sie könnten sich alles erlauben; sie hätten ein Recht auf all das, was ihnen zufällt, die Welt läge ihnen zu Füßen. Aber das heißt nicht, dass ich jemals verzichten werde, sie zu meinen Gunsten zu manipulieren.«
Kurz schien sein Blick durch sie hindurchzugehen, dann verhärtete er sich, und die Verachtung, die er eben noch für die Oberschicht gezeigt hatte, traf ganz und gar Rebeca. »Und das heißt auch nicht, dass ich für euren Kampf Verständnis hätte.«
Rebeca zuckte ungerührt die Schultern. »Welchen Kampf?«, fragte sie unschuldig, als wüsste sie nicht ganz genau, was er meinte.
»Nun, dieser lächerliche Einsatz für mehr Gerechtigkeit und weniger Standesunterschiede. Als ob das auf dieser Welt jemals möglich wäre.«
Wieder zuckte Rebeca die Schultern. So leichtfertig, wie er sein Innerstes vor ihr ausgebreitet hatte, bekannte nun auch sie: »Meine Brüder fechten diesen Kampf aus, ich sehe nur zu und ziehe größtmöglichen Spaß daraus. Ich hasse die Reichen nicht, müssen Sie wissen, ich hasse die Armut.«
Sie zog noch einmal demonstrativ das Geld hervor, das er ihr vorhin gereicht hatte, lachte triumphierend auf und schlenderte dann grußlos davon. Noch lange spürte sie Espinozas Blick auf ihrem Rücken – und die Verachtung für das falsche Spiel, das sie trieb, obwohl er doch selbst die Intrige ausgeheckt hatte, die Victoria zu Fall gebracht hatte.
Später am Abend bekam sie noch einmal Verachtung zu spüren oder zumindest Missbilligung – die von Juan. Sie hatte

ihm stolz das Geld gezeigt und auch berichtet, wie sie dazu gekommen war, aber anstatt dafür Lob einzuheimsen, schüttelte er verständnislos den Kopf.

»Warum hast du das Victoria nur angetan? Wie konntest du nur?«

Entnervt verdrehte sie die Augen. Juans hohe Moral konnte anstrengend sein – vielleicht war es ein Fehler gewesen, ihm die Wahrheit zu sagen.

Sie hätte ihn anlügen müssen, so wie sie gestern noch Jiacinto angelogen hatte. Dass Victoria keine Lust mehr hätte, sich zu engagieren, hatte sie behauptet, dass sie im Grunde des Herzens doch ein verwöhntes Mädchen geblieben wäre, dass sie furchtbar mit ihr gestritten hätte deswegen und dass es zum Bruch gekommen wäre.

Jiacinto hatte es hingenommen – während sie Juan nicht so gut unter Kontrolle hatte. Eben lächelte sie ihn aufreizend an, um einer Antwort zu entgehen, doch er blieb ernst.

»Also, warum hast du das getan?«

Aus dem Nebenzimmer ertönte ein Grölen. Jiacinto ging dort auf und ab und schrie zunehmend betrunken herum, dass es auf der Welt keine Treue und Liebe gäbe.

Rebecas Lächeln schwand von den Lippen, ihr Blick wurde hart.

»Hörst du ihn denn nicht? Er hat es nie zugegeben, aber du hast gewiss bemerkt, dass er von Victoria zunehmend fasziniert war. Es hat damals angefangen, als wir bei den Näherinnen waren. Bis dahin war Victoria nur ein Spielzeug für ihn, aber dann …« Sie schüttelte grimmig den Kopf. »Er hat sich nur an dieser Aktion beteiligt, weil er hoffte, sich dabei ordentlich prügeln zu können – aber am Ende hat er Victoria dafür bewundert, dass sie so ruhig geblieben und nicht der Panik verfallen ist, dass sie das Notwendige getan hat und diesem reichen Balg auf die Welt geholfen hat. So wie sie hat Jiacinto noch nie eine Frau angesehen. Seitdem ist es zunehmend schwerer geworden, mich zwischen sie zu stellen.«

Während sie mit ihm sprach, hatte sie sich immer tiefer über Juans Gesicht gebeugt. Der zuckte nun zurück – und wirkte angewidert.

»Warum wolltest du dich denn zwischen sie stellen, zum Teufel? Warum gönnst du ihnen nicht ein wenig Glück? Wenn Jiacinto Victoria am Ende aufrichtig lieben würde – was kannst du denn dagegen haben?«

Rebeca ballte ihre Hand zur Faust. Ihr ansonsten so weicher, geschmeidiger Körper verhärtete sich, als sie zischte: »Wir haben versprochen, dass wir zusammenhalten. Alles, was wir nach dem Tod unserer Eltern erdulden mussten, haben wir nur durchgestanden, weil wir zu dritt waren und einander hatten. Ihr könnt gerne mit anderen Frauen schlafen, so wie ich mit anderen Männern. Aber lieben … lieben tut ihr mich!«

Sie ließ die Faust sinken, legte die Hand auf Juans Schultern, streichelte darüber und setzte sich schließlich wie so oft auf seinen Schoß. Er wollte zurückweichen, aber sie ließ es nicht zu, nahm die halb gerauchte Zigarette aus dem Aschenbecher, an der er eben noch gesogen hatte, und führte sie an die eigenen Lippen. Langsam, ganz langsam blies sie ihm den Rauch ins Gesicht. Es schien sich grau zu färben, und er hustete. Anstelle von Widerwillen und Verachtung trat Resignation – und ein eigentümliches Glitzern in seine Augen. Rebeca beugte sich vor und küsste ihn auf den Mund, während er nach wie vor hustete.

Die Tür zum Nebenzimmer ging auf. Wankend erschien Jiacinto auf der Türschwelle. Beinahe fiel er darüber, wenn Rebeca nicht eilig aufgestanden wäre, um sich nun an ihn zu schmiegen und ihm dadurch Halt zu geben.

»Victoria will also nichts mehr mit uns zu tun haben«, grölte er. »Ich wusste es schon immer. Es gibt keine wahre Liebe.«

»So ist es«, stimmte Rebeca grinsend zu. »Es gibt keine Liebe. Es gibt nur uns drei.«

Dann blies sie auch ihm Rauch ins Gesicht und küsste ihn auf den Mund.

20. Kapitel

Aurelia betrachtete sich im Spiegel und war sich nicht sicher, was sie von dem, was sie sah, halten sollte.

Ohne Zweifel war sie schön anzusehen: Ihre Haare waren nach neuester Mode frisiert, die man als Jugendstillinie bezeichnete – die Strähnen wurden in kühn geschwungenen, ondulierten Wellen hochgesteckt und mit kleinen Schildpattkämmen gehalten. Damit die Frisur perfekt saß, brauchte es viel Zeit und Mühe – aber sie war es längst gewohnt, dass dies der Preis war, den man für Schönheit und Eleganz zu zahlen hatte, nämlich Stunde um Stunde zu verschwenden. Sie badete täglich, parfümierte sich, zupfte ihre Augenbrauen, rieb ihr Gesicht mit Kaiserborax ein, spülte die Haare mit Birkenwasser. Es war so selbstverständlich geworden; sie tat es hingebungsvoll, und manchmal genoss sie es auch. Nur jetzt, da sie vor dem Spiegel stand, fragte sie sich, ob ihr wirklich die alte Aurelia entgegenblickte oder nicht vielmehr ein Kunstwerk, das sie mit eigenem Fleiß, vor allem aber mit Hilfe unzähliger Zofen und Alicias Ratschlägen geschaffen hatte.

Die gleiche Sorgfalt wie auf die Frisur hatte sie auch auf die Kleidung und den Schmuck verwendet. Das Armband aus Korallen passte vorzüglich zum lachsfarbenen Kleid, die Geschmeide und Ohrringe aus Perlen zu den glänzend weißen Spitzenärmeln. Sie hob die Hand, roch daran. Seit kurzem trug sie ein neues Parfüm, das eigens aus Europa importiert wurde, genauer gesagt aus Paris: Dort hatte der berühmte

Modeschöpfer Paul Poiret sein erstes Parfüm, *Rosine* mit Namen, auf den Markt gebracht, und nicht nur bei den Pariserinnen war es heiß begehrt. Es roch vorzüglich, aber schien dennoch nicht zu ihr zu passen – genauso wie der Veilchenduft, der Alicia stets umgab, nicht zu dieser passte.

An Alicias war nichts Süßes, Weiches – zumindest hatte Aurelia im ersten Jahr ihrer Ehe nichts davon wahrgenommen. Seit Tino auf der Welt war – ihr Sohn wurde seit seiner Geburt so genannt, denn keiner wollte Guillermos Namen aussprechen und dessen tragisches Ende heraufbeschwören –, hatte sie sich etwas geändert. Gegenüber Aurelia und dem Rest der Welt war Alicia immer noch steif und unnahbar, aber wenn sie bei Tino war und sich unbeobachtet glaubte, erschien oft ein hingebungsvolles Lächeln auf ihrem Gesicht, das Aurelia tief bewegte. Vielleicht hatte sie einst auch ihre Söhne auf diese Weise angesehen, solange sie noch klein waren und William nicht restlos über ihr Leben bestimmte. Vielleicht war Tino aber auch der erste Mensch, den sie richtig liebte. So oder so verbrachte sie weniger Zeit vor ihrem Altar oder in den vielen Kirchen der Stadt, sondern widmete die Nachmittage lieber dem Enkelsohn.

Aurelia seufzte, als sie an Tino dachte. Übermächtig wurde die Sehnsucht, zu ihm zu gehen, ihn auf den Arm zu nehmen, an ihm zu riechen, sein glucksendes Lachen zu hören oder seine waghalsigen Versuche zu erleben, wie er auf speckigen Beinchen erste vorsichtige Schritte machte. Voll von Liebe war ihr Herz, als sie an ihn dachte – und zugleich so schwer.

Sie hätte ihren Sohn am liebsten immer um sich gehabt, doch Alicia verwies stets auf die Pflichten, die eine Dame der Gesellschaft davon abhielten, sich ausschließlich dem Nachwuchs zu widmen. Sein Kinderzimmer befand sich zwar

gleich gegenüber von ihrem Gemach, doch wann immer sie Tino sehen wollte, waren schon Alicia oder Saqui zur Stelle, überschütteten ihn mit Küssen und Umarmungen und gaben Aurelia das Gefühl, dass sie störte und er ihr nicht wirklich gehörte. Oft genügten abschätzige Blicke, sie zu vertreiben, manchmal erfand Alicia Vorwände, sie fortzuschicken – sie solle sich um Einladungen für die nächste Dinnerparty kümmern, das Kleid für den nächsten Ball auswählen, einen Kondolenzbrief an Señora Carvallo schreiben, die kürzlich ihren Mann verloren hatte – und meist war Aurelia nicht mutig genug, ihr zu trotzen, auch heute nicht.
Aurelia runzelte kaum merklich die Stirn. So viele Stunden waren damit angefüllt, ihre Schönheit zu pflegen – und so viele nichtige Stunden verrannen, diese Schönheit zur Schau zu stellen. In den ersten Ehejahren hatte all das sie noch amüsiert, jetzt waren sie meist schrecklich langweilig – die Bälle, bei denen Charleston oder Foxtrott getanzt wurde. Oder die Besuche im Kinematographen, der ähnliche Bedeutung erlangt hatte wie Oper und Theater. Um mitreden zu können, musste man all die Filme gesehen haben, die aus Europa oder Nordamerika kamen, und Aurelia empfand die schnelle Bilderfolge als durchaus faszinierend. Aber wenn hinterher beim Abendessen darüber gesprochen wurde, wurde nie eine ernsthafte Diskussion daraus. Es ging nur um die Bekräftigung, dass man bei dergleichen dabei gewesen war, weil man es sich leisten konnte, und darüber zu reden schien größeren Wert zu haben, als es zu erleben. Gleiches galt auch für die Landung des ersten Flugzeugs in Santiago, deren sie Zeugin geworden war, die prächtigen, aber langatmigen Militärparaden oder die Fiestas Patrias am 19. September, wo der Unabhängigkeit Chiles gedacht wurde. Auch wenn die Reichen im Sommer an die Strände von Viña del Mar strömten, dann zählte weniger

der Wunsch nach Erholung, sondern danach, von möglichst vielen gesehen zu werden.
Aurelia hatte sich anfangs auf das Meer gefreut. Auf den blauen Horizont zu starren gab ihr das Gefühl von Weite, wie sie es von Patagonien her kannte. Doch wenn ihr Blick auch in die Ferne schweifen konnte, so war ihr Körper von vielen anderen eingekesselt. Schon in der Bahn gab es selbst in den Waggons der ersten Klasse stets Gedränge und Gewühl – am Strand dann umso mehr. Nie war es still, stets wurde geklatscht, intrigiert, wurden Gerüchte in die Welt gesetzt, Menschen verkuppelt und Liaisons verurteilt – und all das war in den neuartigen Illustrierten wie *Sucesos, Zig-Zag* oder *Selecta* nachzulesen.
Auch in Aurelias Zimmer stapelten sich die Zeitschriften, und zunächst hatte sie diese noch interessiert gelesen, nicht zuletzt weil sie – ganz nach amerikanischem Vorbild – sehr bunt waren. Doch irgendwann stieß der Inhalt sie einfach nur noch ab. Einmal hatte sie bei Tiago eine Zeitschrift entdeckt, die auf den ersten Blick ähnlich bunt gestaltet war, doch als sie sie aufschlug, erkannte sie, dass es darin nicht um die neueste Mode ging, sondern um … Kunst und Literatur. *Revista de Artes y Letras* hieß das Magazin und war schon vor einigen Jahrzehnten vom berühmten Maler Ramón Subercaseaux gegründet worden. Sie verschlang einen Artikel über den französischen Bildhauer Auguste Rodin und dessen Atelier im Hôtel Biron, wo er an seinem Lebenswerk, dem Höllentor, arbeitete, doch als Tiago plötzlich im Raum auftauchte, schlug sie die Zeitschrift hastig zu und versteckte sie hinter ihrem Rücken, als hätte er sie bei etwas Verbotenem ertappt.
»Was machst du denn da?«, fragte, obwohl er gesehen haben musste, was sie las.

Sie ging unauffällig zu einem kleinen Tischchen, legte dort die Zeitschrift ab und küsste ihn hastig, um weitere Fragen zu vermeiden. »Ich habe nur auf dich gewartet«, sagte sie.

Nie wieder hatte sie eine ähnliche Zeitschrift bei Tiago gefunden – sie wusste nicht, ob er sie einfach nicht mehr kaufte oder besser versteckte. Und falls er sie versteckte, wusste sie nicht, ob er es tat, um sie zu schonen oder vielmehr sich selbst.

Ihr Blick war immer noch starr auf den Spiegel gerichtet, denn sie wusste nicht, was sie mit ihrer Zeit anfangen sollte. Sie könnte sticken, sie könnte den Rosenkranz beten, sie könnte im Patio sitzen und Gedichte lesen. Sie könnte nach unten gehen und fragen, ob alles für das Dinner vorbereitet war – heute Abend erwarteten sie Gäste, aber sie wusste: Natürlich war alles vorbereitet – auch ohne ihr Zutun. Und natürlich würde dieser Abend verlaufen wie Hunderte andere zuvor: Von Champagner beschwingt und feinsten Speisen gesättigt, würde man hinterher ein paar lächerliche Spiele spielen, wie sie gerade in Mode waren – Abstrakt-Konkret, Scharade, Rätselraten. Ebenfalls üblich war es, bei Einladungen zum Nachmittagstee anschließend Tennis zu spielen, und Tiago hatte ihr schon oft vorgeschlagen, es ebenfalls zu lernen.

Aurelia hatte es stets abgelehnt, weil sie sich nicht vorstellen konnte, mit ihren schönen Kleidern und der perfekten Frisur über den Rasen zu hetzen, nur jetzt, da sie auf ihr Spiegelbild starrte, dachte sie, dass die schönste Kleidung und die perfekteste Frisur nichts halfen, solange ihre Augen so traurig blickten, fast wie tot. In diesem Moment wäre sie gerne über einen Rasen gelaufen, nicht um mit einem lächerlichen Schläger einen Ball zu treffen, sondern um sich zu vergewissern, dass sie noch rennen konnte.

Seufzend trat sie vom Spiegel zurück, jäh von dieser Trauer eingeholt, die sie oft überkam und deren Grund sie nicht benennen konnte. Manchmal schob sie es darauf, dass sie sich so sehnsüchtig ein zweites Kind wünschte, aber auch anderthalb Jahre nach Tinos Geburt noch nicht schwanger war, dann wieder darauf, dass sie Tiago so selten allein für sich hatte. Und nichts konnte sie der Trauer entgegensetzen. Oft blieb sie ein dünner Schleier, der sich grau über die Welt senkte. Manches Mal glich sie einem schwarzen Raum, der sie unwiderstehlich anzog, obwohl sie wusste, dass dahinter Verderben lauerte. Doch so dunkel der Raum auch war – diese Dunkelheit war besser zu ertragen als das, was er womöglich verbarg und gleißendes Licht zutage fördern würde.
Ehe sie sich ganz und gar der Schwermut hingab, ertönte ein Klopfen.
»Sie haben Besuch«, schnatterte ein Hausmädchen, das die Tür nur einen Spaltbreit öffnete. So war es hier üblich: Das Personal musste sich irgendwie verständlich machen, sollte aber möglichst unsichtbar bleiben. »Es ist Doktor Andrés Espinoza«, fügte das Mädchen hinzu.
Aurelia war verwirrt. Sie konnte sich gar nicht mehr an den Anlass erinnern, wann sie Tiagos Freund zuletzt gesehen hatte, und in all den Jahren hatte sie nie mit ihm allein gesprochen. Noch bevor sie dem Mädchen sagen konnte, dass es dem Gast im Salon eine Erfrischung servieren möge und sie gleich hinunterkomme, wurde die Tür aufgestoßen. Das Mädchen wich ängstlich zurück, während Andrés kurz vor der Schwelle verharrte und dann entschlossen darübertrat.
Aurelia betrachtete ihn irritiert. Andrés war stets darum bemüht gewesen, nicht auch nur den geringsten Verdacht zu erwecken, er würde ihr wieder zu nahe treten! Dass er nun ein-

fach in ihr Zimmer kam, war anmaßend! Und noch befremdender fand sie, dass ein seltenes Leuchten in seinem Blick lag, das sie als Triumphgefühl deutete.

»Andrés …«

»Ich muss mit dir sprechen, es ist wichtig.«

Hilflos deutete Aurelia auf die samtbezogenen Stühle, die um ein Tischchen standen. Ein Teller mit kandierten Früchten befand sich darauf, und Aurelia schickte das Mädchen hinaus, um frischen Tee zu holen.

»Was kann es sein, das du mit mir besprechen willst und nicht mit Tiago?«, fragte sie und versuchte, ihrer Stimme einen beiläufigen Klang zu geben, als wäre es nicht ungewöhnlich, dass er nun ihr gegenüber Platz nahm.

»Nun, es geht um Victoria … und diese ist doch deine Freundin, nicht seine.«

Aurelia spürte einen Stich im Herzen, als sie diesen Namen hörte – zum ersten Mal seit Monaten. »Ich habe sie seit Tinos Geburt nicht mehr gesehen …«, erklärte sie steif.

Damals hatten Alicia und sie allen verschwiegen, dass Victoria das Kind auf die Welt gebracht hatte. Aurelia hatte ihr zwar später einen kurzen Dankesbrief geschrieben, aber darauf nie eine Antwort erhalten.

»Dennoch wird es dir doch nicht gleichgültig sein, was aus ihr wird?«, fragte Andrés lauernd.

»Natürlich nicht!«, rief sie hastig.

Nur weil sie nicht über sie gesprochen hatte, hieß es nicht, dass sie nicht oft an die einstige Freundin dachte und sich an den Tag erinnerte, da sie mit der Eisenbahn in Santiago angekommen waren, dieses neue Leben sie durchaus verängstigt hatte, aber vor allem so verheißungsvoll viele Möglichkeiten geborgen hatte – auch die, eine große Künstlerin zu werden.

Die Streitigkeiten mit Victoria verdrängte sie so gut wie möglich, doch nicht immer konnte sie sich der eindringlichen Stimme taub stellen, die ihr da – auch nach all den Jahren noch – zuflüsterte, sie male besser als Tiago und dürfe für ihn ihre besondere Gabe nicht opfern.
»Was ist mit Victoria?«, fragte sie bang.
»Ich fürchte, sie ist in Schwierigkeiten geraten ... in große Schwierigkeiten. Aber ich könnte ihr helfen, wenn du mich darum bittest. Ich könnte bei meinem Vater ein gutes Wort für sie einlegen ... und ich kann mir gut vorstellen, dass der mit sich reden ließe, vorausgesetzt, du könntest dich wiederum bei Tiago für ihn einsetzen und um einen kleinen Gefallen bitten.«
Sein Lächeln war freundlich, aber das Funkeln in seinen Augen wirkte irgendwie ... bedrohlich. Als Aurelia seinen Blick erwiderte, war ihr sofort klar, dass ihm Victoria herzlich egal war, er jedoch ihre einstige Freundschaft dazu nutzen wollte, die eigene Freundschaft mit Tiago zu festigen. Und zugleich Aurelia vor Augen halten, dass er es gut mit ihr meinte.
»Nun, was hältst du davon? Ich werde gewiss nichts Ehrenrühriges verlangen. Mein Vater im Übrigen auch nicht. Im Gegenteil, es geht um eine gute Sache, um nichts Geringeres als ein Privatkrankenhaus. Am Ende könnte auch Victoria daraus Nutzen ziehen, indem sie dort eine gut bezahlte Arbeit findet.«
Aurelia senkte den Blick. Plötzlich zählte nicht mehr, was zwischen Andrés und ihr vorgefallen war, und auch nicht, in welche Notsituation Victoria geraten war – nur die Gedanken an das alte Leben. Die Erinnerungen schnürten ihr die Kehle zu, und jenes Gefühl, das sie vorhin vor dem Spiegel überkommen hatte, kehrte zurück – stärker, eindringlicher als zuvor: das Gefühl, dass in ihrem Leben etwas fehlte, dass sie ihre Tage mit zu wenig Sinnvollem ausfüllte, dass die Zukunft

nicht länger verheißungsvoll war, sondern nur Wiederholung von leeren Ritualen verhieß. Das Gefühl auch, dass sie etwas unwiederbringlich verloren hatte: die Freundschaft mit Victoria – und ihre eigene Leidenschaft.

Immer enger wurde die Kehle, und obwohl sie verzweifelt dagegen ankämpfte, konnte sie die Tränen nicht zurückhalten. Ein Schluchzen brach sich seine Bahn, und als die ersten heißen Tränen über ihre Wangen strömten, wusste sie, dass sie diese Flut nicht würde aufhalten können, dass sie sie viel zu lange unterdrückt hatte, sich viel zu lange eingeredet, alles sei gut, solange Tiago sie liebte.

»Gütiger Himmel!« Andrés war aufgesprungen. In seinem Gesicht stand nichts mehr von Gönnerhaftigkeit und Triumph, nur Verwirrung. »Aber Aurelia, was ist denn los?«, rief er. »Ich wollte doch nicht … Es war nicht meine Absicht …«

»Oh, es ist nicht deine Schuld, es ist nur so, dass …«

Das Schluchzen zerhackte ihre Worte, alsbald konnte sie nicht weitersprechen und hätte auch nicht gewusst, was sie sagen sollte. Hinter dem Schleier von Tränen sah sie, wie Andrés zu ihr trat, sich vor ihren Stuhl kniete. Obwohl sie seine Miene nicht sehen konnte, fühlte sie, dass er nicht Schadenfreude empfand, nur … Mitleid. Und kurz fühlte sie nicht die übliche Scheu, sondern Erleichterung, dass einer bei ihr war, der verstand, was in ihr vorging, der ganz genau wusste, wie hoch der Preis ausfallen konnte, wenn man seinen angestammten Platz auf der Welt verließ.

»Aurelia, so wein doch nicht!«, stammelte er hilflos.

Sie konnte nicht aufhören zu schluchzen, und sie wehrte sich nicht, als er ihre Hand nahm, sie drückte, sie schließlich an sich zog und mit leisem Beben ihr verweintes Gesicht an seiner Brust barg.

Tiago hasste die Stunden im Club – wobei er, genau genommen, alles hasste, was er an der Seite seines Vaters erlebte oder wozu dieser ihn drängte. Meist gelang es ihm, den Widerwillen irgendwie zu schlucken und Engagement an den Tag zu legen, und zumindest bei den vielen Praktika, die er gemacht hatte – fast alle an den großen chilenischen Banken, der Banco Mobiliario oder der Banco Nacional de Chile –, konnte er sich zwischendurch vormachen, dass ihn nicht nur Gehorsam, sondern auch eigener Ehrgeiz trieb, mehr über die Wirtschaft zu lernen. Im Club aber fühlte er sich meist wie gelähmt. Hier galt es, einfach nur zuzuhören, wie Männer sich stundenlang über die Politik unterhielten, dabei Brisca spielten, Scotch tranken oder dinierten. Im Club der Radikalen gab es oft hitzige Streitgespräche – im konservativen Club Union, den William natürlich bevorzugte, war das jedoch verpönt und jeder Wortwechsel unendlich langweilig. Nun, auch das Studium, das Tiago – nicht zuletzt wegen des Drucks, den sein Vater auf die Professoren ausübte – im Eiltempo von zwei Jahren abgeschlossen hatte, war langweilig gewesen. Jene nüchterne, klare Welt der Paragraphen hatte nichts zu bieten, um seine Sehnsucht nach der schönen, bunten Welt der Malerei zu vertreiben. Aber das Lernen war nicht nur Mühsal gewesen, auch Ablenkung und Nahrung für einen hungrigen Geist – während die Gespräche im Club diesen aushöhlten.

Als er ihn endlich verlassen konnte – noch vor dem Vater, der mit einem seiner Geschäftspartner unter vier Augen sprechen wollte –, fühlte er sich jedoch nicht sonderlich besser. Am liebsten hätte er sich geweigert, aus der Droschke auszusteigen und das dunkle Haus seiner Familie zu betreten, in dem es ebenso gesittet wie im Club zuging – und ebenso langweilig, ebenso leblos und ebenso lähmend. Der Widerwille ent-

setzte ihn. Dort drinnen warteten doch Aurelia und Tino, sein geliebter Sohn!
Er unterdrückte das Unbehagen, löste sich aus der Starre und setzte ein Lächeln auf. Als er die Treppe hochlief, fielen seine Schritte sogar schwungvoll aus. Die Last, die er stets auf seinen Schultern trug – bei Aurelia und Tino konnte er sie kurz ablegen, konnte sich ganz dem glücklichen Familienleben hingeben, konnte sich vor Augen halten, wofür er das alles tat.
Sein Lächeln wurde breiter, erstarb jedoch, als er Andrés' Stimme hörte. Der Freund, der ihn in den letzten Monaten oft so lauernd anstarrte, war ihm oft lästig, und gerade heute konnte er gut und gerne auf seine Gegenwart verzichten. Noch irritierender war, dass er sich offenbar in Aurelias Gemach aufhielt, ein völlig unpassender Ort, männlichen Besuch zu empfangen.
Die Tür war nur angelehnt, Tiago stieß sie auf – und erstarrte: Nicht nur, dass Andrés sich in diesem Raum aufhielt, obendrein saß er ganz dicht bei Aurelia, hielt ihre Hand, und ihre Augen waren gerötet, als hätte sie geweint.
Andrés hatte ihn nicht kommen gehört, sondern sprach eifrig auf Aurelia ein. »Du musst mir nichts vormachen. Ich weiß, dass Tiago dich nicht glücklich macht.«
Aurelia wollte von ihm abrücken, aber Andrés hielt ihre Hand fest. »Es ist besser, du gehst jetzt«, murmelte sie mit deutlichem Unbehagen.
Aber Andrés ging nicht. »Glaub nicht, dass ich Schadenfreude empfinde, weil du unglücklich bist. Im Gegenteil. Es tut mir unendlich leid, zusehen zu müssen, wie du verkümmerst, wie wir im Grunde alle verkümmern. Weil wir alle nicht das tun, was wir eigentlich wollen.«
Tiago schien es, als würde eine gleißende Flamme seinen Kopf

zerspringen lassen – und die vielen kleinen Splitter bohrten sich allesamt in seine Seele.
Andrés hatte recht, ging ihm auf. Aurelia war nicht glücklich. Er, Tiago, konnte sie nicht glücklich machen. Weil er es selbst nicht war.
Dass der Freund die Wahrheit so offen benannte, war nicht das Schlimmste. Noch unerträglicher war, ihn mit Aurelia so vertraut zu erleben. Wann hatten sie beide das letzte Mal so beisammengesessen und sich anvertraut, was sie dachten? Wann hatte Aurelia das letzte Mal in seiner Gegenwart geweint? Vor allem aber: Wann hatte sie ihn gefragt, wie es ihm ging, wie er sein Studium empfand, wie er mit dem Druck des Vaters zurechtkam, mit dem Verzicht auf die Malerei? Nun gut, er konnte ihr das nicht vorwerfen, er hatte ja auch sie nie gefragt, er wollte es gar nicht wissen, aber nun …
Alle aufgestauten Gefühle brachen sich ihre Bahn, Wut, schlechtes Gewissen, Beschämung, Ohnmacht, Hilflosigkeit. Am liebsten hätte er Aurelia gepackt, sie an sich gezogen und immer wieder geschrien: »Ich will, dass wir glücklich sind! Wir müssen doch glücklich sein!«
Stattdessen wurde er blind für sie, sah nur Andrés und wurde von Hass überwältigt. Er stürzte auf ihn zu, wie er es schon einmal vor Jahren getan hatte, als er die beiden erwischt hatte, beschimpfte ihn aufs unflätigste, benutzte Worte, wie nur das Pack der Straße sie kannte, und ergriff ihn schließlich am Kragen. Dann schlug er zu … schlug blindwütig, brutal auf ihn ein, ehe er überhaupt wusste, was er tat.
Wie damals kam sein Angriff so überraschend, dass Andrés sich nicht wehrte, nicht einmal schützend seine Hände hob. Tiagos Fäuste trafen seine Haut und ließen sie aufplatzen, ohne dass ihm ein Schmerzenslaut über die Lippen kam. Aurelia schrie an seiner statt entsetzt auf, aber Tiago hörte es

kaum. Der Schrei schien von unendlich weit her zu kommen, er mäßigte ihn nicht, im Gegenteil. Selbst als er Andrés schließlich losließ und der blutend zu Boden stürzte, konnte er nicht von ihm ablassen. »Du Hurensohn!«, schimpfte er eins ums andere Mal. »Du Ausgeburt der Hölle, du Dreckskerl! Du Bastard!« Er spuckte auf ihn, ließ wieder seine Fäuste spielen, begnügte sich nicht damit, sondern trat mit den Füßen auf ihn.

Die Splitter, die sich in seine Seele gebohrt hatten, taten nicht mehr so weh. Der Hass war nicht mehr so unerträglich. Er brüllte, wie er seit Jahren nicht mehr gebrüllt hatte, und übertönte damit Aurelias Stimme, die verzweifelt versuchte, ihn von der Gewalttat abzubringen. Nur eine andere Stimme übertönte er nicht.

Nüchtern und kalt brachte sie ihn zum Erstarren.

»Sag, bist du wahnsinnig geworden?«, fragte William Brown.

Es ist alles meine Schuld, ging es Aurelia wieder und wieder durch den Kopf, es ist alles meine Schuld.

Sie wusste nicht, was ihr von alldem am unangenehmsten war. Dass sich Andrés blutüberströmt und wankend erhob und nach Tiagos Schlägen kaum einen geraden Schritt gehen konnte. Dass William – so verärgert wie noch nie – fragte, was dieses proletarische Benehmen bedeute. Dass Tiago nicht länger wütend war, sondern angesichts des zornigen Vaters zerknirscht, wie ein kleiner Junge nach Worten rang, aber keines hervorbrachte.

Aurelia eilte an seine Seite und drückte ermutigend seine Hand, doch er schien sie gar nicht zu bemerken – zu groß war das Entsetzen über das völlige Fehlen seiner Selbstbeherrschung, und dass ausgerechnet sein Vater dies miterlebt hatte.

»Also«, forderte William, »was hat das zu bedeuten?«

Tiagos Lippen rieben aufeinander. »Er hat Aurelia beleidigt«, brachte er schließlich hervor, »er ist ihr zu nahe getreten …«
Aurelia senkte den Kopf, als Williams Blick sie traf. Sie ahnte, dass es die Sache nicht besser machte, dass ihr Name gefallen war. Zu allem Überdruss hörte Andrés nicht auf zu bluten, spuckte vielmehr Blut – ein Zeichen, dass er sich unter Tiagos Schlägen in die Zunge gebissen hatte. Er bot einen erbarmungswürdigen Anblick.
»Was hast du in all den Jahren gelernt?«, fuhr William auf. »Scheinbar nichts, wenn du dich wie ein Tagelöhner prügelst! Gibt es irgendetwas, wozu du taugst?«
Aurelia hätte am liebsten laut gesagt, was sie fortwährend dachte: dass es doch ihre Schuld sei, nicht Tiagos. Aber sie konnte es nicht ertragen, Williams Blick erneut auf sich zu ziehen. Auch Andrés hätte sie gerne geholfen, wie er da zur Tür taumelte, grußlos nach unten stolperte, aber auch das war nicht möglich, denn das hätte bedeutet, von Tiagos Seite weichen zu müssen.
William folgte Andrés alsbald ohne ein weiteres Wort. Obwohl sie nun allein mit Tiago war, brachte sie immer noch nichts hervor.
Tiago hingegen ließ ihre Hand los und ging unruhig auf und ab wie ein gefangenes Tier. Verzweifelt überlegte Aurelia, wie sie ihm erklären konnte, was zwischen ihr und Andrés geschehen war, aber dann erkannte sie, dass seine Gedanken nicht darum kreisten.
»Es nützt nichts …«, presste er erstickt hervor. »Es ist nie gut genug, was ich tue … Auch Guillermo konnte seine Erwartungen nicht erfüllen, aber ich noch weniger. Ich habe mich ihm all die Jahre gefügt. Aber er hat mir nie gedankt, mich nie gelobt. Kein einziges Mal!«
»Tiago …«

»Was soll ich denn noch tun?«

Er starrte sie verzweifelt an, und Aurelia fühlte sich zerrissen – vom eigenen Kummer und dem Mitleid mit Tiago. Ehe sie einem der Gefühle nachgab, entschied sie, besser nicht in dessen Tiefe zu wühlen.

Sie atmete tief durch, ehe sie ganz nüchtern feststellte: »Vielleicht ist es ein Fehler, dass du immer nur das tust, was William von dir will.«

»Soll ich mich ihm etwa widersetzen so wie früher?«

»Nein, aber du verhältst dich wie ein Lehrjunge, der niemals eigene Entscheidungen trifft oder die Initiative ergreift. Gute Geschäftsmänner tun jedoch genau das – sie beschreiten neue Wege, gehen Risiken ein. Du musst aus seinem Schatten treten. Vielleicht ist es genau das, was er von dir erwartet.«

Tiago ging weiterhin auf und ab, aber seine Schritte verlangsamten sich etwas. »Wie soll ich denn aus seinem Schatten treten? Hier in Santiago kennt ihn jeder, und ich bin für alle nichts weiter als sein Sohn.«

Kurz überkam Aurelia die Ahnung, dass sie am eigentlichen Problem vorbeiredeten, aber sie gab ihr nicht nach. »Sieh doch.« Sie trat zu ihm und ergriff seine Hände. »Du hast studiert und bei so vielen Unternehmen gearbeitet, aber du hast Santiago nie verlassen. Die Niederlassungen deines Vaters überziehen jedoch das ganze Land. Vielleicht solltest du einmal dort arbeiten, wo du nicht unter seiner ständigen Beobachtung stehst, wo du allein bist und allein die Verantwortung trägst.«

Die Idee kam ihr spontan, und während sie sie aussprach, befand sie sie für gut. Ja, Tiago musste weg von hier, weg von William, weg aus diesem Haus. Erst verspätet erkannte sie bestürzt, dass das auch bedeutete, dass er von ihr weggehen würde.

Immerhin: Tiago schien beschwichtigt. Sein Blick war nachdenklich, nicht länger verzweifelt. »Der Norden …«, stieß er nach längerem Schweigen aus.

»Was meinst du?«

»Nun, den Norden Chiles … die Atacamawüste … Mein Vater hat viele Kredite an dortige Nitratunternehmen vergeben. Erst kürzlich habe ich mit einem Geschäftspartner über den Zinssatz diskutiert. Er ist sehr umstritten, weißt du, er liegt bei zehn Prozent im Jahr, und als weitere Sicherheit dienen die Produktionsanlagen der Schuldner. Wie auch immer. Mein Vater hat nicht nur in den Salpeterabbau investiert, sondern auch einige Kupferminen gekauft. Vor dreißig Jahren war das das ganz große Geschäft – heute werfen sie keinen Gewinn mehr ab.« Er sprach nun immer eifriger. »Soviel ich weiß, will er sie seit langem verkaufen, aber es ist schwierig, sie loszuwerden, zumal es wohl besser wäre, vor Ort zu sein, und mein Vater die Wüste hasst. Das hat er zumindest immer gesagt. Wenn es einen Ort gibt, um aus seinem Schatten zu treten, dann dort!«

Er erwiderte Aurelias Händedruck.

»Dann tu es!«, bestärkte sie ihn. »Schlag ihm das vor!«

»Aber ich kann dich und Tino unmöglich in die Wüste mitnehmen.«

»Ich weiß, aber das macht nichts«, sagte sie schnell, »es wird ja nicht für lange Zeit sein, nicht wahr? Und am wichtigsten ist doch, dass du dir endlich den Respekt deines Vaters verdienst.«

Er umarmte sie und küsste sie, so fest, dass es fast schmerzte. Sie fühlte seine Liebe, sein Begehren, aber sie fühlte auch Verzweiflung – die gleiche Verzweiflung, die sie selbst überkam. Später sanken sie aufs Bett und liebten sich, und die Umarmungen fielen so wild, so ungezügelt aus wie der Kuss. Bis jetzt war Tiago stets ungemein zärtlich und liebevoll gewesen, nun tat es fast weh, wie er an ihren Haaren riss, ihre Haut knetete, stürmisch in sie drängte. Sie wehrte sich nicht dagegen, grub ihm vielmehr ihre Nägel in den Rücken, hörte ihn ächzen und schluchzte selber auf. Ja, es tat weh, aber es tat auch gut. Selten hatte sie so viel Trauer gefühlt, als sie bei ihm lag, selten jedoch auch so viel Lust, um vor der Trauer zu fliehen.

Ihr Körper bäumte sich auf, als sie den Höhepunkt dieser Lust erlebte. »Ich liebe dich«, stieß sie aus.

Sie meinte es aus tiefster Seele so, und doch war es ein klein wenig eine Lüge. Denn noch lieber hätte sie gesagt: »Lass mich nicht allein ... Geh nicht fort von mir ...«

Andrés' Wunden verheilten nur langsam, was daran lag, dass er sie nicht nur jeden Tag ausführlich betrachtete und mit Jodtinktur betupfte, sondern dass er die Kruste ständig wieder aufkratzte, bis Blut floss. Es brannte, und das gefiel ihm. Er war fasziniert vom menschlichen Körper – vor allem dann, wenn der nicht so funktionierte, wie er sollte. Er mochte Blut. Zwar behandelte er nur ungern Patienten, deren Leiden ihn kaltließen und deren Jammern ihm lästig war, aber er mochte es, unter der Haut der Toten, die alles Grässliche, Stinkende verbarg, zu wühlen, und er stellte sich oft vor, sich selbst zu verletzen und wie es wäre, stets weiterzubluten.

Ramiro fragte kein einziges Mal, wie es ihm ging, fragte auch nicht, wie es überhaupt zum Streit mit Tiago gekommen war. Er zeigte nur kalte Verachtung, weil sein Plan vorerst gescheitert war – der Plan, Victorias Geschick zu nutzen, um sich bei Tiago und Aurelia einzuschmeicheln und ihnen den Floh von der Krankenhausstiftung ins Ohr zu setzen. Als schließlich die Krusten nicht aufbrachen, kein Blut mehr floss und die blauen Flecken erst grünlich, dann durchsichtig wurden, forderte Ramiro streng: »Du musst dich bei Tiago entschuldigen.«

Andrés' Trotz war diesmal größer als die Angst vor seinem Vater. »Er hat mich halb totgeprügelt, nicht umgekehrt.«

»Aber du hast ihn provoziert. Und selbst wenn nicht – er ist Tiago Brown y Alvarados.« Er sprach den Namen wie den einer Gottheit aus, befand Andrés, und sein Trotz wuchs.

»Und deswegen müssen wir also buckeln?«

Es gefiel ihm, dass im Gesicht des Vaters nicht nur Strenge und Ärger zu lesen waren, sondern auch Verzweiflung. »Verstehst du es denn immer noch nicht? Die Freundschaft mit Tiago ist deine Eintrittskarte in die bessere Gesellschaft, ja, in ein besseres Leben. Lebst du mit ihm im Streit, strafst du nicht ihn! Du schneidest dir nur selbst ins Fleisch.«

Andrés konnte sich ein Grinsen nicht verkneifen. Er schnitt doch gerne ins Fleisch. »Nein, ich schade nicht mir« erklärte er bockig, »sondern vor allem dir. Du willst doch zur Oberschicht gehören, du willst ein Krankenhaus führen. Ich begnüge mich gerne mit dem, was wir haben.«

»Ich will vor allem nicht arm sein«, murmelte Ramiro, und die Verzweiflung wich der Resignation.

Andrés' Widerstand bröckelte. Obwohl der Vater nichts mehr sagte, konnte er förmlich hören, was er dachte.

Arm wie damals, als Andrés' Mutter gestorben war. Im Wochenbett, bei seiner Geburt, weil es keine ausreichende medizinische Betreuung gegeben hatte. Obwohl angehender Mediziner, war der Vater gegen die Sepsis machtlos gewesen.

Sie sprachen fast nie über sie, die fremde Mutter, von der er nur eine Fotografie kannte, eine Frau mit kohlschwarzen Augen wie … Aurelia, genauso klein wie sie, genauso zart, kein Wunder, dass sie seine Geburt nicht überlebt hatte. Wobei –

Aurelia hatte Tinos Geburt überlebt, obwohl damals kein Arzt zugegen war.
»Alles, was ich tue, tue ich nur für dich«, brach es aus Andrés hervor. Er war nicht sicher, was ihn zu seinen Worten bewog, konnte jedoch nicht aufhören zu sprechen, nachdem er begonnen hatte. »Wie es mir geht, wie ich mich fühle, ist dir doch gleichgültig. Oder vielleicht ist es dir gar nicht gleichgültig und du wünschst dir sogar, dass es mir nicht gutgeht. Hast du mir je verziehen, dass meine Mutter bei meiner Geburt gestorben ist?«
Eine Zornesfalte grub sich auf Ramiros Stirn ein, aber sein Blick flackerte verlegen. »Red keinen Unsinn!«, schrie er. »Nicht du trägst die Schuld, sondern die mangelnde medizinische Betreuung.«
Ich habe recht, ging es Andrés durch den Kopf, ich habe recht … ganz gleich, was er sagt, er gibt mir die Schuld.
Die Erkenntnis schmerzte nicht, vielleicht, weil sie für ihn nicht neu war, obwohl er sie zum ersten Mal aussprach.
»Die mangelnde medizinische Betreuung also«, murmelte er. »Soso. Die du dir damals nicht hast leisten können. Aber deswegen müsstest du die Reichen hassen, müsstest für mehr Gerechtigkeit kämpfen, müsstest dich für die Armen und die Mittelschicht einsetzen. Du müsstest ein eigenes Krankenhaus allein aus einem Grund anstreben: um die medizinische Versorgung selbst der Armen zu gewährleisten! Aber dafür hast du nie gekämpft. Du willst zu ihnen gehören, du willst so sein wie sie! Warum? Warum bist du nicht wie Victoria Hoffmann, die Rebellin, die sich auflehnt, anstatt zu buckeln?«
Ein Ausdruck der Verwirrung erschien in Ramiros Gesicht. Erst jetzt merkte Andrés, dass er geschrien hatte, wie er noch nie mit seinem Vater geschrien hatte.

Kurz keimte Hoffnung in ihm auf – Hoffnung auf ein Bekenntnis, das der Vater ihm immer verweigert hatte: weil ich dich liebe, weil ich das beste Leben für dich haben will, weil meine Gefühle und meine Prinzipien nichts zählen, solange es um dein Wohl geht, weil ich will, dass du noch mehr erreichst als ich.
Stattdessen wurde seine Miene starr und ausdruckslos. »Wenn man rebelliert«, erklärte Ramiro nüchtern, »dann darf man die Gosse nicht fürchten.«
Er fügte nichts hinzu, aber Andrés wusste – Ramiro fürchtete diese Gosse. Und er selbst auch. Neben dem Sezieren von Leichen gab es zu viele Dinge, die er gerne tat. Mit Tiago Auto fahren. Mit Tiago die Oper besuchen. Mit Tiago dinieren.
»Ich kann mich nicht mit ihm versöhnen«, wandte er dennoch ein. »Tiago ist gestern in den Norden gereist. Zu einer der Kupferminen seines Vaters.«
Ramiro hatte sich von ihm abgewandt. »Warte nicht auf seine Rückkehr. Wenn du eine Versöhnung zu lange aufschiebst, ist es vielleicht zu spät. Reise ihm nach.«
Er blieb abgewandt stehen, aber er hob die Hand und legte sie auf Andrés' Schultern, bestärkend, ermutigend ... und einschüchternd.
»Wenn du das willst«, murmelte Andrés kraftlos, »werde ich es tun.«

Victoria blätterte in der Zeitung – eine mechanische Bewegung, kein Zeichen von Neugierde, sondern lediglich eines von dem festen Willen, sich nicht ganz aufzugeben. Sie las kaum ein Wort von dem, was auf den Seiten stand. Immerhin war sie nicht länger im Bett liegen geblieben, sondern war aufgestanden, hatte etwas gegessen und versuchte nun den

Anschein zu geben, wieder in den Alltag zurückzufinden. Das Leben ging weiter, auch nach Rebecas Verrat, auch ohne Jiacintos Liebe – nur, das wusste sie, während sie durch die Zeitung blätterte, unmöglich in Santiago. In dieser Stadt hatte sie keine Zukunft.

Sie atmete tief durch, und die Wörter verschwammen vor den Augen, aber an einer Stelle wurden sie klar und ergaben einen Sinn. Wieder atmete sie tief durch. Vielleicht ließ sich auf der Welt doch noch ein Fleckchen Erde finden, auf dem sie stehen konnte, ohne dass es sie zerriss. Sie schlug die Zeitung zu und erkannte erst jetzt, dass es eine der Provinzzeitschriften war, die Valentina oft las, um zu wissen, was sich im Rest des Landes zutrug.

Als sie Schritte hörte, zuckte sie zusammen und fühlte sich irgendwie ertappt, aber es war nur Pepe. Er setzte sich ihr gegenüber und beobachtete sie seufzend, als sie erneut die Zeitung aufschlug und die Annonce studierte, auf die vorhin ihr Blick gefallen war.

»Du bist unglücklich«, stellte er fest – mit einer Mischung aus Mitleid, Neugierde und Befremden.

Sie blickte nicht auf. »Ja«, gab sie knapp zu.

»Wegen einem Mann.«

»Auch.«

Sie hob den Blick, und Pepes Reaktion überraschte sie. Sie hatte die unwillige, leicht schmerzverzerrte Miene erwartet, doch sein Blick war einfach nur nachdenklich und traurig.

»Das tut mir leid«, murmelte er. »Und dennoch beneide ich dich dafür.«

»Du beneidest mich? Aber warum nur?«

Wie konnte sich einer die Schmerzen wünschen, die da in ihrer Brust tobten und nie nachließen? Die aus ihr, der starken, selbstbewussten Frau, einen Schatten gemacht hatten, der das

Leben nicht länger anpackte, sondern sich bloß irgendwie von Stunde zu Stunde rettete?
Pepe zuckte die Schultern. »Nun, ich habe mich oft gefragt, wie es sich wohl anfühlt, zu lieben. Aber ich bin nie einer Frau begegnet, die mein Herz so tief berührt hat, dass es weh tun könnte.«
Victoria runzelte die Stirn. Pepes Leid schien so lächerlich gering, gemessen an dem ihren. Aber dann sagte sie doch: »Vielleicht hast du zu wenig nach einer solchen Frau gesucht. Du solltest weniger Zeit in der Buchhandlung und mit deiner Mutter verbringen.«
Er schüttelte den Kopf, und aus dem nachdenklichen Pepe wurde der altvertraute, der selbstgerecht das Leid der Welt trug. »Meine Mutter braucht mich doch!«, rief er mit dem Brustton der Überzeugung. »Nach dem Tod meines Vaters hat sie niemanden mehr. Und sie hat ihn so geliebt.«
Victoria blickte ihn skeptisch an und dachte an Valentinas einstiges Bekenntnis, dass sie ihren Mann Francisco nie wirklich geliebt hatte und sie die Erinnerung an ihn nur um Pepes willen am Leben hielt. Kurz rang sie damit, ihm die Wahrheit zu sagen, kam dann allerdings zum Schluss, dass er diese Wahrheit vielleicht ohnehin kannte – dass er sie aber zu seinem Zwecke nutzte. Solange er sich seiner Mutter verpflichtet und zugleich als das Opfer ihres starken Willens wähnte, war er nicht gezwungen, hinaus in die Welt zu gehen und dort zu bestehen. Und solange Valentina einen Sohn hatte, den sie – obwohl er erwachsen war – wie ein Kind behandelte, war auch sie nicht gezwungen, hinaus in die Welt zu gehen und dort zu bestehen.
Victoria seufzte, schloss für einen Moment die Augen, und als sie sie wieder öffnete, fühlte sie sich erstmals nicht gelähmt und tieftraurig, sondern entschlossen.

»Ich gehe in den Norden«, erklärte sie unwillkürlich.
Pepe zuckte zusammen. »In den Norden?«, rief er nahezu empört. »Den Norden Chiles, meinst du?«
Victoria nickte.
»Gütiger Himmel! Im Norden gibt es nur Wüste ... sonst gar nichts!«
»Ja«, erklärte Victoria, und es war ausgerechnet sein sichtliches Entsetzen, das sie in ihrem jähen Entschluss bekräftigte. »Aber auch in der Wüste leben Menschen – zurzeit sogar sehr viele. Seit Salpeter und Kupfer dort entdeckt wurden und abgebaut werden, sind viele Arbeiter dorthin gezogen. Vor ein paar Jahren lebten nur wenige Tausende Menschen dort – nun eine Viertelmillion.«
Mit jedem Wort, das sie sprach, fühlte sie sich sicherer. Ein wenig von der alten Victoria kam zum Vorschein, die über die Welt Bescheid wusste und dieses Wissen gerne in Zahlen ausdrückte.
»Aber was willst du denn dort?«, fragte Pepe.
»Obwohl so viele Menschen dort leben und arbeiten, gibt es so gut wie keine Ärzte. Die wenigen bleiben an der Küste – im Landesinneren dagegen, wo die großen Minen sind, ist die medizinische Betreuung höchst mangelhaft.«
»Dagegen kannst du auch nichts ausrichten. Du bist kein Arzt.«
»Ich nicht, aber Salvador Cortes.«
»Und wer wiederum ist Salvador Cortes?«
Victoria deutete auf die aufgeschlagene Zeitung. »Ein Arzt, der eine Annonce aufgegeben hat. Er sucht eine ausgebildete Hebamme, denn er behandelt auch Frauen von Minenarbeitern und Indianern. Nun, ich bin keine Hebamme, und meine Ausbildung als Krankenschwester wurde offiziell nicht beendet, und ich werde wohl nie mehr die Möglichkeit haben, die

große Abschlussprüfung abzulegen, aber ich kann mir nicht vorstellen, dass sich viele Frauen auf diese Anzeige hin melden. Wahrscheinlich hat Salvador Cortes großes Glück, wenn ich es tue.«

Sie erhob sich, straffte die Schultern und fuhr sich prüfend über ihren Haarknoten.

»Du verlässt Santiago. Du gehst einfach …«, stellte Pepe fest, als wäre es das größte Wunder, das er je erlebte, und zugleich eine schreckliche Strafe für sie.

»Ja, ich gehe«, sagte Victoria, »aber zuvor werde ich Aurelia einen Brief schreiben. Ich … ich will mich nicht von ihr verabschieden. Aber falls sie jemals nach mir fragt, dann gebt ihr diesen Brief.«

Pepe nickte gedankenverloren, und plötzlich tat Victoria etwas, was sie noch nie getan hatte. Einer jähen Eingebung folgend, ging sie zu ihm, strich ihm über den Kopf und drückte sich kurz an den dicklichen Leib. Erst versteifte er sich, dann erwiderte er die Umarmung. An seinem roten Gesicht merkte sie, dass ihm diese Nähe gefiel – und kurz fühlte sie seine große, tiefe Sehnsucht, er möge mehr davon bekommen.

Doch anstatt dieser Sehnsucht nachzugeben, machte sie ihm dann doch zu große Angst, und er löste sich abrupt von ihr.

»Mama wird es nicht gefallen, dass du in den Norden gehst«, stellte er fest. Ehrliches Bedauern klang durch seine Stimme hindurch, aber zugleich diebische Schadenfreude.

Er wusste: Valentina würde Victoria ziehen lassen müssen – anders als ihn. Und er wusste auch: Victoria würde es schaffen, zu gehen und sich anderswo ein Leben aufzubauen – anders als er.

Drittes Buch

Die Farben der Einsamkeit

1912

21. Kapitel

Auf der Reise in die Atacamawüste begleiteten Victoria die Erinnerungen an den Tag, da sie mit Aurelia nach Santiago gefahren war. So verheißungsvoll war der Aufbruch in ein neues Leben damals gewesen. Sie war nicht alleine und davon überzeugt gewesen, ihr Schicksal in der Hand zu haben – und sie war zum ersten Mal Jiacinto begegnet.

Heute fühlte sie die gleiche Entschlossenheit, aber nicht die gleiche Hoffnung. Lethargisch ertrug sie den Staub und die Hitze und nahm hin, dass die Eisenbahn – alsbald nur mehr einspurig – immer wieder von Hindernissen auf den Gleisen aufgehalten wurde. Bis zu dreißig Stunden sei man unterwegs, wenn man in den Norden wolle, hatte sie gehört – bei ihr wurden zwei Tage daraus.

Zunächst verhieß es noch eine angenehme Abwechslung, aus dem Fenster zu sehen und die üppigen Weingärten oder Getreide-, Alfalfa- und Marvillafelder vorbeirauschen zu sehen, die im warmen Wind wogten. Doch alsbald verloren sich das saftige Grün und das satte Gelbgold, wurden die großen, mächtigen Bäume immer trockener und gekrümmter, wichen fruchtbare Felder karger Steppenlandschaft.

Erst jetzt bekam Victoria einen Eindruck von dem, was sie erwartete. Bislang hatte sie von der Atacamawüste nicht sonderlich mehr gewusst, als dass es dort unerträglich heiß war, dass es die trockenste Wüste der Welt war, in der in manchen Gebieten seit Menschengedenken kein Regen mehr gefallen

war und in anderen nur alle paar Jahre, und dass sie riesengroß war: Sie erstreckte sich vom Río Loa im Norden bis zum Río Copiapó im Süden.
In drei Regionen war das Wüstengebiet unterteilt: Die nördlichste hieß Tarapacá und hatte Iquique als Hauptstadt, dann folgte Antofagasta, deren Zentrum den gleichen Namen trug, und schließlich die Region Atacama. Die beiden nördlichen Regionen nannte man Pampa Salitrera, weil sich dort die großen Lager- und Abbaustätten des wertvollen Rohstoffs befanden. Die Praxis von Doktor Salvador Cortes befand sich in unmittelbarer Nähe einer solchen Mine, ein paar Stunden von Antofagasta entfernt.
Victoria hatte erstmals die Muße, sich ihr künftiges Leben genauer auszumalen, aber sie konnte sich keine konkrete Vorstellung davon machen. Sie wusste nicht einmal, ob sie dort überhaupt willkommen war.
Ursprünglich hatte sie geplant, mit einem Brief auf Doktor Cortes' Anzeige zu antworten, aber dann hatte sie erfahren, dass es zwar nur acht Tage dauerte, um einen Brief in den Gran Norte zu befördern, bis zu drei Monate aber, um eine Antwort von dort zu erhalten. So lange konnte sie unmöglich warten, und so hatte sie einfach darauf gesetzt, dass niemand außer ihr großes Interesse haben würde, im unwirtlichen Norden zu arbeiten, dass sie folglich als Einzige auf die Annonce reagieren würde und dass sie Cortes, auch wenn sie unangekündigt eintraf, schon willkommen wäre.
Hoffentlich ist das nicht der größte Fehler gewesen, den ich je gemacht habe, dachte sie am Anfang bang. Doch die drückende Hitze und die anstrengende Fahrt machten sie so müde, dass die quälenden Gedanken verstummten.
Die übrigen Passagiere waren fast ausschließlich Männer, doch auch sie waren von der Gluthitze wie gelähmt. Kaum

einer warf ihr aufdringliche Blicke zu, niemand sprach sie an oder belästigte sie. Vielleicht lag es weniger an der Hitze, sondern an ihrer Unnahbarkeit: Sie trug ihre Haare wie immer streng frisiert, und das Kleid war trotz der hohen Temperaturen schwarz. Mehr als einmal hätte sie zwar gern den engen Kragen gelockert, aber sie verkniff es sich.

Die feiner gekleideten Herrschaften stiegen in den reichen Hafenstädten aus – die Arbeiter blieben sitzen, als sie von dort Richtung Osten fuhren, wo auf die Küste eine riesige Ebene folge, die nicht nur reich an Salpeter und Guano, Kupfer und Silber, sondern von gewaltigen Salzseen bedeckt war. Ihre krustigen Oberflächen glitzerten in der Sonne manchmal weiß wie Schnee und so grell, dass man die Augen schließen musste; dann wiederum nahmen sie die graue Farbe der Wüste an oder das schmutzige Braun der umliegenden Berge.

Die Böden zwischen den Andenkordilleren, deren Spitzen man im Dunst häufig nur erahnen konnte, und dem Pazifik schienen völlig leblos. Auf den ersten Blick gab es in dieser Welt keinerlei Farben, nur Weiß und Grau; erst mit fortschreitender Zeit erkannte Victoria, dass das Land nicht so tot war, wie es den Eindruck machte, dass die Sonne und der grenzenlos anmutende Himmel sich vielmehr im unterschiedlichen Kleid zeigten und die Landschaft ihre Farben spiegelten – am Morgen ein sanftes Rosa, am Abend ein durchdringendes Violett. Anfangs hatte das Rütteln des Zuges sie wach gehalten, nun nickte Victoria immer wieder ein. Wenn sie aufschreckte, schienen sie kaum weitergekommen zu sein – Wüste blieb Wüste. Nur einmal kamen sie an einer Oase vorbei, wo dicht gedrängt Feigenbäume wuchsen, und schließlich nahm der Zug wieder den Weg zur Küste, wo sie die letzte Stadt auf ihrer Reise passierten – Antofagasta mit seiner Steil-

küste aus Muschelkalk, an der Tausende von Pelikanen brüteten.
Nun würde es nicht mehr lange dauern, bis sie ihr Ziel erreichte. Sie stieg in einen anderen, kleineren Zug um, der unmittelbar in einer Salitrera halten würde, genauer genommen an einem der »Schiffe«, wie die Barackensiedlungen der Arbeiter um die Mine bezeichnet wurden.
Victoria schlief ein letztes Mal ein. Als sie die Augen wieder aufschlug, hatte die Sonne den höchsten Stand erreicht, und der Zug verlangsamte sein Tempo. Sie hatte nicht erwartet, dass es noch heißer sein könnte als im Zug, doch als sich die Türen öffneten und sie ins Freie wankte, traf die Hitze sie wie ein Schlag. Hastig hockte sie sich auf den Boden, um nicht ohnmächtig zu werden, und riss nun doch ungeduldig den Kragen ihres Kleides auf. Als sie sich wieder aufrichtete, brach ihr neuer Schweiß aus, aber der Bahnhof flimmerte nicht mehr vor ihren Augen. Sie schützte die Augen vor der Sonne, umklammerte ihre Tasche fester und trat auf den Bahnwärter zu, der mit stoischem Gesicht den Zug hatte einfahren lassen und nun ein Zeichen zur Weiterreise gab.
Falls er erstaunt war, unter all den Männern, die hier ausgestiegen waren, eine Frau zu sehen, zeigte er es nicht.
»Ich suche Doktor Salvador Cortes!«, erklärte sie forsch. Als sie näher trat, sah sie, dass sein Blick nicht einfach nur ausdruckslos, sondern leer war. Sein Kiefer mahlte – vielleicht gehörte er zu jenen, die die Hitze und Einsamkeit der Wüste nur ertrugen, indem sie Koka kauten. Sie erhoffte sich schon keine Antwort mehr, als er plötzlich eine bräunliche Masse ausspuckte – wohl eher gewöhnlicher Kautabak als Koka – und gleichgültig murmelte:
»Salvador Cortes ist immer dort, wo Menschen sterben. Und da hier so viele sterben, findet man ihn eigentlich überall.«

Noch mehrmals wiederholte sie ihre Frage nach Cortes, als sie durch das »Schiff« ging. Sie wusste von den ärmlichen Lebensverhältnissen der Arbeiter und war dennoch erschüttert, als sie diese Reihen an winzigen Hütten abschritt, die eher Ställen für Tiere als Unterkünften für Menschen glichen. Im Innenhof gab es einen entsetzlich stinkenden Abort, einen Brunnen und Waschplätze für die Kleidung, doch Letztere sahen nicht so aus, als würden sie oft benutzt werden. Überhaupt wirkte der Ort nun zur Mittagszeit verwaist. Nur dann und wann wurde ein Kopf aus einer der winzigen Luken gesteckt und sie neugierig gemustert. Doch keiner kam heraus, vielleicht, um der prallen Sonne zu entgehen, vielleicht, weil eine Frau wie sie sich als Sinnestäuschung entpuppen könnte. Victoria hielt den Kopf gesenkt. Früher hatte sie keine Scheu gehabt, Männer forsch anzusprechen und ihren Anzüglichkeiten zu trotzen, doch seit dem Vorfall im Gefängnis hockte tief in ihrem Inneren eine Angst. Noch größer war allerdings die Sorge, Salvador Cortes nicht zu finden, denn auch wenn jeder, den sie fragte, ihn kannte, wusste niemand, wo er sich gerade aufhielt.

Schließlich begegnete sie der ersten Frau in der Barackensiedlung – sie war ein altes Weiblein mit einem Gesicht, das so runzelig wie die vertrocknete Rinde der wenigen Bäume hierzulande war, saß vor einem Loch, das sie in die Erde gegraben hatte, und schaufelte irgendetwas hinein, was Victoria, als sie näher trat, als Fleisch und Gemüse erkannte. Offenbar nutzte sie die Hitze des Bodens, die mit der eines jeden Feuerherds mithalten konnte, um Essen zu garen. Vielleicht war sie so etwas wie die Köchin des »Schiffs«.

»Ich suche Doktor Cortes«, sagte Victoria wieder.

Die Antwort kam erst nach Ewigkeiten. »Immer den Schreien nach«, murmelte das Weiblein.

Victoria lauschte angestrengt, vernahm aber nur dumpfe Erschütterungen von der nahen Mine.
»Ach so«, erklärte die Frau, »mittlerweile ist sie zu schwach zum Schreien. Gehen Sie einfach zu den Hütten der Puppen.«
Victoria wusste zwar, dass Puppen – *las muñecas* – die Bezeichnung für Prostituierte war, hatte jedoch keine Ahnung, wo diese hier lebten. Schließlich deutete die Frau in eine Richtung, und als sie weiterging, vernahm sie ein unterdrücktes Stöhnen. Vor einer Hütte, die sich nicht von den Baracken der Arbeiter unterschied, standen mehrere leicht bekleidete Frauen und tuschelten miteinander. Ein paar blickten mitleidig, ein paar gleichgültig. Als Victoria näher trat, wurde sie wortlos gemustert. Keine machte Anstalten zu fragen, was sie hier wollte, oder verwehrte ihr den Eintritt, als sie sich an ihnen vorbeidrängte und die Hütte betrat.
Sie hatte gedacht, es könne nicht noch heißer sein als unter der prallen Sonne, doch im Inneren brach ihr neuer Schweiß aus. Die Hütte glich einem Backofen, die Luft war zum Schneiden dick, und in der Dunkelheit sah sie nichts, sondern konnte nur schwarze, dicke Fliegen surren hören. Erst nach einer Weile gewöhnten sich die Augen an die Dunkelheit. Sie erkannte, dass die Fensterluken mit dickem rotem Stoff verhangen waren, der alles in ein dumpfes Rot tauchte. In der Mitte der Hütte stand ein Bett – nein, eigentlich nur eine armselige Pritsche –, und dort lag eine sich windende Frau. Ein Mann stand vor ihr, offenbar Doktor Cortes, und machte sich zwischen ihren Beinen zu schaffen. Er hatte sein Hemd wohlweislich bis zu den Ellbogen hochgekrempelt und war bis dahin über und über mit Blut befleckt.
Keiner der beiden bemerkte sie, und so hatte sie Zeit, sich genauer umzusehen. Neben der Pritsche bestand die Einrichtung aus einigen leeren Dynamitkisten, die wohl aus der Mine

stammten und als Regale, Kommoden oder Nachttische dienten. Alles war von einer dicken Schicht aus Staub und Sand bedeckt.
Victoria räusperte sich laut, aber immer noch bemerkte sie niemand. Da entschied sie nicht länger zu warten, öffnete ihren Koffer und zog etwas heraus. Damit trat sie zur Pritsche und reichte es dem Arzt.
Salvador Cortes drehte sich kurz um und musterte sie von Kopf bis Fuß. »Was ist das?«, fragte er knapp – sonst nichts: nicht, wer sie war, noch, was sie hier machte.
»Eine Tamponade aus Scharpie. Bestens zur Blutstillung geeignet. Leider habe ich kein styptisches Pulver dabei.«
Cortes ergriff die Tamponade wortlos. Nun, da sie dicht neben ihm stand, konnte sie auch ihn genauer in Augenschein nahmen: Er war älter, als sie gedacht hatte, gewiss schon über vierzig, doch die Last der Jahre schien ihn nicht zu beugen, sondern nur zäher zu machen. Wahrscheinlich war er sehr groß, wenn er aufrecht stand; seine einstmals blonden Haare waren weiß geworden wie der Wüstensand. Die Haut war nicht gleichmäßig von der Sonne gebräunt, sondern von vielen Flecken übersät. Grimmige Entschlossenheit stand in seinem Blick, als er sich weiter um die Frau kümmerte, und etwas gefiel Victoria daran. Vielleicht irrte sie sich, aber dieser Blick schien der eines Menschen zu sein, der zwar ohne Träume und Illusionen auf die Welt sah, aber dennoch nicht völlig erkaltet war, vielmehr zur Wut fähig – Wut über sinnloses Sterben und Ungerechtigkeit.
»Und wer sind Sie?«, fragte er endlich, nachdem er den Blutfluss etwas gestillt hatte. Die Frau stöhnte nicht länger und wand sich auch nicht mehr.
»Victoria Hoffmann«, antwortete sie. »Ich habe Ihre Annonce gelesen – und bin deswegen hierhergekommen. Ich bin

eine … ausgebildete Krankenschwester.« Genau betrachtet, war das eine Lüge, aber sie setzte darauf, dass Cortes nicht im Krankenhaus von Santiago nachfragen würde.

»Meine Güte!«, stieß er aus. »Ich habe die Annonce vor über einem halben Jahr aufgegeben und nicht mehr damit gerechnet, dass sich jemand darauf meldet.«

Victoria konnte nicht sagen, ob er erleichtert, überrumpelt oder einfach nur verwirrt war. Sie blieb abwartend stehen, aber er sagte kein einziges Wort mehr.

Auf dem Boden lag die Kleidung, die er wohl abgelegt hatte, ein bolivianischer Poncho aus Lamawolle, daneben Handschuhe aus Schweinsleder. Sie bückte sich schnell, nahm den Poncho und rollte ihn zusammen. Dann lagerte sie ihn unter den Füßen der Frau, so dass diese höher lagen als der restliche Leib. Ihre nackten Beine waren mit blauen Adern überzogen wie mit Gewürm.

Salvador Cortes ließ sie gewähren. »Ich habe mich eigentlich damit abgefunden, dass niemand für mich arbeiten will. Am Ende bin ich zum Schluss gekommen, dass das auch besser so ist. Die Welt hier ist zu brutal für eine zarte Frau.«

Er musterte sie erneut, und Victoria straffte den Rücken. Sie war nicht besonders groß und auch sehr schmal gebaut, aber noch nie hatte sie jemand als »zart« bezeichnet!

Ihr Ehrgeiz war geweckt, ihm das Gegenteil zu beweisen. Sie trat zum Kopfende des Bettes und blickte auf die Frau herab. »Sie hat eine missglückte Abtreibung hinter sich, nicht wahr?« Es klang nicht wie eine Frage, sondern wie eine Feststellung, und ehe er antworten konnte, fuhr sie fort: »Wie ist sie vorgegangen? Hat sie einen Kräutersud aus Borretsch, Wermut, Raute und Petersilie getrunken? Oder mit Waschpulver versetztes Zementwasser? Ich glaube es eigentlich nicht. Dann wäre mehr Erbrochenes zu sehen. Ich nehme also an, sie hat die Abtreibung mit einer Bambusrute vorgenommen. Hat fünf oder sechs Stücke zusammengebunden, die Rinde entfernt, mit einem Messer angespitzt und in Seifenwasser gekocht. Dann hat sie sich einen Spiegel zwischen die Beine gehalten und immer wieder die Rute in ihren Leib gestoßen, bis sie zu bluten begann. Sie hat die Rute am Oberschenkel festgebunden, während die Spitze in ihrer Gebärmutter steckte, und ist stundenlang herumgegangen, um einen Abort auszulösen. Doch die Blutungen, die einsetzten, hörten nicht wieder auf, und dazu kam hohes Fieber.«

Victoria hatte gleichmütig gesprochen, aber als sie sah, wie in Cortes' Miene Anerkennung aufblitzte, konnte sie sich ein stolzes Lächeln nicht verkneifen.

»Wenn du weißt, was sie getan hat, weißt du auch, dass wir beide eigentlich nicht hier sein dürften«, meinte er und duzte sie nun ganz selbstverständlich.

Victoria nickte. Abtreibung galt in Chile als ein Verbrechen, das geahndet wurde – und eine Strafe drohte auch all jenen, die nur dabei halfen. Wenn ein Arzt eine durchführte, um das Leben der Mutter zu retten, oder im Falle, dass sie geisteskrank oder vergewaltigt worden war, ließen Richter Nachsicht gelten – ansonsten standen bis zu vier Jahre Gefängnis darauf.

»Ich weiß, was drohen könnte«, murmelte sie, »aber ich glaube nicht, dass das an diesem Ort irgendjemanden sonderlich interessiert.«

Der Anflug eines Lächelns erschien auf seinem Gesicht. »Da hast du recht. Aber ich wollte sichergehen, dass du dir darüber im Klaren bist, was du tust.«

»Das bin ich für gewöhnlich immer«, gab sie stolz zurück.

Er deutete auf ihre Tasche. »Befindet sich da drin noch mehr, was ich brauchen könnte?«

Sie zuckte die Schultern, bückte sich nach der Tasche und begann den Inhalt auszuräumen. »Hier habe ich Aspirin, das kennen Sie doch, oder? In Santiago setzt man es häufig ein. Natürlich nicht in diesem Fall – die Frau könnte verbluten.«

»Wenn ich etwas Schmerzstillendes brauche, benutze ich Weidenrinde wie die alten Griechen. Weiter!«

»Hier sind ein paar Pflaster, eine Jodtinktur, Augentropfen, Kohletabletten, Tropfen gegen Ohrenschmerzen. Ach ja – und eine feine Darmnadel mit einem Faden aus karbolisierter Seide. Das nützt uns im Moment alles nichts.«

»Aber künftig werde ich es gut brauchen können«, meinte er nachdenklich. »In meinem Koffer habe ich nur Dynamit und …«

»Dynamit?«, fragte sie erstaunt.

»Ja, damit werden verfaulte Zähne gefüllt, und nach und nach zerbröckelt der Zahn, bis man ihn ausspucken kann.«

Victoria verzog angewidert das Gesicht.

»Außerdem habe ich ein paar Schröpfköpfe, ein Skalpell und das hier …«

Er griff nach einem Gegenstand, und Victoria erkannte, dass es eine Art Zange war. Ob sie vor Verwendung fachmännisch desinfiziert worden war – auf der chirurgischen Abteilung im Krankenhaus hatte man es mit Chlorzink getan –, bezweifelte sie.

»Das Kind war schon sehr groß. Und zu allem Überfluss hat sie mit der Bambusrute noch weiter in ihrem Leib gestochert, als die Blutung schon einsetzte, und das Kind auf diese Weise zerstückelt. Wenn wir nicht alle Teile aus ihr herausbekommen, wird das ihren Körper vergiften.«

Falls er sie mit den schonungslosen Worten absichtlich schockieren wollte, um sie zu prüfen, gelang ihm das nicht. Victoria trat an das Kopfende der Pritsche, packte die Beine der

Frau an den Kniekehlen und zog sie auseinander, damit Salvador besser arbeiten konnte.
Die Unglückselige schrie einmal auf, verstummte dann aber. Immer mehr Blut quoll aus ihrem Leib, und Victoria ließ ihre Beine wieder los, zog hastig den Unterrock aus und riss ihn in Fetzen. Diese tauchte sie in die Jodtinktur, um damit immer wieder neu das Blut zu stillen, sobald der Arzt eine kurze Pause machte.
Cortes sah ihr anerkennend dabei zu, sagte jedoch nichts.
»Hier ist es so heiß«, stellte sie nüchtern fest, »da kann ich doch froh sein, so wenig wie nur möglich am Leib zu tragen.«
Fortan kämpften sie schweigend um das Leben der Frau.
Einmal steckte eine der anderen Prostituierten den Kopf in die Hütte. »Kinder, die abgetrieben werden, verwandeln sich zu *duendes*«, keifte sie. »Das sind bösartige Wesen, die vom Teufel selbst erzogen werden. Wir alle haben darunter zu leiden.«
Victoria konnte sich schwer vorstellen, dass irgendeine dieser Frauen noch keine Abtreibung hinter sich hatte.
»Wenn sie das Kind geboren hätte, würde es die ganze Nacht schreien und ihr weit mehr darunter leiden«, gab Salvador zurück.
Die Frau runzelte die Stirn, ehe sie zugab: »Da haben Sie auch wieder recht.«
Wortlos verschwand sie wieder nach draußen, ohne zu fragen, ob die andere überleben würde.
Victoria konzentrierte sich erneut ganz und gar auf ihre Patientin. Sie vergaß die unerträgliche Hitze, sie vergaß zum ersten Mal seit langem auch, an Jiacinto und Rebeca zu denken. Die Welt, in die sie geraten war, war armselig und stickig und erbärmlich, aber hier, das erkannte sie nun schon am ersten Tag, konnte sie die sein, die sie immer hatte sein wollen: eine, die zupackte. Eine, die den Menschen half.

Die Frau überlebte an diesem Tag – ob sie allerdings auch die Nacht überstehen würde, war fraglich, wie Cortes schulterzuckend feststellte. Offenbar hatte er zu viele Frauen elendiglich zugrunde gehen sehen, um noch sonderlich Mitleid zu haben. Dennoch wollte er sichergehen, dass sie gut versorgt war, und fragte die Frauen, die vor der Hütte warteten, wer sich in der Nacht um sie kümmern könnte.

Als keine antwortete, wurde sein Gesichtsausdruck streng. »Eine muss bei ihr bleiben«, erklärte er. »Wenn es kalt wird, dann muss man sie zudecken. Macht ihr einen Tee, damit sie genügend trinkt, und kühlt ihr die Stirn, wenn sie Fieber hat.«

Immer noch antwortete ihm nur Schweigen.

Cortes seufzte. »Ich kann nicht alles allein tun. Heute brauche ich eure Hilfe – morgen braucht ihr vielleicht meine. Ich sage sie euch jetzt schon zu, wenn ihr der Armen da drinnen beisteht. Das ist doch ein gutes Geschäft, nicht wahr?«

Schließlich nickte eine der Frauen widerwillig und bot an, die Nachtwache zu übernehmen.

Victoria war unterdessen zum Brunnen getreten und hatte Wasser geschöpft, um sich die blutigen Hände zu waschen. Cortes stellte sich neben sie und tauchte die seinen, ohne zu zögern, in den gleichen Eimer. Kurz berührten sich ihre Finger, doch er tat, als würde er es nicht bemerken.

Nachdem er seine Hände kräftig geschüttelt hatte, deutete er ihr mit einem Kopfnicken an, ihm zu folgen. Erst jetzt, als er ein paar Schritte ging, erkannte sie, dass er stark humpelte.

Sie fragte zwar nicht nach, aber er schien ihren Blick bemerkt zu haben, denn er erklärte bereitwillig: »Ich habe eine Kugel im Bein. Sie stammt noch von Iquique.«

»Sie waren bei dem Aufstand dabei?«, fragte Victoria überrascht.

»Du weißt darüber Bescheid?«, gab er zurück und hob die Augenbraue.
»Natürlich!«, rief sie. »Es war 1907: Damals gab es einen Generalstreik – in Santiago, in Valparaíso, in Concepción und den Kohleminen von Loca. Und eben auch in Iquique. Die Minenarbeiter haben gegen ihre Arbeitsbedingungen protestiert, doch der Staat hat den Aufruhr gnadenlos unterdrückt. In der Escuela Santa María kam es zu einem blutigen Massaker.«
Empörung über die damaligen Ereignisse klang durch ihre Stimme – aber auch Befriedigung, dass sie davon wusste und Cortes beweisen konnte, dass sie kein naives Mädchen aus der Großstadt war, das vom Norden keine Ahnung hatte.
Er nickte. »Sie haben mit Maschinengewehren auf die Versammelten geschossen. Als ich Verwundete versorgen wollte, traf's auch mich. Aber was soll's. Lieber humpelnd durchs Leben gehen, als ohne Schmerzen im Grab liegen. Eines Tages werde ich daran sterben, das fühle ich, denn man konnte die Kugel nicht entfernen, und sie vergiftet meinen Körper. Aber jeder wird sterben, der eine morgen, der andere in zehn Jahren.« Er zuckte die Schultern, humpelte dann weiter.
Victoria hastete ihm nach.
»Wo ... wo wohnen Sie eigentlich, Doktor Cortes?«
Er drehte sich zu ihr um und musterte sie flüchtig. »Den Doktor lässt du weg, Mädchen, und das ›Sie‹ auch. Hier gibt's keinen, der sich um so etwas schert.«
Sie nickte.
»Also gut«, fuhr er fort, »ich kann zwei helfende Hände gebrauchen, darum habe ich auch die Annonce aufgegeben, obwohl ich nicht damit gerechnet habe, dass sich jemand darauf meldet. Hier leben vor allem Männer, aber eben auch ein paar Frauen, die meisten nicht Gattinnen, sondern Huren. Scham-

gefühle haben sie trotzdem – einige lassen sich lieber von anderen Frauen behandeln als von mir, und deswegen brauche ich eine wie dich. Ich kann dir nicht viel zahlen, weil ich selbst nicht viel verdiene. Die meisten entlohnen mich mit Essen, andere mit Hilfeleistungen, viele gar nicht, und ein paar wenige mit Geld. Ich bin bereit, dieses Geld mit dir zu teilen, aber wie viel es pro Monat ist, das kann ich dir nicht prophezeien.«
»Mir geht es nicht ums Geld!«, erklärte Victoria hastig. »Ich will bloß meine Arbeit tun und Kranken helfen. Ansonsten brauche ich etwas zu essen und ein Dach über dem Kopf.«
»Das kriegst du beides bei mir.«
Er drehte sich um, humpelte weiter, und sie folgte ihm auf einen schmalen Weg, der vom »Schiff« auf ein kleines Häuschen zuführte. Es war aus Adobe errichtet, luftgetrockneten Ziegeln aus Lehm und Sand. Ein Teil des Dachs war mit Stroh bedeckt, ein anderer mit Zink. Auf der Vorderfront stand das Dach weit über die Mauern und wurde von schmalen Holzsäulen gestützt. Daneben befand sich eine kleine Hütte, ihrer weißen Farbe nach zu schließen aus dem Liparita erbaut, einem weichen Vulkangestein, aus dem sich auch Heiligenfiguren schlagen ließen. Offenbar diente es als eine Art Vorratskammer.
Nicht weit von Cortes' Wohnhaus stand eine Kirche – ein schlichtes, einschiffiges Gebäude mit einem Turm, dessen Stein ob Wind und Sonne zu bröckeln begonnen hatte.
Cortes war ihrem Blick gefolgt. »Die Kirchen hier im Norden stammen noch aus der Zeit, als die Spanier nach Chile kamen und es eroberten«, erklärte er schlicht. Ob hier noch Gottesdienst gefeiert wurde, ja, ob nicht nur ein Arzt, sondern auch ein Priester in der Siedlung lebte, sagte er nicht.
»Vorhin sagten Sie … sagtest du zu der Frau, dass man die Kranke in der Nacht vielleicht zudecken würde. Wird es denn

so kalt?«, fragte Victoria. Nun, da Schweiß ihr in Strömen von der Stirn perlte, konnte sie sich das gar nicht vorstellen.
»Ja, das wird es«, antwortete Cortes. »Im Frühling und Sommer ist das ganz angenehm. Aber im Winter wird es oft unerträglich kalt, manchmal so kalt, dass man die Särge der Toten ausgräbt, um Holz zum Brennen zu haben. Das Leben hier ist ungemein hart. Es gibt auch kein fließendes Wasser oder eine Kanalisation.«
Victoria zuckte die Schultern, als könnte sie mühelos darauf verzichten, obwohl sie sich insgeheim nicht so sicher war, wie sehr ihr tatsächlich die Annehmlichkeiten der Großstadt fehlen würden. »Seit wann lebst du hier?«, fragte sie, um nicht darauf einzugehen.
»Als junger Mann war ich im Pazifikkrieg. Was ich dort erlebt habe, war grauenhaft. Es gab kaum Ärzte, die sich um die Verwundeten kümmerten, vor allem keine Chirurgen. So viele Soldaten starben nicht auf dem Schlachtfeld, sondern unbeachtet in den notdürftig eingerichteten Lazaretten. Damals entschloss ich mich, Arzt zu werden – und auf einem Fleckchen Erde zu arbeiten, wo es sonst keine Mediziner hinzieht.«
Victoria rechnete nach. Der Pazifikkrieg war an die dreißig Jahre her – wenn Cortes damals ein junger Mann gewesen war, so musste er jetzt um die fünfzig Jahre alt sein.
Sie wollte noch weitere Fragen stellen, aber da hatten sie das Haus bereits erreicht. Cortes öffnete die Tür und ließ Victoria als Erste eintreten. Nach dem grellen Sonnenlicht konnte sie im trüben Inneren zunächst kaum etwas sehen, doch mit der Zeit gewöhnten sich die Augen an das wenige Licht, und sie blickte sich um.
Das Gebäude war innen mit Kakteenholz verkleidet, das anstelle von Nägeln oder Holzdübeln mit Lederriemen anein-

andergehalten wurde. Vor den kleinen Fensterluken waren die Balken geschlossen worden, um zu vermeiden, dass sich die Hitze staute. Die Einrichtung war schlicht: Es gab einen niedrigen, ungehobelten Tisch, einige Stühle, Feldbetten und zwei schlichte Truhen. An der hinteren Hauswand hingen an Nägeln Töpfe und Pfannen aus Kupfer und Eisen, gleich daneben stand ein niedriger, steinerner Herd, an dem sich zwei Mädchen zu schaffen machten. Als Victoria eingetreten war, drehten sie sich um und musterten sie neugierig. Sie mussten an die zehn Jahre alt sein und sahen sich mit ihrem schwarzen, glatten Haar, den dunklen Augen und der olivfarbenen Haut zum Verwechseln ähnlich.

»Das sind Clarabel und Teodora, meine Töchter«, erklärte Salvador. »Ansonsten lebt hier niemand. Wir haben einen Esel, um Einkäufe zu machen, und außerdem ein Lama, weil sich der Esel manchmal als störrisch erweist und keinen Schritt gehen will.«

Eine der Zwillingsschwestern, Clarabel, trat auf sie zu und fragte neugierig: »Wie heißt du?«

»Victoria … Victoria Hoffmann.«

»Sie kommt aus Santiago«, fügte Salvador hinzu, »und sie wird vorerst bei uns leben. Wie lange, weiß ich nicht, so wie wir nie wissen, was morgen kommt.«

Während Clarabel sie weiterhin neugierig anstarrte und sogar ein Lächeln wagte, hatte sich Teodora wieder dem Herd zugewandt und befahl schließlich streng: »So hilf mir doch, Clara!«

Auch wenn sie sich zum Verwechseln ähnlich sahen – ihr Wesen schien sich zu unterscheiden. Teodora war die Tonangebende, Clarabel die Aufgeschlossenere, Neugierige.

Victoria trat zum Herd und beugte sich über die Töpfe. In dem einen verrührte Teodora gerade gebratene Zwiebel mit

Grieß, Cocho und Salz, in dem anderen wurde San Martín zubereitet – ein Brei aus geröstetem Mehl, Fett, Salz, Oregano mit Bratensaft. Im dritten köchelte Cazucla, eine kräftige Brühe mit Rindfleisch, Kartoffeln, Maiskolben, grünen Bohnen und Petersilie.
»Wir kochen nur einmal am Tag, dann aber reichlich«, erklärte Salvador.
Victoria spürte, wie ihr der Magen vor Hunger knurrte.
»Kann ich euch helfen?«, fragte sie.
»Wir schaffen das alleine«, antwortete Teodora scharf. »Deck du den Tisch, Clara.«
Victoria musste lächeln. Obwohl sie noch ein Kind war, gefiel sich Teodora offenbar als Herrin des Hauses – eine Rolle, die sie sich nicht streitig machen lassen wollte.
»Dora«, ermahnte Salvador sie, »sei nicht so abweisend.«
Teodora runzelte die Stirn, aber gab schließlich nach. »Also gut«, erklärte sie gnädig, »du kannst Wasser holen.«
Victoria nickte. Als sie hinausgehen wollte, trat Salvador ihr in den Weg: »Hier hilft jeder mit, keinem ist eine Arbeit zu schade, und man tut, was man tun muss. Ich hoffe, so siehst du es auch.«
»Ja«, sagte Victoria schlicht, »so sehe ich es auch.«
Sie war sich nicht sicher, ob er wirklich lächelte, aber sie glaubte zu sehen, wie sich seine Lippen unter dem Schnurrbart wohlwollend nach oben verzogen.
Als sie ins Freie trat, folgte Clarabel ihr. Erst zeigte sie ihr den Brunnen, dann fragte sie aufgeregt: »Erzählst du mir von Santiago?«
Als Victoria den Namen der Stadt hörte, stiegen übermächtig Erinnerungen an all das auf, was geschehen war. Angesichts der vielen neuen Eindrücke und der Hitze, die den Geist erschlaffen ließ, hatte sie kurz davor fliehen können – nun sah

sie sie plötzlich wieder vor sich: die Gesichter von Jiacinto und Rebeca und Espinoza.
Sie rieb die Lippen aufeinander, zwang sich dann jedoch zu einem Lächeln. »Aber natürlich«, sagte sie.
Während sie den Eimer in die Tiefe ließ, wusste sie plötzlich: Sie würde ihren Erinnerungen hier nicht entfliehen können, doch sie taten in dieser kargen Einöde nicht ganz so weh wie im lebhaften Santiago.

22. Kapitel

Tiago saß in seinem Hotel in Iquique, versuchte trotz der unerträglichen Hitze, seine Gedanken zu sammeln und sich auf seinen Brief an Aurelia zu konzentrieren. Er schrieb ihr täglich, obwohl das Leben hier höchst eintönig war und es immer nur dasselbe zu berichten gab.

»Gestern war ich erneut bei einer Aufführung im Teatro Municipal«, schrieb er, »in Santiago hätte man die Sänger ausgebuht, so schlecht, wie sie waren, aber hier gab es viel Applaus. Man erfreut sich an allem, was ablenkt und unterhält, ungeachtet, wie schräg es klingt.«

Er zog die Feder zurück. Eigentlich wollte er schreiben, wie sehr er sie vermisste, aber er unterließ es. Seit nunmehr einem Monat hielt er sich hier im Norden auf und war von seiner Frau getrennt – da wollte er es ihr und sich selbst nicht schwerer machen. Stattdessen erwähnte er den Club Español, wo sich die Männer trafen, um Zigarren zu rauchen, Whisky zu trinken oder Karten zu spielen. Was er nicht schrieb, war, dass er auf nichts von alldem sonderlich Lust hatte, sich lediglich zwang, dorthin zu gehen, um Kontakte zu knüpfen. Er erhoffte sich Informationen über andere Geschäftsmänner – doch selbst wenn genug Whisky geflossen war, sprachen die meisten nicht darüber, wie sie ihr Geld verdienten, sondern wie sie es in Bordellen wieder ausgaben.

Angewidert verzog Tiago das Gesicht. Er war schon von so vielen Geschäftsleuten dazu aufgefordert worden, mitzukommen und sich ebenfalls zu amüsieren. Obwohl er sich beharrlich

weigerte, musste er hinterher detaillierte Schilderungen ertragen, so dass er nach all den Wochen das Gefühl hatte, er wäre selbst schon tausendfach in diesen Etablissements gewesen, nicht in denen für die Seeleute, die als dreckig und gefährlich galten, weil man sich die Syphilis holte, sondern in den – von diesen klar unterschiedenen – Bordellen der Minenbesitzer und Händler, die vor rotem Samt überquollen, die keine Kakerlaken beherbergten und in denen es eine besondere Attraktion war, zwei Mädchen ganz unterschiedlichen Aussehens miteinander anzubieten: blonde deutsche Mädchen mit Türkinnen oder Japanerinnen mit ein paar Schwarzen aus Afrika.
Manchmal war Tiago tagsüber auf der Straße diesen exotischen Frauen begegnet, die im grellen Sonnenlicht keine Sinnlichkeit ausstrahlten, nur müde wirkten und tote Augen hatten, und er hatte sich gefragt, welches Vergnügen es wohl verheißen konnte, ihnen beizuliegen. Unmöglich, dass man bei verlorenen Seelen wie ihnen dem Gefühl von Einsamkeit entrinnen würde, das ihn Tag und Nacht quälte!
Er senkte die Feder wieder auf das Papier. »Ich habe den Eindruck, dass es noch heißer wird. Nur unter den hochgewachsenen Palmen der Plaza Prat findet man Schatten. In der Mitte der Plaza steht übrigens ein Uhrturm, der jeden Abend von den gleichen schwarzen Geiern umkreist wird – ein sehr merkwürdiger Anblick, der einem die Zeit jedoch genauso deutlich verrät wie der Blick aufs Ziffernblatt. Ebenfalls Abkühlung verschafft es, abends auf der Veranda des Hotels zu sitzen – sie ist überdacht, was hier keine Selbstverständlichkeit ist.«
Wieder schrieb er nicht alles, was er dachte, so, dass Holz in dieser Gegend ein Luxusgut war und jedes Brett importiert werden musste. Die Reichen scheuten keine Kosten und Mühen, bauten prächtige Anwesen, an denen allerdings bald der scharfe Seewind fraß, und zeigten sich blind für das Elend der

Armen, die in Wellblechhütten vegetierten. Tiago seufzte. Auch in Santiago gab es diese Kluft zwischen Arm und Reich, aber in der Großstadt waren die Viertel voneinander getrennt, während hier die Elenden und Wohlhabenden dicht beisammenlebten, so dass er ständig darüber nachdenken musste, ob er nun wollte oder nicht, und sich so falsch in einer Welt fühlte, die so viel Ungerechtigkeit atmete.

Und vor allem fühlte er sich falsch in einer Welt, in der es keine Aurelia gab ...

Er seufzte abermals und schrieb dann entschlossen weiter. »Manchmal bin ich auch am Meer, aber dort muss man achtgeben. Die Seelöwen und die gefräßigen Pelikane können einem Spaziergänger schon mal gefährlich werden. Die Ebene aus Sand, auf der Iquique gebaut wurde, ist sehr schmal – gleich dahinter erhebt sich die mächtige Felswand, wo tonnenweise Guano gesammelt wird, Vogelmist, den man teuer als Dünger verkaufen kann.«

Die Feder kratzte über das Papier. Ich vermisse dich so sehr, wollte er schreiben, ich liebe dich, ich brauche dich, vielleicht war es ein Fehler, hierherzukommen. Doch er unterdrückte diesen Drang und schrieb stattdessen: »Ich hoffe, Dir und Tino geht es gut. Grüß meine Eltern und sage ihnen, dass ich guten Mutes bin, bald die Geschäfte abzuschließen, deretwegen ich hier bin. Dein Dich liebender Tiago.«

Er blickte starr auf die Zeilen, bis sie ihm vor den Augen verschwammen. Warum fiel es ihm so schwer, ihr seine wahren Gefühle zu verraten? Weil er sich selbst kein Zeichen von Schwäche zugestehen wollte? Oder weil er befürchtete, sie sonst traurig zu machen?

Wann, überlegte er weiter, hatte es begonnen, dass sie sich mehr verschwiegen als anvertrauten, stets vorsichtig überlegten, was man dem anderen zumuten konnte und was nicht?

Wie oft war er kurz davor gewesen, zu sagen: »Ich bin mir nicht sicher, ob du noch glücklich bist. Und ich bin mir nicht sicher, ob ich es bin.« Und herausgekommen war doch nur ein Satz über das Wetter, über die Oper oder über einen Zeitungsartikel.

Ein Klopfen riss ihn aus den Gedanken, und er schob hastig den Brief beiseite, um sich zu erheben.

»Herein!«

Nathaniel Foster stieß die Tür wie immer so heftig auf, dass sie rumpelnd gegen die Wand stieß. Er war ein amerikanischer Geschäftsmann, mit dem Tiago nun schon seit einigen Tagen Gespräche führte.

»Können wir aufbrechen?«, fragte er, von der Hitze zwar gerötet, aber nicht weiter beeinträchtigt. Wie immer schüttelte er Tiago die Hand, und wie immer fiel sein Händedruck so fest aus, dass Tiago meinte, er würde ihm gleich die Finger brechen. Und wie immer roch Nathaniel Foster nach Whisky, den er wie Wasser trank.

»Schade, dass wir nicht mit dem Auto fahren können, nicht wahr, Jacob?«, fuhr er fort, »Aber hier im Norden lebt man ja jenseits der Zivilisation, wie sollte es so etwas Banales wie Straßen geben!«

Er lachte dröhnend. Seit Tagen nannte er ihn nun schon beharrlich Jacob statt Tiago, verriet doch sein Nachname, dass er der Sohn eines englischen Geschäftsmannes war. Tiago hatte ihn mehrfach hingewiesen, dass dies, ungeachtet der Herkunft seines Vaters, nicht sein richtiger Name sei, er vielmehr in Chile geboren worden wäre, doch Mr. Foster hatte sämtliche Einwände ignoriert. Nachdem er einige Zeit mit ihm verbracht hatte, erkannte Tiago, dass ihn nicht allein Ignoranz trieb, sondern die Überzeugung, dass von Wert nur war, wer einen englischen Namen trug – wobei, genau genommen, ein

Bürger der USA weit über einem Briten anzusetzen war. Obwohl bereit, mit Tiago Geschäfte zu machen, dachte er wohl insgeheim, dass weder Engländer, Franzosen noch Deutsche hier etwas zu suchen hätten – und erst recht keine Chilenen. Die taugten bestenfalls als Arbeiter und Vermittler, aber ihr Reichtum stünde – genauso wie jener der andern südamerikanischen Länder – den USA zu.

Tiago widerte diese arrogante Haltung an, diese Großmäuligkeit, diese dreiste Zurschaustellung von Reichtum. Allerdings hatte er bald herausgefunden, dass er sich all das für seine Zwecke zunutze machen konnte.

»Also gut, brechen wir auf«, rief er begeisterter, als ihm zumute war. »Schließlich liegt eine ordentliche Wegstrecke vor uns.«

Sie waren Stunden unterwegs – zuerst mit dem Zug Richtung Antofagasta im Süden, von dort mit Pferden und von einem Einheimischen geführt Richtung Landesinnere. Tiago war nun schon einige Male in der Wüste gewesen und hatte jedes Mal gedacht, an der Hitze zu ersticken, doch heute vertrieb die angespannte Erwartung die Schwere und Müdigkeit. Alles, was Nathaniel Foster von sich gab, bekundete, dass sie heute endlich das Geschäft abschließen würden. Somit war sein Plan aufgegangen – der Plan, die eigene Naivität, die ihm sein Vater so oft vorgeworfen hatte, zu nutzen, um den anderen zu täuschen.

Auch unterwegs trank Mr. Foster ausschließlich Whisky. Tiago verstand nicht, wie er das verkraften und sich weiterhin auf dem Pferd halten konnte. Sein Kopf wurde immer röter, seine Zunge erstaunlicherweise aber nicht schwerer.

»Ich weiß natürlich, warum Sie die Kupfermine loswerden wollen«, meinte er gutmütig. »Seit der Entdeckung von Salpeter setzt Chile ganz und gar darauf, während Kupfer kaum mehr produziert oder gar exportiert wird.«

Tiago überlegte. Seit Tagen gab er sich als unwissend, aber er war nie sicher, wie dumm er sich verhalten durfte, ohne Misstrauen zu erwecken. »Das stimmt«, gab er schließlich zu, »wobei es Chile eines Tages vielleicht zum Verhängnis werden könnte. Es geht das Gerücht, dass man Salpeter irgendwann in chemischen Labors herstellen könnte.« Er machte eine kurze Pause, ehe er fortfuhr: »Wie auch immer. Bei Salpeter ist Chile auf eine Monopolstellung bedacht. Die Kupferminen überlässt der Staat aber gerne ausländischen Investoren – wie meinem Vater. Oder wie Ihnen.«

»Was nicht erklärt, warum Ihr Vater unbedingt die Mine abstoßen will. Nicht als einziger Brite übrigens. Duncan Fox & Co. haben auch längst verkauft.«

»Mein Vater ist einst nur in Besitz der Mine gekommen, weil deren chilenische Eigentümer ihre Kredite nicht zurückzahlen konnten – so wie viele andere britische Geschäftsleute mit viel Kapital. Eigentlich hat er sich nie für das Kupfergeschäft interessiert. Und außerdem …« Er entschied, Nathaniel Foster mit seiner Eitelkeit und seinem Nationalstolz zu ködern: »Wir wissen doch beide, dass ihr Amerikaner nicht nur über das notwendige Kapital verfügt, sondern auch über modernste Technologien, die viel weiter ausgereift sind als die europäischen. Leute wie Sie können dem Kupferabbau in dieser Region noch mal zu neuer Blüte verhelfen.«

Wie erhofft, war Nathaniel Foster sichtlich gebauchpinselt. Er lachte, schlug sich auf die Schenkel und sagte halb spöttisch, halb anerkennend: »Sie sind ein guter Marktschreier, Jacob.«

»Der Kupferpreis wird steigen«, erklärte er ernsthaft. »Im Moment liegt der Preis für eine Tonne bei vierundzwanzig Dollar. Aber bis zu neunundvierzig sind möglich.«

Dies war natürlich eine Lüge, das wusste Tiago, und das wusste auch Mr. Foster, aber beiden war auch klar, dass es den

US-amerikanischen Geschäftsmännern nicht nur darum ging, möglichst schnell viel Geld zu verdienen. Sie wollten in ganz Südamerika Firmen übernehmen, um den Fuß in die Tür zu kriegen – auch wenn diese Firmen zunächst nur Verlustgeschäfte mit sich brachten.

Foster trank erneut einen Schluck Whisky und rülpste laut.

»Verfluchte Hitze!«, grölte er. »Ich frage mich ja nur, wie Sie das aushalten! Ich meine, ich komme aus Kalifornien, da wird es oft ähnlich heiß. Aber bei euch in England regnet es doch ständig.«

Tiago unterließ es einmal mehr, ihn darauf hinzuweisen, dass er als Chilene geboren und nur wenige Male in England gewesen war.

»Der Sattel ist so heiß, dass man sich den Arsch verbrennt«, schrie Nathaniel lachend auf.

Tiago musste plötzlich grinsen. Also begann ihm der viele Whisky doch zuzusetzen – und das war gut so. Schwitzend und mit Kopfschmerzen würde Foster das Geschäft nur umso schneller abschließen wollen.

Am nächsten Morgen litt Tiago selbst unter Kopfschmerzen. Er wusste nicht, ob sie von Fosters anstrengendem Geschwätz rührten oder von der Hitze. In der Hoffnung, dass zu dieser Tageszeit die Sonne noch nicht so gnadenlos herabbrennen würde, trat er ins Freie, doch bereits jetzt schien die Luft zu flimmern. Er rieb sich seufzend die Schläfen. Immerhin, Fosters Gesellschaft blieb ihm erspart. Jener schlief noch schnarchend – ein Zeichen, dass er die Anstrengungen der Wüste und den vielen Whisky doch nicht ganz so leichtfertig wegstecken konnte. Gestern Abend hatte er Unmengen davon getrunken, um den Geschäftsabschluss mit Tiago zu feiern und prahlerisch von seinen künftigen Plänen zu erzählen. Die

Finsternis hatte sich ganz plötzlich über die Welt gesenkt, und es war zu spät gewesen, die Rückreise anzutreten. So hatten sie wohl oder übel beschlossen, die Nacht hier in der momentan stillgelegten Kupfermine zu verbringen, da die Unterkünfte, in denen bis vor kurzem die Arbeiter gelebt hatten, leer standen.

Tiago schaute sich um. Die Baracken, die rund um die Mine erbaut worden waren, glichen einer Geisterstadt. Obwohl im Augenblick kein Kupfer abgebaut wurde, hing – wie über allen anderen Minen auch – eine gelbe Staubwolke. Erst letzte Woche hatte er zwei der größten Kupferminen besichtigt, in Lérida und Zaragoza, wo die Luft noch dicker war. Regelmäßig hatten Explosionen – »Schüsse«, die der Sprengmeister setzte, um in verschiedenen Tiefen das Kupfergestein zu sprengen – den Boden erschüttert, hier hingegen war es totenstill.

Er blickte auf sich hinab, und stellte fest, dass sein Hemd innerhalb weniger Minuten völlig nass geschwitzt war. Zeit, schleunigst aufzubrechen. Wie er wohl Foster wach bekommen sollte? Und wo waren die Männer, in deren Begleitung sie gestern hier angekommen waren?

Eine Weile hatten sie am Abend noch mitgetrunken, sich dann aber zum Kartenspiel zurückgezogen.

Als Tiago aus den Augenwinkeln einen Schatten wahrnahm, hob er den Kopf wieder und öffnete schon – überzeugt, dass Foster zu sich gekommen wäre – den Mund, um einen guten Morgen zu wünschen. Stattdessen trat ein Mann unvermittelt auf ihn zu, den er hier am allerwenigsten erwartet hatte.

Tiago riss die Augen auf, Kopfschmerzen und Hitze waren vergessen. Er blickte den anderen an wie ein Gespenst.

»Was, zum Teufel, machst du hier?«, entfuhr es ihm.

Es war Andrés, der wie aus dem Nichts hier aufgetaucht war. Wie Tiago war ihm deutlich anzusehen, dass er unter der Hitze litt, doch es war noch etwas anderes, was seinen Blick verschleierte, Tiago aber nicht deuten konnte: Verachtung? Beschämung? Trotz?

»Ich bin dir nach Iquique nachgereist. Dort habe ich erfahren, dass du hier bist«, setzte Andrés grußlos an. Sie standen bloß einen Meter voneinander entfernt, doch keiner machte Anstalten, auf den anderen zuzutreten und ihm die Hand zu reichen. Tiago versteifte sich unwillkürlich. »Wir haben uns seit Wochen nicht gesehen, und du kannst nicht einmal einen Tag warten, bis ich nach Iquique zurückkehre?«

»Ich wusste doch nicht, ob du wieder dorthin fährst – oder direkt nach Santiago. Und ich wollte nicht länger aufschieben, mit dir zu reden.«

Tiago konnte seine Miene weiterhin nicht deuten und feststellen, ob er eher zerknirscht blickte oder verschlagen. Doch hier, in der alles versengenden Gluthitze, war die Erinnerung daran, wie Andrés Aurelia umarmt hatte, nicht mehr ganz so klar, sondern schien unter jenem gelben Staub zu liegen, der die Luft verpestete.

»Nun gut, du bist also hier. Dann rede mit mir!«, presste er zwischen den Zähnen hervor.

Andrés zögerte. »Ich brauche unbedingt etwas zu trinken, ich habe Stunden auf einem Pferderücken verbracht. Meine Kehle ist so trocken, als hätte ich kiloweise Sand verschluckt.«

Tiago fühlte gleichen Durst. Er deutete auf den Brunnen, und schweigend schöpften sie einen Eimer Wasser, um gierig daraus zu trinken. Es war trüb und warm und erfrischte nicht, aber hinterher hatte Tiago das Gefühl, dass der Druck auf seinen Schläfen ein wenig nachgelassen hatte.

»Also, rede!«, knurrte er.

»Gibt es hier nicht irgendwo ein schattiges Plätzchen?«, gab Andrés zurück.

Tiago wollte auf eine der verwaisten Wellblechhütten deuten, entschied sich jedoch dann anders. »Dort hinten sind die stillgelegten Stollen«, sagte er, »sie sind nicht sonderlich tief, aber es scheint dort etwas kühler zu sein.«

Schweigend machten sie sich auf den Weg. Ihre Schritte gerieten schleppend; die Sonne lastete auf ihnen wie Tonnen von Gestein. Einmal streifte Tiago ein Schatten, und er blickte voller Hoffnung hoch, dass sich eine der seltenen Wolken vor die Sonne schob. Doch es war nur ein Geier, der dort oben seine Kreise zog. Trotz der Hitze überkam ihn Unbehagen. Wer vom Schatten eines Geiers gestreift wird, so sagte man in der Wüste, der hatte nicht mehr lange zu leben …

Er schüttelte den Kopf. Dummer Aberglaube!

»Also, rede!«, rief er wieder, als sie sich ausreichend von der Mine entfernt hatten. Die stillgelegten Stollen waren teilweise zusammengebrochen; andere glichen tiefen Furchen, die man in den grauen Boden gezogen hatte. Die Hügel aufgeschütteter Erde versprachen wenigstens ein bisschen Schatten.

In Andrés' Kopf schien es zu arbeiten, seine Kiefer mahlten. »Sei nicht so feindselig!«, brach es plötzlich aus ihm hervor. »Ich habe mir nur deinetwegen die Mühe gemacht, hierherzukommen. Es war wahrlich anstrengend. Und wir sind doch Freunde!«

»Zumindest sind wir das gewesen, ehe du dich an meine Frau herangemacht hast«, erwiderte Tiago kalt.

Andrés' Augenlider zuckten. »Das war ein Missverständnis«, sagte er hastig. »Ich wollte Aurelia nicht zu nahe treten, das musst du mir glauben. Ich wollte sie lediglich trösten.«

»Ha! Trösten! Warum sollte sie Trost brauchen? Sie ist doch glücklich, ihr Leben ist wunderbar!«

Andrés' eben noch flackernder Blick wurde ganz starr, als er sich in Tiagos Augen bohrte.

»Glaubst du das wirklich?«, fragte er gedehnt, und diesmal hatte Tiago keinen Zweifel, was er fühlte: Verachtung.
Nun war er es, der mit den Zähnen knirschte. »Wag es nicht, dich in unser Leben einzumischen! Du hast keine Ahnung!«
»Hab ich nicht?«, gab Andrés lauernd zurück. »Ich weiß genau, wie es ist, unter der Fuchtel eines strengen Vaters zu stehen.«
»Du bist seinetwegen hier, nicht wahr?«, konterte Tiago. »Er hat dich gezwungen, die Versöhnung mit mir zu suchen. In Wahrheit willst du das überhaupt nicht, gib es doch zu! Du vergehst vor Neid, weil Aurelia mich liebt, nicht dich. Weil ich reicher bin. Weil ich mehr Macht habe …«
»Macht, pah!« Andrés konnte seine Verbitterung nicht länger verhehlen. »Du bist auch nur hier, um William zu beeindrucken, und da redest du von Macht? Wann hast du denn das letzte Mal frei über dein Leben entschieden? Wann hast du etwas abgelehnt, was er von dir verlangte?«
»Und was geht dich das an?«, gab Tiago erbost zurück.
Es war sinnlos, mit Andrés zu reden, ging ihm auf – und sinnlos, zu glauben, der Freund wäre wirklich auf Versöhnung aus. Er wollte sich zum Gehen wenden, doch Andrés stellte sich ihm in den Weg.
»Soll ich dir etwas sagen?«, begann er zu höhnen. »Ich gönne es dir von ganzem Herzen! Dass es mit deinem freien Leben vorbei ist! Dass auch du nicht mehr in den Tag hineinleben kannst, wie du es lange Jahre getan hast! Dass du genauso um die Gunst deines Vaters buhlen musst wie ich um die des meinen! Jetzt endlich lernst du die Lektion, dass man nicht beides gleichzeitig haben kann – nicht Geld *und* Freiheit.«
Tiago wich zurück. Der Hass, der in Andrés' Worten aufflammte, erschütterte ihn, weil er alt war – so viel älter als ihr Streit in Santiago. Gewiss, seit Aurelia in ihr Leben getreten

war, hatte es immer wieder Spannungen gegeben, aber die Rechnung, die Andrés mit ihm offen zu haben schien, hatte nicht nur mit ihr zu tun. Als ihm das aufging, wich Tiagos Wut Erschütterung.

»Warum bist du nur so voller Missgunst und Hass?«, fragte er. »Was habe ich dir denn getan? Ich habe mir nicht ausgesucht, als William Browns Sohn geboren zu werden.«

»Aber du hast dich dafür auch nie als besonders dankbar erwiesen.«

»Ja, und? Was willst du denn? Soll ich gegen meinen Vater rebellieren, weil du es nicht wagst? Oder soll ich mich fügen, weil auch du das tun musst? Egal, was ich tue, ich habe den Eindruck, dass nichts dir recht wäre.«

Andrés' Füße scharrten im Sand. »Mir würde es schon reichen, wenn du nicht so unendlich selbstgerecht wärst.«

»Selbstgerecht!«, stieß Tiago aus. »Pah! Ich versuche, irgendwie das Beste aus meinem Leben zu machen … Und ja, falls es dich zufrieden stimmt: Ich bin nicht glücklich. Nicht immer zumindest. So viele meiner Pflichten langweilen mich. Diese Sehnsucht zu malen – sie erlischt einfach nicht.«

»Eben! Und Aurelia geht es genauso! Das weißt du auch, weißt es ganz genau, oder kannst du es leugnen?«

Tiago senkte seinen Blick. Er konnte es nicht. Weil er immer geahnt hatte, dass es so war. Und weil es ihm das Herz zerriss. Doch vor dem feindseligen Andrés wollte er seine wahren Gefühle nicht zeigen. »Sie hat die Malerei freiwillig aufgegeben. Es war ihre Entscheidung, ich habe sie nicht dazu gezwungen.«

»Aber du hast sie zu deiner Frau gemacht, und auf diese Weise ist ihr nichts anderes übriggeblieben. Ich, Tiago, ich wäre der bessere Mann für Aurelia gewesen. An meiner Seite hätte sie nie auf ihre größte Leidenschaft verzichten müssen.«

»Und mich nennst du selbstgerecht?«, höhnte Tiago. Die Wut kehrte zurück. All die Jahre hatte er nicht nur geahnt, dass Aurelia an seiner Seite mehr verkümmerte als aufblühte, sondern auch, dass Andrés sie begehrte. »Sie liebt nun einmal mich. Nicht dich.«
Schweigend starrten sie sich eine Weile an, keiner wollte als Erstes den Blick senken. Schließlich tat es Andrés, doch die Worte, die er sagte, verrieten, dass er nicht nachgab. »Weiß Aurelia eigentlich, dass du insgeheim ganz froh bist, dass ihr beide nicht mehr malt?«
»Was redest du da?«
»So ist es doch«, kam es verschlagen, »du konntest nicht so gut malen wie sie. Sie war eindeutig die Bessere, auch wenn sie sich bescheiden gab und zu dir als ihrem vermeintlichen Lehrer hochblickte. Hast du nicht äußerst gerne gesehen, dass sie die Malerei aufgab – weil du insgeheim neidisch auf ihr Talent warst?«
»Du bist verrückt!« Tiago hob abwehrend beide Hände. »Nein, erbärmlich bist du, denn dein Neid vergällt dir dein Leben. Und jetzt willst du mir denselben Neid einreden!«
»Du hast sie mit Reichtum erstickt, und mir wirfst du vor, erbärmlich zu sein?«
»Ich liebe Aurelia!«
»Du behandelst sie so, wie dein Vater dich behandelt – sie bekommt alles, was sie will, doch sie kann nicht tun, was sie will. Aber du weißt so gut wie ich: Das Tun macht glücklicher als jeder Besitz. Ich hätte das nie zugelassen. Für mich wäre Aurelia meine Königin gewesen!«
Tiago spürte keine Hitze mehr, keine Kopfschmerzen, keine Erschöpfung. Er fühlte nur Wut, die ihn ganz und gar auffraß. Andrés' Worte hätte er vielleicht verkraftet und auch die Ahnung, dass er die Wahrheit sagte – aber dieses Lächeln, das

nun auf seinen Lippen erschien, dieses höhnische, dreiste, selbstgerechte Lächeln war zu viel.
Anstatt die Hände, die er erhoben hatte, wieder zu senken, schlug er damit auf Andrés' Brust ein. Der wich zurück, stolperte, fiel jedoch nicht hin. Als Tiago ein zweites Mal die Fäuste heben wollte, wich er ihm aus.
»Das ist alles, was dir dazu einfällt?«, höhnte er. »Willst du mich wieder einmal schlagen? Nur zu! Diesmal, das schwöre ich dir, schlage ich zurück!«
Ihre raschen Schritte hatten Staub aufgewirbelt. Tiago fühlte, wie er in Nase und Mund drang, wie seine Augen tränten. Die Welt schien hinter dem gelben Schleier zu versinken, nur seine Wut war klar und deutlich. Wieder schlug er Andrés, und diesmal traf er warme Haut. Der Schmerzensschrei, der ertönte, ließ ihn lächeln, doch der Triumph währte nicht lange. Nun war es erst mal der andere, der angriff – und ihn am Kinn traf.
Tiago schmeckte nicht mehr nur Staub, sondern Blut, und der Schleier, der die Welt verbarg, war nicht länger gelb, sondern rot. Von nun an zählte er die Schläge nicht mehr – weder die, die er verteilte, noch die, die er einsteckte. Es war ein Genuss, sich zu prügeln – und irgendwie auch ein Genuss, geprügelt zu werden. So schlicht, so erträglich war der körperliche Schmerz, gemessen an dem der Seele. Wind kam auf, wehte noch mehr Sand in ihre Gesichter. Die Welt schien auf dieses stickige, trockene Plätzchen zu schrumpfen, und in dieser Welt gab es nichts als die dumpfen Schläge, die matten Schreie, das eigene Herzklopfen, den Willen, zu siegen.
Und dann gab es plötzlich diesen Stein. Er fühlte ihn spitz unter seinen Fußsohlen, merkte, wie er den festen Stand verlor, hob die Hände, um sein Gleichgewicht wiederzufinden,

und wurde genau in diesem Augenblick von Andrés getroffen. Er wankte, fiel, und plötzlich war da ein zweiter Stein, der sich in seinen Hinterkopf bohrte.
Die gelbe Staubwolke lichtete sich. Er sah Andrés' Gesicht über seines gebeugt, geschunden zwar, aber nicht länger wütend, sondern erschrocken. Warum ist er plötzlich entsetzt?, fragte sich Tiago erstaunt.
Verspätet zerplatzte der Schmerz in seinem Hinterkopf. Er war so grell wie die Wüstensonne, jedoch nicht ausdauernd wie diese. Schon zerfiel er in viele kleine Funken, und jene Funken wurden von Schwärze geschluckt, endgültiger, absoluter Schwärze, wie er sie noch nie erlebt hatte.

»Tiago? Tiago, so sag doch etwas!«
Andrés hatte keine Ahnung, wie lange er nun schon auf den reglosen Freund einredete. Schweiß tropfte ihm von der Stirn, lief ihm in die Augen und brannte dort. Eben noch war seine Wut so stark gewesen, so gewaltig und absolut. Nun schmolz sie in der sengenden Hitze wie ein Würfel aus Eis, und bald war nichts anderes mehr davon übrig als blankes Entsetzen. Trotz seiner vielen beschwörenden Worte, trotz des zaghaften Rüttelns an seiner Schulter – Tiago rührte sich nicht mehr. Ängstlich tastete Andrés nach seinem Handgelenk, um den Puls zu fühlen, aber da war nichts. Er beugte sich über ihn, hoffte, ihn atmen zu hören, vernahm jedoch nichts anderes als die Stille der Wüste. Jetzt sah er auch das Blut im Nacken, nicht sonderlich viel, nicht sprudelnd, sondern zähflüssig, aber ausreichender Beweis, dass er auf einen spitzen Stein gefallen war.
Andrés ließ den reglosen Körper los, wich zurück und stolperte auch. »O mein Gott!«, schrie er, als er auf dem weichen Wüstensand landete. »O mein Gott!«

Sand drang in seine Kehle, bis er hustete.

Er hatte seinen Freund getötet.

Ja, jetzt, da er sich nicht mehr rührte, war Tiago wieder sein Freund. Vergessen waren der Hader, die Eifersucht, der unterdrückte Hass. Übermächtig wurden einzig die Erinnerungen an die gemeinsame Kindheit, die für ihn so viel düsterer und langweiliger verlaufen wäre, wenn es nicht Tiago gegeben hätte, der ihn stets aufs Neue aus dem Haus gelockt, mit dem er gemeinsam Santiago erforscht hatte.

»O mein Gott!«

Er rappelte sich wieder auf. Seine erste Regung war, zu laufen, einfach zu laufen, so schnell wie möglich, so weit wie möglich, in die Wüste hinein und von Tiago fort.

Der Rest an Vernunft, der dem Grauen standhielt, brachte ihn davon ab. In der Wüste würde er verdursten und von der Sonne verbrannt werden. Er musste sich etwas anderes einfallen lassen, um seine Haut zu retten. Die Erinnerungen an die Vergangenheit verblassten – jetzt galt es nüchtern zu überlegen, was er tun sollte, damit er noch eine Zukunft hatte.

Fest stand, dass ihn niemand hier gesehen hatte. Nur der Mann, der ihn hierherbegleitet hatte, wusste von seiner Anwesenheit – aber der hatte wiederum keine Ahnung, was er hier wollte. Er könnte Tiago einfach hier liegen lassen, er könnte zur Mine zurückkehren und von dort eilig aufbrechen. Er könnte nach Santiago zurückreisen, um William und Alicia ...

Verdammt, was sollte er ihnen erzählen? Und jener amerikanische Geschäftsmann, mit dem Tiago hier war – was, wenn er nach Tiago suchen ließ, wenn man ihn mit dieser Verletzung fand, wenn man Fragen stellte, wer sie ihm wohl beigebracht hatte?

Nein, er konnte nicht einfach davonlaufen. Er musste mit dem Amerikaner sprechen – und eine Erklärung für Tiagos Tod finden.

Kraftlos ließ er sich auf den Boden fallen, sah vor lauter Schweiß nichts, spürte nur plötzlich ein Vibrieren des Bodens, ein dumpfes Grollen. Es ging ihm durch Mark und Bein und erschreckte ihn zutiefst. Die Erde bebte – und obwohl er durch und durch Naturwissenschafter war, hielt er das in diesem Moment für seine gerechte Strafe. Er hatte seinen Freund getötet – nun würde ihn die Wüste verschlingen …

Die Panik war groß, aber nicht so groß, um sämtliche nüchternen Gedanken zu verzehren. Das Beben wurde stärker, aber mit ihm wuchs die Erkenntnis, dass solche Erschütterungen des Bodens nicht unüblich waren – weder in Santiago und Valparaíso noch hier in der Wüste.

Nein, dieses Erdbeben war keine Strafe für seinen Mord, es kam vielmehr wie gerufen, es würde ihn retten und jeden Verdacht von ihm lenken.

Er rieb sich den Schweiß aus den Augen und sah sich suchend um. Hier gab es jede Menge stillgelegter Stollen, wer sich darin während eines Erdbebens aufhielt, konnte leicht verschüttet werden, und genau das würde er allen erzählen. Er hätte Tiago zuletzt hier gesehen, noch nach ihm gerufen, aber ihn nicht rechtzeitig erreicht, ehe der Freund in einen der Stollen gestiegen war, Gott allein wusste, warum. Er selbst wurde von der Wucht des Erdbebens auf den Boden gestreckt und musste hilflos zusehen, wie der Stollen über Tiago zusammenbrach. Ja, das würde er sagen, dem amerikanischen Geschäftsmann, William und Alicia, seinem Vater … und Aurelia.

Trotz der Hitze überlief ihn ein Schaudern.

Aurelia …
Er verdrängte den Gedanken an sie, konzentrierte sich einzig und allein darauf, Tiago zu einem Stollen zu schleppen, blieb dann aber, als er einen erreicht hatte, stehen. Trotz des Erdbebens – die Stollen waren allesamt unversehrt geblieben, er hatte kein Dynamit, sie zu sprengen, und wenn er es gehabt hätte, hätte er nicht gewusst, wie er es anstellen sollte, um es als Folge des Bebens aussehen zu lassen. Er konnte nichts weiter tun, als Tiago in einen der Stollen zu stoßen – aber was, wenn man nach ihm suchte, den Leichnam zu früh fand und er noch kaum verwest war? Was, wenn ihn ein anderer Arzt untersuchen würde, vielleicht zum Schluss kam, dass die Verletzung im Genick und die Blutergüsse sich nicht allein mit Steinschlägen erklären ließen, zumal der Stollen unversehrt geblieben war?
Andrés zog den Leichnam von den Stollen weg. Er blickte sich um, sah weit und breit niemanden.
Nein, er würde Tiago nicht in einen der Stollen stoßen, er würde später lediglich behaupten, dass er ihn dort gesehen hatte. Besser, er schleifte ihn in die Wüste, bedeckte ihn mit Sand und hoffte darauf, dass die Geier den Rest erledigen würden. Wenn er sich weit genug von der Mine entfernte, würde man den Leichnam nie entdecken – und musste allein seiner Erzählung glauben.
Er zerrte und schleppte an Tiago. Trotz Hitze und Gewichts kam er gut voran. Die Angst gab ihm Kraft – das Entsetzen über die eigene Tat und die aufsteigende Trauer um den einzigen Freund, den er je gehabt hatte, hingegen lähmten ihn. Er durfte ihnen nicht nachgeben! Nicht jetzt! Nicht solange er sich noch in der Nähe der Mine befand!
Als von den Baracken und den Stollen nichts mehr zu sehen war, hielt er erstmals inne. Geschafft … er hatte es geschafft …

Er würde die Spuren seines Verbrechens tatsächlich tilgen können …
Erst weinte er vor Erleichterung, dann vor Verzweiflung. Er weinte um sich, um seinen Vater, um seinen Freund, um Aurelia. Er hörte nicht auf zu weinen, während er den Leichnam mit Sand bedeckte, bis nichts mehr von ihm zu sehen war.

23. Kapitel

Victoria klopfte dem Kind auf den Rücken und verlangte, dass es mehrmals husten solle. Hinterher kontrollierte sie das Taschentuch, das sie ihm vor den Mund gehalten hatte, und seufzte erleichtert. Kein Blut. Folglich keine Tuberkulose, die hier eine ebenso gefürchtete Krankheit war wie in Santiago und immer wieder diagnostiziert wurde – genauso wie die Kleinen Pocken oder die Cholera.
Victoria wandte sich an die Mutter des Kindes und versuchte, ihr zu erklären, dass die stete Staubwolke, die über der Mine und dem »Schiff« hing, den Husten auslöste und dass sie ihm regelmäßig Honig geben sollte.
Die Frau starrte sie verständnislos an, und Victoria seufzte erneut.
Unter den Minenarbeitern gab es etliche Waliser, die mit ihren Familien streng abgeschottet von den Chilenen lebten – ihre Baracken waren sogar von einer kleinen Mauer getrennt – und die kaum Spanisch konnten.
»Honig«, wiederholte Victoria. »Die zähe braune Masse, die von Bienen hergestellt wird.«
Die Frau blickte immer verwirrter.
»Honig ist süß. Verstehst du mich?«
Die Frau nickte, erklärte dann aber in gebrochenem Spanisch, dass sie hier unmöglich Honig bekommen könnte.
Victoria unterdrückte ein neuerliches Seufzen. Der tägliche Bedarf an Lebensmitteln wurde in der Pulpería gedeckt – dem werkseigenen Gemischtwarenhandel mit sehr überschaubarer

Auswahl und überteuerten Preisen. Anstelle von Papiergeld wurde hier mit Fichas bezahlt, eigenen Bons, in denen ein Teil des Lohns ausbezahlt wurde. Es sei so praktischer, hieß es – während Victoria insgeheim vermutete, dass auf diese Weise die überteuerten Preise vertuscht werden sollten. Warum sonst waren jene Arbeiter, die bei den wenigen freien Händlern in der Wüste kauften, schlimmen Anfeindungen ausgesetzt?

Dieses Bestreben, die Arbeiter abhängig zu machen, war nur eine der vielen Ungerechtigkeiten, die man hier ertragen musste.

»Ich werde mit Doktor Cortes sprechen«, schlug Victoria vor, »vielleicht kann er etwas Honig beschaffen.«

Die Frau nickte – aber Victoria war sich nicht sicher, ob sie sie verstanden hatte.

Ich sollte ein paar Brocken Walisisch lernen, entschied sie.

In den letzten Wochen hatte sie viele neue Sprachen gehört und sich darum bemüht, sich das eine oder andere Wort anzueignen: Nicht nur Waliser arbeiteten hier, auch Kroaten, Bolivianer und Peruaner, wobei man die Europäer noch halbwegs anständig behandelte, die Südamerikaner aus den Nachbarländern aber wie Sklaven.

Victoria erhob sich von der Pritsche, auf der sie den Jungen untersucht hatte. Sie war – anstelle einer ordentlichen Matratze – nur von einer dünnen, rauhen Decke bedeckt. Insgesamt acht solcher Pritschen standen in dem winzigen Raum, so dass man sich dazwischen kaum bewegen konnte. Sie musste über drei steigen, bis sie die Tür erreicht hatte und ins Freie trat.

»Adiós«, verabschiedete sie sich und war trotz der sengenden Sonne, die sie draußen erwartete, erleichtert, diesem Elend zu entkommen.

Sie blickte sich um und hielt nach jemandem Ausschau, der ihre Hilfe brauchen könnte. In den ersten Wochen hatten viele sie noch befremdet gemustert, wenn sie an Salvadors Seite in den Baracken erschien, doch mittlerweile hatte man sich an ihren Anblick gewöhnt, und sie war nun oft ohne ihn unterwegs, behandelte viele Krankheiten selbständig und holte ihn nur in schweren Fällen zu Hilfe. Eigentlich hatte er eine Krankenschwester gesucht, damit diese vor allem die Frauen behandelte, die sich scheuten, einem Mann ihre Leiden anzuvertrauen, doch längst wandten sich auch Männer an sie, wenn sie unter einem fauligen Zahn litten oder einem juckenden Ausschlag.

Diesen konnte sie helfen, während sie machtlos zusehen musste, wie andere an der hier so häufigen Arsenvergiftung eines langsamen Todes starben oder bei grässlichen Unfällen ums Leben kamen – wenn sie zum Beispiel in eine der riesigen Mahlmaschinen fielen oder in die Bottiche mit dampfender Flüssigkeit, wo der Salpeter aus dem Gestein gelaugt wurde.

»Wie ist es möglich«, hatte sie Salvador einmal empört gefragt, »dass es so viele Arbeiter in den Norden zieht? Sie befinden sich hier in ständiger Lebensgefahr, und ihr Lohn ist viel zu niedrig!«

»Zumindest wird der Lohn regelmäßig ausbezahlt«, gab Salvador zu bedenken, »sie leben zwar einfach, aber verhungern muss niemand – ganz anders als in den Conventillos von Santiago, oder etwa nicht? Und auch wenn sie weniger verdienen als die städtischen Arbeiter, die Unterkünfte sind kostenlos.«

»Kein Wunder beim Zustand dieser Hütten.«

»Leben die Armen in Santiago wirklich komfortabler? Ich denke nicht. Und du musst bedenken – die meisten hier sind

Junggesellen, die nur für ein paar Jahre hierbleiben. Sobald sie etwas Geld zusammengespart haben, kehren sie ins Zentraltal zurück und kaufen sich dort Land oder ein Geschäft.«

Victoria konnte ihm nichts entgegenhalten. Natürlich wusste sie – Elend gab es überall und Ungerechtigkeit auch, aber hier, inmitten von Wüste und Einsamkeit, schien man ihm ungleich mehr ausgeliefert zu sein als in Santiagos Straßen, wo man sich in den reicheren Vierteln zwischenzeitlich der Illusion hingeben konnte, die Welt sei ein bunter, schöner, glänzender Ort.

Nicht dass sie oft in diesen Vierteln gewesen war … und nicht dass sie sich nach Santiago zurücksehnte.

Eigentlich war sie froh über die viele Arbeit, die sie hier hatte, und fühlte sich am richtigen Ort, wenn sie die von Salz und Sonne aufgerissenen Hände verband oder Tropfen gegen eine Bindehautentzündung verabreichte. Aber das bedeutete nicht, dass sie nicht lautstark fluchte, wenn wieder einmal der Vorrat an Chinin zur Neige ging, weil im Lager das Dreitagefieber ausgebrochen war oder sich die Arbeiter in ihrer Not an indianische Curanderos wandten, vermeintliche Wunderheiler, die oft nichts anderes waren als Quacksalber. Sie kannten zwar das eine oder andere Mittel, das tatsächlich Linderung versprach, setzten dieses aber oft in zu hohen Dosen ein, so dass Victoria und Salvador später Vergiftungserscheinungen behandeln mussten, und außerdem galt bei ihnen das Kauen von Koka als Allheilmittel. Tatsächlich ließ sich damit Schmerz unterdrücken, aber eben auch, wie Victoria herausgefunden hatte, der wache Verstand. Und dadurch kam es zu noch mehr tödlichen Unfällen.

Die Arbeiter ruinierten ihre Gesundheit nicht nur mit Koka – erst gestern hatte Salvador eine Stunde auf die Köchin der

Siedlung eingeredet, um sie davon abzubringen, zu Pulver gemahlenen Feuerstein in das Essen zu mischen.

»Aber das dämpft ihr Verlangen. Und hier leben zu wenig Puppen für zu viel Männer!«, hatte die Frau wieder und wieder eingewandt.

»Der Feuerstein dämpft nicht nur das Verlangen, er macht sie auch krank und tötet sie auf lange Zeit.«

Die Frau hatte nicht den Eindruck gemacht, als gebe sie viel auf diese Worte, schlichtweg, weil das Leben eines Arbeiters hier keinen Wert hatte. Victoria war gestern noch empört darüber gewesen, als sie nun, nachdem sie ihren kleinen Patienten verlassen hatte, an einer Gruppe Männer vorbeikam, die herumlungerten, dachte sie hingegen unwillkürlich, dass der Gebrauch des Feuersteins auch sein Gutes hatte. Am Tag nach ihrer Ankunft hatte Salvador Cortes den Männern unmissverständlich klargemacht, dass sie für ihn arbeiten und nicht zu den Huren gehören würde, und da man ihn brauchte, respektierte man ihn, und da man ihn respektierte, starrte man ihr nicht aufdringlich nach – zumindest nicht, wenn er in der Nähe war. Etwas anders verhielt es sich, wenn Victoria allein unterwegs war.

Sie unterdrückte das Verlangen, zu rennen, ging stattdessen mit geradem Rücken und hoheitsvollem Gesicht weiter – und merkte dann zu ihrer Erleichterung, dass die Männer sie gar nicht weiter beachteten. Nachdem sie schon in der Nacht aufgestanden waren, hielten sie nun die sogenannte Salpetersiesta zur Mittagszeit. Das Essen hatten die Männer heute selbst zubereitet – in riesigen Emailletöpfen, die auf Kochstellen aus Ziegelstein erhitzt wurden. Feuer bedurfte es in der prallen Mittagssonne nicht. Die Mahlzeit fiel karg aus und bestand aus nichts weiter als einer zähen, dampfenden Pampe aus geröstetem Mehl, Milchpulver und heißem Wasser. Doch offenbar bevorzugten sie ein schlichtes Mahl im Freien statt einer üppigeren Mahlzeit in den Speisesälen, die mit Wellblech bedeckt und so heiß waren, dass man förmlich zu zerrinnen schien. Die Gesichter der Männer glichen ledernen Schilden, ihre Hände waren von dicken Schwielen übersät, und ihre Füße waren völlig verdreckt, weil sie sich, wenn überhaupt, auf die Cowboywäsche beschränkten, die nur die Reinigung des Oberkörpers vorsah.

Einige dösten nach dem Essen, ein anderer spielte mit einem Ball, der aus vielen Strumpfhosen zusammengenäht war. Victoria wollte schon an ihnen vorbeigehen, als sie sah, dass ein Dritter eine Zeitung in der Hand hielt. Offenbar konnte er sie nicht lesen, denn er hielt sie in sämtliche Richtungen, um aus dem Gewirr an Buchstaben schlau zu werden.

So groß konnte ihre Scheu vor einem Rudel Männer gar nicht sein, dass Victoria sich nicht sofort bemüßigt fühlte, zu helfen.

»Soll ich vorlesen?«, fragte sie ungebeten und trat auf den Mann zu. Verwirrte, glasige Blicke trafen sie, doch dann wurde ihr die Zeitung überreicht.

Sie erkannte auf den ersten Blick, dass es eine der sozialistischen Zeitungen war, die in den Salitreras im Umlauf waren und die – anders als die anarchistischen Blätter – nicht sofort verboten worden waren.

»Im Gran Norte hat sich in den letzten Jahren die Kluft zwischen Arm und Reich vertieft«, las sie laut, »die Minenbesitzer und Händler werden immer reicher, während die armen Arbeiter für einen lächerlichen Lohn in der Caliche graben.«

In den Gesichtern der Männer zeichnete sich keinerlei Gefühlsregung ab, doch Victoria war neugierig auf den ganzen Artikel geworden und las weiter.

»Noch schlechter als die Arbeitsbedingungen in den Minen sind die in der Kohleindustrie. Die Arbeiter schuften in finsteren Tunneln an der Küste, die meistens erst im Ozean enden. Deswegen haben sie nicht nur unter den ständigen Explosionen zu leiden, sondern stehen immer im Wasser und sind der Gefahr von Überflutung ausgesetzt.«
Nun reagierten die Männer doch – wenngleich auf unerwartete Weise: Sie lachten, und Victoria brauchte eine Weile, um zu begreifen, dass sie sich nicht über sie lustig machten, sondern sich schlichtweg nicht vorstellen konnten, wie jemand an zu viel Wasser leiden konnte, da hier doch stets ein Mangel daran bestand.
Victoria straffte die Schultern. »Spottet nicht!«, befahl sie energisch. »Ob Minen- oder Kohlearbeiter – ihr müsst zusammenhalten, nur dann könnt ihr eure Ziele durchsetzen.«
Ein Räuspern ertönte hinter ihr, und als Victoria herumfuhr, sah sie, dass sich der Aufseher genähert hatte, verdreckt und ledrig wie der Rest, aber an dem Affen zu erkennen, den er auf seiner Schulter trug, und daran, dass er nur noch einen Arm hatte. Den anderen hatte er bei einem Unfall verloren, und solcherart versehrt, hatte man keine andere Verwendung, als ihn zur Überwachung der übrigen Männer einzusetzen. Dies tat er, wie Victoria wusste, überaus streng und gnadenlos, um sich und aller Welt zu beweisen, dass er durchaus noch zu etwas taugte. Den Affen wiederum bedurfte es, um nach einer ersten Sprengung weiteres Dynamit in den tiefen Schächten anzubringen, solange diese noch zu schmal und instabil waren, um einen Mann hinunterzulassen.
»Was ist hier los?«, fragte er.
Victoria umkrampfte die Zeitung. »Menschen werden hier unbarmherzig ausgebeutet – das ist hier los«, erwiderte sie kampflustig.

Träge trat der Aufseher näher und deutete auf die Zeitung. »Woher hast du das? Das ist hier verboten.«

»Frei zu denken sollte nirgendwo verboten sein. Und Zeitungen auch nicht. In Chile schützen viele Gesetze die Pressefreiheit.«

Ein schwaches Lächeln verzog sein Gesicht. »Und wer fordert diese Pressefreiheit an diesem Ort ein? Du etwa?«

Um ihr zu zeigen, wie lächerlich er das fand, trat er so dicht an sie heran, dass sie fast den mit Narben übersäten Körper fühlen konnte. Obwohl einarmig, wirkte der Mann furchteinflößend, und Victoria kam nicht umhin, zurückzuweichen und den übrigen Männern einen hilfesuchenden Blick zuzuwerfen. Doch die saßen regungslos da, als ginge sie die ganze Sache nichts an.

Victoria nahm all ihren Mut zusammen. »Sie können mir keine Angst machen«, zischte sie, »Sie können ...«

Sie kam nicht weiter. Aus dem Augenwinkel nahm sie einen Schatten wahr, als sie plötzlich eine Hand auf ihrem Arm spürte, die sich darum krallte und sie mit sich riss. Empört schrie sie auf, ehe sie erkannte, dass sich Salvador Cortes unbemerkt genähert hatte, sie nun vom Aufseher wegdrängte und ihr zugleich die Zeitung aus den Händen riss, um sie auf den Boden zu werfen. Sein Gesicht war rot vor Zorn – nicht dem gerechten Zorn auf den Aufseher, wie sie instinktiv erhofft hatte, sondern Zorn auf sie.

»Es tut mir leid«, erklärte er rasch, an die Männer gewandt. »Sie lebt erst seit kurzem hier. Sie hat sich noch nicht ganz an die Sitten hier gewöhnt.«

Die Arbeiter saßen weiterhin reglos da, grinsten nun jedoch. Der Aufseher wirkte grimmig, machte aber keine Anstalten, sie aufzuhalten, und der Affe stieß ein bedrohliches Keifen aus.

Obwohl er humpelte, war Salvador Cortes erstaunlich kräftig. Unmöglich konnte sie sich seinem Griff entziehen. Erst als sie hinter einigen Hütten aus dem Blickfeld von Arbeitern und Aufseher verschwunden waren, blieb er stehen.
»Bist du verrückt geworden?«, schrie er Victoria an. Noch nie hatte er seine Stimme derart erhoben.
»Ich?«, rief sie erbost und stampfte auf. »Niemand setzt sich hier für die Arbeiter ein!«
»Und du wirst das auch nicht tun.«
»Aber …«
»Wir sind hier, um Kranke zu versorgen, nicht, um Politik zu machen.«
Sie ahnte, dass sie nicht minder rot anlief vor Wut.
»Wie kann man sich nur so gleichgültig und blind stellen?«, tobte sie. »Gerade von dir hätte ich mehr erwartet. Hast du in Iquique nicht auf der Seite der Arbeiter gestanden? Und nun ist dir egal, was hier passiert?«
Er schüttelte den Kopf und wirkte plötzlich müde. »Natürlich ist es mir nicht egal. Aber ich bin Arzt. Ich habe geschworen, jeden Kranken zu versorgen – ganz gleich, wer er ist und was er getan hat. Wenn ich für die Arbeiter Partei ergreife, werden mich die Aufseher und die Besitzer der Minen über kurz oder lang meiden. Aber es könnte sein, dass einer von ihnen oder ihre Frauen eines Tages meine Hilfe bräuchten, und ich kann nicht zulassen, dass sie aus Trotz und Dummheit darauf verzichten, weil sie mich für einen Unruhestifter halten. Du hast es doch gesehen – hier gibt es weit und breit keinen anderen Arzt. Ich muss für alle da sein. Was ich glaube und denke, behalte ich für mich.«
Abermals stampfte Victoria mit dem Fuß auf. »Aber das ist feige! Für seine Überzeugungen muss man einstehen.«
»Wer sagt dir, dass ich es nicht tue? Aber sieh doch – manche

reden mit ihrem Mund, andere mit ihren Händen. Den Menschen hier ist mehr geholfen, wenn ich ihre Krankheiten behandle, nicht, wenn ich hitzige Reden schwinge und Feindschaften säe.«

Erinnerungen stiegen plötzlich vor ihr auf – an Jiacinto, der sich begeistert in jede Prügelei gestürzt hatte, ohne Rücksicht auf Verluste, aber auch an Rebeca, die mit kaltem Gesicht vor ihr gestanden und ihr anvertraut hatte, dass sie an nichts glaubte, lediglich ihre Brüder glauben machte, sie täte es.

»Das ist unerträglich!«, stieß Victoria aus. »Ich für meinen Teil lasse mir von niemandem den Mund verbieten.«

Er musterte sie streng. »Wenn du an meiner Seite arbeitest, dann musst du dich an meine Regeln halten. Und wenn sie dir nicht behagen, dann kannst du gerne wieder gehen.«

Noch gewaltiger brodelte ihr Zorn. Er galt nicht nur ihm, sondern auch Jiacinto und Rebeca. So ohnmächtig hatte sie sich ihnen gegenüber gefühlt, so hilflos. Nie hatte sie sie angeschrien, nie die Hand zur Faust geballt, wie sie es jetzt plötzlich machte, nie diese Faust erhoben. Sie hätte nicht gewagt, Salvador zu schlagen, aber offenbar erwartete er es, denn seine Hand schnellte vor und packte ihre Faust.

Er drängte sie zurück, bis sie an die Wand einer der Baracken stieß, und zwang sie, ihm in die Augen zu sehen.

»Das Leben hier ist nicht einfach, Victoria«, redete er auf sie ein. »Es genügt nicht immer, das Richtige zu tun. Manchmal führt das Richtige zum Falschen und das Falsche zum Richtigen. Und manchmal muss man sich damit abfinden, dass man gar nichts tun kann.«

»Aber ich will etwas tun!«, schrie sie und versuchte verzweifelt, ihre Hand aus seinem Griff zu befreien. Sie konnte es nicht. Konnte es ebenso wenig wie Jiacinto für sich gewinnen, wie sich im Gefängnis gegen die Männer wehren, die fast über sie hergefallen waren, wie Rebeca etwas entgegensetzen. Sie hatte auch nichts tun können, als damals ihre Eltern starben.

Sie wollte ihn erneut anschreien, doch stattdessen brach sie in Tränen aus.

Endlich ließ Salvador sie los. »Victoria …«, murmelte er heiser.

Sie schlug die Hände vors Gesicht, aber es war zu spät, um zu verbergen, dass sie weinte. Nie hatte sie sich so beschämt gefühlt. Sie raffte das Kleid und rannte von ihm fort.

»Victoria!«, rief er ihr nach, folgte ihr jedoch nicht.

Wahllos und blind vor Tränen lief sie immer weiter, erreichte schließlich Salvadors Haus, überlegte kurz, sich dort zu verkriechen, entschied sich dann aber anders. Der Esel stand angebunden an einem Pfosten, und ehe sie wusste, was sie tat, band sie ihn los, schwang sich darauf und schlug ihm in die Flanken. Widerwillig setzte sich das Tier in Bewegung. Sie sah nicht, wohin sie ritt. Salvador folgte ihr immer noch nicht.

In der ersten Stunde überwogen Trotz und Wut, in der zweiten fühlte sie gar nichts, sondern war einzig darauf konzentriert, den Rückweg zu finden, in der dritten packte sie die Angst. Längst ritt sie nicht mehr auf dem Esel, sondern ging neben ihm her. Sie wollte ihn nicht überstrapazieren und riskieren, dass ihr einziger Begleiter inmitten der Einsamkeit erschöpft zusammenbrach. Schweiß brannte ihr in den Augen, als sie an die vielen Geschichten von Menschen dachte, die sich in der Wüste verirrt hatten: Ihr Schweigen, so hieß es darin, würde verrückt machen. Irgendwann ginge man nur noch im Kreis, bis man tot umfiele.

Erst jetzt begriff sie, wie leicht man hier tatsächlich den Verstand verlieren konnte. Unerträglich hell wurde das Licht, alle Farben verblassten in der gelbbraunen Einöde. Nie hatte sie sich so von aller Welt verlassen gefühlt. Die einzigen Gefährten neben dem Esel waren schillernde Eidechsen und ein adlergleicher, weißbrüstiger Bussard, der einmal lautlos über sie hinwegflog und ihrer zu spotten schien – kannte er doch seinen Weg, sie den ihren aber nicht.
Während sie anfangs noch den Rückweg gesucht hatte, wurde schließlich ihr einziges Ziel, einen schattigen Platz zu finden, um sich kurz auszuruhen und neue Kräfte zu schöpfen. In der Nähe der Mine wuchsen einige Pfefferbäume, unter deren Ästen es nicht ganz so brennend heiß war. Hier stand jedoch kein einziger, nur niedrige Sträucher, Kakteen und Bromelien, allesamt nicht hoch genug, um Schatten zu werfen. Die Kakteen, überlegte sie, speicherten Wasser, vielleicht könnte sie ihren Durst daran stillen. Aber weder hatte sie ein Messer, um die stachelige Haut aufzuschneiden, noch wusste sie, welche der Kakteen giftig waren und welche nicht.
Plötzlich wurde das Licht trüber. Kurz hoffte sie, dass – wie es manchmal geschah – von der Küste her ein Nebel über die Wüste zog und frische, feuchte Luft spendete, doch dann sah sie, dass es nur aufgewirbelter Sand und Staub war, der die Sonne verdunkelte. Solche Stürme, heiß und erstickend, konnten gefährlich sein.
Gott, sie brauchte Wasser! Hieß es nicht, dass es manchmal in der Hochebene Moore gab, auch einige Oasen, die wie aus dem Nichts erstanden, oder in der Nähe der Berge Gebirgsflüsse? Aber da waren keine Berge, auch kein Wasser, nur Sand und Staub.
Sie drohte zu verzweifeln und kraftlos auf die Knie zu sinken,

als sie plötzlich in der Ferne dunkle Gestalten sah. Erst hielt sie sie für die Täuschung ihrer überreizten Sinne, dann, als sie näher kamen, stellte sie fest, dass es tatsächlich einige Menschen waren. Sie hob ihre Hände, winkte und stellte erleichtert fest, dass sie geradewegs auf sie zukamen. Zunächst dachte sie noch, Salvador wäre ihr mit einer Gruppe Arbeiter gefolgt, um sie zu suchen, dann stellte sie fest, dass es Atacameños waren, wie man die Ureinwohner der Wüste nannte. Trotz der Hitze trugen sie bunte Ponchos, und sie zogen Guanakos hinter sich her, die die Waren trugen, mit denen sie von Siedlung zu Siedlung gingen: Wolle, Stoffe und Schnitzereien.

Sie betrachteten Victoria aus ausdruckslosen Gesichtern und hielten es für nicht weiter verwunderlich, dass eine junge Frau einsam durch die Wüste irrte. Als sie auf sie zulief, versank sie bis zum Rist in Staub und Sand. Sie stolperte, bevor sie sie erreichte, und noch ehe sie sich wieder aufrappelte, stand ein Mann vor ihr, mit gefurchtem, braunem Gesicht und gütigen Augen, der ihr aus einer merkwürdigen Form aus Stein oder besonders trockenem Holz Wasser reichte.

»Danke, habt vielen Dank!«

Sie trank gierig und atemlos, und als sie das Behältnis sinken ließ, war ihr Kopf nicht mehr ganz so schwer.

»Wohin geht ihr?«, fragte sie. »Ich komme von der Salpetermine, und ich muss wieder dorthin zurück.«

Die Männer schwiegen, sie wusste nicht, ob sie sie nicht verstanden oder bloß nicht reden wollten. Immerhin winkten sie ihr zu, ein Zeichen, sie zu begleiten. Egal, wohin sie auch gingen, in ihrer Gesellschaft würde sie schon irgendwann auf ein Stückchen bewohnte Erde stoßen.

Ihr Esel scheute vor den Guanakos, und erst als sie ihn

nicht länger am Strick zog, sondern einfach stehen ließ, trabte er hinterher. Sie wurde blind für die Wüste und ihre Bewohner, setzte einfach nur stur Schritt für Schritt. Der Durst wurde wieder übermächtig, der Kopf schien ihr zu zerplatzen, aber irgendwie ging es voran, und das, was ihr am meisten Kraft gab, war die Scham: Es erschien ihr jäh so lächerlich, wegen des Streits mit Salvador in der Wüste umzukommen.

So auf sich und ihren nächsten Schritt konzentriert, bemerkte sie erst verspätet, dass die Männer plötzlich anhielten. Bislang stumm, begannen sie nun, aufgeregt miteinander zu sprechen. Es waren kehlige Laute, die über die trockenen Lippen traten, von denen Victoria keinen einzigen verstand. Ich muss ihre Sprache lernen, schoss es ihr durch den Kopf, Salvador spricht sie gewiss, und …

Ihre Gedanken verstummten. Sie sah, was auch die Männer gesehen und was sie anhalten hatte lassen. Kurz dachte sie, es wäre nur eine Sinnestäuschung. Die Wüste gaukelte vieles vor – Wasser, wo es keines gab, einen Menschen, wo keiner lag.

Doch das vermeintliche Glitzern des Wassers löste sich im Nichts auf, der Mensch aber nicht.

Hier lag jemand.

Die Männer bildeten einen Kreis um ihn, standen eine Weile starr und blickten stumm auf ihn, ohne näher zu treten. Victoria hatte noch nicht viel von dem Mann gesehen – nur dass er bewusstlos war, verletzt, vielleicht längst tot.

»Ich kann helfen!«, rief sie. »Ich bin Krankenschwester.«

Der Kreis lichtete sich. Als sie zu dem Reglosen hasten wollte, hielt einer sie fest.

»Er ist tot«, erklärte er – mit starkem Akzent, aber doch verständlichem Spanisch.

Victoria riss sich los; mächtiger als Durst und Erschöpfung wurde der Wunsch, zu helfen, so wie immer, wenn sie Kranke sah. Sie sank auf den heißen Sand und beugte sich über den Mann. Sein Gesicht war zerschunden, seine Kleidung zerrissen, am Hinterkopf klaffte eine Wunde. Eine dünne Sandschicht bedeckte sein Gesicht, das nicht rosig wie das eines Menschen anmutete, sondern grau wie eine Statue. Vorsichtig wälzte sie ihn auf den Rücken, tastete den Hals nach einem Pulsschlag ab. Leicht, ganz leicht spürte sie ein Klopfen. Dann sah sie, wie seine Brust sich kaum merklich hob und wieder senkte.
»Er ist nicht tot!«, rief sie aufgeregt. »Noch nicht.«

Ja, noch lebte der Schwerverletzte, aber Victoria fühlte, dass dies nicht mehr lang der Fall sein würde, wenn ihm nicht sofort geholfen wurde.
Sie kniete weiterhin neben ihm und stellte fest, dass kein Glied gebrochen war. Allerdings machte ihr die Kopfverletzung Sorgen. Blut sickerte heraus, und Knochen waren sichtbar, und sie war nicht sicher, ob lediglich die Haut zerrissen oder auch der Schädelknochen zersplittert war. Ihr fiel nichts anderes ein, als ihn in eine möglichst stabile Lage zu bringen, ein Tuch auf die blutende Wunde zu pressen und die trockenen Lippen mit etwas Wasser zu benetzen.
Selten hatte sie sich so hilflos gefühlt. Die Händler sahen ihr ausdruckslos zu. »Ich brauche Hilfe!«, schrie sie sie schließlich an. »Ich brauche Doktor Salvador Cortes!«
Immer wieder rief sie seinen Namen und glaubte, in den Gesichtern Erkennen aufblitzen zu sehen. In jedem Fall reagierten die Männer und teilten sich auf: Die einen blieben bei ihr, die anderen eilten davon. Einer reichte ihr den Poncho, um den Verletzen darauf zu betten, doch sie wagte nicht, ihn zu

bewegen, sondern machte den Poncho lediglich an einem Stück Holz fest, um dem Verletzten auf diese Art Schatten zu spenden.

Sein Atem ging immer flacher, und sie verging vor Angst, dass es viel zu lange dauern würde, Salvador hierherzubringen – war sie vorhin nicht Ewigkeiten unterwegs gewesen?

Doch alsbald sah sie die Männer wiederkehren, den Doktor in ihrer Mitte – was bedeutete, dass sie die ganze Zeit über im Kreis gegangen war, die Mine weit näher lag als vermutet, vor allem aber, dass sie nun nicht mehr allein die Verantwortung für den Schwerverletzten trug.

Der Streit mit Salvador war längst vergessen. Erleichtert sprang sie auf, stürzte auf ihn zu und berichtete mit wenigen Worten, was geschehen war.

»Ich verstehe nicht, wie man einen so schwer verletzten Mann einfach hier liegen lassen kann!«, schloss sie.

»Wer immer einen Grund gehabt haben mag, ihn zu verletzen, wird ihn aus gleichem Grund nur allzu gerne im Stich gelassen haben«, murmelte Salvador, kniete sich neben den Mann und begann nun seinerseits, behutsam die Kopfwunde zu untersuchen.

Die Blutung hatte etwas nachgelassen, doch jäh verkrampfte sich der Körper und zuckte. Die Augen, eben noch zu Schlitzen zusammengepresst, öffneten sich und verdrehten sich ins Weiße.

»Verdammt!«, knurrte Salvador.

Er kramte in der mitgebrachten Tasche, schob dem Mann irgendetwas in den Mund, was nach getrockneten Kräutern aussah, und presste seine Kiefer zusammen.

»Was machst du denn?«, fragte Victoria.

»Das ist Kautabak. Für gewöhnlich wird er eingesetzt, um Krämpfe nach dem Operationsschock zu mindern – wenn es

sonst keine Möglichkeit gibt, den Kranken zu betäuben. Vielleicht nützt es auch bei dieser Art von Krämpfen.«
Von solchen Behandlungsmethoden hatte Victoria noch nie gehört, allerdings hatte sie längst gelernt, dass man hier auf die ungewöhnlichsten Mittel zurückgreifen musste.
Die Krämpfe ließen nach, schlaff ruhte der Verletzte wieder auf dem Wüstensand.
»Sein Schädel scheint nicht gebrochen«, stellte Salvador fest, »aber ich muss die Wunde nähen. Und er hat eine schwere Gehirnerschütterung. Wir müssen ihn nach Hause schaffen, die Sonne bringt ihn um.«
»Aber wie?«, fragte Victoria.
Salvador gab ihr keine Antwort, sondern wandte sich an die Männer. »Gebt mir all eure Ponchos!«, befahl er. »Wir legen sie übereinander und nutzen sie als Trage. Wollen wir hoffen, dass der Stoff nicht reißt.«
Es dauerte lange, bis sie den Verletzten auf die Ponchos gehievt hatten und vier Männer diese an ihren Ecken vorsichtig anhoben. Salvador verlangte, dass sie selbst kleine Erschütterungen vermieden, was bedeutete, dass sie nur sehr langsam vorankamen. Victoria ging ihnen voraus und hielt dem Mann nach wie vor einen Poncho übers Gesicht, damit die Sonne ihn nicht traf. Sie selbst spürte die Hitze kaum. Schweiß troff zwar über ihr Gesicht und ihre Hände, aber ihr Geist war von nur einem einzigen Gedanken ausgefüllt: Das überlebt er nie, das überlebt er nie.
Sie wusste nicht, warum dieser Gedanke sie in so große Panik versetzte, schließlich hatte sie schon viele Menschen sterben gesehen. Diesen einen aber schien ihr die Wüste förmlich vor die Füße gespuckt zu haben, und ob er überlebte oder nicht, war für sie wie ein Omen, ob sie selbst hier eine Zukunft hatte.

Endlich erreichten sie Salvadors Heim. Die Mädchen waren gerade beim Kochen. Das hieß, Teodora war es, die Sopaipillas bereitete, indem sie Kürbisfleisch in kleine Stücke schnitt und weich kochte, diese mit Mehl und Öl zu einem Teig verknetete und ihn in dünnen Stücken in Fett briet – während Clara lediglich ihre Anweisungen befolgte und hinter ihr aufräumte und putzte. Wie immer gehorchte Clara blind, obwohl Victoria längst herausgefunden hatte, dass sie eigentlich die Flinkere und Geschicktere war. Heute war allerdings keine Zeit, darüber nachzudenken.
Die Mädchen blickten entsetzt auf den Verwundeten.
»Legt ihn auf den Boden!«, befahl Salvador.
Er bewegte sich kaum mehr – ein gutes Zeichen, weil es somit keinen Hinweis auf neue Krämpfe gab, und zugleich ein schlechtes, weil Victoria sich nicht sicher sein konnte, ob er noch atmete. Salvador nickte allerdings zufrieden, als er zunächst die Hände und dann die Füße abtastete und offenbar auf die erwünschten Reflexe stieß.
»Wie ich schon sagte – der Schädel scheint nicht gebrochen, das Genick auch nicht, er weist keine Spuren von einer Lähmung auf. Ich werde jetzt die Platzwunde nähen. Hilf mir.«
Mittlerweile hatte Victoria ihm schon oft assistiert, wenn er mit einer Nadel aus einer Knochensehne und einem dünnen Seidenfaden Wunden nähte, und sie tat es auch jetzt – froh, irgendeinen Beitrag leisten zu können.
»Und was nun?«, fragte sie, als sie fertig waren.
»Nun bleibt uns nichts anderes übrig, als der Natur ihren Lauf zu lassen.«
»Aber wenn Ohnmacht zu lange anhält …«, begann Victoria, sprach den Satz jedoch nicht zu Ende.
»Ja«, meinte Salvador, »wenn sie zu lange anhält, kann das für

ihn tödlich sein. Die Ohnmacht hilft dem Körper zwar zu heilen, aber zugleich kann er in dieser Zeit nichts trinken und verdurstet. Und so wie er aussieht, hat er zu lange in der Sonne gelegen. Er braucht dringend Flüssigkeit!«
Tatsächlich schälte sich die gerötete Haut bereits, und die Lippen waren rissig. Victoria betrachtete das Gesicht des Mannes genauer. Er war gewiss noch nicht alt, nicht einmal dreißig, und seine Züge waren fein und schön. Was machte so ein Mann hier in der Wüste?
»Da allerdings auch die anderen Reflexe funktionieren, können wir darauf setzen, dass er auch schlucken kann«, fuhr Salvador fort. »Dora, bring mir etwas Wasser! Und einen Löffel – den kleinsten, den du hast! Und du, Victoria, schau mir gut zu, denn das müssen wir jetzt über Stunden so machen.«
Behutsam öffnete er den Mund des Ohnmächtigen, dann nahm er den Löffel, den Teodora ihm reichte, und benetzte die trockenen Lippen mit einigen Wassertropfen. Zunächst geschah nichts, das Wasser lief nutzlos über das Kinn. Doch als Salvador es mehrmals wiederholte, sah Victoria plötzlich die Zungenspitze hervorlugen. Den nächsten Löffel Wasser schien der Fremde endlich zu schlucken, zumindest lief er ihm nicht mehr über das Kinn.
»Wir müssen ganz langsam und vorsichtig vorgehen – nicht dass er am Wasser erstickt. Und leider können wir den Kopf nicht anheben, das würde ihm womöglich schaden.«
Er gab Victoria den Platz frei, damit sie ihm das Wasser einträufeln konnte – und das machte sie tatsächlich über Stunden. Gegen Abend löste Salvador sie ab, während der Nacht legten sie eine Pause ein. Aber auch den nächsten Tag verbrachte sie damit, ihm stets aufs Neue winzige Mengen an Flüssigkeit einzuflößen. Am dritten Tag nachdem Victoria ihn in der Wüste

gefunden hatte, halfen auch die Mädchen mit. Die sonst so distanzierte Dora, die sie nie an den Herd ließ, wirkte verschreckt und tat alles, was Victoria von ihr verlangte. Und Clara fragte schließlich, ob man ihm auch etwas anderes einträufeln sollte als Wasser – wie sonst sollte er zu Kräften kommen?

Salvador schien sich nicht sicher, stimmte aber schließlich zu: Zuerst probierten sie es mit bolivianischem Bohnenkaffee, den sie mit etwas Milch verdünnten, dann mit dem Saft von Wassermelonen und schließlich mit einer dünnen Suppe aus Gemüse und Fleisch.

Drei Tage lang schluckte der Verletzte das, was man ihm einträufelte – sonst rührte er sich nicht. Erst am Abend des siebten Tages ging ein Zucken durch seinen Körper. Kurz, ganz kurz blickte Victoria in glasige Augen, dann schloss er sie sofort wieder. Sein Körper krümmte sich, und sie befürchtete schon, dass neue Krämpfe ihn schütteln würden, stattdessen drehte er sich zur Seite und übergab sich. Victoria hielt seinen Kopf fest, damit er ihn nicht zu sehr erschütterte, und wischte die erbrochene Flüssigkeit weg, all die Stunden vor Augen, da sie ihm diese mühsam zugeführt hatten.

Wenig später fiel er in einen unruhigen Schlaf. Immer wieder schreckte er hoch, würgte oder ergab sich erneut. Sein Körper, bis jetzt steif und kalt, wurde glühend heiß, obwohl es in der Nacht deutlich abgekühlt hatte.

Victoria wischte ihm die Stirn mit Essigtüchern ab und gab ihm weiterhin Flüssigkeit. Wenn er wach war, konnte er sie immerhin schluckweise zu sich nehmen, auch wenn er sich später wieder übergab. Seine Haut hörte zu glühen auf, stattdessen zitterte er nun. Victoria und Salvador schleppten ihn mit Hilfe der Mädchen zum Herd, und Victoria entzündete zusätzlich kleine Kohlebecken, mit denen im Winter geheizt wurde. Der ganze Raum wurde in rötliches Licht getaucht,

und die wenigen Möbelstücke warfen tiefe Schatten auf den unruhig Schlafenden.
Victoria selbst schlief kaum und war umso dankbarer für den frischen Bohnenkaffee, den Teodora am nächsten Morgen zubereitete und den Clara ihr reichte. Dora war zwar immer noch nicht bereit, direkt mit ihr zu reden, aber sie erklärte in ihre Richtung, dass – wenn die Kohlen knapp würden – man auch die Zweige der Yaretapflanze verbrennen könnte.
»Sie sehen aus wie kleine Polster, und ihre Oberfläche ist ganz rauh vom Harz. Aber sie lassen sich gut verbrennen.«
»Ich glaube nicht, dass es notwendig ist …«, murmelte Victoria, die sich nun, da die Sonne auf das Haus herabbrannte, nicht vorstellen konnte, dass der Verletzte jemals wieder fror.
Sie befühlte die Stirn des Mannes, die erstmals nicht zu heiß und nicht zu kalt war, und als sie die Hand zurückzog, schlug er die Augen auf. Sein Blick wirkte wach.
Er öffnete den Mund, wollte etwas sagen, brachte jedoch nichts über die Lippen.
»Nur ruhig«, redete Victoria beschwichtigend auf ihn ein.
Seine Lippen formten ein Wort. »Wo?«
»Sie sind in Sicherheit. Dies hier ist das Haus eines Arztes. Und ich bin Krankenschwester. Victoria ist mein Name und …«
»Wo?«, fragte er wieder und konnte etwas mehr Kraft in seine Stimme legen.
»Wir sind in der Wüste … der Atacamawüste …«
Eine Weile starrte der Mann sie verwirrt an. Seine Stirn runzelte sich, vielleicht vor Verwirrung, vielleicht vor Schmerzen. Er schluckte mehrmals, und Victoria gab ihm rasch Wasser zu trinken. So viel auf einmal hatte er noch nie getrunken.

»Die Atacamawüste …«, murmelte er und blickte sie verständnislos an. »Ich habe diesen Namen noch nie gehört. Wie … wie bin ich hierhergeraten?«
Victoria zuckte die Schultern. »Ich habe Sie schwer verletzt aufgefunden. Wie heißen Sie?«
Wieder versank der Mann in langes Schweigen. Salvador trat zu ihnen und blickte wie Victoria angespannt auf ihn herab. Eine Träne quoll aus den Augen des Fremden und lief über die Wange.
»Ich weiß es nicht«, stöhnte er, »ich weiß nicht mehr, wie ich heiße.«

Aurelia träumte von Patagonien, und zunächst war alles in diesem Traum schön und leicht. Sie ritt auf einem Pferd, genoss die Weite, den Wind und die Grenzenlosigkeit. Sie schloss die Augen, hob den Kopf, breitete die Hände aus und glaubte, zu fliegen. Doch dann blieb das Pferd abrupt stehen. Sie kippte nach vorne, fiel, landete unsanft auf allen vieren, und als sie sich wieder aufrappelte, stand nicht länger das Pferd neben ihr, sondern Tiago. Sie freute sich, ihn zu sehen, wollte zu ihm treten und ihn umarmen, doch kaum starrte sie auf ihn, verflüchtigte sich sein Bild. Plötzlich war da eine Staffelei vor ihr, und sie griff nach einem Pinsel, um zu malen. Das Bild, das vor ihr erstand, zeigte sie und Tiago inmitten Patagoniens rauher Landschaft, und auf diesem Bild konnte sie ihn auch gut erkennen. Doch kaum versuchte sie, sich zu vergewissern, ob er immer noch neben ihr stand und nicht nur in gemalter Form existierte, fühlte sie sich tieftraurig und verlassen. Unmenschliche Anstrengung kostete es, ihren Blick von der Staffelei abzuwenden, und als es ihr endlich gelang, sah sie nur noch, wie Tiago vom Wind fortgeweht wurde. Entsetzt starrte sie ihm nach, wollte nach ihm greifen, ihn festhalten.

Es gelang ihr nicht, ihre Hände schienen wie aus leblosem Stein gemeißelt. Und als sie sie schließlich doch heben konnte, griffen sie ins Leere.
Schreiend schreckte sie hoch. In ihrem Mund schmeckte es säuerlich, auf ihrer Stirn stand kalter Schweiß, und in ihrem Magen grummelte es. Irgendetwas versetzte sie in tiefste Panik. Etwas Schreckliches war passiert – das wusste sie schon, bevor sie in Saquis Gesicht sah.
Diese stand vor ihrem Bett – und sie war es auch gewesen, die sie geweckt hatte.
»Doña Aurelia ...«, rief sie klagend, »Doña Aurelia ... kommen Sie mit!«
Normalerweise betrat Saqui ihr Zimmer nicht. Sie liebte Tino, war zu Aurelia jedoch wegen ihrer einstigen Zurückweisung nur in Tiagos Gegenwart freundlich, während sie ihr ansonsten aus dem Weg ging.
Aurelia nahm sich nicht die Zeit, in ihren Morgenmantel zu schlüpfen. Mit nackten Füßen und nur mit ihrem dünnen Spitzennachthemd bekleidet, lief sie die Treppe hinunter. Sie konnte sich nicht daran erinnern, jemals in solch einer Aufmachung das Schlafzimmer verlassen zu haben und Alicia und William unter die Augen getreten zu sein.
Doch auch die beiden waren heute nicht in üblichem Aufzug anzutreffen – William trug lediglich einen Morgenmantel, sein Bart stand zerzaust vom Gesicht ab, und seine Wangen wirkten irgendwie zerknautscht. Alicia hatte wiederum zwar ihre übliche dunkle Kleidung angelegt, aber ihre Haare noch nicht hochgesteckt. In wirren Strähnen fielen sie bis über die Hüften.
Wie lang sie sind, ging es Aurelia durch den Kopf, merkwürdig berührt, dass ihr Geist, der sich wie betäubt anfühlte, ausgerechnet diesen Gedanken hervorbrachte. Dann sah sie, dass

Andrés hier war, sah, dass in seinem Gesicht Schmerz, Mitleid und Entsetzen standen, und konnte überhaupt nichts mehr denken.

»Er ist Tiago in die Wüste nachgereist«, erklärte William tonlos.

Ein Schrei brach aus Aurelias Kehle. »Nein!«

Sie wusste plötzlich, was Andrés sagen würde, hoffte jedoch, es irgendwie hinauszögern zu können. Noch war es nicht wahr … noch war es nur Ahnung, nicht Gewissheit.

Tatsächlich schwieg Andrés. Er sah schrecklich aus, mit blutunterlaufenen Augen, bleichem Gesicht und unrasierten Wangen. Er schien seit Ewigkeiten nicht mehr geschlafen, stattdessen ständig geweint zu haben.

Erst als William ihm auffordernd zunickte, brachte er hervor: »In der Kupfermine … es gab ein Erdbeben … ein schreckliches Unglück … Tiago … er ist … er ist …«

Obwohl es nur Wortfetzen waren, verstand Aurelia sofort, was er ihnen zu sagen versuchte.

Plötzlich überkam sie das gleiche Gefühl wie in ihrem Traum. Tiago stand ganz dicht neben ihr, sie konnte ihn fühlen, ihn aber nicht sehen. Nur mit großer Anstrengung gelang es ihr, sich ihm zuzuwenden – um nunmehr miterleben zu müssen, wie ihn der Wind davonwehte. Kurz glaubte sie sich selbst von diesem Wind erfasst. Ganz leicht wurde sie, nichts hielt sie auf der Welt, der Schmerz war einfach zu groß. Gleich … gleich würde sie sich in Luft auflösen, denn wenn Tiago tot war, würde nichts von ihr übrig bleiben, was weiterleben wollte.

Aber sie löste sich nicht auf. Sie hörte, wie Andrés die bittere Wahrheit endlich aussprach: »Tiago ist tot.« Sie sah William, wie er starr stehen blieb, nur seine zitternde Hand nach der Stuhllehne ausstreckte, um sich daran festzuhalten, sah auch,

wie Alicia ihre Hände instinktiv zum Gebet faltete und ihre Lippen einen lautlosen Schrei formten.
Plötzlich fühlte sie sich nicht mehr leicht, sondern unendlich schwer. Geradezu riesig schien ihr Kopf zu sein, unmöglich konnte ihn der Körper tragen. Sie hörte alle aufschreien, als sie ohnmächtig zu Boden fiel, dann hörte sie nichts mehr.

24. Kapitel

Trauer hatte sich über das Haus der Familie Brown y Alvarados gesenkt. Die Räume wirkten noch stiller und dunkler als sonst und hatten mehr mit einem Mausoleum gemein als mit einem Ort, wo lebendige Menschen auf eine Zukunft hofften. Da sie Tiagos Leichnam nicht bestatten konnten, hatte Aurelia das Gefühl, sein Grab wäre überall. Es gab kein Fleckchen, wo sie nicht von der Trauer überwältigt wurde. Sie hockte auf seinem Bett und auf ihrem, im Speisezimmer und im Salon, im Patio und auf der Treppe – und weinte. Auch Saqui weinte, jedoch nie in ihrer Gegenwart. Sie verkroch sich in der Küche oder bei Tino und sprach mit niemandem ein Wort.

Alicia und William dagegen weinten nicht.

Mit grimmiger Entschlossenheit hatte William alle Hebel in Bewegung gesetzt, damit Tiagos Leichnam gefunden wurde, doch irgendwann musste er, der erfolgsverwöhnte Geschäftsmann, sich geschlagen geben. Er befahl, dass man auf dem Esstisch ein schwarzes Tuch ausbreitete und – wie es in Chile Sitte war – den Sarg darauf stellte, ungeachtet, dass dieser Sarg leer war und bleiben würde. Es war ein Anblick, den Aurelia kaum ertrug.

Alicia schlich immer wieder zu dem Sarg, betete den Rosenkranz oder strich über das schwarze Tuch, auf dass nur keine Falte entstünde. Ähnlich hingebungsvoll verhängte sie all die Heiligenfiguren ihres Altars mit violettem Stoff – ein Brauch, der bislang auf die Fastenzeit beschränkt blieb und mit dem sie, wie sie Aurelia erklärte, Tiago ehren wollte. Aurelia gruselte sich vor diesem Anblick und begriff nicht, was daran Tiago zur Ehre gereichen sollte, aber sie erhob keinen Einspruch – auch nicht, als Alicia befahl, die Vorhänge sämtlicher Räume zuzuziehen, schwarzen Krepp aufzuhängen und Blumenkränze an den Wänden anzubringen.

Obwohl Tiagos Leichnam nicht gefunden worden war, erklärte sie überdies, sie wolle in der Nähe der Mine eine Animita aufstellen lassen – ein kleiner Altar wäre das, der an Orten tragischer Todesfälle an die Verstorbenen erinnere.

»Ich weiß«, fügte sie ausdruckslos hinzu, »die Kirche und der Staat lehnen dergleichen als Aberglauben ab. Aber man wird doch einer trauernden Mutter einen Herzenswunsch nicht verwehren?«

Sie wirkte nicht wie eine trauernde Mutter. Unwillkürlich nahm Aurelia ihre Hand und drückte sie. Sie zu umarmen, wagte sie nicht.

»Alicia ... ich kann es nicht ertragen ... wie schaffst du es so ... gefasst zu sein.« Sie zögerte. »Ich meine, nachdem auch Guillermo ...«

Alicias Blick wurde leer. »Guillermo liegt in der Familiengruft«, erklärte sie so bestimmt, als genügte diese Tatsache, sie mit seinem frühen Tod zu versöhnen. »Ich war nicht dabei, als er dorthin gebracht wurde. Es ist nicht üblich, dass Frauen und Kinder an der Beerdigung teilnehmen. Aber an der Seelenmesse für Tiago werde ich teilnehmen. Der Sarg wird in der Kirche stehen ...«

Der leere Sarg, schoss es Aurelia durch den Kopf. Sie erschauderte, ließ Alicias Hand los und floh in ihr Gemach. Abgesehen von der Messfeier blieb sie tagelang im Bett, weinte, bis sie erschöpft war und einschlief, und wurde von neuen Tränen geweckt. Sie konnte nichts essen und zwang sich lediglich dazu, zu trinken, um nicht noch einmal ohnmächtig zu werden. Sie ahnte, dass William sie dafür verachtete, weil sie sich verkroch und Tränen vergoss, anstatt Haltung zu beweisen, aber sie hatte keine Kraft, ihm die Stirn zu bieten.

Eines Tages, sie war sich nicht sicher, wie viel Zeit vergangen war, seit Andrés die Todesnachricht überbracht hatte, waren keine Tränen mehr übrig. Auf wackeligen Knien verließ sie ihr Zimmer. Das Haus wirkte wie ausgestorben. In den letzten Tagen hatte sie das Gemurmel von Kondolenzbesuchern gehört, aber mittlerweile waren alle, die Rang und Namen hatten, hier gewesen, um ihr Bedauern auszudrücken.

Andrés, fragte sie sich, wo war er wohl, und was trieb er? Von allen war er derjenige, der am meisten erschüttert wirkte, der sich nicht hinter Nüchternheit verschanzte wie William oder hinter frommen Ritualen wie Alicia. Doch Andrés war nicht hier, und sie hatte auch nicht seinetwegen das Zimmer verlassen, sondern um Tinos willen ... Tino, den sie sträflich vernachlässigt hatte. Der Kleine war sicher verstört über das merkwürdige Verhalten der Erwachsenen.

Sie lief über den Flur und betrat sein Kinderzimmer, doch es war leer. Sein Bettchen wirkte verwaist, und bei seinem Anblick musste sie daran denken, wie sie nach der Geburt gewünscht hatte, seine Wiege möge bei ihr im Zimmer stehen. Alicia und Saqui hatten ihr eindringlich erklärt, dass dies bei Frauen ihres Standes nicht üblich sei – und Aurelia hatte nachgegeben, wenngleich sie halb sehnsüchtig, halb neidisch an ihre Mutter Rita gedacht hatte, die alle ihre Söhne zu sich ins Bett geholt und selbst gestillt hatte.

»Du kannst ihn sehen, wann immer du willst«, hatte Tiago sie damals getröstet.

Ach, Tiago, seufzte sie jetzt im Stillen.

Schnell floh sie aus dem Zimmer und vor ihren Erinnerungen. Wie erwartet war Saqui mit dem Kleinen bei Alicia, und Aurelia sah diese zum ersten Mal seit Wochen nicht im Gebet oder Totengedenken versunken, sondern mit dem Kind auf dem Schoß. Der Blick war nicht ganz so leer, die Bewegungen waren nicht ganz so steif.

Aurelia verharrte auf der Türschwelle und betrachtete Tino schweigend. Das Glück, ihn zu sehen, war überwältigend, aber gerade dieses Glück machte sie verletzlich. Sie spürte neue Tränen aufsteigen, doch ehe sie über ihre Wangen perlten, hatte Saqui sie entdeckt.

»Der Kleine läuft endlich!«, rief sie stolz.

Aurelia zwang sich zu einem Lächeln. Sie wollte zu ihm treten, ihn hochnehmen und auf den Boden setzen, aber Alicia machte keine Anstalten, ihn ihr zu geben.

»Ich will sehen, wie er läuft …«, murmelte Aurelia.

»Nein«, erwiderte Alicia ausdruckslos, »er muss sich jetzt ausruhen.«

»Aber …«

Saqui drängte sich an ihr vorbei, nahm Tino auf den Arm, und ihr verweigerte Alicia den Knaben nicht. Er juchzte freudig, als seine Nana ihn herzte, während er für Aurelia keinen Blick hatte.

Ich bin für ihn eine Fremde, erkannte sie … Wochenlang habe ich nicht nach ihm gesehen, und zuvor … auch zuvor habe ich nur wenige Stunden am Tag mit ihm verbracht.

Neue Tränen verschleierten ihren Blick.

»Bitte!«, flehte sie. »Gib ihn mir!«

»Er muss jetzt ein Schläfchen machen, und zuvor werde ich ihn baden.«

Saqui wirkte irgendwie schadenfroh. Immer noch umwölkte Trauer ihren Blick, aber ihr Mund war zu einem dreisten Lächeln verzogen, als sie mit dem Kind den Raum verließ. Aurelia wollte ihr folgten, darauf bestehen, den Sohn zu halten, doch kaum hatte sie die Tür erreicht, stand plötzlich William vor ihr.

Aurelia wich zurück.

Sie hatte noch nie gesehen, dass er Alicias Gemach betrat – und er hatte sie noch nie direkt mit »Aurelia« angesprochen so wie jetzt. Aurelia sah, wie er seinen Blick kreisen lies, wie er bei den violetten Statuen hängenblieb und wie Widerwille die Stirn kräuselte.

Sie wusste nicht, wovon dieser Widerwille rührte – von der Tatsache, dass er als nüchterner Protestant kein Verständnis für die Auswüchse des Katholizismus hatte. Oder weil diese der Beweis waren, dass seine Frau sich ihm nicht bis ins Letzte fügte.

Aurelia wollte an ihm vorbeigehen, aber da wiederholte er ihren Namen und fügte hinzu: »Ich suche dich.«

Sie war überrascht und konnte sich nicht erinnern, wann er jemals direkt mit ihr gesprochen hatte. Dies hatte er allerdings gar nicht vor – stattdessen nickte er Alicia zu, die an seiner statt das Wort ergriff.

»Wir haben uns überlegt, dass es dir vielleicht guttut, das Haus für eine Weile zu verlassen. Hier wirst du ständig an den schrecklichen Verlust erinnert.«

Aurelias Blick weitete sich. »Aber wohin soll ich denn gehen?«, fragte sie verwirrt.

Gedankenverloren streichelte Alicia über eines der violetten Tücher. »Wir haben an unsere Hacienda gedacht.«

Wie viele Angehörige seiner Schicht besaß William eigenen Grund und Boden außerhalb der Stadt. Im letzten Sommer hatten Aurelia und Tiago auf dem Rückweg von Viña del Mar zwei Wochen auf dieser Hacienda verbracht. Übermächtig wurden die Erinnerungen – an den durchdringenden Geruch von Magnolien und wie sie mit Tiago Hand in Hand an goldenen Feldern vorbeispaziert war. Die Hacienda war ein Ort gewesen, wo er für kurze Zeit nur ihr gehört hatte, ein Ort, der ihnen beiden gutgetan hatte.

»Und Tino?«, fragte sie.

»So einem kleinen Kind kann man diese Reise nicht zumuten. Er bleibt selbstverständlich hier. Aber du siehst ihn doch bald wieder. Einige Wochen werden sicher genügen, um Abstand zu gewinnen und dich etwas zu erholen.«

Aurelia fühlte erneut Tränen hochsteigen, diesmal nicht aus Trauer, sondern aus Scham: Sie schämte sich, weil sie über die Aussicht, das düstere Haus und seine Bewohner zu verlassen, so erleichtert war. Schämte sich, weil sie dafür so bereitwillig das Opfer brachte, auf Tino zu verzichten. Schämte sich, weil sie nicht stark genug war, darauf zu pochen, ihn mitzunehmen.

Aber sie wusste: Um jemals wieder für etwas kämpfen zu können, musste sie neue Kräfte sammeln.

»Also«, erklärte William kühl, »du fährst?«

»Ja«, antwortete sie tonlos. »Ich fahre.«

Der Zustand ihres unbekannten Patienten verbesserte sich von Tag zu Tag: Hatte er anfangs noch Mühe gehabt, sich aus eigener Kraft aufzusetzen, konnte er bald aufstehen und einige Schritte gehen, ohne dass ihn Übelkeit und Schwindel in die Knie zwangen. Seine Kopfverletzung vernarbte, das blasse Gesicht gewann an Farbe, und die tiefen Furchen um den Mund schwanden dank Teodoras reichhaltigem Essen. Doch noch immer konnte er sich nicht daran erinnern, wer er war, obwohl er zunehmend verzweifelt und ohnmächtig um seine Erinnerungen kämpfte.

Immer wieder fragte er, wo Victoria ihn gefunden hatte, doch alsbald konnte sie ihm nichts Neues mehr erzählen, und sie wusste auch nicht, wie sie ihn trösten sollte.
Salvador versuchte anfangs, beide zu beruhigen. Schließlich waren erst zwei Wochen vergangen; nach einer solchen Verletzung musste nicht nur der Körper, sondern auch der Geist und die Seele heilen. Doch mit jedem weiteren Tag wuchsen sein Befremden und sein Mitleid.
»Dass er sich nicht mehr an diesen Unfall erinnern kann, ist normal«, gab er schließlich zu. »Aber dass er nicht einmal mehr seinen Namen weiß ...«
»Hast du jemals von so etwas gehört?«
»Man nennt diese Krankheit, glaube ich, Amnesia. Aber ich habe noch nie jemanden kennengelernt, der in diesem Ausmaß darunter litt.«
Salvador wusste nicht recht, wie man dem Unglücklichen am besten helfen konnte, trug Victoria aber schließlich auf, so viel Zeit wie möglich mit ihm zu verbringen, mit ihm zu reden, ihm viel zu erzählen und auch manche Frage zu stellen. Vielleicht würde dann irgendwann ein Bild aus seiner Vergangenheit auftauchen.
Doch diese Vergangenheit versteckte sich im Nebel.
Am Anfang war der Mann noch zu erschöpft, um lange damit zu hadern, später folgte eine Phase der Verwirrung, die dann und wann in Schwermut überging. Einmal geriet er in heftigen Zorn.
»Lass mich in Ruhe!«, schrie er, als Victoria wieder einmal vorsichtig fragte, ob er irgendetwas vor sich sehe, was auf sein altes Leben verweise. »Hör endlich auf, mich zu quälen!«
»Aber ich will dich doch nicht quälen«, erwiderte Victoria hilflos. »Ich will dir etwas Gutes tun!«

Der Fremde begann auf und ab zu gehen und schien mit jedem Schritt noch wütender zu werden. Die Zwillinge starrten halb ängstlich, halb mitleidig auf ihn.
»Komm«, sagte Victoria und legte sanft ihre Hand auf seine Schultern. »Lass uns ins Freie gehen, du warst viel zu lange hier gefangen. Vielleicht musst du dich mehr bewegen, damit auch deine Erinnerungen auf Trab kommen. Und schließlich bist du hier in der Atacamawüste aufgetaucht. Jeder, der hier im Norden lebt, hat irgendwie mit dem Salpetergeschäft zu tun. Vielleicht fällt dir etwas ein, wenn wir uns die Mine anschauen.«
Er folgte ihr willig. Sein Ärger schien so schnell verraucht, wie er ihn überkommen hatte. Stumm, fast kleinlaut ging er mit ihr durch das »Schiff«, während sie alles aufzählte, was sie über Salpeter wusste – in der Hoffnung, dass ein bestimmtes Wort eine Assoziation auslösen könnte.
»Der Natronsalpeter, der hier abgebaut wird, oder auch der Chilesalpeter, wie man ihn nennt, wird in die ganze Welt exportiert«, erklärte sie. »Er verhilft den Ägyptern zu den besten Weizenernten, die diese jemals einfuhren, er verdoppelt die Weintraubenernte in Italien und die Tabakernte in Virginia. Natürlich kommt er nicht in reiner Form vor, er ist mit Salzen durchsetzt, auch steinigen und erdigen Bestandteilen, und muss erst sorgsam davon getrennt werden. Dieses Gemisch nennt man Caliche, und es lagert in verschiedenen Tiefen bis zu acht Metern.« Sie blickte ihn vorsichtig von der Seite her an. Seine Stirn war gerunzelt, sein Blick konzentriert. »Kommt dir irgendwas von dem, was ich dir sage, bekannt vor?«
Er schüttelte den Kopf und zuckte jäh zusammen, als plötzlich der Boden unter ihnen erzitterte und in der Ferne Explosionen zu hören waren.

»Ein Erdbeben?«, fragte er mit Panik in der Stimme.
»Hast du so etwas schon mal erlebt?«, gab sie hoffnungsvoll zurück.
»Ich weiß es nicht …«
»Die Explosionen müssen dir keine Angst machen. Die Pampiños – so nennt man die Salpeterarbeiter – sprengen die Caliche. Anschließend wird sie immer weiter zerkleinert und von den nutzlosen Bestandteilen gereinigt. Siehst du dort die Maultierkarren?« Er folgte ihrem Blick. »Damit wird die gesprengte Rohmasse zur Oficina transportiert, das ist die Fabrik, in der der Rohsalpeter von den steinigen, erdigen Substanzen und Salzen getrennt wird, indem man ihn auslaugt. Komm, lass uns dort hingehen!«
Sie war sich nicht sicher, ob sie ihn damit nicht überforderte. Trotz der Hitze war seine Haut wieder grau, nicht länger von gesundem Rosa, und auf seiner Stirn stand Schweiß. Doch er folgte ihr mit grimmiger Entschlossenheit, und dieser Anblick rührte sie so sehr, dass sie unwillkürlich die Hand ausstreckte, die seine nahm und fest drückte.
Dass es ihr unendlich leidtäte, was ihm widerfahren sei, wollte sie sagen, doch weil sie ahnte, dass ihm das nicht half, fuhr sie mit forscher Stimme fort zu erklären: »Dieses Auslaugen der Caliche ist ein sehr arbeitsintensiver Prozess: Erst wird die Caliche pulverisiert und dann dieses Pulver mit Wasser vermischt und erhitzt. Dort hinten siehst du die großen Tanks, wohin diese Flüssigkeit gekippt wird. Ich weiß auch nicht, wie es genau funktioniert, aber auf jeden Fall kann man den Salpeter von der Flüssigkeit trennen, konzentrieren und trocknen. Die Männer, die dort die Leinensäcke schleppen, bringen das pulverisierte Nitrat zu den Zügen und diese wiederum zum Hafen. Wobei es, glaube ich, vor der Verschiffung noch länger auf einem Trockenplatz gelagert wird. Wie auch

immer – dieses ganze Verfahren nennt man Parada-System. Ich glaube, so hieß der Chemiker, der es erfunden hat.«

Der Fremde wiederholte das Wort mehrmals – ein wenig so wie einen Zauberspruch, von dem er sich ein Wunder erwartete. Das Wunder blieb aus. »Das sagt mir gar nichts«, murmelte er.

»Ich glaube, ein großer Fortschritt hinsichtlich der Technik, Salpeter durch Wasserdampf auszulaugen, gelang einem gewissen Gamboni.«

»Gamboni«, wiederholte der Fremde. »Das ist ein Italiener, nicht wahr?«

»Ja«, bestätigte Victoria rasch, »hier leben Menschen aller möglichen Nationen. Du sprichst zwar akzentfrei Spanisch, aber das muss noch nichts bedeuten. Vielleicht ... vielleicht bist du auch ein Ausländer. Ich kenne Deutsche, Bolivianer, Amerikaner, Engländer ...«

Er runzelte wieder die Stirn.

»Fällt dir irgendetwas ein?«, fragte sie aufgeregt.

»Ein Name ... ich glaube, ich kann mich an einen Namen erinnern.«

»Welcher Name?«

Er seufzte. »Es ist, als könnte ich ihn fassen und müsste nur meine Hände ausstrecken, aber diese Hände sind wie gelähmt. Er liegt mir förmlich auf der Zunge, aber ich kann ihn nicht aussprechen.«

Je länger er sich vergebens bemühte, desto gequälter wurde sein Gesichtsausdruck.

Um ihn abzulenken, setzte Victoria mit ihren Erklärungen fort: »Die nächste größere Stadt von hier ist Antofagasta – der Hauptumschlagplatz für Salpeter. Von dort haben früher die sogenannten Salpetersegler abgelegt, jetzt sind es natürlich Dampfschiffe. Tausende von Hafenarbeitern schleppen den

Schatz der Atacamawüste Sack für Sack in die Ladeluken der Schiffe. Die einzelnen Säcke sind extrem schwer.«
»Antofagasta …«, echote er, »der Hafen …«
»Kannst du dich an das Meer erinnern? Warst du jemals dort?«
»Ich weiß nicht.«
»In jedem Fall scheinst du keine schwere Arbeit geleistet zu haben. Deine Hände sind frei von Narben und Schwielen. Und die Kleidung, die du getragen hast, als ich dich fand, war sehr vornehm.«
»Wie merkwürdig …«
Das war es in der Tat. Wenn er tatsächlich vermögend war, vielleicht sogar der Besitzer einer Mine, dann müsste es doch jede Menge Menschen geben, die ihn vermissten.
Er rieb sich die Schläfen, als gelänge es dadurch, seine Gedanken zu beschleunigen, doch es erzielte wohl nicht den gewünschten Effekt.
»Sprich einfach weiter«, sagte er leise, »egal, was, erzähl es mir.«
Victoria fiel kaum mehr etwas ein, was sie über den Salpeterabbau wusste. Schließlich deutete sie auf eine Gruppe von Männern. »Siehst du die Männer dort? Sie suchen neuen Salpeter. Es heißt, das Auge eines guten Salpetersuchers sei unfehlbar. Er wartet bis zum späten Nachmittag, wenn die Sonne anfängt, sich orange zu färben, dann betrachtet er die Erdoberfläche. Dort, wo sie hell glänzt, ist der Boden reich an Salpeter. Man muss dann nur ein Loch bis zu jener Schicht graben, um die Caliche auszuheben.«
Sie wollte weitergehen, aber der Fremde war stehen geblieben, krümmte sich etwas und schlug plötzlich die Hände vor sein Gesicht, als gelte es, sich vor einem unerträglichen Anblick zu schützen.
»Hör auf!«, rief er. »Ich ertrage es nicht länger.«

Sie trat zu ihm, ergriff erneut sanft seine Hände, zog sie von seinem Gesicht und zwang ihn, sie anzusehen.
»Es wird alles gut«, murmelte sie, »beruhige dich, es wird doch alles gut!«
Sie glaubte es selbst keinen Augenblick lang. Wie sollte alles gut werden, wenn er nicht wusste, wer er war? Wie würde sie sich verhalten, wenn sie an seiner Stelle wäre, nichts wüsste von ihrer Vergangenheit, ihren Zielen, ihren Überzeugungen? Was bliebe überhaupt von ihr, wenn es nichts mehr gab, woran sie glaubte? Und an welche Menschen würde sie sich vielleicht erinnern? Vielleicht an ihre Eltern, an Valentina und Pepe oder Aurelia. Vielleicht auch an Salvador und seine Töchter, weil sie mit ihm die letzte Zeit verbracht hatte.
Trotz der Hitze erschauderte sie – während der Fremde sich langsam zu beruhigen schien.
»Beherrschst du noch andere Sprachen außer dem Spanischen?«, fragte er. »Sprich sie zu mir! Vielleicht erkenne ich eine!«
Ohne Zweifel war das eine gute Idee. Victoria versuchte es auf Deutsch – die Sprache, die zu Hause stets von ihren Eltern gesprochen worden war.
Der Fremde hörte konzentriert zu, schüttelte dann aber den Kopf. »Vielleicht habe ich das mal gehört … doch ich verstehe kaum ein Wort.«
Victoria versuchte es mit ein paar Brocken Serbokroatisch und Italienisch, die sie hier in der Wüste gelernt hatte.
»Nein«, er schüttelte den Kopf, »nein, ich verstehe nichts.«
»Ich kann kein Englisch, aber vielleicht kann Salvador es.«
Er kniff die Augen zusammen. »Der Name!«, stieß er plötzlich aus. »Der Name, der mir vorhin eingefallen ist, aber den ich nicht aussprechen konnte … ich glaube, es ist ein englischer Name.«

Victoria hielt den Atem an, als könnte eine zu plötzliche Bewegung seinen Gedankenfluss stoppen.
Der Fremde wandte sich ab, ging ein paarmal hin und her, rieb sich wieder die Schläfen.
»Ein englischer Name. Jacob ... ich glaube, es war Jacob.«
»Jacob ...«, wiederholte sie.
Erst blickte er sie zweifelnd an, nickte dann jedoch bekräftigend. »Vielleicht irre ich mich, aber da es der erste Name ist, der mir in den Sinn gekommen ist, werde ich so lange so heißen, bis mir ein besserer eingefallen ist.«
»Also gut, Jacob«, sagte Victoria, »aber lass uns nun wieder zurückgehen. Du warst lang genug in der prallen Sonne, du solltest dich ausruhen.«

In den nächsten Tagen behandelte Victoria an Salvadors Seite wieder andere Kranke, aber sie verbrachte dennoch viel Zeit mit dem Mann, den sie fortan alle Jacob riefen.
Mehrmals ging sie mit ihm noch durch »Schiff« und Mine, aber bald kamen sie beide zum Schluss, dass dies eine fremde Welt für ihn war und er auf diese Weise seine Erinnerungen nicht wiederfinden würde. Stattdessen schlug Victoria nun kleine Ausflüge auf Mauleseln in die Wüste vor, zu den etwas höher gelegenen Grasebenen, den Salzseen, in denen die Flamingos ihre Nester aus Salz und Erde bauten, oder den Brutstätten von Gänsen, Enten und Blässhühnern.
Manchmal begleitete sie Clara, die das Land viel besser kannte und jederzeit den Rückweg wusste – später vertraute Victoria auf ihre eigene Orientierung.
Sie erzählte Jacob alles, was sie über die Wüste wusste, und er hörte ihr begierig zu, doch niemals blitzte in seinen Augen Erkenntnis auf.
Einmal kamen sie ganz nahe an eine Gruppe Flamingos her-

an, doch kaum wollten sie danach fassen, schwebten sie majestätisch davon. »Siehst du«, sagte Jacob bitter, »genau so ist es mit meinen Erinnerungen. Ich kann ihnen ganz nahe kommen, aber wenn ich sie festhalten will, fliegen sie davon.«
Victoria hatte Mitleid mit ihm – und war zugleich von seiner merkwürdigen Krankheit, der Amnesia, fasziniert. Anfangs stellte sie es sich als schrecklich vor, nicht mehr zu wissen, wer sie war – später suchte sie auch Vorteile darin zu finden. Gewiss, Jacob war verzweifelt, aber da er seine Vergangenheit nicht kannte, waren auch alle Gefühle, die ihn damals umgetrieben haben mussten, verschwunden. Vielleicht hatte er unendliches Leid erfahren – und wusste es nicht mehr. Und war dies nicht irgendwie auch erstrebenswert – diese Möglichkeit, alles Dunkle, Hässliche, Tragische abzustreifen wie am Abend die schmutzige Kleidung? Ohne die Trauer um ihre Eltern zu leben, das Liebesleid um Jiacinto, die Enttäuschung über Rebeca?
Die letzten Wochen hatte sie wenig über ihr eigenes Leben nachgedacht – jetzt tat sie es, fühlte alten und neuen Schmerz hochsteigen, hielt ihm kaum stand und erkannte dennoch: Er gehörte zu ihr. Und auch wenn er unerträglich war – sie wollte nicht darauf verzichten. Er mochte ein Beweis sein, dass nicht immer alles wie erhofft verlaufen war, aber zugleich ein Beweis, dass sie lebendig war.
Einmal wurden sie auf einer Hochebene unerwartet von einer kleinen Herde Vicuñas eingekreist, die wilde Bocksprünge vollführten. Weil Victoria sich angewohnt hatte, über alles und jedes zu reden, erzählte sie Jacob auch jetzt, was sie von den Tieren wusste: »Sie haben scharfe Zähne, mit denen sie das Gras nicht auszupfen, sondern abbeißen. Und ihre Wolle gehört zu der kostbarsten, die es gibt. Bei den Inkas durften nur Könige und Priester den Stoff tragen, der daraus gewebt wurde.«

Wehmütig dachte sie an ihre geschäftstüchtige Mutter, die einst im Norden die Wolle verkauft hatte, die ihre Freundin Rita in Patagonien herstellte. Derart in Gedanken versunken, bemerkte sie nicht, dass Jacob ruckartig stehen blieb.

»Diese Stoffe …«, murmelte er, »… sie werden doch gefärbt, nicht wahr? Und diese Farben … sie sind aus Erde gemacht.«

Victoria musterte ihn gespannt. »Ich weiß leider nicht viel darüber. Meine einstige Freundin könnte dir alles über das Herstellen von Farben erzählen, aber ich …«, sie zuckte die Schultern, »… die meiste Wolle wird allerdings nicht hier im Norden produziert, sondern im Süden. In Patagonien.«

Jacob zuckte zusammen. »Dort ist es windig«, sagte er unwillkürlich. »Ständig windig.«

»Mein Gott!«, stieß Victoria aus. »Kennst du das Land? Stammst du etwa von dort?«

Er kniff die Augen zusammen, öffnete sie wieder. »Nein … nein, ich sehe die Landschaft nicht vor mir. Und ich spüre den Wind auch nicht. Aber ich weiß, dass er weht …«

»Ach, Jacob …«, murmelte sie und wusste nicht, wie sie ihm helfen sollte.

Er begann unruhig im Kreis zu gehen und schien auf eine weitere Erkenntnis zu stoßen, denn plötzlich begann er etwas zu murmeln:

»See the mountains kiss high heaven,
And the waves clasp one another;
No sister-flower would be forgiven
If it disdain'd its brother;
And the sunlight clasps the earth,
And the moonbeams kiss the sea –
What are all these kissings worth,
If thou kiss not me?«

Er hob seinen Blick. »Das ist ein Gedicht, nicht wahr? Ich kenne es! Ich habe es irgendwann einmal lernen müssen! Ich weiß nicht, von wem es ist ... aber es ist ein englisches Gedicht.«

»Das denke ich auch ...«

»Und ich glaube, dass ich diese Sprache sprechen kann ... fließend.«

»Also bist du tatsächlich Engländer, wie dein vermeintlicher Name verrät. Oder Amerikaner.« Victorias Begeisterung wuchs, während Jacob sie erst fragend, dann verdattert anstarrte, als erwache er aus einem dunklen Traum.

Victoria hoffte, dass ihm noch mehr einfallen würde, doch nachdem er weitere Male im Kreis gegangen war, zuckte er lediglich die Schultern.

Sie trat zu ihm. »Das ist nicht viel«, sagte sie, »aber es ist auf jeden Fall ein Anfang.«

Unwillkürlich umarmte sie ihn, und er wehrte sie nicht ab, sondern senkte seinen Kopf schwer auf ihre Schultern.

Jacob war nach der Rückkehr von ihrem Ausflug müde und schlief bald – Victoria hingegen war aufgewühlt, ohne genau zu wissen, warum. Längst war die Sonne gesunken, hier in der Wüste als ein zum Greifen nah anmutender roter Ballen, der die ansonsten graue Welt mit verschiedensten Farben bemalte – mit kräftigen Ockertönen, leuchtendem Gelb und Rot, schließlich dunklem Blau.

Sie erhob sich von ihrer Pritsche, ging unruhig auf und ab und fragte sich, warum es ihr so wichtig war, dass Jacob seine Erinnerung wiederfand, warum jeder kleine Schritt, der in sein altes Leben führte, sich für sie wie ein Triumph anfühlte. Gewiss, als Krankenschwester lag ihr an der vollkommenen Genesung ihrer Patienten – doch das hier war mehr als das.

Die Hütte wurde ihr zu klein, sie wollte auch weder den schlafenden Jacob noch die Zwillinge aufwecken. Also trat sie nach draußen und war erstaunt, Salvador auf der Bank vor dem Haus vorzufinden. Bis jetzt war es ihr entgangen, dass es offenbar zu seinen Gewohnheiten zählte, am Ende des Tages hier zu sitzen und eine Pfeife zu rauchen. Der süße Geruch des Tabaks vermengte sich mit dem staubigen der Wüste.

Er blickte nicht auf, schien dennoch zu wissen, dass sie es war, die herausgekommen war, nicht einer der Zwillinge.

Er rückte ein wenig zur Seite. »Setz dich doch«, forderte er sie auf.

Victoria zögerte erst, folgte seiner Einladung jedoch schließlich. Schon seit Wochen arbeitete sie Tag für Tag an seiner Seite, aber sie hatte noch nie neben ihm gesessen. Es war ungewohnt, dass sie beide nichts taten, aber zugleich angenehm, dass sie gemeinsam schweigen konnten. In Jacobs Gegenwart hatte sie immer das Gefühl, sie müsste ständig Erklärungen abgeben, Fragen stellen oder seine Wortfetzen in einen größeren Zusammenhang bringen, damit er seine Erinnerung wiederfand – hier nun konnte sie sich fühlbar entspannen.

»Du verbringst viel Zeit mit ihm«, erklärte Salvador nach einer Weile ruhig.

Victoria nickte. »Es muss so schrecklich sein, nicht zu wissen, wer man ist!«, stieß sie aus.

»Weißt du es denn?«

Die Frage überraschte sie – umso mehr, da sie sich in seiner Gegenwart gerade so entspannt hatte, nun aber vermeinte, sich rechtfertigen zu müssen. »Wer ich bin?«, rief sie verständnislos aus. »Aber natürlich! Mir war immer klar, wer ich bin und was ich wollte. Ich bin Feministin, ich will kranken

Menschen helfen. Und ich wünsche mir, dass es auf dieser Welt etwas gerechter zugeht. Ich tue das, wovon ich überzeugt bin.«
Die Worte sprudelten so schnell aus ihrem Mund, dass sie sich fast daran verhaspelte.
Salvador lauschte regungslos, wartete eine Weile, nachdem sie geendet hatte, und sprach schließlich in das Schweigen hinein: »Ich hatte nur den Eindruck, dass du stets ein wenig ... getrieben bist!«
»Wie könnte ich es nicht sein, wenn es so viel Not zu lindern gibt?«
Unwillkürlich ballte sie ihre Hände zu Fäusten, während er gelassen weiterrauchte.
»Was wiederum Jacob anbelangt«, fuhr er fort, »so frage ich mich, ob es vielleicht einen Grund gibt, dass er keine Erinnerungen hat. Vielleicht gibt es etwas, vor dem er davonläuft. Und der Verlust seines Gedächtnisses hilft ihm dabei.«
»Das klingt, als wäre er selbst schuld!«, fuhr Victoria auf. »Aber er ist so verzweifelt, weil er nicht weiß, wer er ist!«
Salvador zuckte nur mit den Schultern. »Mag sein«, gab er vermeintlich nach, um dann unwillkürlich zu fragen: »Gibt es etwas, wovor du davonläufst?«
Victoria rang nach Luft. Die Frage erschien ihr als anmaßend, und sie wusste nichts darauf zu sagen. Sie ließ ihren Kopf gegen die Hauswand sinken und starrte auf den Mond. Wie die untergehende Sonne war er riesengroß. In der Atacamawüste schien man dem Himmel und all seinen Gestirnen näher als anderswo, und auch die Sterne leuchteten klarer als an jedem anderen Ort.
Salvador drängte nicht auf eine Antwort, rauchte ruhig weiter und überließ sie der Stille. Von der Mine waren vereinzelt Stimmen zu hören, aus der Wüste das Geschrei von Tieren,

die erst bei Nacht erwachten, tief und knurrend die einen, hoch und schrill die anderen. Victoria musste an eine Geschichte denken, die ihr eine der Prostituierten erzählt hatte: dass hier einst Grabräuber am Werk gewesen wären, Särge von bestatteten Indios auf der Suche nach Kostbarkeiten aufgebrochen hätten und dass deren Seelen nun seufzend und auf der Suche nach einer ewigen Ruhestatt durch die Salpeterfelder streifen würden.

Victoria erschauderte, obwohl sie nicht an solche Märchen glaubte. Aber in der Stille lag etwas so Machtvolles – und zugleich ein Zwang, ihr Schweigen aufzugeben.

Plötzlich war es ganz leicht, Salvador eine Antwort zu geben.

»Vielleicht«, begann sie, »vielleicht bin ich tatsächlich eine Getriebene. Meine Eltern sind gestorben, als ich noch sehr jung war, und seitdem ist kein Tag vergangen, da ich sie nicht vermisse. Mit einer engen Freundin hatte ich einen schrecklichen Streit, der mir unendlich leidtut – nun, und eine andere Freundin hat mich verraten. Ich möchte es so gerne vergessen, aber ich kann nicht. Und der erste und einzige Mann, den ich liebte, hat meine Gefühle nicht erwidert.«

Ihre Stimme brach. Trotz aller Rückschläge hatte sie sich bis jetzt für eine starke Frau gehalten, die ihr Schicksal mutig in die Hand nahm, doch jetzt erschien ihr ihr Leben plötzlich erbärmlich – als Aufeinanderfolge von Scheitern, Schicksalsschlägen und Kränkungen.

Salvador nahm einen tiefen Zug aus seiner Pfeife. »Wir tragen alle unsere Lasten«, erklärte er schlicht, »ich frage mich nur, ob es ausreicht, wenn du dich als Krankenschwester, als Feministin, als Sozialistin erklärst. Und ob nicht noch so viel mehr in dir steckt, was du hinter Pflichten und Aufgaben und politischen Überzeugungen verbirgst.«

»Ich … ich möchte nicht mehr allein sein«, brach es aus ihr heraus. »Ich möchte jemanden haben, zu dem ich gehöre.«

»Kann es sein, dass dies der Grund ist, warum dich Jacob dermaßen fasziniert? Weil er nicht nur allein ist wie du, sondern der einsamste Mensch der Welt? Er ist nicht nur von all seinen Liebsten getrennt, sondern er weiß nicht einmal mehr, wer diese sind.«

Sie wusste nicht recht, warum, aber ihre Kehle wurde plötzlich so eng, dass sie keinen Ton mehr hervorbrachte.

»Nun«, murmelte er, »ich kenne die Angst vor der Einsamkeit. Nicht dass ich mich ihr nicht gestellt habe, aber es ist mir nicht immer leichtgefallen, zu akzeptieren, dass man mit meinem Beruf besser keine Familie hat.«

Victoria blickte ihn erstaunt an. »Aber die Zwillingsmädchen …«, setzte sie an.

Sie hatte nie danach gefragt, aber sie hatte geglaubt, dass Salvador eine Frau gehabt haben musste und sie ihm die Kinder geschenkt hatte.

Doch er schüttelte den Kopf. »Ich war nie verheiratet, die Zwillinge sind nicht meine Töchter.«

»Aber …«

»Ich habe dir doch von Iquique erzählt – dem Aufstand, der gewaltsamen Niederschlagung und wie ich damals jene Kugel abbekommen habe, die immer noch in meinem Bein steckt und mir das Gehen erschwert. Ich kenne die Mädchen von dort. Inmitten eines Berges von Leichen, die von Schüssen förmlich durchsiebt waren, hockten sie, klammerten sich an ihren Händen fest und starrten mich aus großen, dunklen Augen an. Offenbar waren ihre Eltern unter den Toten – sie konnten es mir nie bestätigen. Es erging ihnen wie Jacob – der Schock hatte ihre Erinnerungen ausgelöscht. So dunkel, wie ihre Hautfarbe ist, könnte es sein, dass ihr Vater oder ihre

Mutter zu den Indios gehörten, aber wie gesagt: Darüber werde ich nie letzte Gewissheit erlangen.«
»Und du hast sie an Kindes statt aufgenommen?«, fragte sie. »Warum nur? Da du doch selbst verletzt worden bist und gewiss Zeit brauchtest, um wieder zu genesen!«
Salvador ließ seine Pfeife sinken. »Es war niemand anderer da. Und die Mädchen haben mir geholfen, meine Wunde immer wieder neu zu verbinden.«
Er sagte es, als sei es das Selbstverständlichste der Welt, sich die Verantwortung für zwei Waisen aufzubürden, und Victoria dachte an den Satz, den er zu ihr gesagt hatte, als sie in Streit geraten waren: dass ihm Menschen lieber wären, die mit den Händen redeten, nicht mit dem Mund.
Er hatte damals getan, was er tun musste – und er wollte weder viele Worte darüber verlieren noch sich bewundern lassen.
»Es muss schlimm sein, auf so grausame Weise seine Eltern zu verlieren«, sagte Victoria erschaudernd. »Gut, dass die Mädchen wenigstens einander haben.«
Salvador hob zweifelnd die Augenbrauen: »Dessen bin ich mir nicht immer sicher. Dem Aussehen nach gleichen sie sich wie ein Ei dem anderen – doch ihr Wesen unterscheidet sich. Dora ist härter, und meinem Gefühl nach beherrscht sie Clara zu sehr. Manchmal denke ich, dass es ihr guttäte, einmal aus dem Schatten der Schwester herauszutreten.«
Er sprach ruhig und bestimmt, und Victoria ging plötzlich auf, dass Salvador nicht nur den menschlichen Körper in- und auswendig kannte, sondern ebenso viel von der Seele wusste. Vielleicht hatte er darum recht in dem, was er über sie und Jacob gesagt hatte. Zugleich aber – diese Erkenntnis stieg ihr auch in der Stille der Wüste ganz selbstverständlich hoch – waren es nicht nur Faszination und Mitleid, die sie an Jacob

banden, nicht nur der inständige Wunsch, er möge seine Erinnerungen wiederfinden, weil dann auch sie selbst einmal mehr wüsste, wer sie war.

Nein, eigentlich war ihr Trachten ein widersprüchliches. Nicht alles in ihr wollte, dass er seine Erinnerungen wiederfand. Denn solange er nicht wusste, wer er war – sie verspürte ein Kribbeln in ihrem Leib, als sie das dachte –, so lange würde er hier bei ihr bleiben.

25. Kapitel

Das Leben, das Aurelia auf der Hacienda führte, hatte nichts mit den sonnigen, warmen Tagen gemein, die sie hier mit Tiago verbracht hatte. Am Abend ihrer Ankunft hauchte die untergehende Sonne noch ein blasses Rosa auf den Himmel – am nächsten Morgen war er von dicken, grauen Wolken verhangen. Es regnete pausenlos, und das stete Trommeln der Tropfen wurde vom Rauschen verstärkt, wenn der Wind durch die Bäume rund um das Herrenhaus fuhr: Lorbeerbäume und Riesenmagnolien, Eiben und Araukarien, Lärchen und Pappeln. Die Blätter wurden schwer vom Regen, die Äste schienen unter der Last zu ächzen.

Der durchdringende Geruch der Bäume belebte Aurelia, aber zugleich warfen sie tiefe Schatten auf das Haus. Eine dunkle, nasse Wand war es, die da zwischen ihr und der restlichen Welt stand, doch vorerst machte diese aus ihrem neuen Aufenthaltsort kein Gefängnis, sondern eher ein Versteck, in dem sie sich gern verkroch. Ganz gleich, wie kalt und regnerisch es war – das Leben war angenehmer als im Haus der Familie Brown y Alvarados. Es gab niemanden, der auf sie achtete, tadelloses Benehmen einforderte und elegantes Auftreten, oder der vorschrieb, wie ihr Tag abzulaufen hatte. Sie war vielmehr ganz auf sich gestellt.

Kaum einer wechselte ein Wort mit ihr: Hector Sedano, der Verwalter der Hacienda, hatte sie vom Zug abgeholt und sie im Namen aller Dienstboten begrüßt, war ihr aber seitdem aus dem Weg gegangen, offenbar darauf bedacht, die unsichtbare Grenze zwischen Herrschaften und Angestellten strikt zu wahren. Die Dienstboten, die im Haus ihre Arbeit verrichteten – langsamer und schlampiger als bei den Brown y Alvarados', was Aurelia insgeheim gefiel –, schienen es ähnlich zu sehen: Sie senkten die Köpfe, wenn sie erschien, und brachten ihr all das, was sie verlangte, wortlos.

Sie verkroch sich in ihr Gemach, wo es zugig war und dessen Holzboden unter jedem Schritt knirschte, bekam dorthin Frühstück, Mittag- und Abendessen serviert, aber niemanden zu sehen, der irgendwelche Forderungen an sie stellte.

Sie weinte stundenlang wie in Santiago – und anders als dort war es nicht befremdend, dass sie die Einzige war, die auf diese Art um Tiago trauerte, sondern selbstverständlich. Doch gerade weil die Trauer und die Entscheidung, wie sie sie auslebte, allein ihr gehörten, wurde es leichter, mit ihr zu leben. Wenn ihr Vorrat an Tränen verbraucht war, starrte sie auf die Regentropfen, die auf das Glasfenster klatschten, und vermeinte, der graue Himmel teilte die Trauer mit ihr und entlastete sie davon.

Nach einer Woche hörte es erstmals kurz zu regnen auf, und sie verließ das Herrenhaus, um einen Spaziergang zu machen: Sie kam an Weizenfeldern vorbei, die von Trauerweiden gesäumt und deren Ähren vom Regen platt gedrückt waren, an kniehoch stehenden, sattgrünen Wiesen, an weiten Feldern von Sonnenblumen, die zaghaft ihre Köpfe ins noch fahle Sonnenlicht streckten, an kleinen Holzhütten, wo die Pächter lebten, und an Scheunen und Ställen. Sie glaubte sich vage daran zu erinnern, dass es irgendwo auch Rüben-, Mais- und Süßkartoffelfelder geben musste. Doch sie sah nichts davon und kam zum Schluss, dass so etwas vielleicht nicht länger angebaut wurde. Vor nicht langer Zeit hatte William einen seiner Vorträge gehalten, wonach die Haciendas nur dann Gewinn einfahren könnten, wenn sie sich zunehmend auf ein Produkt spezialisierten, Pferde oder Gemüse oder Weizen oder Tabak. Nur auf diese Weise könnten sie mit den niedrigen Preisen der Nachbarländer konkurrieren.

Es war das erste Mal, dass sie an etwas dachte, was nichts mit Tiagos Tod oder Tino zu tun hatte, was frei von Schmerz und Sehnsucht war, sondern ein schlichter Gedanke, der eigentlich nichts mit ihrem Leben zu tun hatte, jedoch ein Beweis dafür, dass ihre Trauer sie nicht ganz und gar verzehrt hatte, sondern noch etwas von ihr übrig blieb, wenn auch nichts, was Glück verhieß.

Das Gehen strengte sie bald an. Nach den langen Wochen, die sie mehr oder weniger im Bett verbracht hatte, schienen sämtliche Muskeln erschlafft zu sein. Sie schämte sich der Schwäche und dachte an ihre Kindheit in Patagonien, wo sie – wenn sie nicht gerade zeichnete – kaum still gestanden hatte und, ob zu Fuß oder auf dem Pferd, stets Ausdauer und Kraft bewiesen hatte. Mit den Erinnerungen daran erwachte die Sehnsucht nach ihren Eltern, die sie sich all die Jahre versagt hatte.

Warum war sie ganz alleine hier, warum nicht bei ihnen? Wie hatte sie sich damit abfinden können, ihnen lediglich knappe Briefe zu schreiben, ihnen aber sonst keinen Platz in ihrem Leben zu gewähren? Gewiss, das alles hatte einen Grund gehabt: Alicia und William sollten vergessen, dass sie von armen Estancieros abstammte, und gar nicht erst wissen, dass ihre Mutter eine halbe Mapuche war – aber Alicia und William waren nicht hier, und so stellte sie sich vor, wie sie neben ihrer Mutter beim Webstuhl sitzen und zusehen würde, wie diese Stoffe anfertigte und färbte, und wie sie ihr das Herz ausschütten konnte. Ihr Stiefvater Balthasar würde dafür sorgen, dass sie genug aß, Ana, die treue Gefährtin ihrer Mutter, würde wie immer auf Russisch fluchen, weil das Leben manchmal so böse war, und Maril, der Tehuelche, ihr erzählen, wie sein Volk trauerte.

So deutlich konnte sie all diese liebevollen, besorgten Gesichter vor sich sehen, und groß wurde das Verlangen nach ihrer Nähe. Sie fühlte sich nicht stark genug, sich ihm zu stellen, und eilte auf müden Beinen zurück zur Hacienda, während der Himmel noch mehr aufklarte.

Zum ersten Mal nahm sie sich Zeit, das große Gutshaus zu mustern – eigentlich kein einzelnes Gebäude, sondern ein ganzer Komplex, der um einen quadratischen Hof errichtet worden war. Man erreichte diesen Hof über den *zaguán*, einen schmalen Durchgang, und wenn man in seiner Mitte stand, konnte man auf der einen Seite das zweigeschossige Wohnhaus betrachten, gegenüber die Kapelle, auf ihrer rechten Seite das Lager und auf ihrer linken das Haus des Verwalters. Gleich dahinter schlossen sich die Ställe an, die man von hier aus zwar nicht sehen, aber riechen konnte. Das Lager, so erkannte sie nun, diente nicht nur dem eigentlichen Zweck der Aufbewahrung – vielmehr wurden hier in kleinen, mit Holzbrettern abgeteilten Werkstätten diverse Produkte erzeugt: Pferdefleisch wurde geräuchert und gesalzen, Obst eingelegt oder zu Marmelade verkocht, Leder gegerbt und zu Schuhen verarbeitet.

Die Menschen, die hier arbeiteten, beachteten sie nicht, doch als Aurelia zurück zum Wohnhaus ging, kam ein Dienstmädchen herbeigeeilt – jenes, das ihr auch immer das Essen ins Zimmer brachte –, und heute senkte es nicht scheu seinen Blick, sondern betrachtete sie entsetzt.

»Sie frieren ja, Doña!«, rief es.

Aurelia merkte erst jetzt, dass ihr ganzer Körper zitterte. Ihre Schuhe hatten die Feuchtigkeit der Wege aufgesogen, ihr ansonsten glattes Haar hatte sich in der Luft gekräuselt.

»Und ihr schönes Kleid ist ganz schmutzig geworden!«

Aurelia folgte ihrem Blick und sah, dass der Saum tatsächlich über und über mit Schlamm bespritzt war. Anders als das Mädchen fand sie das Kleid jedoch alles andere als schön, aufgrund seiner schwarzen Farbe nur bedrückend.

»Das ist nicht weiter schlimm«, erklärte sie rasch und merkte erst jetzt, was für eine Wohltat es war, wieder mit jemandem zu reden, und sei es über nichtige Dinge. »Wie heißt du?«, fragte sie.

Nun erst senkte das Mädchen seinen Blick. Es war sehr hoch gewachsen, wenn auch mager, das Haar rotbraun und das Gesicht von vielen Sommersprossen übersät. »Marisol«, antwortete es. »Gewiss haben Sie nach Ihrem Spaziergang Hunger.«

Aurelia hatte seit Wochen keinen Hunger, aber sie nickte, ehe sie das Haupthaus betrat, die Treppe nach oben und in ihr Zimmer ging, das dunkle, feuchte Kleid ablegte und in ihren Morgenmantel schlüpfte. Wenig später folgte Marisol mit einem großen Teller Maisauflauf, der mit Puderzucker bestäubt war. Der süße Geruch stieg Aurelia in die Nase, weckte jedoch keinen Appetit, sondern nur Übelkeit.

»Das ist gewiss sehr köstlich!«, murmelte Marisol sehnsuchtsvoll, als sie das Tablett abstellte.

Aurelia wurde die Kehle eng, und sie wandte ihren Blick vom Teller ab. »Ich habe keinen Hunger ... warum ... warum isst du nicht etwas davon?«

Marisol riss die Augen auf. »Aber ich kann doch nicht ...«

»Natürlich kannst du! Wenn ich es dir sage. Und ich würde mich freuen, wenn du mir etwas Gesellschaft leistest.«

Sie erhob sich, nahm Marisol, die steif stehen geblieben war, an die Hand und führte sie zu dem Tischchen, auf das sie das Tablett abgestellt hatte. »Nun setz dich! Und iss!«
Die Gier war dem Mädchen deutlich ins Gesicht geschrieben, dennoch zögerte es, die Gabel zu ergreifen.
»Aber Sie müssen sich doch stärken.«
Aurelia sah, dass auf dem Tablett auch ein Glas Milch stand. »Ich trinke die Milch«, schlug sie vor, »und du isst den Maisauflauf.«
Den ersten Bissen führte Marisol ganz langsam an den Mund, doch kaum hatte sie ihn geschluckt, konnte sie sich nicht mehr beherrschen. Sie aß immer schneller und in immer größeren Bissen, schluckte, ohne zu kauen, und hatte den Teller in Windeseile geleert.
Aurelia sah ihr schweigend dabei zu. Es schien ihr fast wie ein Wunder, dass jemand mit solch gutem Appetit essen konnte, und zugleich wie eine Verheißung, dass sie eines Tages vielleicht auch wieder jenen gesunden Hunger haben konnte.
Als sie ihr Mahl beendet hatte, wollte Marisol sich erheben, aber Aurelia drückte sanft die Hand auf die Schultern. »Bleib noch etwas! Und erzähl mir von dir!«
Die Worte, die Marisol über die Lippen kamen, fielen zunächst so zögerlich aus wie ihr erster Bissen, aber so selbstverständlich, wie sie den Maisauflauf gegessen hatte, so bereitwillig berichtete sie schließlich, dass ihre Eltern zu den Pächtern zählten, dass sie das jüngste Kind und nach etlichen Söhnen die erste Tochter war, dass sie erst seit Aurelias Ankunft im Herrenhaus arbeitete, während sie zuvor auf den Feldern geschuftet hatte. Eine viel mühseligere Arbeit war das dort, aber sie vermisste sie dennoch – vor allem die Abende, wenn sie nach vollbrachtem Tagewerk zusammenhockten:

Die Männer spielten dann auf ihren Instrumenten – Gitarren und Akkordeons, Flöten und Fiedeln –, und die Frauen tanzten die Cueca.
»Wobei«, wandte sie ein, »in den letzten Jahren wurde immer weniger musiziert und getanzt. Viele der Jungen haben das Land verlassen, um in Santiago oder im Gran Norte zu arbeiten. Auch zwei meiner Brüder.«
Sie seufzte bedauernd. Hier im Haupthaus tanzte und sang und spielte man am Abend nie auf Instrumenten – nur an den Feiertagen zu Ehren der Mutter Gottes bekam sie frei, um ihre Familie zu besuchen. Dann kochte ihre Mutter Curanto.
»Das ist ein besonderes Festessen!«, rief Marisol begeistert. »Es wird ein tiefes Loch in die Erde gegraben und mit Steinen gefüllt, die man im Feuer heiß gemacht hat, und dort hinein gibt man Fisch und Fleisch und deckt alles mit den Blättern der Nalcapflanze ab. Über Stunden gart es, und hinterher ist das Fleisch so zart, dass es auf der Zunge schmilzt.«
Sie leckte sich sehnsuchtsvoll über die Lippen, der Maisauflauf schien ihren Hunger nicht gänzlich gestillt zu haben. »Beim nächsten Mal, wenn meine Mutter Curanto kocht, bringe ich Ihnen einen Teller davon, Doña.«
Aurelia war nicht mehr ganz so übel wie vorhin.
»Und Ihr Kleid«, Marisol erhob sich, »ich werde es waschen und mit Holzkohleeisen glätten, dann können Sie es wieder tragen.«
Aurelia lächelte dankbar, obwohl ihr das Kleid herzlich gleichgültig war.
»Ich mache es jetzt gleich, dann ist es morgen trocken und sauber.«
»Wenn du es mir bringst, kannst du etwas von meinem Frühstück haben«, sagte Aurelia und sah, wie in Marisols Augen abermals die blanke Gier aufblitzte.

Nachdem das Mädchen gegangen war, trank sie selbst ihre Milch in einem Zug aus, und als sie später zu Bett ging, weinte sie sich nicht in den Schlaf wie in den letzten Wochen, sondern es fielen ihr sofort die Augen zu.

Immer wieder regnete es, trotzdem gab Aurelia ihre Spaziergänge nicht auf – im Gegenteil, sie wurden allmählich länger, und es machte ihr nichts aus, dass bei ihrer Rückkehr Kleider und Haar durchnässt waren. Das Gefühl steter Erschöpfung ließ nach, ihre Haut wurde rosiger, ihre Schritte wurden wendiger – umso mehr, als sie nach ein paar Tagen aufs Korsett verzichtete.

Die lähmende Trauer überkam sie zwar immer wieder, und dann weinte sie, bis sie keine Tränen mehr hatte. Doch die Pausen dazwischen wurden zunehmend länger – und in diesen Stunden fühlte sie vor allem eins: Langeweile. Sie ersehnte die Stunden, wenn Marisol kam, um ihr zu essen zu bringen, lud sie stets ein, selbst zu nehmen, und bekam, wenn sie ihr zusah, wie sie hungrig das Essen in sich hineinstopfte, selbst wieder etwas Appetit. Doch die Zeit dazwischen erschien ihr leer und öde.

Erinnerungen an Santiago versuchte sie zu entgehen, aber sie dachte nun oft an ihre Kindheit in Patagonien, wo sie solche Langeweile nie gekannt hatte. Entweder hatte sie auf der Estancia mitgeholfen. Oder sie hatte … gezeichnet.

Der Gedanke daran gab ihr wie immer in den letzten Jahren einen Stich; sie versuchte, ihn zu verdrängen, und kurz gelang ihr das auch. Aber als sie wenig später am Fenster stand und kaum nach draußen zu sehen vermochte, weil die Scheiben wegen der vielen Feuchtigkeit beschlagen waren, hob sie plötzlich den Finger und zeichnete Konturen – erst die eines Pferdes, dann die des Gutshofs.

Verwirrt blickte sie wenig später auf das Ergebnis. Es war, als hätte eine Fremde dies gezeichnet – nicht sie.
»Was tue ich da?«, fragte sie sich laut, um dann zu begreifen, dass, egal, was sie tat, sie niemand dabei sehen würde. Dass niemand es verurteilen konnte oder sagen, sie müsse auf das Zeichnen verzichten. Und da war auch kein Tiago, den es schmerzte, die Kunst aufgegeben zu haben und auf den sie Rücksicht nehmen musste. Zum ersten Mal versetzte ihr der Gedanke an seinen Tod keinen schmerzhaften Schlag, sondern brachte lediglich die Erkenntnis mit sich, dass nunmehr sie ganz allein für ihr Leben die Verantwortung trug und niemand sonst.
Ich kann hier tun und lassen, was ich will, ging es ihr durch den Kopf – und sie wusste nicht recht, ob dieser Gedanke sie traurig oder glücklich stimmte. Anstatt darüber nachzudenken, hob sie instinktiv erneut die Hand, trat zur nächsten beschlagenen Fensterscheibe und zeichnete auch dort.
In den ersten Tagen begnügte sie sich mit dem beschlagenen Glas und den Konturen. Als der Himmel sich klärte und die Scheiben rein und klar wurden, verlangte sie von Marisol, ihr Feder und Papier zu bringen, um einen Brief zu schreiben. Während sie es sagte, glaubte sie noch selbst daran, dass sie beides genau für diesen Zweck verwenden würde, doch als die junge Frau mit dem Gewünschten kam, wurde ihr klar, dass sie gelogen hatte. Sie wollte keinen Brief schreiben. Sie hatte kaum die Feder in der Hand und in die Tinte getaucht, als eine fremde Macht von ihr Besitz zu ergreifen schien. Flugs kratzte die Feder über das Papier – und am Ende waren dort keine Worte zu sehen, sondern ein Gesicht.
Sie hatte nicht geplant, Tiago zu zeichnen – aber es instinktiv getan. Und sobald sie fertig war und seine Züge erkannte, übermannte die Trauer sie. Sie brach in Tränen aus, sah sein

Porträt nicht länger an und zerriss es hastig, so wie es ihr das Herz zerriss.
Der Kummer verging – der Wunsch, zu zeichnen, blieb. Beim nächsten Mal, als sie zu Feder und Papier griff, war es Tino, den sie mit Tinte auf dem Papier festhielt. Sein Anblick war nicht ganz so schmerzhaft und verursachte keine neuen Tränen, jedoch Scham über die eigene Schwäche, weil sie ihn in Santiago zurückgelassen hatte, anstatt darauf zu pochen, ihn hierher mitzunehmen. Sie warf Feder und Papier in die Ecke, ging unruhig im Zimmer auf und ab und rammte immer heftiger die Fersen in den Boden. Als diese schmerzten, bemerkte sie, dass die Gefühle, die sie antrieben, nicht Trauer, Erschöpfung oder Verzweiflung waren, sondern ... Zorn. Zorn auf sich, weil sie hier hockte und ihr Leben verstreichen ließ, ohne Anteil daran zu nehmen. Zorn, weil sie doch einst ein lebendiges, mutiges Kind gewesen war, das stolz behauptet hatte: Ich will zeichnen. Ich will eine große Malerin werden. Gewiss, nach der Entführung durch ihren leiblichen Vater war sie etwas ängstlicher und vorsichtiger geworden ... dennoch, etwas von diesem kindlichen Mut musste geblieben sein, sonst hätte sie Victoria damals nicht nach Santiago begleitet, um ihre Ziele zu verwirklichen.
Ach, Victoria ...
Wie aus dem Nichts verspürte sie plötzlich eine unbändige Sehnsucht nach der einstigen Gefährtin. Obwohl sie sie so lange nicht mehr gesehen und es Wochen gegeben hatte, da sie kein einziges Mal an sie gedacht hatte, fühlte sie jetzt einen Verlust, der fast so schmerzlich war wie Tiagos.
Ich brauche sie doch ... Ich habe sie immer gebraucht ... Ich habe es mir nur nicht eingestanden ...
Immer noch ging sie durch das Zimmer, wenn auch leiser und langsamer als zuvor. Wenn Victoria jetzt hier wäre, würde sie

ihr beistehen und sie trösten, aber sie würde ihr auch auf diese eindringliche, strenge Weise sagen: »Du bist nicht nur Tiagos Frau. Du warst vorher ein eigenständiger Mensch, du bist es auch nach seinem Tod.«
Sie bückte sich, um Papier und Feder wieder aufzuheben, setzte sich an den Tisch und zeichnete Victoria – mit diesem klaren Gesicht, der strengen Frisur, dem trotzig gereckten Kinn, den etwas traurigen, aber entschlossenen Augen.
»Victoria …«, seufzte sie und dachte dann: Ich kann es ja noch … Ich habe es nicht verlernt, Menschen zu porträtieren.
Dass sie Tiago und Tino und Victoria zu zeichnen vermocht hatte, war kein Zufall oder Glück gewesen, sondern Zeichen ihres besonderen Talents …
Am Abend war sie hungrig wie noch nie. Damit Marisol nicht zu kurz kam, ließ sie sich eine zweite Portion bringen – Eintopf aus Kartoffeln und gebratenes Huhn mit knusprigem Brot, auf dem Butter schmolz.
Nachdem sie gegessen hatte, wischte sie sich die Hände an der Serviette ab und befahl: »Hol noch ein Stück Kuchen … und außerdem Kohlestift und Papier.«
Aurelia verzichtete auf den Kuchen. Während Marisol ihn mit genussvollem Schmatzen aß, zeichnete sie sie mit dem Kohlestift. Er fühlte sich vertrauter an als die Feder, lag in ihrer Hand, als hätte sie ihn in all den Jahren immer festgehalten und als wäre er mit ihr verwachsen. Wie bei den ersten Malen zeichnete sie nicht langsam und vorsichtig, sondern schnell und mit grimmiger Wut, einem blinden Instinkt folgend, auch ihrem angeborenen Gespür für Formen und Proportionen. So energisch fielen die Striche aus, dass sie manchmal fürchtete, das Papier würde zerreißen. Es blieb unversehrt, aber in ihr tobte wieder dieses befremdende Gefühl … dieser Zorn.

Ich will nicht mehr weinen, ich will nicht mehr im Bett liegen und nichts tun, ich will nicht mehr einsame Spaziergänge machen!

Ich will zeichnen!

Als das Bild fertig war, war sie hochrot im Gesicht, und ihr Herzschlag ging schneller. Sie blickte aus dem Fenster, und obwohl es schon finster war und kaum mehr Farben zu sehen waren, glaubte sie dennoch Dinge wahrzunehmen, für die sie vor kurzem noch blind gewesen war. Nur auf den ersten Blick war alles schwarz. In Wahrheit war der Himmel kobaltblau, die Bäume waren dunkelbraun, und die Wasserpfützen im Hof glänzten silbrig.

All das waren die Farben der Einsamkeit – aber es waren Farben. Und sie wollte mit ihnen malen. Sie wusste nicht, wie sie hier zu diesen Farben kommen könnte, aber sie entschied, zumindest den Versuch zu wagen, sie aus Erde und Pflanzen herzustellen wie einst in Patagonien.

Marisol war zu ihr getreten. »Das bin ja ich!«, rief sie begeistert, als sie auf das Bild sah.

»Ja, das bist du«, murmelte Aurelia und dachte: Und die, die es gemalt hat, bin ich …

Inmitten dieses Meers aus Trauer hatte sie eine Insel gefunden, auf der sie stehen konnte, ohne zu ertrinken. Auf dieser Insel war sie nicht Aurelia, die Ehefrau, Witwe und Mutter, Aurelia, die liebte und trauerte. Sie war Aurelia, die zeichnete.

Weitere Tage vergingen, an denen Aurelia zeichnete, mal wütend, mal zögerlich, mal leidenschaftlich, mal gleichgültig, aber in jedem Fall hörte sie nicht zu zeichnen auf. Sie tat es, um zu vergessen, wer sie war, und zugleich, um sich wieder daran zu erinnern.

Marisol blieb ihr eine treue Gefährtin, die sie längst nicht nur besuchte, um ihr Essen zu bringen, sondern die ihr während vieler Stunden Modell saß. Eines Morgens jedoch ließ sie sich nicht blicken, und am Abend kam ein anderes Mädchen, um das Essen zu servieren.

»Wo ist Marisol?«, fragte Aurelia, bekam aber keine Antwort.

Mit einem unterwürfigen Blick schlich das Mädchen aus dem Zimmer.

Aurelia ließ das Blatt Papier sinken. Unruhe erfasste sie, von der sie nicht genau wusste, woher sie rührte. Weder konnte sie weiterzeichnen noch in ihrem Zimmer bleiben.

In der letzten Woche hatte sie es kaum verlassen, und noch nie war sie abends in den Hof getreten. Die üblichen Geräusche, die vom täglichen Tagewerk der Dienstboten und Bauern kündeten, waren verstummt – laut und schrill war hingegen etwas anderes zu hören: Geschrei.

Es kam aus der Richtung der Ställe, und ehe Aurelia die Ursache dafür erkannte, sah sie, wie Marisol ihr von dort entgegenlief. Die rundlichen, ansonsten so gleichmütigen und freundlichen Züge des Mädchens waren aufgewühlt.

»Doña Aurelia!«, rief sie ein ums andere Mal, um dann, als sie sie erreicht hatte, atemlos hinzuzufügen: »Es ist etwas Schreckliches passiert …«

»Was?«

»Einer meiner Brüder ist zurückgekommen …«

Aurelia erinnerte sich vage daran, dass Marisol von zwei Brüdern erzählt hatte, die die Hacienda in den letzten Jahren verlassen hatten. »Aber das ist doch ein Grund, sich zu freuen«, setzte sie an.

Marisol schüttelte verzweifelt den Kopf. Anstatt mehr zu erklären, nahm sie Aurelia an die Hand und zog sie mit sich.

Das Geschrei kam tatsächlich aus dem Stall – und aus den Mündern der vielen Pächter, die einen Kreis gebildet hatten und hilflos zuschauen mussten, was in dessen Mitte geschah. Ein Pfahl stand dort und diente eigentlich dem Zweck, Sättel und Zaumgeschirr daran aufzuhängen. Dies aber war achtlos zu Boden geworfen worden, weil man einen jungen Mann dort festgebunden hatte. Die Männer des Aufsehers hielten die Pächter in Zaum – der Aufseher selbst, Hector Sedano, riss dem Angebundenen soeben das Hemd vom Leib. In der rechten Hand hielt er eine Peitsche und leckte sich begierig über die Lippen – ein Zeichen, dass er sich sichtlich freute, zuzuschlagen.

»Das ... das ist dein Bruder?«

Marisol nickte nur.

Hector hob die Peitsche und schwang sie ein paarmal in der Luft. Ehe sie den blanken Rücken traf und die Haut zerriss, drängte sich Aurelia durch die hilflosen und fluchenden Pächter hindurch. »Halt!«, schrie sie – so laut, wie sie seit Ewigkeiten nicht mehr geschrien hatte. Die Kehle schmerzte davon.

Langsam, ganz langsam drehte sich Hector um. Die Peitsche verfehlte Marisols Bruder, traf mit einem leisen Zischen lediglich den staubigen Boden. Hector hatte sie damals vom Zug abgeholt, aber erst heute musterte Aurelia ihn genauer: Er war ein stattlicher Mann, der zur Dicklichkeit neigte. Die schwarzen, schütteren Haare waren mit Pomade aus dem Gesicht gestrichen. Die Wangen waren rot, die Augen leblos und grausam.

»Doña Aurelia ...«

Er schien sich nicht ertappt zu fühlen, sondern sprach so nachsichtig wie mit einem kleinen Kind.

Aurelia wich zurück und senkte instinktiv den Blick. Obwohl die beiden äußerlich nichts miteinander gemein hatten, musste sie bei Hectors Anblick an William denken, der sie stets eingeschüchtert hatte und der, wäre er zugegen gewesen, ihre Einmischung wohl nicht gutheißen würde. Übermächtig wurde der Drang, aus dem Stall zu fliehen, ganz gleich, was hier geschah und warum. Aber dann fühlte sie – nicht minder brennend als Hectors spöttischen – Marisols flehentlichen Blick.

»Was geht hier vor?«, verlangte sie mit bebender Stimme zu wissen.

Hector hob die Peitsche zwar nicht wieder, hielt sie aber fest umklammert. »Sie wissen davon nichts, Doña Aurelia. In letzter Zeit gibt es hier immer mehr Vagabunden und Bandoleros, die Haciendas wie diese hier unsicher machen. Sie kommen, um zu stehlen oder um die Arbeiter aufzuhetzen. Dagegen müssen entsprechende ... Maßnahmen ergriffen werden.«

Sein kaltes Lächeln machte Aurelia Angst, aber sie fand trotzdem den Mut, ihm zu widersprechen: »Das ist kein Vagabund«, erklärte sie und deutete auf den Festgebundenen, »das ist der Bruder von Marisol ... was bedeutet, dass er von hier stammt. Scheinbar ist alles nur ein Missverständnis.«

Hector zog etwas aus seiner speckigen Hose und schleuderte es vor ihre Füße.

»Mit Verlaub, Doña Aurelia – das hier ist kein Missverständnis.«

Aurelia bückte sich. Was vor ihr im Staub lag, war eine Schriftrolle. Sie öffnete sie, versuchte zu lesen, verstand den Text nicht recht, nur dass er aus der Feder eines Kommunisten stammte.

Sie musste an William denken, der auf diese politische Bewegung stets geflucht hatte – vor allem aber an Victoria, die sich mehr als einmal darüber erregt hatte, wie ungerecht in Chile das Land verteilt wäre: Die wenigen reichen Hacenderos würden ganze drei Viertel davon besitzen. Zwar gebe es immer mehr Vertreter aus dem Handel – skrupellose Kapitalisten auch diese –, die die konservative, landbesitzende Oligarchie zu verdrängen versuchten, aber letztlich übten sie ihre Herrschaft über die armen Pächter genauso absolut und willkürlich aus. Alle Reformen, um diese und die Kleinbauern zu stärken, waren bislang im Sande verlaufen.

Aurelia ließ das Schriftstück sinken.

»Das ist doch kein Grund, ihn auszupeitschen!«, rief sie.

»O doch!«, knurrte Hector. »Männer wie er sind Feinde jedweder Zucht und Ordnung.«

»Deswegen hat er trotzdem keine Peitsche verdient.«

Das Lächeln schwand von Hectors Mund, Ärger blitzte in seinen Augen auf – und auch in den Gesichtern seiner Männer. Jene hielten, wie sie erst jetzt erkannte, Gewehre – und würden wohl nicht zögern, sie auf die Pächter zu richten. Diese wiederum begannen als Zeichen der wachsenden Unruhe, mit ihren Füßen zu scharren.

Was, wenn die Situation eskalierte und es zu einer gewaltsamen Auseinandersetzung kam? Was, wenn es Tote gab – und sie daran schuld war?

Obwohl bis jetzt kein Schuss gefallen war, glaubte Aurelia plötzlich das Echo von einem zu hören … dem Schuss, den einst ihre Mutter abgegeben hatte … dem Schuss, der ihren leiblichen Vater Esteban getroffen hatte …

Sie atmete tief durch. Rita hatte damals große Angst gehabt – dennoch nicht einen Moment gezögert, die Tochter mit allen Mitteln zu schützen. Und deswegen konnte auch Aurelia ihrer Angst nicht nachgeben.

»Binden Sie ihn los!«, befahl sie, reckte das Kinn vor und hoffte, Hector würde ihr die Unsicherheit nicht ansehen.

»Gehen Sie ins Haus!«, erwiderte er. »Dann binde ich ihn los.«
»Nein«, erwiderte sie fest, »ich bestehe darauf, dass Sie es jetzt sofort tun. Vor meinen Augen.«
Tuscheln brandete auf, die Unruhe wuchs. Fäuste wurden drohend erhoben – die Gewehre leider auch.
»Wollen Sie aus nichtigem Anlass ein Blutbad riskieren?«, fuhr Aurelia Hector an. »Binden Sie ihn los!«
Hector trat einen Schritt auf sie zu, und sie musste allen Mut zusammennehmen, um sich nicht zu ducken. Erst aus dieser Nähe sah sie, dass seine Nase rot geädert war.
»Sie untergraben hier nicht meine Autorität«, zischte er.
Er kam noch näher, stand nun bedrohlich vor ihr. Aurelia musste den Kopf in den Nacken legen, um in sein Gesicht zu sehen.
»Wissen Sie überhaupt, mit wem Sie reden?«, fragte sie.
Seine Reaktion verblüffte sie. Sie hatte mit wütenden Worten gerechnet, mit neuerlichem Protest, vielleicht mit seinem Einlenken. Doch stattdessen riss nun auch er seinen Kopf nach hinten und lachte aus voller Kehle.
»Ich bin die Schwiegertochter von William Brown y Alvarados!«, rief Aurelia empört.
Abrupt riss das Lachen ab. »Tatsächlich?«, kam es gedehnt.
Aurelia war zu verwirrt, um nachzufragen, was er meinte, und Hector fügte nichts mehr hinzu.
»Binden Sie ihn los!«, forderte sie erneut.
Hector wandte sich von ihr ab. Bis jetzt war jede Bewegung langsam ausgefallen – nun plötzlich ging alles ganz schnell. Er hob die Hand, ließ die Peitsche spielen, traf damit den Festgebundenen. Der schrie auf – wie auch Aurelia. Blut tropfte über den Rücken, und sie konnte es plötzlich im eigenen Mund schmecken, so fest hatte sie sich vor Schreck auf die Lippen gebissen.

»Wie können Sie nur …?«, setzte sie an.
In diesem Augenblick ließ Hector die Peitsche sinken. »Bindet ihn los!«, knurrte er unwillig – und an die anderen Pächter gewandt: »Und ihr macht, dass ihr fortkommt.«
Zuletzt wandte er sich an Aurelia, und obwohl er zwar nachgegeben hatte, erschauderte sie angesichts der Kälte und Verachtung in seinem Blick. »Sie haben mir hier gar nichts zu sagen. Die Schwiegertochter? Pah! Dass ich nicht lache! William Browns Gefangene sind Sie, nichts weiter!«
Er spuckte vor ihr auf den Boden und verließ mit zornrotem Gesicht den Stall.

Wie betäubt verließ Aurelia den Stall. Sie lief über den Hof und die Treppe hinauf, sank in ihrem Zimmer aufs Bett. Hectors Worte wirkten in ihr nach, als hätte sie einen Schlag erhalten.
Seine Gefangene sind Sie …
Immer wieder echote dieser Satz in ihr, bis sie zu müde war, um deswegen noch länger Verzagtheit oder Entsetzen zu fühlen. Sie schloss die Augen, versuchte sich einzureden, dass sich Hector gewiss missverständlich ausgedrückt hatte, um sie – mit voller Absicht – zu verwirren. Aber zählte am Ende nicht vor allem, dass er Marisols Bruder nicht ausgepeitscht hatte – von dem einen Schlag abgesehen? Die Stille im Hof bewies auf jeden Fall, dass er es nicht wagte, hinter ihrem Rücken erneut die Bestrafung des Kommunisten anzuordnen.
Irgendwann war sie davon überzeugt, dass alles nur ein Irrtum war, und sie schlief ein.
Doch am Morgen erwachte sie mit dem Gefühl einer vagen Bedrohung, und sie war nicht fähig, den gewohnten Tagesrhythmus aufzunehmen und zu zeichnen. Sie schüttelte ihre Müdigkeit und Niedergeschlagenheit ab, öffnete das Fenster

und atmete tief die frische Morgenluft ein. Im Hof war es immer noch still, ihre Sinne hingegen waren hellwach. Und diese Sinne sagten ihr, dass irgendetwas nicht in Ordnung war.

Es war noch nicht Mittag, als sie all ihre Sachen zusammenpackte. Jetzt die Hacienda zu verlassen fühlte sich zwar etwas schäbig an – hieß es doch, dass sie Marisol und ihre Familie einfach im Stich ließ, aber sie konnte es nicht abwarten, nach Santiago zu Tino zurückzukehren – und von dort aus konnte sie erreichen, dass Hector Sedano durch einen anderen Aufseher ersetzt wurde!

Mit William zu reden, womöglich gar Forderungen an ihn zu stellen, war eigentlich undenkbar, und noch undenkbarer war, ihn wegen eines schlechten Verwalters zur Rede zu stellen. Doch dann sagte sie sich trotzig, was sie auch Hector gestern Nacht gesagt hatte: Sie war William Browns Schwiegertochter – kein Dienstmädchen, das man herumkommandieren konnte.

Mit ihrer Tasche in der Hand ging sie die Treppe hinunter und erreichte die große Eingangshalle. Nirgendwo war Marisol zu sehen, und sie bedauerte es, sich nicht von ihr verabschieden zu können. Sie wandte sich an den erstbesten Dienstboten, der ihr über den Weg lief, und verlangte, dass er den Kutscher suchen und ihm befehlen sollte, anspannen zu lassen. Sie wolle sofort zum Bahnhof gebracht werden.

Noch während sie es sagte, merkte sie, wie leichtsinnig sie war: Sie wusste nicht einmal, wann und ob heute ein Zug abfuhr. Doch sie nahm den Befehl nicht zurück. Sie wollte weg von hier … nur weg … und wenn sie Ewigkeiten auf einem verlassenen Provinzbahnhof warten müsste.

Der Mann nickte, ging hinaus, und sie begann, die Halle auf und ab zu gehen. Die Luft war feucht und schwer. Die weiße

Farbe bröckelte von den Wänden oder wurde an den Ecken vom Schimmel zerfressen.
Als sich die Tür öffnete, fuhr sie erleichtert herum, doch es trat ihr nicht der Kutscher entgegen, sondern Hector.
Seine Haare schienen an seinem Kopf zu kleben, das Gesicht war nicht rot wie gestern, sondern blass, und in seinen Augen stand kein Ärger, nur Nachsicht.
»Haben Sie gestern nicht begriffen, was ich zu Ihnen gesagt habe, Doña Aurelia?«, fragte er gedehnt.
Sie unterdrückte ihr Unbehagen und straffte die Schultern.
»Ich will nach Santiago ... sofort!«, bestand sie.
Er hob eine Augenbraue. »Aber Señor William will das nicht.«
Es klang seltsam, den Namen aus seinem Mund zu hören, denn er sprach ihn mit starkem Akzent aus.
»Was soll das heißen?«, fragte sie und konnte das Zittern in ihrer Stimme nicht länger unterdrücken.
»Das soll heißen, dass Sie die Hacienda nicht verlassen werden.«
Aurelia schwindelte. In ihrer Kehle stieg ein übermächtiger Hustenreiz auf. Als Hector einen Schritt auf sie zumachte, wich sie nun doch zurück.
»Das ... das kann er nicht machen!«, rief sie schrill.
»Es wird Ihnen hier an nichts fehlen, Doña«, meinte Hector mit kaum verhohlenem Spott. »Sie werden gut behandelt werden und all Ihre Wünsche erfüllt. Aber William will nicht, dass Sie nach Santiago zurückkehren und wieder im Haus seiner Familie leben.«
Er grinste, zuckte dann die Schultern.
Aurelia spürte, wie all die Kraft, die ihr das Zeichnen geschenkt hatte, von ihr abfiel. Ihre Knie zitterten, und sie sank auf die Treppe, als hätte er sie geschlagen. Sie wollte widersprechen, aber sie wusste – es hatte keinen Sinn.

William hatte sie immer nur zähneknirschend geduldet – um Tiagos willen –, doch nun war Tiago tot und sie ihm einfach nur lästig. Wenn er sie irgendwie auf einer entfernt gelegenen Hacienda versteckte, dann würde nie jemand das Geheimnis aufdecken, dass sie nur die Tochter von Schafzüchtern war – und was vor allem zählte: Sie würde keinen Einfluss auf Tinos Erziehung nehmen können.

Tino, ach, Tino!

»Sie können mir doch mein Kind nicht wegnehmen!«, stieß sie hervor, und das Bild vor ihren Augen verschwamm in Tränen. Ehe sie über die Wangen perlten, ging ihr auf, dass niemand ihr Tino weggenommen hatte. Sie selbst war bereit gewesen, ihn zu verlassen – zwar unter den falschen Voraussetzungen und fest überzeugt, ihn bald wiederzusehen, aber sie hatte nicht darauf bestanden, ihn hierher mitzunehmen.

Sie schlug die Hände vors Gesicht, als könnte sie der bitteren Wahrheit irgendwie entgehen, aber natürlich gelang ihr das nicht. Diese Wahrheit war: Niemand würde ihr helfen. Niemand würde sich überhaupt für sie interessieren. William würde in Santiago irgendwelche Lügen erzählen, wenn man sich nach ihrem Verbleib erkundigte, und bald würde ohnehin niemand mehr nach ihr fragen. Die Damen der Gesellschaft, die sie in den letzten Jahren kennengelernt, mit denen sie diniert oder die Oper besucht hatte, waren allesamt Alicias Freundinnen, nicht ihre.

Die einzigen Menschen, denen sie in Santiago nahestand, waren Valentina und Victoria. Aber Valentina, die sie in den letzten Jahren nur wenige Male besucht hatte, würde es schon allein aus Gründen der Bequemlichkeit hinnehmen, nichts von ihr zu hören, und es auf eine freie Willensentscheidung von Aurelia zurückführen. Victoria wiederum ... oh, Victoria würde es zutiefst empören, wenn sie wüsste, was William ihr

antat … aber Victoria hatte sie seit Jahren nicht mehr gesehen. Warum sollte ausgerechnet sie Nachforschungen anstellen, wo sie geblieben war?
Als sie an die einstige Gefährtin dachte, fielen ihr plötzlich die wütenden Worte ein, die diese einmal gesagt hatte. Einmal mehr war es um den Kampf der Feministinnen gegangen und das ungerechte Scheidungsrecht, wonach Kinder stets unter der Patria Potestad, der Vormundschaft ihres Vaters, verbleiben sollten, insbesondere wenn es Jungen waren und sie schon das fünfte Lebensjahr erreicht hatten. Victoria hatte es wie so vieles kritisiert – und Aurelia hatte nicht verstanden, dass die andere so erbittert die Rechte der Frau einforderte.
Jetzt fühlte sie am eigenen Leib, wie es war, keine Rechte zu haben.
Sie hob den Blick und stellte fest, dass Hector sie einfach allein gelassen hatte. Sie wollte aufstehen, konnte es jedoch nicht und war sich plötzlich sicher: Sie würde es nie wieder können, sie würde hier auf der Treppe hocken bleiben müssen, hilflos, wehrlos, wie ein schwaches kleines Mädchen … so wie einst, als sie von ihrem Vater entführt worden war und nichts gegen seine rohen Griffe hatte ausrichten können.
Wobei … sie war nicht nur schwach und klein gewesen. Sie hatte sich heimlich eine Steinschleuder gebastelt, und nur weil sie einen solchen Stein auf ihn geschleudert hatte, hatte ihre Mutter ihn erschießen und sie befreien können.
Sie seufzte. Jetzt hatte sie keine Steinschleuder. Und selbst wenn sie eine hätte, könnte sie damit allein nichts gegen Hector ausrichten. Gewiss hatte er allen Bediensteten den Befehl gegeben, sie nicht von der Hacienda zu lassen.
Sie ließ den Kopf gegen das Treppengeländer sinken und schloss die Augen.

»Doña Aurelia?«
Ihre Lider waren schwer wie Blei. Dennoch öffnete sie die Augen. Marisol stand vor ihr.
»Doña Aurelia!«, sagte sie wieder.
Aurelia atmete tief durch. Ihre Brust schien nicht mehr bei jedem Atemzug zu zerspringen, und die Last, die auf ihren Schultern ruhte, wurde leichter. Sie stand auf.
»Ich habe alles gehört …«
Aurelia nickte. »Ich muss … ich muss irgendwie nach Santiago … Ich kann nicht hierbleiben … ich …«
Sie brach ab, konnte den Satz nicht zu Ende bringen. Aber Marisol verstand sie auch so.
»Gewiss«, erklärte sie entschlossen »und ich werde Ihnen dabei helfen.«

Aurelia blickte in die Schwärze, und sie erschien ihr jetzt, kurz vor Mitternacht, abgrundtief. In Santiago waren viele Straßen auch des Nachts beleuchtet – hier waren nun sämtliche Lampen und Fackeln gelöscht worden. Kein Stern zeigte sich am Himmel, und die schmale Sichel des Mondes versteckte sich hinter Wolken. Nach einer Weile gewöhnten sich ihre Augen jedoch an die Dunkelheit, und sie konnte die Konturen des Hofs ausmachen. Keine Geräusche ertönten von dort – jeder schlief … hoffentlich …
Lautlos trat Marisol zu ihr. »Sind Sie bereit, Doña Aurelia?«
Aurelia nickte, darum bemüht, sich ihre Furcht nicht anmerken zu lassen.
Fünf Tage waren vergangen, seit Marisol ihr angeboten hatte, zu fliehen und gemeinsam mit ihrem Bruder Luis nach Santiago zurückzukehren. Der hatte sich aus Hectors Hand befreien können, konnte sich hier aber nicht wieder blicken lassen, ohne erneut Peitschenhiebe zu riskieren.

»Aber wie sollen wir von hier fortkommen?«, hatte Aurelia zweifelnd gefragt.

»Nun, auf zwei Pferden«, hatte Marisol schlicht geantwortet. Offenbar sah der Plan vor, dass sie diese Pferde stahlen, und nach anfänglichen Skrupeln befand Aurelia das für einen guten Plan. Das Problem war nur, dass Hector sie nicht mehr aus den Augen ließ. Stets tauchte er wie aus dem Nichts auf, gab sich vermeintlich desinteressiert, prüfte dennoch wachsam, wie sie sich den Tag vertrieb. Selbst wenn er beschäftigt war, fühlte sich Aurelia von der zahlreichen Dienstbotenschar beobachtet, die von ihm offenbar den Befehl erhalten hatte, sie strengstens zu bewachen. Er rechnete wohl damit, dass sie fliehen wollte, und auf ihren Spaziergängen war sie darum nie auch nur einen Augenblick allein. Niemand stellte sich ihr in den Weg oder zwang sie, vorzeitig zurückzukehren – aber sie ahnte, dass dies nur innerhalb der Grenzen der Hacienda galt. Sollte sie diese überschreiten, würde man sie notfalls mit Gewalt zurückholen.

Es war also undenkbar, tagsüber zu fliehen, und so entschied sie mit Marisol, dass sie zu diesem Zweck die Dunkelheit nutzen würde – und den Fluchtweg aus dem Fenster. Als sie es nun öffnete, dachte sie kurz daran, wie sie auf den Scheiben zum ersten Mal seit langem gemalt hatte, und der Gedanke daran schenkte ihr etwas Mut.

Sie trug ein schlichtes schwarzes Kleid und hatte ein wenig Proviant in einer kleinen Tasche bei sich, die sie sich am Rücken festgebunden hatte. Sämtliches anderes Gepäck, mit dem sie hierher gereist war, würde sie zurücklassen.

»Sind Sie bereit?«, fragte Marisol wieder.

Aurelia nickte, aber ihr Magen fühlte sich ganz flau an, und in ihrer Kehle stieg ein Husten auf. Seit dem Tag, da Hector ihr ihre Lage deutlich gemacht hatte, wurde sie ihn nicht wieder los. Mit aller Macht unterdrückte sie den Drang, zu husten, beugte sich aus dem Fenster – und stockte. In der Dunkelheit sah sie den Boden nicht – nur drohende Tiefe.

»Worauf warten Sie?«

Aurelia wusste es nicht genau – dass das Zittern nachließ, ihre Furcht, in den Tod zu stürzen, oder dieses übermächtige Verlangen, einfach zurück ins Bett zu flüchten, dort zu schlafen, zu weinen und aufzugeben. Eigentlich hatte sie es hier doch gut, hatte alles, was sie brauchte ... nur Tino nicht ... aber selbst der Gedanke an Tino gab ihr nicht die Kraft, endlich aus dem Fenster zu steigen.

Eine jähe Erinnerung tat das vielmehr – die Erinnerung an Valparaíso, als Victoria sie dazu gedrängt hatte, aus dem Fenster zu klettern, Medikamente aus dem Krankenhaus zu stehlen und zum vereinbarten Treffpunkt zu bringen. Wäre Victoria jetzt hier, so hätte sie kein Verständnis für ihr Zögern. Wie damals würde sie sie auf diese harte, bestimmende Art anblicken und befehlen: »Nun mach schon!«

Und da machte Aurelia.

Vorsichtig kletterte sie auf das Fensterbrett und tastete nach der Hauswand. Efeu kroch dort an einer Leiter hoch. Sie knirschte, als sie das Gewicht auf eine der Stufen verlagerte, aber sie brach nicht, wie befürchtet, unter ihren Füßen weg, als sie langsam, ganz langsam nach unten stieg.

Marisol sah von oben zu. Als Aurelia einmal ihren Blick suchte, verlor sie fast das Gleichgewicht. Verzweifelt klammerte sie sich fest, das Holz knirschte aufs Neue.

»Beeilen Sie sich!«

Aurelia hielt fortan den Blick starr auf die Hauswand gerichtet, umklammerte die Leiter und stieg weiter nach unten. Nach gefühlten Ewigkeiten hatte sie den Boden erreicht. Ihre Knie zitterten so stark, dass sie glaubte, er würde unter ihr beben. Noch beängstigender war die Ahnung eines Lichtstrahls in der Ferne. Eine Sinnestäuschung? Oder Zeichen, dass doch nicht alle Welt schlief?

Ihr Herz pochte bis zum Hals, wieder stieg ein Husten in ihrer Brust hoch. Sie schluckte verzweifelt dagegen an, blickte dann nach oben, konnte Marisols Gesicht aber nicht mehr sehen.

Hoffentlich bekam Marisol keine Schwierigkeiten … und hoffentlich gelang es ihr, den Hof zu überqueren, ohne ertappt zu werden.

Sie schlich an der Hauswand entlang, und obwohl sie nur die Zehenspitzen aufsetzte, knirschte der sandige Boden unter den Füßen. Einmal musste sie trotzdem husten – und das rasselnde Geräusch, das daraufhin ertönte, klang in ihren Ohren so laut wie ein Donnerhall. Erschrocken schlug sie sich die Hand vor den Mund und erstarrte, doch nachdem der Husten verklungen war, war nichts mehr zu hören.

Sie schlich weiter und erreichte den schmalen Durchgang, der aus dem Innenhof führte. Bedrohlich schien die Welt dahinter. Die Bäume glichen einer dunklen Wand, ihre Äste Händen, die nach ihr griffen, das Scharren und Wiehern der Pferde vom nahen Stall Hohngelächter. Immerhin war dies ein Laut, dem sie leicht folgen konnte – und der auch das Knirschen ihrer Schritte übertönte.

Schon sah sie nicht weit von sich die Vorderfront des Stalls aufragen. Nur noch wenige Schritte, dann hatte sie ihn erreicht, Luis würde dort warten, sie würden die beiden Pferde besteigen und …

Plötzlich schnitt sich Licht in ihre Augen – es stammte nur von einer Fackel und war nach der Dunkelheit doch grell wie gleißendes Sonnenlicht. Aurelia schlug sich die Hände vor die Augen, lugte schließlich vorsichtig zwischen den Fingern hindurch. Kurz hoffte sie, dass Luis es war, der mit der Fackel in der Hand auf sie zutrat. Doch von Luis war weit und breit nichts zu sehen. Wer dort nicht weit vom Stall entfernt auf und ab ging, sie vielleicht gehört, nun auch gesehen hatte, war Hector.

26. Kapitel

Die Ausflüge in die Wüste, die Victoria mit Jacob auf Maultieren machte, führten immer weiter von der Mine fort und dauerten zunehmend länger. Anfangs hatte sie noch die Furcht begleitet, dass sie sich wieder verirren würde, so wie an dem Tag, da sie den Verletzten gefunden hatte. Doch mit der Zeit konnte sie sich sehr gut orientieren. Auf den ersten Blick sah in der Wüste alles gleich aus, aber wer mit wachem Blick durch diese Einöde schritt, konnte bald den einen knorrigen Tamarindenbaum vom anderen unterscheiden oder anhand des Standes von Sonne, Wolken und der fernen Vulkanspitzen die Himmelsrichtungen festlegen und seinen Weg bestimmen. Je weiter sie sich fortwagte, desto größer war auch der Lohn – Landschaften, die nur ein seelenloser Mensch als unwirtlich benennen konnte, die für sie jedoch einen ganz besonderen, einzigartigen Zauber atmeten. Sie kamen an Seen vorbei, in denen Flamingos nach kleinen Krebsen fischten, an Geysiren, die schwefelhaltiges Wasser spuckten, an Kakteen, die leuchtende Blüten hervortrieben. Manchmal begegneten sie auch Menschen – Atacameños, Händlern und Minenarbeitern, einmal auch einem Mann, der verbissen den Wüstensand durchwühlte.

»Was tun Sie denn da?«, fragte Victoria überrascht, und nach längerem Zögern gab der Mann zu, dass sich im Sand immer noch spanische Münzen und Juwelen der Inkas finden ließen, die hier jahrhundertelang vergraben lagen.

Dann wandte er sich wieder dem Graben zu – und während

Victoria weitergehen wollte, blieb Jacob stehen und starrte fasziniert auf den Mann.
»Er tut letztlich das Gleiche wie ich«, murmelte er, »er gräbt nach einem Schatz, ich nach meinen Erinnerungen.«
Er ließ ungesagt, dass ihrer beider Ausbeute nicht sonderlich groß war, und obwohl Victoria zunächst die üblichen tröstenden Worte auf den Lippen hatte, fragte sie dann mit aller Offenheit: »Falls du dich nie wieder erinnern kannst – wie wirst du dann weiterleben?«
Er zuckte die Schultern. In den ersten Wochen hatte er stets so verzweifelt gewirkt, nun schien er etwas abgeklärter – und zugleich verschlossener. »Wenn man nicht weiß, woher man kommt, woher soll man dann wissen, was man kann und was man sein soll?«
»Nun, vielleicht musst du einfach so viel wie möglich ausprobieren.«
»Ich weiß, dass ich Englisch spreche, und ich kann mich wohl oder übel auf einem Maultier halten«, murmelte er. Sein Lächeln war spöttisch, aber es erreichte seine Augen nicht. »Kochen kann ich allerdings nicht. Als ich es gestern Abend versuchte, hat mich Teodora gleich vom Herd verjagt.«
»Mich verjagt sie auch – das hat mit Kochkünsten nichts zu tun«, erwiderte Victoria. Seit Jacob nicht mehr bewusstlos war, war Dora wieder deutlich feindseliger. Clara dagegen setzte sich manchmal am Abend zu ihr und Salvador auf die Bank und schien die Nähe zu genießen.
Wortlos ritten sie weiter und ließen den Schatzsucher hinter sich. Wenig später kamen sie an einem kleinen Dorf vorbei, das einst von den Spaniern errichtet worden war und später von den Indios bewohnt wurde. Viele dieser Dörfer waren verwaist, weil ihre Bewohner sich entweder in die Hochebenen zurückgezogen hatten oder in den Minen oder Paprika-

plantagen an der Küste arbeiteten. Auch hier herrschte zunächst Totenstille, aber dann sahen sie ein paar Kinder im Schatten der Hauswände hocken, die sie aus großen, dunklen Augen musterten. Vor ihnen sprangen ein paar junge Lamas herum, alle mit Wollkordeln an den Ohren. Sie hielten die Maultiere an und stiegen ab.

»Die Wollkordeln sind ein Zeichen für Pachamama, die Erdenmutter«, erklärte Victoria, die sich angewohnt hatte, zu allem und jedem etwas zu sagen und so vielleicht Jacobs Erinnerungen zu beleben. »Sie ist die große Erdenmutter und soll die Lamas gut über den Winter bringen.«

»Woher weißt du das?«

»Ich bin mir nicht sicher, ich habe es wohl irgendwo aufgeschnappt. Salvador und ich behandeln manchmal auch Indios, und es ist hilfreich, wenn man so viel wie möglich über die Menschen weiß, mit denen man zu tun hat.«

»Nur über mich«, seufzte Jacob, »weiß du so gut wie gar nichts. Und ich wiederum weiß so gut wie gar nichts von dir. Schließlich reden wir fast immer nur über mich – ich habe dir kaum Fragen gestellt.«

»Das ist vielleicht auch ganz gut so«, gab sie zurück. Insgeheim war sie tatsächlich froh, dass Jacob so wenig über sie wusste, denn sie genoss es, sich an seiner Seite wie ein neuer Mensch zu fühlen, dessen Vergangenheit keine Bedeutung hatte. In seiner Gegenwart zählte nur der Kampf um seine Erinnerungen – nicht die Lasten des eigenen Lebens.

»Nun, ich weiß nicht viel über dich, aber ich weiß, dass du stark bist, fürsorglich, stur … und dass ich ohne dich tot wäre.«

Während er sprach, war er stehen geblieben, und plötzlich nahm er ihre Hand und drückte sie. Es war eine etwas verlegene Geste, und er wich ihrem Blick dabei aus, doch wie sie dastanden, betrachtete sie ihn ihrerseits genauer. Bis jetzt hatte sie seine Miene nur studiert, um zu prüfen, wie es ihm ging und ob ihm Sonne und überstandene Verletzung nicht zu sehr zusetzten. Und natürlich hatte sie all die widerstreitenden Gefühle gelesen, mit denen er zu kämpfen hatte – Zorn und Ohnmacht, Hilflosigkeit und Verzweiflung. In diesem Augenblick aber vermeinte sie, zum ersten Mal den Menschen zu sehen, der er gewesen war – und auch dieser Mensch, sehr fein, nahezu aristokratisch, musste die Traurigkeit gekannt haben, die ihn jetzt so oft überkam, auch wenn ihre Ursache eine andere gewesen war. Sie erahnte eine Sehnsucht an ihm – viel älter als die, wieder zu wissen, wer er war.

Abrupt ließ er ihre Hand los, wandte sich ab und trat in den Schatten eines Tamarugobaums. Schwer stützte er sich gegen das vermeintlich tote Holz, dessen Wurzeln so tief in die Erde reichten. Victoria folgte ihm. Die kleinen, harten Blätter des Baums, die man als Viehfutter nutzte, stachen ihr ins Gesicht.

Sie wusste nichts zu sagen – und auch er brachte kein Wort hervor, und da erst ging ihr auf, dass sie mit ihm noch nie geschwiegen hatte so wie an den Abenden mit Salvador. Er hatte immer um Erinnerungen gerungen – sie versucht, diese anzuspornen, aber Stille zwischen ihnen war ihr ganz und gar fremd, war auch keine Wohltat wie in Salvadors Gegenwart, sondern schürte eine gewisse Anspannung.

Er musste es als ähnlich unangenehm empfinden wie sie, denn plötzlich begann er, gehetzt zu sprechen: »Ich weiß von dir, dass du vieles kannst. Du lernst sehr schnell und merkst dir vieles, nicht wahr? Sonst hättest du mir nicht vom Salpeterabbau erzählen können, obwohl du damit nichts zu tun hast. Gewiss bist du eine hervorragende Krankenschwester, und …«, er zögerte kurz, ehe es aus ihm herausbrach, »… und

in deiner Gegenwart fühle ich mich noch mehr als Nichtsnutz, fühle ich mich noch … nackter.«
»Sag so etwas nicht! Nur weil du es nicht mehr weißt, heißt es nicht, dass du nichts kannst.«
»Aber das, was ich kann, erscheint mir so … bedeutungslos. Ich habe es dir noch gar nicht gesagt, aber seit einiger Zeit schwirren mir ständig irgendwelche Zahlen im Kopf herum. Ich glaube, ich kann ganz gut rechnen.«
»Dann tu es doch einfach! Rechne!«
Er schüttelte den Kopf. »Aber diese Zahlen interessieren mich nicht! Ich möchte nicht rechnen können, ich möchte wissen, ob ich eine Frau gehabt habe, ob ich Vater bin.«
Wieder ergriff er plötzlich ihre Hand, diesmal nicht, um sie zu drücken, sondern um zart darüber zu streicheln. Sie erstarrte, aber entzog sich ihm nicht, auch dann nicht, als er die andere Hand hob, sie zu ihrem Gesicht führte und ihre Wangen berührte.
»Fühlt es sich für dich vertraut an, eine Frau zu anzufassen?«, stieß sie heiser hervor. Ihr wurde kalt und heiß zugleich.
Er nahm seine Hand nicht zurück, streifte ihre Schläfen, ihre Nasenspitze, fuhr über ihre Lippen. »Ich weiß es nicht. Ich weiß es einfach nicht.«
Victoria schluckte schwer. »Aber ich weiß es«, murmelte sie, »ich spüre es. Dass du ungemein zärtlich sein kannst. Dass du irgendwann so zärtlich zu einer Frau gewesen bist. Dass du sie … geliebt haben musst.«
Er zog seine Hand zurück, aber sie erlaubte ihm nicht, aus dem Schatten des Baums zu treten. Sie packte nun ihrerseits seine Hand, beugte sich darüber und küsste sie. Seine Haut war rauh und warm. »Und fühlt sich das für dich ebenfalls vertraut an?«, fragte sie leise.
Als sie den Kopf hob, starrte er sie an. Sie glaubte in seinen

Augen etwas aufblitzen zu sehen, vielleicht eine Erinnerung, vielleicht einfach nur ein starkes Gefühl, das ihn übermannte. Sie ließ seine Hand nicht los, zog sie an ihre Brüste, zwang ihn dazu, sie zu befühlen. Sie sah, wie er erzitterte, und erschauderte selbst. Jiacinto war bis jetzt der Einzige gewesen, der sie hier berührt hatte, nicht annähernd so zärtlich, sondern nachlässig, spöttisch, als wäre ihr Körper nur ein Spielzeug. Aber Jacob wusste nichts von Jiacinto – und deswegen verblasste alsbald jede Erinnerung daran, so als hätte einer, der sein Gedächtnis verlor, die Macht, auch bei ihr alles Vergangene auszumerzen. Kurz war es bedeutungslos. Kurz gab es nur sie beide auf der Welt, ohne Gestern, ohne Morgen. Seine Hand glitt von der einen Brust zur anderen, dann etwas tiefer, streichelte ihren Bauch. Plötzlich ließ er sie wieder los, jedoch nur, um ihren Nacken zu umfassen, sie an sich zu ziehen und sie zu küssen.

Nie war sie so geküsst worden, so sanft, so vorsichtig, so zärtlich. Jiacintos Küsse waren stets grob ausgefallen, nicht weil er ihr weh tun wollte, sondern weil er den Anschein gab, dass ihm – außer seinen politischen Überzeugungen – nichts wichtig genug war, um sonderlich viel Aufmerksamkeit darauf zu verschwenden, ob an seine Sauberkeit, seine Kleidung, seine Haare – und eben auch an Gesten der Zuneigung. Gehetzt und nachlässig, kamen sie bei ihm nie an erster Stelle, waren lediglich Unterbrechungen.

Jacob und sie aber hatten alle Zeit der Welt, sich vorsichtig zu erforschen. Nichts Wildes, nichts Drängendes, nichts Brutales lag darin, als ihre Lippen erst eine Weile aufeinanderlagen, sich dann öffneten, sich ihre Zungen fanden, sich dem Geschmack des anderen hingaben.

Erst wurde Victoria ganz steif, dann hatte sie das Gefühl, zu zerschmelzen. Die Grenzen zwischen ihrem und seinem Kör-

per schienen aufgeweicht; bedeutungslos wurde, dass er nicht wusste, wer er war. Sie wollte es nicht wissen, wollte noch weniger wissen, wer sie selber war oder sein konnte, wollte nur küssen und halten und umarmen und lieben und begehren.
Sie hob die Hände, um auch seinen Nacken zu umschließen, doch kaum berührte sie die heiße Haut, spürte sie, wie er erstarrte. Abrupt lösten sich seine Lippen von ihren; er riss sich von ihr los, ließ seine Hände sinken. Seine Züge, eben noch so hingebungsvoll, verdunkelten sich. Er fuhr sich mit der Hand an den Mund, als gelte es, mühsam zu begreifen, was er da getan hatte und warum.
»Jacob ...«, flüsterte sie.
Entsetzen stand in seinem Gesicht geschrieben, altvertraute Verzweiflung – und plötzlich Erkennen.
»Eine Frau!«, stieß er aus. »Es gab eine Frau in meinem Leben ... Ich weiß es, zwar nicht, wie sie heißt, nicht, wie sie aussieht, aber dass ich sie liebe ... unendlich liebe ...«
Er wandte sich abrupt ab und stürmte auf die Maultiere zu.
»Jacob ...«
»Ich muss sie suchen!«
»Aber wenn du doch nicht weißt, wer sie ist!«
»Ich muss sie suchen!«, wiederholte er, und diesmal schrie er.
Auch sie trat nun aus dem Schatten des Tamarugobaums. Ihre Blicke trafen sich, und während ihrer voller Schmerz und Sehnsucht war, war der seine leer. Er sah sie an, aber zugleich durch sie hindurch. Die Nähe, die Vertrautheit, die sie vor wenigen Augenblicken erlebt hatten, hatte er nicht ihr geschenkt, nur dieser fremden Frau. Sie war nichts weiter als ein Ersatz für ihn – und würde es immer bleiben, selbst wenn er jene andere nie wiederfand.
Die Erkenntnis, dass sie mehr für ihn empfand als er für sie, traf sie härter als erwartet. Auch wenn er nicht wusste, wer er

war – er hatte eine Vergangenheit. Und auch wenn sie sich eingeredet hatte, sie könnte es an seiner Seite abschütteln, wiederholte sich ihr Schicksal.

Am Ende bin ich allein …

»Ich muss sie suchen«, stammelte er nunmehr ganz leise, »auch wenn ich nicht weiß, wo ich damit anfangen soll …«

Sie ritten schweigend heim, warfen sich nur dann und wann vorsichtige Blicke zu. Sie spürte seinen Schmerz, und vielleicht spürte er ihren, doch dieser Schmerz einte sie nicht, sondern vertiefte die Kluft, die sich plötzlich zwischen ihnen aufgetan hatte.

Bis zum Abend konnte Victoria die Fassung wahren und sich vorgaukeln, dass Jacobs Zurückweisung ihr nichts ausmachte. Doch als sie bei Einbruch der Dunkelheit wie immer neben Salvador auf der Bank Platz nahm, konnte sie nicht länger vor ihren Gefühlen davonlaufen. Sie war getroffen und tief gekränkt, wenn sie auch nicht genau wusste, warum. Eigentlich kannte sie Jacob zu wenig, um sich in ihn zu verlieben wie einst in Jiacinto – mit all den Unsicherheiten, Ängsten, Sehnsüchten und der Verzweiflung. Gewiss, sie war von Jacob fasziniert und fühlte sich von ihm angezogen – allerdings nicht von dem, was er war, sondern von dem Geheimnis, das ihn umgab. Und überdies war es verständlich, dass er sie – wie auch jede andere Frau – zurückweisen würde, solange er keine Erinnerungen hatte.

Dennoch: Sie hatte das Gefühl, einen schmerzhaften Schlag erhalten zu haben, und wusste plötzlich, dass sie nicht wieder aufhören könnte zu weinen, wenn sie erst einmal damit anfing. Noch gelang es ihr, die Tränen zu unterdrücken, aber der Kampf gegen sie machte alles noch schlimmer. Ihre Kehle wurde schmerzhaft eng.

Salvador rauchte zunächst seelenruhig weiter, als würde er ihren inneren Aufruhr nicht bemerken, doch irgendwann legte er plötzlich seinen Arm um ihre Schultern und zog sie an sich. Victoria war verwirrt. Sie hatte gedacht, dass ein Mann wie er, weder sonderlich herzlich noch charmant, den Umgang mit Frauen nicht geübt war, dass jede Berührung darum steif und vorsichtig ausfallen würde. Doch sein Arm ruhte so selbstverständlich auf ihren Schultern, dass sie unwillkürlich ihren Kopf darauf sinken ließ. Es war beruhigend, so zu verharren und zu fühlen, dass sie sich ihm nicht lang und breit erklären musste, sondern dass er zu ahnen schien, was geschehen war.

»Es ist lächerlich, deswegen zu leiden«, murmelte sie, »ich weiß nicht einmal, wer er ist.«

Verstohlen wischte sie sich eine Träne ab.

»Man fühlt, was man fühlt. Und meistens gibt es einen guten Grund dafür. Was soll daran lächerlich sein?«, gab er zurück.

»Aber ich weiß doch nicht einmal, was ich fühle!«, brach es aus Victoria heraus. »Gewiss, Jacob ist mehr geworden als nur mein Patient, und dennoch ... dennoch ...« Sie rang nach Worten, fand jedoch keine.

»In jedem Fall fühlst du dich ihm nahe.«

Victoria atmete tief durch. »Es hat nicht nur mit ihm zu tun«, gestand sie sich ein, »sondern auch damit, dass ich immer nur die ... Zweite bin. Er weiß nicht, wer sie ist – aber er liebt eine andere Frau. Mich hingegen kann er gar nicht lieben, obwohl ich doch so viel für ihn getan habe. Ich habe ihm das Leben gerettet, ich habe ihn wochenlang gepflegt, ich habe ...« Sie brach ab. »Nun gut«, schränkte sie ein, »dies ist mein Beruf ... meine Pflicht als Krankenschwester ... aber ... aber ... ich habe auch für Jiacinto alles getan, obwohl das nicht meine Pflicht gewesen ist. Ich habe den Carrizos mein ganzes Geld gegeben, ich habe versucht, ihn zu beeindrucken, ich habe alles, was er sagte, als Wahrheit hingenommen, und am Ende …«

Sie schluckte trocken. Plötzlich war es ihr unangenehm, dass sie sich so hatte gehenlassen. Salvador wusste nicht einmal, wer die Carrizos waren, wie sollte er ihre wirren Worte verstehen? Sie wollte von ihm abrücken, doch er hielt sie fest.

»Ich verstehe nicht viel von der Liebe«, murmelte er zwischen zwei Zügen an seiner Pfeife. »Aber ich denke mir, dass du verdient hast, für das geliebt zu werden, was du bist, und nicht für das, was du tust.«

Victoria schüttelte unwirsch den Kopf. »Wer bin ich denn?«, rief sie. »Die meisten Männer sehen mich an und denken, dass es Frauen gibt, die schöner sind und weicher und lieblicher und freundlicher. Ich hingegen bin zu spröde, zu streng, zu hart und …«

»Ach was«, fiel er ihr ins Wort. »Du bist wie die Wüste – und diese Wüste ist auf den ersten Blick karg und abweisend und gewiss kein Ort für die Verweichlichten. Aber niemand kann behaupten, dass die Wüste langweilig wäre oder ob der Kargheit ohne Farben: Gewiss, zunächst mag man kaum mehr sehen als die grauen und ockerfarbenen Hügel, doch in der Ferne schimmern schneebedeckte Vulkane, und inmitten der Berge warten tiefblaue Lagunen, grüne Oasen und Salzseen, die im Abendlicht in sämtlichen Pastelltönen funkeln. Wenn im Oktober und November manchmal Regen fällt, ist die Wüstenlandschaft übersät von Blumen. Und auch wenn die Blumen wieder vertrocknen – dort, wo der Küstennebel kondensiert, gedeihen dunkelgrüne Farne, Olivillo- und Arrayánbäume. Man muss sie nur zu finden wissen, man muss aufmerksam für die Kleinigkeiten werden. Weißt du, in der Wüste werden die Sinne sensibel. In der lauten, schönen, bunten Welt sieht man so vieles nicht, wird man so blind. Hier aber ist ein rot-gelber Schmetterling, der wie aus dem Nichts geflattert kommt, bereits ein Wunder. Und ja, du bist wie die Wüste.«

Als er geendigt hatte, zog er wieder an der Pfeife. Der süßliche Geruch wurde plötzlich übermächtig, schien jede Pore ihres Körpers zu durchdringen, und Victoria war sicher, dass sie ihn nie wieder von Salvador und diesem Abend trennen könnte. Sie hatte gebannt gelauscht – zutiefst bewegt davon, dass Salvador überhaupt so viele Worte machte, dass sie so poetisch klangen und dass jedes einzelne dazu diente, ihr die alte Selbstsicherheit wiederzugeben.

Die Tränen ließen nach, stattdessen wollte sie den Mund öffnen, um ihm für den Zuspruch zu danken. Doch ehe sie etwas sagen konnte, zog er seinen Arm von ihren Schultern, erhob sich abrupt und hinkte in die Hütte, ohne ihr eine gute Nacht zu wünschen.

Aurelia stockte der Atem. Hector war stehen geblieben, blickte forschend nach rechts und links. Er musste sie entdeckt haben … war sich allerdings noch nicht sicher, wer da dieser Schatten in der Dunkelheit war.

»Wer ist das?«, rief er streng.

Aurelia überlegte hektisch, wo sie sich verstecken konnte. Es war zu weit, um den Schutz der Häuser zu erreichen, und auch bis zum Stall konnte sie nicht laufen, ohne von ihm gesehen zu werden. Es gab weder einen Busch noch einen Baum, um sich dahinter zu verstecken. Wenn er noch einen Schritt weiter auf sie zumachte, würde er sie erkennen – wenn sie einfach vor ihm davonlief, würde er zwar ihr Gesicht nicht sehen, aber sie hören und ihr folgen.

Angst und Panik drohten ihr die Kehle zuzuschnüren. Sie

wollte schon die Schulter straffen, ihm entgegentreten, um wenigstens letzte Würde zu bewahren, als plötzlich eine Stimme ertönte.

»Ich bin es! Ich bin es nur!«

Nicht weit von ihr entfernt trat Marisol aus dem Dunkeln des Hofs. Offenbar war sie ihr dorthin gefolgt und gab nun vor, diejenige gewesen zu sein, die Hector gehört hatte.

»Was hast du hier zu suchen?«, schrie er sie an.

Marisol trat an Aurelia vorbei und ging, während sie seine Frage beantwortete, immer weiter von ihr fort, so dass Hector ihr notgedrungen folgen musste und nicht bemerkte, dass sich noch eine zweite Gestalt in der Dunkelheit verbarg.

»Es … es fällt mir schwer, es zu sagen«, stammelte Marisol hilflos, »aber ich muss es einfach tun. Mein Bruder … mein Bruder hat sich aus dem Staub gemacht. Und zwar mit zwei Pferden, die er aus dem Stall gestohlen hat. Ich sollte ihn eigentlich nicht verraten, er ist doch mein Verwandter, aber zugleich denke ich mir: Die Treue zu meinem Patron ist wichtiger. Also sage ich es Ihnen. Richtung Westen ist er geritten, vor nicht einmal einer Stunde.«

Marisols Stimme ging in ein heftiges Schluchzen über. Noch lauter als dieses war Hectors Fluchen.

Aurelia blickte sich um. Wohin sollte sie nun gehen? Gewiss würde Hector all seine Männer zusammenrufen, man würde die Jagd auf den Pferdedieb aufnehmen, und gewiss würde man sie hier entdecken, wenn sie nicht …

Ihr Herz schien auszusetzen, als sich plötzlich eine schwielige Hand auf ihren Mund legte.

»Keinen Mucks.«

Vor Schrecken hätte sie ohnehin nicht schreien können. Doch instinktiv begann sie, sich zu winden und wild um sich zu strampeln. Der Griff blieb fest.

»Ich bin es doch nur!«, erklärte eine fremde Stimme. »Luis … komm mit!«
Die Hand löste sich von ihrem Mund, und Aurelia atmete tief aus. Während Marisol weiterhin auf Hector einredete und ihn dadurch ablenkte, er schließlich nach seinen Männern und Hunden rief, zog Luis sie in die andere Richtung. Schon nach wenigen Schritten hatte Aurelia die Orientierung verloren. Sie wusste nicht, ob die Mauern, an denen sie entlangliefen, noch zum Haupthaus, den Wirtschaftsgebäuden oder dem Stall gehörten. Sie fühlte nur, dass der Boden immer feuchter wurde. Spitz stachen ihr die Halme eines abgeernteten Feldes in die Fußsohle, dann erreichten sie eine weichere Wiese, die kniehoch stand, so dass ihr Rock nach kürzester Zeit durchnässt war. Geradewegs ging es auf eine dunkle Wand zu – kein weiteres Gebäude, wie sie zunächst dachte, sondern der Wald. Aurelia konnte nichts erkennen und fürchtete, gegen einen der Bäume zu laufen, doch anders als sie fand Luis mühelos den Weg und zog sie einfach mit sich. Nunmehr waren es Moos und Geäst, auf das sie stiegen, feucht und schlammig auch das. Mehrmals blieb sie bis zum Rist stecken, mehrmals musste sie alle Kraft zusammennehmen, um den Fuß aus dem Dreck zu ziehen.
Blätter klatschten ihr ins Gesicht, und ihre Haare waren bald so nass wie die Kleidung. Die Hustenanfälle kehrten wieder, auch wenn sie sie zu unterdrücken versuchte. Irgendwann, als der Hals so schmerzte, dass sie glaubte, keinen Atemzug mehr machen zu können, erreichten sie eine Lichtung. Mondlicht schien fahl auf zwei schwarze Pferde.
»Schnell!«, befahl Luis. »Dank Marisol werden sie uns in der anderen Richtung suchen.«
Aurelia hatte keine Zeit, um sich vor den Pferden zu fürchten. Mit Luis' Hilfe schwang sie sich im Herrensitz auf den Sattel,

und als das Pferd lostrabte, war es ein vertrautes Gefühl, obwohl sie seit Jahren nicht mehr geritten war. Kurz war da keine Furcht vor der Dunkelheit, kurz waren da keine Schmerzen in Kehle und Brust. Wie das junge Mädchen fühlte sie sich vielmehr, das mit Maril durch die patagonische Steppe geritten war. Der heftige Wind hatte ihr stets ins Gesicht geblasen, ihre Kleidung gebläht, sie dem Trug hingegeben, sie würde fliegen. Sie musste ihren Kopf tief ducken, damit keine Äste ihr Gesicht trafen, und mit aller Macht die Mähne umklammern, um den Halt nicht zu verlieren – und dennoch fühlte sie sich frei wie damals, ungebunden, überzeugt, dass der bloße Wille, etwas zu schaffen, ausreichte, um es tatsächlich zu kriegen.
Dieser Wille wurde alsbald geschmälert. Sie verließen eben den Wald, als ein heftiger Regenschauer auf sie niederging. Wie Nadelstiche fühlten sich die Tropfen an, und nach kürzester Zeit schien sich anstelle der Kleidung eine Schicht aus Eis über ihren Körper zu legen. Ihr wurde so kalt, dass sie nicht einmal mehr zitterte, und die Schmerzen im Hals wurden so unerträglich, als hätte sie zerborstenes Glas geschluckt.
»Ich kann nicht mehr«, jammerte sie, »ich kann einfach nicht mehr.«
Aber Luis gönnte ihnen keine Pause. »Wenn wir jetzt halten, werden sie uns einholen«, rief er ihr durch den rauschenden Regen und pfeifenden Wind zu. »Wir müssen mindestens bis zum Morgengrauen weiterreiten, ehe wir eine Rast einlegen können.«
Aurelia hob den Blick zum Himmel. Die Regentropfen, die auf sie klatschten, schienen schwarz wie Pech zu sein. Sie konnte nicht glauben, dass jemals wieder die Sonne aufgehen würde. Und dass sie jemals wieder würde atmen können, ohne daran fast zu ersticken.

Als sie am übernächsten Tag in Santiago ankamen, glühte Aurelias Kopf heiß vor Fieber. Ihr vom Regen durchnässtes Kleid war zwar getrocknet, allerdings brach ihr immer wieder der Schweiß aus, der danach kalt am Körper klebte. Sie fror nicht mehr und zitterte dennoch wie Espenlaub. Das Sonnenlicht tat ihr in den Augen weh – ein nichtiges Leid verglichen zu den Schmerzen in der Brust. Wenn sie einatmete, ertönte ein rasselndes Geräusch, wenn sie ausatmete, hustete sie meist und spuckte gelblichen Schleim. Sämtliche Glieder taten weh, und wenn sie sich auch anfangs eingeredet hatte, dass dies die Folge der kräftezehrenden Flucht auf dem Pferderücken war, konnte sie sich nun nicht länger täuschen: Sie war krank, sehr krank. Sie brauchte ein Bett, einen Arzt, Medizin.

Erstmals seit Stunden, da sie immer nur auf den Pferderücken gestarrt hatte, blickte sie sich um. Ihr Tier war dem von Luis nachgetrabt, und der hatte die breite Hauptstraße genommen, die mitten ins Zentrum der Stadt führte. Sie erschien ihr völlig fremd, als hätte sie hier nie gelebt. In einem riesigen, dunstverhangenen Moloch war sie gelandet, voller Stimmen, die ihr die Ohren zu zerreißen schienen, voller Gerüche, die ihre Lungen verpesteten. Eine Straße schien der anderen zu gleichen – und keine war vertraut. Händler priesen die Waren, die sie in Körben mit sich trugen; die feineren Geschäfte wurden eben geöffnet. Tauben und Spatzen flogen an ihrem Kopf vorbei.

Die Kirche ... zumindest die Kirche dort vorne kam ihr bekannt vor. Hier war sie einmal gewesen, auch wenn sie nicht mehr wusste, ob mit Tiago oder Alicia. Sicher war sie sich nur, dass die Espinozas in der Nähe lebten, und obwohl sie eigentlich geplant hatte, zuerst zu Valentina und Pepe zu flüchten, dachte sie nun, dass das vielleicht sein Gutes hatte. Doktor Espinoza würde William womöglich sogleich davon berich-

ten, wenn sie in seinem Haus auftauchte – aber trotz allem war er Arzt und würde ihr helfen, und noch bedrohlicher als William waren diese Hustenanfälle.
Zwei Straßen von den Espinozas entfernt hielt sie das Pferd an und rutschte seitlich vom Rücken. Ihr war, als würde der Boden unter ihren Füßen nachgeben – ehe sie begriff, dass es nicht der Boden war, der zitterte, sondern ihre Knie und diese kaum ihr Gewicht tragen konnten. Sie klammerte sich am Pferd fest, während Funken vor ihren Augen explodierten. Ewigkeiten schienen zu vergehen, bis sich das Bild klärte und sie blinzelnd zu Luis hochschauen konnte.
»Wenn du willst, kannst du das Pferd haben, ich brauche es nicht mehr.«
Noch während sie es sagte, ging ihr auf, dass das vielleicht ein Fehler war – desgleichen, wie sich nun bei Luis zu bedanken und von ihm zu verabschieden.
Was sollte sie tun, wenn die Espinozas sie vor die Tür setzten? Doch als Luis, ihr Pferd am Zügel führend, davonritt, hielt sie ihn nicht auf. Ihr Kopf schien wie in dicke Baumwolle gepackt zu sein. Sie war nicht fähig, weiter als bis zum nächsten Schritt zu denken.
Und Andrés, so redete sie sich ohne Unterlass ein, Andrés war immerhin Tiagos Freund. Er würde sich ihrer annehmen. Er würde sie nicht im Stich lassen.
Die letzte Wegstrecke zu den Espinozas zurückzulegen und die wenigen Stufen zur Haustür hochzugehen fühlte sich an, als würde sie einen Berg beschreiten. Als sie endlich ihr Ziel erreicht hatte, lehnte sie sich eine Weile erschöpft an die Tür und hustete erbärmlich, ehe sie endlich die Kraft fand, um zu klopfen.
Ein Hausmädchen machte ihr auf – Aurelia kannte es aus der Zeit, als sie hier gelebt hatte. Sie selbst schien dem Mädchen

dagegen völlig fremd zu sein, so verwirrt und auch leicht angewidert, wie es sie anschaute. Kein Wunder – ihr Kleid war dreckig und voller Flicken, die Haare zerzaust, das Gesicht bleich und ausgezehrt.

»Andrés ... ich muss Andrés sprechen ...«

Die Miene des Mädchens blieb angewidert, doch immerhin trat es zurück, um Aurelia einzulassen.

»Der junge Doktor ist oben im Labor. Aber ich soll niemanden zu ihm lassen.«

»Mich schon«, brachte Aurelia unter Husten hervor. »Ich bin Aurelia Hoffmann.«

Das Mädchen riss verwundert die Augen auf. Misstrauen regte sich in ihr, aber sie schritt nicht ein, als Aurelia sich daranmachte, die Treppe zum ersten Stock hochzusteigen. Wieder fühlte es sich an, als müsste sie über steinigen Weg einen Gipfel erklimmen.

Wenigstens musste sie nicht Ramiro gegenübertreten. Wäre er hier, so war sie sich sicher, hätte das Hausmädchen ihm bereits Bescheid gegeben. So aber blieb dieses steif an der Haustür stehen, während sich Aurelia Stufe für Stufe hochkämpfte, immer wieder stehen blieb, hustete, nach Luft schnappte.

Im ersten Stock waren alle Vorhänge zugezogen, und diese Finsternis war wohltuend. Die Schmerzen in den Augen ließen nach, und kurz glaubte sie, befreiter atmen zu können. Am finstersten von allen Räumen war das Labor. Sie konnte sich noch gut daran erinnern, wo es sich befand. Sie klopfte an der Tür und trat ein, als niemand ihr antwortete. Anfangs hielt sie den Raum für leer: Zumindest saß niemand hinter dem Tisch, auf dem ein merkwürdiges Gebilde stand, das man Mikroskop nannte. Allerdings fiel das graue Licht nicht bis in den letzten Winkel – vielleicht verbarg sich Andrés dort.

Ein scharfer Geruch lag in der Luft. Nach einem Desinfektionsmittel, das sie einst manchmal an Victoria gerochen hatte, wenn sie aus dem Krankenhaus kam. Und nach … Branntwein.

»Andrés?«

Nur den Namen auszusprechen löste einen neuen Hustenanfall aus. Als die krächzenden, gequälten Laute verstummt waren, hörte sie ein Stöhnen, das nicht aus ihrer Brust kam. Sie trat in den Raum, fühlte, wie die Augen sich an das trübe Licht gewöhnten, und nahm dort hinten in der Ecke eine gekrümmte Gestalt wahr.

»Andrés … was ist passiert?« Sein Anblick entsetzte sie so sehr, das sie für einen Moment nicht an die eigenen Schmerzen dachte. Er hockte dort wie ein Kind, das sich vor etwas fürchtet: den Kopf ganz dicht an die Knie gezogen. Als er unendlich langsam das Gesicht hob, sah sie, dass es aufgeschwemmt und schweißnass war, die Augen rot unterlaufen, die Ringe darunter fast schwarz.

»Es wird nicht besser«, lallte er, »es wird einfach nicht besser …«

Nicht weit von ihm entfernt stand eine Lampe. Sie machte sie an und stieß dabei gegen einige Flaschen, die über den Boden rollten. Drei waren es insgesamt – er musste erst heute Morgen den Inhalt von allen getrunken haben. Der Gestank setzte ihr zu, aber noch mehr der Schwindel, der sie packte. Ob sie wollte oder nicht – sie konnte gar nicht anders, als sich neben ihm auf den Boden sinken zu lassen.

»Was wird nicht besser?«, stieß sie unter Husten hervor.

Als er zu sprechen begann, dachte sie noch, dass er die Trauer um Tiago meinte. Doch mit jedem Wort, das er stotterte, wurde seine Rede wirrer.

»Das Problem ist, dass wir an unserem Elend immer anderen

Menschen die Schuld geben. Das ist ein Fehler. Mein Vater zum Beispiel hat mich nie geliebt – und ich habe stets gedacht, dass es daran liegt, weil meine Mutter bei meiner Geburt gestorben ist. Aber heute denke ich mir: Wenn er sie wirklich geliebt hätte, hätte er öfter von ihr gesprochen, hätte mehr Bilder von ihr aufbewahrt, ihre Kleidung und ihren Schmuck. Das hat er nicht – weil er sie nicht geliebt hat, zumindest nicht, als sie noch lebte. Er brauchte ihren Tod nur als Ausrede, weil er mit mir nichts anfangen konnte und es ihm eine Last war, allein ein kleines Kind großzuziehen. Wir nutzen alle Ausreden, um nicht glücklich sein zu müssen …«

Seine Worte gingen in ein Rauschen über. In ihrem Mund schmeckte es plötzlich metallisch. Gaukelte ihr der Branntweingestank das nur vor, oder hustete sie inzwischen etwa Blut?

»Andrés, ich brauche deine Hilfe …«

Er schien sie gar nicht zu hören. »Mein Leben lang habe ich Tiago glühend beneidet … Ihn zu beobachten war, als würde ich mir einen spitzen Dorn immer tiefer in die Haut treiben. Irgendwann habe ich geglaubt, es wäre alles leichter, wenn es ihn nicht mehr gibt und ich mich nicht mehr an ihm messen muss. Aber nun, da er tot ist, ist mir alles vergällt. Es gibt nichts, was mir noch Freude macht.«

»Andrés … bitte … Ich musste fliehen … Ich bin krank … sehr krank!« Sie fragte sich, wie lange sie noch die Kraft hatte, aufrecht neben ihm zu sitzen.

»Wir sind alle krank«, erwiderte er lallend, »wir sind krank vor Gier, immer noch mehr zu wollen. Mein Vater will zur Oberschicht gehören, und die, die bereits dazugehören wie William, wollen noch mehr Geld, und die, die genug Geld haben, wollen mehr Glück. Du wiederum hast all das gehabt,

Geld und Ansehen und Glück. Aber deinen Frieden hast du dennoch nicht gefunden.«
Sie wollte etwas sagen, konnte jedoch nicht. Warum sah er nicht, in welchem erbarmungswürdigen Zustand sie sich befand? Warum half er ihr nicht, sondern blieb einfach starr neben ihr hocken?
Sein Blick war irgendwie ... kalt. Und zugleich voll jener Gier, die er mit seinen Worten eben erst beschworen hatte.
Plötzlich fröstelte sie trotz des Fiebers – und ihre Sinne, eben noch so träge, wurden hellwach. Andrés ist gefährlich, schoss es ihr durch den Kopf.
Die Bedrohung, die von ihm ausging, war größer als die ihrer Krankheit. Sie schluckte schwer, wollte sich erheben, schaffte es aber nicht. Ohnmächtig musste sie hinnehmen, dass er näher an sie heranrückte.
»Ich bin anders«, sagte er. »Wenn ich bekommen hätte, was ich gewollt hätte, hätte ich nicht noch mehr verlangt. Ich wäre damit zufrieden gewesen, wirklich zufrieden. Mir hätte es genügt, wenn ich als Pathologe hätte arbeiten können und gewusst hätte, dass zu Hause eine Frau, wie du es bist, auf mich wartet ... und eine Schar glücklicher Kinder.«
Unvermittelt hob er seine Hand. Sie sah, dass diese zitterte, und dachte erst, er wollte ihr über das Gesicht streicheln. Stattdessen senkten sich seine Finger auf ihre Brust und drückten sie. Sie schrie auf – vor Schmerz, Scham und Entsetzen, und der Schrei brannte wie Feuer in ihrer Kehle.
»Ich bin krank ...«, stammelte sie unter Husten, »... siehst du es denn nicht? Ich bin krank! Du musst mir helfen!«
»Aber ich habe keine Frau wie dich bekommen«, fuhr er ungerührt fort. »Du hast mich gar nicht beachtet, schon damals nicht, bei unserer ersten Begegnung im Hafen von Valparaíso. Du hattest nur Augen für Tiago.« Plötzlich kicherte er auf.

»Aber Tiago ist tot!«, rief er. »Er ist im Wüstensand verrottet! Nichts mehr ist von ihm da!«
Während er sprach, knetete er weiterhin ihre Brust und rückte noch näher. Sie versteifte sich, wollte zurückweichen, doch da hatte er sie mit der freien Hand schon an den Haaren gepackt, rollte sie auf den Rücken und wälzte sich auf sie.
»Andrés!«, schrie sie auf. Ihr Kopf drohte zu zerplatzen.
»Du brauchst also Hilfe! Aber wenn du Hilfe willst, liebste Aurelia, dann musst du etwas dafür tun. Im Leben ist nichts umsonst, für alles hat man einen Preis zu bezahlen, auch du. Es gibt zwar wenig, womit du zahlen kannst, aber so krank kannst du gar nicht sein, dass dein Körper nicht noch etwas Wert hätte.«
Sie hatte das Gefühl, unter seinem schweren Leib zu ersticken. Unerträglich wie der Schmerz war die Furcht, ohnmächtig zu werden. Sie war sich sicher, dass ihn das nicht abhalten würde, sich an ihr zu vergehen. Aufstöhnend nahm sie alle Kraft zusammen, versuchte, ihre Hände gegen seine Brust zu stemmen, aber er bewegte sich keinen Millimeter. Sie musste weg, weg von hier! Aber sie konnte es nicht!
Sein Gesicht senkte sich auf ihres. Als er sie küssen wollte, stieg ihr heiß sein Branntweinatem in die Nase. Statt zu husten, musste sie würgen. Verzweifelt drehte sie ihr Gesicht zur Seite und sah auf diese Weise, dass nicht weit von ihr etwas Dunkles am Boden lag. Sie tastete mit den Händen danach, fühlte, dass es eine der leeren Branntweinflaschen war.
Ihre Hände waren schweißnass. Als sie die Flasche umklammerte, befürchtete sie, sie würde ihr entgleiten. Doch die Verzweiflung gab ihr Kraft – genug Kraft, die Flasche zu erheben und damit auf Andrés' Kopf einzuschlagen.
Wäre er nicht betrunken gewesen, hätte sie keine Chance gegen ihn gehabt. So aber gab ihm der Schlag den Rest. Ein Äch-

zen ertönte, dann sackte er von ihr. Noch lag sein rechtes Bein schwer auf ihrem, aber sie schob es mit Mühe weg. Er atmete noch, rührte sich jedoch nicht.
Als sie sich erhob, schien sich das Zimmer zu drehen. Immerhin konnte sie Schritt vor Schritt setzen. An der Wand entlang tastete sie sich zur Tür und von dort bis zur Treppe. Schon der Weg hinauf war mühsam gewesen – der nach unten kam ihr wie eine Ewigkeit vor. Jede Stufe, die sie nahm, wurde von der Angst begleitet, zu stolpern, in die Tiefe zu fallen und sich das Genick zu brechen. Aber irgendwie kam sie doch heil nach unten.
Vom Hausmädchen war nichts zu sehen, und so musste sie selbst die schwere Tür öffnen. Als sie endlich im Freien stand, waren alle ihre Kräfte verbraucht.
Valentina ... sie musste zu Valentina und Pepe Veliz ... die Buchhandlung ... sie war ihre einzige Rettung ...
Sie erreichte die Straße, ging dort einige schleppende Schritte und bog dann in den Weg nach rechts ab. Immer wieder verharrte sie, stützte sich an eine Hauswand, hustete und rang um Atem. Die Kraft, den Kopf zu heben, sich zu vergewissern, dass sie den richtigen Weg nahm, hatte sie nicht, aber irgendwie konnte sie sich aufrecht halten und weitergehen. Rund um sie tobte das Leben, doch sie vernahm die Stimmen und Geräusche wie hinter einem Schleier. Als sie endlich die Straße erreichte, wo die Familie Veliz lebte, wurde der Schleier immer dunkler und schwerer. Obwohl das Ziel so nah war, gaben ihre Sinne, die bislang wacker gegen eine Ohnmacht gekämpft hatten, nacheinander auf. Erst hörte sie nichts mehr, dann wurde es schwarz vor ihren Augen. Sie wollte sich einmal mehr an eine Hauswand stützen, griff jedoch ins Leere und fiel krachend zu Boden.
Ich habe es doch so weit geschafft, dachte sie, während ihr

Kopf auf dem Pflaster aufschlug, es sind nur noch ein paar Schritte … ein paar Schritte zu viel …

»Tiago …«, seufzte sie, »… ach, Tiago …«

Sie hoffte, dass sie ihn wiedersehen würde, wenn sie hier und heute starb. Doch als sie endgültig das Bewusstsein verlor, erwartete sie nicht der geliebte Mann, sondern nur das Nichts.

27. Kapitel

Pepe führte wieder einmal seine mürrischen Selbstgespräche, als er das Haus verließ und zur Apotheke aufbrach. Valentina hatte ihn dorthin geschickt, weil sie sich einbildete, dass sie augenblicklich ein paar der viel gepriesenen »Pilules Orientales«, die für teures Geld von Europa importiert und für noch teureres Geld an chilenische Frauen verkauft wurden, schlucken müsse. Pepe hatte von diesen Pillen noch nie gehört, aber Valentina hatte ihn ungefragt über deren Wirkung aufgeklärt: Sie würden die Festigkeit der Brüste sichern.

Pepe schüttelte sich und wusste nicht, was schlimmer war: sich überhaupt Gedanken über die Festigkeit von Valentinas Brüsten machen zu müssen oder zu überlegen, warum sie selbst ausgerechnet jetzt so viele Sorgen daran verschwendete. Die Eitelkeit hatte nie zu ihren Eigenschaften gezählt, im Gegenteil: Seit dem Tod des Vaters war ihr das äußere Erscheinungsbild weitgehend gleichgültig und wichtig einzig, dass ihr schwarzes Kleid und der Schleier auf dem Kopf nicht schmutzig oder faltig waren. In letzter Zeit aber verhielt sie sich oft wie eines der oberflächlichen Mädchen, deren Gedanken allein um die Bewahrung der Schönheit kreisten und für die eine neue Falte im Gesicht eine Katastrophe darstellte.

Woher kam das nur? Hatte die Tatsache, dass sie etwas schwerfälliger wurde und häufig an Gliederschmerzen litt, eine bislang fremde Angst vor Alter und Tod geschürt? Oder war ihr bis jetzt so scharfer Geist zunehmend verwirrt und

machte sie glauben, sie wäre wieder jung? Vielleicht aber, so dachte er misstrauisch, war sie gar nicht verwirrt, sondern spielte ihm das nur vor, um ihm einmal mehr vor Augen zu halten, dass er sie unmöglich im Stich lassen konnte.
Pepe blickte starr auf den Boden und nahm kaum etwas wahr. Warum war sein Vater so früh gestorben, haderte er, warum hatte er keine Geschwister, die die Sorge um die Mutter teilten, warum war er nicht rechtzeitig fortgegangen, warum ...
Seine Gedanken gerieten ins Stocken, seine Schritte auch. Er konnte sich fast allem Lebendigen, das um ihn tobte, blind stellen, nicht aber dem verschließen, was da unmittelbar vor ihm auf der Straße lag. Von weitem betrachtet, sah es wie ein Haufen alter Kleidung aus, doch als er näher kam, erkannte er, dass unter dieser Kleidung ein Mensch lag. Er wollte schon zurückweichen, um sich keine weitere Verantwortung aufzubürden, als er begriff, dass dieser Mensch kein Fremder war. Es war eine Frau. Es war Aurelia!
Pepe brach der Schweiß aus, und sein Herz drohte stillzustehen. An einen gleichmäßigen Lebensrhythmus gewohnt, war das fast zu viel der Aufregung.
Mit zitternden Händen nahm er seine Hornbrille ab und wischte sie sauber, um eine Sinnestäuschung auszuschließen. Kaum saß die Brille wieder auf der Nase, wurde jedoch offensichtlich: Er hatte sich nicht getäuscht.
»Grundgütiger!«
Das erste Mal, seit er das Haus verlassen hatte, hob er den Kopf, nahm die umherlaufenden Menschen wahr, ein jeder auf den eigenen Weg konzentriert und blind für diese Ohnmächtige. Was für eine böse, herzlose Stadt!, fluchte er, der eben selbst nur wahrgenommen hatte, was mit dem eigenen Tagewerk zu tun hatte.

Vorsichtig beugte er sich über sie. »Aurelia!«
Aurelia war immer klein und zart gewesen, doch nun war ihr Gesicht wächsern, als wäre es aus Porzellan und als genügte eine abrupte Bewegung, es zerbrechen zu lassen. Er scheute sich, sie anzufassen, konnte sie natürlich nicht einfach liegen lassen, und auch als er sie an der Schulter stupste, tat sie keine Regung. Immerhin atmete sie, wenn auch nur schwach.
»Aurelia ...«
Er seufzte, dann bückte er sich und hob sie behutsam hoch. Obwohl sie so leicht war, brach ihm nach wenigen Schritten noch mehr Schweiß aus. Er spürte ihren flatternden Herzschlag, fühlte ihre weiche Haut auf seiner. Nie hatte er einen Menschen so berührt, nie sich jemandem so nahe gefühlt. Nach weiteren Schritten keuchte er – aber was wog die Mühsal, sie zu tragen, schon gegen die Wohltat, ihr Retter zu sein? Kurz vermeinte er, er schritte nicht durch Santiagos belebte Straßen, sondern durch ein fremdes Land voller Gefahren: Flutwellen und Erdbeben und ausbrechenden Vulkanen.
Wenig später hatte er das Haus erreicht. Er fühlte sich zu geschwächt, sie die Treppe hochzubringen, legte sie stattdessen auf den Boden der Buchhandlung und tastete nach ihrem Puls. Ihre Haut – das nahm er erst jetzt wahr – war glühend heiß.
»Mutter!«, schrie er. »Mutter!«
Eins musste man ihr lassen: Ob nun verwirrt oder nicht – Valentina war nicht nur sofort zur Stelle, sondern erfasste blitzschnell, was passiert sein musste, und bestimmte sachlich wie immer, was nun zu tun sei.
Sie rief nach Bona, befahl ihr, sie solle ohne Umschweife einen Arzt holen, forderte dann von Pepe, er möge Aurelia das Kleid ausziehen.
»Sie glüht vor Fieber! Wir müssen sie mit Essigwasser einreiben.«

Pepe verzog die Stirn – es war das eine, Aurelia heldenhaft durch die Straßen zu tragen, aber etwas ganz anderes, sie auszuziehen.

»Nun benimm dich nicht wie eine schamvolle Jungfer!«, fuhr Valentina ihn an.

Eine solche bin ich aber, dachte er trotzig. Und du hast mich dazu gemacht.

Laut sagte er jedoch nichts. Um Aurelias willen war es besser, ihren Befehlen zu gehorchen. Während er zögerlich den schweren Stoff ihres Kleids hochschob, betete er dafür, dass der Arzt schnell kommen möge. Er hatte nicht viel Ahnung vom menschlichen Körper und der Medizin, aber ein untrügliches Gefühl sagte ihm, dass Aurelias Leben auf Messers Schneide stand.

Eines Morgens erwachte Jacob aus tiefem Schlaf – und irgendetwas war anders als sonst. Das Erwachen war niemals leicht, seit er von der Kopfverletzung genesen war. In den Augenblicken, da er noch halb im Reich der Träume steckte und friedlich vor sich hin dämmerte, hatte er das Gefühl, dass alles in Ordnung war, er sich ausruhen konnte, er nicht verzweifelt nach sich selbst suchen musste. Aber jedes Mal gab es diesen panischen Moment, dieses Erschrecken, wenn er auffuhr und feststellte, dass er als der erwachte, als der er eingeschlafen war: als Niemand.

Heute kam noch etwas anderes dazu: tiefe, bange Sorge, wenngleich er nicht sicher war, wem sie galt. Er fühlte eine vage Bedrohung, eine unaussprechliche Gefahr – vielleicht für sein Leben, vielleicht für das eines Menschen, den er liebte.

So oder so – in ihm erwachte Unrast. Er sprang auf, fuhr sich durchs struppige Haar. Eigentlich war es nichts Ungewöhnliches, dass er sich getrieben fühlte – in den letzten Wochen war er so oft unterwegs gewesen, hatte so oft Ausflüge unternommen, um immer wieder Neues zu sehen und seine lahmen Erinnerungen anzuspornen. Aber heute, das ging ihm plötzlich auf, würde ihm das nicht genügen. Er hatte hier alles gesehen, was es zu sehen gab, und war sich sicher, dass die Wüste nicht der Ort war, wo er früher gelebt hatte. Wie auch immer er hierhergeraten war – um herauszufinden, wer er war, musste er die Wüste verlassen.

Er rieb sich die Schläfen. Die Sorge, die Furcht vor einer Bedrohung wich – eine andere Erkenntnis verdichtete sich. Vor einigen Tagen war sie ihm zum ersten Mal wie eine Ahnung aufgestiegen, nun schien sie zur Gewissheit zu werden.

Foster … irgendwo in den versteckten Winkeln seines Gehirns war der Name Foster aufgetaucht.

Er hatte sich ihn immer wieder lautlos vorgesagt, tat das auch jetzt. Jacob Foster. Jacob Foster. Jacob Foster.

Nein, darauf schwören, dass das sein Name war, konnte er nicht, aber er entschied, diesen Namen fortan zu nutzen, solange ihm kein besserer einfiel. Und dieser Name würde ihm vielleicht einen Weg in die Vergangenheit weisen – oder zumindest einen Weg aus der Wüste hinaus.

Erst gestern Abend hatte er Victoria und Salvador gefragt, ob sie diesen Namen jemals gehört hatten, und beide waren sich sicher, dass ein mächtiger amerikanischer Geschäftsmann so hieß, der aus Kalifornien stammte und hier einige Minen besaß. Heute Morgen entschied er, dass Kalifornien dann wohl das Land war, in das er am besten aufbrach. Vielleicht war er mit diesem Amerikaner verwandt.

Er ließ seine Hände sinken und sah, dass die anderen schon beim Frühstück saßen, das aus Kaffee und einem Brei aus geröstetem Mehl bestand. Beides schmeckte grässlich, stärkte aber für den Tag.

»Guten Morgen!«

Wie immer starrten ihn die beiden Mädchen mit großen, dunklen Augen an. Sie waren stets höflich zu ihm, doch er ahnte, dass er ihnen unheimlich war. Eine von ihnen – er hätte nicht sagen können, welche es war – verließ oft eilig die Hütte, wenn sie mit ihm allein war. Salvador Cortes dagegen nickte ihm freundlich lächelnd zu. Und Victoria ... Victoria wirkte so traurig.

»Hast du gut geschlafen?«, fragte sie dennoch.

»Ja ... ja, ich denke schon«, murmelte er etwas ratlos, als wüsste er es nicht genau.

Als er sich neben sie an den Tisch setzte und sie ihm eine Tasse heißen Kaffee reichte, überkam ihn ein schlechtes Gewissen.

In der Zeit des Nebels war sie sein einziger Halt gewesen – und die Versuchung, sich an ihr festzuklammern, so groß, sie einfach nicht loszulassen, sich auf diese Weise ein Fleckchen Erde erobern zu können, auf dem er sicher stand, auch wenn dieses Fleckchen eigentlich ihr, nicht ihm gehörte. Aber nun wusste er, dass er von hier fortgehen musste: Sie hatte etwas Besseres verdient als einen, der nur aus Notwendigkeit oder Verzweiflung ihre Nähe suchte, nicht aus echter Zuneigung.

»Ich gehe nach Kalifornien«, brach es aus ihm hervor, ehe er einen Schluck Kaffee trank.

Victorias Rücken straffte sich: »Kannst du dich an etwas erinnern?«, rief sie aufgeregt. »Stammst du von dort?«

Er senkte den Blick, denn es fiel ihm schwer, zuzugeben, dass er nur sehr magere Anhaltspunkte hatte. »Ich bin mir nicht sicher«, murmelte er, »aber ich weiß: Ich muss es versuchen.

Ich kann nicht länger hierbleiben. Sonst verliere ich nicht nur meine Erinnerungen, sondern auch meinen Verstand …«
Salvador sagte nichts, aber Victoria schien verletzt, weil er den Ort, an dem sie ihm Heilung und Geborgenheit geschenkt hatte, so abwertete.
»Versteht mich nicht falsch«, fügte er rasch hinzu, »ich bin euch unendlich dankbar für eure Hilfe, aber dies ist nicht der Ort, an dem ich gelebt habe … hier bin ich ein Fremder …«
Er rieb sich wieder die Schläfen, fühlte Kopfschmerzen aufsteigen und erneut dieses diffuse Gefühl von Bedrohung.
»Aber du hast kein Geld!«, rief Victoria. »Wie willst du denn nach Amerika kommen?«
Sie klang verzweifelt, denn obwohl er die Schultern zuckte, schien sie zu ahnen, dass ihn das nicht aufhalten würde.
Prompt schaltete sich Salvador ein: »Er kann einen Salpetertransport an die Küste begleiten, viele Arbeiter hier sind mir einen Gefallen schuldig und werden dafür kein Geld verlangen. Und dann …«
Er erhob sich, ging zur einer Truhe und zog ein paar Geldscheine hervor. »Das ist nicht viel … aber fürs Erste wird es reichen, vielleicht sogar für eine Schiffspassage nach San Francisco. Danach musst du dich irgendwie allein durchbringen.«
»Das kann ich nicht annehmen«, stieß Jacob aus, während Victoria im gleichen Augenblick verwundert fragte: »Warum hast du so viel Geld?«
»Es ist gar nicht so viel Geld«, wiegelte Salvador ab, »und darum, Jacob, wirst du es auch annehmen. Ich werde nur selten auf diese Weise bezahlt, und eigentlich nützt es nichts, denn Geld kann man hier nicht ausgeben, mir sind Naturalien lieber. Wie auch immer. Du hast so viel Unglück erlebt – lass

zu, dass dir auch mal etwas Gutes geschieht. Ein Teil des Geldes würde eigentlich Victoria zustehen, weil sie für mich arbeitet, aber ich bin sicher, sie wird darauf verzichten, nicht wahr?«

Sie nickte schweigend. Jacob fühlte sich zutiefst beschämt, sah jedoch keine Möglichkeit, die Gabe auszuschlagen. Er nahm das Geld und steckte es ein.

»Ich weiß nicht, ob ich es je zurückzahlen kann«, erklärte er entschlossen, »aber ich werde es versuchen. Und ich werde nie vergessen, was ihr für mich getan habt.«

Er sah, wie Victorias Lippen zitterten und wie sie sich verstohlen über die Augen wischte, doch als sie die Hand wieder sinken ließ, war ihr Gesicht ausdruckslos. »Du solltest noch etwas essen und trinken. Was immer dir bevorsteht – du wirst viel Kraft dafür brauchen.«

Vorerst gelang es Victoria, ihren Gleichmut zu bewahren. Sie verabschiedete sich gefasst von Jacob, nahm ihm das Versprechen ab, ihnen, was auch immer geschehen würde, möglichst bald zu schreiben, und umarmte ihn – nicht sonderlich inniglich, eher als gute Freundin. Sie war sich nicht sicher, ob sie ihn jemals wiedersehen würde – und sie wusste, dass Briefe in die Atacamawüste oft verlorengingen, aber sie zwang sich zu einem Lächeln, als wäre dieser Abschied nur für kurze Zeit.

Erst als er sich abwandte und den Zug bestieg – er würde in einem offenen Waggon mit Säcken voller Gestein sitzen –, konnte sie ihre Verzweiflung nicht länger unterdrücken. Ihn gehen zu lassen hieß, erneut alle großen Abschiede ihres Lebens durchzumachen – ob von ihren sterbenden Eltern oder von Valentina und Pepe.

Von Jiacinto hatte sie sich hingegen nie verabschieden kön-

nen – und von Aurelia auch nicht. Sie dachte an den Brief, den sie ihr damals geschrieben hatte, ehe sie Santiago verlassen hatte, und hoffte plötzlich so sehr, Aurelia würde ihn eines Tages lesen, genauso, wie sie vielleicht eines Tages einen Brief von Jacob würde lesen können.
Als der Zug eine Dampfwolke ausspie, mit knirschenden Rädern losfuhr und immer kleiner wurde, griff eine Hand nach ihrer, eine zarte, weiche Kinderhand. Es war die von Clara.
»Bist du traurig?«, fragte sie mit diesen weit aufgerissenen, dunklen Augen, die immer etwas melancholisch wirkten.
Victoria lag es auf den Lippen, es abzustreiten, aber dann nickte sie. »Ja, ich bin sehr traurig.«
Zu ihrem Erstaunen gesellte sich auch Teodora zu ihr. Zwar reichte sie ihr nicht die Hand, schlug aber selbstlos vor: »Wenn du willst, können wir gemeinsam kochen.«
Victoria lächelte gerührt, und das Gefühl, ganz allein auf dieser Welt zu sein und stets aufs Neue alle gehen oder verlassen zu müssen, die sie liebte, schwand. Sie hätte sich nicht angemaßt, zu behaupten, Teil dieser Familie zu sein, und doch wusste sie: Sie gehörte hierher, sie gehörte dazu.
»Vielen Dank«, murmelte sie, »ich komme darauf zurück. Aber ich glaube, im Moment würde ich lieber gar nichts tun.«
Nachdem die Mädchen ins Haus gegangen waren, merkte sie, dass Salvador nicht weit von ihr stehen geblieben war und sie eingehend betrachtete.
»Nimm dir die Zeit, die du möchtest.«
Sie schüttelte den Kopf. Eben noch war es ihr als unmöglich erschienen, etwas zu tun, aber als sie nun in sein Gesicht blickte, gefurcht vom Leben, aber gestählt vom Willen, diesem standzuhalten – gleich einem knorrigen Tamarindenbaum, der auch noch in der kargen Wüste zu wachsen weiß –,

erklärte sie entschlossen: »Ich habe dir in den letzten Wochen viel zu wenig geholfen. Ich will es nachholen.«
Er nickte, und sie dachte schon, er würde von dannen gehen, aber dann trat er zu ihr und nahm ihre Hand, so wie Clara es getan hatte. Wie das Mädchen drückte er sie kurz.
»Dann komm«, erwiderte er, »einer der Arbeiter hat sich das Bein gebrochen, als sie den Zug beladen haben. Wir müssen es schienen.«

Aurelia hatte sich in ihrem Leben so viel mit Farben beschäftigt – doch bis jetzt hatte sie nicht gewusst, wie viele Nuancen es von Schwarz gab. Manchmal war es tief und absolut, manchmal lediglich ein Schleier, der sich zwar besitzergreifend über die Welt legt, jedoch zulassen muss, dass dahinter Licht aufblitzt, manchmal wurde es an seinen Rändern zu einem schmutzigen Grau. Dann wähnte sie, zwar nicht tiefer und tiefer zu fallen wie in völliger Finsternis, jedoch wie zu Stein zu erstarren. Da war kein Leben mehr in ihr, zumindest nicht sonderlich viel. Sie wusste nicht, wo sie war und wem die Hände gehörten, die ihr manchmal den Schweiß von der Stirn wischten. Sie war in einem Reich zwischen Leben und Tod gefangen – war zu schwach, um zu leben, aber zu widerborstig, um zu sterben.
Ja, irgendetwas war da in ihr, das nicht aufgab, das erbittert mit dem Tod rang, das gegen das Fieber kämpfte, gegen den Druck auf der Brust, gegen den Husten. Er war nicht sonderlich stark, aber er war zäh. Irgendwann brannte die Haut nicht mehr so, als stünde sie in Flammen, irgendwann konnte sie einatmen, ohne dass es ihr die Brust zerriss, und irgendwann konnte sie die Augen öffnen und feststellen, dass es noch eine Welt gab – und die Welt voller Farben war.
Pepe saß an der einen Seite ihres Krankenbettes, Valentina an

der anderen. Pepe war sehr besorgt, Valentina auch, doch anders als er zeigte sie es nicht, sondern musterte sie so skeptisch wie ein fremdes Tier.
»Sie ist aufgewacht! Sieh doch nur, sie ist aufgewacht!«, schrie Pepe aufgeregt.
»Das heißt noch gar nichts. Vielleicht schläft sie gleich wieder ein.«
Doch Aurelia hielt die Augen offen – zumindest lange genug, um die Namen der beiden zu murmeln und ein »Habt Dank« hervorzupressen.
»Siehst du!«, rief Pepe triumphierend.
Was Valentina daraufhin sagte, konnte Aurelia schon nicht mehr verstehen. Zu sprechen war eine zu große Anstrengung gewesen, schwer wie Blei wurden ihre Lider. Sie versank in tiefen Schlaf, und als sie erwachte, konnte sie sich zwar sofort wieder orientieren und auch erinnern, wer sie vor dem Tod gerettet hatte, aber sie war sich nicht sicher, ob sie mehrere Monate oder nur Tage krank gewesen war. In jedem Fall war sie kräftig genug, um sich aufzusetzen und ihr Haar, strähnig und schwer, aus dem Gesicht zu streichen.
Diesmal saß nur Pepe bei ihr am Bett. »Du musst etwas essen«, befahl er.
Aurelia schluckte schwer. »Ich kann nicht …«, murmelte sie.
»Du lebst noch, also kannst du«, entgegnete er ungewohnt streng.
Erst jetzt sah sie, dass auf dem Nachttischchen ein Tablett mit einer Schüssel stand. Pepe nahm den Löffel und führte ihn an ihre Lippen. Sie konnte nicht sehen, womit er sie fütterte, aber in seinem Blick stand etwas so Flehentliches, dass sie die Lippen öffnete und es schluckte. Offenbar war es mit Reiswasser verdünnte Milch. Sie nahm eine halbe Tasse zu sich, dann vermeinte sie, ihr Magen wäre mit Steinen gefüllt.

»Na bitte«, sagte Pepe triumphierend.
Aurelias Kopf sank auf das Kissen. »Wie lange?«, fragte sie.
»Wie lange wir um dein Leben kämpfen mussten? Oh, fast eine ganze Woche. Ich habe kaum geschlafen.« Er schlug sich auf die Brust, als läge die größte Heldentat seines Lebens hinter ihm.
»Eine Woche …«, echote Aurelia.
»Du lagst reglos mitten auf der Straße. Wie, in Gottes Namen, bist du nur dort gelandet?«
Ihr Körper fühlte sich unendlich schwer an. Sie konnte sich nicht vorstellen, je wieder schnellen Schrittes zu gehen – und genauso lahm erwiesen sich ihre Erinnerungen.
»Ich war auf einer Hacienda … William … wollte nicht … und Andrés … Verstand verloren«, presste sie hervor.
Ein Räuspern ertönte von der Tür, Valentina stand dort. »Nun, überfordere sie nicht! Sie muss erst wieder zu Kräften kommen, dann kannst du neugierige Fragen stellen.«
Pepe zog schmollend die Lippen zusammen. »Als ob du nicht neugierig wärst!«, murrte er, gab aber nach und ließ Aurelia eine Weile allein.
Während der nächsten Tage verzichtete er auf Fragen, sorgte jedoch dafür, dass sie genug aß. Zuerst flößte er ihr noch mehr Reismilch ein, dann den süßen Saft der chilenischen Palme, die in Santiago an allen Ecken wuchs. Man zapfte ihn aus ihrem Mark, und er schmeckte wie Honig. Schließlich hatte sich ihr Magen daran gewöhnt, regelmäßig gefüllt zu werden, und sie konnte auch etwas Festes essen – geröstete Brotschnitten, die Pepe allerdings in heiße Schokolade tauchte, damit sie sie nicht kauen musste.
Die Schmerzen in ihrem Hals ließen nach jedem Bissen nach, der Husten kehrte nicht wieder, aber ihre Glieder blieben steif und schwer, als wäre sie eine alte Frau. Immerhin konnte

sie nun länger und in ganzen Sätzen reden und berichtete Valentina und Pepe, was nach Tiagos Tod passiert war.
Valentina schüttelte missbilligend den Kopf: »Ich habe mir schon so etwas gedacht. Vor einigen Wochen wollte ich dich besuchen, aber es hieß, du wärst nicht hier. Erinnerst du dich, Pepe? Ich habe gleich gesagt, dass du gewiss nicht freiwillig verreist bist. Welche Mutter lässt schon ihr Kind allein!«
Aurelia seufzte: »Aber ich ... ich habe Tino allein gelassen ... und das durchaus freiwillig ... Ich dachte natürlich, dass es nur für ein paar Wochen wäre, nicht, dass William mich für immer loswerden wollte.«
Tränen stiegen hoch – Tränen der Scham, weil sie nicht gekämpft hatte, Tino mitzunehmen, des Ärgers, weil William und Alicia ihr das angetan hatten, der Verzweiflung, weil sie sich so schwach und hilflos fühlte.
»Und jetzt?«, fragte Valentina.
»Ich weiß es nicht.«
Jetzt war es Pepe, der seine Mutter streng ermahnte: »Nun lass ihr doch Zeit, zu Kräften zu kommen. Dann kannst du immer noch Fragen stellen.«
Und sie kam zu Kräften – zumindest ihr Körper. Nach einigen Tagen konnte sie aufstehen, ohne gleich umzukippen, das Essen selbst an ihre Lippen führen, ohne dass ihre Hand dabei zitterte, und sogar eine Stunde lang im Innenhof sitzen und frische Luft schöpfen. Ihre Seele jedoch schien krank zu bleiben. Ein grauer Schleier hatte sich über die Welt gelegt. Nicht Trauer hielt sie gefangen, sondern Gleichgültigkeit. Die Aussicht, ihr Leben lang in diesem Haus zu verbringen und die meiste Zeit davon im Bett zu liegen, war nicht beängstigend, sondern verheißungsvoll.
Nachdem sie berichtet hatte, was geschehen war, versank sie in Schweigen.

Valentina nahm es hin und bedrängte sie, nachdem sie mehrere Fragen unbeantwortet gelassen hatte, nicht länger. Pepe dagegen war nicht bereit, aufzugeben. Stundenlang setzte er sich zu ihr – ob ans Bett oder auf die Steinbank im Hof. Sie verweigerte sich zwar jedem Gespräch, aber sie hatte nichts dagegen, dass er ihr aus seinen Büchern vorlas. Es waren vor allem Kurzgeschichten der chilenischen Autoren Baldomero Lillo und Mariano Latorre, und obwohl sie sich deren Inhalt nicht merkte, wirkte seine Stimme beruhigend auf sie.

Zunächst genügte es ihm, dass sie ihm gerne lauschte – nach einer Woche aber erwachte in ihm Ungeduld.

»Du musst entscheiden, was du tun wirst!«, rief er, als er wieder einmal an ihrem Bett saß. »Du kannst dir das alles nicht einfach gefallen lassen!«

Sie zuckte nur die Schultern.

»Sieh doch ... Victoria ging es damals auch schlecht. Als sie ihre Stelle im Krankenhaus verlor und verhaftet wurde und dieser Jiacinto ihr das Herz gebrochen hat. Aber ... aber sie hat sich aufgerafft.«

Aurelia hob den Blick. Valentina und Pepe hatten ihr zwar bald, nachdem sie aufgewacht war, berichtet, dass Victoria nicht mehr hier lebte, aber sie hatte nicht weiter nachgefragt. Erstmals drang ein starkes Gefühl durch ihre Gleichgültigkeit – das von Reue. All ihre trägen Gedanken hatten stets nur um das eigene Leid gekreist und sie vollkommen blind gemacht für das Geschick aller anderen, Pepe vielleicht ausgenommen.

Mit einem Ruck fuhr sie hoch.

»Meine Güte!«, stieß sie aus. »Wo ... wo genau lebt Victoria jetzt?«

Pepe seufzte bedauernd, ehe er ihr erzählte, dass sie in den Gran Norte gegangen war, um dort für einen Doktor Cortes zu arbeiten. Mit jedem Wort, das er sagte, sank Aurelia das Herz. Obwohl sie bis jetzt kaum Gedanken an die einstige Gefährtin verschwendet hatte, fühlte sie sich noch verlassener und verzagter.

Doch plötzlich leuchtete Pepes Blick auf. »Aber weißt du was!«, rief er. »Bevor sie in den Norden aufbrach, hat sie dir einen Brief geschrieben. Sie hat ihn mir gegeben, damit ich ihn für dich aufbewahre. Jetzt wäre doch der richtige Zeitpunkt, ihn zu lesen, nicht wahr? Komm ... komm mit!«

Er wartete ihre Zustimmung nicht ab, sondern lief nach oben in sein Zimmer. Wenig später überreichte er ihr das versiegelte Schreiben. Etwas ratlos hielt Aurelia es in der Hand und machte keine Anstalten, es zu öffnen.

»Ich denke, ich lass dich allein«, sagte Pepe leise.

Auch als er das Zimmer verlassen hatte, zögerte sie noch. Sie dachte an den Streit mit Victoria – damals, als sie sie im Haus der Familie Brown y Alvarados besucht hatte – und an die vielen Vorwürfe, die sie ihr gemacht hatte. Jeder davon, dachte Aurelia jetzt, war berechtigt gewesen – aber das hieß nicht, dass sie sich mutig genug fühlte, sich ihnen erneut zu stellen. Fast eine Stunde verging, ehe die Neugierde, was Victoria ihr geschrieben hatte, die Furcht vor ihrem schroffen Urteil überwog. Sie brach das Siegel und faltete den Brief auseinander.

Liebe Aurelia,
ich weiß nicht, ob Du diesen Brief jemals lesen wirst, und ich weiß auch nicht, was bis dahin passieren wird. Ich für meinen Teil habe mich entschieden, Santiago zu verlassen, um im Gran Norte ein neues Leben zu beginnen. Ob ich dort glücklich werde, dessen bin ich mir nicht sicher. Ich vermag nicht einmal zu sagen, was genau mich dort

erwarten wird – in jedem Fall wird es etwas anderes sein als alles, was ich bisher erlebt habe.
Vielleicht wäre es besser gewesen, Dich vor meiner Abreise zu besuchen, als Dir lediglich zu schreiben, aber ich habe nicht mehr viel Zeit, ehe ich aufbreche, und so begnüge ich mich mit diesen Zeilen.
Ich will Dir unbedingt sagen, wie leid mir alles tut: Die Art, wie wir voneinander geschieden sind, und die Unfähigkeit, uns zu versöhnen und wieder Freundinnen zu sein.
Aurelia, ich habe meine Meinung nicht geändert, ich verstehe bis heute nicht, warum Du Dich um der Liebe willen selbst verleugnen musstest und warum Du die Malerei für einen Mann aufgegeben hast. Ich glaube immer noch an das, was ich Dir damals schon gesagt habe: Wenn man aus ganzer Seele liebt, dann tut man das doch als der, der man ist, und Du bist nun mal, ob mit oder ohne Tiago, eine begnadete Malerin. Gibst Du vor, Du wärst es nicht, beschneidest Du damit doch auch Deine Liebe, denn Du hast Dich als Aurelia, die Malerin, in ihn verliebt, nicht als die feine Dame mit den edlen Gewändern, die Du seit Deiner Heirat spielst. Oh, ich wünsche mir – und noch mehr wünsche ich es Dir selbst, dass Du wieder malen wirst und dass Du Dich Deiner Herkunft nicht schämst, sondern stolz darauf bist!
Und auch das möchte ich Dir ausdrücklich sagen: Viele meiner Vorwürfe waren anmaßend. Es stand mir vielleicht zu, Dich aufzurütteln, nicht aber, Dich dafür anzuklagen, dass Du Tiago liebst. Die Liebe, das weiß ich mittlerweile, ist eine ganz seltsame Macht. Manchmal macht sie uns stark und manchmal verwundbar. Manchmal ist sie ein Geschenk und manchmal ein Fluch. Manch-

mal macht sie uns blind und treibt uns dazu, das Falsche zu wollen und zu tun. Doch am Ende ist es vielleicht sogar das Richtige, wer weiß? Ich zumindest weiß es nicht, ich kann nicht letztgültig entscheiden, was Dich glücklich macht und was nicht. Das kannst nur Du allein.
Ich hoffe, Du bist glücklich, wenn Du diese Zeilen liest – und falls nicht, dann hoffe ich, Du hast den Mut und die Stärke, darum zu kämpfen. Und ich bin mir ganz sicher, insgeheim bist Du beides: mutig und stark.
Genug der vielen Worte. Ich hoffe, dass wir uns irgendwann wiedersehen und dass wir, ganz gleich, was wir bis dahin erleben, uns in die Arme schließen und wieder Freundinnen sein werden.
Deine Victoria

Als Aurelia den Brief sinken ließ, hatte sie Tränen in den Augen. Sie wusste nicht recht, was sie so bewegte – dieses Gefühl, trotz aller räumlichen Distanz Victoria plötzlich so nahe zu sein, oder die Worte, die sie ihr geschrieben hatte.
Ich hoffe, Du bist glücklich … und falls nicht, kämpfe darum.
Als Pepe den Raum betrat, riss er entsetzt die Augen auf: »Du lieber Himmel, warum weinst du denn?«
Aurelia wollte ihre Hände heben, um sich die Tränen abzuwischen, aber es gelang ihr nicht. Kraftlos sank sie auf das Kissen zurück. »Ich fühle mich so schwach …«, stieß sie schluchzend aus, »ich bin nicht mutig und stark, wie Victoria schreibt. Ich bin …«
Sie brach ab.
»Grundgütiger!«, stieß Pepe aus und eilte zu ihrem Bett. »Du bist lange krank gewesen, es braucht eben seine Zeit, bis du dich wieder besser fühlst.«
»Das meine ich nicht. Nicht nur mein Körper … alles an mir

ist schwach! Als Kind war ich so viel energischer, so viel mutiger … und jetzt …«
Pepe runzelte die Stirn. »Du warst auch jetzt sehr mutig. Du bist von der Hacienda geflohen, du hast dich nach Santiago durchgeschlagen.«
»Ja«, gab Aurelia widerstrebend zu, »aber ich fürchte, damit haben sich meine Kräfte erschöpft. Weißt du, auf der Hacienda konnte ich zum ersten Mal seit Jahren wieder zeichnen, aber hier ist mir der Gedanke unerträglich, es wieder zu tun.«
Pepe setzte zu einer Erwiderung an, entschied sich aber dann, zu schweigen. Eine Weile stand er hilflos an ihrem Bett, dann drehte er sich um, ging zu einer Kommode und öffnete eine Schublade. Er zog einen Bogen Papier heraus und rollte ihn vor ihr auf. Das Blatt zeigte ein Porträt von ihm, das sie einst gezeichnet hatte, nur mit Kohlestift und offenbar in Eile, weil vieles nur angedeutet, nicht ausgeführt war. Dennoch waren seine Züge akkurat getroffen, und es war die grundlegende Zerrissenheit in seinem Leben darin zu lesen: der Wunsch, es anderen, vor allem seiner Mutter, recht zu machen, und der Hader, dabei selbst zu kurz zu kommen.
Aurelia richtete sich auf und fühlte sich mit einem Mal gar nicht mehr so erschöpft.
»Du hast es aufbewahrt?«, fragte sie.
»Natürlich!«, rief er stolz. Dann versank er selbst im Anblick des Porträts, und seine Züge wurden ernst: »Ich sehe irgendwie so traurig darauf aus und gekränkt … Auf diesem Bild wird ganz augenscheinlich, dass in Wahrheit ich schwach bin. Nicht du.«
Aurelia zuckte die Schultern und hob Victorias Brief hoch. »Victoria hofft, dass ich wieder zu zeichnen beginne.«
»Dann tu es, wenn es das ist, was du willst!«

»Ach«, seufzte Aurelia, »ich will so vieles. Vor allem will ich Tino zurück. Meinen Sohn, Tiagos Sohn! Ich … ich kann doch nicht zulassen, dass man ihn mir einfach wegnimmt. Ich habe nur keine Ahnung, wie ich das anstellen soll.«
Schwer sank ihr Kopf auf das Kissen. Zögerlich setzte Pepe sich auf den Bettrand.
»Jemand wie ich würde daran scheitern. Jemand wie du kann es schaffen. Weißt du: Ich hatte immer das Gefühl, nach dem Tod meines Vaters für meine Mutter da sein zu müssen, aber mittlerweile denke ich oft, dass sie ihn gar nicht brauchte – und mich noch weniger. Und dass ich nur darum bleibe, um zu beweisen, dass sie eben doch jemanden braucht – erst ihn, dann mich. Wie ich es auch drehe und wende – ich komme nicht gegen sie an. Aber du … du musst dich aufraffen, du musst stark sein, du musst um deinen Sohn kämpfen!«
Selten hatte sie ihn so eindringlich sprechen gehört. Als er endete, war sein Gesicht glühend rot. Er schien nach etwas zu heischen, was sie nicht genau benennen konnte. Sie wusste nur, dass sie ihn nicht enttäuschen durfte. Und Victoria auch nicht. Vor sich selbst hätte sie sich vielleicht rechtfertigen können, wenn sie jetzt aufgab – vor den beiden nicht.
Aurelia nickte entschlossen. »Ich werde essen, ich werde genug schlafen, ich werde wieder zu Kräften kommen. Und dann … dann werde ich mir Tino zurückholen.«

28. Kapitel

Aurelia wartete lange vor dem Haus der Familie Brown y Alvarados, ehe sie es zum ersten Mal durch den Dienstboteneingang betrat. Erinnerungen an jenen Tag wurden wach, da sie hier schon einmal gestanden hatte, auf der Suche nach Tiago und von Andrés überrascht, der sie über den Reichtum seiner Familie aufgeklärt hatte. An diesem Tag hatte sie das Haus gar nicht betreten – später nur durch den Haupteingang. Ein fremder Ort war für sie darum jener Teil des Anwesens, der noch hinter dem Patio lag, in dem sie manche Stunde verbracht hatte. Es roch durchdringend nach Kräutern, die hier jemand an der weiß gekalkten Hauswand gesät hatte, nach getrocknetem Schinken, der in der *despensa*, der Speisekammer, abhing, und nach Pferden und Hunden, weil Stall und Zwinger in unmittelbarer Nähe waren. Aus den Hühnerställen erklang Gegacker, aus den dunklen Lehmhütten, wo die Dienstboten schliefen, Gemurmel.

Warum bin ich nie hier gewesen?, ging es Aurelia durch den Kopf. Warum habe ich mich nie für ihr Leben interessiert?

Es hatte doch nicht viel gegeben, womit sie sich sonst die Zeit vertrieben hatte – außer neue Kleider zu probieren, die Schönheit zu pflegen und auf Tiago zu warten. Und die wenigen Stunden zu genießen, da Tino nicht ganz und gar von Saqui und Alicia vereinnahmt worden war.

Ach, Tino …

Beim Gedanken an ihren Sohn atmete sie tief durch. Tagelang hatte sie mit Valentina und Pepe darüber diskutiert, wie sie ihr

Kind zurückbekommen könnte. Rasch waren sie sich einig geworden, dass sie unmöglich auf Williams guten Willen zählen konnte, zumal das Recht auf seiner Seite war und er – selbst wenn es nicht so gewesen wäre – das Geld und die Kontakte hatte, um dieses Recht zu brechen.

»Besser also, du brichst es«, hatte Valentina gesagt. »Bist du bereit, deinen eigenen Sohn zu entführen?«

Aurelia war erschaudert, aber das brachte ihren Willen nicht ins Schwanken, um Tino zu kämpfen: »Ich bin bereit. Ich lasse mir Tino nicht nehmen.«

Als sie nun den vertrauten Patio betrat, wich jener Wille der Traurigkeit. Hier am Springbrunnen hatte sie oft gesessen, als sie mit Tino schwanger gewesen war. Sie hatte sich auf das Kind gefreut, voller Liebe an Tiago gedacht ... und sich gelangweilt, weil sie nicht malen konnte.

Sie schüttelte den Kopf, um sich nicht länger von Erinnerungen überwältigen zu lassen. Jetzt war der falsche Moment dafür, jetzt musste sie handeln.

Entsprechend dem Plan, den sie mit Pepe und Valentina zurechtgelegt hatte, hatte sie vorhin mit Pepe in der Droschke gewartet, bis William das Haus verließ. Dann war Valentina zum Einsatz gekommen: Sie sollte Alicia einen Besuch abstatten und diese für etwa eine halbe Stunde ablenken – eine Zeitspanne, in der Aurelia das Haus betreten und allen Dienstboten, denen sie begegnete, freimütig erklären würde, dass sie wieder zurück sei. Jene würden zwar gewiss darüber verwundert sein, würden diesen Umstand aber nicht weiter hinterfragen, da William mit ihnen wohl nicht über sein Trachten gesprochen hatte, die unliebsame Schwiegertochter abzuschieben.

Das größte Hindernis, das nun zwischen ihr und Tino stand, war Saqui. Aurelia konnte unmöglich vorhersagen, wie diese auf ihr Erscheinen reagieren würde. Sie war zwar die Frau des geliebten Chico, und das sprach für sie – aber zugleich Rivalin um Tinos Liebe, den sie seit dem Tag der Geburt besitzergreifend wie ihr eigenes Kind behandelte.

Aurelia hatte das Haupthaus erreicht, durchquerte das Speisezimmer und erreichte die Treppe. Auf Zehenspitzen schlich sie sich nach oben. Niemand war zu sehen – nur Alicias und Valentinas gedämpfte Stimmen waren aus dem Salon zu hören. Aurelia verstand nicht, was sie sagten, aber als sie Alicia sprechen hörte, befiel sie kurz ein schlechtes Gewissen, ihr wie eine gemeine Diebin den Enkelsohn zu rauben. Allerdings – war nicht auch Alicia bereit gewesen, sie auf der Hacienda verrotten zu lassen?

Ihr Kleid raschelte bei jedem Schritt. Valentina hatte es ihr gekauft – es war zwar schwarz und schmucklos, jedoch aus edlem Taft, um die Dienstboten nicht zu verwirren.

Weiterhin begegnete sie keinem von diesen. Vielleicht waren sie allesamt im Salon, in der Küche oder im oberen Stockwerk, das sie nun selbst erreichte. Tinos Kinderzimmer lag gleich gegenüber von ihrem einstigen Gemach. Sie fühlte sich beklommen, als sie sich ihm näherte, vernahm erst nur das Knirschen der Eichendielen unter ihren Schritten, dann plötzlich sein Juchzen – ebenso hell und hoch wie Saquis Stimme, die auf das *guagua* einredete. In jenem schnellen Fluss an Worten war kaum ein einzelnes zu verstehen, aber Tino lachte und lachte.

Der Klang erfreute Aurelia – und tat ihr unendlich weh.

Ich sollte bei ihm sein. Ich müsste ihn zum Lachen bringen. Ich hätte mich niemals abschieben lassen sollen.

Saquis Redefluss riss ab. Der letzte Satz, weiterhin in jenem hohen Singsang gehalten, bekundete, dass sie nun *guagua* einen Obstbrei machen würde. Rasch eilte Aurelia zur nächsten

Tür, riss sie auf und versteckte sich dahinter, während Saqui den Gang betrat und – schon etwas schwerfällig – nach unten ging.

Eine Weile blieb Aurelia stehen. Sie war in ihr ehemaliges Ankleidezimmer geraten. Immer noch hingen hier viele ihrer einstigen Kleider – vielleicht hatten William und Alicia schlichtweg vergessen, sie zu entsorgen. Kurz überkam sie der Drang, sich hinter den Falten von schweren Stoffen zu verstecken und nie wieder hervorzukommen, denn nun stand der schwierigste Teil ihres Plans bevor: Tino mit sich zu nehmen – Tino, der sie vielleicht nicht erkannte, der bei ihrem Anblick schreien würde.

Sie atmete tief durch, verließ das Ankleidezimmer und betrat das Kinderzimmer. Bis vor kurzem hatte der Kleine in der Wiege geschlafen, nun hatte er ein Bettchen bekommen, auf dem er saß und ihr mit großen Kulleraugen entgegenstarrte. Seine Haare, bei der Geburt so schwarz wie ihre, waren immer heller geworden und hatten sich gekräuselt. In den wenigen Wochen war er deutlich gewachsen, und die Hände, die er ihr unwillkürlich entgegenstreckte, waren speckig.

Aurelia stürzte auf ihn zu.

»Tino, o Tino!«

Er schrie nicht, sondern gluckste so amüsiert wie vorhin in Saquis Gegenwart, als sie ihn hochhob, ihn an sich presste, die weiche Haut streichelte, diesen süßlichen Geruch nach Milch einatmete. Ihr Gesicht war ihm zwar nicht so vertraut wie das von Saqui oder Alicia – aber er scheute sie nicht. Sie war trotz allem seine Mutter.

»Ich bin es … deine Mama …«

Sie wusste – es war keine Zeit, sich diesen starken Gefühlen hinzugeben, aber sie konnte nicht anders, als dieses Glück, ihn endlich wieder zu halten, auszukosten. Viel zu lange hatte sie die Sehnsucht nach ihm unterdrückt, um jetzt die Tränen unterdrücken zu können, die ihr aus den Augen strömten. Sie hatte ihren Sohn wieder. Sie würde ihn nie wieder loslassen.

»Doña Aurelia?«

Sämtliche Wärme schwand aus ihren Gliedern, als sie herumfuhr und Saqui dort stehen sah. So rundlich, wie sie geworden war, brauchte sie länger als ein beweglicher Mensch wie Aurelia, die Treppe herunterzusteigen. Offenbar war sie erst bei der Mitte angekommen, als ein unerwartetes Geräusch sie alarmierte und dazu brachte, ohne den Obstbrei zurückzukehren.

Aurelias Mund wurde ganz trocken.

»Saqui …«

»Was machen Sie hier? Sie sollten doch nicht hier sein!«

Diese Stimme hatte nichts mehr von dem weichen Singsang, sondern war hart, fast ein wenig verächtlich. Ihr Gesicht verzog sich empört, als sie auf Aurelia zutrat und ihr Tino entreißen wollte. Erst stand Aurelia wie starr, doch dann wich sie ihr im letzten Moment aus.

Tino entging die Spannung zwischen den zwei Frauen. Dass die eine fordernd die Hände ausstreckte, die andere immer weiter zurückwich, hielt er für ein lustiges Spiel, denn er gluckste weiterhin. Vielleicht war es dieser Laut, der Saqui schließlich dazu brachte, ihre Hände sinken zu lassen, doch ihr Gesicht blieb streng.

»Bitte, Saqui!«, rief Aurelia verzweifelt. »William und Alicia haben mich abgeschoben, aber ich kann mein Kind doch nicht im Stich lassen. Er sollte bei seiner Mutter sein, nicht wahr? Es ist ein Unrecht, ihn mir zu rauben!«

Eine Falte zeigte sich auf Saquis Stirn. So entschlossen sie eben noch war, der anderen das Kind wegzunehmen, so deutlich war nun ihr Zögern. Treue zu ihrem Herrn und Liebe zu

Tino kämpften mit tiefen Instinkten, was recht war und was nicht.
»Saqui!«, flehte Aurelia. »Ich bin doch Tiagos Frau! Und du weißt genau, was er von dir erwartet hätte! Er würde wollen, dass Tino bei mir aufwächst. Bitte … bitte hilf mir! Komm meinetwegen mit mir. Aber lass nicht zu, dass William ihn mir nimmt!«
Saquis Miene war immer noch von widerstreitenden Gefühlen zerrissen.
»William hat mich auf einer Hacienda festgehalten. Ich bin unter großen Gefahren von dort geflohen, und ich wäre fast gestorben …«
Abrupt hob Saqui ihre Hände. »Geben Sie ihn mir!«, fauchte sie unvermittelt.
Aurelia sank das Herz, aber zugleich umklammerte sie Tino noch fester. »Nein, das werde ich nicht!«, erwiderte sie stur.
»Und ich werde nicht zulassen, dass Tino bei einer verfluchten Mapuche aufwächst!«, geiferte Saqui.
Aurelia starrte sie verwirrt an. Sie hatte all die Jahre damit leben müssen, dass Saqui vom Geheimnis ihrer Herkunft wusste – und dies war ein Grund gewesen, warum sie sie stets ein wenig gescheut hatte. Sie war sich jedoch sicher gewesen, dass sie es für sich behalten würde – nicht um ihretwillen, sondern um Tiagos willen. »Eine verfluchte Mapuche?«, fragte Aurelia. »Aber Saqui – du bist doch selbst eine!«
»Eben!«, zischte sie. »Ich wäre immer auf Ihrer Seite gestanden, ich habe mich so gefreut, dass Tiago Sie erwählt hat, ich habe um Ihre Freundschaft geworben. Aber erinnern Sie sich noch daran, Doña Aurelia, wie Sie mich behandelt haben? Ganz so, als gehörte ich zu einem Volk, das man zutiefst verachten müsste! So hat Tiago mich nie behandelt.«
Aurelia schoss die Schamesröte ins Gesicht, als sie an jenen Tag dachte, da sie eingekleidet worden war. Sie wusste nicht

mehr genau, was sie zu Saqui gesagt hatte, nur dass sie in ihrer Furcht viel zu weit gegangen war und die andere bitter gekränkt hatte.

»Ach, Saqui, ich weiß, wie verletzt du gewesen sein musstest. Glaub mir, es tut mir leid. Ich kann es nicht mehr zurücknehmen, ich kann dir nur sagen, dass ich aus Not so gehandelt habe, nicht weil ich dich wirklich verachtet habe. Es war doch nur, weil William …«

Sie sprach immer schneller, immer verzweifelter und wusste trotzdem mit jedem Wort, dass es zu spät war. Saquis Gesichtsausdruck wurde plötzlich ganz hart und stolz – und Aurelia hatte noch nicht geendet, als sie laut und schrill zu schreien begann: Sie schrie nach Alicia, und sie schrie um Hilfe … vor ihr.

Alicia bewahrte wie immer Haltung. Zwar war sie deutlich abgemagert, so dass die Wangenknochen spitz aus dem bleichen Gesicht hervorstachen; ihr Haar war in den wenigen Wochen an den Schläfen ergraut und das Netz an Falten unter ihren Augen dichter geworden, aber sie zeigte vollkommene Selbstbeherrschung. Sie schien weder überrascht noch erschrocken, Aurelia hier zu sehen, sondern starrte sie nur ausdruckslos an, während Aurelia Tino an sich drückte – ein Zeichen, dass sie ihn nicht wieder hergeben würde und entschlossen war, um ihn zu kämpfen. So vermeintlich selbstsicher sie die Schultern jedoch straffte – im Inneren sank ihre Hoffnung. Der Kleine bemerkte die Unruhe, die plötzlich die fremde Mutter ergriffen hatte, begann zu quengeln und sich in ihren Armen zu winden.

Saqui machte ein triumphierendes Gesicht – Valentina, die Alicia in den Raum gefolgt war, dagegen ein resigniertes. Aurelia ahnte, dass sie ihr nicht würde helfen können, und forderte sie mit einem knappen Nicken auf, zu gehen und die Sache ihr zu überlassen. Valentina seufzte traurig, ehe sie sich abwandte – und Saqui, ihrerseits von Alicia dazu aufgefordert, tat es ihr gleich.

Stille, die nur von Tinos Quengeln durchbrochen wurde, senkte sich über sie, als Aurelia mit Alicia allein war. Alicia wahrte Abstand, ihr Blick blieb ausdruckslos. Endlich, als Aurelia glaubte, diese Gleichgültigkeit nicht länger ertragen zu können, fragte sie: »Was tust du hier?«

Aurelia rang nach Worten. Sie wusste – es war sinnlos, irgendwelche Lügen aufzutischen, so zu tun, als wäre sie nicht auf der Hacienda gefangen gewesen und als wollte sie Tino nicht für immer mit sich mitnehmen. Vor allem aber wusste sie: Auch wenn es irgendeine Möglichkeit gäbe, in diesem Haus zu bleiben, indem sie Williams Furcht vor Skandal und Aufsehen nutzte – sie wollte es nicht. In diesem Haus würde sie ersticken. Und Tino auch. Nein, sie konnte nicht dulden, dass er auch nur eine Stunde länger hierblieb und auf gleiche Weise erzogen wurde wie einst Guillermo und Tiago.

»Du hast zwei Söhne verloren«, wandte sie sich mit zitternder Stimme an Alicia. »Lass bitte nicht zu, dass ich meinen verliere.«

»Tino hat es doch gut hier.«

Aurelia machte einen Schritt auf sie zu und merkte, wie Alicia kaum merklich zusammenzuckte. Sie war unnahbar und steif wie immer, aber hinter dem maskenhaften Gesicht, das fühlte sie, lag echte Trauer und somit ein echtes Gefühl.

»Hast du es denn gut hier?«, rief Aurelia verzweifelt. »Bist du denn glücklich?«

Alicia zog die Augenbraue hoch – vielleicht ein Zeichen von Arroganz und Verachtung, vielleicht aber auch ein Zeichen von tiefer Verunsicherung. »Wie kommst du darauf, daran zu zweifeln?«

»Du hast nie Englisch gelernt«, erklärte Aurelia hastig, »du hast nie deiner Religion abgeschworen. Es gab etwas, das du trotz aller vermeintlicher Opferbereitschaft nicht aufgeben wolltest. Und ich will meinen Sohn nicht aufgeben. Verlang es nicht von mir.«

Alicia rang nach Worten, sagte aber nichts. Ihre großen, dunklen Augen, eben noch kalt und hart, schienen feucht zu glänzen. Das gab Aurelia den Mut, fortzufahren: »Und was besagte Opferbereitschaft anbelangt – es mag ja sein, dass Frauen sich dem Willen des Mannes fügen müssen. Aber zu ihren Tugenden kann doch unmöglich zählen, ihr Kind aufzugeben!«

Alicias starre Haltung bröckelte noch mehr, als Aurelia einen weiteren Schritt auf sie zumachte. So dicht standen sie voreinander, dass Aurelia ihren Atem spüren konnte – zu ihrem Erstaunen war er nicht kalt, wie sie es insgeheim immer vermutet hatte, sondern warm. Alicia hob die Hände, und kurz hatte Aurelia Angst, sie würde ihr Tino wegnehmen, doch stattdessen streichelte sie nur sanft über seine Wangen.

Überrascht ob dieser Berührung, hörte Tino zu quengeln auf und blickte neugierig auf seine Großmutter. Die erwiderte den Blick, in dem plötzlich Ehrfurcht aufblitzte – gleiche Ehrfurcht, die sie zeigte, wenn sie vor ihrem Altar kniete und ihre Heiligenstatuen ansah.

»Er … er ist so … lebendig«, murmelte sie – und Aurelia wusste nicht, was sie mehr überraschte: die unerwarteten Worte oder das Beben in Alicias Stimme.

»Dann hilf mir, dass er es bleibt!«, flehte sie. »William hat so klare Vorstellungen vom Leben, das Tino zu führen hat. Er wird nicht dulden, dass er sich frei entfaltet!«

»Ich kann doch nicht …«
»Natürlich kannst du! Nicht um meinetwillen! Aber um Tinos willen!«
Alicias Blick flatterte. Vielleicht täuschte sich Aurelia – aber sie glaubte zu sehen, wie die schmalen Lippen zitterten. »Ich habe William nie geliebt«, brachte sie tonlos hervor. »Und Guillermo und Tiago habe ich zu wenig geliebt. Aber Tino … Tino liebe ich!«
Die Trauer, die Aurelia vorhin schon an ihr erahnt hatte, brach mit aller Macht hervor – nicht nur Trauer um die Verstorbenen, sondern Trauer um vergeudete Möglichkeiten. Und noch etwas anderes war zu fühlen – eine Nähe, eine Offenheit, von der Aurelia nicht gedacht hätte, dass Alicia dazu fähig war.
»Gerade weil du ihn liebst, darfst du nicht zulassen, dass er von mir getrennt hier aufwächst!«, beschwor sie sie.
Alicia hatte fortwährend Tinos Wangen gestreichelt. Nun ließ sie ihre Hände sinken. Sie drehte sich leicht zur Seite, Erinnerungen verschleierten ihren Blick. Ihr Gesicht, in dem eben noch so deutlich die Spuren von Zeit und Trauer gestanden hatten, schien plötzlich wieder jung.
»Weißt du, was erstaunlich ist«, begann sie ruhig, »ihr dachtet alle immer, dass William streng, unnahbar, stets korrekt und sachlich sei. Dass er dieses Haus mit seiner steifen Art geprägt hätte. Dass er mich zu der steifen, leblosen Frau gemacht hat, die ich bin. Aber so war es nicht. Als junger Mann hatte er viele Ähnlichkeiten mit Tiago oder Guillermo. Du kannst es dir nicht vorstellen, wenn du ihm heute begegnest, aber er war abenteuerlustig, risikofreudig und neugierig. Er hat viel gesprochen und auch gelacht, er war für jeden Spaß zu haben, er hat gespielt und getrunken. Gewiss – er hatte klare Ziele. Er wollte sich in diesem Land beweisen, er wollte reich werden und zur Oberschicht gehören, aber er war nicht verbis-

sen … nicht verhärtet. Ich aber«, plötzlich verzerrte ein merkwürdiges, bösartig anmutendes Lächeln ihren Mund, »ich aber habe ihn gelehrt, wie man sich in der Oberschicht verhält. Ich habe ihm gesagt, wie er sich zu benehmen hat.« Aus dem Lächeln wurde ein Lachen, das ebenso schrill wie gequält klang. »Ich wollte ihn nicht heiraten, aber dies war der Wille meines Vaters, und ich habe mich ihm gefügt, wie ich mich ihm immer gefügt habe. Aber ich habe mich dafür gerächt. Nicht an meinem Vater, aber an … William. Ich habe dafür gesorgt, dass er nicht länger abenteuerlustig, risikofreudig und neugierig war. Dass er nicht mehr viel gesprochen und auch nicht mehr gelacht hat. Dass er nicht mehr für jeden Spaß zu haben war und nicht mehr gespielt und getrunken hat.«

Wieder ertönte das merkwürdige Lachen, dann war sie still.

Ein kalter Schauer lief Aurelia über den Rücken. Alicia war ihr stets etwas unheimlich gewesen, aber nie hatte sie sie gefürchtet wie jetzt. Doch als Alicia sich ihr wieder zuwandte, war ihr Blick nicht länger bösartig oder rachsüchtig, sondern einfach nur leer.

»Ich habe sie gebracht – die Opfer, die die Frau bringen muss, vermeintliche Unterwerfung, Willfährigkeit, Bescheidenheit, Nachgiebigkeit. Aber keines dieser Opfer ist mir schwergefallen, keines war ein echtes Opfer. Tino hingegen aufzugeben – das wäre ein Opfer, das größte, das schwerste.«

Eben noch hatte Alicia sie zutiefst befremdet – nun kehrte dieses Gefühl von Nähe wieder. Kurz war Aurelia, als könnte sie in die Haut dieser Frau schlüpfen, die streng zu sich und anderen war, die irgendwann ihre Lebendigkeit verloren hatte und andere strafte, indem sie ihnen auch die ihre austrieb, die Frau, die sich in Religiosität flüchtete und sämtliche Gefühle hinter dem eleganten Erscheinungsbild verbarg, die gelernt hatte, aus ihrer Ohnmacht Macht zu ziehen, und die mit dem Gift, das sie versprühte, alle, die ihr zu nahe kamen, lähmte – und vor allem sich selbst. Doch dann war da dieses Kind, dessen Geburt sie einst selbst miterlebt hatte, unschuldig, freundlich und das erste Wesen, dem sie die Lebendigkeit nicht neidete und darum auch nicht raubte. Licht und Wärme hatte dieses Kind in ihr Leben gebracht – und es gehen zu lassen würde bedeuten, dass sie endgültig innerlich erstarb, dass das Haus noch dunkler werden würde und alle, die darin lebten, noch schwermütiger.

Mitleid überkam Aurelia, ein schlechtes Gewissen, weil sie so grausam war, dieses Opfer zu verlangen – und zugleich die Sicherheit, dass sie das Richtige tat. Sie konnte nicht bleiben. Und Tino auch nicht.

Ein Klopfen an der Tür ließ sie zusammenzucken, während Alicia steif stehen blieb. Valentinas Stimme ertönte und bekundete aufgeregt, dass Williams Wagen eben vorgefahren sei. Alicia tat, als hätte sie es nicht gehört. Wieder strich sie über Tinos Wange, und etwas Weiches, Junges, Verletzliches trat in ihr Gesicht. Obwohl eigentlich großgewachsen, wirkte sie plötzlich klein und zart – zu zart für diese Welt. So musste sie einst ausgesehen haben, als sie noch dachte, sie würde ihr Leben im Kloster verbringen.

»Bitte«, stammelte Aurelia, »bitte …«

»Nimm mit Tino den Hinterausgang«, sagte sie mit ersterbender Stimme, und der Ausdruck von Zärtlichkeit in Alicias Zügen wich Entschlossenheit. »Dann wird William euch nicht sehen.«

Die nächsten Stunden verlebte Aurelia voller Angst, dass William die Wahrheit erfahren, ihr folgen und ihr Tino wieder wegnehmen würde. Quälend langsam schien Valentinas

Droschke zu fahren, und als sie endlich den Bahnhof erreichte, wurde sie fast verrückt, weil der Zug erst in zwei Stunden abfahren sollte. Ursprünglich hatte sie geplant, allein mit Tino nach Patagonien zu reisen, doch Pepe ließ es sich nicht nehmen, sie zumindest die erste Wegstrecke zu begleiten. Seine Nähe gab ihr ein wenig Ruhe. Für Fremde sahen sie wohl wie eine ganz normale Familie aus – nicht wie eine Frau, die ihr eigenes Kind entführt hatte, und deren Komplize. Endlich waren die zwei Stunden vorüber, doch der Zug setzte sich nach wie vor nicht in Bewegung.

»Warum dauert das nur so lange?«, fragte Aurelia ein ums andere Mal.

Während Pepe sich damit beruhigte, indem er Essen aus Valentinas üppigem Proviantkorb in sich hineinstopfte – hart gekochte Eier, Käse und Brot –, wurde Tino immer unruhiger. Die fremde Umgebung und die zitternde Mutter verwirrten ihn zutiefst. Erst greinte er, dann schrie er wie am Spieß, und die übrigen Fahrgäste starrten ärgerlich auf Aurelia, die verzweifelt, aber vergebens versuchte, das Kind zu besänftigen. Jetzt erkennen sie die Wahrheit!, schoss es ihr durch den Kopf. Jetzt begreifen sie, dass ich von Rechts wegen keinen Anspruch auf das Kind habe und es sich darum so gegen mich sträubt!

Doch den missmutigen Blicken folgten keine tadelnden Worte, und irgendwann war Tino so erschöpft vom Schreien, dass er einschlief. Kurz, ganz kurz beruhigte sich Aurelia – wurde jedoch gleich wieder nervös, als auf dem Bahnsteig plötzlich eine Truppe Soldaten erschien.

Sie presste sich an ihren Sitz, fühlte sich beobachtet und ertappt. Gewiss, selbst jemand wie William würde nicht das chilenische Militär einsetzen, um sein Enkelkind zurückzubekommen, sondern sich zunächst an die Polizei wenden,

dennoch wurde sie das Gefühl nicht los, dass die Soldaten nur ihretwegen hier aufgetaucht waren.
Doch anstatt den Zug zu durchsuchen, nahmen sie auf dem Gleis Aufstellung und begannen einen Marsch zu spielen. Aurelia kam die Musik bekannt vor: Es war der Nibelungenmarsch, von jenen hundertdreißig Offizieren im Land verbreitet, die die chilenische Regierung zur Ausbildung nach Deutschland geschickt hatte. Tino wurde von der Musik wach, doch er schrie nicht wieder, sondern blickte neugierig auf die Soldaten und gluckste. Nicht nur ihre Musik war deutsch, auch ihre Uniform und insbesondere ihre Pickelhaube, die der der preußischen Armee glich.
Der Marsch war noch nicht beendet, als plötzlich ein Pfeifen ertönte und nach langer Geduldsprobe der Zug abfuhr. Während Tino weiterhin nach draußen starrte und mal juchzte, mal zeterte, mal stumm auf etwas deutete, stieß Aurelia innerlich ein Stoßgebet nach dem anderen aus und konnte sich langsam entspannen.
Der erste Teil der Bahnfahrt führte nach Puerto Montt, wo sie in den Zug nach Punta Arenas umsteigen würden, und für jede dieser beiden Strecken würden sie vier Tage benötigen. Aurelia war blind für die Landschaft, die an ihnen vorbeizog. Sie hielt ihren Blick starr auf Tino gerichtet, gab ihn schließlich aber, als sie zunehmend müder wurde, Pepe. Einige Stunden nachdem sie Santiago verlassen hatten und das Licht trüber wurde, fiel sie in einen unruhigen Schlaf. Als sie aufschreckte, hatte sie kaum mehr Angst, dass William sie verfolgen würde, aber große Sorgen, dass sie Tino nicht das Richtige zu essen geben konnte. Er zögerte, von dem Brot und Käse aus Valentinas Proviantkorb zu nehmen, lehnte die verdünnte Ziegenmilch ab und begann wieder zu weinen.

Aurelia brach der kalte Schweiß aus, und sie fühlte sich den Tränen nahe. Doch dann trat eine der anderen Reisenden – eine Bäuerin mit breiten Hüften, knorrigen Händen und großen Brüsten, die ein Kind auf den Rücken gebunden hatte – zu ihr und bot an, Tino zu stillen. Aurelia übergab ihn ihr erleichtert, unendlich dankbar, dass Tino vor der Frau keine Angst hatte, sondern selbstvergessen an ihren Brüsten nuckelte und später an Aurelias Brust einschlief.

»Ich bin noch nie in meinem Leben so weit gereist«, erklärte Pepe am zweiten Tag ihrer Bahnfahrt unvermittelt. »Nur einige wenige Male nach Valparaíso.«

Seine Worte klangen misstrauisch und sehnsuchtsvoll zugleich.

»Du könntest es öfter tun«, sagte Aurelia. »Deine Mutter und du – ihr seid doch nicht arm. Warum fährst du nicht nach Europa? Ich war mit Tiago dort, auf unserer Hochzeitsreise …«

Ihre Stimme brach, als Wehmut und Nostalgie sie übermannten.

»Ich kann Mutter unmöglich so lange allein lassen!«, rief Pepe empört.

»Aber in diesem Augenblick lässt du sie doch auch allein.«

»Ja«, gab er zu, »aber das tue ich nur für dich … und für Tino.«

»Du bist mein Held«, sagte sie ganz aufrichtig.

Pepe wurde tiefrot im Gesicht. »Mein Vater war ein Held, nicht ich. Er konnte mit seiner Pistole Fliegen treffen.«

»Wem nützen tote Fliegen? Ich hingegen hätte ohne deine Hilfe das alles nicht geschafft. Ich bin so froh, dass ich nicht allein bin.«

Pepe schüttelte vehement den Kopf, aber seine Augen strahlten stolz.

»Vielleicht«, murmelte er, »vielleicht sollte ich neben dem Bild meines Vaters das aufhängen, das du von mir gezeichnet hast.«
Aurelia wurde wieder wehmütig. »Dann würde wenigstens ein Bild von mir in Santiago hängen ...«
Einst war sie mit so vielen Träumen nach Santiago aufgebrochen – und jener Mappe mit ihren Zeichnungen und Gemälden im Gepäck. Sie wusste gar nicht, wo sich diese befand – und auch nicht, wo die Bilder, die sie einst von sich und Tiago vor Patagoniens wilder Weite gemalt hatte, geblieben waren. Alles hatte sie zurückgelassen, und die Sehnsucht, Tiago dereinst ihre Heimat zu zeigen, würde sich nie erfüllen.
Sie seufzte und schluckte ihre Tränen hinunter. Sie hatte viel verloren, aber nicht alles. Tino ... wenigstens hatte sie Tino.

29. Kapitel

In den Wochen nachdem Jacob fortgegangen war, stürzte sich Victoria in die Arbeit. In der Mine brach eine Seuche aus und forderte ihre und Salvadors ganze Aufmerksamkeit. Lange war nicht klar, ob es womöglich die gefürchteten Pocken waren, denn das Fieber trat gemeinsam mit einem Hautausschlag auf, doch schließlich gab Salvador Entwarnung: Wenn es gelang, das Fieber rechtzeitig zu senken – mit kühlenden Umschlägen oder der Gabe von Chinin –, konnten gesunde Menschen mühelos wieder genesen.

Als die Zahl der Kranken endlich abnahm, hatte Victoria das Gefühl, sie würde aus einem langen, dunklen Traum erwachen. Die Zeit mit Jacob schien Ewigkeiten zurückzuliegen. Die viele Arbeit und manch durchwachte Nacht hatten ihre Sehnsucht nach ihm vertrieben – nun kehrte sie zurück, und sie fragte sich, ob Jacob mittlerweile wenigstens die seine hatte stillen können und wieder wusste, wer er war. An Jiacinto hingegen dachte sie kaum noch, und wenn, dann schmerzte es nicht mehr. Manchmal, ganz unerwartet, stieg Aurelias Gesicht vor ihr auf, und sie überlegte – ganz frei von einstigem Hader –, wie es der Freundin wohl erging und ob sie sich jemals wiedersehen würden.

Noch etwas anderes erkannte sie mit fortschreitender Zeit: Das Haus von Salvador Cortes war ihr eine Heimat geworden. Stets war alles staubig und sandig, sämtliche Gegenstände des alltäglichen Lebens waren einfach, es galt auf übliche Annehmlichkeiten zu verzichten, aber was sie hier gefunden

hatte, kam einer Familie gleich, Menschen also, denen man vertraut und mit denen man ganz selbstverständlich den Alltag teilt.
Nachdem sie es mehrmals vergebens angeboten hatte, durfte sie nun doch häufig mit Teodora kochen. Das hieß: Genau betrachtet, kochte nur Dora, während sie Hilfsdienste verrichtete – denn schließlich, erklärte Dora mit etwas herablassendem Lächeln, könne sie nicht so gut kochen wie sie. Victoria verkniff sich ein Lächeln, nickte ernsthaft – und war dankbar, dass das Mädchen sie nicht mehr zurückwies, sondern mit wachsendem Eifer versuchte, ihr wieder und wieder ihr Können zu beweisen und noch aus den einfachsten Zutaten ein schmackhaftes Mahl zu bereiten. Auch wenn sie sich oft hinter Besserwisserei verschanzte: Victoria wertete das als Zeichen von Doras zunehmendem Vertrauen und akzeptierte, dass die Währung dieses Gefühls keine Berührungen oder Umarmungen waren, sondern Saucen aus Korianderkraut und geschälten Tomatenstücken, Eintöpfe aus Hühnerfleisch, Zwiebeln, Knoblauch und Chilipfeffer oder Caritún, in Zitrone gegarte Schafsleber, überdies ausgiebige Frühstücke, bei denen gekochte Haferflocken, geröstetes Brot und Dörrobst aufgetischt wurden oder ein seltener Gaumenschmaus – in Basilikum gedünstete Maiskolben, die nicht zuletzt darum schmeckten, weil man sie mit der Hand aß.
Verglichen mit Dora war Clara die deutlich zärtlichere und anschmiegsamere.
Eines Abends rieb sie sich fortwährend die Stirn und gab, auf Victorias Nachfrage hin, vor, sich krank zu fühlen. Victoria machte sich Sorgen und schickte sie sofort ins Bett, aber als sie sich zu ihr auf die Pritsche hockte, stellte sie fest, dass die Stirn nicht besonders heiß war, die Augen nicht glasig glänzten und auch die Zunge nicht befleckt war. Sie wollte sich

schon erheben und die Symptome als unbedeutend abtun, als Clara plötzlich ihre Hand ausstreckte und sie festhielt.

»Bleibst du … bleibst du nun für immer hier bei uns?«, fragte sie flehentlich.

Victoria begriff, was das Mädchen in Wahrheit belastete. »Ich wüsste nicht, warum ich gehen sollte«, antwortete sie rasch.

Clara gab sich nicht damit zufrieden. »Aber falls dir ein Grund einfiele …«

»Mach dir keine Sorgen«, erwiderte sie. »Es wird keinen Grund geben.«

Clara musterte sie nachdenklich aus ihren tiefschwarzen Augen. »Bist du jetzt unsere Mutter?«, fragte sie schließlich und klang plötzlich so sehnsüchtig.

Victoria lächelte. Die Zwillingsmädchen verhielten sich meist wie Erwachsene, so dass sie oft vergaß, dass sie eigentlich noch Kinder waren.

Sie zog Clara an sich, strich ihr liebevoll über die Haare und rief sich ins Gedächtnis, was Salvador ihr über ihre Herkunft erzählt hatte. Demnach lag ein schreckliches Trauma hinter ihnen, und wenn es wahrscheinlich auch besser war, dass sie sich nicht daran erinnern konnten, was geschehen war – ähnlich wie Jacob –, so musste es schmerzlich sein, sich nicht einmal die Gesichter der leiblichen Eltern ins Gedächtnis rufen zu können. Plötzlich war sie dankbar, dass sie selbst schon sechzehn Jahre alt gewesen war, als sie ihre Eltern verloren hatte. Gewiss, es war ein schrecklicher Verlust gewesen – aber bis heute lebten Arthur und Emilia in ihrem Herzen weiter.

»Ich bleibe bei euch, das verspreche ich«, erklärte sie ernst.

Sie beugte sich vor und küsste Clara auf die Stirn. Sie konnte sich nicht erinnern, je ein Kind so geküsst zu haben, und fühlte plötzlich so viel Liebe in ihrem Herzen – nicht die heftige,

stürmische, die sie für Jiacinto empfunden hatte, sondern eine gemächlichere, die ihr Herz wärmte und so guttat.
Ja, sie würde bleiben, schwor sie sich im Stillen. Das Leben war hart und karg hier, brachte über Tage nichts anderes als stete Armut, Krankheit und Ungerechtigkeit. Und dennoch: Dieses Leben war auf seine ganz eigene Art echt und ehrlich – viel ehrlicher, als es die Carrizos je gewesen waren.
Später, nachdem die Mädchen eingeschlafen waren, ging sie hinaus ins Freie. Wie immer rauchte Salvador seine Pfeife, und sie setzte sich zu ihm auf die Bank, so wie es längst zur lieben Gewohnheit geworden war. Manchmal sprachen sie über den zurückliegenden Tag, über Krankheiten und Behandlungsmöglichkeiten, manchmal schwiegen sie und starrten in die Wüste. Eigentlich verhieß deren unwirtliche Weite Einsamkeit, aber an Salvadors Seite fühlte sich Victoria nie einsam.
Nur heute – heute fielen ihr weder rechte Worte ein, noch konnte sie das Schweigen ertragen. Anstatt sich zu entspannen, befiel sie eine unerwartete Erregung. Wenn sie sich recht besann, war das an den letzten Abenden ähnlich gewesen – doch heute war sie erstmals bereit, sich diesem Gefühl zu stellen. Unwillkürlich nahm sie Salvadors Hand. Beim letzten Mal hatten sie sich so berührt, als Jacob sie verlassen und er sie zu trösten versucht hatte – nun aber zog er sie rasch zurück.
So schnell gab Victoria nicht auf. Wieder ergriff sie die Hand, zog sie diesmal auf ihren Schoß. Erneut spürte sie, wie er sich erst versteifte und dann die Hand zurückzog.
»Es ist besser, wir tun das nicht«, sagte er heiser.
Trotz der Anspannung, die sich über sie gesenkt hatte, blieb sie ganz ruhig. »Warum nicht?«, fragte sie.
Er schwieg, nahm lediglich einen Zug aus seiner Pfeife.

»Du hast gesagt, dass ein Mann mich nur lieben kann, wenn er erkennt, wer ich wirklich bin, und nicht nur sieht und wertschätzt, was ich tue«, fuhr Victoria fort. »Aber du bist der Einzige, der es je erkannt hat. Du bist der Einzige, der sich darüber Gedanken gemacht hat.«
Zum dritten Mal nahm sie seine Hand, und auch wenn er sie nun nicht wieder wegzog, meinte er doch grimmig: »Mag sein. Trotzdem bin ich kein Mann, den du lieben kannst. Ich bin so alt, ich könnte dein Vater sein.«
»Aber du bist es nicht«, stellte sie ruhig fest. »Und es ist auch nicht deine größte Angst, du könntest zu alt sein. Etwas anderes bereitet dir ungleich mehr Sorgen.«
Obwohl sein Gesicht im Dunkeln lag, konnte sie fühlen, wie er die Stirn runzelte. »Ein Mann wie ich hat besser keine Frau«, knurrte er, »das habe ich schon in jungen Jahren entschieden, als ich wusste, dass ich im Gran Norte bleiben würde. Das Leben hier ist einfach zu hart.«
Victoria lächelte. »Aber ich teile dieses Leben doch schon längst mit dir«, stellte sie fest, »und es ist mir mitnichten zu hart.«
Ehe er etwas erwidern konnte, beugte sie sich vor und küsste ihn auf den Mund. Es war etwas ganz anderes, ihn zu küssen, als Jacob oder Jiacinto. Bei ihnen beiden hatte sie stets vermeint, sich diese Nähe ertrotzen und erkämpfen zu müssen. Die fiebrige Erregung, die ihr geschenkt wurde, forderte als Preis stets die Furcht, gleich zurückgestoßen zu werden. Bei Salvador war es viel selbstverständlicher, die Nähe und die Vertrautheit viel größer, obwohl seine Lippen hart waren und sein Schnurrbart kitzelte.
Er erwiderte den Kuss, sehr vorsichtig, sehr zärtlich, doch nach einer Weile drückte er sie weg und erhob sich. Immer noch lag sein Gesicht im Dunkeln, aber der Hitze nach zu schließen, die in seine Wangen geschossen war, war er tiefrot.

»Stürz dich nicht ins Unglück, Mädchen!«, murrte er, und es klang streng. »Es ist nicht nur mein Alter, das harte Leben, es ist …«
»Was?«
»Du siehst doch, dass ich hinke. Und du weißt sicher noch, was ich dir erzählt habe: Irgendwo in meinem Leib steckt eine Kugel, die nie entfernt werden konnte und die mich langsam vergiftet. Ich werde nicht alt werden. Ich werde dich nicht lange genug glücklich machen können.«
Sprach's, wandte sich endgültig ab und ging ins Haus.
Victoria blieb nachdenklich sitzen. Kurz hatten sie seine Worte wie ein Schlag getroffen.
Nicht alt … nicht lange genug …
Aber während sie in die Nacht starrte und die gewaltige Stille der Wüste mit jeder Faser ihres Körpers zu spüren glaubte, überkam sie plötzlich tiefer Frieden. Sie war mit Salvador glücklich, sie fühlte sich hier geborgen. Warum sollte sie auf ihn verzichten, nur weil sie ihn nicht lange haben konnte? Sie hatte Menschen verloren, obwohl diese nicht gestorben waren. Wie viel besser war es, jemanden nicht zu verlieren, obwohl er starb.
Entschlossen stand sie auf, ging hinein und trat zu seiner Pritsche, auf die er sich gebettet hatte.
Sie setzte sich zu ihm wie vorhin noch zu Clara, streichelte über sein Gesicht, fuhr die Falten und Furchen nach. Er zuckte zusammen.
»Was tust du denn da?«, fragte er, aber es klang nicht mehr grimmig – eher hilflos.
»Schscht«, machte Victoria. Sie blickte sich um, die Mädchen schliefen tief. »Du sagst doch immer, dass du Menschen magst, die mit ihren Händen sprechen, nicht mit ihrem Mund. So lass mich mit meinen Händen sprechen.«

Sie streichelte weiterhin sein Gesicht, legte sich schließlich zu ihm, übersäte seine Haut mit Küssen. Die Zeichen von Alter, von Anstrengung, von Verbrauchtsein machten ihr nichts aus. So wie sie ihn mit all seinen Falten liebte – so akzeptierte er sie mit sämtlichen Narben auf ihrer Seele.
Zuerst lag er wie starr, dann widersetzte er sich nicht länger. Mit einem Ruck stützte er sich auf, betrachtete sie kurz, zog sie dann an sich, nicht langsam, zaudernd, sondern mit gleicher Entschlossenheit und Zielstrebigkeit, wie er seine Arbeit als Arzt tat.
Was folgte, war kein verschämter, hastiger Akt wie einst, da sie zum ersten Mal bei Jiacinto gelegen hatte. Zärtlich und leidenschaftlich zugleich, vor allem aber unendlich geduldig erforschten sie ihre Körper.
Victoria sagte in dieser Nacht kein weiteres Wort mehr, aber jede Geste, jede Bewegung verkündete: Ich bin jetzt Salvadors Frau. Ich bin Claras und Doras Mutter.

Punta Arenas hatte sich verändert – oder vielleicht hatte Aurelia es bloß anders in Erinnerung gehabt: Der Hafen schien ihr, gemessen am Trubel Valparaísos oder Santiagos, nicht ganz so lebhaft. Man sah mehr Schafe als Menschen, die Innenstadt war um etliche Prachtbauten erweitert worden – nebst Villen der reichen britischen Estancieros war auch eine neue Oper hinzugekommen, der Friedhof erneuert worden und die Fassaden am Hauptplatz.
Aurelias Herberge, in der sie sich mit Tino einmietete, befand sich direkt gegenüber der Oper, und während Tino von der Fahrt erschöpft schlief, starrte sie darauf und dachte an die Vergangenheit – die ihrer Vorfahren und die eigene. Hier in Punta Arenas hatten Victorias Mutter Emilia und ihre eigene Mutter Rita einst eine Herberge geführt. Sie war im Jahr ihrer

Geburt abgebrannt, und Rita war damals fast gestorben. Rauh und hart war das Leben zu den beiden Frauen gewesen – während ihr so vieles zugefallen war, Besuche in einer Oper wie dieser, wo sie in einer Privatloge gemeinsam mit Tiago Mozart gelauscht, Champagner getrunken und Eis gegessen hatte.
Plötzlich kam die Trauer um Tiago, die sie in den letzten Tagen weggeschoben hatte, mit aller Macht zurück. Erstmals weinte sie wieder, bis sie – nicht minder erschöpft als Tino – in den Schlaf sank. Sie erwachte mit einem dumpfen Gefühl in der Brust, konnte sich ihm aber nicht hingeben, sondern sammelte alle Kräfte, um die letzte Etappe der Heimreise zu bewältigen. Mit dem Geld, das sie noch hatte, kaufte sie ein Pferd und stieß mit Glück auf eine Gruppe englischer Händler, die in Richtung der Estancia aufbrachen.
In all den Jahren in der Ferne hatte sie sich das Heimweh verboten. Doch nun, da sie mit Tino, der vor ihr im Sattel saß und den sie fest an sich gepresst hielt, durch die immer vertrautere Landschaft ritt, ging ihr das Herz auf.
Trotz aller Trauer – das war ihre Heimat, das war Patagonien, karg, wild, grenzenlos. Binnen Stunden wechselte das Wetter, nur der Wind wehte ohne Unterlass gleich stark. Nichts Liebliches hatte die Weite an sich, dennoch gab es mehr Farben, als der erste Blick vermuten ließ: rötliche Erde in allen Schattierungen, dunkelbraune, fast schwarze Bäume, die auf dem trockenen Steppenboden wurzelten, das helle Fell der Guanakos, die wilde Sprünge vollführten und davonstoben, sobald sie Pferdehufe hörten. Erstmals dachte sie nicht daran, was sie alles verloren hatte, sondern es überkamen sie viele Erinnerungen an die Kindheit und Jugendzeit – und mit ihnen erwachte etwas von der alten Aurelia, die genau gewusst hatte, was sie wollte, und voller Leidenschaft für diese Ziele gekämpft hatte.

Tino gefiel es, zu reiten und zu schauen, er juchzte mehrmals freudig auf und begann erst zu quengeln, als Wind und Regen gleichzeitig in ihre Gesichter peitschten.
Als sie endlich ankamen, fühlte sich Aurelia stark und kraftlos zugleich – stark, weil sie nun auf vertrauter Erde stand, schwach, weil sie für ihr Leben nicht länger ganz allein die Verantwortung trug. Sie konnte sie auf Rita abladen, ihre Mutter, die als Erste auf den Hof gelaufen kam und sie mit einem Aufschrei erkannte, und auf ihren humpelnden Stiefvater Balthasar, der bald folgte und die Hände über dem Kopf zusammenschlug.
Als Aurelia die beiden sah, sank sie mit Tino auf dem Arm auf die Knie und glaubte, keinen Schritt mehr gehen zu können. Sie brach in Tränen aus, als sie von den Eltern umarmt und ins Haus gezogen wurde, man ihr Tino abnahm und sie mit Fragen überhäufte. Sie konnte keine einzige beantworten, lediglich, von der Wiedersehensfreude überwältigt, stammeln: »Es tut mir leid, es tut mir alles so leid.«
»Was tut dir denn leid?«, fragte Rita verwundert.
Erst als sie Matetee getrunken und Tino etwas Maisbrei zu essen bekommen hatte und auf ihrem Schoß einschlief, brach alles stoßweise aus ihr hervor, und sie berichtete von Tiagos Tod, aber auch vom Leben, das sie zuvor geführt hatte.
In den letzten Jahren hatte sie zwar immer wieder Briefe geschrieben, aber darin hatte sie nur vom Guten berichtet – über die Schattenseiten ihres Lebens hingegen geschwiegen. Nun bekannte sie alles schonungslos – dass sie ihre Herkunft verleugnet hatte, dass sie aufgehört hatte zu malen, dass sie sich manchmal in der steifen Welt der Reichen und Mächtigen so gefangen gefühlt hatte. Am Ende gingen die Worte in neuen Tränen unter.
Rita hatte voller Mitleid gelauscht, Balthasar verständnisvoll. Eben gesellte sich auch Ana zu ihnen, eine Russin, die einst

als Freudenmädchen in Punta Arenas gearbeitet hatte, dann aber Emilia und Rita auf die Estancia gefolgt war und dort seit Jahren härter arbeitete als ein Mann.

»Hör auf, dich zu zerfleischen«, erklärte sie so nüchtern, wie sie immer war. »Was willst du denn? Scheinbar hast du sehr reich geheiratet, hast schöne Kleider getragen, köstliches Essen gegessen, ein rundum angenehmes Leben geführt. Viele verkaufen ihre Seele und ihren Körper und bekommen weitaus weniger dafür. In jedem Fall ist das kein Grund, ein schlechtes Gewissen zu haben. Die Welt ist kein freundlicher Ort.«

Aurelia wusste nichts dazu zu sagen, aber Rita zischte verhalten: »Nun sei doch still.«

Ehe Ana noch etwas hinzufügen konnte, stürmten schon die Brüder in die Stube – Emilio, Arturo und Cornelio. Offenbar kamen sie gerade von der Schafschur, denn sie waren voller Wollstaub, blauer Flecken und Schnitte an den Fingern.

»Mein Gott, wie groß ihr geworden seid!«, stieß Aurelia aus. Emilio war knapp dreizehn, Arturo und Cornelio waren immerhin schon neun und zehn. Ihre Körper sahen männlich aus, nur der Bart, der spross, war noch ein zarter Flaum. Sie umarmten ihre Schwester so selbstverständlich, als wäre sie nie weg gewesen, voller Zuneigung, aber auch mit üblicher Distanz, weil sie – als Mädchen und so viel älter – nie vollkommen zu ihnen gehört hatte. Sie hatten sie immer respektiert, weil sie streng zu ihnen sein konnte wie eine Mutter, aber zugleich geneckt, weil sie nicht so schnell ritt und Schafe schor. Nun wollten sie lediglich wissen, ob sie auf Besuch sei oder länger bliebe, lernten dann ihren Neffen kennen, der zu klein war, um sie sonderlich zu interessieren, stellten jedoch keine Fragen, warum sie ausgerechnet jetzt kam. Auch die Eltern schwiegen dazu und rührten an diesem Tag nicht mehr an offene Wunden.

Obwohl das Leben auf der Estancia einfach war, sie kein fließendes Wasser hatten, das Bett hart war und zwischen allen Ritzen stets Sand und Staub knirschten, lebte sich Aurelia bald ein. Der Alltag war fordernd und voller Verzicht – doch das Leben war kein steter Kampf mehr. Sie schlief so gut wie lange nicht mehr, half mit den Schafen, bekam an der frischen Luft rosige Wangen und so viel Hunger, dass sie mit gutem Appetit aß, und freute sich nach einigen Tagen, Maril wiederzusehen, einen Tehuelche, die Ureinwohner Patagoniens. Einst hatte Ana ihm das Leben gerettet, und seitdem war sie so etwas wie seine Gefährtin, auch wenn sie niemals geheiratet und Maril das noch nie davon abgehalten hatte, tage- und wochenlang allein in der Steppe unterwegs zu sein und Guanakos zu jagen.

Jedes Mal, wenn er wiederkehrte, weigerte sich Ana aus lauter Ärger, ihn zu begrüßen. Nicht dass sie ihn vermisst hätte, das stritt sie aufs entschiedenste ab! Aber was er da tat, war gefährlich. Die Estancieros ließen seit Jahrzehnten Jagd auf die Indianer machen, weil man sie des Diebstahls von Schafen bezichtigte, und es gab eigene Trupps von jungen Männern, die sie jagten, töteten, ihnen als Beweis für die Tat ein Ohr abschnitten und sich dafür bezahlen ließen.

»Stell dir vor«, sagte Ana grimmig zu Aurelia, »in den letzten Jahren gab es immer mehr Indianer, die mit nur einem Ohr herumliefen, weil sie es sich freiwillig abschnitten, damit ihr Leben verschont würde. Irgendwann wollten die Estancieros darum zwei Ohren sehen, und als sich etliche nun eben beide abschnitten, verlangen sie nun einen Kopf geliefert zu bekommen, um noch zu zahlen.«

Aurelia erschauderte, aber dann hoben Marils kräftige, riesige Pranken sie bereits hoch und pressten sie an seinen sehnigen Körper. Sie hatte es als Kind geliebt, von ihm getragen zu werden, atmete jetzt den vertrauten Duft seiner mit Öl eingeriebenen Haut ein und wollte ihn am liebsten nicht wieder loslassen. Irgendwann setzte er sie jedoch auf dem Boden ab und musterte sie eingehend. »Du hast traurige Augen«, stellte er fest.

»Ich habe den Mann verloren, den ich liebe«, bekannte sie.

»Unser Volk glaubt, dass der Schmerz um die Toten von verdorbenem Blut kommt, das nicht im Körper bleiben will. Um den Schmerz zu beenden, muss man dem Blut einen Ausweg schaffen.«

Wütend schaltete sich Ana ein. »Bist du verrückt! Soll sie sich selbst verletzen, bis sie blutet? Hör auf, dumme Vorschläge zu machen – und zeig mir lieber, was du erbeutet hast. Dann ergibt es wenigstens Sinn, dass du dein Leben riskiert hast.«

Aurelia wäre niemals auf die Idee gekommen, sich zu verletzen, aber in den Wochen, die folgten, dachte sie manchmal an Marils Worte. Obwohl sie in Patagonien fürs Erste zu Kräften kam, wusste sie oft nicht, wie sie die Trauer ertragen sollte – mal erschien sie ihr wie eine Last, die sie unmöglich tragen konnte, mal wie ein dunkler Berg, durch den sie sich ohne Aussicht auf Licht wühlen musste, mal wie Gift, das sie lähmte. So froh sie zunächst über die Heimkehr war und so dankbar, wie gut sich Tino einlebte – nach einem Monat war alle Euphorie verflogen. Sie wähnte sich nicht länger auf vertrauter Erde aufzublühen, sondern in einem Morast zu versinken, aus dem sie gerade mal den Kopf heraushalten konnte.

Ihrer Mutter wollte sie die wahren Gefühle nicht anvertrauen, denn diese sorgte sich genug, aber Balthasar konnte sie nichts vormachen. Eines Tages kam er zu ihr ins Zimmer, wie immer mit seinem Skizzenblock bewaffnet. Anders als sie, die von ihm das Zeichnen gelernt hatte, tat er es wohl immer noch

regelmäßig, auch wenn der Block nun, da er sich zu ihr aufs Bett setzte, geschlossen blieb.
»Du bist schrecklich unglücklich«, sagte er.
»Wer bin ich denn ohne ihn?«, gab sie zurück.
Sie rang mit ihren Händen, verkrampfte diese schließlich zu Fäusten.
Balthasar starrte darauf. »Deine Hände sehen aus, als würden sie sich verzweifelt an etwas festhalten wollen, aber nichts finden. Vielleicht wird alles leichter, wenn du ihnen etwas zu tun gibst, was du kannst.«
»Ich arbeite doch den ganzen Tag bei den Schafen.«
»Der Aurelia von einst, wie ich sie kenne, war diese Arbeit immer lästig. Sie liebte zwar die Schafe – aber sich um sie zu kümmern hieß, nicht zeichnen und malen zu können.«
Aurelia ließ ihre Hände sinken. »Auf der Hacienda, auf der mich William gefangen hielt, habe ich wieder angefangen zu zeichnen, aber jetzt weiß ich nicht, ob ich es jemals wieder kann.«
»Hm«, machte Balthasar. Er widersprach nicht, sondern sagte lediglich: »Nun, aber wenn du es könntest und wenn du es wolltest – was würdest du dann zeichnen?«
Sie musste gar nicht erst darüber nachdenken, das Bild erstand von selbst vor ihr, so stark, so eindringlich – das Bild, das sie einst in verschiedenen Varianten gemalt hatte, von sich und Tiago in Patagonien, wie sie Hand in Hand in die Weite starrten und dem Betrachter den Rücken zugekehrt hielten. Stockend berichtete sie Balthasar davon.
»Vielleicht«, meinte er, nachdem sie geendet hatte, »vielleicht ist das deine Weise, mit ihm verbunden zu bleiben.«
»Aber …«
Er sagte nichts mehr, sondern überreichte ihr schweigend den Kohlestift und den Skizzenblock. Als sie ihn aufschlug, sah

sie, dass er auf der ersten Seite ein Porträt gezeichnet hatte – von Aurelia, wie sie als Kind gewesen war, trotzig, willensstark, selbstbewusst.

Schweigend stand er auf und ging. Erst hockte Aurelia wie erstarrt da, umkrampfte dann den Kohlestift und blätterte weiter. Die nächste Seite war leer – doch nicht mehr lange. Wie in Trance zeichnete sie die ersten Striche, und kaum hatte sie damit begonnen, konnte sie nicht wieder aufhören, bis sie sich und Tiago auf Papier festgehalten hatte. Seine Züge waren nicht zu erkennen, jedoch sein welliges Haar, seine sehnige Gestalt.

»Ich liebe dich so, Tiago«, schluchzte sie, »ich liebe dich so.«

Trotz der Tränen hatte sie erstmals das Gefühl, wieder frei atmen zu können.

Die Trauer würde weiterhin eine treue Begleiterin sein, aber sie würde ihr nicht das Herz brechen, sie würde nicht an dem Verlust zugrunde gehen. Sie würde weiterhin zeichnen und weiterhin leben, und dieses Leben würde zwar nicht immer, aber manchmal eben schon ein gutes und erfülltes Leben sein.

Sein Leben war grau.

Zwar starrte Jacob manchmal auf das glitzernde Wasser in der Bucht von San Francisco, beobachtete die geschäftigen Bauarbeiten, die nach dem großen Erdbeben von 1906 überall im Gange waren, spazierte auf den steilen Straßen an vielen bunten Fassaden vorbei. Aber er hatte das Gefühl, er könnte keine Farben mehr sehen. Sie waren unter dem gleichen dichten Schleier verborgen wie seine Erinnerungen.

Anfangs hatte er so gehofft, dass fernab der Atacamawüste alles besser werden würde, jener Schleier ganz plötzlich aufreißen, die Vergangenheit sichtbar werden, aber wenn er ehrlich war, fühlte er sich orientierungsloser denn je. Seine Suche nach der Familie Foster hatte sich als Sackgasse erwiesen. Zwar gab es hier viele Menschen, die diesen Namen trugen, doch kein einziger war ihm irgendwie vertraut erschienen oder hatte seinerseits ihn erkannt. Er ging von Haus zu Haus, wurde manchmal höflich und hilfsbereit empfangen, manchmal wie ein Bettler oder Betrüger behandelt, und mit jedem dieser nutzlosen Besuche war die Gewissheit gewachsen: Er stammte doch nicht von hier. Dieses Land war ihm völlig fremd und nie eine Heimat gewesen, wo Verwandte und Freunde verzweifelt auf ihn warteten.

Anstelle von Verbissenheit, es nun eben andernorts zu versuchen, war seine Lethargie gewachsen, die resignierte Einsicht auch, dass mit bloßem Wollen nichts zu erzwingen war. Nicht länger kämpfte er nun um seine Erinnerungen, sondern – vor allem, nachdem sämtliches Geld von Salvador zur Neige gegangen war – ums nackte Überleben.

Dabei kam ihm zugute, dass er – auch wenn er keine Farben mehr zu sehen glaubte, die Welt vielmehr im lustlosen Grau versank – weiterhin Formen wahrnahm, ja, ein ganz überdurchschnittliches Gefühl für diese entwickelte.

Einen Monat nachdem er in Kalifornien angekommen war, hatte er etwas gefunden, das ihm Halt gab und ihn davon abhielt, sich vor Verzweiflung ins Meer zu stürzen: Er hatte entdeckt, dass er nicht nur Englisch sprechen und gut mit Zahlen umgehen konnte, sondern dass er ein Talent zu zeichnen hatte.

Auch an diesem Morgen saß er vor einem Skizzenblatt. Man hatte ihm im Büro des Architekten Lawrence Fisher mittlerweile einen kleinen Schreibtisch zugewiesen, und während er hier saß und seiner nunmehr täglichen Arbeit nachging, war er bei aller Ohnmacht und Hoffnungslosigkeit auch dankbar: dankbar, dass es etwas gab, womit er sich ablenken konnte. Und dankbar für das Privileg, sitzend arbeiten zu dürfen.

Am Anfang war das noch anders gewesen. Nach seiner Ankunft in San Francisco hatte er kaum mehr Geld gehabt und musste – um sich ein Bett und das Essen zu verdienen – am Bau anheuern, wo es in diesen Jahren immer etwas zu tun gab. Die Arbeit war hart gewesen, die Nachwirkungen seiner schweren Verletzungen hatten ihm zu schaffen gemacht, und seine Kollegen hatten ihn als Schwächling beschimpft. Aber eines Tages hatte er an einem Haus, das sie bauten, einen Konstruktionsfehler entdeckt. Er war selbst nicht minder überrascht als der Architekt, dem er davon berichtete.

»Haben Sie jemals in meinem Beruf gearbeitet?«, hatte Lawrence Fisher gefragt.

Jacob war sich alles andere als sicher, aber er bejahte die Frage und murmelte etwas von leidigen Lebensumständen und diversen Tragödien, die ihn sein Vermögen gekostet hätten.

Lawrence Fisher hatte ihn mit ins Büro genommen und ihm den Auftrag erteilt, Bauskizzen anzufertigen. Erst hatte sich Jacob noch überfordert gefühlt, dann den Bleistift zunehmend begeistert umklammert. Das war etwas, was er kannte … und was er konnte.

Unkonventionell würde er arbeiten, erklärte Lawrence später. Sein Gespür für Geometrie sei eher ein instinktives als mathematisch fundiertes. Aber er hätte Talent, ohne Zweifel.

»Viel mehr als auf dem Bau kann ich Ihnen nicht zahlen, aber wenn Sie sich mit dieser Summe zufriedengeben, mache ich Sie zu meinem Assistenten.«

Sein Beruf war fortan Jacobs einziger Lichtblick. Sein Geist fühlte sich wie betäubt an, wenn er morgens erwachte und abends schlafen ging. Nur wenn er zeichnete, war er hellwach. Die Erinnerungen blieben zwar auch dann hinter dem Schleier verborgen, aber schienen manchmal doch zum Greifen nah. Einmal zeichnete er keine Skizze für den Bau, son-

dern etwas ganz anderes – einen Mann und eine Frau inmitten einer wilden Landschaft. Ihre Gesichter waren unkenntlich, und er wusste hinterher nicht, wen er da gezeichnet hatte – sich selbst, seine Eltern oder einfach nur Fremde?
Eben erstarb das Gemurmel im Büro. Jacob zuckte zusammen, als Lawrence vor ihn trat. Als Jacob ihm zeigen wollte, woran er arbeitete, winkte er ab. »Ich muss mit dir reden. Es geht … es geht um die Zukunft.«
Jacob sank das Herz. Lawrence Fisher war Brite, sein Architekturbüro in San Francisco lediglich eine Filiale, während sich der Hauptsitz des Geschäfts in London befand. Die vielen Aufträge nach dem Erdbeben hatten ihn hierhergelockt, aber er hatte gegenüber Jacob mehrmals erwähnt, bald wieder nach England zurückkehren zu wollen.
Offenbar stand der Zeitpunkt dafür nun fest. In zwei Wochen würde er abreisen, teilte er Jacob mit.
Jacob versuchte, sein Entsetzen zu verbergen. Gewiss, das Architekturbüro würde weiterhin bestehen – doch Lawrence war sein größter Befürworter und Unterstützer. Die meisten anderen waren von ihm, diesem wortkargen, unnahbaren, geheimnisvollen Mann, befremdet.
»Du hast doch keine Familie«, stellte Lawrence fest, während Jacob sich verzweifelt fragte, was nun aus ihm werden sollte.
»Nein«, murmelte er. Er hatte nie jemandem anvertraut, dass er sich an nichts mehr erinnern konnte, aber es war offensichtlich, dass er allein lebte.
»Nun, du könntest mit mir nach London kommen. Jemanden wie dich kann ich auch dort gut gebrauchen. Ich zahle dir sogar die Schiffspassage.«
Jacobs Herz begann unrhythmisch zu pochen – nicht nur, weil er die Chance bekam, weiterhin zeichnen zu können, sondern weil in dem Augenblick, da der Name London fiel,

ein Bild vor ihm aufstieg – das Bild eines weißen Hauses, das in dichtem Nebel lag. Dieser Nebel war diesmal kein Zeichen fehlender Erinnerungen, sondern echter Nebel. Plötzlich wusste er: Er war schon einmal in London gewesen. Er wusste es, weil das Wetter damals immer schlecht gewesen war. Er konnte sich erinnern, dass er gefroren hatte.

»Also? Was hältst du davon?«

Kalifornien war ihm in all der Zeit fremd geblieben. Vielleicht war er gar kein Amerikaner. Vielleicht war er … Engländer.

»Ja«, erklärte er hastig, »ich komme mit.«

Hier war das Leben grau und würde es bleiben. Womöglich aber konnte er ausgerechnet im Londoner Nebel Farben sehen, die Schleier lüften und die Wahrheit herausfinden – die Wahrheit über sich und die unbekannte Frau, die er liebte.

Viertes Buch

Die Farben der Liebe

1920

30. Kapitel

Victoria klammerte sich zitternd an der Reling fest. Eine Gänsehaut überzog ihre Unterarme, und sie konnte sich nicht daran erinnern, jemals so gefroren zu haben wie auf dieser Reise. Im Winter war es zwar auch in der Wüste kalt, aber meist nur nachts, wo sie sich ins behagliche Haus flüchten konnte, und vor allem hatte ihr dort nie dieser eisige Wind ins Gesicht geweht. Aurelia hatte früher oft vom patagonischen Wind erzählt, aber es war etwas anderes, ihn zu spüren, anstatt nur davon zu hören. Ihre Haare peitschten auf den Rücken, und auf ihrem Gesicht verkrustete Salz, weil die Luft so feucht war.

Auch Clara, die neben ihr stand, bebte, aber die Kälte raubte ihr nicht den Sinn für die Schönheit der Landschaft. »Sieh nur mal die Bäume!«, rief sie und deutete auf ein Inselchen inmitten der Magellanstraße, wo die Äste der Bäume sich förmlich dem Wasser entgegenzustrecken schienen und deren Blätter tief darin versanken. Manche Inseln waren durch und durch bewaldet, andere nur vom Moos bedeckt, wieder andere kahl und schroff. Ihnen allen war gemein, dass sie nicht bewohnt waren – und den Kapitän vor die schwere Aufgabe stellten, sie mühsam zu umschiffen.

»Es sieht hier ganz anders aus als in der Atacamawüste«, fügte Clara hinzu. »Ich meine, hier ist so viel Wasser … und so viel Grün …«

Victoria nickte, während sie Clara unauffällig musterte. Sie war froh, dass sie heute so selbstverständlich mit ihr sprach.

In den letzten Wochen hatte sie meistens geschwiegen, und obwohl Victoria wusste, dass es ihre Art war, den Verlust zu verkraften, und es ihr auch selbst schwerfiel, allzu viele Worte zu machen, freute sie sich, dass das Mädchen wieder aufmerksamer für seine Umgebung wurde.
»Nicht mehr lange, dann werden wir in Punta Arenas ankommen«, sagte sie gedankenverloren.
Am Ende war sie also doch in die südlichste Stadt Chiles aufgebrochen, so wie es sich Rita und Balthasar gewünscht hatten – allerdings zwölf Jahre später als von ihnen geplant und nicht alleine, sondern in Begleitung zweier Stieftöchter.
Anders als Clara und Victoria klammerte sich Dora nicht an der Reling fest und war auch blind für die menschenleeren Weiten Patagoniens auf der einen Seite und Feuerlands auf der anderen Seite. Stattdessen beobachtete sie wie so oft zwei ihrer Mitreisenden, die während der langen Fahrt immer wieder ihre Aufmerksamkeit auf sich gezogen hatten – ein älteres Ehepaar, dessen Spanisch ob ihres englischen Akzents kaum verständlich war und das zu den wenigen gehörte, die Wind und Regen trotzten und immer wieder an Deck kamen.
Der Mann hielt ein merkwürdiges Gerät in der Hand, hielt es mal in die eine und mal in die andere Richtung und drückte immer wieder auf ein Knöpfchen.
Dora hatte schon oft laut sinniert, was es damit auf sich hatte – aber heute war es das erste Mal, dass sie den Mann zu fragen wagte: »Was machen Sie denn da?«
Der Mann war amüsiert über ihr Unwissen – und stolz auf seinen Besitz.
»Das ist eine Rollfilmkamera!«, rief er.
In Doras Gesicht breitete sich Verwirrung aus – und auch Victoria hatte noch nie davon gehört.

»Nun, es ist eine Kamera, wie Fotografen sie haben, aber nur viel kleiner und für den Hausgebrauch tauglich!«, erklärte der Mann bereitwillig. »Die Firma Kodak hat sie hergestellt. Ich muss einfach nur auf den Knopf drücken, und später werden dann die Bilder entwickelt, die ich fotografiert habe.«
Victoria konnte sich nicht vorstellen, wie dieses Gerät tatsächlich funktionierte, aber sie war genauso fasziniert davon wie Dora, und sie traten beide näher, um es sich ausführlich von dem Mann vorführen zu lassen.
»Christopher Wellington ist übrigens mein Name. Wir haben uns nun schon oft gesehen, aber noch nicht vorgestellt. Nun, es ist also so, dass man auf dieses …«
Abrupt brach seine Rede ab und ging in einen lauten Aufschrei über. Christopher Wellington trug einen Hut auf dem Kopf, und diesen Hut hatte der stürmische Wind plötzlich mit sich gerissen und jagte ihn über das Schiff. Gleich würde er unweigerlich im Wasser landen.
Wellington versuchte, ihm nachzulaufen, doch so flink er mit der Kamera umging, so schwerfällig fielen seine Schritte aus. Kaum hatte er den Hut erreicht und wollte sich nach ihm bücken, trieb ein neuerlicher Windstoß ihn stets weiter. Clara und Victoria sahen ihm tatenlos zu, Dora aber sprang plötzlich behende los, erwischte den Hut und brachte ihn seinem Besitzer zurück.
Victoria nickte anerkennend, Christopher Wellington bedankte sich überschwenglich – und hinter ihnen ertönte Gelächter.
Victoria und die Mädchen fuhren herum und erkannten Wellingtons Frau, die ihnen schon öfter aufgefallen war, weil sie so widersprüchlich wirkte: Ihre Kleider waren ungemein elegant und wiesen sie von vornehmer Geburt aus, doch ihre Haut war gegerbt wie die einer Bäuerin. Sie schritt stets mit

geradem Rücken wie eine Dame, aber manchmal hörte man sie fluchen wie einen Mann. Ihr Lächeln war meist freundlich, der Blick dagegen hatte etwas Kaltes – vor allem, wenn er auf ihren Mann fiel.

»Es hätte mich nicht gewundert, wenn dir der Wind den Hut gestohlen hätte«, lästerte sie. Vermeintlich vertraulich wandte sie sich an Victoria: »Auf unserer Weltreise hat er schon zig Hüte verloren.«

Dora blickte sie neugierig an. »Eine Weltreise?«, fragte sie.

Victoria hatte schon oft aus der Ferne beobachtet, dass Frau Wellington anderen Passagieren ausufernde Geschichten erzählte, aber sie war stets so in eigene Gedanken versunken gewesen, dass sie nie zugehört hatte.

»Kate ist mein Name«, stellte sie sich nun vor, »und ja, mein Mann und ich machen ein Weltreise. Eigentlich schon die fünfte. Es gibt kaum einen Ort, wo wir nicht gewesen sind – und kaum einen Ort, wo meinem Mann kein Missgeschick zugestoßen ist.«

Christopher blickte sie etwas empört an, aber er widersprach nicht, als sie aufzuzählen begann: »Auf der Aussichtsplattform bei den Niagarafällen, wo man schon mal ein bisschen feucht werden kann, traf ausgerechnet ihn ein riesiger Schwall Wasser. Sie hätten ihn sehen sollen! Wie ein begossener Pudel stand er da! Oder in den Rocky Mountains – als wir den Yellowstone-Nationalpark besucht haben. Da ist er auch nass geworden. Ich weiß bis heute nicht, wie es ihm gelungen ist, aber er ist dem Geysir Old Faithful einfach zu nahe gekommen. Wir haben dort phantastische Wanderungen gemacht – allesamt auf Bahngleisen natürlich, wo sonst sollte man festen Schritt finden, woraufhin Christopher in einem solchen stecken geblieben ist und fast vom nächsten Zug überrollt wurde.«

»Das ist nicht wahr!«, protestierte er zum ersten Mal.

»Na gut«, gab sie zu, »der Zug war nur zu hören, noch nicht zu sehen. Aber auf Honolulu, wo wir im berühmten Moana-Hotel wohnten, ist er am Strand auf die einzige Koralle getreten, die die Strandwächter nicht entfernt hatten. Diese Korallen sind ungemein scharf, und natürlich hat er sich ganz grässlich den Fuß aufgeschnitten.«
Sie klang nicht mitleidig, eher triumphierend.
»Dafür ist dein Gesicht krebsrot angelaufen, als sie dir in einem Teehaus nahe der Großen Mauer von China ein heißes Tuch aufs Gesicht gelegt haben«, hielt er ihr trotzig entgegen.
»Was gut gemeint war, aber dennoch eine Unsitte ist!«, fauchte Kate. »Irgendetwas muss in dem Tuch gewesen sein, was mir nicht bekommen ist. Aber zumindest habe ich mir nicht die Malaria geholt wie du auf Ceylon.«
»Ist es meine Schuld, dass die Moskitos lieber mich stachen als dich?«
»Und in Indien«, fuhr Kate lachend fort, »in Indien ist er natürlich regelmäßig in Kuhscheiße getreten. Die Kühe sind dort heilig, und deswegen befreit niemand die Straßen von ihrem Dreck.«
Christopher verdrehte stumm die Augen, während Victoria die beiden verwundert betrachtete. Sie kannte die Namen der Länder, die sie erwähnt hatten, aber sie konnte sich keine rechte Vorstellung davon machen, wie es dort aussah.
»Und hier in Patagonien«, fuhr Kate fort, »wird mein werter Gatte wahrscheinlich vom Wind fortgetragen werden.«
»Was genau wollen Sie denn hier besichtigen?«, fragte Dora neugierig, während Clara scheu ihren Blick gesenkt hielt.
»Ich habe einen Bericht von Albert Konrad gelesen«, erklärte Christopher, »das ist ein Deutscher, der eigentlich hierhergekommen ist, um Gold zu suchen. Nun, Gold hat er keines gefunden, aber stattdessen Knochen von den Mylodonen.«

»Den was?«

»Das ist ein Fabelwesen, halb Mensch und Tier, das hier in Patagonien gelebt haben soll. Die Museen in Europa zahlen Unsummen dafür.«

Angesichts dessen, dass die Wellingtons so lange Reisen machten, bestand wohl keine Geldnot, und Kate wiegelte auch prompt ab. »Manchmal fühlt sich ein Mann ja zum Entdecker berufen. Ich fürchte nur, dass er sich hier für teures Geld irgendwelche nutzlosen Guanakoknochen andrehen lässt.«

»Also hör mal, ich habe …«

Kate ignorierte den Protest und wandte sich an Victoria. »Sie haben sich uns noch gar nicht vorgestellt. Ich glaube, Sie tragen einen deutschen Namen, nicht wahr?«

»Victoria Hoffmann, ja. Die Mädchen hingegen heißen Cortes.«

Noch während sie es sagte, bereute sie ihre Worte. Sie provozierten geradezu die Frage nach ihrem Mann, die sie eigentlich unbedingt hatte vermeiden wollen. Doch Gott sei Dank blieb diese aus. »Und was treibt Sie hierher in die einsamste Gegend der Welt?«, wollte Kate Wellington stattdessen wissen.

»Nun, wir kommen aus der Atacamawüste, und da ist es mindestens ebenso einsam. Besonders in den letzten Jahren.«

Kate Wellington nickte verständnisvoll. Sie schien also auch gehört zu haben, dass man während des großen Kriegs künstliches Nitrat erfunden hatte und der bisher so einträgliche Salpeterabbau im Gran Norte fast völlig zum Erliegen gekommen war. Tausende von Arbeitern lungerten erst nichtstuend in der Wüste herum und wurden dann mit Sonderzügen nach Santiago geschafft, wo die Regierung sich verzweifelt darum bemühte, neue Arbeitsplätze zu schaffen oder mit Suppenküchen die schlimmste Not zu lindern.

Als sich die Mine nach und nach geleert hatte, war auch für Victoria die Arbeit knapp geworden – wenngleich dies am Ende nicht den Ausschlag gegeben hatte, die Atacamawüste zu verlassen.
»Ich bin wirklich sehr neugierig, ob man sich hier so gottverlassen fühlt, wie alle sagen«, fuhr Kate fort. »Ich habe ein Buch gelesen – von Mollie Robertson, worin sie ihre Kindheit auf einer Estancia beschreibt. Ein durchaus hartes Leben.«
Christopher Wellington verdrehte einmal mehr die Augen. »Wenn wir nicht reisen, liest meine Frau ständig – und weil sie ständig liest, müssen wir danach ständig verreisen. Am liebsten sind ihr nämlich Reiseschilderungen von berühmten Frauen: Maria Graham, Lucy Thurston, Ida Pfeiffer, Florence Dixie. Wie sollen wir da je zur Ruhe kommen?«
Er klang, als wären die Reisen ein großes Opfer, aber in seinen Augen glänzte Abenteuerlust.
»Und wo leben Sie, wenn Sie nicht gerade auf Reisen sind? Sie sind Amerikaner, nicht wahr?«
»New Yorker, um genau zu sein. Es heißt, das sei die aufregendste Stadt der Welt. Aber jede Stadt wird langweilig, wenn man zu viel Zeit dort verbringt.«
Victoria wusste von New York nur, dass es dort Häuser gab, die in den Himmel wuchsen, und die elektrische Beleuchtung abends nicht abgeschaltet wurde, so dass die Stadt nie schlief.
»Und was treibt Sie nach Patagonien?«, fragte Kate.
Victoria senkte ihren Blick. »Ich habe hier Verwandtschaft«, erklärte sie knapp, »und werde sie für eine Weile besuchen.«
Wieder dankte sie Gott, dass Kate nicht nachbohrte. Während die Mädchen neugierig nach den Weltreisen der Wellingtons fragten und diese eifrig und auch ein wenig prahlerisch Antwort gaben, wandte sich Victoria ab und starrte aufs Meer.

Nachdem sie jahrelang inmitten von Wüstensand gelebt hatte, war ihr diese Fülle an dunklem Wasser fast unheimlich.
Ich bin nicht nur hier, um Verwandte zu besuchen, fügte sie in Gedanken hinzu, sondern um meinen Seelenfrieden wiederzufinden.
Sie seufzte schwer.
Salvador hatte bis zuletzt gearbeitet, lag aber mit seiner Diagnose letztlich richtig: Die Kugel, die seit Iquique in seinem Bein steckte, hatte ihn am Ende regelrecht vergiftet. Immer ausgezehrter war er geworden, immer blasser, der Atem und der Herzschlag flacher. Vor einigen Monaten war er mit Fieber und bläulichen Lippen in ihren Armen gestorben. Er war seinem Tod gefasst entgegengetreten, und so war es auch ihr gelungen, die Haltung zu wahren. Sie war dankbar gewesen, noch die Zeit zu haben, ein letztes Mal ihre Liebe zu bekräftigen, ihm zu sagen, wie glücklich sie in den letzten Jahren an seiner Seite gewesen war. Doch als er für immer die Augen schloss, war sie sich sicher, dass sie ab nun nie wieder so glücklich sein würde, sich so geborgen, so zu Hause fühlen würde.
Sie hatte auch weiterhin die Fassung gewahrt, aber es wurde immer schwerer, ohne Salvador an einem Ort zu leben, wo alles an ihn erinnerte.
Sie hatte sich kurz überlegt, wieder in Santiago bei Valentina und Pepe zu leben, aber dann war ihr eingefallen, wie sich Rita und Balthasar einst nach dem Tod ihrer Eltern gewünscht hatten, sie möge zu ihnen nach Patagonien kommen. Sie konnte sich kaum an jenes Land erinnern, das sie nur einmal als Kind besucht hatte, war sich jedoch mit einem Mal sicher gewesen, dass es ihr am besten täte, eine ganz fremde Welt kennenzulernen, anstatt sich in einer bereits vertrauten wieder neu zurechtfinden zu müssen.

Seit sie diesen Entschluss getroffen hatte, war die Trauer nicht erträglicher geworden, aber sie konnte wieder atmen, ohne das Gefühl zu haben, zu ersticken.
Sie umklammerte immer noch die Reling und ließ sich den Wind ins Gesicht blasen, als vor ihr etwas anderes sichtbar wurde als nur einsame Natur und dunkles Wasser.
»Punta Arenas!«, rief sie und unterbrach Kate und Christophers ausführliche Schilderung ihres Aufenthalts im australischen Busch, wo Christopher fast von einer giftigen Spinne gebissen worden wäre. »Punta Arenas liegt vor uns!«

Im Hafen herrschte reges Treiben, aber Victoria sah weit und breit kein bekanntes Gesicht. Das Gewühl an Menschen und Schafen und der Lärm, der nach der ungleich ruhigeren Zeit auf dem Schiff in den Ohren weh tat, stimmten Victoria etwas verzagt – umso mehr, nachdem sie sich von Kate und Christopher Wellington verabschiedet hatten –, und sie bezweifelte ernsthaft, ob sie Rita und Balthasar überhaupt wiedererkennen würde. Clara klammerte sich ängstlich an sie fest, während Dora sich ihre Unsicherheit wie immer nicht anmerken lassen wollte und stattdessen die Stadt in Augenschein nahm.
Wie so viele Orte, an denen Victoria gelebt hatte, war auch Punta Arenas geprägt von Gegensätzen: Nur wenige Straßenzüge waren sie voneinander entfernt – die windschiefen Hütten und Baracken der Armen und die prächtigen Steinhäuser der Reichen. Die Hafenarbeiter waren mit Lumpen bekleidet, die Vertreter der großen Banken, Handelsunternehmen oder von La Anónima, der größten Kompanie in Patagonien, die in Punta Arenas einen eigenen Schiffsanlegeplatz hatte, mit Zylinder und Cut. Ihre Arroganz konnte allerdings nicht darüber hinwegtäuschen, dass viele der vornehmen Häuser leer stan-

den und die Blütezeit dieser Stadt längst vorbei war: Der Bau des Panamakanals vor sechs Jahren hatte ihr Ende eingeleitet. Gestank lag in der Luft, und er kam nicht nur vom schlickigen Meerwasser, sondern von den Abfällen auf der Straße. Die großen Errungenschaften des modernen Lebens – Elektrizität und Kanalisation – hatten ihren Weg natürlich schon vor langer Zeit auch in die südlichste Spitze von Amerika angetreten, doch beides, so hatte Rita sie in einem Brief vorgewarnt, würde nicht immer funktionieren.

Clara umfasste ihre Hand noch fester, als sie einer Gruppe Kohlearbeiter auswichen, die mit schwarzen und zugleich leeren Gesichtern an ihnen vorbeistapften. In Loreto gab es eine große Mine, und wahrscheinlich, dachte Victoria, wurden die Leute dort genauso ausgebeutet wie im Gran Norte.

Ein plötzlicher Aufschrei neben ihr ließ sie zusammenzucken. Dora war ebenfalls den Kohlearbeitern ausgewichen, dabei aber in ein Rudel Schafe geraten, die eben Richtung Pier getrieben wurden. Von allen Seiten wurde sie von den flauschigen Leibern eingekreist, und sie, die ansonsten doch praktischer veranlagt war als Clara, machte ein verzweifeltes Gesicht und schrie panisch.

Es war ein zu komischer Anblick! Clara vergaß ihre Furcht und lachte aus voller Kehle, das erste Mal seit vielen Wochen, und auch Victoria konnte nicht anders und musste schmunzeln.

Sie wollte sich schon durch die Schafe kämpfen, um der Stieftochter zu Hilfe zu kommen, als wie aus dem Nichts zwei junge Burschen auftauchten, die Tiere unsanft beiseiteschubsten und prompt Dora erreichten, um sie, der eine rechts, der andere links, sicher zu Victoria zu geleiten. Kurz stand nichts als Erleichterung in Doras Gesicht, doch rasch wurde es wieder hochmütig, als sie sich den grinsenden Burschen zuwandte und hoheitsvoll »Habt Dank!« murmelte.

Victoria wollte zu ihr eilen, doch plötzlich wurde ihr Name gerufen und auch sie von allen Seiten eingekreist, zwar nicht von Tieren, aber von Menschen. Verwirrt blickte Victoria sie an und erkannte vorerst keinen von ihnen – sie hingegen war diesen Menschen offenbar alles andere als fremd.
»Victoria!«, rief eine ältere Frau, trat auf sie zu und ergriff ihre Hände. »Victoria! Du bist das Abbild deiner Mutter! Gewiss, ihre Haare waren blond, nicht wie deine braun, und Emilia war etwas größer, dennoch …«
Ihre Stimme zitterte.
Das muss Rita sein, dachte Victoria und erwiderte den Händedruck. Sie hatte ähnlich feine Züge wie Aurelia, und das Haar, mittlerweile an vielen Stellen ergraut, musste einst so schwarz und glänzend gewesen sein wie ihres.
»Oh, ich bin so froh, dass du da bist!«, stieß Rita aus. Victoria nickte mit trockenem Mund.
An Ritas Seite trat ein Mann, der ohne Zweifel der hässlichste war, den sie je gesehen hatte – mit diesen vielen Narben im Gesicht und einem krummen, etwas verkürzten Bein, das er hinter dem anderen herzog. Der Blick seiner Augen jedoch war warm und seine Begrüßung herzlich: Ohne Zögern zog er Victoria stürmisch an sich, und obwohl sie kurz erstarrte, gab sie sich dann glücklich der Umarmung hin.
Sie war nicht mehr allein … mit der Trauer um Salvador … mit der Verantwortung für die Stieftöchter.
»Balthasar!«, stieß sie aus. »Balthasar Hoffmann! Der Verwandte meines Vaters!«
Sie löste sich aus der Umarmung, wollte etwas fragen, aber wurde nun ihrerseits von Fragen überhäuft, nicht nur von Rita und Balthasar, sondern auch von den schlaksigen Burschen, die um sie herumstanden. Zu jenen zweien, die Dora vor den Schafen gerettet hatten, gesellte sich noch ein dritter,

etwas jüngerer. Das mussten Emilio, Arturo und Cornelio sein, Aurelias Halbbrüder.
Victoria konnte kaum ein Wort verstehen. Wild gingen die Rufe durcheinander – wie die Reise gewesen sei, ob sie sich sehr erschöpft fühlten, das müssten dann wohl ihre Stieftöchter Teodora und Clarabel sein, ob sie sich kurz stärken und rasten wollten oder lieber gleich zur Estancia aufbrechen. Die Jungs stellten nicht nur Fragen, sondern erklärten Dora und Clara unaufgefordert, was es über Schafe zu wissen gab und wie man vermied, von ihnen mitgerissen zu werden. Im Eifer, sich als der jeweils Klügste herauszustellen, übertönten sie sich gegenseitig.
Nur einer war stumm geblieben – jener Mann, der ein wenig abseitsstand und ohne Zweifel der größte war, den Victoria je gesehen hatte, der Tehuelche Maril, der stolz wie ein König wirkte und ihr nur hoheitsvoll zunickte.
Victoria wurde warm ums Herz. Ihre Angst, sich unter diesen Menschen fremd zu fühlen, verflüchtigte sich. Dies war die einzige Familie, die sie noch hatte – und sie wurde von ihr mit offenen Armen empfangen.
»Nun seid doch mal still!«, rief Rita schließlich und übertönte das allgemeine Geschrei. »Sonst platzt einem ja noch der Kopf!« Sie wandte sich an Victoria und ergriff wieder ihre Hände. »Ana hat uns nicht begleitet, sondern ist auf der Estancia geblieben, um ein Festmahl vorzubereiten. Wenn ihr allerdings jetzt schon Hunger habt, dann können wir in einer Herberge einkehren.«
»Wir sind auf dem Schiff gut versorgt worden. Und das Leben in der Wüste macht zäh.«
»Du klingst wie deine Mutter, dennoch …«
»Nun lass sie doch«, schimpfte Balthasar gutmütig. »Wenn sie keinen Hunger hat, ist es so. Und ihr, Jungs, lasst endlich die Mädchen in Ruhe.«

Trotz Ritas lautem Befehl hatten Cornelio, Emilio und Arturo erneut begonnen, den Zwillingen von der Schafzucht zu erzählen.
Er zwinkerte Victoria amüsiert zu. »Auf der Estancia ist es sehr einsam – dort trifft man kaum auf junge Frauen. Und nun hast du gleich zwei so hübsche mitgebracht. Das wird ein Theater geben!«
»Nun, zwei sind für drei aber eine zu wenig«, gab Victoria zu bedenken, »und außerdem …«
Sie verstummte. Der riesengroße Maril war etwas zur Seite getreten, und erst jetzt sah sie, dass noch jemand mitgekommen war, um sie vom Hafen abzuholen. Sie war zart und klein wie einst, immer noch schön, wenn auch von den Spuren der Zeit gezeichnet. Falten hatten sich um Augen und Mund eingekerbt, Falten, die von Wind und Sonne rührten – und von … Kummer. Jetzt allerdings lächelte sie.
»Aurelia …«, stieß Victoria tonlos aus.
Sie wähnte sich in einem Traum gefangen, als sie auf sie zutrat. Nie und nimmer hätte sie erwartet, die einstige Freundin hier vorzufinden. Rita hatte sie in keinem ihrer Briefe erwähnt.
»Aurelia … was machst du hier?«
»Das ist eine lange Geschichte«, erwiderte die andere leise. »Ich lebe seit vielen Jahren hier. Tiago …«, ihr Lächeln schwand, »… Tiago ist gestorben.«
An Aurelias Seite stand ein Junge und blickte Victoria scheu an. Er war so schlaksig wie die anderen drei, doch kleiner – und deutlich schüchterner. Seine dunklen Augen und sein Haar erinnerten an Aurelia – der fein geschwungene Mund dagegen ließ Victoria an Alicia Alvarados denken, obwohl sie die nur zweimal gesehen hatte.
»Das ist Tino«, sagte Aurelia.

Wie groß das Kind geworden ist, das sie einst entbunden hatte! Neun Jahre musste das her sein, und damals hatte sie Aurelia zum letzten Mal gesehen! Und Tiago war … tot?
Daher rührte also die Trauer in Aurelias Gesicht! Als Victoria sie anblickte, vermeinte sie kurz, in einen Spiegel zu sehen.
»Es tut mir leid«, sagte sie leise, »ich meine wegen … Tiago.« Sie zögerte kurz, ehe sie hinzufügte: »Auch mein Mann ist gestorben.«
Noch standen sie steif voreinander, dann überbrückten sie die Distanz gleichzeitig und fielen sich in die Arme. Was immer sie getrennt hatte, zählte nicht mehr. Zum ersten Mal seit Salvadors Tod weinte Victoria.

31. Kapitel

So selbstverständlich es gewesen war, Aurelia bei der Begrüßung zu umarmen, und so vertraut ihr der Anblick der Freundin trotz der vielen Jahre der Trennung war – in den ersten Tagen, die Victoria mit den Mädchen auf der Estancia verbrachte, gab es keine Möglichkeit, sich in Ruhe mit ihr auszusprechen. Stets herrschte Unruhe, wurde geredet und gestritten, gelacht oder geschimpft.

Arturo und Emilio versuchten – anfangs noch aus Spaß, später mit zunehmender Verbissenheit –, die Zwillingsmädchen zu beeindrucken, indem sie ihnen vorführten, was sie konnten. Das waren ganz vernünftige Dinge, wie ein Schaf zu scheren, und weniger vernünftige, wie mit dem Pferd über das Gatter zu springen – ein nicht ungefährliches Unterfangen, bei dem sich Tier wie Reiter bei einem Sturz alle Knochen hätten brechen können.

Cornelio konnte da nicht mithalten, so wie er oft im Schatten der beiden älteren Brüder stand, und er bekämpfte die Unzufriedenheit darüber, indem er seinerseits seine Überlegenheit gegenüber Tino ausspielte. Er spornte ihn zu den unsinnigsten Wettkämpfen an, bei denen Tino fast immer unterlag und nicht selten vor Ärger und Scham in Tränen ausbrach. Wenn Aurelia sich allerdings einschaltete und Cornelio wütende Vorwürfe machte, wischte sich Tino die Tränen ab und bekundete ihr gegenüber trotzig, dass er auf sich selbst aufpassen könne. Nur mit Mühe konnte Aurelia dann den sichtlichen Schmerz unterdrücken, den sie mit allen Müttern von

Söhnen teilte: den Schmerz, dass das geliebte Kind, das eben noch auf dem Schoß gesessen hatte und liebevoll geherzt worden war, so schnell erwachsen wurde, sich nun störrisch ihren Umarmungen entzog und einzig auf die Anerkennung von älteren Jungs aus war, nicht auf die der Mutter. Ohne Zweifel war das Band zwischen Aurelia und Tino noch eng, zumal er ohne Vater aufwuchs, doch gerade weil der Knabe sich der Reißfestigkeit dieses Bandes und der vorbehaltlosen Liebe seiner Mutter sicher sein konnte, versuchte er sich umso trotziger den Anschein zu geben, dass er ihrer Fürsorge längst nicht mehr bedurfte.
Victoria wurde rasch müde, den immer gleichen Auseinandersetzungen zu lauschen, bei denen nach ihrem Geschmack zu wenig Verstand und zu viel männlicher Stolz im Spiel waren. Stattdessen suchte sie, nachdem sie sich von der langen Reise genügend ausgeruht hatte, nach einer sinnvollen Tätigkeit.
»Kann ich bei irgendetwas helfen? Gibt es für mich etwas zu tun?«, fragte sie.
»Ich fürchte, eine Krankenschwester brauchen wir nicht«, meinte Rita, »hier sind alle gesund. Nach meinem Geschmack manchmal zu … gesund.«
Victoria erwiderte ihr Grinsen, wurde aber sogleich wieder ernst. »Ich bin es nicht gewohnt, meine Hände in den Schoß zu legen. Und ich lerne schnell.«
Rita überlegte »Nun, vielleicht kannst du Balthasar im Laden helfen …«
Victoria kam der Verdacht, dass ihre Hilfe nicht wirklich nötig war, aber sie genoss es, am nächsten Tag mit Balthasar durch die karge Steppe zu reiten, als der Himmel noch rostrot war, die Luft so klar, dass man die Ausläufer der Kordilleren sehen konnte, und der Boden noch feucht vom Regen der

letzten Nacht war. Nach einer halben Stunde erreichten sie die nächste größere Siedlung, wo Balthasar eine Gemischtwarenhandlung gegründet hatte, in der es alles gab, was in der Pampa selten war, aber jeder gut gebrauchen konnte: ob Kämme, Bartpomaden und Kerzen, Schnürsenkel und Gürtel, Abführmittel und Dynamitpatronen. Außerdem gab es diverse Lebensmittel – Säcke mit Mais und Linsen, Zucker, Mehl und Reis, Polenta oder dem Yerbakraut, aus dem der Matetee gebraut wurde. Außerdem wurden Tortas angeboten, ein Gebäck aus Polenta, wie es die Indianer machten und die – nach Marils Anweisungen – von Ana hergestellt wurden, außerdem Galletas, zementharte Brotbrocken, die als Reiseproviant dienten und die man im warmen Wasser oder mit viel Speichel auflösen konnte.

Es kam nicht besonders viel Kundschaft in den Laden – am Vormittag nur zwei Männer, am Nachmittag einige Frauen.

»Die Flut an Einwanderern, die es einst nach Patagonien gezogen hat, hat längst nachgelassen, nicht wahr?«, fragte Victoria.

Balthasar nickte. »Bis vor wenigen Jahren zog es Tausende von jungen Männern hierher, um Gold zu finden, aber die Minen waren nicht ergiebig genug, um alle zu halten. Und während des großen Krieges kamen zwar Flüchtlinge aus Europa, aber ebenso viele Kaufleute, Schafzüchter oder Reeder verließen Patagonien, weil ihre Geschäfte nicht mehr genügend einbrachten.«

Victoria fragte sich, ob die Rezession auch die Estancia betraf, wollte aber nicht in Wunden stochern und sprach erst am Abend, als sie alle gemeinsam um den Tisch saßen, Rita vorsichtig darauf an, ob es sich überhaupt lohnte, diesen Laden zu führen.

»Wir müssen jede Form des Geldverdienens nutzen, die uns bleibt. Mit Schafwolle allein bekomme ich all die hungrigen

Mäuler nicht satt«, antwortete diese und deutete auf die Jungs, die nach einem langen Tag hungrig aßen. »Chile ist im Krieg zwar neutral geblieben, aber viele Häfen waren blockiert, und die Wolle und das Fleisch verrotteten in den Lagern, anstatt England zu erreichen. Und kaum war der Krieg vorbei ...« Sie zuckte die Schultern.

»... traf uns der Bau des Panamakanals«, fuhr Balthasar an ihrer statt fort. »In Patagonien war es schon immer einsam. Aber jetzt ist es der einsamste Ort der Welt.«

Victoria wusste, dass der Bau dieses Kanals seit vielen Jahren geplant gewesen war. Das kolumbianische Parlament hatte sich geweigert, den USA die Konzession dafür zu erteilen, woraufhin sich Panama von Kolumbien abgespaltet hatte, damit die Pläne doch realisiert werden konnten. 1914 war der Kanal fertiggestellt, die Reisen von der Alten in die Neue Welt deutlich vereinfacht, aber auch das Ende von Punta Arenas, wie es einmal gewesen war, eine lebhafte, reiche Stadt, eingeläutet.

»Man muss eben erfindungsreich sein«, meinte Rita. »Vor kurzem haben wir ein Versandgeschäft deutscher Dauerwurst aus Schaffleisch ins Leben gerufen – in England ist sie heiß begehrt, man hat dort offenbar vergessen, dass man den Deutschen kürzlich noch am liebsten den Schädel eingeschlagen hätte.«

»Tja, man muss hier aus allem einen Vorteil ziehen«, meinte Balthasar, »und sei es der eigene Name. Meiner ist nun mal ein deutscher, auch wenn ich es mir nie hätte träumen lassen, ihn jemals auf einer Wurst zu lesen.«

»Und ein Gutes hat der wirtschaftliche Niedergang«, fügte Rita grimmig hinzu, »so werden die Braun-Menéndez' ein wenig zurechtgestutzt.«

Durch einstige Heirat waren diese beiden Einwandererfamilien eng verbunden und hatten ein gigantisches Imperium gegründet, das von Estancias, Walfangflotten und Schlachthöfen über Bergwerke und Reedereien bis zu Importgesellschaften, Banken und der südlichsten Eisenbahn des Kontinents reichte. Die Ländereien des Familienclans umfassten drei Millionen Hektar – und nach ihrem Willen hätten es gerne noch mehr werden können. Kleinen Estancias boten sie an, zu Spottpreisen ihr Land zu kaufen, und denen, die sich ihnen verweigerten, wurde das Leben schwergemacht.

»Wie mittelalterliche Feudalherren haben sie sich bis vor kurzem noch hier aufgeführt«, zischte Balthasar. »Als ob ihnen Patagonien ganz allein gehört!«

»Stell dir vor«, schaltete sich erstmals Arturo ins Gespräch ein, um mit seinem Wissen aufzutrumpfen. »Die Braun-Menéndez' haben es vor einigen Jahren sogar geschafft, die russische Primaballerina Anna Pawlowa zu einem Auftritt an die Magellanstraße zu locken. Wir sind alle dort gewesen. Anna Pawlowa war sehr hübsch.« Er warf einen schnellen Seitenblick auf Dora. »Natürlich nicht so hübsch wie du.«

Dora gab vor, vornehm über diese Bemerkung hinwegzusehen, aber Victoria entging es nicht, dass sich ihre Wangen röteten.

»Ach was«, schaltete sich Emilio mit vollem Mund ein. »Im Ballett zu sitzen war mir viel zu langweilig. Da jage ich lieber an der Küste, Biber- und Fischotterfell, musst du wissen. Die kann man zu einem guten Preis verkaufen.« Sein Blick traf Clara. »Dir würde ich den Pelz natürlich schenken, wenn du magst.« Er zwinkerte ihr zu, und Clara hatte sich nicht so gut im Griff wie ihre Zwillingsschwester. Ihr Mund verzog sich zu einem Lächeln, und in den Augen blitzte es auf, aber wie Dora schwieg sie hoheitsvoll.

Victoria seufzte und fragte sich, was ihr mit diesen vielen liebestollen Jugendlichen noch alles bevorstehen würde, als sie

plötzlich entdeckte, dass sich eine unbemerkt von der Tafel davongestohlen hatte. Aurelias Platz war leer.
Rita entging ihr fragender Blick nicht. »Um diese Zeit ist sie meist in meiner Weberei, nicht um zu weben, sondern um zu malen«, erklärte sie.
Victoria hatte bislang nicht danach gefragt, war aber nun froh, zu hören, dass Aurelia die Malerei wieder aufgenommen hatte – und zugleich, dass sich nun die Gelegenheit bot, mit ihr allein zu sprechen. Hastig stand sie auf, verließ das Haus und klopfte an der Tür der kleinen Holzhütte.
Aurelia schien sie nicht zu hören. Als sie die Hütte betrat, sah Victoria, dass sie am Boden hockte und in einem Tonkrug verschiedene Zutaten vermischte. Er roch süßlich, harzig und erdig zugleich. Offenbar war Aurelia damit beschäftigt, die Farben herzustellen, mit denen sie malte, und erst nach einer Weile blickte sie hoch und nickte Victoria zu.
Schweigend musterte Victoria die vielen Bilder, die im Raum standen – manche auf einer grobfaserigen, rauh anmutenden Leinwand gemalt, andere auf dünnem, glattem Leder, einige in dunklen Braun- und Rottönen gehalten, andere ungleich bunter mit vielen gelben, blauen und grünen Farbtupfern. Bis auf einige wenige zeigten sie alle dasselbe Motiv: eine Frau und einen Mann, die in die Weite starrten und von denen jeweils nur der Rücken zu sehen war. Obwohl man ihre Züge darum nicht erkennen konnte, zweifelte Victoria keinen Augenblick daran, wer diese beiden Menschen waren.
»Du hast immer wieder dich mit Tiago gemalt«, stellte sie fest.
Aurelia erhob sich und wischte sich die schmutzigen Hände an einem Tuch ab. Sie trat zu Victoria, die im Anblick des größten Bildes versunken war. »Es ist die einzige Möglichkeit, ihm nahe zu sein, verstehst du?«

Victoria nickte. »Wie ist er denn gestorben? War er krank?«
»Nein, es war ein Unfall … während eines Erdbebens. Er war im Norden, dort, wo du jahrelang gelebt hast. Aber … aber …« Sie atmete tief durch. »Ich will nicht daran denken. Ich will mich lieber an unsere gemeinsame Zeit erinnern – und an unseren Traum: dass wir einmal gemeinsam Patagonien besuchen werden.«
»Ich bin keine Expertin«, murmelte Victoria nachdenklich, »aber ich finde, deine Bilder sind viel besser geworden, viel … reifer. Du solltest versuchen, sie zu verkaufen.«
Aurelia lachte auf. »Etwa hier in Patagonien?«
»Wenn man etwas will, findet man immer einen Weg«, gab Victoria etwas ungehalten zurück. »Es wäre doch schade, wenn du dich und deine Bilder hier … versteckst.«
Aurelia setzte sich auf den kleinen Stuhl vor dem Webstuhl ihrer Mutter. »Ich verstecke mich doch nicht … Ich bin einfach wieder in meine Heimat zurückgekehrt. Du bist doch auch hierhergekommen, um … Frieden zu finden.«
Victoria nickte. »Gewiss«, gab sie zu.
»Wie war er denn … dein Mann?«, fragte Aurelia vorsichtig.
Übermächtig war das Bild von Salvador, das vor Victorias innerem Auge aufstieg. So viele Eigenschaften fielen ihr gleichzeitig ein, mit denen man ihn beschreiben konnte: Ruhig war er, trotzdem energisch, fürsorglich, aber nie aufdringlich, entschlossen, aber nie laut, etwas eigenbrötlerisch, aber nie selbstsüchtig. Das Leben an seiner Seite war nicht immer leicht gewesen, doch sie hatte über alles mit ihm reden können. Und – was an manchen Tagen fast noch wichtiger gewesen war – gemeinsam mit ihm schweigen.
»Er war einer, der mit seinen Händen redete – nicht mit seinem Mund«, sagte sie schließlich.
Sie war sich nicht sicher, ob Aurelia verstand, was sie meinte.

In jedem Fall erkannte diese das Wichtigste. »Du hast ihn sehr geliebt«, erwiderte sie.
Victoria seufzte, und kurz fühlte sich die Trauer wie ein dunkler, schwerer Mantel an. Doch dann straffte sie die Schultern, um ihn abzuschütteln. »Ja«, erklärte sie energisch, »ja, ich habe ihn geliebt, und ich werde ihn bis zum Ende meiner Tage in meinem Herzen tragen. Ich werde mich immer an unsere gemeinsame Zeit erinnern und daraus Kraft ziehen. Und dennoch – ob nun an seiner Seite oder jetzt nach seinem Tod –, das Leben, das ich führe, ist meines. So wie dein Leben deines ist. Du musst etwas daraus machen! Es ist großartig, dass du wieder zu malen begonnen hast, aber ich verstehe nicht, warum du es still und leise tust, warum du dich in die Einsamkeit zurückgezogen hast. Denkst du etwa, dass du damit über seinen Tod hinaus Tiagos Willen erfüllst? Hast du ihm nicht genug Opfer gebracht?«
»Du kannst es immer noch nicht verstehen …«
Victoria trat hastig auf sie zu und kniete sich vor sie hin. Sie ergriff ihre Hände und zwang sie, sie anzusehen. »O doch!«, rief sie. »Ich verstehe, wie sehr du Tiago geliebt hast. Aber ich werde nie verstehen, warum du dachtest, du müsstest dich wegen dieser Liebe selbst verleugnen. Daraus kann nichts Gutes entstehen! Gewiss, ich weiß – die Kirche sagt, dass Mann und Frau, die einander die Ehe versprechen, zu einem Leib werden und fortan ein Leben teilen. Aber ich glaube nicht recht daran. Auch wenn man sein Schicksal mit dem eines anderen verknüpft und einen Teil des Weges Seite an Seite geht – am Ende muss man vor allem für sich selbst geradestehen. Selbst die Priester, die aus zwei eins machen wollen, sehen am Ende jeden allein vor Gottes Gericht und in den Himmel kommen oder zur Hölle fahren. Ich glaube nicht an Himmel und Hölle, aber ich glaube, dass man die Last der

Verantwortung, die man für sein Leben und seine Talente trägt, nicht abgeben, nicht teilen kann.«

Sie sah, wie in Aurelias Augen Tränen glänzten. »Mag sein«, murmelte sie leise. »Aber das ändert nichts daran, dass ich Tiago so sehr vermisse. Dass es nicht aufhört, weh zu tun. Und dass Tino ohne seinen Vater aufwachsen musste.«

»Aber gerade weil du mit deinen Bildern die Erinnerung an ihn lebendig hältst, sollten sie nicht hier in der Pampa versauern! Warum willst du sie nicht aller Welt zeigen, wenn sie doch das Vermächtnis eurer Liebe sind?«

Aurelia wischte sich die Tränen aus den Augen. »Aber die Welt interessiert sich doch nicht für meine Bilder. Ich freue mich, dass ich etwas gefunden habe, woran ich mein Herz hängen kann – und damit ist es gut. Wenn ich hier sitze und male, dann bin ich beinahe … glücklich. Warum sollte ich vom Leben mehr verlangen?«

»Einst hast du auch mehr verlangt – als du mit mir nach Santiago aufgebrochen bist, um an der Escuela de Bellas Artes zu studieren.«

»Gewiss, und vielleicht war es damals ein Fehler, so schnell zu heiraten, anstatt alle Möglichkeiten zu nutzen, die mir offenstanden. Aber selbst du musst zugeben, dass es zu spät ist, dort weiterzumachen, wo ich damals aufgehört habe. Ich bin zu alt, um zu studieren, ich habe kein Geld, um wieder nach Santiago zu gehen. Allein um Tinos willen könnte ich es gar nicht! Ich musste damals aus dem Haus der Familie Brown y Alvarados förmlich fliehen, musst du wissen.« Sie machte eine kurze Pause. »Wie auch immer. Du magst recht damit haben, dass ein jeder für sich selbst Verantwortung trägt. Aber dann gilt auch, dass jeder die Folgen seiner Entscheidungen in Kauf zu nehmen und das Beste daraus zu machen hat. Der Weg, den ich einst willentlich beschritten habe,

hat hierhergeführt. Und hier bin ich nun, und hier male ich nun.«
Sie erhob sich und wollte sich an Victoria vorbeidrängen. Diese blieb vor ihr stehen, hielt sie am Arm fest, wollte etwas entgegenhalten – dass es etwas anderes war, die Konsequenzen von Fehlern hinzunehmen, als sich dafür zu bestrafen, und dass als Tugend gelten mochte, Unabänderliches hinzunehmen, nicht aber zu vorschnell und zu bequem etwas als unabänderlich festzulegen.
Doch ehe sie etwas sagen konnte, ertönte wildes Geschrei.

Als sie hinausliefen, stürzte sich Emilio gerade auf Arturo und riss ihn zu Boden. Der wehrte sich alsbald und verkrallte sich förmlich in den Körper seines Bruders. So wüst fiel ihre Rangelei aus, dass man meinen konnte, ihre zwei Leiber seien zu einem zusammengewachsen. Schwer war es, die Fäuste auseinanderzuhalten, die immer mal wieder aus dem Knäuel an Sehnen und Knochen hervorragten, um des anderen Gesicht zu treffen.
Wie Aurelia und Victoria waren auch alle anderen ins Freie gerannt. Während Dora und Clara mit beschämten Gesichtern auf das Spektakel blickten, schrie Rita erbost, was denn geschehen sei, eben noch hätten sie friedlich beim Abendmahl zusammengesessen. Balthasar stellte keine Fragen, sondern versuchte, die Raufbolde zu treffen – mit der Konsequenz, dass er selbst einen Schlag abbekam und sich wankend die Seite hielt. Rita schrie entsetzt auf, während Ana das ganze nur stoisch betrachtete. »Reg dich nicht auf«, meinte sie, »jungen Männern hat es noch nie geschadet, wenn sie ihre Kräfte auf diese Weise verschleudern.«
Schließlich war es Maril, der den Kampf beendete, indem er über den beiden Streithähnen einfach einen Eimer kalten

Wasser ausgoss. Sofort fuhren sie auseinander, rieben sich prustend die Augen und schlotterten vor Kälte. Rasch sprangen sie auf und blieben ganz dicht voreinander stehen, die Körper steif, als wären sie Raubtiere, die zum neuerlichen Sprung ansetzten.

Aurelia ging hastig dazwischen: »Was ist denn hier los? Habt ihr den Verstand verloren?«

Die Antwort blieb aus.

Nachdenklich betrachtete Victoria ihre Stieftöchter, die weiterhin ziemlich verlegen wirkten. Langsam kam ihr ein Verdacht.

»Was habt ihr getan?«, fragte sie streng. »Ihr habt das Ganze doch angezettelt, oder nicht?«

Dora reckte hochmütig ihr Kinn, während Clara kleinlaut den Kopf senkte.

»Ich höre!«, sagte Victoria kalt.

Aus Doras Mund kam kein Laut, aber Clara bekannte verlegen: »Nach dem Abendessen ... als wir ins Freie gingen ... da haben wir die Rollen vertauscht ...«

Victoria runzelte ihre Stirn. Rita indessen fuhr Emilio und Arturo an: »Und darum musstet ihr euch prügeln?«

Schweigen senkte sich über sie, mancher Kiefer mahlte. Plötzlich löste sich Arturo aus der Starre, deutete vorwurfsvoll auf seinen Bruder und schrie: »Er hat Dora geküsst!«

Balthasar, der befürchtete, dass die Söhne gleich weiter aufeinander losgehen würden, stellte sich schnell dazwischen und wollte Arturo festhalten. Doch der entwand sich dem Griff, stapfte grimmig davon und schwang sich alsbald auf sein Pferd, das wie die anderen im Hof angebunden war.

»Wo willst du denn jetzt hinreiten?«, rief Rita. »Es wird doch gleich Nacht!«

Arturo hörte nicht auf sie, sondern gab dem Tier die Sporen.

»Lass ihn«, meinte Balthasar resigniert. »Um den Kopf frei zu kriegen, ist nichts besser, als ihn in den patagonischen Wind zu halten.«

»Kann mir jetzt endlich jemand erklären, was passiert ist?«, fragte Victoria streng.

Clara senkte ihren Kopf immer tiefer, bekannte aber dann endlich kleinmütig: »Wie gesagt, wir haben uns einen kleinen Spaß erlaubt und die Rollen getauscht. Gleich nach dem Abendessen. Wir sind mit den Jungs ins Freie gegangen, um dort Tabano zu spielen – du weißt, das ist das Spiel mit den Kuhknochen. Man muss sie über eine in den Staub gezogene Linie bewegen, so dass sie mit der eingekerbten Seite nach oben fallen.«

Victoria hatte noch nie von diesem Spiel gehört. »Und weiter?«

»Nun, die ganze Zeit habe ich so getan, als wäre ich Dora, und Dora hat so getan, als wäre sie ich. Und dann hat Emilio Dora zur Seite genommen, wobei er eigentlich glaubte, das wäre ich. Und dann hat er Dora geküsst, obwohl er mich küssen wollte, aber das wusste er ja nicht.«

»Was ist dann passiert?«, fragte Victoria und hatte Mühe, die verworrene Geschichte zu begreifen.

»Nun, dann hat Dora gelacht und den Irrtum aufgeklärt, und Emilio war beschämt, und Arturo war sehr ärgerlich, weil er selbst ja Dora küssen wollte, aber ihm nun Emilio zuvorgekommen war. Der kann eigentlich nichts dafür, weil er ja mich küssen wollte und nicht Dora. Auf jeden Fall …«

Sie brach ab.

»Auf jeden Fall haben sie sich geprügelt«, schloss Dora.

Während Clara todunglücklich wirkte, zog Dora eine Grimasse und wirkte nicht länger verlegen, sondern zufrieden, weil sie für so viel Unruhe gesorgt hatte. Seit Tagen hatte Victoria schon das Gefühl, dass sie sich hier langweilen würde, weil sie hier nicht ihrer liebsten Beschäftigung – dem Kochen – nachgehen konnte. Noch mehr Sorgen machte ihr aber Clara. Victoria war sich sicher, dass diese sich nur unwillig auf den Tausch eingelassen hatte, weil sie, wie immer, unter der Fuchtel der Schwester stand, anstatt eigene Entscheidungen zu treffen.

»Wir müssen reden!«, erklärte sie streng und packte die beiden Mädchen an den Armen, um sie ins Haus zu ziehen. Noch ehe sie die Schwelle erreicht hatte, kam Cornelio in den Hof gestürzt.

»Tino ist fort!«, schrie er bang.

Aurelia erbleichte. »Was heißt hier fort?«

Cornelio seufzte. »Tino hat gesehen, dass Arturo fortgeritten ist, und da ist er ihm gefolgt. Sein Pferd war nicht im Hof, sondern hinten beim Schafsgatter angebunden. Ich glaube, er will mir zeigen ... will mir zeigen ...« Er geriet immer mehr ins Stammeln.

»Er will dir und uns allen zeigen, dass er ein ganzer Mann ist, indem er ganz allein Arturo zurückholt«, schloss Ana an seiner statt und verdrehte die Augen. »Bin ich froh, dass ich nicht mehr jung bin!«

Rita dagegen machte ein sorgenvolles Gesicht. »Es ist etwas anderes, wenn Arturo dort draußen allein unterwegs ist. Aber Tino ist noch so unerfahren.«

Aurelia löste sich aus ihrer Starre. »Ich reite ihm sofort nach!«

Balthasar stellte sich ihr in den Weg. »Das lässt du schön bleiben«, sagte er. »Sollen wir uns um dich auch noch Sorgen machen müssen?«

Kurz maßen sich die Blicke von Vater und Tochter in einem stummen Machtkampf. »Ich lasse ihn da draußen nicht allein herumreiten!«, rief Aurelia.

»Jetzt kopflos zu werden hilft aber niemandem.«
»Ich werde nach ihnen suchen«, schaltete sich schließlich Maril ein. »Niemand kennt das Land besser als ich und reitet schneller.«
Victoria hatte die Mädchen nicht losgelassen. »Wir reden trotzdem«, verkündete sie, während Ana wieder die Augen verdrehte und erneut ausstieß: »Bin ich froh, dass ich nicht mehr jung bin!«

Stunde um Stunde verging, ohne dass Arturo und Tino zurückkehrten.
Aurelia verging fast vor Sorge, und obwohl Victoria sie zu beschwichtigen suchte, malte sie sich selbst die Gefahren aus, die einem knapp Zehnjährigen drohten, der allein in der Pampa unterwegs war – von einstigen Goldgräbern, die sich mit Diebstahl und Entführungen über Wasser hielten, oder den englischen Estancieros, die herumstreunende, junge Männer sofort als Schafdiebe verdächtigten und ohne langes Zögern abknallten.
All diese Gedanken sprach sie nicht aus. Wenn sie nicht gerade Aurelia beruhigte, dann galt es, mit Rita zu reden und vor allem mit den Zwillingen. Rita gab sich nach außen hin gefasst – die Zwillinge waren schuldbewusst.
»Warum seid ihr überhaupt auf die Idee gekommen, die Rollen zu tauschen?«, fragte Victoria einmal mehr.
Clara errötete und wiederholte dann, dass Dora darauf bestanden hätte. »Ich weiß auch nicht, warum«, fügte sie kleinlaut hinzu, »ich glaube, sie will nicht zugeben, dass sie Arturo mag. Und deswegen hat sie ihm diesen Streich gespielt.«
»Das ist überhaupt nicht wahr!«, fuhr Dora auf.
Obwohl sie ihre Lippen trotzig zusammenkniff, entging Victoria nicht, dass es zugleich in ihren Augen aufleuchtete. Sie

seufzte. Als Doras Stiefmutter hatte sie es wahrlich nicht immer leicht, und dass die Mädchen nun in ein Alter kamen, wo sie die Freuden und Leiden der ersten Liebe durchleben würden, machte es nicht besser. Zugleich dachte sie daran, was Salvador oft gesagt hatte – dass Clara zu sehr unter Doras Einfluss stand und es besser wäre, sie wären zeitweise voneinander getrennt. Aber das war in der Atacamawüste so wenig möglich wie hier.

»Es tut uns leid«, sagte Clara mit Tränen in den Augen, und obwohl Dora nichts hinzufügte, ahnte Victoria, dass mittlerweile auch sie von Schuldgefühlen gebeutelt wurde, umso mehr, da Aurelia unruhig auf und ab ging und immer wieder rief: »Ich kann nicht ertragen, dass Tino etwas zustößt!«

»Er ist doch fast schon ein junger Mann. So schnell sind die nicht totzukriegen.« Kaum hatte sie es gesagt, biss sie sich auf die Lippen. Ein Satz, in dem das Wörtchen »tot« vorkam, taugte nur sehr schlecht, Aurelia zu beschwichtigen.

Weitere Stunden vergingen, ohne dass einer der Bewohner der Estancia Schlaf fand. Die Nacht wich dem Morgengrauen, und die blutrote Sonne wirkte hinter Sandstürmen riesig groß. Der Wind ging so stark, dass die kargen Bäume und Büsche förmlich auf den Boden gedrückt wurden und gekrümmten Gestalten glichen.

Sie hatten allesamt das Wohnhaus verlassen, gingen fortan im Patio auf und ab. Das Stöhnen des Windes war lauter als jedes Pferdegetrampel, aber Ana, die so oft auf Maril warten musste und geschult darin war, auf Zeichen für seine Rückkehr zu harren, hörte schließlich doch ein Pferd.

»Da kommt Maril«, erklärte sie, lange, ehe die anderen ihn sehen konnten.

Victoria schützte ihre Augen mit den Händen und starrte angestrengt in die Weite. Zuerst sah sie nur das übliche Grau,

Braun und Dunkelrot, dann vermeinte sie etwas Buntes aufblitzen zu sehen – eines der Seidentücher, die Maril wie viele seines Volkes so gerne trug und von denen es hieß, sie könnten einen ganzen Stamm in den finanziellen Ruin stürzen. Er band sie sich um den Hals und um den Kopf, nur sein Oberkörper, der in der Morgensonne bronzen glänzte, war wie immer nackt.

»Warum reitet er so langsam?«, fragte sie verwirrt.

Der Wind wehte Sand und Staub in ihre Augen. Es dauerte eine Weile, bis sie Einzelheiten ausmachen konnten: Maril ritt auf seinem Pferd und führte zwei weitere Tiere hinter sich, auf deren Rücken allerdings niemand saß. Stattdessen gingen mehrere Gestalten neben dem Pferd her – der Grund, warum sie so langsam unterwegs waren –, und diese trugen eine Bahre.

»Mein Gott, Tino!« Aurelia lief los, und Victoria stürzte hinterher.

Auf der Bahre lag tatsächlich ein Verletzter, und als sie ihn erreichten, konnten sie sehen, wie Blut aus einer großen Beinwunde floss, aber es war nicht Tino, der sich da unter Schmerzen wand – der gehörte vielmehr zu den Trägern der Bahre –, sondern … Christopher Wellington.

Arturo schleppte wie Tino an der Bahre – und Christophers Frau Kate ebenfalls. Sonderlich besorgt schien sie um ihren Mann nicht. Sie verdrehte vielmehr die Augen, als sie Victoria und Aurelia erblickte, und schimpfte vor sich hin.

»Warum wundert es mich überhaupt nicht, dass ausgerechnet dir so etwas passieren muss?«

Während Victoria Christophers verletztes Bein versorgte, redete Kate ununterbrochen. Die Verletzung war nicht sonderlich schwer. Er hatte sich keinen Bruch zugezogen, lediglich eine offene Fleischwunde. Victoria entschied, sie nicht zu nähen, sondern nur mit einer Jodtinktur zu reinigen und zu verbinden. Christopher unterdrückte zwar einen Schmerzensschrei, verzog aber wehleidig das Gesicht – für Kate kein Grund, Gnade walten zu lassen. Einmal mehr zählte sie all jene Unfälle und Missgeschicke auf, die Christopher auf ihren Reisen erlitten hatte, um dann ausufernd zu beklagen, dass diese weitere Verletzung nun wirklich nicht notwendig gewesen wäre. Ihre Worte kamen so wirr, dass Victoria nicht verstand, was nun tatsächlich geschehen war – bis sich schließlich Tino einschaltete, der zunächst nur aufgeregt berichtete, dass Arturo und er zu den spitzen Bergen hatten reiten wollen, den Torres del Paine.

»Seid ihr verrückt geworden?«, schimpfte Aurelia.

»Wir sind nie dort angekommen, denn zuvor sind wir einer Guanakoherde begegnet.«

»Und wer war mittendrin?«, warf Kate ein. »Mein liebster Gatte! Der ließ sich nämlich von den schönen, großen, ernsten Kinderaugen dieser Tiere verführen und dachte doch tatsächlich, sie seien durch und durch gutmütig!«

»Wie auch nicht?«, ächzte Christopher, während Victoria den Verband anlegte. »Sie haben so weiche Schnauzen …«

»Nun, dass sie die Ohren zurückgelegt haben, als du dich angeschlichen hast, hätte dir zu denken geben sollen. Und spätestens als sie begonnen haben, dich zu bespucken, hättest du dich schleunigst auf den Rückzug begeben sollen.«

Christopher zuckte entschuldigend mit den Schultern, Tino dagegen kicherte auf. »Wir haben ja noch versucht, ihn zu warnen«, erzählte er, »aber wir sind leider zu spät gekommen.«

»Ja«, knurrte Kate, »mittlerweile haben sich diese ach so lieben Guanakos nämlich auf die Hinterbeine gestellt und mit den Vorderhufen auf meinen werten Gatten eingetrampelt. Geschieht dir ganz recht.«

»Und dabei sind Sie verletzt worden?«, fragte Victoria.

»Natürlich nicht!«, meinte Kate. »Ein Übel allein reicht ja für meinen Gatten nicht aus! Den Hufen ist er irgendwie ausgewichen, aber als er davonlief, ist er über irgendeine Wurzel gestolpert. Man muss sich schon äußerst dumm anstellen, um in der Grassteppe, wo kaum Bäume wachsen, über eine Wurzel zu stolpern.«

Kate verdrehte abermals die Augen, Tino kicherte wieder, und Christopher stöhnte herzerweichend. Anders als seine Frau hatte Victoria Mitleid mit ihm und befand, dass ihm nach dem ausgestandenen Schrecken etwas Ruhe gegönnt sei.

»Offenbar sind Sie ja an fremden Kulturen sehr interessiert«, wandte sie sich an Kate. »Nun, Maril ist ein Tehuelche, vielleicht wollen Sie mit ihm darüber reden …«

Sie drehte sich um, stellte aber fest, dass Maril unauffällig verschwunden war. So hilfsbereit er sich gegenüber den fremden Weißen erwiesen hatte, wollte er sich doch nicht länger als notwendig in ihrer Gesellschaft aufhalten. Das war wohl auch besser so, denn womöglich würden die Wellingtons noch auf die Idee kommen, ihn zu fotografieren, und Maril, dessen war Victoria sich sicher, wäre viel zu stolz, um dabei mitzumachen.

Doch auch wenn Kate sich nun nicht mit Maril unterhalten konnte, war vorerst ein Thema gefunden, das sie von ihrem Mann ablenkte. »Es heißt, die Tehuelche seien riesengroß!«, rief sie.

»Deswegen heißt Patagonien auch, wie es heißt – weil die ersten Europäer im Gefolge von Magellan auf Menschen mit riesengroßen Füßen – auf Spanisch *patanes* – trafen«, schaltete sich Christopher ein.

Kate musterte ihn abschätzig. »Ich habe gehört, dass bei den Tehuelche ein Neugeborenes gleich nach der Geburt mit kaltem Wasser gewaschen wird, auch im Winter. Wenn es stark ist, schadet ihm die Kälte nicht, wenn es stirbt, war es eben nicht lebensfähig. Wenn deine Mutter das mit dir gemacht hätte, hättest du die Prüfung gewiss nicht bestanden.«
Victoria sah, wie Christopher schmerzhaft sein Gesicht verzog, und suchte nach einer anderen Möglichkeit, Kate abzulenken.
»Wahrscheinlich werden Sie nun nicht länger durch Patagonien reisen können. Aber wenn Sie einen besseren Eindruck von dem Land erhalten wollen, dann sollten Sie Aurelias Bilder sehen. Sie ist eine begnadete Malerin, müssen Sie wissen.«
Aurelia, die Tino immer wieder erleichtert an sich zog, machte eine abwehrende Geste, aber Victoria nickte nachdrücklich, und Kates Neugierde war sofort geweckt. »Aber unbedingt!«, rief sie.
Nachdem Victoria ihr ein zweites Mal zunickte, gab Aurelia nach – nicht zuletzt, um Christopher einen Gefallen zu tun. Auch Tino folgte ihnen, Arturo und die Zwillinge hatten sich gemeinsam mit Maril bereits zurückgezogen, und Victoria genoss die wohltuende Stille. Sie deckte Christophers Bein zu und setzte sich zu ihm ans Bett.
»Ihre Frau besitzt reichlich viel Temperament«, meinte sie, »ich hoffe, Sie haben keine allzu schlimmen Schmerzen. Falls doch, kann ich Ihnen etwas dagegen geben.«
»Ach was, es ist nicht weiter schlimm. Sagen Sie das aber bloß nicht meiner Frau. Ich suche schon seit langem nach einer Ausrede, dass wir endlich wieder nach New York zurückkehren können. Und wenn ich nun ein wenig humple, ist das ein guter Grund.«

»Und Kate wird Ihnen das glauben?«, fragte Victoria skeptisch.
»Eigentlich nicht. Aber auch wenn sie sich dagegen sträubt – sie ist froh, immer mal wieder in die Heimat zurückzukehren. Und sei es nur, um all unsere Freunde einzuladen oder solche, die sie dafür hält, ihnen von sämtlichen meiner Missgeschicke zu erzählen und ihnen stolz alle unsere Souvenirs vorzuführen.«
Victoria lächelte. »Am besten, ich lasse Sie ein wenig allein«, meinte sie dann und erhob sich, »dann können Sie sich etwas ausruhen.«
Solange sie an Christophers Bett saß, hatte man kein Wort von Kate gehört, doch nun, da sie ins Freie trat, drang Victoria schon von weitem diese schrille, aufdringliche Stimme entgegen. Offenbar versuchte sie Aurelia von etwas zu überzeugen, und Victoria ging rasch zu der Malstube.
»Wirklich! Diese Bilder sind großartig! Vielleicht denken Sie, dass ich nicht viel davon verstehe, aber wenn man so oft durch die Welt reist, wird man empfänglich für das Schöne. Und schon bevor wir angefangen haben zu reisen, war ich in New York regelmäßig im Metropolitan Museum of Art. Ich kann mich an keine Gemälde erinnern, die annähernd an Ihre herankommen …«
»Das kann ich mir nicht vorstellen«, hielt Aurelia schwach dagegen.
Victoria schaltete sich energisch ein: »Ich habe immer schon gesagt, dass sie gut sind.«
»Mag sein«, setzte Aurelia an, »aber …«
»Gemälde, die fremde Länder und die dortigen Lebensbedingungen zeigen, sind gerade sehr modern. Dieses hier – wie heißt es?«
Sie deutete auf das größte von Aurelias Werken, das Victoria selbst als das gelungenste empfand.

Das muss man ihr lassen, dachte sie, Kate Wellington ist anstrengend, hat aber Geschmack.
»Nun sag schon!«, bedrängte sie Aurelia, als diese stumm blieb.
»Ich dachte an *Die Farben Chiles.*«
»Großartig!«, rief Kate. »Dann weiß man sogleich, aus welchem Land es stammt.« Sie rieb sich die Hände. »Also, ich kaufe es, egal, welchen Preis Sie verlangen. Ich bringe von jeder Reise Andenken mit – und das hier wird ein ganz besonderes sein.«
»Aber es ist nicht …«, begann Aurelia.
»Natürlich ist es verkäuflich«, fiel Victoria ihr sofort ins Wort, »und Sie können gerne noch weitere Bilder erstehen. Aurelia malt nun schon seit Jahren völlig zurückgezogen, und kaum jemand hat ihre Bilder je gesehen. Ein Jammer, wenn Sie mich fragen.«
»Ein Jammer!«, echote Kate – und in ihren Augen glänzte es. Offenbar fand sie die Vorstellung, wie eine schöne, traurige Frau inmitten der Einsamkeit Patagoniens Bild um Bild malte, hoch romantisch. »Wirklich ein Jammer!«, wiederholte sie. »Sie sollten sich wahrlich nicht verstecken. Und Ihre Bilder auch nicht!«
Victoria überlegte kurz und sagte dann entschlossen: »In Aurelias Blut fließt übrigens das der Mapuche …«
Sie hatte sich nicht getäuscht – in Kates Gesicht breitete sich keine Verachtung aus, sondern noch mehr Begeisterung. Sie schmatzte mit den Lippen, als würde sie eine seltene Delikatesse verspeisen.
»Ein stolzes Volk nach allem, was ich gehört habe!«, rief sie.
Victoria sah, dass Aurelia etwas sagen wollte, schüttelte aber energisch den Kopf und sagte ihrerseits: »Ich wusste, dass man sich auf Ihr Gespür für fremde Kulturen verlassen kann.«

Sie konnte sich den Spott nicht ganz verkneifen, doch Kate war taub dafür. Sie betrachtete das Bild hingerissen. »Ja, ich werde es kaufen, ich werde es all meinen Freunden zeigen, das sind viele, und ich werde …« Sie verstummte, denn plötzlich kam ihr ein Gedanke. »Ich habe eine Idee: Warum begleiten Sie mich nicht einfach nach New York?«

32. Kapitel

Im Hafen von Southampton herrschte wie immer geschäftiges Treiben, und Jacob musste aus voller Kehle schreien, damit die Arbeiter ihn hörten. Mit der Zeit schmerzte sein Hals, aber immerhin stellte er zufrieden fest, dass die Männer ihm ganz selbstverständlich Respekt zollten. In seinen Anfangsjahren in England war das nicht so gewesen.

In diesen Wochen sollte eine neue Lagerhalle gebaut werden, deren Größe alle bisherigen Dimensionen sprengte, und zu Jacobs Freude hatte ihm Lawrence die alleinige Bauaufsicht erteilt. Auch das wäre früher, zu Beginn ihrer Zusammenarbeit, noch undenkbar gewesen, aber mit dem Krieg hatte sich vieles, nein, eigentlich fast alles geändert.

»Schauen Sie doch nur!«, hörte er plötzlich eine Stimme neben sich. Er fuhr herum, sah einen Arbeiter dort stehen und ängstlich auf den Himmel deuten. Jacob folgte seinem Blick und unterdrückte einen Fluch.

»Regen zieht auf«, murmelte der Arbeiter, »vielleicht ein Gewitter.«

Über ihnen war der Himmel noch grau, aber in der Ferne türmten sich dunkle Wolken. Das Meer rauschte lauter als sonst, und in der Luft lag die eigentümliche Spannung, die ein Unwetter ankündigte.

Jacob fluchte erneut – sie waren zeitlich ohnehin schon im Verzug.

»Sollen wir für heute abbrechen?«, fragte der Arbeiter.

Er schüttelte den Kopf. »Im Gegenteil – solange das Gewitter noch nicht über uns hereinbricht, gilt es, noch zügiger zu arbeiten.«

Wieder erteilte er laut rufend Befehle, dann ging er selbst mit gutem Beispiel voran und kletterte über eine Leiter aufs Dach, um von dort oben den Fortgang des Baus zu überwachen. Die dunklen Wolken kamen schnell näher, das Meer, eben noch graugrün, schien sich schwarz zu färben.

Jacob starrte kurz nachdenklich darauf. Eigentlich liebte er den Anblick des Meers – dieser war es auch gewesen, der ihn mit England versöhnt hatte.

Als er seinerzeit mit Lawrence in London eingetroffen war, hatte er sofort erkannt, dass er sich schwer getäuscht hatte und dies niemals seine Heimat gewesen war. Vielleicht hatte er einst einige Tage hier verbracht, vielleicht war auch die Frau an seiner Seite gewesen, die er liebte. Aber ganz sicher war er hier nicht aufgewachsen.

Der stetige Nieselregen hatte ihm ebenso zugesetzt wie das Grau, das seine Erinnerungen verschleierte. Hätte er gewusst, wohin er sonst gehen sollte, er wäre sofort aufgebrochen. Aber er wusste es nicht, und so blieb er, hatte sich in die Arbeit gestürzt und war nach und nach zu Lawrence' gleichberechtigtem Partner geworden. Sein Können als Architekt allein hatte ihm nicht dazu verholfen – im Gegenteil: Gerade weil er so talentiert war, hielt Lawrence ihn in den ersten Jahren klein. Doch dann war der Krieg gekommen.

Der erste krachende Donner ertönte. Blitze erhellten nur kurz den immer schwärzeren Himmel.

»Beeilt euch!«, schrie er. »Vielleicht werden wir noch mit dem Dach fertig!«

Noch während er es rief, wusste er, dass es aussichtslos war. Schon grollte der Donner noch lauter und prasselten die ersten Tropfen auf ihn herab. Aber er war niemand, der schnell aufgab – zumindest nicht, was seine Arbeit anbelangte. Damit, dass seine Erinnerungen nicht wiederkehrten und seine Vergangenheit einem Labyrinth glich, in dem man sich nur verirren konnte, hatte er sich abfinden müssen. Umso verbissener aber versuchte er sich zu beweisen, dass er, wenn er schon nicht wusste, wer er war, doch etwas konnte.

»Schneller!«, schrie er. »Schneller!«

Die Arbeiter duckten sich jedes Mal ängstlich, wenn es blitzte, wagten aber nicht, sich ihm zu widersetzen. Seit vier Jahren war er nicht nur Lawrence' ebenbürtiger Geschäftspartner, sondern galt auch als dessen künftiger Erbe. Damals war Lawrence einziger Sohn im Krieg gefallen, der willensstarke Vater in tiefe Depressionen versunken, und Jacob hatte ehrgeizig die Lücke gefüllt. Mittlerweile hatte Lawrence seine Lethargie überwunden, zumindest phasenweise, aber er war nie wieder der Alte geworden und nicht länger neidisch, sondern erleichtert, wenn Jacob seine Aufgaben übernahm.

Der nächste Blitz schlug unmittelbar in Hafennähe ein. Jacob fühlte, wie die unfertige Halle unter ihm erzitterte.

»Wir schaffen es heute nicht mehr!«, schrien ihm die Arbeiter zu.

Wieder fluchte er, gab aber schließlich nach.

»Also gut! Wir hören auf!«

Er drehte sich um, hielt Ausschau nach der Leiter, auf der er vorhin hochgestiegen war, aber der Regen war so stark, dass er nichts mehr sah. Er hatte Angst, einen falschen Schritt zu machen und vom Dach zu stürzen, beugte sich hinunter und kroch auf allen vieren in die Richtung, in der er die Leiter vermutete. Von den Arbeitern war nichts mehr zu hören, nur das Prasseln des Regens und das Grollen des Donners. Er zuckte zusammen, als wieder ein Blitz einschlug und das Beben des Gebäudes ihm durch Mark und Bein ging.

Zitternder Boden … ein Beben … ich falle …
Er schüttelte den Kopf, sein nasses Haar klatschte ihm ins Gesicht.
Ein Erdbeben … damals in der Wüste … es hat ein Erdbeben gegeben …
Er kroch weiter, anstatt seinen Erinnerungen nachzugehen. Zu oft hatte er erlebt, wie aus dem Nichts ein Bild aus der Vergangenheit vor ihm erstand, aber auch, wie es wie Sand zerfiel, sobald er versuchte, die Einzelheiten zu erkennen.
Endlich hatte er die Leiter erreicht, hielt sich daran fest, stieg auf die oberste Stufe. Das Holz war glitschig vom Regen, und er klammerte sich umso hartnäckiger fest. Der Regen ließ etwas nach, aus der grauen Wand wurde ein durchsichtiger Schleier, und hinter dem Schleier konnte er sehen, wie die Arbeiter zügig von der Baustelle fortliefen. Keiner hielt die Leiter fest, damit er sicher zu Boden kam.
»Verdammt!«, stieß er aus, kletterte in die Tiefe, rutschte, fand sein Gleichgewicht wieder. Doch dann bemerkte er, dass nicht nur er rutschte, sondern auch die Leiter, sie zur Seite kippte und er mit ihr, und dass es zu spät war, sein Gewicht dagegenzustemmen. Der Boden schien auf ihn zuzurasen, und dieser Boden war aus hartem Stein. Er würde aus mindestens zehn Metern darauffallen.
Die Flüche erstarben auf seinen Lippen, er konnte nicht einmal schreien.
Ich sterbe …, stellte er nüchtern fest und war erstaunt, dass ihn das so kaltließ. Ich sterbe, ohne dass ich weiß, wer ich bin. Sämtliche Glieder spannten sich an, und noch hatte er die Hoffnung, er könnte dadurch die Wucht des Aufpralls etwas mindern. Doch als er auf den Boden krachte, war ihm, als würde sein Körper explodieren und in viele Einzelheiten zersplittern. Etwas Grelles erleuchtete die Welt – vielleicht ein

neuerlicher Blitz, vielleicht nur der unfassbare Schmerz. In diesem Licht sah er sich selbst, wie er da reglos und mit gebrochenen Knochen auf dem Boden lag. Aber er sah auch etwas anderes. Er sah sein Leben.

Ich bin nicht Engländer, ich bin Chilene, und die Frau, die ich liebe, heißt Aurelia.

Das Licht verglühte. Es blieb nichts als Schwärze – und der Hader, dass er die Wahrheit erst dann erkannt hatte, als es zu spät war.

Drei Wochen waren vergangen, seit Christopher und Kate Wellington die Estancia verlassen hatten, und in dieser Zeit hatte Aurelia ihren Frieden nicht wiedergefunden.

Sie hatte das Ansinnen, mit nach New York zu gehen, sofort abgewiesen, denn allein die Vorstellung, eine lange Reise auf sich zu nehmen, um dann in einer großen, fremden Stadt zu landen, hatte ihr zu sehr zugesetzt. Es musste reichen, dass sie den Wellingtons einige ihrer Bilder überließ, obwohl sie sich nur ungern von ihnen trennte – undenkbar aber war, dass sie sich ihnen anschloss. Seit sie ihnen nachgeblickt hatte, wie sie fortgeritten waren, erfasste sie jedoch eine tiefe Unruhe. Das, was sie eben noch als unzumutbare Strapaze abgetan hatte, wurde in Gedanken zum großen Abenteuer, auf das sie nicht hätte verzichten dürfen. Sie fühlte Reue – und Ärger auf sich selbst.

Um sich beides nicht einzugestehen, half sie auf der Farm und im Geschäft mit, mischte mehr Farben als sonst und malte mehr Bilder. Erschöpft war sie dennoch nicht, lag stattdessen im Dunklen wach auf ihrem Bett und lauschte Tinos Atemzügen – so auch in dieser einen Nacht.

Eine Weile wälzte sie sich hin und her, dann stand sie auf, tastete sich zur Tür und trat in den Innenhof der Estancia. Sie wusste nicht recht, ob es an der ungewohnten Tageszeit lag oder weil sie so in eigenen Gedanken versunken war – aber der vertraute Ort kam ihr auf einmal so fremd vor. Sie glaubte zu sehen, was man bei Dunkelheit eigentlich nicht sehen konnte: die leuchtend roten Dächer, die Blumenwiese neben dem Schafstall, die knorrigen Bäume am Gatter.

Am seltsamsten war, dass kein Wind wehte und in der Luft kein Geruch nach Schafen lag. Vielmehr glaubte sie das Veilchenparfüm von Alicia zu schmecken. Aurelia hatte lange nicht mehr an die Schwiegermutter gedacht, sich kaum gefragt, ob sie noch lebte und wie sie sich ohne Tino die Zeit totschlug.

Tränen traten in ihre Augen, von denen sie nicht wusste, woher sie rührten; kurz war das Bild vor ihr verschleiert, und als sie wieder klar sehen konnte, war die Landschaft noch fremder, hatte nichts mehr mit dem windumtosten Patagonien gemein, sondern glich einer Wüste, wie sie Victoria oft geschildert hatte: einem grauen, trockenen Land, das von der gnadenlosen Sonne versengt wurde.

Der Gedanke an die Freundin beschwor die Worte herauf, die sie zu ihr gesprochen hatte: Man liebt als die, die man ist, und du bist eine Malerin. Auch wenn man heiratet, hat man immer noch das eigene Leben, für das man Rechtfertigung ablegen muss.

Erneut stiegen ihr Tränen auf, doch diesmal verschleierten sie das Bild vor ihren Augen nicht. Ganz deutlich konnte sie die Gestalt sehen, die plötzlich nicht weit vor ihr stand, die Gestalt von … Tiago.

Ja, er war es und war es doch wieder nicht, seine Züge waren vertraut, aber der Rest hatte sich völlig verändert: Grau waren die Schläfen, gefurcht die Wangen, gebeugt der Rücken. Doch am meisten setzte ihr nicht zu, die Spuren von Alter und Ver-

gänglichkeit an ihm wahrzunehmen, sondern dieser unendlich traurige Blick, diese seufzende Stimme, als er ihren Namen sagte.
»Aurelia.«
Sie löste sich aus ihrer Starre, wollte zu ihm laufen, doch kaum hatte sie den ersten Schritt gemacht, begann er zu schwinden: Er wurde nicht weggeweht, denn immer noch ging kein Wind, aber er löste sich auf wie ein Geist. Sie hatte ihn erreicht, wollte nach ihm greifen und festhalten, was noch da war, aber sie griff nur ins Leere und weinte bitterlich.
Plötzlich war da eine andere Hand, warm und weich. Sie legte sich auf ihre Schultern und rüttelte sie.
»Aurelia, was hast du denn?«
Da schlug sie die Augen auf, merkte, dass sie nicht draußen im Hof der Estancia gestanden, sondern die ganze Zeit im Bett gelegen hatte. Sie war in einem so tiefen Schlaf versunken, dass nicht einmal das Morgenlicht sie geweckt hatte, und hatte von Tiago nur geträumt. Tinos Bett war schon leer, aber Victoria saß bei ihr.
»Was hast du denn?«
Sie wollte von ihrem Traum erzählen, konnte ihn jedoch nicht in Worte fassen. Stattdessen brachte sie schluchzend hervor: »Ich bin immer noch so feige! Es gibt so viele Dinge, die ich nicht wage! Als Kind war ich doch so mutig, aber später …«
Victoria strich ihr über die Stirn, die nass von Schweiß und Tränen war. »Du bereust es, dass wir die Wellingtons nicht nach New York begleitet haben«, stellte sie leise fest.
Aurelia rieb sich die schlaftrunkenen Augen, ihre Zunge fühlte sich pelzig an. Der Traum von Tiago hatte so viel Sehnsucht nach ihm geweckt – und so viel Wut auf sich.
Kleinlaut nickte sie.

»Nun, es ist doch noch nicht zu spät«, meinte Victoria. »Du kannst dich anders entscheiden. Die Wellingtons wollten von hier aus nach Buenos Aires reisen, sie haben mir sogar den Namen ihres Hotels genannt. Wir könnten nach Punta Arenas reiten, ihnen ein Telegramm schicken, und dann …«
Aurelia zuckte verzagt die Schultern. »Aber wie stellst du dir das alles vor, wie sollen wir nur …«
»Sie haben dir doch für deine Bilder Geld bezahlt. Davon können wir uns eine Schiffspassage leisten.«
»Und die Kinder?«
Victoria lehnte sich zurück und grinste. »Dora buhlt um Arturo, während er immer noch so tut, als wäre er aufs schlimmste gekränkt. Er wird es nicht mehr lange durchhalten. Heute Morgen hat sie ihm das Frühstück gemacht – mit allen Zutaten, die wir haben.«
Besonders üppig konnte das nicht ausfallen, dachte Aurelia, die sich hier schon oft nach den Biskuits und der heißen Schokolade gesehnt hatte, die einst im Haus der Familie Brown y Alvarados morgens serviert worden waren. Hier gab es stattdessen Schiffszwieback mit Salzfleisch, Cornedbeef, Speck und manchmal Dörrgemüse.
»Dora wird mich also nicht vermissen«, fuhr Victoria eifrig fort, »Clara dagegen sollte mitkommen. Salvador hat immer gemeint, dass es gut wäre, wenn sie aus dem Schatten der Schwester treten könnte. Und Tino …«
»Tino ist zu jung für so eine weite Reise!«
»Ich bitte dich, lass dir eine bessere Ausrede einfallen! Rita hat mir erzählt, dass du einst tagelang mit dem Zug quer durch ganz Chile gefahren bist, nachdem du ihn entführt hast. Da war er kaum zwei, und sag mir nicht, ihr habt euch damals einen Schlafwagen leisten können. Er wird doch überleben, erster Klasse nach New York zu reisen!«

»Ach, ich weiß nicht.«
»Und es tut ihm auch gut, wenn er mal nicht unter dem Einfluss deiner drei Brüder steht. Es wird für ihn ein großes Abenteuer sein – für dich übrigens auch. Also, gib dir einen Ruck! Hast du dich nicht eben noch beklagt, dass du feige wärst? Sei es nicht länger, und alles ist gut!«
Victoria sprach immer energischer, während Aurelia sich aus dem Bett erhob. Alles, was Victoria sagte, ergab Sinn, doch den Ausschlag, ihr zuzustimmen, gaben nicht ihre Worte, sondern der Gedanke an Tiago, wie er in ihrem Traum ihren Namen geflüstert hatte. Es hatte so traurig geklungen, so sehnsüchtig … aber auch ein wenig so, als würde er um ihre Hilfe rufen. Nun, er war tot, sie konnte ihm nicht helfen, aber aufbrechen – wohin auch immer –, das Leben mutig anzupacken und zu schauen, was es an Veränderungen und Stürmen brachte, das konnte sie.

Stimmengemurmel weckte ihn. Er schlug die Augen auf, sah aber nichts als Weiß, wusste kurz auch nicht, wo oben und unten war, rechts und links. Er schien in diesem weißen Nichts zu schweben.
Irgendwann fühlte er zwar, dass er auf einem Feldbett lag, sah aber immer noch nichts anderes als Weiß. War er durch den Sturz erblindet? Aber müsste er dann nicht alles in Schwarz sehen?
Nun, jetzt sah er etwas Schwarzes inmitten von Weiß, sah einzelne Konturen, die immer schärfer wurden. Er wollte sich aufrichten und wurde mit einem glühenden Schmerz bestraft, der durch Kopf und Bein fuhr.
»Ruhig, ruhig!«
Die Stimme klang tonlos und traurig – und er wusste sofort, dass es Lawrence' Stimme war. Er hockte bei ihm am Bett,

wie immer von der Last seines Kummers schwer gebeugt. Trotz seiner Depressionen musste er jedoch sofort zu seinem Krankenbett geeilt sein, nachdem man ihm von dem Unfall berichtet hatte.

Jacob leckte sich über seine Lippen, die sich trocken und rissig anfühlten. »Bitte ... Durst ...«, stammelte er.

Eine Krankenschwester, die er bislang nicht wahrgenommen hatte, beugte sich über ihn und führte ihm etwas an den Mund. »Aber trinken Sie langsam, Mr. Foster«, ermahnte sie ihn.

Er schmeckte nicht, was er trank, nur dass es kühl und eine Wohltat war. Nach wenigen Schlucken rebellierte sein Magen – und noch etwas anderes. »Das ist nicht mein Name«, stieß er aus.

»Was redest du denn da, Jacob?«

Er schüttelte den Kopf und wurde wieder mit Schmerzen bestraft. Aber das brachte ihn nicht von seiner Gewissheit ab. »Foster – das ist nicht mein Name«, beharrte er. »Und ich heiße auch nicht Jacob. Ich heiße ... Tiago ...«

Als er die Silben aussprach, schienen sie wie Feuer auf seinen Lippen zu brennen. In jenem langen, dunklen Tunnel der Sehnsucht und Verlorenheit, in dem er sich all die Jahre über verirrt hatte, nahm er nun einen Lichtstreifen wahr. Er war noch schmal, er hatte ihn noch lange nicht erreicht, aber er war da und strahlte auf ihn.

»Ich heiße Tiago«, beharrte er erneut, »wie noch, das weiß ich nicht ... aber Tiago ... ich heiße ganz sicher Tiago.«

»Das ist ein spanischer Name, und du bist doch kein Spanier.«

»Die Frau, die ich liebe, ist Spanierin ... Sie heißt Aurelia ... Sie stammt aus Patagonien.«

Lawrence runzelte die Stirn. »Patagonien liegt aber nicht in Spanien, sondern im äußersten Süden von Chile und Argentinien.«

In Tiagos Kopf rauschte es. Der Lichtschein, er war so schwach, aber er reichte aus, um nicht mehr völlig im Dunkeln zu tappen. »Dann bin ich eben Chilene …«, murmelte er, »und Aurelia auch.«
Lawrence blickte ihn an, als habe er den Verstand verloren. »Aber warum sprichst du dann Englisch?«, fragte er zweifelnd.
Er sank erschöpft auf sein Kissen zurück und schloss die Augen. Sein Durst war gelöscht, aber eine andere Gier brannte in ihm und wollte gestillt werden. Er musste mit irgendjemandem spanisch sprechen, er musste irgendwie nach Chile kommen, er musste die Frau finden, die Aurelia hieß.
»Ich kann nicht bleiben …«
»Du hast eine schwere Gehirnerschütterung, und dein Bein ist gebrochen. Ich fürchte, dir bleibt gar nichts anderes übrig.« Lawrence erhob sich.
Tiago aber schwor sich im Stillen: Solange er dazu gezwungen war, würde er seine Verletzung auskurieren. Aber sobald er wieder einen Schritt gehen konnte, würde er keinen Tag länger in England bleiben. Er würde das nächste Schiff Richtung Südamerika nehmen.

33. Kapitel

Als sie im Hafen von New York einliefen, redeten Kate und Christopher ununterbrochen. Mit jedem Wort erklärten sie, dass sie die Stadt eigentlich hassten, aber sie konnten das Glitzern in ihren Augen nicht verbergen, als sie nach den langen Reisen wieder heimkehrten.
Aurelia war eingeschüchtert und beeindruckt zugleich, als sie den Hudson River entlangfuhren und die Freiheitsstatue, die auf einer kleinen Insel zwischen Manhattan und Staten Island errichtet worden war, passierten. Clara und Tino starrten stumm darauf – Victoria wusste mehr darüber.
»Die Statue ist ein Geschenk Frankreichs an die USA, meines Wissens gibt es sie erst seit wenigen Jahrzehnten.«
»So ist es«, schaltete sich Christopher ein, »am Sockel ist ein Gedicht von Emma Lazarus angebracht. ›Gebt mir eure Müden, eure Armen, eure bedrängten Massen, die frei zu atmen begehren‹, lautet es.«
»Ha von wegen!«, lachte Kate empört. »Als ob hier irgendjemand frei atmen könnte! In New York, müsst ihr wissen, herrscht stets ein Gedränge, und man muss um jeden Schritt kämpfen. Und in Manhattan sieht man die Sonne vielerorts nur zu Mittag, weil die Häuser so hoch sind.«
Christopher lächelte gutmütig. »In Brooklyn wäre das ganz anders«, erklärte er, »aber jedes Mal, wenn ich Kate vorschlage, dass wir in die beschaulichere Gegend übersiedeln, erklärt sie, dass der einzig wahre Ort, an dem man in New York leben könnte, Manhattan sei.«

In der Tat plusterte sich Kate empört auf. »Du glaubst doch nicht ernsthaft, ich würde in Brooklyn leben?«
»Seht ihr! Sehr ihr!«, rief Christopher zufrieden.
Aurelia indessen war verwirrt. »Ich dachte, die Stadt heißt New York. Wo ist nun Manhattan, und wo ist Brooklyn?«
Christopher deutete erst in die eine, dann in die andere Richtung, während er erklärte, dass New York seit 1898 aus fünf Boroughs bestand, Manhattan, die Bronx, Staten Island, Long Island und Brooklyn. Letzteres lag jenseits des East River, und die Stadthäuser dort waren nicht höher als drei, vier Stockwerke, ganz anders als in Manhattan.
»Man könnte dort um vieles ruhiger wohnen«, fügte er hinzu.
»Papperlapapp!«, ging Kate dazwischen. »Weißt du, wie viele Reedereien, Werften, Fabriken und Eisenbahngesellschaften es dort gibt? Von dort kommt immer Lärm.«
Christopher hörte nicht auf sie. »Und außerdem gibt es in Brooklyn viele Reihenhäuser, die sich auch ärmere Leute leisten können.«
»Du denkst doch nicht etwa, dass ich in deren Nähe leben will?«
Christopher unterdrückte ein Grinsen. »Natürlich nicht!«, rief er im Brustton der Überzeugung – und an Victoria und Aurelia gewandt: »Kate ist nämlich ein furchtbarer Snob.«
Dieser Verdacht war Aurelia schon seit längerer Zeit gekommen. Auf der Estancia war Kate ausnehmend freundlich gewesen, hatte nicht über die einfachen Lebensbedingungen gemurrt, sondern sich ihnen angepasst und immer wieder ihre Dankbarkeit beteuert, weil Christophers Wunde von Victoria so gut versorgt worden war. Seit sie in Buenos Aires mit ihnen zusammengetroffen waren, war sie zu ihnen zwar immer noch freundlich – zeigte ihr wahres Gesicht jedoch gegenüber dem Schiffspersonal ungeniert: Sie trat herrisch, arrogant und

rechthaberisch auf, und obwohl Christopher hinter ihrem Rücken manchmal die Augen verdrehte und er sich die eine oder andere spöttische Bemerkung nicht verkneifen konnte, ließ er sie gewähren.

»Ich bin kein Snob!«, stritt sie nun energisch ab.

»O doch!«, bestand Christopher, der in Victorias und Aurelias Gegenwart stets streitlüsterner war – wahrscheinlich, weil Kate ihn dann nicht ganz so scharf zurechtweisen konnte wie unter vier Augen. »Ihre Mutter und Großmutter haben zu den zentralen Persönlichkeiten des Gilded Age gehört.«

»Das Gilded Age?«, fragte Clara, die sich bis jetzt am wortkargsten erwiesen hatte und sich schwertat, das englische Wort auszusprechen.

»Das war die Zeit nach dem Bürgerkrieg – und zugleich die dekadenteste Zeit, die New York je erlebt hatte. Die gesellschaftliche Elite, zu der maximal vierhundert Familien zählten, scharten sich um die Society-Königin Caroline Astor, in deren Adern noch das Blut der niederländischen Pioniersippen floss, die sich als Erstes in New York niedergelassen haben.«

»Caroline Astor!«, stieß Kate verächtlich aus. »Du willst meine Mutter doch nicht ausgerechnet mit ihr vergleichen? Meine Mutter war bis ans Lebensende rüstig, während Caroline Astor zuletzt ihr Gedächtnis verloren hat. Sie ist völlig wahnsinnig geworden, hat mit imaginären Gästen gesprochen und ist mit ihrem Dienstmädchen Menüpläne durchgegangen für Feste, die niemals stattgefunden haben.« Trotz der verächtlichen Miene klang sie begeistert, und Tino kicherte.

»Nun, solange sie ihren Verstand noch beisammenhatte, waren diese Feste die Höhepunkte der Saison«, fuhr sie fort, »Die teuersten Speisen und der beste Champagner sind serviert und die Verdauungszigarren in Hundertdollarscheinen eingerollt worden.«

Victoria schüttelte missbilligend den Kopf. »Was für eine nutzlose Verschwendung!«
Kate jedoch schien sich an etwas ganz anderem zu stören. »Und man hat schrecklich langweilige Gespräche geführt. Alles musste stets so anständig sein. Schon ein Wort wie Hose war für einen Gentleman tabu. Oder man durfte auch das Wort ›bloody‹ gegenüber einer Dame nicht aussprechen, nicht einmal, wenn es nur um die Beschaffenheit eines Steaks ging.«
Tino kicherte. »Bloody, bloody, bloody!«, wiederholte er ein ums andere Mal und sprang dabei wild herum. Auf der langen Schiffsreise war ihm mehr als einmal langweilig geworden.
»Sei doch endlich still!«, rief Clara streng, die in den letzten Wochen ein wenig die Mutterrolle übernommen hatte.
»Bloody, bloody!«, rief Tino weiterhin feixend und entwischte Clara, die ihm den Mund zuhalten wollte, immer wieder aufs Neue.
»Dieser ganze Reichtum«, zischte Victoria, »er wurde auf Kosten derer gewonnen, die in den Fabriken gnadenlos ausgebeutet wurden.«
Ihre Stimme nahm einen dozierenden Tonfall an, und Aurelia warf ihr einen mahnenden Blick zu. Obwohl sie als Gäste der Wellingtons nach New York kamen, hielt sich Victoria mit ihrer Meinung nie zurück und war schon ein paarmal mit Kate in die Haare geraten, wenn diese abfällig über das arme Pack sprach. Christopher und Aurelia war es bisher immer gelungen, den Streit zu schlichten, aber Aurelia hoffte, dass es nach der Ankunft leichter sein würde, die beiden voneinander entfernt zu halten.
Nun war ohnehin keine Zeit mehr für einen Disput, denn sie legten endgültig an.
Schon aus der Ferne hatten sie die Hochhäuser Manhattans gesehen, und als sie wenig später das Schiff verließen, stand

Aurelia erstmals vor einem der Häuser, die den Himmel kitzelten und deren Spitze man selbst dann nicht sehen konnte, wenn man den Kopf zurücklegte. Der eigene Chauffeur holte sie mit dem Auto ab, doch anstatt gleich zu ihrem Haus in der Fifth Avenue zu fahren, schlug Kate eine kleine Rundfahrt vor, die an den berühmtesten Gebäuden der Stadt vorbeiführte, dem Flatiron Building, das die Form eines Bügeleisens hatte und darum so genannt wurde, dem Tower Building, das mit seinen dreizehn Stockwerken der erste Wolkenkratzer der Stadt gewesen war, und natürlich dem Broadway.

»Tino, schau doch nur!«, rief Clara andauernd, doch Tino war so fasziniert von dem Auto, in dem sie fuhren, dass er gar nicht auf die Häuser achtete.

»Wir hätten übrigens auch mit der U-Bahn oder der elektrischen Straßenbahn fahren können, dann wären wir schneller gewesen«, meinte Christopher.

»Ich dränge mich doch nicht mit Wildfremden in überfüllte Wagen!«, rief Kate. »Was werde ich froh sein, wenn wir endlich zu Hause sind, ohne dass mir jemand meine Geldbörse gestohlen hat.«

Die hielt sie auch hier im Wagen fest umklammert – genauso wie stets auf dem Schiff.

Angesichts des Reichtums der Wellingtons erwartete Aurelia ein äußerst luxuriöses Heim – und wurde nicht enttäuscht.

Die Fifth Avenue, so wurde Kate nicht müde zu betonen, war ohne Zweifel die beste Adresse New Yorks, die Nachbarschaft erlesen und die Wege zum Sportclub oder Theater nur kurz.

»Wir haben auch einen Sommersitz auf Long Island – aber den besuchen wir so gut wie nie«, erklärte Christopher.

»Die Gespräche, die dort im Sommer geführt werden, sind so langweilig wie einst im Gilded Age!«, stöhne Kate.

»Darf man immer noch nicht über Hosen reden und ›bloody‹ sagen?«, fragte Tino neugierig.
»Das schon, aber es wird pausenlos über die Wirtschaft und die Folgen des Krieges gefaselt.«
»Es ist nicht das Schlechteste, wenn sich die gnadenlosen Kapitalisten ein paar Gedanken über die Welt machen«, mischte sich Victoria ein.
Ausnahmsweise verzichtete Kate auf eine Entgegnung, denn eben waren sie angekommen.
Das Haus war ein regelrechtes Schloss mit Wandteppichen, Deckenfresken, Buntglasfenstern und diversen Gemälden von Rembrandt, die Kates Vorfahren aus Frankreich importiert hatten. Die Fußböden aus polierter Eiche glänzten genauso wie die walnussgetäfelten Wände, im Renaissancekamin brannte ein behagliches Feuer. Unmengen von Dienstboten standen zu ihrem Empfang bereit und reichten Erfrischungen.
»Ich liebe unsere Reisen!«, stieß Kate aus. »Aber es ist auch immer wieder schön, heimzukommen.« Sie seufzte genussvoll und wandte sich an Christopher: »Kannst du dich erinnern, wie wir hier auf unserer Hochzeit die Quadrille getanzt haben?«, fragte sie und klang so liebevoll wie sonst kaum.
Das war für Tino nur ein Ansporn, wieder schrill »Bloody, bloody!« zu rufen.
»Willst du wohl still sein?«, mahnte Clara.
Victorias Blick blieb misstrauisch. »Lass dich von diesem Reichtum nicht täuschen«, flüsterte sie Aurelia zu, »New York ist keine wohlhabende Stadt. Die Reichen schwimmen im Luxus, aber die anderen leben in dunklen Mietskasernen …«
Aurelia hörte an ihren Worten vorbei, sagte selbst nichts und widmete sich dem Anblick der edlen Gemälde. Immer noch

war sie sich nicht sicher, was sie hierhergetrieben hatte, aber plötzlich erwachte in ihr etwas, was sich im Gleichmaß der letzten Jahre kaum geregt hatte: unbändige Neugierde darauf, was der nächste Tag wohl bringen würde.

Seit langem hatte Tiago nicht so viel Elend gesehen wie im Einwandererhafen von New York. Armut gab es zwar auch in London; vor allem seit dem Krieg konnte man kaum über die Straße gehen, ohne dass Bettler, Invaliden und Waisen einem hilfesuchend ihre Arme entgegenstreckten. Aber im Büro von Lawrence, wo er die meiste Zeit verbracht hatte, war nichts davon zu spüren gewesen, und auf den Baustellen war er ausschließlich von jungen, kräftigen Männern umgeben.

Hier nun auf Ellis Island, gut acht Meilen von Manhattan entfernt, wo die Schiffe aus Europa eintrafen und ihre Passagiere einer strengen Gesundheitsuntersuchung unterzogen wurden, fühlte er sich wie in einem Vorzimmer zur Hölle. Menschen, die halb verhungert oder schon krank ihre Heimat verlassen hatten, wirkten nach den langen Wochen auf hoher See noch ausgezehrter.

Lawrence hatte ihm abgeraten, das Schiff nach New York zu nehmen. Obwohl es weniger Auswanderer als früher gab, zog es nach wie vor viele Europäer in die Neue Welt, und längst hieß man sie nicht als neue, frische Arbeitskräfte begeistert willkommen, sondern zeigte ihnen durch abfällige Gesten und Worte, wie unerwünscht sie waren.

»Tu dir das nicht an!«, hatte Lawrence ihn gewarnt.

Doch das Schiff nach New York war das erste gewesen, das Southampton verließ, nachdem Tiago wieder wusste, wie er hieß, und seine Verletzungen verheilt waren, und er war überzeugt, schneller nach Südamerika zu gelangen, wenn er erst einmal den Atlantik überquert hatte.

Nach der plötzlichen Erkenntnis, woher er stammte, hatte er sich weitere Erinnerungen erhofft, doch alle bruchstückhaften Bilder, die aufstiegen, glichen Blitzen: Sie waren zu kurz und zu grell, um Einzelheiten seines früheren Lebens zu beleuchten. Mal glaubte er, eine Palme zu erkennen, mal eine Bergspitze, manchmal sogar Gesichter. Doch stets konnte er nur die Farbe der Haare erkennen, die sie umrahmten, nicht die konkreten Züge oder gar die Augen.

Er hoffte, auf vertrautem Boden bald mehr zu erfahren, doch seine Geduld wurde auf eine harte Probe gestellt: Auf dem Schiff brach eine Seuche aus, und obwohl der Schiffsarzt sich nicht sicher war, ob es sich um Typhus, Dysenterie oder etwas Harmloseres handelte, wurde die gelbe Flagge gehisst. Eine Weile fuhren sie vor dem Hafen auf und ab, und erst als es nach einer Woche keine neuen Toten zu vermelden gab, wurde ihnen endlich erlaubt, Ellis Island zu betreten. Die Untersuchungen der Passagiere fielen noch strenger aus als bei anderen Schiffen.

Endlos lange kam Tiago die Kette vor, in der er sich anstellen musste. Grau, zerlumpt und mager waren die meisten, in deren Gesichter er blickte. Bei einigen war der Blick wie tot, bei anderen standen Hoffnung und Sehnsucht darin – beides atmete Verzweiflung und die Angst, so kurz vor dem großen Ziel abgewiesen zu werden.

Die Ärzte, die die Untersuchungen vornahmen, hatten sich längst an das Elend gewohnt. Mitleidlos untersuchten sie Hälse nach Kröpfen oder dem scharlachroten Rachen, zwangen manche Menschen dazu, zu urinieren, um den Harn auf Vergiftungen zu untersuchen, und kannten keinerlei Nachsicht mit verschämten Frauen, die sich vor ihren Kindern ausziehen mussten und deren Schamhaare durchkämmt wurden, da sich darunter ein Ausschlag befinden könnte.

Noch Nächte später hatte er Alpträume angesichts der vielen Tragödien, die er hautnah miterlebte – unter anderem die eines jungen, eigentlich kräftigen Mannes, der ein Bein verloren hatte, darum hinkte und prompt ein L, als Zeichen für »lame«, mit Kreide auf seine Kleidung geschrieben bekam. Jeder wusste, was das bedeutete: Man würde ihm nicht gestatten, Ellis Island zu verlassen, sondern ihn auf dem nächsten Schiff zurück nach Europa schicken – da nützte es auch nichts, als der Mann erst wütend, dann verzweifelt, schließlich unter Tränen bekundete, dass er das Bein im Krieg, folglich im Dienst am Vaterland, verloren hatte, dass ihn sein Fehlen aber nicht daran hindern würde, so hart zu arbeiten wie jeder andere auch.

Schließlich, da er sich nicht beruhigte, wurde er gewaltsam fortgeschafft.

Fast noch mehr traf Tiago das Schicksal einer spanischen Familie: Der Mann war stattlich und feist, die Mutter hingegen bleich, schmal und hustete Blut. Auch die Kinder unterschieden sich, kamen die Söhne doch nach dem gut genährten Vater, die Mädchen nach der hohlwangigen Mutter. Prompt wurden die weiblichen Familienmitglieder von den anderen getrennt und in eines der beiden Krankenhäuser von Ellis Island eingewiesen. Wenn sie sich rasch erholen würden, so hieß es, könnten sie bald zum Rest der Familie stoßen – falls nicht, wäre die Familie auf ewig getrennt. Die Frau und die Söhne schluchzten herzzerreißend, die Mädchen hatten keine Kraft dazu, und im Gesicht des Mannes stand nur nackte Gier – Gier nach gutem Verdienst und folglich nach Reichtum, die ihn hierhergelockt hatte und der er im Notfall auch Frau und Töchter opferte.

Wahrscheinlich, ging es Tiago durch den Kopf, war dieses Opfer sogar umsonst. Längst war Amerika kein gelobtes

Land mehr, in dem der einfachste Lump zum Millionär werden konnte. Hier galt wie überall sonst auf der Welt, dass Arme immer ärmer und Reiche immer reicher wurden.
Vor Tiago kam ein Russe an der Reihe. Er versuchte, auf Englisch zu sprechen, aber er hatte einen so starken Akzent, dass man ihn kaum verstand. Obwohl kräftig und gesund, zweifelte man darum an den Fähigkeiten seines Verstands und stellte ihm eine Rechenaufgabe, auf dass er beweisen möge, dass ihm dieser nicht fehlte. Wenn er zwei Pferde, drei Kühe und vier Schafe hätte, wurde er gefragt – wie viele Tiere hätte er dann insgesamt?
Der Russe glotzte erst verständnislos, dann knurrte er – diesmal gut verständlich: »Das weiß ich nicht. Ich weiß nur, wenn ich so viele Tiere gehabt hätte, dann wäre ich nicht nach Amerika gekommen.«
Tiago musste schmunzeln und freute sich, dass der Russe die Einwanderungserlaubnis erhielt, ehe endlich er selbst an der Reihe war.
Noch mehr als die Tatsache, dass er besser gekleidet war als der Rest und fließendes Englisch sprach, schlug ins Gewicht, dass er nicht in New York bleiben wollte. Prompt wurde ihm der Passierschein ausgestellt – wann das nächste Schiff nach Südamerika den Hafen verließ, konnte man ihm aber nicht sagen.
Tiago unterdrückte ein Seufzen. Er hatte gehofft, dass er Manhattan gar nicht betreten müsse, doch nun sah es so aus, als müsste er sich auf einen längeren Aufenthalt einstellen.

Victoria langweilte sich bald im Haus der Wellingtons – ganz anders als Clara, die der viele Luxus sichtlich begeisterte und die die vielen Annehmlichkeiten genoss. Eigentlich missfiel Victoria das, wollte sie doch nicht, dass sich das Mädchen zu

sehr daran gewöhnte, aber das strahlende Gesicht rührte sie, und meist biss sie sich auf die Lippen, um sie nicht dafür zu maßregeln.
Tino wiederum fand großen Spaß daran, die Dienstboten zu provozieren und allerhand Streiche anzustellen – Kate Wellington reagierte mit Strenge, Christopher dagegen war begeistert: Anstatt den Jungen zu mäßigen, stachelte er ihn zu allerlei Unsinn an, bis es Kate eines Tages reichte und sie die beiden aus dem Haus warf. Sie sollten nach Coney Island fahren, wies sie sie an, immerhin läge das nur vierzig U-Bahn-Minuten von Manhattan entfernt.
Eine Strafe war das ganz gewiss nicht. Tagelang schwärmte Tino hinterher von der Vergnügungsinsel mit den vielen Phantasiegebäuden, Karussells und Lichtkaskaden. Insgesamt zweihundertfünfzigtausend Glühbirnen erleuchteten die Fassaden des Amüsierviertels und zeichneten am Abend grelle Illuminationen auf den schwarzen Himmel.
Eine schrecklich künstliche Welt, dachte sich Victoria, und eine sinnlose Art, sein Geld auszugeben … Aber wie so vieles sagte sie es nicht laut, sondern gönnte dem Jungen seinen Spaß. Noch mehr gönnte sie Aurelia, dass diese endlich die Aufmerksamkeit bekam, die sie verdiente. Kate empfing viele Gäste, erzählte zum hundertsten Mal von den vielen Abenteuern, die sie auf der Weltreise erlebt hatten, aber auch von der Künstlerin, die sie an einem der einsamsten Orte auf Erden entdeckt hatte. Victoria hatte zwar das Gefühl, dass die meisten weniger an den Gemälden als vielmehr an Aurelias Schicksal interessiert wären, das Kate künstlich überhöht hatte – so wie sie davon erzählte, schien es, als hätte Aurelia aus Kummer um ihren Mann die letzten Jahre als Eremitin verbracht –, aber immerhin betrachtete die Gästeschar die Bilder interessiert. Manches Porträt wurde in Auftrag gegeben, und

Aurelia wurde mit allem überhäuft, was sie zum Malen brauchte, feinsten Pinseln aus Chinaborsten oder Iltisschwänzen, teuersten Ölfarben, Leinwänden und Staffeleien.
In der dritten Woche ihres New-York-Aufenthalts lud Kate zu einer großen privaten Ausstellung ein. Einlass würde nur bekommen, wer eine entsprechende Einladung hatte – dennoch ließ sie auch in Zeitungen dafür werben: nicht, wie sie dreist erklärte, um Leute zum Kommen anzustacheln, sondern um sie neidisch werden zu lassen.
»So funktioniert die Welt«, erklärte sie eitel, »was die Menschen in Fülle haben, verliert an Wert. Was nur wenigen zuteilwird, gilt als Privileg.«
Einmal mehr verkniff sich Victoria einen Kommentar – insgeheim froh, dass Kate bei der Ausstellung zwar auch diverse Artefakte und Mitbringsel aus anderen Ländern zeigen wollte, im Mittelpunkt aber ohne Zweifel Aurelias Gemälde *Die Farben Chiles* stehen würde.
Victoria freute sich ehrlich für sie, floh allerdings an den Tagen vor dem Empfang oft aus dem Haus, um den ermüdenden Diskussionen um Menüfolge und Kleiderauswahl zu entgehen. Kate ermahnte sie, dass sie am besten in der Nähe der Fifth Avenue bleiben möge, in den übrigen Vierteln wohne nur Pack, und Victoria nickte zwar, hatte aber anderes im Sinn. Die Sehenswürdigkeiten der Stadt interessierten sie wenig – umso mehr die unterschiedlichen Menschen, die hier lebten. Einen Tag lang tat sie nichts anderes, als mit der Hochbahn mehrmals quer durch Manhattan zu fahren und die Geschäftsleute zu beobachten, die derart unter Druck standen, dass sie zeitunglesend ihren Lunch kauten. Offenbar hatten sie sonst keine Zeit zum Essen. Erst nach ein paar Stunden bemerkte sie, dass die Männer gar nicht ihr Mittagessen verzehrten, sondern lediglich einen Kaugummi kauten.

Tags darauf fuhr sie über die Brooklyn Bridge – die längste Hängebrücke der Welt mit einer mächtigen Stahlseilverankerung. Kate hatte erzählt, dass sie bei der feierlichen Eröffnung 1883 als achtes Weltwunder gefeiert wurde – eine Bezeichnung, die ihr durchaus würdig erschien, obwohl sie Brooklyn hasste. Christopher Wellington dagegen, der um Victorias Gesinnung wusste, fügte hinzu, dass der Bau dieses achten Weltwunders viele Menschenleben gekostet hatte, an die keiner mehr denke – wohl eher, um seine Frau zu provozieren, als aus gleicher Überzeugung.

In Brooklyn war Victoria zu Fuß unterwegs, geriet von Viertel zu Viertel, kam an den koscheren Lebensmittelgeschäften der Juden in Williamsburg vorbei, kleinen Nudelfabriken und Trattorien im italienischen Bushwick und den Lokalen in Bedford, wo Brathähnchen und Süßkartoffeln wie in den Südstaaten angepriesen wurden. Das Essen ließ sie kalt – viel faszinierender fand sie, dass so viele Nationen an einem Platz lebten. In der Atacamawüste, wo viele Ausländer gearbeitet hatten, hatte sie manche Fremdsprache gelernt, und es machte ihr Spaß, diese nun auszuprobieren. Kein Wort verstand sie – nach Manhattan zurückgekehrt – auf der Pell Street in Chinatown.

Es war später Nachmittag geworden, als sie an den Lebensmittelständen des Washington Market vorbeikam – ein so lauter und belebter Ort, dass es sie rasch zur Flucht drängte. Sie wich auf eine der Seitenstraßen aus, auf deren Boden Müll verrottete. Der Dreck störte sie wenig – wie immer befriedigte sie es, wenn sie hinter dem vermeintlich reichen, glanzvollen New York, das Kate beschwor, das wahre Gesicht der Stadt entdeckte, in der es neben allem Geld so viel Elend gab. Sie ging neugierig weiter, kam zu einer der größten Mietskasernen, wo Menschen in winzigen Löchern und unter schrecklichen hygienischen Bedingungen lebten.

Irgendetwas Außergewöhnliches musste dort vor sich gehen, denn vor einer der Türen drängten sich mehrere Dutzend Menschen. Sie trat näher und hörte eine laute Stimme, die ins Freie drang und der zu lauschen all diese Menschen offenbar gekommen waren. Victoria hörte interessiert zu – und erstarrte schon im nächsten Moment: Wer immer diese Rede hielt – er sprach zwar englisch, aber er hatte einen unüberhörbaren spanischen Akzent.

Noch ehe sie wusste, wer es war, berührte sie etwas tief in ihrer Seele.

Sie zwängte sich durch die Menschenmasse hindurch, erreichte das Gebäude, trat auf die Zehenspitzen. Wieder erstarrte sie, als sie erkannte, wer die Rede hielt. Sie hätte nie geglaubt, diesen Mann wiederzusehen – und erst recht nicht hier.

Tiago war gezwungen, zwei Wochen auf die nächste freie Schiffspassage Richtung Chile zu warten. Anfangs war er ärgerlich und ungeduldig, später fügte er sich dem Unvermeidlichen. Zum ersten Mal seit Jahren konnte er sich nicht in Arbeit flüchten, sondern hatte Zeit, nachzudenken. Dies fiel ihm schwer. Obwohl er genügend Geld hatte, um sich in einem anständigen Hotel einzumieten, hielt er es drinnen kaum aus. Saß er still, so glaubte er, würden auch die Erinnerungen erlahmen und die Stille seinen Kopf zum Platzen bringen. Im Lärm und Gewühl der New Yorker Straßen hoffte er auf neue blitzartige Bilder, die jäh vor seinen Augen aufsteigen würden.

Besagtes Gewühl jedoch fiel so heftig aus, dass er sich weniger auf mögliche Erinnerungen konzentrieren konnte, als darauf, heil über die Straßen zu kommen, ohne von einem Fuhrwerk, Auto oder der Straßenbahn, die von unterirdisch verlaufenen Kabeln gezogen wurde, überfahren zu werden. Wenn er wie-

derum vermeinte, irgendwo sicher stehen zu können und nicht zu riskieren, dass sich Ellbogen in seinen Körper rammten, wurde seine Aufmerksamkeit von den vielen faszinierenden Gebäuden und Konstruktionen gebannt.
Sich mit Architektur zu beschäftigen hatte ihm all die Jahre geholfen, zu überleben und nicht den Verstand zu verlieren. Hier nun merkte er, wie viel er tatsächlich mittlerweile davon verstand, und er hätte gerne mehr darüber erfahren. Allerdings war er nur von geschäftigen Fremden umgeben, die längst blind waren für die Attraktionen ihrer Stadt.
In den ersten Tagen hatte es geregnet – dann wurde es so schwül und heiß, dass selbst die Damen manchmal ihre Jacken auszogen und unter den Arm nahmen. Und in dem Moment, in dem er eine von diesen Damen beobachtete, stieg eine Erinnerung hoch. Er war sich nicht sicher, warum er es wusste – aber die Frauen in Chile, das war ihm plötzlich ganz klar, hätten sich niemals so gehenlassen und aller Welt gezeigt, dass Hitze oder Kälte ihnen zusetzten. Auch im Sommer trugen sie Mieder und enge Kragen.
Plötzlich sah er viele elegante Kleider vor sich, Kleider aus Brokat, aus Musselin, aus Samt, mit Spitzenbordüren, breiten Gürteln, Perlenstickereien – Kleider, die Aurelia getragen hatte. Immer noch konnte er ihr Gesicht nicht sehen, aber er war sich plötzlich sicher: Sie musste wunderschön gewesen sein.
Allerdings, und auch das ging ihm durch den Kopf, als er die New Yorker Frauen musterte – auch sie hatte sich in den unbequemen Kleidern nicht immer wohl gefühlt. Vielleicht hätte sie heute und hier auch ihre Jacke ausgezogen – einfach weil es praktischer war.
Je konkreter die Erinnerungen wurden, desto aufmerksamer musterte er die Frauenmode und stellte fest, wie stark sie sich

in den letzten Jahren verändert hatte. Man sah kaum mehr Mieder, und die Röcke waren so kurz, dass man die Unterschenkel sehen konnte. Eine Frau war über seinen Blick, der ihr wohl als aufdringlich erschien, so erbost, dass sie ihren Sonnenschirm hob und auf seinen Arm schlug. Tiago zuckte zusammen und entschuldigte sich mehrmals, aber sie rauschte hochmütig davon.
Fortan wagte er es nicht mehr, den Frauen hinterherzustarren. Stattdessen entdeckte er nun die kleinen Zeitungskioske für sich, die es an jeder Ecke gab und wo man diverse Modemagazine kaufen konnte: *Vanity Fair, Vogue* oder *Harper's Bazaar.* Bald fand er heraus, dass sie nicht nur über Kleider berichteten, sondern auch über teuren Schmuck, Automobile oder die Polosaison.
Der Zeitungsverkäufer starrte ihn missmutig an, als er eines Tages wieder einmal die Journale musterte. »Wenn Sie sie lesen wollen, dann müssten Sie sie gefälligst auch kaufen«, knurrte er.
Tiago kramte in seiner Tasche nach Münzen, stellte aber fest, dass er keine mehr hatte und sein Portemonnaie im Hotelsafe gelassen hatte. Er öffnete den Mund, um sich zu entschuldigen, als ihm seine Kehle plötzlich ganz trocken wurde. Sein Blick war auf eine weitere Titelseite von einem der Journale gefallen, und das, was er sah, ließ sein Herz stocken.
Es war kein Auto, kein Diamant, kein Kleid. Es war ein Bild. Ein Bild, das er kannte.
Mit zitternden Händen ergriff er das Journal. Obwohl die einzelnen Worte verschwammen, konnte er die Überschrift lesen, die unter diesem Bild stand.
Die Farben Chiles.
Im großen, lauten New York schien es plötzlich ganz still und leise zu werden. Ein Gefühl überkam ihn, als wäre eine Saite

seiner Seele zum Schwingen gebracht, und der Ton, der erklang, wäre der schönste, den er je gehört hatte.
Das Bild war nur sehr klein abgedruckt, aber ausreichend groß, um die Details zu erkennen: zwei Menschen, die Hand in Hand vor einer weiten, kargen Landschaft standen und sich vom rötlichen Himmel kaum abhoben.
Patagonien ... das war Patagonien ...
Mit immer noch zitternden Händen schlug er die Zeitung auf und suchte nach dem entsprechenden Artikel. Wieder verschwammen ihm die Buchstaben vor den Augen, dann sprangen ihm zwei Namen in den Blick.
Christopher und Kate Wellington.
Offenbar hatten diese irgendetwas mit dem Bild zu tun.
Er murmelte sie, aber die Namen blieben ihm fremd. Er wollte weiterblättern, weiterlesen, doch in diesem Augenblick trat der Zeitungsverkäufer vor und riss ihm das Journal aus der Hand.
»Wie gesagt – wenn Sie die Zeitung lesen wollen, müssen Sie sie bezahlen.«
»Bitte, ich habe kein Geld dabei ... aber ich muss doch ...«
»Dann ist das Ihr Pech.«
Sprach's und wollte die Zeitschrift zurück auf den Stapel legen. Ehe er es tat, hatte sie Tiago ihm schon unwirsch aus der Hand gerissen. Unmöglich konnte er darauf verzichten! Dieses Bild war der Schlüssel zu seiner Vergangenheit, einer Vergangenheit, die sich – während der Verkäufer erbost auf ihn einschrie – unter dem Schleier der letzten Jahre hervordrängte!
Aurelia ... Sie kommt aus Patagonien ... Sie ist eine begnadete Malerin ... Mein Vater ... Mein Vater war gegen die Verbindung ... Mein Vater heißt William Brown, er ist Engländer.

Die Erinnerungen waren keine Blitze mehr, sie kamen wie ein mächtiger, breiter Fluss, der ihn mit sich riss. Der Zeitungsverkäufer riss auch – nämlich an dem Journal, während Tiago es erbittert festhielt und es einfach nicht hergeben wollte. Seine Verzweiflung gab ihm Kraft. Bald hatte er es wieder an sich gebracht, presste es an die Brust wie einen kostbaren Schatz und stürmte davon.

Ja, mein Vater ist Engländer ... Meine Mutter hingegen ist Chilenin. Alicia ... Sie heißt Alicia, und sie ist fromm ...

Er hörte den Zeitungsverkäufer laut schreien und nahm aus den Augenwinkeln wahr, wie ein Mann auf einem Fahrrad darauf aufmerksam wurde, nicht irgendein Mann, sondern ein Streifenpolizist, der mit diesem Transportmittel so viel schneller vorankam als mit einem Wagen.

»Ein Dieb! Der Mann ist ein Dieb! Haltet ihn!«

Tiago rannte und rannte. Alles war ihm egal – dass der Polizist ihn verfolgte, dass er gegen Menschen stieß, dass diese ihn beschimpften. Er rannte immer weiter davon – und zugleich mit jedem Schritt auf sein altes Leben zu.

Er musste unbedingt herausbekommen, wo dieses Ehepaar Wellington lebte und was sie mit diesem Bild zu tun hatten! Er musste Aurelia wiederfinden!

34. Kapitel

Mehrere Tische waren in der Mitte des Raums zusammengestellt, und auf diesen Tischen ging der Redner auf und ab. Seine Schritte fielen ebenso energisch aus wie seine Gesten. Mehrmals hob er seine Fäuste, und stets heulte das Publikum begeistert auf. So zart und klein sie gemessen an den Männern hier war, gelang es Victoria, sich unauffällig vorzudrängen, bis sie die Tische erreicht hatte.

Bis dahin war ihr Blick auf den Redner meist verdeckt gewesen – sie konnte nur Details, nicht die Gesamtheit seiner Erscheinung wahrnehmen. Erst unmittelbar vor den Tischen war die Sicht frei, und sie konnte ihn ausgiebig mustern: Sein Bart war länger geworden, reichte bis zur Brust und war genauso verfilzt wie das Haupthaar, das an der Stirn deutlich schütterer geworden war. Seine Züge wirkten aufgeschwemmt, um die einstmals schmale Taille hatte sich ein Wanst gebildet, nur an den Unterarmen traten immer noch die Sehnen hervor. Schön anzuschauen war er nicht, aber das war er nie gewesen, und um der Schönheit willen hatte sie ihn auch nicht geliebt.

»Was ist uns alles versprochen worden!«, rief Jiacinto Carrizo voller Inbrunst. »Damals, 1911, als beim großen Feuer in der Triangle-Hemdenfabrik so viele Arbeiterinnen sterben mussten, weil die Besitzer die Ausgänge einfach abgesperrt haben. Wie fadenscheinig nach ihrem Unglück die Ausreden ausfielen! Sie hätten schließlich verhindern müssen, dass sich die Näherinnen unerlaubt von ihrem Arbeitsplatz fortbewegten, wer hätte schon mit dem Feuer rechnen können. Nun, man hat sie zur Verantwortung gezogen, und man hat damals auch die Arbeitszeit auf vierundfünfzig Stunden in der Woche beschränkt – was eigentlich längst überfällig gewesen ist. Aber hat sich seitdem wirklich alles zum Guten gewandt? Gewiss nicht!«

Obwohl es sein starker Akzent den Zuhörern schwermachte, jedes Wort zu verstehen, sprach er so mitreißend, dass er sein Publikum voll und ganz in Bann gezogen hatte. Niemand störte sich daran, dass er Ausländer war, ein jeder berauschte sich an der gerechten Empörung, die von Jiacinto auf seine Zuhörer überschwappte – auch auf Victoria, die sich kurz in eine Zeit zurückversetzt wähnte, da sie für Augenblicke wie diesen gelebt hatte, Augenblicke, da sie ihm hingerissen lauschte, begierig auf sein nächstes Wort wartete.

»Nichts ist besser geworden!«, schrie er. »Man blicke nur auf die Arbeitsbedingungen in den Kautabakfabriken. Die Luft ist stickig, die Temperatur drückend, das Licht schlecht. Kaum Weiße arbeiten dort, nur Schwarze – und da will einer behaupten, man habe die Sklaverei abgeschafft. Ich sage: Das ist sie nicht! Sie hat nur ein anderes Gesicht bekommen … oder vielmehr eine schauerliche Fratze.«

Die Menge grölte, während Jiacinto eine kurze Pause einlegte. Victoria blickte sich um, denn erst jetzt kam ihr der Gedanke, dass er nicht allein hier war, sondern – wie immer – von seinen Geschwistern begleitet wurde, der katzenhaften Rebeca und dem stets etwas steifen, nörgelnden Juan.

Doch sie sah nur in fremde Gesichter – fast ausschließlich von Männern und von Hitze, Alkohol und Wut gerötet.

»Nicht nur die Arbeitsbedingungen in den Fabriken sind unerträglich und nicht zu akzeptieren«, fuhr Jiacinto fort. »Gleiches gilt auch für die Art, wie die meisten Arbeiter wohnen oder vielmehr: hausen müssen. In der Lower Eastside lebt man so eng wie sonst nirgends. Und wenn ihr denkt, dass es bereits hier schrecklich ist, dann geht in die Mulberry Street, wo sich einhundertfünfzig Menschen einen Wohnblock teilen, die Zimmer so klein sind, dass man sich kaum umdrehen kann, und gerade mal zwölf Toiletten für alle zur Verfügung stehen, die ständig verstopft sind.«

Wieder grölte das Publikum auf, wiederholte einige Worte, fügte Beleidigungen auf Fabrikanten und Hauseigentümer hinzu, ballte wie Jiacinto die Hände zu Fäusten. Eben noch hatte sich Victoria von Wut und Begeisterung mitreißen lassen, nun fiel ihr vor allem auf, wie heiß und stickig die Luft war. Die Anspannung wich der Erschöpfung, und anstatt auf Jiacintos nächstes Wort zu warten, wollte sie nur eins: frische Luft atmen. Allerdings hatte sie sich zu weit nach vorne gedrängt, und die Reihen hinter ihr hatten sich längst wieder geschlossen. Sie würde warten müssen, bis die Rede zu Ende war, um ihren Weg nach draußen zu finden.

»Das ist das wahre New York! Nicht das gelobte Land, wo der Tellerwäscher Millionär wird. Sondern ein Ort, wo nur wenige hundert Meter vom Elend der Arbeitersiedlungen die Reichen Schmuck bei Tiffany kaufen. Wo man die Stütze der Gesellschaft, die Blue-Collar-Workers, in dreckige Mietskasernen verbannt, während auf den großen, prächtigen Promenaden die Schoßhündchen ausgeführt werden. Kann es so weitergehen? Darf es so weitergehen?«

»Nein«, heulte die Menge.

»Ich fordere Gerechtigkeit, und ich fordere Wohlstand für alle. Nehmt den Reichen, weil diese zu viel haben, und gebt es den Armen, die stets von allem zu wenig haben.«

Plötzlich wurde Jiacintos Stimme ganz leise, und er zwang das Publikum still zu sein, um seine Rede zum Abschluss zu

bringen: »Eine neue Zeit ist gekommen, die Zeit des Kommunismus, die Zeit des Proletariats. Erst ist die Zeit in Russland gekommen, dann wird sie in Europa kommen und schließlich auch hier bei uns in Amerika.«
Er öffnete seine Fäuste, hob stattdessen beide Hände mit gespreizten Fingern nach oben.
»Erst Russland, dann Europa, dann Amerika!«, echote das Publikum, ehe die Worte in stürmischem Applaus untergingen.
In Victorias Ohren rauschte es, und am liebsten hätte sie sie sich zugehalten. Alles, was Jiacinto gesagt hatte, hätte sie durchaus bejaht, aber sie hätte lieber an einem ruhigen Ort im überschaubaren Kreis hitzige Diskussionen geführt, anstatt hier eingepfercht zwischen schwitzenden Leibern zu stehen. Die blitzenden Augen und die weit geöffneten Münder der Massen hatten etwas Beängstigendes, und als sie Jiacinto musterte, so raste nicht die fieberhafte Erregung von einst durch ihre Adern, sondern nur Überdruss.
Kurz lichtete sich die Menge, als ein anderer Redner vorgelassen wurde, um die Bühne zu betreten. Jiacinto wurde etwas zu trinken gereicht – sie erkannte nicht, ob Schnaps, Bier oder einfach nur Wasser. Bei diesem Anblick wurde ihr die Kehle trocken, und sie begann, sich durch die Menge Richtung Ausgang zu drängen. Sie kam nur langsam voran, bekam manchen Tritt oder Schlag dabei ab, fühlte aber dennoch, wie die Luft etwas frischer wurde. Dort vorne konnte sie schon die Straße sehen, nur noch wenige Schritte, dann hatte sie sie erreicht. Doch ehe sie sich endgültig an den Männern vorbeigedrängt hatte, hielt eine Stimme sie auf.
»Victoria, Victoria, warte!«
Der Überdruss, den er eben noch in ihr ausgelöst hatte, verflüchtigte sich. Es war etwas anderes, ihn Reden schwingen

zu hören oder ihren Namen aus seinem Mund zu vernehmen. Leben kehrte in ihre erschöpften Glieder zurück, als sie sich langsam umdrehte, sich dieser Stimme nicht länger immun stellen konnte – und ebenso wenig den vielen Erinnerungen, die ihr Klang beschwor, Erinnerungen an die verwahrloste Wohnung der Carrizos, die für sie ein Paradies gewesen war, an ihre verstohlenen, heimlichen Küsse und Umarmungen, in denen stets etwas Peinvolles mitgeschwungen hatte und nach denen sie sich trotzdem verzehrt hatte.

Ich habe ihn so geliebt, dachte sie plötzlich, ich hätte alles für ihn getan, ich hätte mein Leben für ihn gegeben.

Als er auf sie zutrat, wurde sie blind für die Spuren der Zeit, die an ihm genagt hatten. Sie sah plötzlich den jungen, wilden Mann vor sich, der sie manchmal enttäuscht und verärgert, aber der sie niemals kaltgelassen hatte, und sie fühlte sich wieder wie das knapp siebzehnjährige Mädchen, das ihn so verzweifelt beeindrucken wollte und das mit der unsichtbaren Kluft haderte, die zwischen ihnen stand. Sie wollte sein wie er – und musste sich trotz all ihrer politischen Überzeugungen und dem Kampf dafür immer wieder sagen lassen, dass sie wie eine feine Dame wirkte, wohingegen er ein Straßenköter wäre.

Nun hatte er sie erreicht. »Victoria!«, rief er, die Stimme noch berauscht von seiner Rede. »Was, zum Teufel, machst du hier? Hast du mir zugehört?«

Seine Augen funkelten, als er sie mit seinen Worten förmlich überschüttete. Er gab den Inhalt seiner Rede noch einmal wieder, sprach voller Elan und Überzeugung, ließ sie die Umstehenden völlig vergessen. Erst als er sie plötzlich um die Taille packte und sie sichtlich begeistert hochhob und an sich presste, gesellten sich zu schönen Erinnerungen auch schreckliche. An ihre Verhaftung im Krankenhaus, an die Stunden im

Kerker, an Rebecas Verrat und ihre bitterbösen Worte, wonach Jiacinto mit ihr nur gespielt hatte, um ihr das Geld aus der Tasche zu ziehen.

»Lass mich los!«, knurrte sie mit zusammengepressten Zähnen und war selbst entsetzt über den Hass, der in ihr aufloderte. Am liebsten hätte sie ihm ins Gesicht geschlagen, während er sie langsam auf den Boden stellte und verwirrt anblickte.

Die Kehle wurde ihr eng, als sie sich blitzschnell abwandte, davonlief, nun endlich den Ausgang erreichte. Sie kam nicht so schnell voran, wie sie wollte, bald hörte sie Schritte hinter sich und konnte nicht verhindern, dass Jiacinto zu ihr aufschloss.

»Nun bleib doch stehen, lauf nicht weg! Ich bin so froh, dich zu sehen!«

Sie atmete keuchend, jener glühende Hass wich Ärger – weil er sie nicht einfach gehen ließ und weil sie sich vom Klang seiner Stimme so schnell bestechen ließ.

»Ich habe doch sonst niemanden mehr …«, fügte er hinzu. Da war nichts Kämpferisches mehr, nur Verzagtes. Als sie ihn musterte, war sein Gesicht so kummervoll, wie sie es noch nie gesehen hatte. Dieser Schmerz, tief und ehrlich, rührte sie noch mehr als die Nachwehen einstiger Liebe.

»Niemanden?«, fragte sie verwirrt. »Aber was ist mit Rebeca … und Juan?«

Er senkte seinen Blick. »Rebeca ist tot«, erklärte er tonlos.

Er fügte nichts hinzu, und Victoria war trotz der Verbitterung über den einstigen Verrat zu entsetzt, um Fragen zu stellen. Blitzartig stiegen Bilder von ihr hoch – vielleicht allesamt von der Phantasie vorgegaukelt, vielleicht berechtigte Ahnung, was geschehen war. Bilder von einer Demonstration, bei der Rebeca mitmischte und in deren Verlauf sie erschossen wurde. Bilder eines Krankenhauses, wo sie arbeitete – nicht aus Leidenschaft, sondern um die Brüder zu beeindrucken – und wo sie sich mit Schwindsucht oder Typhus ansteckte. Bilder von einem blutdurchtränkten Bett, in dem sie lag, während eine Frau mit dreckigen Händen zwischen ihren Beinen stocherte, um einmal mehr eine Abtreibung vorzunehmen, so stümperhaft, dass die Patientin an Sepsis zugrunde ging.

Ja, so hätte Rebeca sterben können. Und ganz gleich, wie es in Wirklichkeit gewesen war – Victoria war sicher, dass sie ihre letzten Atemzüge damit verschwendet hatte, zu lachen, auf diese verzweifelte, spöttische, bösartige, wahnsinnige Art.

»Und Juan?«, fragte sie leise.

»Der lebt noch … und meines Wissens nicht alleine. Als ich damals Chile verlassen musste, hat er sich geweigert, mich zu begleiten. Er hat geheiratet, und seine Frau war gerade mit dem ersten Kind schwanger.«

Er sagte nicht, ob Juan sich vor oder nach Rebecas Tod verliebt hatte. Wahrscheinlich, so vermutete Victoria, war Zweiteres der Fall gewesen – unmöglich, dass es ihm zu ihren Lebzeiten gelungen wäre, sich aus dem Bannkreis der Geschwister zu lösen. Sie freute sich ehrlich für ihn und hoffte, dass er sich nicht schon zu sehr daran gewöhnt hatte, an der Welt zu leiden und stets zu nörgeln, um es jetzt nicht aufzugeben.

»Und warum musstest du Chile verlassen?«, fragte sie.

Jiacinto lachte auf. Es klang spöttisch und ärgerlich zugleich.

»Nun, Kommunisten sind dort nicht gerne gesehen …«

»Seit wann bist du Kommunist?«, rief sie erstaunt. »Du warst immer einer, der gegen alles war – nie für eine bestimmte Sache.«

»Nun, seit Russland natürlich!«, entgegnete er begeistert.

Victoria nickte langsam.

Gewiss, dachte sie zynisch, seit du gesehen hast, dass es dort noch wüstere Straßenschlachten gab als in Santiago.
Ihr Ärger auf ihn war erloschen, aber der Überdruss war geblieben. Ihr fiel keine weitere Frage ein, und auch er schien nichts von ihr wissen zu wollen, so sagte sie schlicht: »Ich muss nun weiter.« Dann wandte sie sich ab, um zu gehen.
Zu ihrem Erstaunen trat er ihr entschlossen in den Weg und hielt sie am Arm fest.
»Aber nicht doch!«, rief er. »Erzähl mir, wie es dir ergangen ist! Ach, Victoria ... was soll ich sagen. Ich war damals so unglücklich, als du plötzlich verschwunden bist. Ich konnte nicht fassen, als Rebeca mir sagte, dass du nichts mehr mit uns zu tun haben willst.«
Er sah zerknirscht wie ein kleiner Junge aus, während Victoria fassungslos die Augen aufriss.
»Dass ich nichts mehr mit euch zu tun haben will?«, wiederholte sie tonlos seine letzten Worte.
»Du hast dich nicht einmal von mir verabschiedet«, kam es vorwurfsvoll, ehe er ihr vertraulich zuzwinkerte, »und es war ja nicht so, dass wir uns nicht nahegestanden hätten ... irgendwie.«
»Dass ich nichts mehr mit euch zu tun haben will?«, brachte sie erneut schockiert hervor.
Noch während sie es sagte, ging ihr die Wahrheit auf, die ganze Wahrheit, und diese Wahrheit war so mächtig, dass sie sich fragte, wie sie je an die Lüge hatte glauben können. Von einem Teil ihrer Seele, von dem sie gar nicht mehr gewusst hatte, dass es ihn noch gab, fiel etwas ab – etwas Dunkles, etwas Hartes, etwas Spitzes. Es tat gut und weh zugleich, rührte an einen uralten Schmerz, vor dem sie davongelaufen war, und linderte ihn zugleich.
»Du hast es nicht gewusst?«, stieß sie heiser aus.

Jiacintos Miene blieb zerknirscht. »Was habe ich nicht gewusst?«, fragte er verwirrt.
Um Victorias Selbstbeherrschung war es geschehen. Sie schrie, als sie antwortete: »Rebeca hat mich hereingelegt! Sie hat mich Espinoza ausgeliefert, so dass ich aus dem Krankenhaus geworfen wurde! Und später hat sie mir gesagt, ihr hättet es nur auf mein Geld abgesehen!«
Jiacinto schüttelte den Kopf. »Am Anfang war das so, natürlich, aber später ... Später habe ich doch gesehen, was für eine Frau du bist. So willensstark, so energisch, so mutig. Ich ... ich habe dich bewundert, und als du plötzlich verschwunden bist ... Nun, du hast mir gefehlt, unendlich gefehlt, und ich freue mich so, dich wiederzusehen, ich brauchte lange, um ...«
»Sprich nicht weiter!«, fiel sie ihm hart ins Wort.
Sie wusste – eigentlich sollte sie sich über alles, was er sagte, freuen. Jedes Wort merzte einstige Verbitterung und Enttäuschung aus, dieses klägliche Gefühl, im Stich gelassen worden, ganz allein auf der Welt zu sein. Aber dann erkannte sie: Sie war schon längst nicht mehr verbittert und enttäuscht. Und sie war auch nicht allein auf der Welt.
»Ach, Jiacinto«, stieß sie aus, und plötzlich war da keine Wut mehr in ihrer Stimme, nur Trauer – nicht die Trauer von einst, als sie wegen des Mannes gelitten hatte, den sie liebte, sondern Trauer, weil sie sich plötzlich nicht mehr sicher war, ob sie wirklich ihn geliebt hatte oder lediglich seine Ideen, seine Ungezähmtheit, seine Wildheit. Sie hatte Mitleid mit der, die sie damals gewesen war – aber Mitleid mit ihm, der sich von seiner eigenen Schwester hatte täuschen lassen, blieb aus.
»Ach, Jiacinto«, seufzte sie erneut. »Ob du nun Anarchist bist oder Kommunist, du warst immer einer, der an allem gezwei-

felt hat, der keine vermeintliche Wahrheit hinnehmen wollte. Wenn die Priester vom Wert der Ehe predigten, hast du die freie Liebe propagiert. Wenn die Kapitalisten das Geld zu ihrem Götzen machten, hast du ihnen ihren Besitz stehlen wollen. Wenn die Sozialisten den Staat reformieren wollten, hast du vom Fisch gesprochen, der vom Kopf her stinkt. Moralische Überzeugungen, Ideologien, Werte – sie waren für dich allesamt nichtig! Du hast dich immer als jemanden gepriesen, der an nichts glaubt. Doch ausgerechnet Rebeca hast du geglaubt! Ausgerechnet ihre Worte hast du hingenommen wie ein Gesetz oder einen Glaubenssatz! Warum hast du nicht auch daran gezweifelt? Warum hast du mich nicht gesucht und selbst mit mir geredet?«

Angesichts seiner Zerknirschung hatte er eben sehr jung gewirkt, nun, da seine Miene zunehmend hilflos wurde, wirkte er alt und verlebt. Er zuckte die Schultern.

»Ich weiß, warum«, antwortete sie selbst, ehe er etwas sagen konnte. »Du hast ihr geglaubt, weil du immer einer warst, der nur mit seinem Mund geredet hat, nie mit seinen Händen.«

Er runzelte die Stirn. »Was meinst du damit?«, fragte er.

»Denk drüber nach, dann wirst du es verstehen. Oder auch nicht.« Sie riss sich von ihm los, drehte sich um und ging davon.

»Victoria!«, rief er.

Sie drehte sich nicht einmal mehr um. »Lass mich in Ruhe, Jiacinto. Es ist zu spät für uns beide. Am besten, wir vergessen, dass wir uns überhaupt begegnet sind.«

Sie beschleunigte ihren Schritt, und als sie schließlich doch ein letztes Mal über ihre Schultern blickte, sah sie, dass er ihr nicht folgte, sondern – weiterhin mit einem Ausdruck von Verwirrung in seinem Gesicht – stehen geblieben war. Obwohl er sich aufrichtig gefreut hatte, sie zu sehen, und obwohl er sich einsam fühlte – er würde ihr nicht nachlaufen. Das hatte er nie getan. Sie war immer ihm nachgelaufen, sie hatte ihn beeindrucken wollen, aber sie war ihm letztlich nie wichtig genug gewesen, um ein Opfer zu bringen. Vielleicht hatte er sie am Ende tatsächlich respektiert und bewundert. Aber das hieß nicht, dass er ihr sein Herz, seine Seele hätte schenken können. Auch darum hatte er Rebeca geglaubt: nicht nur, weil er sie nie wirklich geliebt hatte. Sondern weil er sie nie wirklich erkannt hatte.

Plötzlich traten ihr Tränen in die Augen. Sie weinte nicht um Jiacinto, sondern weil sie an Salvador denken musste und die Sehnsucht nach ihm übermächtig wurde – dem Mann, der gewusst hatte, wer sie war und was in ihr steckte, der sich zu ihr bekannt hatte, der sich nie und nimmer von irgendeiner Lüge in die Irre führen hätte lassen.

Obwohl tränenblind, lief Victoria zunehmend schneller – lief der Vergangenheit davon und auch diesem schrecklichen Schmerz. Der Abend senkte sich über die Stadt, doch wie immer merzten die vielen grellen Lichter jede Ahnung von Dunkelheit aus. Sie schmerzten Victoria in den Augen – von den anderen Menschen hingegen nahm sie kaum mehr als Schatten wahr. Irgendwie gelang es ihr, ihnen auszuweichen, und zu ihrer Erleichterung stellte sie nach einer Weile fest, dass sie es nicht mehr weit bis zur Fifth Avenue und somit zum Haus der Wellingtons hatte.

Als sie hastig um die letzte Ecke lief und ihr Ziel schon fast vor Augen hatte, kam ihr ein Mann – nicht minder schnell – entgegengerannt. Beide konnten sie nicht rechtzeitig abbremsen, sondern stießen so hart zusammen, dass Victoria der Atem stockte und sie von der Wucht des Aufpralls fast zu Boden gerissen wurde.

»Entschuldigung!«
Victoria wich zurück, senkte den Blick und wartete auf wütendes Geschrei wegen ihrer Unachtsamkeit. Sonderlich viel ausgemacht hätten ihr derlei Beschimpfungen nicht – dazu war ihre Verwirrung nach dem Treffen mit Jiacinto zu groß. Doch das Geschrei blieb aus. Auch der Mann, mit dem sie zusammengestoßen war, schien verwirrt.
Immer noch hielt sie ihren Blick gesenkt, aber sie spürte, wie er zögerte, weiterzugehen, und sie stattdessen anstarrte. Endlich hob sie den Kopf – und stieß pfeifend den Atem aus, als sie erkannte, dass der Mann ihr nicht fremd war.
Schwindel drohte sie zu übermannen. Es war fast zu viel für sie, an einem Tag gleich zwei Männern aus ihrer Vergangenheit zu begegnen, und kurz verdächtigte sie die überreizten Sinne, ihr nach dem Gespräch mit Jiacinto etwas vorzugaukeln, was nicht wirklich existierte. Doch er stand leibhaftig vor ihr … der Mann aus der Wüste. Der Mann, der sein Gedächtnis verloren hatte.
»Mein Gott, Jacob!«
Er hatte sich seit damals etwas verändert, das Alter hatte auch an ihm Spuren hinterlassen: Seine Haare waren grauer, die Züge ausgezehrter, die Schultern etwas schmaler. Dennoch war er noch immer jener verzweifelte, sehnsuchtsvolle Mann von damals, der so inständig nach seiner Identität suchte, der vom glühenden Wunsch getrieben war, sein Leben wieder selbst in die Hände zu nehmen.
Er brachte kein Wort hervor.
»Mein Gott … Jacob«, wiederholte sie.
Endlich löste er sich aus der Starre und sagte etwas – aber es klang in ihren Ohren völlig widersinnig. »Die Wellingtons … sie leben doch hier in der Fifth Avenue … Ich habe ihre Adresse bei einer der Telefongesellschaften erfragt und bin so

schnell wie möglich hergekommen. Ihre Namen … ihre Namen standen doch in dem Artikel über das Bild.«
Suchend blickte er sich um und schien erfreut, als er an einer der Wände eine Hausnummer ablas.
»Das Haus der Wellingtons muss gleich in der Nähe sein, oder?«
Was wollte er von Kate und Christopher Wellington? Und von welchem Zeitungsartikel sprach er?
Victoria stand wie erstarrt, als langsam eine Ahnung in ihr reifte. Menschen hasteten an ihnen vorbei, beachteten sie jedoch nicht weiter. Inmitten der großen Welt gab es eine winzig kleine, in der nur sie lebte, ihn anstarrte, nach Fassung rang, den Schock zu verwinden suchte, ihm begegnet zu sein. Auch ihm, der bis jetzt einzig auf seine Suche nach den Wellingtons versessen war, schien aufzugehen, was für ein unglaublicher Zufall das war.
»Victoria«, sprach er endlich ihren Namen aus, als erwachte er aus einem langen, tiefen Traum.
Erst jetzt sah sie, was er in der Hand hielt – eine der Illustrierten, wie es sie hier an jeder Straßenecke zu kaufen gab und die sie auch bei Kate Wellington gesehen hatte. Aurelias Bild stach ihr in die Augen.
»Was machst du hier, Jacob?«, fragte sie mit trockener Kehle.
Er schüttelte den Kopf. »Das ist nicht mein Name. Ich bin kein Engländer. Ich bin lediglich der Sohn eines Engländers. Aber meine Mutter war Chilenin.«
Er schluckte schwer. Die Worte schienen ihm Schmerzen zu bereiten.
Auch Victoria konnte nichts mehr sagen. In ihren Ohren rauschte es. Obwohl sie für gewöhnlich eine starke Frau war, schwankte sie, als sich die vielen kleinen Mosaiksteinchen zu einem Ganzen zusammenfügten. Noch fehlte das Wesentli-

che. Noch war die vage Ahnung keine Gewissheit. Doch dann enthüllte sich die ganze Wahrheit.
»Ich heiße nicht Jacob, ich heiße Tiago. Tiago Brown y Alvarados. Die Frau, die ich liebe, heißt Aurelia, und sie hat dieses Bild gemalt.«

35. Kapitel

Als Christopher Wellington mit Tino an diesem Abend von einem weiteren Ausflug auf Coney Island zurückkam, geriet er in einen heftigen Streit mit Kate. Während Tino vom Vergnügungspark schwärmte, konnte Christopher Wellington immer nur denselben Satz sagen: »Mir ist so schlecht.«

Aurelia sah, wie Kate ihre Augen verdrehte, ehe sie zu zetern begann, dass ihm immer im entscheidenden Augenblick übel wurde. Einmal hatte er sich während einer Reise durch Europa mit Austern den Magen verdorben, obwohl sie ihm gründlich davon abgeraten hatte, auch nur eine zu essen. Als Folge mussten sie eine ganze Woche in Brest verbringen – eine eigentlich sehenswerte Stadt, in der es jedoch ununterbrochen geregnet hatte. Und morgen Abend nun war der große Empfang angesetzt. Wollte er etwa mit grünlichem Gesicht den Gästen vor die Füße spucken? »Und überhaupt – was hast du denn nur gegessen, dass dir so schlecht ist?«

Christopher konnte nichts dazu sagen, aber aus Tinos aufgeregten Worten ging hervor, dass er weniger gegessen als vielmehr getrunken hatte – nämlich jede Menge Likör.

»Der Likör ist grün gewesen!«, rief Tino begeistert.

Aurelia musterte ihren Sohn. Seine Wangen waren ebenso rot wie die von Christopher, und auch wenn er im Gegensatz zu ihm des Redens mächtig war – ein wenig wirr kamen ihm die Worte schon über die Lippen. »Hast du etwa auch davon probiert?«, fragte sie besorgt.

Tino schüttelte den Kopf. »Ich habe nur einen Schluck probiert – und der hat furchtbar eklig geschmeckt.«
Diese Zurückhaltung hatte Christopher vermissen lassen. Nach dem Likör hatte er nicht nur unter Übelkeit, sondern auch unter Kopfschmerzen gelitten – und geglaubt, sie kurieren zu können, indem er noch ein Gläschen Scotch der Sorte Haig & Haig hinterhertrank.
»Bist du wahnsinnig?«, schrie Kate.
»Ich habe ihn doch als Highball zu mir genommen – also mit Soda vermischt!«
»Und du glaubst ehrlich, dass deswegen weniger Alkohol darin sei?«
Christopher grinste verstohlen, und Aurelia hatte ihn prompt im Verdacht, dass er sich nur zu diesem Alkoholexzess hatte hinreißen lassen, um seine Frau zu ärgern. Vielleicht hatte er auch viele seiner vermeintlichen Unfälle mit voller Absicht herbeigeführt.
»Nun, du hast dich ja selbst bestraft!«, giftete Kate. »Morgen wird nur das feinste Essen serviert werden, und du wirst nichts davon runterbringen. Schildkrötensuppe, Rinderfilets …«
»Hör auf, davon zu reden!«
»Tafelenten, getrüffelte Rebhühner!«
»Ich übergebe mich gleich …«
»Wachteln in Aspik«, fuhr Kate erbarmungslos fort.
Christopher floh vor ihrer schrillen Stimme. Er wankte zwar gehörig, aber irgendwie schaffte er es, die Treppe hochzusteigen, und Aurelia folgte ihm mit Tino, um den Jungen ins Bett zu bringen. Immer noch sprudelten aufgeregte Worte aus dessen Mund – wobei er von Christophers Provokationen noch beeindruckter schien als von den Attraktionen auf Coney Island – und obwohl Aurelia es ganz und gar nicht gutheißen

konnte, dass sich der Erwachsene in Gegenwart eines Kindes betrank, freute sie sich doch, dass er den Tag genossen hatte und Christopher aufrichtig mochte – wie ihre Brüder oder Balthasar einmal mehr ein Mann, der den fehlenden Vater zumindest ein wenig ersetzen und dem Jungen etwas geben konnte, was sie ihm als Frau und Mutter schuldig bleiben musste, und sei es die Erfahrung, dass manch vermeintliches Abenteuer in Wahrheit nur eine Riesendummheit war.
Es dauerte lange, bis er sich so weit beruhigt hatte, um sich ins Bett zu legen und einzuschlafen. Als Aurelia leise die Tür zu seinem Zimmer schloss, hörte sie auch von den übrigen Bewohnern kein Wort mehr. Christopher schnarchte wahrscheinlich schon tief und fest – und Kate schmollte.
Aurelia atmete tief durch. Nach diesem langen Tag war die Ruhe, die sich über das eben noch so geschäftige Haus gelegt hatte, ungemein wohltuend.
Während des ganzen Nachmittags waren die Dienstmädchen herumgehuscht, um das Haus mit Blumen zu dekorieren: Apfelblüten, Azaleen und vor allem Orchideen, die am teuersten waren. Wenn Kate nicht gerade mit schriller Stimme das Personal der Trägheit bezichtigte, hatte sie Aurelia mit allem Möglichen in den Ohren gelegen. Unter anderem hatte sie erst an diesem Morgen erfahren, dass der bekannte Theaterkritiker Alexander Woollcott sein Kommen zugesagt hatte.
»Ein ganz eigenwilliger Zeitgenosse«, hatte sie hinzugefügt, »er erzählt jedem, ob der's hören will oder nicht, dass er nach einer Mumpserkrankung impotent sei.«
Auch Kate erzählte das nun jedem, ob der es hören wollte oder nicht.
»Er wird gewiss über diesen Abend berichten!«, fügte sie stolz hinzu.
»Ich dachte, er sei Theaterkritiker?«, fragte Aurelia.

»Ach, die Welt ist doch ein einziges Theater, nicht wahr?«, rief Kate und erfreute sich sichtlich an der Hektik, die herrschte.
Als sie endlich nicht mehr über Alexander Woollcotts Impotenz sprach, galt ihre ganze Aufmerksamkeit Aurelias Kleidung. Sie wollte ihr unbedingt ein prächtiges Gewand aufschwatzen, während Aurelia darauf bestand, dass sie in ihrem Leben genug schöne Kleider getragen hatte, die zwar allesamt elegant gewesen sein mochten, aber zugleich schrecklich unbequem. In Patagonien hatte sie nie anderes als Schwarz getragen – und auch hier stand dies einer Witwe doch am besten. Kate war anfangs unzufrieden gewesen, dann aber zu dem Schluss gekommen, dass auf diese Weise ein Hauch von Tragik Aurelia umwehen würde, der ihrem Fest eine ganz eigentümliche Note geben würde.
Eben wollte Aurelia ihr schwarzes Kleid ablegen, um sich nach einer kurzen Abendtoilette selbst zu Bett zu begeben, aber dann entschied sie sich anders und trat nicht in ihr Schlafzimmer, sondern in den Raum, der morgen Abend der Mittelpunkt des Festes sein sollte: Er glich mehr einem Museum als einem Salon – so dicht gedrängt standen alle möglichen Artefakten nebeneinander. Von den anderen Mitbringseln der Wellingtonschen Reisen stach lediglich ihr Gemälde mit dem Namen *Die Farben Chiles* deutlich hervor.
Aurelia trat darauf zu und unterdrückte ein Seufzen, als sie an die Rede dachte, die sie morgen Abend halten sollte – zumindest wenn es nach Kate ging. Sie hatte versucht, sich aufs mangelhafte Englisch herauszureden, doch Kate war nicht entgangen, dass sie die Sprache recht brauchbar beherrschte, hatte sie im Haus der Familie Brown y Alvarados doch etliche Wörter gelernt, um William zu beeindrucken. Nun, William war das damals wohl herzlich egal gewesen, und heute wusste

sie nicht recht – egal, ob auf Englisch oder Spanisch oder Deutsch, der dritten Sprache, die sie beherrschte –, was sie zu den Gästen der Wellingtons sagen sollte.
Am schwersten fiel ihr die Entscheidung, ob sie diesen fremden Menschen überhaupt anvertrauen sollte, dass die beiden Menschen auf dem Bild Tiago und sie waren. Gewiss, Kate wusste von der Trauer um den Mann und fand allein darum ihr Gemälde außergewöhnlich, aber es war etwas anderes, Kate zuzuhören, wie sie sich irgendeine tragische Liebesgeschichte zusammenspann, als selbst den Namen ihres Liebsten auszusprechen.
Ihre Liebe war doch etwas Intimes, Persönliches und gehörte nur ihr – wie konnte sie sie preisgeben? Allerdings wollte sie sich auch nicht neben ihr Bild stellen und verschweigen, dass ihre Sehnsucht nach Tiago den Anstoß gegeben hatte, es zu malen.
»Ja«, sprach sie laut vor sich hin, »ohne dich hätte ich nicht gemalt …«
Sie verstummte, erkannte, dass sie etwas Falsches gesagt hatte. Ohne ihn hätte es dieses konkrete Bild nicht gegeben – aber gemalt hätte sie trotzdem, weil sie immer schon gemalt hatte, lange bevor sie ihn kannte.
»Dieses Bild hat mir ein wenig über den Verlust hinweggeholfen, aber gemalt habe ich schon immer, schon als kleines Kind. Weil das mein größtes Talent ist. Weil das einfach … meins ist«, sagte sie unwillkürlich.
Victorias Worte kamen ihr in den Sinn, einst im Streit ausgesprochen und von ihr fast als Beleidigung aufgefasst, obwohl sie doch nur die Wahrheit verhießen: Du kannst ihn nur als die, die du bist, lieben. Wenn du dich ihm zuliebe verstellst, liebst du ihn nicht wirklich.
Sie ließ Victorias Worte unausgesprochen und sagte stattdessen mit fester Stimme: »Ich werde nie aufhören, an Tiago zu

denken und um ihn zu trauern. Aber ich werde auch nie wieder aufhören, zu malen. Komme, was wolle. Nie. Keiner kann mich davon abbringen. Keiner mir einreden, dass dieses Opfer notwendig ist.«

Nach diesem Bekenntnis wollte sie sich abwenden und wieder in ihr Zimmer gehen, als sie von der Treppe her erst polternde Schritte, dann aufgeregte Stimmen hörte. Sie eilte zur Tür und befürchtete schon, dass Christopher erwacht war und sich der Streit der Eheleute Wellington fortsetzte, doch dann erkannte sie, dass es Victoria war, die da hochgelaufen kam und immer wieder ihren Namen rief.

Aurelia wollte ihr entgegentreten, als sie bereits in den Raum stürmte und das Licht anmachte. Aurelia zuckte zurück, so grell schien es in die Augen. Sie hatte sich nach wie vor nicht an dieses elektrische Licht gewöhnt, das – ganz anders als in Patagonien – bei Tages- und Nachtzeit in Sekundenschnelle das Haus erleuchtete.

Sie kniff die Augen zusammen und sah darum nur die Umrisse von Victoria, nicht ihr Gesicht. Und da war jemand bei ihr, seiner Größe nach zu schließen ein Mann, doch auch für ihn war sie blind. Er war auf der Türschwelle stehen geblieben, verharrte dort.

Victoria packte sie am Arm. »Aurelia, versprich mir, dass du dich zusammenreißt, dass du ganz ruhig bleibst. Werd mir nur nicht ohnmächtig, ja? Ich weiß, es wird ein Schock sein …«

Eine eisige Hand griff nach Aurelia. Ihr erster Gedanke galt Tino. War mit ihm alles in Ordnung? Schlief er etwa nicht wohlbehalten in seinem Bett?

»Tino!«, stieß sie tonlos aus. »Ist etwas mit Tino?«

Ihre Augen gewöhnten sich an das grelle Licht, sie sah nun ganz deutlich, wie Victoria den Kopf schüttelte. »Nein, mit

Tino hat das nichts zu tun, sondern mit …« Sie brach ab, atmete tief ein: »Wenn ich damals gewusst hätte, wer er war, dann hätte ich dir so vieles ersparen können. Aber ich habe ihn damals in Santiago doch niemals kennengelernt und …« Ihre Stimme ging in Lärm unter. Christopher war von Victorias Rufen geweckt worden und kam im Schlafrock auf den Gang geeilt, wobei er sich kaum aufrecht halten konnte, sondern torkelte. Er war nicht länger rot, sondern ganz grün im Gesicht. Kate – die plötzlich ebenfalls herbeigeeilt kam – fauchte ihn an, er solle gefälligst im Bett bleiben, woraufhin er darauf bestand, dass er erst wissen wolle, was hier vor sich ginge. Den beiden folgten etliche Dienstboten, und auch Tino lugte aus seinem Zimmer.

Aurelia sah, dass er nackte Füße hatte, und wollte ihn zurück ins Bett schicken. Doch als sie auf die Tür zuschritt, fiel ihr wieder der Mann auf, der an Victorias Seite hochgekommen war, erst starr auf der Schwelle stehen geblieben war, nun aber gebannt auf das Bild starrte – ihr Bild, *Die Farben Chiles.* Seine Augen waren weit aufgerissen, als würde er eine göttliche Erscheinung sehen.

Aurelia sah ihn an, und ehe sie ihn erkannte, ehe sie diese gleichzeitig vertrauten, dennoch fremden Züge einordnen konnte, stieg eine Ahnung in ihr auf. Ihr Magen verkrampfte sich, ihre Hände wurden schweißnass, ein Kribbeln überlief ihren Körper.

»Nein«, stammelte sie tonlos, »das ist nicht möglich.«

Zunächst war sein Blick auf das Bild gerichtet, dann glitt er auf sie, zurück zum Bild, wieder auf sie. Die Stimmen verkamen zu einem Rauschen, und der Boden schien unter ihren Füßen zu wanken, als die Wucht der Erkenntnis sie wie ein Schlag traf.

Doch anders, als Victoria befürchtet hatte, wurde sie nicht

ohnmächtig. Sie trat auf ihn zu – im gleichen Augenblick wie er auf sie.
»Aurelia«, sagte er.
»Tiago«, sagte sie.

Es war fremd, seine Hand zu ergreifen, und doch wieder nicht. Es war fremd, über sein Gesicht zu streicheln, vorsichtig tastend jedes Fleckchen seiner Haut zu erspüren, und doch wieder nicht. Es war fremd, weil er älter geworden war, ausgezehrter, weißer und faltiger, und weil sie Angst hatte, einer Täuschung zu erliegen. Was, wenn er nur ein Geist war, der sich verflüchtigte, sobald sie sich zu fordernd an ihn presste? Aber er verflüchtigte sich nicht, er blieb, und er war nicht nur fremd, sondern zugleich so vertraut – der Mann, den sie liebte, den sie auf immer verloren geglaubt hatte, der ihr wie aus dem Nichts neu geschenkt wurde.
So wie sie ihn berührte, so vorsichtig, so ehrfürchtig streichelte er auch sie – voller ungläubiger Freude und zugleich voller Angst, das Wunder des unverhofften Wiedersehens durch eine zu abrupte Berührung zu zerstören. Erst später erfuhr sie, dass dies nicht nur der Moment war, da er sie endlich in die Arme schließen und endlich küssen konnte, sondern da alle Erinnerungen erwachten, er endlich wieder bis ins Letzte wusste, wer er war und woher er kam.
In diesem Augenblick ahnte sie es nicht, wusste nur, dass er da war, dass er lebte, dass die Vorsehung, grausam und gnädig zugleich, vor allem aber rätselhaft, sie wieder zusammengeführt hatte.
Als sie sich von ihm löste, war sie sich nicht sicher, wie lange sie sich umarmt hatten, ob Stunden oder Sekunden. In jedem Fall war es nach all den verlorenen Jahren zu kurz. Am liebsten hätte sie ihn sofort wieder umarmt und wieder geküsst,

aber nun war sie nicht länger taub für die Stimmen, die wirr durcheinandergingen.
Am lautesten redete Victoria – nämlich immer wieder von der Wüste, wo sie gelebt und an Salvador Cortes' Seite gearbeitet hatte, und einem Jacob Foster, dem sie dort begegnet war, und während Aurelia zunächst verständnislos lauschte, begriff sie schließlich, dass Victoria einst ihren geliebten Mann schwer verletzt aufgefunden und gesund gepflegt hatte. Victoria war es auch gewesen, der Jacob oder vielmehr Tiago heute über den Weg gelaufen war. Noch besser verstand sie all das, als Clara, herbeigelockt von der Aufregung und nun voller Staunen, ein ums andere Mal rief: »Jacob ist Aurelias Mann?«
Auch Kate meldete sich zu Wort und faselte begeistert irgendetwas von einem sensationellen Wiedersehen. Wenn dies bekannt würde, würde die Ausstellung in aller Munde sein.
Christopher, der seinen Rausch zu überwunden haben schien, ging ungewohnt scharf dazwischen: »Das ist ihre Sache und ihre Geschichte. Du hast kein Recht, es in die Öffentlichkeit zu zerren, falls sie es nicht wollen.«
Obwohl ansonsten die Dominante, verstummte Kate erstmals kleinlaut. Eine andere Stimme meldete sich zu Wort, die von Tino: »Mama, Mama, wer ist das?«, fragte er aufgeregt.
Erst jetzt konnte sich Aurelia von Tiago lösen. Sie trat zu ihrem Sohn, ging vor ihm auf die Knie und zog ihn an sich. Vielleicht wäre es besser gewesen, es ihm schonend beizubringen, aber sie konnte die Worte nicht zurückhalten. »Das ist dein Vater, Tino – dein Vater, von dem wir alle dachten, er wäre tot ...«
Ganz langsam trat auch Tiago näher und wahrte noch Distanz, um Tino, der ein misstrauisches Gesicht zog, nicht zu überfordern. »Ich war auch auf eine gewisse Art und Weise tot«, erklärte er leise. »Ich habe einen Unfall gehabt – und da-

nach habe ich vergessen, wer ich bin. Nur darum war ich so lange fort. Doch etwas hat mir den Weg zu dir und deiner Mutter gewiesen.«

Mit zitternden Händen deutete er auf Aurelias Bild, das sie beide vereint in der Weite Patagoniens zeigte. *Die Farben Chiles.*

»Wenn deine Mutter es nicht gemalt hätte, hätte ich euch vielleicht niemals wiedergefunden.«

Vorsichtig machte er einen weiteren Schritt auf Tino zu. Der wich nicht zurück, sondern betrachtete seinen Vater halb ungläubig, halb neugierig. Tiago hob seine Hand, streichelte ihm übers Gesicht und kniete sich schließlich wie Aurelia auf den Boden, um seinen Sohn an sich zu ziehen. Tino wehrte sich nicht – doch zugleich ließ Aurelia ihn nicht los, und so fand sie sich alsbald in einer Umarmung wieder, diesmal zu dritt.

Die erste Woche mit Tiago ging wie im Traum vorüber. Alles schien unwirklich, und manchmal packte Aurelia die Angst, sie würde jeden Augenblick erwachen und wieder Witwe sein. Zugleich hatte sie sich schon lange nicht mehr so bei sich, so lebendig, so wahrhaftig gefühlt. Die letzten Jahre schienen nichtig zu werden, die Spanne, die den heutigen Tag von den Jahren ihrer Ehe trennte, nicht mehr als ein Augenblick – und dennoch war sie nicht mehr die Aurelia von damals und würde es niemals wieder sein, genauso, wie Tiago ein anderer geworden war.

Behutsam mussten sie sich neu kennenlernen. Manchmal überkam sie das Verlangen, ihn zu umarmen und nie wieder loszulassen, manchmal war da eine Scheu, ihn überhaupt anzufassen, als wäre er – wie in ihrem Traum vor der Abreise nach New York – ein Geist, der sich in nichts auflösen könnte. Wie eine Schlafwandlerin wähnte sie sich manche Stunden durch den Tag zu gehen, um im nächsten Augenblick doch Herrin ihrer Sinne zu sein, alles stärker zu hören, zu riechen, zu sehen, zu fühlen als sonst.

Später hatte sie kaum Erinnerungen an die Ausstellung am nächsten Abend. Sie wusste, dass viele Menschen gekommen waren, konnte sich aber kein einziges Gesicht vor Augen rufen, wusste unscharf, dass man ihr Fragen gestellt und sie Antworten gegeben hatte – doch welche das waren, das hatte sie alsbald wieder vergessen. Kate sprach am nächsten Tag von einem großen Erfolg, aber ihre tiefe Befriedigung darüber erreichte Aurelia nicht. Sie hatte Tiago wieder, nichts konnte dieses Glück noch vergrößern, nichts konnte ihm auch etwas anhaben, so auch nicht Kates und Christophers stetes Geplänkel, weil nach der Ausstellung heftige Diskussionen begannen, wann sie zur nächsten Reise aufbrechen würden.

Nach einer Woche erwachte Aurelia nicht länger mit dem Gefühl, all das Geschehene sei womöglich nur ein Trugbild gewesen. Es wurde selbstverständlich, mit Tiago einzuschlafen und mit ihm zu erwachen, und sie begann, von der Welt wieder mehr wahrzunehmen als nur ihre kleine Familie.

Mit schlechtem Gewissen stellte sie fest, dass sie all die Tage nie Zeit gefunden hatte, ausführlich mit Victoria zu sprechen, obwohl diese das Wiedersehen mit Tiago doch nicht minder aufzuwühlen schien. Sie hatte es Aurelia zwar gleich am ersten Abend erzählt – aber nun kam die Erkenntnis langsam auch bei ihr an: dass Victoria nicht nur diejenige gewesen war, die Tiago in der Wüste gefunden, gerettet und zurück ins Leben geführt hatte. Sondern, dass sie sich ihm sehr nahe gefühlt, dass sein Schicksal sie ungemein berührt hatte.

»Wenn ich ihn nur erkannt hätte …«, stieß sie jetzt ein ums andere Mal aus. »Wenn ich bloß auf die Idee gekommen wäre, dass er dein Mann sein könnte …«

»Du wusstest doch nicht, dass er sich in der Atacamawüste aufhielt. Wie hättest du den einen mit dem anderen in Verbindung bringen können?«
Kurz schwiegen die beiden Frauen und dachten dasselbe: dass es möglich gewesen wäre, wenn sie ihr einstiger Streit nicht entzweit hätte. Wenn Victoria nicht jeden Kontakt zu ihr abgebrochen, sondern Tiago kennengelernt hätte.
Keine von beiden sprach es aus, und insbesondere Aurelia wollte keine Zeit verschwenden, mit einstigen Versäumnissen zu hadern. »Nun, du hast nicht gewusst, wer Tiago oder dieser Jacob war. Jetzt lässt sich die Zeit nicht mehr zurückdrehen. Jetzt müssen wir in die Zukunft schauen. Und das Beste daraus machen.«
»Ja«, murmelte Victoria nachdenklich und gab endlich ihr Grübeln auf. »Was werdet ihr nun tun?«, fragte sie nach einer Weile.
»Tiago will so bald wie möglich zurück nach Chile. Er muss seinen Eltern doch sagen, dass er noch lebt.«
»Aber er will doch nicht …«, begann Victoria entsetzt.
»Nein.« Aurelia schüttelte den Kopf. »Er will nicht mehr unter der Fuchtel seines Vaters stehen. Er war so entsetzt, als er gehört hat, was William mir angetan hat. Dass er mich auf die Hacienda abgeschoben und mir beinahe Tino weggenommen hat.«
Aurelia entging die leise Skepsis in Victorias Gesicht nicht, aber die Freundin brachte keinen Einwand hervor. Vielleicht, weil sie darauf vertraute, dass Tiago sich geändert hatte. Oder zumindest Aurelia.
»Und Andrés«, fuhr Aurelia erschauernd fort. »Niemand anderer als er war es, der ihn damals fast getötet hat! Tiago weiß noch nicht, ob er ihn anzeigen wird, aber auf jeden Fall muss er mit ihm sprechen. Und danach …« Der düstere Ausdruck

verschwand von ihrem Gesicht, und ein breites Lächeln erschien: »Und danach gehen wir nach Patagonien. Tiago und ich haben auf unserer Hochzeitsreise damals nur einen kurzen Zwischenstopp in Punta Arenas eingelegt. Doch in all den Jahren hatte er eine vage Erinnerung daran, was ich ihm über meine Heimat erzählt hatte. Es ist in seinem Kopf ein Sehnsuchtsland geworden, das er nun endlich selbst erforschen wird.« Sie machte eine kurze Pause, sah kurz das vor sich, was sie so oft gemalt hatte: Tiago und sie selbst, wie sie inmitten der patagonischen Steppe standen. »Und was dann wird, wird sich zeigen. Du und Clara – ihr begleitet uns doch?«

Zu ihrer großen Überraschung schüttelte Victoria den Kopf. In der letzten Woche war Aurelia von eigenen Gefühlen so ausgefüllt gewesen, dass ihr entgangen war, wie sich die Freundin Gedanken über die Zukunft gemacht hatte.

»Ich habe lange genug in der Wüste gelebt«, erklärte sie. »Ich muss jetzt nicht auch noch Jahre meines Lebens in der Pampa verbringen.«

»Aber was willst du stattdessen tun?«

»In der Atacamawüste habe ich mich zwar heimisch gefühlt«, erwiderte Victoria, »aber nur solange Salvador lebte. Es war gut für mich, nach seinem Tod nach Patagonien zu reisen, aber letztlich gibt es dort zu wenig für mich zu tun. Nach Santiago will ich auch nicht, dort würde mich doch nur alles an die Vergangenheit erinnern, und die spielt keine Rolle mehr für mich.« Sie machte eine kurze Pause. »Hier in New York hingegen habe ich keine Vergangenheit. Diese Stadt ist, genau betrachtet, wie geschaffen für mich – eine Stadt, wo moderne Frauen leben, wo die Kluft zwischen Arm und Reich schier unüberwindbar scheint und wo es genügend Krankenhäuser gibt, denen es an gutem Personal mangelt.«

»Du willst hierbleiben?«, rief Aurelia entsetzt. Ohne Zweifel – New York war auch in ihren Augen eine faszinierende Stadt, vorausgesetzt, man hielt sich nicht länger als für ein paar Wochen dort auf. Auch in der kurzen Zeit hatten Lärm und Enge und Geschäftigkeit bereits begonnen, ihr zu schaffen zu machen. Undenkbar, sich dem ein Leben lang auszusetzen!

Victoria aber sah das anders und lachte. »Ich weiß nicht, für wie lange, aber ja – ich bleibe, zumindest vorerst. Kate und Christopher haben mir angeboten, bis auf weiteres ihr Gast zu sein.«

Aurelia blickte sie skeptisch an. »Ihren protzigen Reichtum erträgst du doch nicht lange.«

»Wie es aussieht, begeben sie sich bald wieder auf Reisen, und dann habe ich das Haus für mich. Wer weiß«, sie zwinkerte spitzbübisch, »vielleicht mache ich bis zu ihrer Rückkehr ein Asyl für Obdachlose daraus?«

Aurelia grinste.

»Und die Zwillinge?«, fragte sie.

»Clara will auf jeden Fall hier bei mir bleiben – und was Dora anbelangt ... Nun, ich weiß nicht, ob sie ihr Herz endgültig an Arturo verloren hat oder nicht. Ich will die Entscheidung ihr überlassen: Entweder, sie kann sich von ihm losreißen und kommt hierher – oder sie bildet sich ein, dass er der Mann fürs Leben ist. Dann ist sie bei Rita und Balthasar auf jeden Fall gut aufgehoben.«

Das Lächeln schwand von Aurelias Lippen, als sie die Folgen von Victorias Entschluss begriff. »Wie soll ich nur ohne dich nach Chile zurückkehren!«, sagte sie traurig.

Victoria verdrehte die Augen. »Du Dummkopf!«, schimpfte sie auf gewohnt schroffe Weise. »Wir haben so viele Jahre getrennt voneinander gelebt.«

»Was jammerschade war!«
»Was vor allem Schicksal war. Wenn ich es recht überlege, ist es falsch zu hadern, dass wir uns damals gestritten haben. Wenn ich Tiago tatsächlich kennengelernt hätte, hätte das wahrscheinlich auch bedeutet, dass ich ihn nicht hätte retten können. Denn wären wir eng befreundet geblieben, hätte es Espinoza nicht gewagt, mich aus dem Krankenhaus zu werfen. Oder zumindest hättest du dich in diesem Fall für mich eingesetzt. Ich wäre nie in die Atacamawüste gegangen. Tiago wäre in der Wüste gestorben. Und ich hätte Salvador nie kennen- und lieben gelernt.«
»Wer weiß«, wandte Aurelia ein, »das Leben nimmt oft verschlungene Wege.«
»Du kannst es drehen und wenden, wie du willst. Fest steht: Wir haben alle etwas verloren – und alle etwas wiedergefunden. Vor allem uns selbst.«
Eine Weile schwiegen sie und schwelgten in Erinnerungen. Dann erhob sich Victoria als Erste, um Aurelia zu umarmen. Aurelia stiegen Tränen in die Augen, als sie den festen Griff der Freundin fühlte. »Ich kann mir gar nicht vorstellen, mich bald endgültig von dir zu verabschieden.«
»Was heißt hier endgültig?«
»Nun, zumindest für lange Zeit.« Ein Schluchzen löste sich aus ihrer Kehle.
Wieder verdrehte Victoria die Augen. »Schluss jetzt mit diesen Sentimentalitäten!«
Als Aurelia erneut etwas einwenden wollte, hob sie einfach die Hand und hielt ihr den Mund zu – so wie einst bei ihrer Begegnung in Valparaíso, als Victoria verhindert hatte, dass Aurelia Alarm schlug.
Als sie sich daran erinnerte, musste Aurelia plötzlich nicht länger weinen, sondern herzhaft lachen.

36. Kapitel

Tiago konnte sich lange nicht entscheiden, wem er als Erstes unter die Augen treten wollte – seinen Eltern oder Andrés. Der Gedanke an beide löste starke Gefühle aus – Wut, Angst, Unbehagen –, doch diese Gefühle glichen einem Kleidungsstück, das zu groß geworden war und am Körper schlackerte: Sie passten nicht mehr zu ihm; sie waren ihm fremd wie Santiago.

Bis jetzt hatte es Glück, Befriedigung, fiebrige Aufregung verheißen, jeden Tag wieder mehr er selbst zu werden, diese tiefe Vertrautheit zu erleben – mit Aurelia und mit sich selbst – und in Erinnerungen zu schwelgen. Aber an dem Ort, der ihm so lange eine Heimat gewesen war, fühlte er sich fremd. In Aurelias und Tinos Gegenwart war er wieder Tiago, aber als er ohne sie durch Santiagos Straßen ging, fühlte er sich mehr als Jacob Foster, der Architekt, schweigsam, traurig, verloren, gewohnt daran, ständig zu arbeiten, um sich zu betäuben, und streng genug, um schroffe Befehle zu erteilen und Respekt zu gewinnen.

Er fühlte sich zerrissen, als lebten zwei Menschen in seinem Körper, die niemals Freundschaft schließen konnten, und kaum war er von ihr fortgegangen, sehnte er sich unbändig nach seiner kleinen Familie, die so viel mehr Ausgeglichenheit verhieß. Gerade sein Unbehagen half ihm jedoch, sein Vorhaben umzusetzen, und machte ihn hart genug, sich nicht davor zu drücken. Da war keine Nostalgie, da war nur Entschlossenheit, diese Begegnungen so schnell wie möglich hinter sich

zu bringen und frei zu werden – frei von der Zerrissenheit und frei für ein Leben mit Aurelia und Tino.
Am Ende überließ er es dem Zufall, wem er sich als Erstes stellen würde. Sie waren von Valentina Veliz aufgenommen worden, und von dort ging er zunächst wahllos durch die Straßen. Die Stadt hatte sich verändert, war um vieles größer geworden, und er brauchte eine Weile, bis er die Orientierung fand. Als er endlich wieder in der Lage war, einzuschätzen, in welcher Richtung der Cerro San Cristóbal lag und die Alameda verlief, kam er zum Schluss, dass das Haus der Espinozas näher lag.
Erstmals befiel ihn tiefer Hass auf Andrés. Bis jetzt hatte er zwar gewusst, was der Freund ihm angetan hatte, doch es hatte ihn seltsam kaltgelassen. Nun regten sich Verbitterung und Ärger, Gefühle, die sich als nicht sonderlich langlebig herausstellten. Sobald er an der Tür klopfte und ihm aufgemacht wurde, wichen sie der Beklemmung. Das Dienstmädchen war ein verhuschtes, schreckhaftes Geschöpf, das ihm kaum in die Augen zu sehen wagte und nicht antwortete, als er nach Doktor Espinoza fragte. Sie ließ ihn eintreten, flüchtete selbst Richtung Küche und überließ es ihm allein, den Weg in den ersten Stock zu finden. Es war eigentlich ein ihm vertrauter Weg, aber er hatte plötzlich das Gefühl, dieses Haus noch nie betreten zu haben – vielleicht, weil diese Erinnerungen noch nicht erwacht waren, vielleicht aber auch, weil hier nichts, gar nichts an einst erinnerte.
Doktor Ramiro Espinoza hatte immer auf Sauberkeit und unaufdringliche Eleganz Wert gelegt, doch obwohl die Vorhänge zugezogen waren und kaum Licht eindrang, glaubte Tiago zu erkennen, dass auf allen Möbeln dicke Staubschichten lagen und in den Ecken Spinnennetze wucherten. Der Esstisch, das sah er im Vorbeigehen, war nicht abgeräumt, die Eichen-

dielen waren seit Ewigkeiten nicht gewienert worden, das Geländer der Treppe war klebrig. Doch nicht nur der Dreck machte ihm zu schaffen – sondern die bedrückende Atmosphäre, die mehr an ein Mausoleum erinnerte und nicht an ein Haus, wo Menschen lebten, aßen, arbeiteten, lachten.

»Andrés?«

Er hatte den ersten Stock erreicht und war in Richtung des Labors gegangen, das sich der einstige Freund hier eingerichtet hatte. Die Tür war nur angelehnt, und er stieß sie auf, aber der Raum dahinter war leer.

»Andrés?«

Nichts als Totenstille.

Er sah im Schlafzimmer nach – erst in dem von Ramiro, dann in dem von Andrés. Beide waren verstaubt, unaufgeräumt – und ebenfalls leer.

»Ist hier jemand?«, rief er.

Er hörte trippelnde Schritte und fuhr herum; ein Dienstmädchen stand vor ihm, doch er konnte nicht mit Sicherheit sagen, ob es dasselbe war, das ihm aufgemacht hatte. Es war in jedem Fall ähnlich ängstlich, lief aber zumindest nicht gleich vor ihm davon.

»Was geht hier vor?«

Sie zuckte zusammen. »Nachdem der alte Doktor gestorben ist, ist alles bergab gegangen ...«

Tiago nickte langsam. Ramiro Espinoza war also tot. Angesichts der Verwahrlosung in diesem Haus war er nicht sonderlich verwundert – und im tiefsten Inneren auch erleichtert: So blieb es ihm zumindest erspart, dem Vater zu berichten, was sein Sohn getan hatte.

»Und Andrés?«, fragte er.

»Seit sein Vater tot ist, arbeitet der junge Doktor nicht mehr im Krankenhaus.«

Kaum war die Stimme des Mädchens verklungen, ertönte ein langgezogenes Stöhnen. Erst war sich Tiago nicht sicher, aus welcher Richtung es stammte, dann stieß er die Tür zur kleinen Kammer neben dem Labor auf, in der Pinzetten, Reagenzgläser und Petrischalen aufbewahrt wurden – zumindest war das früher so gewesen. Nun nahm er vor allem die vielen leeren Flaschen wahr, die auf dem Boden rollten – und einen Mann, der zusammengekrümmt unten lag und kaum Ähnlichkeiten mit jenem Andrés hatte, den er kannte.
Wegen der vielen leeren Flaschen dachte er im ersten Augenblick, dass er betrunken war, doch nachdem er das Dienstmädchen beauftragt hatte, die Vorhänge zurückzuziehen, begriff er, dass sein Zustand weitaus gravierender war: Sein Gesicht war aufgequollen und glühte rot vor Fieber.
Tiago war kein Arzt, aber er wusste sofort, dass Andrés schwer krank war, vielleicht sogar im Sterben lag.
»Gütiger Gott«, stieß er aus, »was ist passiert?«
Das Dienstmädchen schluchzte eine Weile, ohne ein Wort herauszubringen. Schließlich hatte es sich so weit gefasst, um stockend zu berichten: »Ich weiß es nicht genau, ich weiß nur, dass mit Doktor Espinozas Tod alles immer schlimmer wurde. Der junge Doktor hat seine Arbeit im Krankenhaus verloren, weil er zu oft betrunken war. Es würde ihm nichts ausmachen, hat er gesagt – und noch mehr getrunken. Und er hat viel Zeit im Labor verbracht.« Wieder schluchzte das Mädchen auf. »Er hat gesagt, dass er nie Arzt hatte werden wollen, sondern Pathologe, und das wäre er nun. Er hat regelmäßig … Leichen hierhergebracht, um sie zu sezieren. Ich bin mir nicht sicher, woher er sie hatte, ich glaube, er hat sie in den Armenvierteln gekauft.« Das Mädchen erschauderte, und Ekel trat in sein Gesicht – gleicher Ekel, der nun auch Tiago überkam.

Er sah sich hektisch um, aber zumindest war hier nichts von einer Leiche zu sehen oder zu riechen. Andrés stöhnte erneut auf, und trotz der Verachtung, die Tiago eben noch dem einstigen Freund entgegengebracht hatte, griff er nach seiner Hand, um den Puls zu ertasten. Sein Herzschlag war flach und holprig, und die Hand fühlte sich nicht nur heiß, sondern geschwollen an. Er zog Andrés ein wenig mehr zu sich, um ihn besser betrachten zu können, und entdeckte dicke, rote Linien, die von seiner Hand – diese blutverkrustet – zu seinem Herzen führte.

»Warum ist er so krank?«

»Das letzte Mal, als er eine Leiche seziert hat, war er so betrunken, dass er sich geschnitten hat. Es hat schrecklich geblutet, aber er wollte sich nicht helfen lassen. Er hat mich angeschrien, als ich ihm vorschlug, einen Arzt zu holen. Das Einzige, was er mir erlaubte, war, die Leiche wegbringen zu lassen.«

Das Mädchen tupfte sich mit einem Taschentuch die Tränen ab, während Tiago sich tiefer über Andrés beugte. Er zerrte an seinem schweißverkrusteten, schmutzigen Hemd, sah, dass die Linien bereits die Brust erreicht hatten, hier nicht länger glühend rot, sondern schwarz wirkten. Er verstand nicht viel von Medizin, aber er wusste sofort: Andrés hatte eine Blutvergiftung, und wahrscheinlich kam jede Hilfe zu spät. Er hätte es dennoch nicht ertragen, gar nicht erst zu versuchen, ihn zu retten.

»Schnell«, rief er dem Mädchen zu. »Holen Sie wenigstens jetzt einen Arzt! Sagen Sie ihm, dass Señor Brown y Alvarados Sie schickt.«

Eigentlich hatte er diesen Namen nie wieder verwenden wollen, aber er wusste, dass er nun gute Dienste leisten und kein Arzt es wagen würde, das Mädchen fortzuschicken. Seine

Schritte verhallten, danach herrschte – bis auf Andrés' rasselnden Atem – Stille.
Tiago rückte wieder von ihm ab. So selbstverständlich es ihm trotz Hader und Hass gewesen war, Hilfe zu holen – so unerträglich war ihm der Anblick des Kranken.
»Was hast du nur getan?«, stieß er bitter hervor. »Was hast du mir nur angetan?«
Andrés' Körper erzitterte. Er öffnete seine Lippen, die trocken und wund waren. Speichel tropfte auf sein Kinn.
Und plötzlich wusste Tiago, dass er zu spät gekommen war, dass kein Arzt der Welt mehr Andrés helfen konnte, dass er ihn zwar lebendig angetroffen hatte, aber nie seine wahren Beweggründe erfahren würde, warum er ihn damals schwer verletzt hatte liegen lassen.
»Warum musstest du immer alles zerstören?«, fragte er bitter. »Zuerst mein Leben … dann deines …«
Er erwartete keine Antwort, zu besitzgierig schien der Tod den einstigen Freund in seinen Armen zu halten. Doch zu seiner Überraschung erklang erst wieder ein Stöhnen, dann plötzlich einzelne Worte.
Er verstand sie nicht gleich, aber Andrés wiederholte sie wieder und wieder.
»Es tut mir so leid … es tut mir so leid.«
Tiago beugte seinen Kopf ganz dicht über sein Gesicht. Hatte er ihn trotz des Fieberwahns erkannt?
Aber dann wiederholte Andrés seine Bitte um Vergebung, und diesmal fügte er hinzu: »Vater … es tut mir so leid, Vater …«
Er denkt, dass Ramiro bei ihm sitzt, erkannte Tiago, und plötzlich fiel alles von ihm ab, die Wut, die Erinnerung an den Streit in der Wüste, dieses quälende Leben ohne Erinnerungen, das Andrés verschuldet hatte. Später würde er seinen

Freund vielleicht dafür verfluchen, aber jetzt dachte er nicht an das, was sie trennte, sondern was sie immer geeint hatte. Zeit seines Lebens war Andrés wie sein Spiegelbild gewesen, hatte gleiche Zerrissenheit wie er empfunden: den Wunsch, seinen Vater zufriedenzustellen, und sich zugleich gegen ihn aufzulehnen. Und sie hatten beide Aurelia geliebt.
»Ach, Andrés«, seufzte Tiago.
»Ich weiß«, stammelte der andere. Seine Augen waren geschlossen, aber seine Stimme erstaunlich klar. »Ich habe dich enttäuscht ... Ich habe nie ein eigenes Krankenhaus geleitet, wie du es dir gewünscht hast. Ich bin nicht einmal ein sonderlich erfolgreicher Arzt geworden. Aber weißt du ... selbst wenn ich all deine Erwartungen erfüllt hätte ... es hätte meine Mutter ja doch nicht wieder lebendig gemacht.«
Seine Zunge quoll ihm über die Lippen und machte ihm das Reden schwer.
Plötzlich empfand Tiago keine Scheu mehr, ihn zu berühren. Er strich ihm sanft über die glühende Stirn. »Sei ganz ruhig, mein Sohn. Sei ganz ruhig.«
Er wusste nicht, warum er es tat, aber er bettete Andrés' Kopf auf seinen Schoß, streichelte weiterhin das Gesicht, nahm seine Hand und drückte sie. Morgen würde er sich vielleicht wundern, sich einem Mann so gnädig zu erweisen, der beinahe zu seinem Mörder geworden war, aber in diesem Augenblick war es das einzig Richtige, was er tun konnte.
»Es tut mir so leid ...«, stammelte Andrés wieder.
»Es muss dir nicht leidtun. Ich bin stolz auf dich, mein Sohn. Und was immer du angerichtet hast – ich vergebe dir.«
Er sprach die Worte stellvertretend für einen anderen, dem sie so nie über die Lippen gekommen wären – und doch kamen sie aus seinem tiefsten Herzen. Er wusste nicht, ob er auch in seinem eigenen Namen Andrés vergeben konnte – wusste

nur, dass er den Frieden genoss, der sich plötzlich über sie senkte und sämtlichen Groll vertrieb.
Andrés' Körper bäumte sich ein letztes Mal im Fieberwahn auf, dann fiel er schwer auf Tiagos Schoß zurück. Er atmete immer langsamer, immer schwächer, und auf seinen Lippen erschien ein schmales Lächeln, das Tiago unwillkürlich erwiderte.
Als wenig später der Arzt eintraf, war Andrés Espinoza bereits tot.

Der Tod schien an diesem Tag an ihm zu kleben wie ein schwarzer Schatten. Als Tiago das Haus seiner Eltern betrat, spürte er, dass er auch dort gewütet hatte, wenngleich er noch nicht sicher sein konnte, wen er getroffen hatte.
Ein Dienstbote, den er nicht kannte, öffnete die Tür und verzog seine Miene nicht im Geringsten, als er ihm mitteilte, er wäre Tiago, der verlorene Sohn des Hauses. Ohne sichtbares Zeichen von Entsetzen oder Freude wandte sich der Mann ab, um Bescheid zu sagen. Tiago wartete in der Halle, als er plötzlich schnelle, laute Schritte vernahm und sah, wie Saqui die Treppe hinunterstürzte. Sie war runder und älter geworden, und jeder Schritt schien ihr weh zu tun, doch darauf achtete sie nicht, als sie auf ihn zulief und ihn anstarrte wie ein Gespenst. Erst als sie etwa einen Meter vor ihm stand, blieb sie wie angewurzelt stehen und rief Worte in der Mapuche-Sprache. Er war nicht sicher, was sie verhießen, ob Dank für sein Auftauchen oder einen Zauber, um sich vor bösen Geistern zu schützen.
Er wartete, dass sie endete, um auch etwas zu sagen, aber sie rief schrill in einem fort, bis sämtliche Dienstboten zusammengelaufen kamen und ihn mit aufgerissenen Augen anstarrten. Nur seine Eltern wurden von dem Lärm nicht angelockt.

Schließlich sprach er in Saquis Schreie hinein: »Nicht doch! Nicht doch, Saqui! Ich bin es wirklich und nicht etwa ein Geist, schon gar kein böser. Ich bin aus Fleisch und Blut … und ich war nie tot. Damals in der Wüste bin ich nur verletzt worden und habe meine Erinnerungen verloren – aber diese Erinnerungen sind nun zurück und ich auch.«
Nun verstummte Saqui, wurde erst bleich, dann rot, dann wieder bleich, trat auf ihn zu und drückte ihn an sich. Sie hielt ihn lange und fest. »Chico! Chico!«, rief sie wieder unter Tränen, bekundend, dass sie ihm glaubte, aber auch, dass sie das Wunder kaum fassen konnte.
Er freute sich für sie – und zugleich wurde ihm weh ums Herz, weil sie erfahren würde müssen, dass er nicht bleiben konnte. Seit er das Haus betreten hatte, war ihm das noch deutlicher als zuvor. Dies war nie das Zuhause des alten Tiago gewesen, in dem er sich wohl gefühlt hatte, und noch weniger das des neuen.
Als Saqui ihm darum nach vielen wirren Worten und Umarmungen erzählte, dass Alicia vor drei Monaten gestorben war, war seine Trauer zwar tief, wurde aber von der Einsicht begleitet, dass es auch sein Gutes hatte. Ohne Zweifel war es eine Tragödie, dass Alicia nie erfahren sollte, dass er noch lebte. Doch er hatte immer geahnt, dass sie hier so unglücklich gewesen war wie er und dass sie den Tod als Erlösung willkommen geheißen hatte – nicht als Feind, der ihr etwas raubte, was wertvoll war.
»Und Vater?«, fragte er erstickt.
»Er hält sich immer in ihren Gemächern auf.«
Tiago war verwundert. Seine Eltern waren üblicherweise im Speisezimmer oder Salon zusammengetroffen, aber er hatte seinen Vater nie im Zimmer der Mutter gesehen. Vielleicht hatte er sie früher des Nachts dort besucht, aber eigentlich

war er überzeugt gewesen, dass William die ehelichen Pflichten nicht länger von ihr eingefordert hatte, nachdem Alicia zwei Söhne geboren hatte.

Tiago löste sich von Saqui und stieg ein zweites Mal an diesem Tage eine Treppe hinauf – mit schwerem Herzen und unheilvollen Erinnerungen.

Es war hier nicht so schmutzig und verlottert wie im Haus der Espinozas, aber ebenso finster, und als er Alicias Schlafgemach betrat, konnte er William vorerst nirgendwo entdecken. Er wollte schon wieder gehen, als er ein Seufzen vernahm und dann sah, wie er zusammengesunken vor dem Altar saß. Weihrauchgeruch lag in der Luft und ebenso der Duft von Alicias Veilchenparfüm. Tiago starrte auf die Heiligenfiguren mit den echten Haaren, die ihn als Kind so geängstigt hatten – und auch jetzt erschaudern ließen.

Unwillkürlich fragte er sich, ob Alicia – hätte sie den heutigen Tag noch erlebt – bei seinem Anblick aufgesprungen wäre und ihn umarmt hätte. Oder ob sie lieber darauf verzichtet hätte, um sich vor Gefühlen zu schützen, weil diese ihr – ganz gleich, ob nun gut oder schlecht – als zu stark erschienen, um sich ihnen auszusetzen.

»Vater?« Seine Stimme zitterte, er wusste nicht, warum. Vielleicht, weil er sich vor dem Vater fürchtete, wie er sich immer ein wenig gefürchtet hatte, vielleicht, weil er noch mehr Angst vor sich selber hatte und sich nicht sicher sein konnte, ob William nicht doch noch Macht über ihn erlangen würde.

Doch als William hochblickte, glaubte er in das Gesicht eines Fremden zu sehen: Er trug nur einen Schlafrock, und der war schlampig um die etwas aufgedunsene Taille gebunden und voller Schweißflecken. Der Bart wuchs wirr in alle Richtungen, die Haare waren schütter. Der Zustand, in dem William vor dem Altar seiner verstorbenen Frau hockte, war ein erbärmlicher, und in Tiago wurde jenes Gefühl übermächtig, das er am wenigsten erwartet hatte, das er aber auch Andrés nicht hatte verweigern können – Mitleid.

Beide waren sie nicht mehr die Alten, beide waren sie zerstört, bei beiden hatte es gewiss mit seinem vermeintlichen Tod zu tun.

»Vater …«

William starrte ihn gebannt an.

Tiago erwartete, dass sich Überraschung in ihm regen würde, Furcht vor einem Geist wie bei Saqui, Entsetzen oder Freude, aber da war nichts davon. Sein Blick war trüb, als hätte er zu viel getrunken, doch da kein Geruch nach Alkohol in der Luft lag, musste es etwas anderes sein, was seinen Verstand verschleiert hatte – Alicias Hinscheiden oder einfach nur die Einsamkeit.

»Gut, dass du da bist«, murmelte William gedankenverloren, »es gibt so viel zu tun, und ich brauche dich. Es sind nun schwere Zeiten angebrochen, ohne Zweifel, aber ich denke, man kann es zu unseren Gunsten nutzen, dass auf den Krieg die Rezession gefolgt ist und …«

»Ach, Vater«, stammelte Tiago hilflos.

William erhob sich wankend.

»Der Krieg selbst war noch unser großes Glück. Wie viel Geld hab ich daran verdient – an den vielen, vielen Salpeterbomben, die auf den europäischen Kriegsschauplätzen niedergingen! Aber dann haben Wissenschaftler der Deutschen, die während des Kriegs vom Nitrathandel ausgeschlossen waren, synthetischen Salpeter in ihren Laboren entdeckt. Eine Katastrophe! Chiles Wirtschaft wird sich über Jahre nicht erholen. Aber das heißt nicht, dass ein findiger Geist nicht trotzdem eine Möglichkeit findet, Geld zu verdienen. Wusstest du, dass die Guggenheim-Brüder in Chile investiert haben? Und dass …«

»Vater, sei still!«

Er konnte sich nicht erinnern, jemals so streng mit ihm gesprochen zu haben, aber es war unerträglich, ihn so reden zu hören – vermeintlich klar, und dennoch im Wahn. »Siehst du es nicht, dass ich es bin? Tiago! Dein Sohn! Ihr habt mich für tot gehalten, aber ich lebe!«

William nickte langsam, aber auch wenn in seinem Geist vielleicht Erkenntnis reifte, so wurde diese von keinerlei Gefühlen begleitet. Das Band zwischen ihm und der Wirklichkeit war nicht gerissen, jedoch brüchig geworden, und Tiago war sich plötzlich sicher: Wenn er sagen würde, er sei Guillermo und von den Toten auferstanden, würde William es auch glauben – und ebenso wenig empfinden.

Wie merkwürdig, schoss es ihm durch den Kopf, dass beide Männer, die er heute besucht hatte, Andrés wie William, ihres Geistes nicht mehr mächtig waren. Er selbst war jahrelang durch diesen grauen Nebel gewandert, und nun sah er klar – jene hingegen, die – jeder auf seine Weise – sein Schicksal mitverschuldet hatten, waren nun verwirrt.

Doch auch wenn William ihn nicht verstehen würde – er sagte ihm, was er zu sagen hatte. »Vater, ich werde nicht bleiben. Ich wollte dich wissen lassen, dass dein Sohn lebt – aber das heißt nicht, dass ich als dein Sohn weiterleben werde. Ich weiß, ich bin dein einziger Erbe, aber ich bin nicht für deine Welt gemacht. Ich war es nie. Wahrscheinlich warst du es nicht einmal selbst.«

William glotzte ihn verständnislos an, und plötzlich begannen seine Mundwinkel zu zucken. Er deutete hilflos auf Alicias Altar. »Durch sie wurde ich zum Mitglied der chilenischen Oberschicht«, brach es aus ihm hervor. »Aber sie war immer so kalt. Ich konnte alles von ihr haben, was sich erzwingen ließ, aber nie hat sie mir freiwillig gegeben, worum ich nur bitten

konnte. Dass sie meine Sprache lernt. Dass sie mich versteht. Dass sie sich für meine Herkunft interessiert.«
Seine Lippen zitterten immer heftiger – und Tiago musste unwillkürlich an das denken, was Aurelia ihm von dem Tag erzählt hatte, als sie Tino aus dem Haus geholt hatte. Damals hatte sich Alicia gerühmt, ihren Mann nicht minder unglücklich gemacht zu haben als er sie.
Er erschauderte, als er in diesem Raum plötzlich ihren Geist fühlte – nicht den Geist einer Frau, die den kleinen Tino liebte und selbstlos auf ihn verzichtete, sondern einer Frau, die ihrem jungen Mann, zwar nüchtern, aber abenteuerlustig, weltoffen und klug, nicht jene Wärme hatte geben können, damit am Ende ein anderer aus ihm wurde als ein gefühlloser Geschäftsmann, der nur für seine Pflichten lebte.
Irgendwie hatten sie wohl beide geglaubt, dass sie den jeweils anderen am besten ertragen könnten, wenn sie sich selbst verrieten und sich niemals verwundbar zeigten. Auf diese Weise hatten sie nie gestritten, hatten sich nie aneinander gerieben, hatten aber immer Distanz gewahrt. Und in dieser Atmosphäre von Gleichgültigkeit und Erstarrung hatten sie ihre beiden Söhne vergiftet.
Plötzlich ging ein Ruck durch Williams Gestalt. Mit einem Schwung fegte er die Heiligenfiguren von dem Altar, die polternd auf dem Boden zu liegen kamen. Nie hatte Tiago ihn so gesehen, so flink, so kraftvoll, so energisch. So musste er gewesen sein, als er einst nach Chile gekommen war, um hier ein Handelsimperium zu gründen.
»Ihre verfluchte Religion!«, schrie er. »Immer hat sie mir vorgehalten, dass sie lieber ins Kloster gegangen wäre, als mich zu heiraten! Und weiß du, was das Schlimmste war? Wenn das wahr gewesen wäre, hätte ich es hinnehmen können. Aber ich glaube, es war gelogen. Sie wollte nicht ins Kloster gehen,

sie wollte lachen, viel und laut, aber sie hat es nie gelernt, weil eine Dame das nicht tut.«

Er lehnte sich an die Wand, und von seiner jähen Kraft war nichts mehr zu spüren. Er schien zu schrumpfen, zu vertrocknen. Ehe er auf den Boden sank, trat Tiago zu ihm, zog ihn an sich und barg den Kopf des Vaters an seine Brust.

Ruhig sprach er auf ihn ein. »Ich kann dir nicht verzeihen, was du Aurelia angetan hast – es war Unrecht, dass du versucht hast, sie von unserem Sohn zu trennen. Gottlob ist es dir nicht gelungen. Aber dass ich mich von dir überreden ließ, in Guillermos Fußstapfen zu treten – das war meine Schuld, nicht deine. Und das trage ich dir nicht nach. Leb wohl, Vater.«

William löste sich von ihm, und erst jetzt, als er ihn anstarrte, schien er zu begreifen, wen er da vor sich hatte.

»Tiago«, stammelte er, »Tiago, wohin gehst du?«

»Zu der Frau, die ich liebe, und zu unserem Sohn ... Und wenn ich dir etwas bedeute, kannst du uns schreiben oder uns gar besuchen ... dort, wo wir künftig leben werden ... auf einer schlichten Estancia in Patagonien bei hart arbeitenden Schafzüchtern.«

William glotzte ihn weiterhin an, und Tiago ahnte, dass er niemals dieser Einladung folgen würde, genauso wenig wie Saqui. Dieser würde er zwar anbieten, mit ihnen zu kommen, aber letztlich, dessen war er sich sicher, würde sie ihr bequemes Leben hier in Santiago nicht aufgeben. Dazu war sie zu alt.

Dennoch war er froh, seinem Vater dies angeboten zu haben. Als er den Raum verließ, fiel sein Blick auf die umgestürzten Statuen. Nie hatte im Gemach seiner Mutter solches Chaos geherrscht, doch gerade die Unordnung brachte eine merkwürdige Art von Frieden in diese Räume, und mit diesem Frieden in seinem Herzen schied er von seinem Vater.

Die Rückkehr nach Santiago war für Aurelia ein eher beklemmendes als freudiges Erlebnis. Sie versuchte, sich an die angenehmen Erinnerungen zu klammern – die einstige Ankunft mit Victoria, das Gefühl von Abenteuer und Freiheit, das damals in der Luft lag, das überraschende Wiedersehen mit Tiago an der Escuela –, doch es stiegen auch andere in ihr hoch, vor allem an den Tag, als sie mit Tino überstürzt geflohen war. Wenigstens war sie damals nicht allein gewesen, sondern hatte Pepe an ihrer Seite gewusst – und ihn und auch Valentina wiederzusehen war trotz allem eine große Freude.

Auf den ersten Blick hatten sich die beiden kaum verändert: Valentina war immer noch die unnahbare Matrone in schwarzer Kleidung, trug wie gewohnt einen Spitzenschleier über ihrem Haarknoten und hielt den Rücken straff – Zeichen des Selbstbewusstseins, aber auch einer gewissen Steifheit. Pepe wiederum nörgelte mit leicht verkniffenem, teigigem Gesicht, als Tino in der Buchhandlung herumsprang, traute sich aber nicht, mit dem Jungen zu schimpfen, sondern flüchtete sich in übliche Selbstgespräche.

Dass sich zumindest Valentina doch sehr stark verändert hatte, begriff Aurelia aber sehr bald. Obwohl sie ihn bei der Begrüßung eingehend gemustert und festgestellt hatte, wie groß er geworden war, erkannte sie Tino schon wenig später nicht wieder.

»Wer ist denn dieser freche Junge?«, fragte sie, nachdem der Kleine mittlerweile die Druckerpresse entdeckt hatte und unbedingt herausfinden wollte, wie sie funktionierte.

Aurelia blickte Valentina erstaunt an – Pepe jedoch wandte sich mit einem ungewohnt freundlichen und nachsichtigen Lächeln an seine Mutter. »Das ist Tino, Aurelias Sohn.«

Valentina runzelte die Stirn. »Natürlich ist das Tino!«, erklärte sie streng. »Verkauf mich nicht für dumm! Als ob ich das nicht wüsste!«

Und Pepe verkniff sein Gesicht nicht, als ob er Zahnschmerzen hatte, sondern meinte nur freundlich: »Aber natürlich weißt du das, Mama.«
Die nächsten Augenblicke vergingen in Schweigen. Valentinas Blick, der eben noch starr auf dem Jungen geruht hatte, schien in die Ferne zu schweifen, und als sie sich wenig später verwirrt in der Buchhandlung umsah, fragte sie wieder: »Wer ist denn nur dieser Junge?« Und ihr voriger Wortwechsel mit Pepe wiederholte sich auf gleiche Weise.
Tino kicherte, Aurelia hingegen war schmerzlich berührt – umso mehr, als sie in den nächsten Tagen feststellen musste, dass von Valentinas einst so wachem Verstand kaum etwas übrig geblieben war. Sie war wortkarger als früher, als ahnte sie, dass sie viel Unsinn redete, reagierte schroff, wenn man Fragen stellte, deren Antwort sie nicht wusste, und zog sich oft zurück, um – wie sie stolz erklärte – ihre feministischen Schriften zu verfassen. Von diesen allerdings, so vertraute Pepe Aurelia an, sei kaum ein Satz zu lesen.
Vorerst gab es keine Gelegenheit, Pepe eingehender nach Valentinas Zustand zu befragen, doch nachdem Tiago zu seinem Vater aufgebrochen war, leistete sie ihm in der Buchhandlung Gesellschaft. Tino war unterdessen damit beschäftigt, das Hausmädchen Bona zur Verzweiflung zu bringen. Um in Ruhe ein Huhn zu rupfen, das für das Abendessen gebraten werden sollte, bestach sie ihn schließlich mit Schokolade – und tatsächlich war für kurze Zeit nichts von ihm zu hören.
»Deine Mutter …«, setzte sie an. »Es ist gewiss nicht leicht für dich, sie so zu sehen.«
Zu ihrer Überraschung lächelte Pepe freudig. »Ach was!«, rief er aus. »Nun braucht sie mich endlich wirklich.«
»Aber diese Vergesslichkeit … Es muss dich doch manchmal

wahnsinnig machen, stets die gleichen Fragen zu beantworten.«
Pepe, der meist ein wenig gebückt stand und saß, richtete sich zu voller Größe auf. »Ach, weißt du. All die Jahre hat sie mir immer vorgemacht, dass sie meinen Vater von Herzen geliebt hat und ihn unendlich vermisst. Irgendwann habe ich herausgefunden, dass das nicht wahr ist – dass ihr Francisco längst gleichgültig geworden war und sie mit seinem Verlust nur allzu gut hat leben können. Nur meinetwegen hat sie die Erinnerung an ihn stets am Leben gehalten. Zum einen, damit ich einen Vater hätte. Zum anderen, weil sie mir so einreden konnte, ich müsste für sie da sein.«
»Und jetzt?«
»Jetzt, da sie so vieles nicht mehr weiß, hat sie auch vergessen, dass sie Francisco eigentlich nicht liebte und mir diese Liebe stets nur vorgespielt hat. Nachdem du Santiago damals verlassen hast, habe ich sein Gemälde durch das Bild ersetzt, das du von mir gemalt hast. Vor wenigen Jahren pochte sie aber darauf, dass wir es wieder aufhängen sollten. Stundenlang steht sie nun vor Francisco und spricht mit ihm und erinnert sich an Dinge in ihrer Jugend, die sie mir nie erzählt hat. Ich weiß nicht, ob sie sich tatsächlich so zugetragen haben oder lediglich Auswüchse ihrer Phantasie sind.«
Pepe grinste zufrieden.
»Wie seltsam!«, stieß Aurelia aus.
»Gewiss«, meinte er, und das Grinsen wurde breiter. »In jedem Fall lügt sie sich jetzt selbst an, nicht länger mich.«
Kurz blitzte nicht nur Zufriedenheit in seinem Gesicht auf, sondern Rachsucht. Dass die letzten Lebensjahre der Mutter wegen des nachlassenden Verstandes und der falschen Erinnerungen irgendwie vergeudet schienen, entschädigte ihn offenbar für das Gefühl, so oft zu kurz gekommen zu sein.

Aurelia seufzte. Sie hatte das seltsame Verhältnis zwischen Mutter und Sohn nie bis ins Letzte verstanden, aber wenn sie etwas wusste, dann, dass das Leben selten geradlinig verläuft, sich vielmehr oft in Zwängen verliert und der Mensch die seltsamsten Methoden findet, damit zu leben, ohne zu sehr daran zu leiden.

»Ach, Pepe ...«, seufzte sie. Unwillkürlich hob sie die Hand und streichelte über seine Wange. Er wurde glühend rot.

»Tiago ist ein Glückspilz, dass er dich hat«, stammelte er.

Aurelia nickte. Dieses Glück, das er, das sie beide hatten, trug so viele Gesichter: das des Zufalls, der sie erst zwei Ozeane getrennt und dann in einer fremden Stadt zusammengeführt hatte, aber auch ein wenig das des Scheins wie in den ersten Jahren der Ehe, da sie so teuer für das gemeinsame Leben hatten bezahlen müssen. Von nun an würden sie es nicht leichtfertig aufs Spiel setzen – ein ehrliches Glück nun, eines, das ohne Selbstverleugnung auskam.

»Ach, Pepe«, wiederholte sie. Dann trat sie nach draußen in den Hof, um das Hausmädchen von Tino zu erlösen und auf Tiago zu warten.

Als Tiago zurückkehrte, war er lange sehr schweigsam. Obwohl Aurelia darauf brannte, mehr zu erfahren, stellte sie keine Fragen. Es genügte vorerst, was sie in seiner Miene las: Entschlossenheit. Es war gewiss nicht leicht gewesen, sein Elternhaus zu betreten, aber es hatte nichts an der Entscheidung verändert, die er auf der Reise hierher immer wieder bekräftigt hatte: Er würde sich seinem Vater nie wieder mit Haut und Haaren ausliefern.

Schließlich fragte er: »Kannst du unsere Koffer packen? Ich würde gerne noch heute den nächsten Zug nehmen. Nach Patagonien.«

Aurelia nickte erleichtert, woraufhin er sich wieder abwandte und in Gedanken versank. Sie wusste – er würde ihr noch ausführlich erzählen, was geschehen war, desgleichen, wie sie noch über so viele andere Dinge reden mussten, um all die verlorenen Jahre aufzuholen, aber jetzt war noch nicht die rechte Zeit dafür. Jetzt galt es, sich einzig der Freude hinzugeben, nach Hause zu kommen – zum ersten Mal mit ihm an ihrer Seite.
Erleichtert rief sie nach Tino und beeilte sich, ihr weniges Hab und Gut zusammenzupacken. Pepe ließ es sich nicht nehmen, sie zum Bahnhof zu begleiten und in Erinnerungen zu schwelgen, wie er damals mit ihr abgereist war. Es war die längste Reise geblieben, die er je unternommen hatte.
Er winkte ihnen zu, als der Zug den Bahnhof verließ, und noch lange standen sie drei am Fenster und blickten hinaus – Aurelia und Tino aufgeregt, Tiago immer noch in Gedanken versunken.
Erst nach einer längeren Wegstrecke brach er sein Schweigen. »Meine Mutter ist tot.«
Die Worte versetzten ihr einen Stich – nicht nur, weil sie wusste, wie sehr es ihn schmerzte. Nein, auch sie selbst überkam Trauer, ehrlicher und tiefer, als sie es erwartet hatte. Sie hatte Alicia nie wirklich nahegestanden, hatte stets Scheu vor ihr empfunden – aber sie würde nie vergessen, wie sie ihr bei Tinos Geburt beigestanden und wie sie später ihretwegen auf den geliebten Enkelsohn verzichtet hatte. Wie sie ihre letzten Jahre wohl verbracht hatte? Ob sie völlig verhärtet war? Oder die Erinnerungen an Tino dann und wann ihre Lebendigkeit hatten wecken können?
»Und dein Vater?«
»Ich glaube, er verliert langsam, aber sicher den Verstand.« Tiago zuckte die Schultern. »Ich kann ihm nicht helfen. Das, was er immer von mir erwartet hat, kann ich ihm nicht geben,

und ich werde nie wieder meine Freiheit gegen sein Geld austauschen.«
»Aber du bist sein einziger Erbe. Irgendwann wird sein Vermögen auf dich übergehen.«
»Mag sein. Doch ich werde nie in seine Fußstapfen treten, nie Teil seiner Welt werden. Er hat sich hier in Chile ein Imperium aufgebaut – doch nun muss er allein darin leben. Lieber verkaufe ich irgendwann all seinen Besitz als jemals wieder meine Seele.«
Erneut blickten sie nach draußen. Weiß hoben sich die Spitzen der Andenkette vom blauen Himmel ab. Sie passierten blühende Alfalfafelder, die von Weiden und Pappeln gesäumt waren. Eben noch hatte sich Aurelia so auf Patagonien gefreut – nun erwachte plötzlich Sorge, als sie sah, wie Tiago von einer vertrauten Landschaft Abschied nahm. So lange war er von seiner Heimat getrennt gewesen – um sie nun so schnell wieder zu verlassen.
»Denkst du, dass wir wirklich nach Patagonien gehen sollen?«, fragte sie. »Es wird schwer für dich sein, dort eine angemessene Arbeit zu finden.«
Er wandte sich vom Fenster ab und lächelte. »Zweifelst du, dass ich zum Schafzüchten tauge?«, fragte er. »Nun, ich kann es nicht beschwören. Aber ich habe mich in den letzten Jahren immer durchzubringen gewusst. Ich habe vieles gelernt, warum nicht auch das?«
Ihre Zweifel schwanden, als er sie an sich zog – wenn auch nicht ganz.
»Das Leben auf der Estancia ist ziemlich … einfach. Wir werden arm sein.«
Er küsste sie, erst auf die Schläfe, dann auf die Wange, schließlich auf den Mund. »Aber wir werden zusammen sein. Und du wirst malen. Komme, was wolle.«

Immer inniglicher, immer leidenschaftlicher wurde ihr Kuss. Als sie sich atemlos von ihm löste, war da kein Bedenken mehr, nur diese tiefe, alte Vertrautheit. Sie ergriff Tiagos Hand und zugleich Tinos.
Gewiss, so vieles war nicht geklärt, so vieles noch offen, vage der Weg, den sie in den nächsten Jahren zurücklegen würden. Und doch: Einst, als sie diese Strecke gemeinsam mit Tino und Pepe zurückgelegt hatte, war sie so unendlich dankbar gewesen, ihren Sohn bei sich zu haben – jetzt war sie überglücklich, dass die Familie wieder vollständig und vereint war.

Epilog

Patagonien 1920

Heulend machte der Wind Jagd auf die Wolken. Dick und weiß hatten sie sich am Himmel zusammengeballt und am Ende des Horizonts leicht bläulich verfärbt. Nun fuhr der Wind durch sie hindurch wie die Hütehunde durch die Schafherde und zerrte so lange an ihnen, bis strahlend blauer Himmel dahinter hervortrat, der nur dann und wann von der Ahnung eines Rostbrauns unterbrochen wurde. Auch als der Tag sich schließlich dem Ende zuneigte, war der Wind nicht bereit, der Nacht zu weichen.

Das Licht wurde trüber, aber Aurelia hörte nicht auf, zu malen. Sie achtete nicht auf ihre flatternde Kleidung, nicht auf Sand und Staub, die ihr ins Gesicht prasselten, nicht darauf, dass die Leinwand – aus gebleichter Guanakohaut gefertigt – vom Rahmen gezerrt zu werden drohte.

Ruhig trug sie Farbe um Farbe auf und malte, was sie sah: die braune Erde, den leuchtenden Feuerbaum, das rote Abendglühen, den sich verdunkelnden Himmel. Die Farbe für Letzteren war aus dem Saft der Calafaten gemacht, blauen Beeren, die süß schmeckten und all jene, die magere Kost gewohnt waren, zu einem Sprichwort verleitet hatten: Wer je diese Beeren gegessen hätte, sei Patagonien verfallen und käme immer wieder zurück.

Nicht nur die Farben der Beeren hatte sie der Natur entliehen, die hier karg, wild und widerstandsfähig war, auf einem

Fleckchen Erde, das die einen verwunschen und einsam nannten, das für andere aber – so wie sie – ein Sehnsuchtsland war. Auch die Erde schenkte viele Farben, denn nur für den ungeübten Betrachter verhieß sie eintöniges Braun. Für den Maler jedoch gab es in den Schichten des Bodens viele geheime Schätze zu entdecken, sämtliche Nuancen von Ocker, Grün, Grau, Braun und Rot.

Aurelia liebte die Farben und den Geruch, den sie verströmten, und sie liebte die Erde, auf der sie stand, ohne zu wanken. Nicht länger fürchtete sie, diese Erde würde an ihr kleben, würde die Fingernägel verdunkeln und würde für andere nicht Zeichen ihrer Heimatverbundenheit sein, sondern schlichtweg von Dreck und Armut künden. Diese Angst war von den letzten Jahren in Patagonien ebenso verscheucht worden wie die Wolken am Himmel vom Wind.

Nach diesem Himmel, nach dem struppigen Steppengras, nach den violett schimmernden Spitzen der Kordilleren, nach den rötlichen Hügeln und dem sumpfigen Teich in der Ferne malte sie zwei Menschen. Sie standen im Schatten eines Feuerbaums mit leuchtenden Blüten, unter deren Fülle sich die Äste bogen, und ledrig wirkenden, dunkelgrünen Blättern, die im Wind wogten. Da sie nur von hinten zu sehen waren, war nicht zu erahnen, ob sie alt oder jung waren, lächelten oder weinten, zu den Reichen oder zu den Armen gehörten. Einzig die Kleidung verriet, dass sie Mann und Frau waren.

Aurelia hatte viele ähnliche Bilder gefertigt, jüngstens erst hochgelobte Bilder, die manche in die Nähe der naiven Malerei rückten, andere als faszinierendes Beispiel für den Kolonialismus bezeichneten, wieder andere dem Naturalismus zuordneten. Nicht zuletzt wegen der Farben und der Guanakohaut der Leinwand galten sie als einzigartig: Material und

Motiv schienen eins zu sein. Fast immer wählte sie das gleiche Motiv – die Weite Patagoniens und zwei Menschen, die inmitten der Landschaft standen, winzig anmutend, weil in diesen Breitengraden die Natur um so viel mächtiger scheint als der Mensch. Die beiden waren ganz allein, aber nicht einsam, denn sie hatten einander, hielten sich an den Händen und liebten sich so sehr, dass sie – für die Dauer, da sie im Wind standen und der sinkenden Sonne zusahen – einander genug waren.

Aurelia trat zurück, nachdem sie das Bild vollendet hatte, und es traten Tränen in ihre Augen – Ausdruck von Schmerz, den diese Liebe in ihr Leben gebracht hatte, und Ausdruck von Dankbarkeit, weil sie diese Liebe erfahren hatte dürfen.

Das Bild verschwamm vor ihren Augen, sie hörte den Wind nicht länger stöhnen.

»Tiago«, murmelte sie. »Tiago …«

Erst nach einer Weile klärte sich ihr Blick wieder, und sie konnte das Bild etwas nüchterner betrachten. Vielleicht war es das schönste, das sie je gemalt hatte. Ja, die Farben waren so kräftig, verhießen Weite und Wildheit, Liebe und Fruchtbarkeit, Einsamkeit und Freiheit, Luxus und Armut, Glück und Trauer, Gewinn und Verlust. All das hatte sie erfahren, vieles davon überreich, und so wurden aus den Farben des Bildes gleichsam die Farben ihres Lebens.

»Um Himmels willen, warum weinst du denn?«

Aurelia zuckte zusammen, sie hatte niemanden kommen gehört. Als Tiago zu ihr trat und sie an sich drückte, wischte sie sich verstohlen die Tränen ab. Doch auch wenn sie die Spuren beseitigt hatte, konnte sie ihm nichts vormachen.

»Warum weinst du?«, fragte er erneut und klang besorgt.

Sie lächelte. »Ich weine doch nur, weil ich glücklich bin … weil wir uns wiederhaben … weil ich hier stehen und malen

kann … weil Tino sich wohl fühlt … und weil wir alles haben, was wir brauchen …«
Er erwiderte das Lächeln, aber es geriet ein wenig schief.
»Nur kein Geld«, warf er trocken ein.
Ihr Lächeln schwand. »Bereust du es?«, fragte sie. »Ich meine, dass du mit deinem Vater …«
Sie brachte den Satz nicht zu Ende, denn er schüttelte heftig den Kopf.
»Ganz und gar nicht!«, rief er überzeugt. »Du bist in einer Sache gut – ich in vielen Sachen mäßig, und das hat immerhin genügt, mich durchzubringen.«
»Nun mach dich nicht schlecht!«
»Das tue ich doch nicht. Ich kann passabel rechnen, zeichnen, Häuser bauen, und dank meines Jurastudiums kenne ich die Gesetze Chiles. Ich denke, das reicht, um hier auf ehrliche Weise meinen Beitrag zu leisten. Ich werde in den nächsten Tagen nach Punta Arenas aufbrechen und meine Dienste als Architekt anbieten. Auch wenn so viele die Stadt verlassen, die, die bleiben, brauchen immer noch Häuser und Gasthöfe und Ställe und Werkstätten und Werften. Und selbst wenn ich nicht so schnell Arbeit finde oder diese nicht so gut bezahlt ist – wir haben uns, wie du schon sagtest, und damit alles, was wir brauchen.«
Sie drehte sich zu ihm um, umschlang seinen Nacken und zog sein Gesicht zu ihrem. Sie küssten sich leidenschaftlich, und sie merkte nicht, wie ein erneuter Windstoß sie erfasste, ihr Haar erst hochwirbelte und dann auf ihren Rücken peitschte. Als sie sich voneinander lösten, tauchte das Abendlicht ihre Gestalt in einen sanften bronzefarbenen Ton.
»Du weinst ja noch mehr!«, rief Tiago, und diesmal konnte sie die Tränen, die über ihre Wangen perlten, nicht rechtzeitig abwischen.

»Weil ich noch glücklicher bin!«

Sie küssten sich wieder, langsamer nun, zärtlicher. Obwohl sie nun schon seit vielen Wochen wieder vereint waren, hatte Aurelia sich nicht an den prickelnden Genuss gewöhnt, ihn wieder berühren zu können. Wie der Hungernde, der sich zu lange mit karger Kost begnügt hatte, konnte sie nicht genug bekommen, ihn zu fühlen, zu riechen, zu schmecken. Schließlich löste sich Tiago von ihr und deutete in Richtung der Schafställe.

»Offenbar bist du nicht die Einzige, die glücklich ist.«

Aurelia musste lachen, als sie seinem Blick folgte. Im Schatten des Schafstalls standen Dora und Arturo, und auch sie küssten sich, wenngleich verstohlener, vorsichtiger, ein wenig ungelenk und noch schüchtern.

»Es scheint sich etwas Ernstes bei den beiden zu entwickeln.«

Aurelia nickte. »Das glaube ich auch. Dora ist fest entschlossen, hier in Patagonien zu bleiben, und vielleicht hat Victoria recht. Vielleicht ist es gut, wenn die beiden Zwillingsschwestern mal eine Zeitlang getrennt voneinander leben und …«

Sie verstummte, als Pferdegetrampel ertönte. Inmitten einer Staubwolke, die im Abendlicht golden glänzte, kam Maril auf sie zugeritten, dicht gefolgt von Tino. Der Tehuelche schien wie immer mit dem Pferd zu verschmelzen, Tino ritt weniger elegant, aber mit deutlichem Willen, an Tempo nicht nachzustehen.

»Er macht sich richtig gut!«, rief Tiago stolz. So leicht es war, zu alter Vertrautheit mit seiner Frau zurückzufinden – so deutlich fehlten ihm die vielen Jahre mit dem Sohn, den er als Kleinkind verlassen und erst als Heranwachsenden wiedergefunden hatte. Doch die Scheu, die Tino anfänglich empfunden hatte, war zu Aurelias Freude bald der Genugtuung gewichen, nun endlich jemanden zu haben, der ihn lobte. Arturo,

Emilio und Cornelio sahen nach wie vor ein wenig auf ihn herab – sein Vater aber fand alles großartig, was er tat, und Tino sonnte sich in seiner Anerkennung.

Nun aber war sein Blick nicht auf Tiago, sondern auf Aurelia gerichtet.

»Mama!«, rief er. »Mama! Schau, was ich mitbringe!«

Er hatte Maril und Balthasar nach Punta Arenas begleitet, wo sie ihre monatlichen Einkäufe machten, und schwenkte nun einen Bogen Papier in der Hand – offenbar ein Telegramm, das sie dort erhalten hatten und das an sie adressiert war.

Wendig sprang er vom Pferderücken. Anstatt das Schriftstück zu lesen, reichte es Aurelia an ihren Mann weiter, um den Sohn an sich zu ziehen und über seine Haare zu streicheln. Rasch entzog er sich ihr, fand er doch, dass derlei Zärtlichkeiten einem Kind gebührten, keinem jungen Mann, als der er sich zu fühlen begann. Er blickte auf die Leinwand.

»Du hast wieder ein Bild gemalt«, stellte er fest.

»Ja«, schaltete sich Tiago ein, »und ich denke, sie wird noch viele, viele mehr malen müssen.«

Fragend blickte Aurelia ihn an, als er ihr das Telegramm vor die Nase hielt.

»Wie ich schon sagte – du bist in einer Sache gut, ich in vielen mäßig. Ich werde zwar meinen Beitrag leisten für unser gemeinsames Leben, aber leider werde ich nie so reich werden wie meine Frau.«

Der Wind zerrte so heftig an dem Telegramm, dass Aurelia die Worte nicht entziffern konnte.

»Was für ein Unsinn!«, rief sie.

»Das ist kein Unsinn. Dieses Schreiben ist von Victoria. Stell dir vor, in New York spricht man noch immer von der Ausstellung der Wellingtons, und insbesondere von deinem Bild. Offenbar hat man in dieser engen, großen, lauten Stadt große

Sehnsucht nach Wilde, Weite und Natur. Gleich mehrere Interessenten haben angeboten, das Bild zu kaufen, und den Preis immer höher getrieben. Mittlerweile beläuft er sich auf fünftausend Dollar. Victoria will, dass du so bald wie möglich mehr Bilder schickst, dann kann sie sie verkaufen.«
»Fünftausend Dollar«, echote Aurelia fassungslos.
»Wie viel ist das in Pesos?«, fragte Tino.
»Ich weiß es nicht«, stammelte Aurelia, »ich glaube, sehr viel.«
»Siehst du, wie gut es ist, dass ich mich mit Zahlen auskenne!«, schaltete sich Tiago ein. »Das müssen um die einhundertzehntausend Pesos sein.«
»Gütiger Himmel!«, stieß Aurelia aus. Das war weit mehr, als die Estancia in einem ganzen Jahr einbrachte.
Tino lachte. »Krieg ich jetzt mein eigenes Pferd? Und meinen eigenen Hund? Und eigene Schafe? Ich will doch auch welche züchten, und …«
Er plapperte munter weiter und lief auf das Haus zu.
»So viel Geld«, stammelte Aurelia ein ums andere Mal. »So viel Geld.«
»Und jeden Peso hast du dir verdient«, sagte Tiago leise.
Gedankenverloren sammelte sie ihre Farben ein und verstaute sie in dem Ledertäschchen, das sie stets bei sich trug. Dann folgten sie Tino ins Haus, wo der Sohn stolz der restlichen Familie verkündete, dass seine Mutter eine reiche Frau und eine berühmte Malerin war.

Personenverzeichnis

In Valparaíso
Aurelia Hoffmann
Victoria Hoffmann
Elvira und Ludwig Kreutz

In Santiago
Valentina und Pepe Veliz
Jiacinto, Juan und Rebeca Carrizo
Ramiro und Andrés Espinoza
Schwester Adela
William und Alicia, Guillermo, Tiago und Tino Brown y Alvarados
Nana Saqui

In der Atacamawüste
Salvador Cortes
Clarabel und Teodora
Nathaniel Foster

Auf der Hacienda
Hector Sedano
Marisol
Luis

In Patagonien
Rita und Balthasar Hoffmann
Cornelio, Arturo und Emilio
Ana und Maril

In den USA
Lawrence Fisher
Kate und Christopher Wellington

Historische Anmerkung

Als ich an meiner Chile-Saga *Jenseits von Feuerland* gearbeitet habe, habe ich mir oft vorgestellt, wie sich wohl die Töchter meiner Protagonistinnen entwickeln würden: Emilias Victoria und Ritas Aurelia.
Mir war rasch klar: Sie würden sich – genau wie ihre Mütter – in vielem unterscheiden, jedoch davon geeint sein, dass sie beide eine große Leidenschaft besitzen und, wenn auch jede auf ihre eigene Weise, für ihre Ziele kämpfen. Nach und nach wurden diese beiden Frauen in meiner Vorstellung immer konkreter, und bald hatte ich ein sehr klares Bild von ihnen vor Augen – von Aurelia, der sensiblen, kreativen, etwas schwärmerisch veranlagten, zarten Künstlerin, und Victoria, der energischen, willensstarken, vermeintlich nüchternen, wenngleich alles andere als gefühlskalten Kämpferin.

So deutlich ich die Charaktere der beiden vor mir sah – so schwer war es für mich zunächst, die Zeit zu verstehen, in der sie lebten. Die Wildnis Mittelchiles oder Patagoniens, der ihre Großeltern und Eltern gegenüberstanden, schien mir ungleich leichter zu schildern als das Santiago kurz nach der Jahrhundertwende. Denn schon nach den ersten Recherchen wurde klar: Diese Zeit lässt sich nicht mit einigen wenigen Schlagwörtern beschreiben – es ist vielmehr eine Zeit voller Widersprüche, Anachronismen und einer höchst heterogenen Gesellschaft.

Diese Zerrissenheit lässt sich an vielen Bereichen des Lebens, der politischen und wirtschaftlichen Verhältnisse sowie der Mentalität festmachen:
Einerseits galt Chile damals als modernes Land, gar als das »europäischste« Südamerikas – ein Urteil, das sich leicht bestätigen lässt, wenn man den Fokus auf den Stand der Naturwissenschaft oder der technischen Entwicklungen lenkt, der in der Tat ein sehr hoher war. Doch all diese Errungenschaften – betreffen sie nun die Medizin, die Fortbewegung oder die Erleichterung des Alltagsleben durch Kanalisation und Elektrizität – waren vielerorts der Elite vorbehalten: In den Elendsvierteln lag die Lebenserwartung oft nur bei fünfunddreißig Jahren – und war somit eine der niedrigsten weltweit. Tausende starben an Krankheiten, die längst erforscht waren und behandelbar gewesen wären.
Einerseits befand sich die chilenische Gesellschaft im Umbruch: Nicht zuletzt durch die Bedeutung neuer Berufszweige – zum Beispiel des Ingenieurswesens – erstarkte die Mittelklasse. Auch die demographischen Veränderungen waren enorm, kam es doch zu einer regelrechten Völkerwanderung vom Land in die Stadt und vom Süden und aus Mittelchile in den Norden. Andererseits: Was das Festhalten der Oberschicht an ihren Privilegien und ihrem Landbesitz anbelangt, lässt sich nicht auch die geringste Bewegung erkennen, und so scheint das Gesellschaftssystem als absolut starr und undurchlässig.
Daher kam es auch in dieser Zeit zum Erstarken vieler politischer Bewegungen – sei es der Anarchismus, der Sozialismus und der Kommunismus. Es war eine Zeit der Arbeiterorganisationen und der Gewerkschaften, vieler Streiks, Demonstrationen und juristischer Kämpfe um bessere Arbeitsbedingungen. Sieht man allerdings auf den politischen Alltag, so scheint

dieser seltsam gelähmt vom täglichen Hickhack der Parteien. So häufig es auch zum Wechsel von Präsidenten, Ministern und Koalitionen kam – Reformen vollzogen sich nur im Schneckentempo und wurden im Parlament oft jahrelang totdiskutiert.

Das ist auch der Grund, warum man das damalige Chile sowohl als unglaublich reiches und unglaublich armes Land bezeichnen kann: Zum einen belebte der Kupfer- und Salpeterabbau nachhaltig die Wirtschaft, und Chile war hinsichtlich dieser Rohstoffe führender Exporteur. Zum anderen kam dieser Wohlstand eben nur wenigen zugute – nicht selten sogar ausschließlich den ausländischen Investoren –, während die Arbeiter im Gran Norte unter erbärmlichen Bedingungen lebten und schufteten. Die Wirtschaftspolitik lässt überdies langfristige Pläne und Perspektiven vermissen: Kaum wurde während des Ersten Weltkriegs künstliches Nitrat erfunden, war es mit dem Höhenflug vorbei und stürzte das vermeintlich aufstrebende Land in eine schwere Rezession.

Diese Ambivalenz betrifft nicht zuletzt die Situation der Frauen: Teils fanden feministische Ideen aus Europa in Chile rasch ihre Verbreitung; sowohl bürgerliche Frauen als auch die Arbeiterinnen setzten sich für die Rechte der Frauen ein, publizierten ein enormes Spektrum an diversen Zeitschriften und Büchern und galten als die emanzipiertesten Frauen Südamerikas. Doch das hohe Engagement mündete nicht automatisch in einer veränderten Rechtslage. Bedenkt man, dass das Frauenwahlrecht in Chile erst 1938 auf nationaler Ebene durchgesetzt wurde (auf kommunaler geschah es etwas früher), kann man sich des Eindrucks nicht erwehren, dass dieses Land hinsichtlich der Verbreitung von Frauenrechten eher hinterherhinkte, als eine Führungsrolle einzunehmen.

Kurz und gut: Diese Epoche scheint eine Zeit zu sein, in der in Chile alles und zugleich nichts möglich schien, in der manche Frauen ein enges Korsett trugen und andere Hosen, in der die einen mit dem Automobil zum Kinematographen fuhren und andere mit der Kutsche zum Gottesdienst, in der viele ihre Kinder zur Ausbildung nach Europa und Amerika schickten, weil sie vom eigenen Land wenig erwarteten, und bei anderen Nationalstolz erwachte, der so weit ging, die chilenische Rasse zu der weitaus überlegensten Südamerikas zu deklarieren. Es ist eine Zeit also, die – je mehr Fakten man sammelt, Zeitzeugen hört, Anekdoten liest – immer undurchschaubarer wird.

Um sie lebendig werden zu lassen, habe ich mich entschieden, diese Vielfalt an Lebensformen dadurch darzustellen, indem ich meine Figuren zu Repräsentanten unterschiedlicher Milieus und Weltanschauungen machte und auf diese Weise die großen Konflikte und Spannungen, die die Gesellschaft immer wieder zu zerreißen drohten, auf eine persönliche Ebene »herunterbrach« – nicht zuletzt, weil für alle Epochen der Weltgeschichte gilt: Hinter jeder demographischen Statistik, ökonomischen Studie oder politischen Betrachtung stecken immer ganz individuelle Schicksale vieler, vieler Menschen.

Nachdem ich nun Aurelias und Victorias Geschichte erzählt habe, findet zugleich jene Geschichte ein Ende, die im Jahr 1852 begann, als ihre Vorfahren Deutschland verließen und in Chile ein neues Leben wagten. Die Protagonisten der drei Bücher leben weit verstreut in den unterschiedlichen geologischen Zonen Chiles und geben damit einen Einblick in die Vielfalt des Landes – ob nun das Seengebiet mit seinen Vulkanen, Patagonien und Feuerland, die Hauptstadt Santiago oder die trockenste Wüste Welt, die Atacama. Doch wenn damit

auch beinahe jede Region genannt wird – eine fehlt. Denn zu Chile gehört auch ein winziges, Tausende Kilometer vom Festland entfernt gelegenes Eiland mit einer ebenso mysteriösen wie faszinierenden Geschichte: die Osterinsel.
Wenn Sie ein wenig Geduld haben, dann werde ich Ihnen von dieser Insel erzählen und denen, die Ende des 19. Jahrhunderts ihr Geschick geprägt haben.

Carla Federico

Im Land der Feuerblume

Roman

Hamburg 1852: Im Hafen begegnen sie sich das erste Mal: die junge abenteuerlustige Elisa, der nachdenkliche Cornelius und ihre Familien, die das Wagnis eines neuen Lebens in Chile eingehen wollen. Jeder erhofft sich etwas anderes von dem Land seiner Träume. Bereits auf dem Schiff, das sie in die ferne neue Heimat bringen soll, entbrennt Elisa in glühender Liebe zu dem oft so melancholischen Cornelius. Doch stets scheint dem Glück des jungen Paares etwas im Wege zu stehen: die unerbittliche Natur, die sie vor immer neue Herausforderungen stellt, aber auch Missgunst und Eifersucht …

Ausgezeichnet mit dem internationalen Buchpreis CORINE in der Kategorie »Klassik Radio Publikumspreis«.

Knaur Taschenbuch Verlag

Die atemberaubende Fortsetzung von
Im Land der Feuerblume:

Carla Federico

Jenseits von Feuerland

Roman

Punta Arenas, die südlichste Stadt der Welt. Hier kämpfen zwei Frauen, die unterschiedlicher nicht sein können, um ihre Zukunft und ihre Freiheit – und um die Liebe: Emilia ist die Tochter von deutschen Auswanderern und flieht von zu Hause, nachdem sie ein dunkles, beschämendes Familiengeheimnis enthüllt hat. Die zurückhaltende Rita dagegen hat nur einen Wunsch: Sie will von den Chilenen als Weiße anerkannt werden, denn sie ist die Tochter einer Weißen und eines Mapuche und wird als Mischling brutal verfolgt. Im sturmgepeitschten Patagonien entscheidet sich das Schicksal der beiden Frauen …